AF184980

Britta Habekost, geboren 1982 in Heilbronn, studierte Literatur und Kunstgeschichte und arbeitete unter anderem als Museumsführerin.

In ihren historischen Kriminalromanen *Stadt der Mörder* und *Melodie des Bösen* beschwört sie das Paris der 1920er-Jahre herauf.

Als leidenschaftliche Weltenbummlerin gilt ihr besonderes Interesse den historischen Reiseberichten berühmter Schriftsteller*innen wie Mary Shelley. In *Der Untergang von Thornton Hall* verwebt die Autorin eine Reise ins Italien des 18. Jahrhunderts mit den düsteren Elementen der klassischen Gothic Novel.

Außerdem von Britta Habekost lieferbar:
Stadt der Mörder. Roman.
Melodie des Bösen. Roman.

www.penguin-verlag.de

Britta Habekost

DER UNTERGANG VON THORNTON HALL

ROMAN

PENGUIN VERLAG

Penguin Random House Verlagsgruppe FSC® N001967

1. Auflage
Copyright © 2024 by Penguin Verlag
in der Penguin Random House Verlagsgruppe GmbH,
Neumarkter Straße 28, 81673 München
Redaktion: Claudia Alt
Umschlaggestaltung: Favoritbuero
Covermotive: ©Shutterstock/Andrew Swarga,
Kriengsuk Prasroetsung; ©Trevillion Images/Nic Skerten;
© Arcangle/Yolande de Kort
Satz: KCFG – Medienagentur, Neuss
Druck und Bindung: GGP Media GmbH, Pößneck
Printed in Germany 2024
ISBN 978-3-328-11206-8

www.penguin-verlag.de

Für Christian,
der auf alten Friedhöfen Verstecken spielt,
in römischen Ruinen picknickt und die Piraten
zum Tee eingeladen hat.

Prolog

Pompeji, Oktober 79 n. Chr.

»Heute ist ein guter Tag für einen Fluch«, murmelte die alte Frau und legte einen brennenden Span in eine Kupferschale mit scharf riechenden Kräutern. Ihre Lippen formten unhörbare Worte. Ihre Hände vollführten geheimnisvolle Bewegungen im aufsteigenden Rauch. Alles an ihr wirkte befremdlich, als würde in ihrem Gewand kein Mensch stecken, sondern ein übergroßes Insekt.

Vibia knetete nervös die Falten ihrer Palla. Sie hatte Mühe, sich nicht anmerken zu lassen, wie beklommen ihr zumute war. Sie war noch vor Sonnenaufgang zur Hütte der alten Frau außerhalb der Stadt gekommen, damit niemand sie sah.

Verstohlen sah Vibia sich in der Hütte um. Von der Decke hingen Körbe mit Flaschen und Phiolen. In ihnen mussten sich jene Substanzen verbergen, für die man im Morgengrauen zu der Alten ging. Kräuter, Harze, seltsame Mixturen, um gewisse Dinge zu bekommen, meistens aber, um gewisse Dinge wieder loszuwerden. Man munkelte, dass die Alte mit den Göttern der Unterwelt im Bunde war, mit

Nemesis, den Manen, Pluto, Proserpina. Und natürlich den Furien, den alten Rachegöttinnen. Statuen dieser Götter standen auf Schreinen im ganzen Raum verteilt. Blakende Talglichter belebten ihre strengen Gesichter, die Vibia anzustarren schienen. Ihre Unruhe wurde zu Furcht. Was sie hier tun würde, stand unter strengster Strafe. Doch das war es nicht, was ihr die meiste Angst einflößte. Es waren die leichten Vibrationen unter ihren Füßen. Sie spürte sie schon seit Tagen, war sich aber nie sicher, ob sie sich das Ganze nur einbildete. Die anderen Frauen im Lupanar schienen die kaum merklichen Erschütterungen nicht zu spüren.

»Vibia, du verbringst den ganzen Tag auf dem Rücken liegend oder mit dem Kopf unten«, hatte Myrte versucht, Vibias gestörten Gleichgewichtssinn zu erklären, und dabei ihr ansteckendes Lachen ausgestoßen. Aber dann hatte Vibia gestern einen der Freier sagen hören, dass im Garten seines Hauses der Brunnen trockengefallen war und dass am Morgen lauter tote Eidechsen und Spinnen auf den gesprungenen Fliesen lagen. »Und diese seltsame Wärme überall …«

Vibia hatte keine Erklärung für diese Dinge. Sie wusste nur, dass weder ein nahendes Erdbeben oder sonst eine Katastrophe sie von dem abhalten würde, weswegen sie die Alte aufgesucht hatte. Sie warf einen scheuen Blick auf die Statuen und wurde das Gefühl nicht los, von ihnen geprüft zu werden. War ihr Anliegen wirklich groß genug, um dafür die Hilfe der Unterwelt anzurufen?

Die Alte reichte Vibia einen Schreibgriffel und deutete auf eine kleine Bleitafel, nicht größer als Vibias Hand. »Ritze dort ein, was du von den Göttern forderst.«

»Ich … ich kann nicht schreiben.«

Ein Seufzen kam als Antwort. »Natürlich. Wie dumm von mir. Dann sag mir, was du willst, und ich werde es für dich einritzen.«

»Ich soll dir … erzählen, was mir widerfahren ist?«

Vibias Stimme stockte bei der Erinnerung an die vorige Woche, als ein Patrizier sie und andere Mädchen in seine Villa geholt hatte, wo ein großes Festmahl stattfand. Das war nichts Ungewöhnliches, Vibia wurde oft zu derartigen Feiern ausgeliehen. Man gab ihr ein edles Gewand, das sie hinterher wieder zurückgeben musste, es sei denn, es war ihr während der Feiern in Fetzen gerissen worden. Dann häuften sich ihre Schulden bei Tullius, ihrem Besitzer. Beim Gedanken an ihn ballte sie die Fäuste. Tullius hatte ihren Zustand nach der Feier gesehen, ihren mit Striemen und Prellungen übersäten Körper, das Blut, das aus ihr heraus-lief. Er hatte auch den schlaffen Körper der dreizehnjähri-gen Nafi gesehen, die diesen gewaltvollen Ansturm männ-licher Begierden nicht überlebt hatte. Aber er hatte nur in falscher Wehmut geseufzt, hatte Vibia drei Tage Ruhe ein-geräumt, den kindlichen Leichnam weggeschafft und das Gold der Patrizier eingesteckt.

Tränen traten in Vibias Augen. Nafi war wie eine kleine Schwester gewesen. Vibia selbst war mit vierzehn ins Lupa-nar verkauft worden und hatte Nafi, die aus Ägypten kam, in alle Geheimnisse eingeweiht und die Kleine, auch wenn sie ihre Sprache nicht verstand, in den späten Nachtstun-den getröstet, wenn sie zitternd vor Erschöpfung auf dem Bett kauerte. Vielleicht war es besser, dass Nafi tot war. So hatte der Totengott Pluto eine Zeugin für die dringende Notwendigkeit des Fluchs.

»Du sollst es mir nicht erzählen«, riss die Alte sie aus ihren Gedanken. »Du sollst mir sagen, was ich auf diese Bleitafel ritzen soll. Was soll den Betreffenden widerfahren? Und halte dich kurz, es müssen wenige, aber treffende Worte sein.«

Vibia nahm einen tiefen Atemzug von der würzigen Luft und wollte etwas sagen, doch ein heftiges Rumpeln fuhr durch den Boden der Hütte und warf eine der Götterstatuen um. Die Alte sprang auf und stellte die Statue demütig murmelnd wieder auf.

»Vor siebzehn Jahren war es das Gleiche«, sagte sie. »Ein schlimmes Erdbeben. Vielleicht solltest du deinen Fluch rasch auf den Weg bringen und für ein paar Tage aus der Stadt verschwinden.«

Vibia hatte bereits einige Leute gesehen, die mit Gepäck und Hausrat das Herkulaner Tor passierten, um über die westlichen Zugangsstraßen die Stadt zu verlassen. Aber wo sollte sie denn hin? Sie besaß weder Geld noch geeignete Kleidung für eine Reise. Sie war Tullius ausgeliefert.

»Also?« Die Frau sah sie ungeduldig an.

»Gut ... ich ... ich möchte, dass Spurius und Aulus und ein Mann namens Antonius zugrunde gehen. Und es soll auf schlimme Weise geschehen. Ich will, dass ihnen ihre Schwänze verfaulen und dass ihre Zungen schwarz werden, dass jeder Atemzug sie schmerzt, als wäre Glut in ihrer Lunge!«

Die Worte sprudelten nur so aus ihr heraus. Es war auf eine bittere Weise wunderbar, sich vorzustellen, wie die drei Männer, die ihr und Nafi das angetan hatten, eines Morgens nur noch einen schwarz verkümmerten Wurm zwischen ihren Beinen hatten. Sie würden nie wieder ein Mädchen zu Tode schänden.

»Und ich binde sie an den Tod. Sie sollen im Fieber zergehen und nichts und niemand darf ihnen Hilfe leisten oder sie erlösen.«

Die Alte ritzte die Worte in das Blei. Vibia hätte zu gern gewusst, wie die Zauberformeln aussahen. Erneut ging eine Vibration durch die Hütte. Es fühlte sich an, als würde sich eine riesige Schlange tief unten im Boden winden und aufbäumen.

»Was jetzt?«, fragte Vibia.

Die Alte schob ihr das Bleitäfelchen hin. »Du musst es nun zusammenfalten. Nimm diese Nadel und zerstoße es ein paarmal.« Sie reichte Vibia eine dicke Schusternadel. »Dein ganzer Hass muss in deine Hände fließen. Sprich mir nach: Ich binde das Leben dieser Männer an Vernichtung und Tod …«

»Ich binde das Leben dieser Männer an Vernichtung und Tod!«

Vibias Knöchel traten weiß hervor. Sie flehte die Götter der Unterwelt an und dachte an Nafi.

»Geh jetzt zurück in die Stadt«, sagte die Alte. »Du kommst an der Gräberstraße vorbei. Such dir ein Grab aus, am besten von einem jung Verstorbenen. Vergrab es tief und sprich: Totendämon, wer du auch bist, ich übergebe dir … dann nennst du die drei Namen, auf dass sie eines schrecklichen Todes sterben.«

»Und es wird wirken?«, fragte Vibia.

»Diese Frage habe ich nicht gehört«, murmelte die Alte und streckte die Hand aus. »Das macht acht Asse.«

Vibias Hände zitterten, als sie das Fluchtäfelchen in ihren Beutel steckte und die Münzen hervorholte. Acht Asse – so viel bekam Tullius für vier Freier, die Vibia bestiegen. Sie selbst hatte es ein ganzes Jahr gekostet, diese lächerliche und doch so hohe Summe anzusparen.

»Venus möge dich schützen, Kind. Und nun geh.«

Vibia wäre gerne noch ein wenig länger bei ihr geblieben, auch wenn ihr die Alte unheimlich war. Es tat gut, außerhalb des Lupanars zu sein und nicht wie eine Hure behandelt zu werden.

Als sie aus der Hütte trat, war die Sonne bereits aufgegangen. Ein Gefühl von Leichtigkeit beflügelte Vibias Schritte. Sie sog tief die frische Luft ein, die für diese Jahreszeit ungewöhnlich warm war, aber so wohltat. Weit weg vom Gassengewirr der Stadt mit ihren vielen Menschen und Ausdünstungen, weit weg von ihrem Gefängnis, in dem sie schon bald den ersten Mann empfangen musste. Vibia schloss die Hand um das gefaltete Bleitäfelchen in ihrem Beutel. Sie hatte sich noch nie so machtvoll gefühlt. Kurz vor der Stadtmauer fiel es ihr schließlich auf. Sie hatte es schon im Morgengrauen bemerkt, hätte aber nicht sagen können, was genau es war. Jetzt war es ihr schlagartig klar.

Kein einziger Vogel sang. In den Bäumen und Büschen war es vollkommen still. Sie sah auch keinen Vogel. Eine bedrückende Stille lag über allem. Rasch passierte Vibia das Herkulaner Tor und ging zwischen den großen Grabbauten auf die Stadt zu. Es war niemand zu sehen. Nur ein Fuhrmann mit seinem Ochsengespann nahm denselben Weg. Vibia schlüpfte zwischen zwei Mausoleen hindurch, hockte sich zwischen Efeuranken und Farn und tastete nach dem stumpfen Messer, das sie mitgenommen hatte. Rasch war eine zehn Finger tiefe Mulde ausgehoben. Sie legte das Fluchtäfelchen hinein und wiederholte die Beschwörung an den Totengeist dessen, der hier begraben lag. In Verbindung mit den Unterweltgöttern, die seine Seele besaßen, würde der Fluch seinen Weg zu den Lebenden finden.

Vibia schaufelte Erde in das Loch und schob drei größere Steine darüber. Ihr Herz pochte, Schweiß floss an ihrem Hals hinab.

Da zerriss auf einmal ein fremdartiges Geräusch die Stille. Als würde irgendwo ein riesiges Laken zerrissen. Ein Grollen folgte. Alarmiert richtete Vibia sich auf und trat zurück auf die Straße. Zwei Frauen kamen vorüber. Schnell zog sie ihre Palla in die Stirn. Doch die Blicke der Frauen wurden von etwas anderem angezogen. Vesuvius.

Über dem Berg hing eine gewaltige Wolke. Sie sah ganz anders aus als gewöhnliche Wolken. Als käme sie aus dem Berg selbst. Jetzt begriff Vibia auch, dass das merkwürdige Geräusch von seinen Hängen ausging.

Rasch wandte sie sich der Stadt zu. Wie seltsam, dachte sie, als sie sich bei dem Wunsch ertappte, zurück ins Lupanar zu kommen. Sie sehnte sich nach Schlaf, denn die Aufregung hatte sie vollkommen erschöpft.

An diesem Morgen war ungewöhnlich wenig los auf den Straßen Pompejis. Tullius stand draußen und starrte mit zusammengekniffenen Augen die Wolke an. Er bemerkte Vibia gar nicht. Sie stieg ins Obergeschoss, legte sich in ihrem Gemach auf das gemauerte Bett, unter das schon tausendmal betrachtete Wandgemälde eines Mannes, der eine Frau von hinten nimmt. Ihre Matratze war dünn, und sie hasste es, dass sie am selben Ort schlief, wo sie die Freier bedienen musste. Doch sie schlief sofort ein.

Ein lautes Donnern ließ sie hochschrecken. Das Licht, das durchs Fenster fiel, zeigte ihr, dass es bereits Mittag war. Beunruhigt richtete sie sich auf. Unten in der Gasse war hektisches Stimmengewirr zu hören. Vibia wurde das Gefühl nicht los, dass irgendetwas Schreckliches im Gange war.

Der Hunger fuhr zwischen ihre Gedanken. Sie würde zum Bäcker Modestus gehen, bei dem es die besten Brote von ganz Pompeji gab. Dann einen Becher Wein, und die Welt war vielleicht wieder ein wenig berechenbarer.

Auf der Gasse geriet Vibia in eine Menge aufgeregter Menschen. Alle starrten in Richtung des Berges. Die riesige graue Wolke stand immer noch dort. Und sie schien sich an den Hängen abwärts zu bewegen, als würde sie fließen.

Da, schon wieder ein Knall.

»Was ist das?«, fragte sie niemand bestimmten. Vor Modestus' Backstube stand eine Traube Leute. Doch niemand hatte eine Antwort auf diese Frage. Beunruhigt sah Vibia sich um. Und in ihrem Kopf bildete sich erneut ein schrecklicher Gedanke. Hatte ihr Fluch diese unheilvollen Ereignisse ausgelöst? Unsinn, schalt sie sich. Warum sollten Pluto und Proserpina über den Rachewunsch einer armen Hure derart in Rage geraten?

Ein weiterer Knall ertönte, so laut, dass die Menschen auf der Straße zurücksprangen. Sogar Tullius duckte sich wie ein Hund unter den Balkon des Lupanars. Vibia hatte Angst. Aber noch größer war die Genugtuung, Tullius so zu sehen. Da entdeckte sie ihre Freundin Myrte, die aus einer der angrenzenden Gassen kam. Sie war bleich wie das Innere eines Seeigels. Erschrocken klammerte sie sich an Vibia und starrte sie an.

»Hast du es getan?«, wisperte sie.

Vibia nickte. »Sie werden alle sterben. Pluto wird sie in den Orkus hinabziehen.«

»Und uns alle mit dazu«, beschied ihr Myrte.

Wie um ihre Worte zu bekräftigen, ertönte ein noch lauterer, dumpfer Knall, und der Boden zitterte. Und plötzlich schoss aus dem Berg eine graue Säule. Höher und höher stieg sie in den Himmel, wie eine unendlich lange Lanze. Vibia legte, ohne zu atmen, den Kopf in den Nacken. Sie sah eine weiße, ringförmige Wolke, weit oben im Himmel. Die Wolke wurde immer größer, schob sich über den Berg, seine Hänge, bewegte sich auf die Stadt zu. Schon war das Licht der Sonne nur noch eine Erinnerung. Fassungslos starrten die Pompejaner auf das furchterregende Schauspiel. Die Leute drückten sich gegen die Häusermauern, Frauen hoben ihre Schals vor das Gesicht, um das Entsetzen zu verbergen.

Tullius griff nach Vibias Schulter und stieß Myrte an. »Ins Haus mit euch, los.«

Doch die beiden rührten sich nicht. Und der beunruhigende Anblick brach auch Tullius übliche Unnachgiebigkeit. Sein Mund stand offen, während er den Weg der Rauchsäule in den Himmel verfolgte.

»Vielleicht ist es nur vorübergehend«, vermutete der Bordellbesitzer, wie um sich selbst Mut zuzusprechen. »Die Priesterkollegien werden ein Opfer für den Gott Vulcanus bringen, um ihn zu besänftigen.«

Vibias Nacken schmerzte. Beim Blick auf die wie versteinert stehenden Menschen wurde ihr kalt. Die graue Säule schraubte sich immer höher in den Himmel. Ein matter, abendlicher Schein legte sich über die Stadt. Etwas veränderte sich dort oben im Himmel. Einige Leute stießen jetzt Schreie aus und deuteten zur grauen Wolke. Das Schreien setzte sich durch die Gassen fort, als andere einfielen.

»Beim großen Jupiter«, wisperte Myrte. »Was ist das?«

Riesige Brocken, groß wie Häuser, schossen seitlich aus der grauen Rauchsäule heraus und fielen auf die Hänge des Berges herab. Das Donnern und Krachen hatte aufgehört. Jetzt war es still. Entsetzlich still. Wie konnte ein derartiges Schauspiel der Natur so geräuschlos sein?, dachte Vibia noch. Dann schoss in unmittelbarer Nähe ein faustgroßer Stein herab und durchschlug das Dach einer Schenke. Unwillkürlich duckte sie sich. Dem Stein folgten weitere. Mit einem Mal war es mit der Stille des unheimlichen Schauspiels vorbei, und ein Krachen und Prasseln überzog die Stadt, als überall kleine und große Steine herabregneten.

Es war Tullius, den es als Erster traf. Ein Geschoss, groß wie ein Laib Brot, riss ihn von den Füßen. Blut rann zwischen den Pflastersteinen. Vibia starrte atemlos den zerquetschten Leib an. Ein seltsamer Gedanke schnitt sie für Sekunden von der Außenwelt ab. Sie hatte Tullius nicht auf dem Fluchtäfelchen erwähnt, weil sie ihm ohnehin ausgeliefert war und ein Zuhälter schlimmer war als der andere. Gaben die Götter ihr so zu verstehen, dass ihre Rache zu zahm war?

»Wenn schon, denn schon …«, murmelte sie verwirrt.

Myrte packte ihre Hand und riss sie von dem erschlagenen Tullius weg. Das Entsetzen fegte Vibias Genugtuung hinfort. Schreiende Menschen stoben in alle Richtungen auseinander, überall, wo man hinsah, herrschte heilloses Durcheinander.

»Zum Forum«, brüllte einer in hilfloser Hörigkeit an die Staatsmacht.

Vibia dachte an die Arkadengänge des Forums und dass sie niemals rechtzeitig dort sein würden, um unter ihnen

Schutz zu suchen. Bei Modestus rissen sie sich um die Brote. Eine Frau schleppte eine Truhe vorüber. Panik stand in ihren Augen, während sie den Steinen auf der Straße auswich. Ein Mann trieb einen Esel mit der Peitsche an, auf dem Rücken des Tiers hockte ein kleiner Junge.

»Raus aus der Stadt!«, schrie es überall. »Holt die Familien und dann weg hier!«

Vibia klammerte sich an Myrte. »Wohin?!«

Doch es war Vesuvius, der eine Antwort gab, während der steinerne Regen auf die Stadt immer dichter wurde und alles in albtraumhafte Finsternis hüllte.

Nirgendwohin.

1

April 1789

Der Handelsschoner mit Namen *Allison* lief erwartungsgemäß um zwölf Uhr mittags im Hafen von Dover ein, als der Nebel, der die Schiffsmasten verschluckte, Elinda eine Frage zuflüsterte.

Was, wenn David ihr fremd geworden war?

Der Tag war kalt, und es wurde nicht richtig hell, als würde sich der Winter in den späten April beugen. Elinda fror in ihrem hellblauen Mantel, den ihre Mutter sie gezwungen hatte anzuziehen, obwohl Elinda das alberne Ding mit den aufgestickten Blumen verabscheute.

»Dann sieht David dich gleich in der Menge, wenn er vom Schiff kommt!«, hatte Bérénice Audley ihrer Tochter versichert.

Der Gedanke war schön, aber die merkwürdige Beklommenheit erstickte Elindas Freude. *Was, wenn sie ihm fremd geworden war?*

Elinda schob das Gefühl auf die dumpfe, kalte Luft am Hafen, die ihr durch die Kleider und die Samthaube drang.

Die pfingstrosenfarbene Robe ihrer Mutter, eigens ausgewählt für diesen freudigen Tag, wirkte im Nebellicht fahl und schäbig. Der Gehstock ihres Vaters Robert Audley glitt auf dem glitschigen Pflaster immer wieder aus. Und der verhangene Himmel schien der versammelten Menge am Pier mitzuteilen, dass es keinen Grund gab, herausgeputzt und ungeduldig trippelnd darauf zu warten, dass von der *Allison* die Zugangsbrücke herabgelassen wurde. Elinda nahm einen tiefen Atemzug, aber der Nebel verstärkte die Beklommenheit in ihrer Brust nur noch mehr.

Warum freue ich mich nicht?, dachte sie. Heute war der Tag, auf den sie seit zehn Monaten sehnsüchtig wartete. Ihr Bruder würde endlich von einer Reise zurückkehren, von der sie immer geglaubt hatte, dass sie sie gemeinsam erleben würden. Die *Grand Tour* ins Land ihrer Träume. Italien.

Dabei hatte ihr Vater sie immer daran erinnert, dass diese Reise nicht umsonst auch Kavaliersreise genannt wurde.

»Du bist eben kein angehender Kavalier, Elinda. Du bist ein Mädchen.«

»Aber ich kann alles, was David auch kann!«, hatte sie ihm widersprochen, schon damals, als sie noch viel jünger war. Ihr Vater hatte ihr über den Kopf gestrichen, wie immer, wenn sie ihrem Bruder bei den spielerischen Fechtstunden standhielt oder ihn im Zitieren lateinischer Verse übertrumpfte.

»Du schlaues *kleines Mädchen*!«

Elinda hatte ununterbrochen von dieser gemeinsamen Reise geträumt. Eines Tages würde ihr Vater einsehen müssen, dass sie denkbar ungeeignet war für das, was von anderen *kleinen Mädchen* erwartet wurde, wenn sie erst einmal erwachsen wurden. Alles, was sie von ihren Cousinen in dieser Hinsicht lernte, bestärkte sie in dem Verdacht, dass sie nicht dazu gemacht war, in einem weißen Kleid auf Bällen zu tanzen, Rosen zu züchten und Menuette auf dem Klavier zu spielen. Doch diese wohlerzogenen Mädchen in ihrem Umfeld erschienen ihr nur wie eine blasse Vorstufe zum wahren Albtraum der Weiblichkeit.

Ein schreckliches Bild durchzuckte ihre Gedanken. Elinda schüttelte den Kopf und starrte ins Hafenbecken.

Ein scharfer Wind bewegte das Wasser, hob und senkte es an den Docks und den Schiffsrümpfen und zeigte das uralte Gewebe des Meeres – Seepocken, schartige Muscheln, eingerahmt von einer Flut hellgrünen Tangs, die im Hafenwasser wogte. Elinda sah an den hochaufragenden Schiffswänden empor. Diese vom Meer gebeizten Planken hatten so viel mehr von der Welt gesehen als sie und würden noch so viel mehr sehen. Sie wandte den Blick ab und spürte auf einmal wütende Tränen aufsteigen, die sie rasch herunterschluckte.

Warum freue ich mich nicht auf David?, ging ihr durch den Kopf.

Die Menge ringsum wurde ungeduldig, längst schon hätte sich auf der *Allison* etwas bewegen müssen. Doch die Reling war leer, keine der Luken öffnete sich, und niemand machte Anstalten, die Ladung zu löschen.

»Warum dauert das denn so lange?«, murmelte Elindas Mutter.

In diesem Moment erschien oben an der Reling der Kapitän. Der Mann nahm seinen Dreispitz ab und senkte den Kopf. Da wusste Elinda, dass etwas Schreckliches geschehen war, noch ehe der Kapitän an die Menge gewandt rief.

»An Bord wurde soeben ein Toter gefunden!«

Erschrockenes Raunen übertönte das Möwengemecker,

Hände fuhren auf; vor gebürsteten Samtrevers wurde das Kreuz geschlagen. In Elindas Magen schien sich eine Eisschicht zu bilden. Sie fühlte die Hand ihrer Mutter nach der ihren greifen.

»Und da ankert ihr nicht draußen, sondern legt am Pier an?«, brüllte einer aus der Menge.

Der Kapitän hob beschwichtigend die Hände: »Der Tote wurde gerade eben erst entdeckt. Wir werden ihn an Land bringen und die übrigen Passagiere ins Quarantänehaus überführen. Die Mannschaft bleibt an Bord. Wir sollten bald wissen, ob die Todesursache ansteckender Natur ist und dann ...«

»Nennt uns den Namen!«, schrie eine Frau. Ihre vor Sorge ausgedünnte Stimme schnitt in Elindas Gehör. Die Frau war genau wie ihre Mutter fein gekleidet, wartete ebenso auf einen Sohn oder Ehemann, und auch sie schien insgeheim etwas Böses zu befürchten.

Der Kapitän hob ein Stück Papier. »Der Name des Toten lautet Lester Pellingham!«

Elinda atmete auf.

»Gott sei's gedankt«, flüsterte ihre Mutter und ließ ihre Hand los.

Ihr Vater allerdings zog scharf die Luft ein. »Pellingham ist einer von Davids Reisegefährten.«

Bérénice sah ihren Mann besorgt an. »Robert, wenn es also eine ansteckende Krankheit wäre ...«

»Weiß man's? Der Gesündeste war Pellingham nun allerdings auch wieder nicht. Er hatte doch dieses Lungenleiden. So etwas passiert nun einmal, vor allem auf Reisen, Gott hab ihn selig.«

»Man wird nun den Weg zum Quarantänehaus freimachen!«, rief der Kapitän der Menge entgegen. »Schafft Platz, ihr guten Leute!«

Einige folgten der Aufforderung sofort. Sie mochten miterlebt haben, wie grassierende Seuchen in diesem Hafen an Land gekommen waren. Andere machten nur widerwillig murrend Platz.

»Ich werde nicht nach Hause gehen, ehe ich nicht einen Blick auf David geworfen haben«, beschloss Bérénice.

Elinda hätte ihrer Mutter noch bis vor Kurzem zugestimmt. Doch nun bemerkte sie erschrocken, dass ihre Erleichterung auch die Tatsache umfasste, David *nicht* zu sehen. Noch nicht.

Ihn nicht zu sehen, bedeutete einen Aufschub jenes Augenblicks, auf den Elinda sich geglaubt hatte zu freuen. Doch nun spürte sie die Schwingungen einer unerklärlichen Furcht. Was, wenn die Kluft dieser zehnmonatigen Trennung sich nicht schließen ließ? Wenn der junge Kavalier nichts mehr anfangen konnte mit seiner daheimgebliebenen Schwester, deren aufregendstes Erlebnis ihr Debütantinnenball im Februar gewesen war. Trotzdem schlich sich ein triumphierendes Lächeln in ihr Gesicht. Wenn sie David erst erzählen würde, wie sie nach dem Ball all die hoffnungsvollen Bewerber vergrault hatte, würden sie sich zusammen vor Lachen biegen, und er würde sie beglückwünschen, dass sie in seiner Abwesenheit nicht zu einer anständigen Frau geworden war.

Einer anständigen Frau. Ihre Mundwinkel ließen das Lächeln wieder fallen, als wäre es zu schwer geworden.

Männer vom Hafenamt und einige Polizisten machten sich nun daran, die Menge zu zerstreuen. Eine Absperrung wurde errichtet, doch die Menschen blieben dicht dahinter stehen. Niemand ließ es sich nehmen, wenigstens einen fernen Blick auf die Heimgekehrten zu werfen.

Elindas Blick wurde plötzlich von einer Gestalt am Rand der Menge angezogen.

Ein Mann stand gegen eine der Laternen gelehnt. Ein schäbiger Dreispitz verdeckte einen langen Zopf, der auf den schwarzen Kutschermantel hing. Sein wettergegerbtes Gesicht und die breiten Schultern verrieten den Seemann. Doch in der ruppigen Erscheinung lag etwas, das Elinda irritiert den Blick auf ihm verharren ließ. Etwas Feines, das nicht zu dem grobschlächtigen Gesamteindruck passen wollte. Seine ruhige und zugleich wie in höchster Konzentration gespannte Haltung kam ihr vage bekannt vor, doch sie hätte nicht sagen können, wo sie ihn schon einmal gesehen hatte. Was für ein absurder Gedanke. Wo sollte ihr, der überbehüteten, abgeschirmten Tochter aus gutem Hause ein solch finsterer Kerl begegnet sein?

Elinda spürte eine Berührung an der Hand. Robert Audley hatte sich den Gehstock unter den Arm geklemmt, nahm Frau und Tochter bei den Händen und zog sie zu den Stufen an der Seite einer der Warenlager. Von hier aus eröffnete sich ihnen ein guter Blick auf das Schiff. Es schien Ewigkeiten zu dauern, ehe sich an Deck etwas bewegte. Dann flogen von der Reling Taue herab, die von den schwieligen Händen der Hafenarbeiter aufgefangen wurden. Schließlich ließ man an einer Seilwinde ein breites Brett herab. Darauf festgeschnürt lag ein menschlicher Umriss unter einem Laken. Die Menge bekreuzigte sich erneut, und von den Taubündeln und Pfosten aus beäugten die Möwen das Geschehen. Elinda sah das Gelb ihrer Augen und das gefräßige Bedauern darin.

Robert Audley stützte sich auf seinen Stock und erläuterte

seiner Familie das Prozedere. »Im schlimmsten Falle bleiben die Passagiere zwei Wochen im Quarantänequartier. Die Angehörigen können für bessere Verpflegung bezahlen. Man kann auch für frisches Bettzeug aufkommen und Bücher schicken. Wenn in dieser Frist keine Anzeichen für eine Seuche auftauchen, darf man gehen.«

An der Reling wurde eine Planke angebracht, kurz darauf erschien das Gesicht des ersten Passagiers. Nach einem Moment gespannter Stille bahnte sich ein erschrockenes Raunen durch die Menge.

»Der Mann ist ja bleich wie der Tod«, stellte Bérénice fest.

»Das … das scheint Lord Ruthwen zu sein«, erkannte Robert Audley den Mann.

Elinda warf ihrem Vater einen Blick zu. »Er war doch auch ein Begleiter von David, nicht wahr?«

Sie konnte sich noch gut an die vier Lords erinnern, die vergangenen Mai zum Dinner nach Thornton Hall eingeladen worden waren, um ihren Schützling David persönlich kennenzulernen. Die erhabene Selbstverständlichkeit, die sie ausstrahlten und das gönnerhafte Lächeln, als ihr Vater ihnen seine bescheidene Sammlung antiker Marmorbüsten zeigte. Und an das Zittern in Elindas Bauch, weil sie erfolglos vorgetäuscht hatte, sich für ihren Bruder zu freuen.

»Miss Audley, auch Ihr werdet eines Tages den Kontinent sehen«, hatte Lord Pellingham sie aufgemuntert. »An der Seite Eures Ehemanns.«

Was ein Trost hätte sein sollen, hatte in Elindas Ohren geklungen wie eine Drohung.

Lord Henry Ruthwen, der sich eben den Laufsteg nach unten tastete, war im Mai letzten Jahres ein kräftiger Mann mit rosigen Wangen gewesen. Nun erinnerte er an ein

Gespenst, wie er über die Planke tapste. Hinter Ruthwen tauchten weitere Passagiere auf, doch diese sahen bedeutend gesünder aus.

»Das wird doch die Seekrankheit sein, nicht wahr?« Bérénice nestelte an ihrem Taschentuch herum. Sie bekam keine Antwort.

Elinda wusste nicht, warum, aber ihr Blick ging immer wieder zu dem Mann mit dem schwarzen Mantel. Er lehnte immer noch an der Laterne, aber in seiner Haltung lag nun etwas Lauerndes, Alarmiertes.

Am Hafen warteten Kutschen, die je sechs der Passagiere in die Quarantänehäuser bringen würden. Die Kutscher hatten sich Tücher über Mund und Nase gezogen. Ihre Pferde tänzelten nervös. In der Menge hoben sich winkende Hände. Namen wurden gerufen, Grüße und Fragen drangen auf die Neuankömmlinge ein, doch nur wenige schienen die Worte ihrer Angehörigen zu hören.

David war nicht unter ihnen.

Elinda biss sich auf die Unterlippe. Die Anspannung schnürte ihr den Hals zu.

Ein sehr bleicher Mann wurde nun schlaff von zwei anderen in die Mitte genommen und auf die Planke geführt. Unter Aufbietung letzter Kräfte ging der Mann hinab. Kaum berührten seine Füße den Pier, sank er zu Boden. Die Menge zuckte zusammen, als hätte ein Peitschenhieb sie getroffen. Man brachte den Bewusstlosen rasch in eine der Kutschen, die ruckartig anfuhr und davonrollte.

Elindas Herz pochte schmerzhaft. Sie suchte den Blick ihres Vaters. Er umklammerte den Griff seines Gehstocks, dass die Knöchel weiß hervortraten.

»Und das war Lord Algernon Charswick, nicht wahr?«,

fragte Elinda. »Derjenige, der hauptsächlich für Davids Reise bezahlt hat?«

Weil die Audleys nicht die Mittel dazu haben, fügte sie in Gedanken an. Weil das Familienvermögen nicht ausreichte, um den einzigen Sohn auf seine Kavaliersreise zu schicken. Diese Reise, die dafür sorgte, dass David danach ein guter Posten in der Politik offenstand. Die *Grand Tour* bedeutete nicht nur die Besichtigung der ehrwürdigen antiken Stätten, sondern hauptsächlich den letzten Schliff an einer Erziehung, die aus Söhnen hoher Familien vollendete Gentlemen machte, versehen mit der Einsicht in fremde Sitten, Sprachen und diplomatische Kenntnis und ausgestattet mit einem Blick auf die tieferen Zusammenhänge im Weltgefüge. Männern, die ihre Kavaliersreise absolviert hatten, standen gesellschaftliche Türen offen, die anderen verschlossen blieben. Erst recht für einen Jungen wie David Audley, der nur noch dem Namen nach ein höhergestellter Sohn war.

Elindas Vater starrte der Kutsche mit Lord Charswick hinterher, und nun war auch er sehr blass.

Elindas Blick schweifte erneut zu dem Mann im schwarzen Kutschermantel. Er schaute mit gesenktem Kopf auf einen Zettel in seiner Hand, ehe er aufsah und das Verschwinden der letzten Kutsche verfolgte. In seinen dunklen Augen lag immer noch der merkwürdige lauernde Ausdruck, der so wenig zu der aufgewühlten Situation passte.

Bérénice packte ihren Mann am Ärmel. »David kommt doch, oder? Du hast den Brief gelesen, in dem er ankündigte, dass er dieses Schiff nimmt, nicht wahr?«

»Aber sicher doch …«

»Wo ist er dann? Warum ist er nicht bei den Männern, mit denen er gereist ist?«

»Er kommt bestimmt noch«, murmelte Robert Audley zerstreut.

Doch an der Reling wurde nun eilig die Gangway zurückgezogen, während am Hafen die letzte schwarze Kutsche davonrollte. Der Kapitän warf noch einen Blick über die Menge, ehe er mit seiner Besatzung unter Deck verschwand.

Elindas Herz zog sich zusammen. »David war nicht an Bord. Oder er hat sich auf der Reise so verändert, dass wir ihn nicht wiedererkannt haben.«

»Unsinn!«, fauchte Bérénice. »Dann hätte er doch uns wiedererkennen müssen.«

Sie warf Elindas hellblauem Mantel, mit dem sie wie ein Wellensittich aus der Menge herausleuchtete, einen vorwurfsvollen Blick zu, als wäre das alberne Kleidungsstück schuld an allem.

»Dafür muss es eine Erklärung geben«, sagte Robert Audley, der immer eine Erklärung für alles suchte und meistens auch eine fand. »Vielleicht hat der dumme Junge die Abfahrt verpasst. Er wird mit dem nächsten Schiff kommen.«

Elinda schloss die Augen. Ihr Atem fühlte sich an, als würde kalter Sand in ihr Inneres dringen.

Ein Gedanke fuhr wie ein Stachel in die widerstreitenden Gefühle.

Was, wenn sie David nie wiedersehen würde?

2

Als sie vor dem Quarantänequartier ankamen, konnte Elinda sich einmal mehr davon überzeugen, dass ihr Vater auf Fremde eine Autorität wirken ließ, die weitaus mehr bestach als ein Samtrock nach der neuesten französischen Mode.

»Ich verlange augenblicklich mit den Männern zu sprechen, die gerade eben durch diese Tür gebracht wurden!«

Robert Audley deutete auf die Holztür in der weiß gekalkten Fassade des kasernenartigen Gebäudes, das am Ende des Hafens zwischen Bootsschuppen und einer ruinösen Werft lag. Krähen hockten auf dem flachen Dach, als hätten sie mit den Möwen heimlich eine Wachablösung vereinbart.

»Es ist von allergrößter Dringlichkeit. Ihr seid also bitte so freundlich?«

Audleys Tonfall verriet keinen Zweifel darüber, dass er es gewohnt war, andere nach seinen Wünschen handeln zu sehen. Der Wachsoldat zögerte nur kurz, ehe er sich mit einem Mann im Wachhäuschen gleich neben der Tür besprach.

»Sie lassen die Besucher nicht näher als vier Meter an die vergitterten Fenster heran«, murmelte Robert Audley. »Das

Essen und die Kleidung muss man den Insassen mit einer Stange reichen.«

»Wie furchtbar würdelos.« Bérénice atmete schwer unter der ungewohnten Anstrengung, ihr Zimmer in Thornton Hall zu verlassen, wo sie die meiste Zeit matt auf einer Récamiere verbrachte und nicht die Kraft aufbrachte, dafür zu sorgen, dass Elinda ein Korsett trug oder David seinen täglichen Apfel aß. Sie hatte nicht einmal bemerkt, dass ihr Dienstmädchen nicht mehr hinter den Vorhängen fegte, sodass dort eine Maus ihr Nest gebaut hatte. Elinda hatte es entdeckt, jedoch nichts gesagt.

»Wie willst du auf diese Entfernung etwas von ihnen erfahren?«, fragte Elinda ihren Vater nun. »Die Mylords sind sicher zu schwach, um so laut zu sprechen.«

»Wir müssen es versuchen. Aber ich werde allein gehen. Du und deine Mutter …«

»Das kommt nicht infrage«, unterbrach Bérénice ihn. Es war das erste Mal, dass Elinda ihre Mutter ihrem Vater widersprechen hörte.

Kurz darauf wurden sie von einem Krankenwärter empfangen. Der Mann hatte ein weißes Tuch um Mund und Nase geschlungen und empfahl ihnen, mit ihren Halstüchern ebenso zu verfahren. Robert Audley nannte die Namen von Davids Reisegefährten.

»Die Lords Ruthwen, Charswick und Veland. Ich nehme doch an, sie wurden zusammen und gesondert von den anderen untergebracht?«

Der Mann blätterte in einigen Papieren, die auf einem Holzbrett befestigt waren. Dann bedeutete er ihnen, ihm zu einem Gebäude auf der Rückseite des Areals zu folgen. Mittlerweile waren weitere Angehörige vom Pier am Quarantänequartier angekommen. Lautes Rufen und drängende Fragen wogten auf und ab. Elinda war so durchgefroren, dass sie ihre Finger kaum noch spürte, und sie wurde das Gefühl nicht los, mit diesem salzigen Nebel gleichzeitig etwas Unheilvolles einzuatmen, das sich in ihrem Innern einnisten und sie nie wieder loslassen würde.

Vielleicht schmeckte so die Zukunft. Eine Zukunft ohne David.

»Und David Audley?«, fragte sie den Wärter. »Steht sein Name auf der Liste?«

Ehe ihr Vater sie für ihren Vorstoß zurechtweisen konnte, warf der Wärter einen weiteren Blick auf seine Liste und schüttelte den Kopf.

»Nein. Keiner dieses Namens. Aber wir haben noch nicht alle erfasst. Kann dauern. Wollt Ihr die armen Teufel nun sehen oder nicht?«

Robert Audley nickte bestimmt. Sie wurden zu einem vergitterten Fenster knapp oberhalb der Erde geführt, hinter dem ein dunkler Raum lag. Eine weiße Schnur war in einigem Abstand vor dem Fenster aufgespannt.

»Näher heranzutreten ist untersagt«, warnte der Mann. »Macht Euch nicht zu viele Hoffnungen. Einer von denen ist … nun, hat seine Seele bereits Gott anbefohlen.«

»Ihr meint Lord Pellingham«, vermutete Robert Audley. »Der wurde ja schon vorhin tot auf dem Schiff gefunden.«

»Nein, Sir, nicht der.« Der Wärter schien sich zu freuen, Audley widersprechen zu können. »Will damit sagen, von den dreien, die hier ankamen, leben noch zwei.«

Bérénice blickte in den trüben Himmel hinauf und presste die Lippen zusammen.

Elindas Mitleid für die Männer hielt sich in Grenzen. Aus

Davids Briefen wusste sie, was für eine Sorte Mensch diese vier Lords waren, und sie hatte Mühe, sich nicht anmerken zu lassen, dass ihr Zustand sie nicht sonderlich bekümmerte.

Robert Audley nahm an der weißen Markierung Aufstellung. Elinda trat neben ihn. Ihr Körper spannte sich in einer Mischung aus Angst und einer seltsamen morbiden Neugier.

»Denkst du, Lord Charswick wird sich die Blöße geben, mir Auskunft zu geben, wenn du dabei hockst wie ein Huhn?«, zischte ihr Vater.

»Charswick wird schlimmere Sorgen haben«, gab Elinda zurück.

Sie hatte in den vergangenen zehn Monaten eine gewisse Übung darin erlangt, ihrem Vater zu widersprechen. Doch lange würde ihr Widerstand nicht mehr bestehen können, das ahnte Elinda. Sie wusste, was auf sie zukam. Der Albtraum der Weiblichkeit. Wer mochte wissen, wie lange sie noch die Gelegenheit hatte, sich aufzulehnen? So sehr ihr die Sorge um David das Herz einengte, genoss Elinda die Weite der Schlupflöcher, die ihre Erziehung ihr gestattete. Widersprechen. Nicht gehorchen müssen. Es fühlte sich so gut an.

Plötzlich erschien hinter den Gittern ein Gesicht. Kreidebleich, fast grau, mit fiebrig glänzenden, unsteten Augen.

»Meine Güte, Charswick!«, stieß Robert Audley hervor. »Was ist Euch bloß widerfahren?«

»Wo ist David?«, drängte Bérénice sich vor.

»Verloren … Euer Junge ist verloren.« Lord Charswicks Stimme war kaum mehr als ein heiseres Flüstern.

Elinda presste die Fingernägel in ihre Handflächen. Am liebsten hätte sie den ausgemergelten Mann durch die Gitter hindurch geschüttelt.

»Was sagt Ihr da?« Ihr Vater beugte sich vor. »Ihr müsst ein wenig lauter sprechen. David, verloren? Was meint Ihr damit? Ist mein Sohn verstorben?«

»Das ist unmöglich!«, herrschte Bérénice den Mann an. »Erst vorgestern kam noch ein Brief von ihm aus Calais.«

Charswicks weiße Finger suchten Halt an den Gitterstäben. Seine Augen fielen zu, mühsam zwang er sie wieder auf. »Ihr müsst mir verzeihen, Audley. Wir konnten ihn nicht beschützen. David … wir haben ihn verloren. In Pompeji. Ich wollte es Euch sagen, wenn wir zurück sind. Bitte glaubt mir.«

Elinda zuckte zusammen. *Pompeji.*

Längst war bekannt, dass die uralten Mauern, die vor einigen Jahrzehnten am Golf von Neapel aus der Vulkanasche gegraben wurden, zu der legendären antiken Stadt gehörten. Jener Stadt, die im Jahr 79 nach Christus bei einem Ausbruch des Vesuvs unter einer meterdicken Schicht aus Asche begraben worden war und mit ihr Menschen, Tiere, Schätze, Fresken, Marmorskulpturen und die Alltagsgegenstände eines Lebens, das vor achtzehn Jahrhunderten von einem Moment auf den nächsten ausgelöscht worden war.

David hatte in seiner Vorfreude auf die *Grand Tour* die Reiseberichte und Gemälde studiert, die englische Reisende der Öffentlichkeit zugänglich machten. Allen voran der englische Botschafter in Neapel, Sir William Hamilton, der der Royal Society in London seine Forschungsarbeiten über Pompeji und der Gegend um den Vesuv geschickt hatte. David und Elinda hatten diesen Bericht so genau studiert, dass die Seiten zerfledderten. Aber nur David durfte die Ungeduld spüren, die majestätische Tragik dieses Ortes

bald selbst zu erleben. Elinda hatte diese Tatsache so wehgetan, dass sie Hamiltons Schrift am liebsten in den Kamin
geschleudert hätte.

Sie beneidete ihren Zwillingsbruder um alles, was er auf
seiner Kavaliersreise sehen würde. Frankreich, die wilden
Schweizer Alpen, das geheimnisvolle Venedig, die herrlichen Stätten der Renaissance, natürlich Rom mit seinen
kolossalen Ruinen sowie Neapel, die im süßen südlichen
Licht badende Stadt am Vesuv. Aber es war das über Jahrhunderte aschetote und nun langsam ans Licht kommende
Pompeji, um das sie ihn am meisten beneidete.

Und nun sagte dieser zu einem lebenden Gespenst ge-
schwächte Mann, sie hätten David in Pompeji verloren.

»Erklärt Euch, Charswick!«, drang Robert Audley auf den
Kranken ein.

Der griff sich an den Hals. Seine Adern zuckten dunkel
unter der bleichen Haut. Er holte qualvoll Luft. »Ich kann
nicht. Es ist ein Fluch … wir sind alle verflucht.«

»Was soll das heißen?«, fuhr Elinda dazwischen. »Habt
Ihr etwas von dort mitgenommen?«

Sie dachte an die Legende, die besagte, dass es Unglück
brachte, wenn man etwas aus den Ruinen von Pompeji mitnahm. Selbst der kleinste Lavabrocken oder ein Steinchen
aus den antiken Bodenmosaiken, ganz zu schweigen von
Gegenständen oder Teilen der Wandmalereien sorgte dafür, dass der Dieb fortan von Unfällen und Krankheiten
heimgesucht wurde. In den Berichten englischer Reisender
wurde dieser Fluch natürlich belächelt. Vor allem da man
ihm die Frage gegenüberstellen musste, warum er nicht
auch die neapolitanischen Könige traf, die die Ruinen Pompejis bekanntlich wie Raubgräber hatten ausplündern las-

sen. Die wertvollen Skulpturen und Wandmalereien waren in die königlichen Prunkräume gewandert, die Alltagsgegenstände und kleineren Kunstwerke in ein Museum in Portici. Vieles war aber auch einfach auf dem Müll gelandet.

Vielleicht traf dieser Fluch nur Normalsterbliche.

»Hat David etwas mitgenommen aus Pompeji?«, formulierte sie die Frage um.

In dieser beängstigenden Situation schien es Elinda das Naheliegendste, was sie hätte fragen können.

Charswick hustete. »Wir haben alle … etwas von dort mitgenommen.«

Ihr Vater machte eine unwirsche Handbewegung, um Elinda zum Schweigen zu bringen. »Was ist meinem Sohn zugestoßen? Nun redet schon! Ist in Pompeji etwas passiert, von dem wir nichts wissen? Warum hat David uns nicht davon geschrieben?«

Hinter Charswick ertönte in der finsteren Kammer ein röchelndes Husten, und jemand, wahrscheinlich Lord Veland, stammelte: »Lüg den Mann nicht an, Henry. In Rom haben wir den Bengel verloren. Das Fieber …« Ein heiseres Kichern ertönte und wurde von einem Hustenanfall erstickt. »Haben den Jungen aber anständig begraben.«

Elinda erstarrte. In ihrem Kopf türmten sich die Fragen, doch ihr Mund blieb stumm.

Ihre Mutter machte Anstalten, hinter die Absperrung zu treten. »Was sagt Ihr da?«

Robert zog sie am Arm zurück. Er war mit einem Mal leichenblass.

»Du hast sie doch gehört, Bérénice, ein Fieber hat ihn …«

»Audley, nein«, keuchte Lord Charswick. »Der Pompejanische Fluch hat ihn ereilt, wie uns alle. Wir hätten es wis-

sen müssen. Der Junge büßt für unsere Sünden. Die Rachegöttinnen kennen kein Erbarmen.«

Es machte den Anschein, als würde der Mann sich kurz-
zeitig erholen, seine Worte klangen klar, sogar sein Blick
öffnete sich ein wenig. Doch schon im nächsten Moment
sackte er wieder hustend zusammen. Etwas Schwarzes
tropfte von seiner Unterlippe.

Furchtbare Bilder schwärmten plötzlich in Elindas Gedanken aus.

David, wie er, ebenfalls schwarzes Blut aushustend, in
einer römischen Herberge zusammengekrümmt auf einem
Bett sein Leben aushauchte. David, wie er vom Fieber geschüttelt irgendwo in einem Gasthaus bei Pompeji lag und
nach seiner Mutter rief, kein angehender Kavalier mehr, nur
noch ein verlassenes Kind.

Aber das konnte nicht stimmen. Ihr Bruder hatte ihnen
Briefe geschrieben von seiner Rückreise durch die Toskana,
Venedig, die Alpen und Frankreich.

»Was in Gottes Namen …?« In Robert Audleys Stimme
hatte sich eine Schwingung eingeschlichen, die Elinda noch
nie gehört hatte, nicht einmal an dem schrecklichen Tag
vor fünf Jahren, als sie ebenfalls am Hafen von Dover auf
ein Schiff warteten, das aber nicht kam. Die Waren aus
Vaters Pachtplantage auf Jamaika, seine ganze finanzielle
Hoffnung – verloren auf dem Meeresgrund.

Elinda wurde schwindelig. Die Kälte schien nicht mehr
rings um sie zu sein, sondern aus dem vergitterten Verlies
zu strömen, in dem man Davids Reisebegleiter zum Sterben sich selbst überlassen hatte.

Robert Audley versuchte noch einmal, Lord Charswick
eine Erklärung zu entlocken, aber dieser presste ein Taschen-

tuch gegen seinen Mund und schloss die Augen. Seine andere Hand löste sich von den Gitterstäben und wanderte zu seiner Rocktasche. Er nestelte etwas daraus hervor und legte es auf den Boden vor die Fensteröffnung. »Das hier … ist der Ursprung des Fluchs.«

Elinda konnte nicht erkennen, was es war. Ein unförmiges, dunkelgraues Ding, wie geschmolzenes Metall. Robert Audley forderte Charswick auf, es zu ihm hinüber zu werfen, doch der Mann sank mit einem Seufzen zu Boden.

»Betet für meine Seele …«

Aus der Zelle ertönte nur noch ein leises, gequältes Husten. Das finstere Fensterloch schien auch Elindas Lebenskraft einzusaugen. Doch sie schüttelte die Lähmung ab. Zwei rasche Schritte, und sie war an der vergitterten Öffnung, ergriff das metallene Etwas und trat schnell wieder zurück. Doch nicht schnell genug. Etwas drang zwischen zwei ihrer Wimpernschläge. Die leblosen Leiber der drei Männer, die ihren Bruder zehn Monate lang begleitet hatten. Drei Männer, einstmals pfauenstolz in ihren eleganten Seidenröcken, Brokatwesten und schneeweißen Perücken, knallenden Schnallenschuhen und ihrer Selbstsicherheit, so straff wie Segel voll Wind. Drei Männer, die nun schlaff in der Hand des Todes hingen. Elinda hatte keine Angst vor einer möglichen Ansteckung.

Sie hatte nur Angst um David.

Unwirsch nahm ihr Vater ihr das metallene Ding ab und betrachtete es stirnrunzelnd. Es war nicht größer als ihre Handfläche und schien einmal eine quadratische Form gehabt zu haben. Er schob seinen Fingernagel zwischen die Schichten des aufgeworfenen Randes. Die Oberfläche war schartig und hatte drei kleine Durchbrüche.

»Was ist das?«, fragte Elinda.

Robert Audley hob es hoch und kniff die Augen zusammen. »Ich habe so etwas bisher nur einmal gesehen, damals in Rom, bei einer Ausgrabung auf dem Forum. Man wusste nichts damit anzufangen und warf es zu den Scherben. Vielleicht eine Art geschmolzene Hülle – wie soll man das nach all den Jahrhunderten wissen?«

Elinda wollte nicht glauben, dass Lord Charswick einer geschmolzenen Hülle, und mochte sie auch noch so alt sein, eine derartige Bedeutung beimaß.

Bérénice wandte sich mit einem sichtbaren Schaudern ab. »Was, wenn daran diese schreckliche Krankheit klebt? Oder der Fluch, von dem Lord Charswick sprach?«

»Die Krankheit könnte wohl daran kleben«, sagte Robert Audley. »Aber schwerlich ein Fluch. Elinda, lass die Hände aus dem Gesicht, bis du sie dir waschen kannst.«

Bérénice schnappte nach Luft. »Gott bewahre, Elinda! Warum musstest du das schauderhafte Ding auch anfassen? Robert, was meinte Lord Charswick mit diesem Fluch?«

Auf ihrem blassen Gesicht blühten die roten Blumen ihrer hektischen Sorge.

Robert Audley schüttelte brüsk den Kopf. »Wir sind Engländer. Wir glauben nicht an Flüche.«

3

»Wenn ich mir erlauben darf, Lady Audley, Sir Audley, aber an dem Gegenstand in Eurer Hand haftet durchaus ein Fluch.«

Die Stimme war ganz nah hinter ihnen. Elinda und ihre Eltern fuhren herum.

Da stand er. Der abgerissen wirkende Mann vom Hafen. Ehe Elinda sich fragen konnte, warum er ihre Familie ansprach, spürte sie wieder die eigenartige Faszination, die schon aus der Ferne von ihm ausgegangen war. Er war ein Mann Mitte dreißig und strahlte etwas Junges, gleichzeitig aber auch Altes aus. Etwas Wildes, Raues umfasste seine edlen Gesichtszüge wie ein grob zusammengezimmerter Rahmen für ein wertvolles Gemälde.

Erneut wurde Elinda das Gefühl nicht los, den Mann von irgendwoher zu kennen.

Robert Audley blinzelte überrascht und wollte etwas erwidern, doch von einer Sekunde auf die nächste erstarrte seine Miene vor Abscheu und Ablehnung.

»Dass Ihr es wagt, Euch anständigen Leuten zu nähern!«

Doch der Mann schien derartige Erwiderungen entweder gewohnt zu sein, oder sie glitten an ihm ab wie der nun einsetzende Regen auf seinem gewachsten Mantel.

»Nun, Sir Audley, Euresgleichen haben dafür gesorgt, dass ich nur noch unter unanständigen Leuten mein Brot verdienen kann. Aber bisweilen haben auch die Anständigen unter Euch Sorgen, derer ich mich annehmen kann.«

Elinda wusste, was man von ihr verlangte. Sie sollte sittsam den Kopf senken und abwarten, bis ihr Vater das Gespräch für beendet erklärte. Aber sie war zu irritiert von dem Auftauchen des Fremden, seiner gewählten Ausdrucksweise und seinem Selbstbewusstsein, als dass sie wie ein schüchternes Mädchen ihre Schuhspitzen angestarrt hätte.

»Warum glaubt Ihr, dass wir Sorgen haben?«, fragte sie ihn.

Ihre Mutter stieß ihr warnend gegen den Rücken, doch Elinda ignorierte es.

Der Mann streifte sie mit einem Lächeln, ehe er wieder ihren Vater ansah.

»Sir Audley, wenn ich richtig gesehen habe, vermisst Ihr Euren Sohn David. Er war nicht an Bord der *Allison*. Und seine Begleiter sind nicht mehr in der Lage, Euch Auskunft über seinen Verbleib zu geben.«

»Wisst Ihr etwa, wo mein Sohn abgeblieben ist?«, blaffte Robert Audley. »Und ich warne Euch!« Er trat einen Schritt auf den Fremden zu und starrte ihn feindselig an. »Wenn Ihr es wisst, dann sagt Ihr es besser. Oder wollt ihr etwa Eurem Ruf Ehre machen und für diese Information Geld verlangen?«

Der Mann erwiderte Audleys Blick gelassen, doch etwas Trauriges huschte durch seine Augen.

»Nein. Ich weiß nicht, wo Euer Sohn abgeblieben ist. Aber ich weiß, dass dieses Artefakt in Euren Händen ein antikes Fluchtäfelchen ist.« Er deutete auf das metallische Etwas zwischen Audleys Fingern. »Damit riefen die alten Griechen und Römer die Götter der Unterwelt an, um anderen Menschen Schaden zuzufügen, ihnen Krankheit und Tod zu wünschen.«

Für einen Moment schimmerte Neugierde in Robert Audleys Blick auf.

»Das hat Lord Charswick doch gemeint«, sagte Bérénice mit unpassender Genugtuung. »Ein Fluch hat diese Männer getötet und David womöglich auch!«

»Es gibt keine Flüche«, sagte der Mann. »Aber fragt Ihr Euch nicht, warum Lord Charswick und Lord Veland glauben, dass von diesem Täfelchen eine böse Kraft ausgeht?«

Elinda kannte ihren Vater gut genug, um zu wissen, wie sehr ihn die Worte des Mannes in die Enge trieben. Robert Audley war seit jungen Jahren oft in Italien gewesen, hatte die Ausgrabungen der Villa des Kaisers Hadrian gesehen, war in Pompeji und sogar in Sizilien gewesen und hatte einen Großteil seines Geldes für antike Marmorskulpturen aufgewendet, bevor sein Vermögen in die jetzige Schieflage geriet. Er galt als versierter Altertumskenner und Kunstsammler, und es gab nur wenige, die ihm in Geschichtskenntnis das Wasser reichen konnten. Und nun stand dieser schäbig gekleidete und offenbar schlecht beleumundete Kerl vor ihm und erklärte ihm, was das rätselhafte metallische Ding war, das eben aus Lord Charswicks sterbenden Händen geglitten war.

»Ich frage mich viel eher«, griff Robert Audley die Worte des Mannes auf, »was Euch das überhaupt angeht. Habt Ihr keinen Schmuggler, dem Ihr mit Eurem unseligen Talent zur Hand gehen könnt oder sonst eine zwielichtige Aufgabe?«

»Doch«, erwiderte der Mann ruhig. »Aber ich bin vielleicht der Einzige, der Euren Sohn aufspüren kann.«

»Was erdreistet Ihr Euch?«, blaffte Robert Audley. »Glaubt Ihr im Ernst, ich erwäge auch nur eine Sekunde, Euch …«

»Vater, vielleicht solltest du ihn aussprechen lassen«, entfuhr es Elinda.

»Sei still!«, zischte Bérénice.

»Nein, ich bin nicht still«, hielt Elinda dagegen. »Ich will wissen, was mit meinem Bruder geschehen ist. Wenn dieser Herr uns nun helfen könnte …«

»Elinda, ich muss doch sehr bitten!«

Ihr Vater starrte sie an, als hoffte er, die Kräfte der Medusa zu erlangen, doch in diesem Moment fiel es Elinda wie Schuppen von den Augen.

»Ich weiß, wer Ihr seid!« Sie sah dem Mann offen ins Gesicht, ihr Herz pochte vor Aufregung schneller. »Ihr wart hier am Hafen, als mein Bruder im Juli letzten Jahres aufbrach.«

Das Bild stand ihr nun ganz deutlich vor Augen. Sie war bei David am Pier gewesen und hatte mühsam ihre Tränen heruntergeschluckt. Das Gepäck wurde gerade verladen, und Robert Audley hatte seinem Sohn noch ein paar letzte gute Ratschläge mit auf den Weg gegeben. Da war Davids Blick plötzlich an einem Mann in der Menge hängen geblieben, und in seine Augen war ein Ausdruck getreten, den Elinda noch nie an ihm gesehen hatte.

»Siehst du den Kerl mit dem schwarzen Kutschermantel da drüben?« David hatte ihre Hand gepackt und sie auf einen Mann aufmerksam gemacht, der am Rand der Menge auf irgendjemanden zu warten schien.

»Was würde ich drum geben, mit ihm zu reisen und nicht mit diesen vier bornierten Lords«, hatte David gesagt und geseufzt.

»Wer ist er?«, wollte Elinda wissen.

»Das ist Blake Colbert. Ich habe dir doch von ihm erzählt.

Der berühmteste *bearleader* aller Zeiten.« Davids Augen hatten geleuchtet, und er konnte den Blick kaum losreißen von dem Mann, der jedoch nicht den Anschein machte, als würden adelige Familien ihre Söhne für Kavaliersreisen in seine Obhut geben.

»Er ist ein Abenteurer, der nicht bloß lehrmeisterlich die historischen Stätten besichtigen lässt«, hatte David erzählt. »Ich habe gehört, dass er eigenhändig drei Piraten vor Genua mit dem Säbel den Garaus gemacht hat. Er kennt überall in Italien interessante Leute und geheimnisvolle Orte, die man normalerweise nicht zu sehen bekommt.«

David besuchte damals das Royal College of St. Peter, und dort hatten ihm Mitschüler die Geschichten über Blake Colbert erzählt, die sie wiederum von ihren großen Brüdern hörten. Elinda hatte damals kein Ohr für die Abenteuer des *bearleaders* gehabt und seinen Namen gleich wieder vergessen. Überhaupt fand sie den Begriff – Bärenführer – ziemlich unpassend für die verantwortungsvolle Aufgabe eines Tutors, der im Ausland auf junge Männer achtgeben musste. Doch seit in einer englischen Zeitschrift einmal die Karikatur eines solchen Tutors mit seinem Schützling in Gestalt eines jungen Bären in extravaganter Kleidung erschienen war, hatte sich der Begriff etabliert.

Als Davids Begeisterung über Blake Colbert so kurz vor seiner eigenen *Grand Tour* wieder aufflammte, hatte Robert Audley seinen Sohn entrüstet zurechtgewiesen.

»Du weißt ja nicht, was du da redest. Was glaubst du wohl, warum der Kerl hier so zwielichtig am Hafen herumlungert? Mein Junge, selbst wenn ich alles Geld der Welt hätte – niemals würde ich dich ihm anvertrauen. Sei dankbar für die vier guten Männer, mit denen du reisen wirst.«

Elinda war vom Abschiedsschmerz zu überwältigt gewesen, um den geheimnisvollen Fremden näher wahrzunehmen. Doch nun, da ihr diese Szene wieder einfiel, schien es, als würde dieser Mann aus der Vergangenheit heraus nach ihr greifen.

»Natürlich stand er damals am Hafen herum!«, blaffte Robert Audley nun in Elindas Richtung. »Leute wie er haben nämlich nichts Besseres zu tun, als sich den schändlichsten Kreaturen anzudienen, um sich für Dinge bezahlen zu lassen, für die man Euch hängen könnte, *Mister* Colbert!«

Blake Colbert blieb gelassen. »So schlimm ist es nun auch wieder nicht.«

»Bleibt mir aus den Augen, habt Ihr gehört?« Robert Audley warf Elinda einen auffordernden Blick zu und reichte Bérénice seinen Arm. »Und wagt es nie wieder, mich in der Öffentlichkeit anzusprechen.«

Er ergriff Elindas Hand und zog sie mit sich. Sie warf noch einen Blick über die Schulter zurück. Blake Colbert schien keineswegs erschüttert zu sein über Audleys harte Worte.

»Wenn Ihr es Euch anders überlegt, Sir Audley, Ihr erfahrt gewiss, wo man mich findet«, rief er den Davoneilenden hinterher.

»Vater, warum lässt du ihn so stehen?«, protestierte Elinda. »Was ist, wenn er weiß, wie wir David finden können?«

Er packte sie nun schmerzhaft am Handgelenk und riss sie mit.

»Was du noch lernen musst, junge Lady, ist, dass man im Beisein erwachsener Männer den Mund hält!«, zischte er.

»Sehr richtig«, pflichtete ihre Mutter ihm bei. »Du solltest dich schämen!«

Elinda war fassungslos, dass ihre Eltern in dieser Situation noch versuchten, sie zu korrigieren. Am liebsten hätte sie sich losgerissen und wäre zu dem Mann zurückgerannt, um ihm all die quälenden Fragen zu stellen, die ihr auf der Zunge lagen. Sie bemerkte kaum den Regen, der durch ihre Haube drang und ihr Haar durchnässte.

»Wir müssen doch etwas tun, um David wiederzufinden«, drang sie weiter auf ihren Vater ein.

»Wir werden alles Nötige unternehmen«, versicherte Robert Audley. »Aber dazu gehört gewiss nicht, mit diesem abgerissenen Halunken zu sprechen.«

»Was hat er getan, dass du so von ihm sprichst?«

Robert Audley eilte weiter in Richtung ihrer Kutsche, die am Hafen auf sie wartete. »Das tut nichts zur Sache.«

Elinda blieb stehen. »Ich will es wissen!«

»Du gibst ja doch keine Ruhe«, schnaubte ihr Vater, bedeutete ihr jedoch nachdrücklich, weiterzugehen.

»Mister Colbert war früher ein angesehener Reiseführer, der durch verantwortungsloses Handeln seinen guten Ruf ruiniert hat. Niemand würde je wieder seine Söhne mit ihm nach Italien schicken. Nach einer äußerst unschönen Geschichte vor etwa acht Jahren entzog er sich dem Skandal, indem er zur See fuhr. Vor einem Jahr etwa ist er wieder aufgetaucht, und was man so von ihm hört, ist er nun ein Handlanger für allerlei zwielichtiges Gesindel. Jeder kann ihn gegen Bezahlung für die niedersten Dienste anheuern. Er hilft Schmugglern, räumt hinter Verbrecherbanden auf. Mehr musst du nicht wissen.«

»Und wenn das nun alles Gerüchte sind?«, widersprach Elinda. Sie wusste nicht, woher ihr Bedürfnis kam, Partei für Mister Colbert zu ergreifen. War es nur Davids Begeisterung für ihn? Oder die unergründliche Faszination, die sie empfunden hatte, als sein Blick ihrem begegnet war?

»Oh, das sind gewiss keine Gerüchte!«

»Aber woher wusste er dann, dass wir David vermissen? Und woher kannte er die Namen der Lords?«

»Männer wie er sind immer über alles gut im Bilde, weil sie überall ihre schmutzigen, geldgierigen Finger drin haben. Und nun will ich kein Wort mehr hören, Elinda. Ich habe genug Sorgen.«

»Die könnte Mister Colbert vielleicht zerstreuen«, widersprach sie. »Ist es nicht gleichgültig, was er für einen Ruf hat, wenn er dafür David aufspüren könnte?«

Robert Audleys Geduld war am Ende. Er fuhr zu ihr herum, und Elinda glaubte schon, er würde sie erneut anherrschen. Doch in diesem Moment öffnete der Himmel seine Schleusen, und der Regen wurde zu einem Sturzbach, der alle möglichen Reaktionen auf ihre Hartnäckigkeit mit sich fortspülte.

4

Als Kind hatte Elinda es geliebt, nach Thornton Hall zurückzukehren und sei es auch nur von einem Ausflug ins nahe
London. Der alte Landsitz aus der Zeit Königin Elisabeths
mit seinen großen Fenstern und den Mauern, die an creme-
farbenen Topas erinnerten, lag am Ende einer Kastanien-
allee auf einer sanft geschwungenen Anhöhe. Die Sonne
hatte sich in den blank geputzten Scheiben gespiegelt und
die Fassade am Abend mit einem goldenen Schimmer überzogen. Jetzt war das Herrenhaus ergraut und brüchig wie
ein sehr alter Mann, der sich weigerte zu sterben. Schon aus
der Ferne, noch durch die Zweige der kahlen Bäume hindurch sah man, dass einige Fenster von innen vernagelt worden waren, dass das Dach an einigen Stellen eingesunken
war und der Rasen einer riesigen, schlecht verheilenden
Narbe glich. Es war nichts Tröstliches mehr im Moment des
Heimkommens.

Erst recht nicht an diesem Tag. Robert Audley hatte
Elinda und Bérénice in einer Taverne am Hafen vor dem
Regen in Sicherheit gebracht und war allein losgezogen,
um erste Erkundigungen einzuziehen. Die Taverne war von
den vielen Menschen überfüllt, die heute vergeblich auf die
Rückkehr ihrer Angehörigen gewartet hatten, und in Elindas

Ohren hallten immer noch der laute Chor besorgter und verärgerter und mit vorgerückter Stunde zunehmend betrunkener Stimmen.

Irgendwann war ihr Vater mit der Botschaft zurückgekehrt, dass innerhalb der letzten Stunden auch der letzte der Lords, Sir Veland, gestorben war. Robert Audley hatte nicht mehr tun können, als eine Nachricht nach Calais schicken zu lassen, um dort nach Davids Verbleib zu forschen.

Während der ganzen Kutschfahrt zurück nach Thornton Hall hatte er kein Wort mehr über die unheimlichen Andeutungen Lord Charswicks verloren. Das uralte Bleitäfelchen hatte seine Kanten durch den fadenscheinigen Stoff seiner Rocktasche gedrückt, und Elindas Gedanken waren immer wieder zu Mister Colbert zurückgewandert.

Die Pferde hielten, und ihr Vater stieß den Kutschenverschlag auf. Die Zeiten, dass ein Butler sie erwartete, waren vorbei. Wenigstens brannte im Salon ein Feuer. Doris, das Küchenmädchen, verkündete, dass es später zum Dinner Hechtklöße geben würde. Elinda drehte es beinahe den Magen um.

Der Abend versammelte sich bereits mit Nebel und tropfender Finsternis vor den Fenstern. Ihr Vater schloss die Türen des Salons hinter sich und seiner Frau, und Elinda konnte sie dahinter aufgeregt, aber gedämpft sprechen hören. Sie war versucht, an der Tür zu lauschen, da drang die Stimme ihrer Mutter laut und deutlich hinter dem Holz hervor.

»Bring ihn mir zurück! Ich kann nicht noch ein Kind verlieren!« Ein haltloses Schluchzen folgte.

Elinda wich von der Tür zurück.

Nicht noch ein Kind…

Der Schmerz der Erinnerung, die hinter den Worten ihrer Mutter lag, entwich in einem zitternden Atemzug. Sie stand allein in der Mitte der dunklen Eingangshalle des alten Landsitzes.

Elinda konnte sich an eine Zeit erinnern, in der diese Halle ein warmer, heller Ort gewesen war. Brennende Kandelaber und ein großes Feuer im Kamin neben der gewundenen Steintreppe. Das Licht hatte sich golden an die Schatten geschmiegt. Die alten Familienporträts schienen jeden Eintretenden zu begrüßen. Oder neugierig herabzuschauen, wenn sie und David auf der Treppe Fangen spielten. Nun erschien Elinda die Halle wie eine gigantische Gruft. Es kam ihr vor, als hätten die letzten Kerzen an einem Begräbnis gebrannt, das lange zurücklag. An einem Tag, der den Untergang der Familie Audley eingeläutet hatte. Damals, als das Schiff mit den Waren aus Vaters Pachtplantage in Jamaika gesunken war, war beschlossen worden, keine unnötigen Ausgaben mehr in Form von Feuerholz, Wachskerzen und sonstigem Luxus zu tätigen.

Elinda konnte hören, wie ihr Vater nun versuchte, Bérénice mit der allgegenwärtigen Stimme der Vernunft zu trösten, die für jede denkbare Situation Rahmen, Richtschnur und Rettung war. Aber es gab Dinge, denen mit Vernunft nicht beizukommen war, und Davids Verschwinden gehörte dazu.

Elinda fragte sich, warum ihr Vater nicht das Bedürfnis hatte, auch sie zu trösten.

Die Kälte des nackten Bodens drang durch ihre Sohlen und die immer noch feuchten Kleider. Ohne Wärme und Licht war dieser Teil von Thornton Hall der Herrschaftsbereich der Steine. Ihre Kälte erinnerte alle Bewohner daran, woran es mangelte. Es gab kein Licht mehr. Alles versank in einer beinahe greifbaren Dunkelheit, die selbst die strahlendsten Frühlingstage nie ganz vertreiben konnten.

Auch darum hatte Elinda David beneidet. Um das Licht, dem er entgegengereist war. In einem Brief vergangenen September hatte er von einer Fülle von Licht geschrieben, die man sich in England nur schwer vorstellen konnte. Und von einer Hitze, die einem die Kälte sämtlicher Winter aus den Knochen zog.

Schwesterlein, mal dir diese Sonne nur einmal aus. Wie ich ihre versengende Gnade liebe! Unter ihr springen Orangenblüten auf, und die Frauen flüchten sich in die Kühle der Kirchen. Gestandene Männer fallen ohnmächtig von ihren Gäulen, und die Eidechsen drücken ihre Bäuche an den erhitzten Marmor …

Da war David gerade kurz vor Rom gewesen und hatte seinem Brief eine kleine Zeichnung beigefügt. Eine Landschaft mit Pinien und Zypressen, an deren Horizont man Kuppeln und Türme erahnen konnte.

Elinda hatte sich die italienische Sonne als granatrote Lampe vorgestellt, deren Licht Dutzende Meilen entfernt die Kuppel von Sankt Peter überzog und die Fassaden der Paläste aufleuchten ließ. Wie die Strahlen in die Zimmer stiegen und purpurne Flecken darin aufblitzten, als würde dort ein Kardinal vorübereilen. Wenn sie die Augen schloss, sah sie die satten, fast ordinären Farben, die man in England nirgendwo fand.

Nun, in der eisigen Steinhalle sehnte sich Elinda so sehr nach dieser Sonne, dass ihr ein wütendes Schluchzen entwich.

»Verdammt, David, warum hast du mich hier zurück-gelassen!«, wisperte sie und klagte damit auch ihr Leben an, das sie in diesem Körper geformt hatte, diesem Frauen-körper, der sich in Dingen beweisen musste, die ihr jetzt noch mehr Angst einjagten als je zuvor. Sie wäre lieber bar-fuß über die Alpen geklettert und hätte sich ohne Geld bis nach Sizilien durchgeschlagen, als auch nur daran zu den-ken, einen Mann heiraten und ihm ein Kind gebären zu müssen.

Die schreckliche Erinnerung an den Albtraum der Weib-lichkeit, den sie vorhin am Hafen vertreiben konnte, drang unbarmherzig in ihr Bewusstsein zurück.

Damals war Elinda sechs Jahre alt gewesen.

Sie hatte sich auf das neue Baby gefreut und sich vor-gestellt, es mit Spitzentüchern zu umwickeln und in einem Stubenwagen durch die langen Gänge von Thornton Hall zu schieben, es zu wiegen und ihm mit einem Emaille-Löffelchen warmes Eigelb zu füttern. Ihre Mutter war stolz auf Elinda gewesen, dass sie in so jungen Jahren Interesse an etwas zeigte, das sie auf ihr eigenes Muttersein vorberei-ten würde.

David jedoch hatte Elindas Vorfreude als Verrat empfun-den und gedroht, nie wieder mit ihr im Garten ihr geliebtes Archäologenspiel zu spielen, wenn sie sich mit dem Baby abgab. Doch diese Drohung ihres Bruders kam nicht an gegen ihre Freude auf das neue Geschwisterchen. Die wil-den Spiele mit David verloren neben dem Wunder, an dem Bérénice ihre Tochter teilhaben ließ, ihren Reiz. An ihre Mutter gekuschelt, durfte sie ihre Hand auf ihren Bauch legen und die zarten Tritte spüren, mit denen das kleine Leben sich bemerkbar machte.

Bérénice hatte ihren Kopf gestreichelt. »All das wirst du eines Tages auch erleben, mein kleiner Schatz.«

Es war das letzte Mal gewesen, dass Elinda ihrer Mutter so nah gewesen war.

Kurz darauf war Thornton Hall erfüllt von überhasteter Sorge, gellenden Schreien und den nervösen Schritten ihres Vaters vor der Schlafzimmertür.

Eine Dienstmagd trug ein winziges, lebloses Bündel in feuchtroten Tüchern fort.

Der Türspalt zum Schlafzimmer war groß genug, um zu sehen, was Elinda nie wieder vergessen sollte. Ihre von einem Heulkrampf geschüttelte Mutter in einem Bett voll blutiger Laken.

»Bring sie mir zurück!«

Und dann ein Arzt, der sehr ernst aussah. Ihre Mutter hatte zu viel Blut verloren.

Tage vergingen. Wochen. Robert Audley war blass und nervös. David hatte sich im Garten verkrochen und ließ sich kaum noch blicken. Das Leben auf Thornton Hall war beinahe zum Erliegen gekommen. Nur Dotty, Elindas Zofe, und die damalige Köchin hielten es an dünnen Fäden zusammen und sorgten wenigstens dafür, dass die Kinder regelmäßig aßen. Dann durfte Elinda endlich wieder zu ihrer Mutter. Doch in ihrem Bett saß ein Gespenst, das vor sich hin starrte, als Elinda sich ihr um den Hals warf. Ihr Vater drängte sie weg und mahnte sie, die Mutter zu schonen.

In den folgenden Wochen beobachtete Elinda immer wieder eine sich wiederholende Szene. Ihr Vater, der seine große Hand auf Bérénices Schulter legte und ihr gut zuredete.

»Nun lächle doch wieder, Liebes. Ich würde deine Trauer ja verstehen, wenn es ein Sohn gewesen wäre. Ein totes Mädchen ist ein Kümmernis, aber wahrlich keine Katastrophe. Du wirst wieder ein Kind bekommen, Bérénice, einen gesunden Sohn. Ganz bestimmt.«

Doch die Lebensgeister ihrer Mutter brannten seit diesem erschütternden Tag vor zwölf Jahren nur noch auf schwacher Flamme, und es kam kein weiteres Kind mehr. Bérénice Audley dämmerte teilnahmslos unter den wehmütig mahnenden Blicken ihres Mannes dahin, der immer wieder davon sprach, dass der Fortbestand der Audleys nicht allein von einem einzigen Sohn – David – abhängen dürfe.

Die gewisperte Antwort ihrer Mutter war Elinda damals ein Rätsel gewesen.

»Du hast doch gehört, was die Ärzte sagen, Robert. Ich bin nun nicht länger eine Frau.«

Während David irgendwann wieder unbekümmert mit seiner Kinderarmbrust im Garten Tauben jagte, wurde Elinda den Anblick des blutigen kleinen Bündels nicht los. Und so hatte sich ein Entschluss in ihr gebildet. Sie würde niemals weinend und halb tot in einem blutigen Bett liegen und einem toten Baby hinterherschreien. Niemals.

Elinda schüttelte den Kopf, um diese lähmende Erinnerung loszuwerden.

Auf der anderen Seite der Halle lag Robert Audleys Studierzimmer, und wie so oft in den letzten zehn Monaten ging sie in dieses Zimmer, um Ruhe und Klarheit in ihre wirbelnden Gedanken zu bringen. Sie drückte die Klinke herab und gab der Tür einen Stoß. Elinda starrte in die Dunkelheit.

Und nach einigen Sekunden starrte die Dunkelheit zurück.

Weiße, reglose Augen richteten sich aus der Schwärze auf sie, wie Fische, die vom Grund eines dunklen Gewässers langsam zur Oberfläche aufsteigen. Elinda sah sich einer Reihe unbewegter Gesichter gegenüber, die ihr streng entgegensahen, als wären sie empört über diese Störung. Sie liebte diesen Moment, wenn aus den abweisenden Marmormienen lebendige Menschen wurden. Mit haarsträubenden, aufwühlenden Geschichten, die David ihr vor dem Einschlafen erzählt hatte, wenn er sich heimlich in ihr Zimmer geschlichen und in ihr Bett gekrochen war. Geschichten über das Leben römischer Kaiser, antiker Helden und zorniger Götter waren nicht für die Ohren kleiner Mädchen bestimmt, wie Bérénice schwach angemerkt hatte, ohne etwas dagegen zu unternehmen.

… Und dann ließ der Kaiser Elagabal so viele Rosen auf seine Gäste herabregnen, bis sie darunter erstickten … und die letzten Worte des sterbenden Julius Cäsar richteten sich an seinen Neffen Brutus … aber eines Tages fiel der geliebte Gefährte von Kaiser Hadrian in den Nil und ertrank, und aus ihm wurde ein Gott, der weithin angebetet wurde … und Marcus Antonius liebte Kleopatra so sehr, dass er mit ihr in den Tod gehen wollte, und manche sagen, dass ihr Schicksal unseren Dichter Shakespeare zu »Romeo und Julia« inspiriert hat …

Irgendwann hatte Elinda begriffen, dass die Marmorbüsten, die in Robert Audleys Studierzimmer auf Sockeln standen, vor undenkbar langer Zeit einmal die Geschicke jenes Landes gelenkt hatten, das zu sehen sie mit solcher Sehnsucht erfüllte. Ihre Finger kannten jede Wölbung im weißen Stein, jede gemeißelte Falte, jede ziselierte Haarlocke. Sie kannte die Geschichten jeder dieser Büsten und auch den Ort, wo ihr Vater sie auf seinen eigenen Reisen vor vielen Jahren gefunden und erworben hatte. Lange bevor er vom Pferd gestürzt war und sich eine Wunde am Bein zugezogen hatte, die sich weigerte zu heilen. Noch einmal nach Italien zu reisen, war sein größter Wunsch, doch den konnte er nur noch David erfüllen.

Seit dem Tag, an dem endgültig klar wurde, dass Elinda nicht mit ihrem Bruder gemeinsam nach Italien reisen würde, lösten die Marmorskulpturen in ihr noch etwas anderes als Sehnsucht aus. Bisweilen ertappte sie sich bei dem Wunsch, eine von ihnen von ihrem Sockel zu stoßen und dabei zuzusehen, wie sie auf dem Boden in Stücke brach.

Langsam näherte sich Elinda der ersten Marmorbüste gleich gegenüber der Tür. Die Nase war abgebrochen, aber die Miene so entschlossen, dass die blicklosen Augen die Dunkelheit zu durchstoßen schienen. Ein kalter Hauch streifte ihren Hals, die Luft roch plötzlich salzig, wie am Morgen im Hafen. Sie wandte den Kopf in Richtung Fenster. Vielleicht hatte einer der Dienstboten vergessen, es ganz zu schließen.

Da sah sie eine Gestalt zwischen den Vorhängen stehen. »David?!«

Die überwältigende Freude, die auf den kurzen Schreck folgte, ergriff ihren ganzen Körper. Natürlich war er zurückgekehrt! Er war noch an Bord der *Allison* gewesen und hatte es irgendwie geschafft, sich im Geheimen davonzustehlen. Oder er war mit einem anderen Schiff gekommen und hatte seine Ankunft nicht ankündigen können. Hatte sich im Verborgenen gehalten, um seine Familie zu überraschen. Das sah ganz nach ihrem Bruder aus.

»David!« Elinda eilte zu ihm, doch es war, als würde sie gegen ein unsichtbares Hindernis stoßen. »David, was hast du?«

Ihr Zwillingsbruder stand ganz in der Nähe der wundervollen kleinen Venus-Statue aus Sizilien, das Lieblingsstück ihres Vaters. Davids Schultern hingen herab. Er schien zu schwanken.

Es wird die Kälte sein, die hier herrscht, dachte Elinda. Nein, tönte die Angst wieder in ihrem Denken. Er ist krank, so wie seine Reisegefährten. Wie blass er ist, wie schwach sein Kopf auf den Schultern sitzt. In sich gekehrt stand er da, hob die Hand und ließ sie sogleich wieder sinken.

Elinda fror plötzlich derart, als würde sie mit einem dünnen Nachthemd im winterlichen Garten stehen. Wo kam diese markzerbeißende Kälte auf einmal her? Und warum begrüßte David sie nicht?

Da wandte er ihr unvermittelt sein Gesicht zu. Elinda erschrak. Der Blick in seinen Augen, die unendliche Traurigkeit darin. Als würde er von jenseits des Grabes herüberschauen. Sie wurde von einem solchen Grausen gepackt, dass sie herumwirbeln und aus dem Zimmer rennen wollte. Doch sie tat es nur in Gedanken. Ihr Körper war zu keiner Bewegung fähig, als wäre sie zur leblosen Gefährtin der Altertümer geworden. Versteinert. Da packte jemand ihre Schulter und schüttelte sie. Ein Ruck ging durch sie, und sie fuhr herum. Im nächsten Moment ertönte ein Aufschrei, und dann zerbarst etwas mit lautem Krachen auf dem Steinboden.

Die Venus-Statue. Zweitausend Jahre alt. Unersetzbar.

Elinda war sicher, dass der Vorsatz ihres Vaters, seine Kinder nie zu schlagen, nun genauso zerbrechen würde wie das kostbare Stück. Sie hätte es sogar begrüßt, seine harte Hand auf ihrem Gesicht zu spüren, die das Phantom in ihrem Kopf verscheuchte. Doch nichts dergleichen geschah. Ihr Vater sank neben dem Sockel auf die Knie und berührte die Bruchstücke, als fragte er sich, ob man sie wieder zusammenfügen könnte. Elinda ertrug es nicht, ihn so zu sehen.

»Vater, es tut mir leid, ich … ich dachte für einen Moment, ich hätte David gesehen und …«

»Geh in den Salon zu deiner Mutter.«

Seine Stimme war kaum hörbar. Elinda wagte nicht, ihn noch weiter mit ihrer Anwesenheit zu quälen und eilte aus dem Zimmer. Hastig wischte sie sich die Tränen aus dem Gesicht und ging in den Salon, wo Doris eben das Abendessen auftrug.

5

Bérénice schien ihre Tochter kaum wahrzunehmen. Das war nicht weiter verwunderlich, Elinda kannte es seit jenem tragischen Tag vor zwölf Jahren nicht anders. Ihre Mutter war die meiste Zeit in Lethargie versunken und hatte nicht die Kraft, sich um die Erziehung ihrer beiden Kinder zu kümmern. Es war ein sehr dünnes, schlaffes Band gelegentlicher Zärtlichkeiten, halbherziger Fragen und seltener Ermahnungen, das zwischen Bérénice und ihren Kindern David und Elinda bestand. Das tote Neugeborene schien ihre Liebe zu den Zwillingen vor zwölf Jahren mit ins Grab genommen zu haben.

An diesem Tag schmerzte Elinda die Kluft zwischen ihr und ihrer Mutter ganz besonders. Auf einmal fühlte sie sich wie eine Ausgestoßene, als würde ihre Anwesenheit den Schmerz ihrer Mutter verdoppeln.

Der Regen prasselte gegen die Fenster, als wollte er das schwächliche Feuer verhöhnen, das im Kamin brannte. Die Hechtklöße schwammen in einer weißen, gallertartigen Soße, und Elinda aß nur Doris zuliebe ein wenig davon. Ihr Vater kam kurz darauf zu ihnen und tat so, als wäre nichts geschehen. Scheinbar aufgeräumt stopfte er sich eine Pfeife, rührte seinen Teller aber nicht an. Dumpfe Stille breitete sich am Tisch aus, nur unterbrochen von Robert Audleys leisem Schmatzen am Pfeifenstiel und dem Kratzen von Bérénices Löffel im Suppenteller. Der Wind bewegte die Fensterläden in den Angeln. Ein unruhiges Klopfen wie von drängenden Fingerknöcheln an den Scheiben schien von draußen hereinzudringen.

Und wenn es nun David war, der dort draußen stand und klopfte? Elinda vertrieb den Gedanken und richtete sich auf.

»Was sollen wir nun tun? Wie können wir erfahren, was mit David geschehen ist?«

Robert Audley stieß langsam den Pfeifenrauch aus. Dann sah er sie an, mit seinem gütigen, sparsamen Lächeln, das in keinster Weise verriet, ob er auf seine Tochter böse war. Elinda blinzelte. Vielleicht hatte sie sich das Zerbrechen der Statue ebenso eingebildet wie ihren Bruder. Der Gedanke verunsicherte sie derart, dass sie ihre zitternden Hände unter den Tisch schob.

»Ich weigere mich, so zu tun, als wäre uns unser Sohn abhanden gekommen.« Robert Audley schüttelte entschlossen den Kopf. »Ich glaube, dass David einfach nicht lassen will vom Abenteuer des Reisens und sich noch nicht bereit fühlt, zu den Pflichten zurückzukehren, die seiner warten. Verständlich, dass der Junge keine Lust hat, nun seinen Posten im Dienst des Königreiches anzutreten. Es macht mich zwar wütend, aber ich kann es verstehen. Als es von meiner ersten *Grand Tour* wieder in Richtung England ging, wurde auch mir das Herz schwer. David wird sich verbummelt haben und verbringt vielleicht noch ein paar unbeschwerte Tage in Frankreich.«

»Aber warum hat er dann vorgestern geschrieben, dass er kommt?«, fragte Elinda.

»Das weiß nur er allein.«

»Und seine Gefährten?«, bohrte sie weiter. »Beunruhigt es dich gar nicht, was sie gesagt haben?«

Bérénice räusperte sich. »Kind, morgen kommt noch einmal der Porträtmaler, und wir müssen an deinem Reitkleid den Saum ein wenig auslassen.«

Elinda legte ihre Hände ruckartig wieder auf den Tisch. »Wie könnt ihr über Porträtsitzungen und Reitkleider reden? David ist verschwunden! Müssten wir nicht …?«

»Was müssten wir?!«, fuhr ihr Vater plötzlich auf. Sein Blick traf Elinda über den Tisch, und sie hatte das Gefühl, Pfeffer in die Augen bekommen zu haben. »Was müssten wir deiner Meinung nach tun, Elinda?«

Er schob seinen Stuhl zurück und richtete seinen Pfeifenstiel anklagend auf sie. »Ich sage dir, was man tun müsste! Man müsste ein so gut gesichertes Vermögen haben, dass man sich keine Sorgen darüber machen müsste, ob der einzige Sohn einen guten Posten bekommt und uns damit alle aus dieser Misere befreit. Man müsste in der Lage sein, seine Eskapade großzügig auszusitzen!«

Er warf dem Tafelsilber und dem goldenen Kandelaber mit den Kerzen einen bitteren Blick zu, als sähe er sie bereits beim Pfandleiher.

»Und man müsste eine Tochter haben, die Verstandes genug ist, ihre vereinbarte Verlobung mit einem hoch angesehenen Mann nicht mit Füßen zu treten und ihre Gefühle beiseitezulassen. Die weiß, dass sie mit dieser Heirat unser Haus vor dem Untergang rettet, wenn schon ihr Bruder sich vor dieser Pflicht drückt!«

»Sprichst du von Earl of Hydeworth?«, stieß Elinda hervor.

Ihr Vater trank einen Schluck aus seinem Weinglas. »Von ebendiesem. Wie du weißt, weilt er momentan noch im diplomatischem Dienst in Paris. Aber er wird bald zurückkehren, und ich erwarte von dir, dass du ihm allen Grund gibst, sich auf seine Rückkehr zu freuen.«

Elinda spürte wieder die Kälte, die sie seit den bangen Momenten am Hafen nie ganz verlassen hatte, doch diesmal fraß sich diese Kälte mitten in ihr Herz.

Ihre Schonfrist war vorüber.

Ihre Mutter seufzte. »Wer heiratet schon aus Liebe, *ma chère*? Wir müssen die Vernunft an erste Stelle setzen.«

Elinda starrte ihre Mutter an. »Ich will aber nicht heiraten. Nicht aus Liebe und erst recht nicht, weil ich es muss.«

»Ja, Schätzchen, das sagst du schon, seit du ein kleines Mädchen bist«, erinnerte sich Bérénice. »Aber die Zeiten, in denen du in den Hosen deines Bruders herumläufst und mit deinem Spiegelbild fechtest, sind nun vorbei. Du kannst jetzt nicht länger stundenlang irgendwelche griechischen Tragödien lesen oder dich bei den Pferden verstecken, wenn dein Tanzlehrer kommt.«

Bérénice hatte den Kopf erhoben und sah ihrer Tochter fest in die Augen. Elinda blinzelte erstaunt. Ihre Mutter hatte noch nie so deutlich mit ihr gesprochen. Sie hatte immer nur nachgebend geseufzt, wenn Elinda sich weigerte, Sticken zu lernen oder sich nach dem Ausreiten ihr Haar zu bürsten. Manchmal hatte sie skeptisch auf ihre mit Tinte verschmierten Finger geschaut und gefragt: »Versuchst du etwa, deinem Vater ein zweiter Sohn zu sein, Elinda?«

Bérénice riss sie aus ihrer Erinnerung. »Gott sei's gedankt, dass du den Earl of Hydeworth mit deinem spröden Verhalten nicht abgeschreckt hast.«

»Ich mag ihn nicht!«, schoss Elinda zurück.

»Das hättest du dir vorher überlegen müssen! Aber du musstest ja die vielen jungen Gentlemen, die sich um dich bemüht haben, behandeln wie einen Besen!« Ihre Mutter erhob die Stimme. »Du hast dich bis auf die Knochen blamiert auf deinem Debütantinnenball und mich obendrein, und trotzdem kamen diese Männer mit Blumen und Konfekt hierher und wollten dich kennenlernen.«

»Natürlich wollten sie das«, sagte Elinda verächtlich. »Weil ich nicht so eine langweilige, blasse Pfingstrose bin wie die anderen Mädchen.«

»Natürlich nicht!«, höhnte ihre Mutter. Rote Flecken auf ihrem Gesicht verrieten ihren inneren Aufruhr. »Du bist ein ganz besonderes Mädchen, das es nicht nötig hat, ihrer Familie *keine* Schande zu machen. Ich wäre fast im Boden versunken, als ich gesehen habe, wie du diese guten jungen Männer behandelt hast. Ich frage mich, wer dir ein derart abstoßendes Benehmen beigebracht hat. Aber ich kann es mir schon denken. Dein Bruder …«

»Und deswegen ist es vielleicht nur zu gerecht, dass gerade der Earl of Hydeworth sich von deinem spröden Wesen nicht abschrecken ließ«, sagte ihr Vater betont gutmütig. »Der Mann ist welterfahren und besitzt die nötige Reife, um hinter deine Fassade eines selbstsüchtigen Backfisches zu schauen und dahinter die anmutige junge Dame zu entdecken, die du werden wirst. Mit Gottes Hilfe.«

Er lächelte Elinda aufmunternd zu.

Die Wut fuhr wie ein Blitz in sie. »Du meinst, damit ich ein paar Monate später im Kindbett verblute, so wie Hydeworths erste Frau? Oder so wie Mama beinahe?«

Bérénice senkte den Kopf und verstummte. Elinda taten

ihre Worte augenblicklich leid. Ein Gefühl der Reue schlich sich in ihre Wut. Und nun, da der Name Andrew Hydeworth im Raum schwebte wie ein giftiger Hauch, empfand sie diese Reue auch gegenüber den fünf jungen Männern, die nach dem Debütantinnenball in Thornton Hall ihre Aufwartung gemacht hatten. Ihre Namen hatte sich Elinda nicht gemerkt. Ihr war nur eine Sache wichtig gewesen. Sie alle zu vergraulen.

Betont nachlässig gekleidet war sie in den Salon gekommen und ließ die indignierten Blicke ihrer Mutter an sich abgleiten. Und dann hatte sie das Gespräch auf das einzige Thema gelenkt, das sie mehr als alles andere interessierte.

Elinda hoffte, dass ihre Leidenschaft für die Antike sie in den Augen von Männern zwar als interessant, aber als potenzielle Ehefrau eher abschreckend erscheinen ließ. Natürlich wirkte ein historisch bewandertes Mädchen geistreich und gewinnend. Doch die Intensität, mit der Elinda sich auf alles gestürzt hatte, was mit dem Altertum zu tun hatte, würde diese Wirkung in die entgegengesetzte Richtung ausschlagen lassen. Man sollte sie eben nicht als charmant und klug wahrnehmen, sondern als unangenehm versiert in jenen Dingen, die eine junge Lady nur am Rande interessieren sollten.

Als nun diese jungen Männer im Salon von Thornton Hall saßen, der eine linkisch, der andere maßlos von sich selbst eingenommen, ein weiterer übermäßig nervös und die beiden letzten betont ritterlich, da hatte Elinda sie einer Prüfung unterzogen.

Natürlich wurde von Mädchen ihres Standes ein gewisses Maß an Bildung verlangt, aber viel wichtiger waren andere Tugenden. Doch Elinda stand der Sinn weder nach

Bescheidenheit noch Demut, und sie hatte keine Lust, über die Witze der jungen Männer zu lächeln oder entzückt über ihre gestelzten Komplimente zu erröten. Viel lieber wollte sie sie in die Enge treiben, und dabei half ihr das größte Werk der römischen Antike. Vergils *Aeneis*.

Elinda liebte die *Aeneis* von ganzem Herzen. David und sie hatten ein Spiel daraus gemacht, wer am längsten auswendig aus den lateinischen Hexametern zitieren konnte. Ihr Bruder war von den seitenlangen Beschreibungen der prunkvollen Kriegswaffen und Schlachtenszenen fasziniert. Elinda liebte die Intrigen der Götter und Göttinnen. Und sie fand in der *Aeneis* eine weitere Bestärkung für ihren Entschluss, sich niemals in einen Mann zu verlieben. Dafür war die Liebesgeschichte zwischen dem Helden Aeneas und der kathargischen Königin Dido zu abschreckend. Der Mann zog seine Pflichten der Liebe vor, und der Frau blieb nichts anderes übrig, als sich das Leben zu nehmen.

Als nun die Bewerber im Salon von Thornton Hall ein erstes Kennenlernen einleiten wollten, zog Elinda ihre Barrieren hoch.

»Sagt, was haltet Ihr von der Theorie, dass Vergil vordergründig die augusteische Ideologie verherrlicht, aber gleichzeitig auf eine subtile Weise Kritik übt an Kaiser Augustus? Seht Ihr Aeneas als Held oder eher als moralischen Verlierer?«

Die jungen Bewerber waren alle ins Stammeln gekommen und hatten hilfesuchend zu Elindas Mutter geschaut. Bérénice versuchte das Gespräch in seichte Gewässer zu lenken, aber Elinda war ihr mit Freude immer wieder in die Parade gefahren. Natürlich wusste sie, dass nichts von dem, was sie tat – ihre Wahl des Themas, ihre herausfordernden

Blicke, die abweisende Haltung, die Verweigerung jeglichen Lächelns –, den Gentlemen gefallen konnte. Aber genau das bezweckte Elinda ja damit. Alles zu tun, um nicht zu gefallen.

Der einzige Mensch, dem sie in ihrer Art gefallen wollte, war immer ihr Vater gewesen. Damit er ihr erlaubte, ein Leben abseits den Pflichten einer Frau zu führen.

Am Ende waren die jungen Männer stocksteif und verwirrt von dannen gezogen. Und damit vielleicht ihre Zukunft an der Seite eines anständigen, gutherzigen Gatten. Denn indem sie sie vergrault hatte, hatte sie einem anderen Mann Tür und Tor geöffnet, der nicht mehr nur Widerwillen in ihr auslöste, sondern die blanke Angst.

Denn kurz darauf hatte Earl Andrew Hydeworth im Salon gesessen, zusammen mit ihren Eltern, und sein Besuch hatte Elinda völlig überrascht. Sie war wie immer nachlässig gekleidet gewesen, doch als sein Blick auf sie fiel, hatte sie sich nicht wohltuend unweiblich gefühlt, sondern nackt und verletzlich. Hydeworth betrachtete sie wie ein lächelnder Hai. Unter seinen stechenden, graublauen Augen kam Elinda gar nicht auf die Idee, ihn rhetorisch herauszufordern. Es schien, als hätte der verachtungsvoll aufgeworfenen Mund Hydeworths auf jeden Satz der naseweisen Elinda eine vernichtende Antwort.

Vielleicht lag ihre Zurückhaltung auch an dem Wissen, dass er vor zwei Jahren Witwer geworden war und sie sich scheute, ihn herauszufordern.

Verwirrt war ihr bewusst geworden, dass er der attraktivste Mann war, den sie je gesehen hatte. Groß und kraftvoll gebaut, strahlte er eine federnde Entschlossenheit aus. Sein markantes Gesicht hätte es mit jeder griechischen

Statue aufnehmen können. Doch seine Schönheit war nicht anziehend. In seinen Augen lag ein Funkeln, das sie als verschlagen empfand. In der folgenden Stunde hatte Hydeworth das Gespräch dominiert, das er hauptsächlich mit Elindas Eltern führte. Nur ab und an fiel sein Blick auf sie, beiläufig und gleichzeitig räuberisch.

Einen Tag später kam Robert Audley von seinem Londoner Club zurück und verkündete, dass Hydeworth um ihre Hand angehalten hatte. Und es war klar, dass ihr Vater keine Antwort darauf erwartete, denn so wie er und Bérénice sich gebärdeten – stolz und ungläubig –, interessierte sie die Zustimmung ihrer Tochter nicht im Geringsten. Hydeworth war sagenhaft reich. Diese Heirat würde das angeschlagene Familienvermögen sichern.

Dann erfuhr Elinda, dass Hydeworth für drei Monate im diplomatischen Dienst nach Paris reisen würde, und damit war diese Angelegenheit für sie passé. Der Earl konnte es niemals ernst meinen mit seinem Interesse an ihr. Sie war sich sicher, dass dieser reiche, begehrte Adelsmann sich nur einen Scherz mit ihr erlaubt hatte.

Elinda wandte sich wieder ihren Büchern, dem Malen und Zeichnen und ihrem Tagebuch zu. Und ihren Tagträumen, in denen sie an Davids Seite unbehelligt durch italienische Ruinenlandschaften streifte.

Doch nun waren Hydeworths Absichten wieder so präsent, als wäre er gerade eben noch im Zimmer gewesen. Elindas Magen war ein harter Klumpen.

»Wie könnt ihr nur daran denken, mich zu verheiraten, während David fort ist?«, fragte sie ihre Eltern. »Gerade weil dein Bruder verschwunden ist, müssen wir umso stärker dafür sorgen, dass diese Familie nicht untergeht«, sagte ihr

Vater. Und mit einem bitteren Blick durch den Salon: »Dass Thornton Hall nicht untergeht. Wenn du dich weigerst zu heiraten, Elinda, wird dieses Haus, das Erbe unserer Familie, alles, was über Jahrhunderte erhalten wurde, dem Vergessen anheimfallen.«

»Und dabei muss uns ausgerechnet der Earl of Hydeworth helfen?«, erwiderte sie trotzig. »Ich reiße mir lieber die Zehennägel aus, als seine Frau zu werden!«

»Tu das«, erwiderte ihr Vater kalt. »Dann kannst du künftig barfuß in der Gosse betteln, in der wir unweigerlich landen werden.«

»Vielleicht denke ich darüber nach, wenn wir wissen, was mit David passiert ist«, lenkte Elinda zum Schein ein. Doch in ihrem Kopf setzte sich ein düsterer und zugleich verlockender Gedanke fest. Der Untergang von Thornton Hall wäre vielleicht nicht das Schlimmste, wenn zu seiner Rettung eine weitere duldsame Frau nötig war, die heiratete und die nächste Generation gebar. Dann sollte doch alles zum Teufel fahren! Wenn David nicht mehr zurückkam, war ohnehin alles verloren.

»Von dir wird nicht erwartet, dass du denkst«, fuhr Robert Audley sie an. »Das ist womöglich das Problem mit dir, dass du zu viel denkst.«

»Dann hättest du es mir eben verbieten müssen, dass ich mit David gemeinsam lerne und selbstständig denke und nicht dahinvegetiere wie ein Lamm, das zur Schlachtbank geführt wird!«

Robert Audley warf einen hilfesuchenden Blick auf seine Frau, ließ den Vorwurf an sie aber unausgesprochen. Es war Bérénices Lethargie, die dafür gesorgt hatte, dass ihr Mann sich der Erziehung beider Kinder annehmen musste. Es war schlicht einfacher gewesen, Elinda in Davids Lektionen mit einzubeziehen, als ihr eine eigene Gouvernante zu suchen. Als aufgeklärter Mann hatte Robert Audley natürlich nichts dagegen, dass Elinda Ovid und Tacitus, die *Ilias* und die *Göttliche Komödie* las, mit vierzehn Jahren fließend Latein und Italienisch sprach und den Unterschied zwischen einem korinthischen und einem ionischen Säulenkapitell kannte. Er hatte jedoch nicht gemerkt, dass Elindas Begeisterung für diese Dinge alles andere als spielerischer Natur war. Für sie waren sie die einzige Möglichkeit, ihre Angst zu kontrollieren. Ihre Angst davor, zu einer Frau zu werden.

Ihr Vater trank sein Weinglas aus und schlug einen versöhnlicheren Tonfall an.

»Earl of Hydeworth ist übrigens ein begeisterter Connaisseur der Antike. Seine Marmorsammlung ist viel beeindruckender als die meine, ob nun mit oder ohne die Venus, die du, gewiss in symbolischer Absicht, zerbrochen hast.«

Er neigte den Kopf in einem unerschütterlichen, mahnenden Lächeln.

»Vielleicht wird er derjenige sein, mit dem du eines Tages nach Italien reist. Du solltest dankbar dafür sein, dass dieser angesehene Mann sich für dich interessiert.«

Elinda fühlte sich zu ausgelaugt, um zu antworten. Sie hatte keine Kraft mehr für diesen aussichtslosen Kampf. Sie betrachtete die unberührten Hechtklöße auf ihrem Teller und dachte an die Augen von Andrew Hydeworth.

6

Elinda trat in ihrem Zimmer in den Erker, dessen hohe Fenster auf den kleinen Buchenwald hinausgingen, der das Anwesen auf der westlichen Seite flankierte. Der Anblick hatte Elinda immer ein Gefühl von Geborgenheit gegeben. Jetzt aber steigerte der Anblick der windbewegten Bäume ihre Unruhe.

Sollte nicht das ganze Haus in ebendiesem Aufruhr sein? Und alles Erdenkliche daran setzen, der Ungewissheit entgegenzutreten?

Elindas Blick fiel zu ihrer Staffelei und dem Bild, das dort stand und seit Davids Abreise Gestalt annahm. Sie malte schon seit ihrer Kindheit, aber es waren immer nur kleine Bilder in Aquarell gewesen. Zu ihrem sechzehnten Geburtstag hatte eine Tante ihr Ölfarben und Leinwände geschenkt, und als David im vergangenen Juli abgereist war, hatte sie mit ihrem ersten größeren Gemälde begonnen, fest entschlossen, es bei seiner Rückkehr zu vollenden. Es zeigte die pompejanische Ruinenlandschaft, die aus dem grauen Geröll ragte. Auf dem rötlichen Putz der Mauern dahingetupfte, vage Ornamente, tanzende Gestalten, Blattwerk. Hinter den bemalten Mauern reckten sich die Säulen eines Tempels und am Horizont der Vesuv in den wolkenverhangenen Himmel – ein italienisches Sujet unter englischem Licht.

Elinda wusste aus den Schriften Plinius des Jüngeren alles über den Untergang Pompejis und las, was auch immer sie zu dem Thema in die Finger bekommen konnte, vor allem die Artikel aus den archäologischen Fachblättern, die ihr Vater abonniert hatte. Es war gerade vierzig Jahre her, dass das neapolitanische Königshaus auf dem Areal der antiken Stadt Ausgrabungen in Auftrag gegeben hatte. Zuvor hatte man im benachbarten Herculaneum, das 79 n. Chr. ebenfalls Opfer des Vesuvausbruchs geworden war, spektakuläre Statuen und Artefakte gefunden. Und laut den empörten Schriften eines deutschen Altertumskundlers namens Johann Joachim Winckelmann ging es den Verantwortlichen der Grabungen um nichts anderes: Man gab sich keine Mühe, die Geschichte des Ortes zu erforschen und als Gesamtes zu schützen. Ziel der Ausgrabungen war vielmehr die Bereicherung an den unermesslich wertvollen Statuen. Vor allem die farbenfrohen Wandmalereien, für die Pompeji Berühmtheit erlangen sollte, waren begehrt. Achtlos löste man sie von den Wänden und schaffte sie ins Museum in Portici, wobei unersetzbare Zeugnisse der Antike verloren gingen. Die dabei entstandenen Schäden hatte Winckelmann in einem öffentlichen Brandbrief angeprangert, woraufhin man sich mit den gröbsten Zerstörungen zwar zurückhielt, im selben Zuge jedoch auch das Interesse an Pompeji verlor. In letzter Zeit waren die Forschungen an der untergegangenen Stadt ins Stocken geraten.

Und dennoch ging von Pompeji eine ungebrochene Faszination aus, der auch David sich nicht hatte entziehen können. Begeistert hatte er Elinda einen Brief von dort geschrieben.

Es ist, als würde man in eine Schatzkiste hineinsteigen. Gewiss, die Stadt war viel größer als das Wenige, was bisher ausgegraben wurde. Aber allein die Villa des Diomedes und der Isis-Tempel lassen vermuten, was noch alles unter der meterdicken Vulkanschicht schlummert. Einige der farbigen Wände sind erhalten geblieben, und ich könnte Stunden damit verbringen, sie mit der Lupe zu betrachten. Du kannst dir nicht vorstellen, welche Farbenpracht hier herrscht! Zarte Amoretten in lauchgrünen Gewändern vor granatapfelrotem Hintergrund. Leuchtende Landschaften, in die man hineingreifen möchte. Perfektion und Verspieltheit, Strenge und lieblichste Leichtigkeit, wohin das Auge blickt. Es schmerzt mich zu wissen, dass die Ausgräber der Könige einige dieser Fresken mutwillig zerschlagen haben, damit sich niemand ihrer bemächtigt. Nun ist das Areal streng bewacht. Ich würde das alles so gerne für dich zeichnen, Schwesterlein, aber es ist strengstens untersagt …

Und so malte Elinda Pompeji aus der Ferne, weil David es vor Ort nicht durfte. Sie hätte zu gerne gewusst, ob die Wirklichkeit und ihre Fantasie einander glichen.

Dem kaum trockenen Firnis des Bildes entstieg noch der nussige Geruch nach Öl. Wenn sie mit diesem Geruch einschlief, schlich sich irgendwann immer auch etwas Fremdartiges in diesen Geruch, etwas Harziges, von dem sie gerne glaubte, dass so die Pinien in Italien rochen.

In diesem Moment überwältigten Sorge und Wut sie derart, dass sie versucht war, mit einigen Pinselstrichen schwarzer Farbe diesen kläglichen Ersatz zunichte zu machen. Stattdessen nahm sie ein Tuch und verhängte die Staffelei. Dann öffnete sie das Fenster, entkleidete sich und schlüpfte unter die Decke. In der Luft lag nicht länger der schwere Trost der Ölfarbe. Es war der drängende Duft eines lang aufgeschobenen Frühlings, der in dieser Nacht aus dem Boden brach. An der letzten Grenze vor dem Schlaf dachte Elinda noch, dass in diesen Aromen nach Erneuerung und Aufbruch unweigerlich auch ein Hauch von Tod aus der Erde stieg.

Mitten in der Nacht riss irgendetwas sie aus dem Tiefschlaf. Elinda lag mit rasendem Herzen da und war durchdrungen von dem Gefühl, dass in ihrer Nähe etwas Entsetzliches vor sich ging. Ein körperloses Grauen glitt über sie, als würde sich eine unsichtbare Decke aus Kälte über sie breiten. Erschrocken richtete sie sich auf und starrte in die Dunkelheit. Sie wollte die plötzliche Unruhe gerade auf einen Albtraum schieben, da sah sie es.

Die Staffelei bewegte sich.

Elinda blinzelte, um den Eindruck zu vertreiben. Doch da erkannte sie, dass nicht die Staffelei sich bewegte, sondern das Tuch, das sie darüber gebreitet hatte. Etwas war darunter, das durch das Tuch nach ihr greifen wollte.

Eine Hand.

Elinda war hellwach. Ihr Blick schoss zum Fenster, das sie beim Schlafengehen offen gelassen hatte. Ein Luftzug, dachte sie, nur ein Luftzug. Aber die weißen Vorhänge vor dem Fenster hingen vollkommen reglos herab, nicht der kleinste Windhauch bewegte den dünnen Stoff. Die Luft war für eine Aprilnacht seltsam warm und stickig. Eine dumpfe Gewitterstimmung wie im Sommer lag in ihrem

Zimmer. Elinda brach der Schweiß aus. Gleichzeitig fror sie so sehr, dass ihre Zähne aufeinanderschlugen. Sie schloss die Augen und zählte langsam bis zehn. Dann schaute sie wieder hin.

Das Tuch bewegte sich ruckartig auf und ab. Als wäre etwas zwischen Stoff und Leinwand gefangen. Elinda stieß erleichtert den Atem aus. Sie erinnerte sich noch gut an jene Sommernacht, als eine Fledermaus sich in ihr Zimmer verirrt hatte und zwischen die Bettvorhänge geraten war. Mit Davids Hilfe und der des Zimmermädchens hatte sie die zappelnde Fledermaus festgehalten und ihre Krallen aus dem verhedderten Stoff gelöst, bis das Tier seinen Weg zurück in die Nacht fand. Elinda schwang die Füße aus dem Bett und trat vor die Staffelei. Vorsichtig ergriff sie einen Zipfel des Tuches und hob ihn an.

Es war keine Fledermaus.

»Elinda!« Die Hand schoss auf sie zu. »Hol mich hier raus!«

Elinda taumelte rückwärts und stieß gegen den Pfosten ihres Himmelbetts. Der Schmerz in ihrem Rücken hätte sie wecken können, wäre dies ein Traum gewesen. Aber sie stand hellwach mitten in ihrem Zimmer und starrte ihrem Zwillingsbruder ins Gesicht.

David steckte bis zur Hüfte in grauer Asche und Geröll und reckte ihr zwischen den bunten Mauern von Pompeji die Arme entgegen.

Elindas Herz raste nicht länger. Ihr Puls fühlte sich an wie eine versiegende Quelle. Sie presste die Hände vor den Mund. Wie war das möglich?

»David …?«

»Hilf mir!« Seine Stimme war dünn und erklang unendlich fern. Als wäre dieses Bild eine Art Fenster zu jenem Ort, an dem ihr Bruder laut Lord Charswick verloren gegangen war, kurz bevor einer seiner Reisegefährten behauptet hatte, es wäre in Rom gewesen. Auf ihrem Bild der pompejanischen Ruinen dräuten schwarze Wolken vom Vesuv über die Szenerie und verdunkelten das Rot der Wände. David griff nach ihr, verzweifelt und haltlos wie ein Ertrinkender nach einem Stück Tau. Ohne es zu wollen, machte Elinda zwei Schritte auf die Staffelei zu. Wach auf, dachte sie. Das ist nur ein Traum.

Aber das Geschehen war für einen Traum zu deutlich. Davids Gesicht war abgezehrt und bleich, wie das Trugbild gestern Abend im Studierzimmer. Eine graue Staubschicht bedeckte seine Haut, und seine Finger waren blutig, als hätte er sich durchs Geröll gegraben. Und sie sah die hellen Streifen, die seine Tränen in der Ascheschicht auf seinen Wangen gebildet hatten.

Elinda hob ihre rechte Hand, während sie immer noch zu begreifen versuchte, was hier vor sich ging. David war in dem Bild und gleichzeitig auch nicht. Seine Hände sahen aus, als wäre er direkt vor ihr. Elinda schloss die Augen und griff zu.

Sie griff in ein staubiges, rieselndes Nichts. Ein kalter Blitz durchfuhr sie.

Sie prallte zurück und stolperte. Dann war es vorbei.

Mit rasendem Herzen saß sie auf dem Boden vor ihrem Bett und starrte auf die Staffelei. Das Tuch war herabgerutscht, aber das Bild war so, wie sie es am vergangenen Abend gesehen hatte, und duftete schwach nach Ölfarbe.

Kein David, keine ringenden Hände.

Zitternd atmete sie aus. Dann schossen ihr die Tränen in

die Augen. Sie kroch zurück ins Bett und zog die Decke über den Kopf. Bevor sie in einen erschöpften Schlaf fiel, fragte sie sich, warum sie eigentlich solche Sehnsucht nach Pompeji empfunden hatte. War diese untergegangene Stadt nicht ein Ort des Todes?

7

»Miss Audley, es ist schon spät. Erlaubt Ihr, dass ich Euch ankleide?«

Die Stimme ihrer Zofe Dotty vertrieb das unheilvolle Traumecho. Elinda richtete sich auf und blinzelte in das helle Licht draußen vor dem Fenster.

Dotty stand am längsten in den Diensten der Audleys, und obwohl Elinda keine Zofe brauchte, brachte niemand es übers Herz, sie wie die Gärtner, die Küchenmädchen und die Wäschefrauen zu entlassen. Dotty hatte ihr fünfzigstes Jahr schon hinter sich, war aber immer noch flink und umsichtig und so unermüdlich wie eine Amsel im Frühling. Sie war Elindas Vertraute und hatte nie versucht, ihre Ablehnung allen weiblichen Aspekten gegenüber zu untergraben. Die unbeachteten Korsetts lagen zuunterst in den Wäscheschubladen und blieben auch dort. Auf der Frisierkommode gab es nur das Allernötigste, um Elindas Haar in Ordnung zu halten, und wenn einmal im Monat das Unvermeidliche anstand, sorgte Dotty diskret und vorausschauend für Unterstützung.

»Ihr seid ein ganz eigenes Wesen, Miss Audley«, pflegte Dotty zu sagen.

An diesem Morgen fühlte es sich seltsam tröstlich an, vor

der Frisierkommode zu sitzen und sich von ihrer Zofe zurechtmachen zu lassen. Aus dem Spiegel schaute Elinda ein blasses Gesicht mit dunklen Ringen unter ihren hellgrünen Augen entgegen.

»Ich bin froh, dass Ihr Euch heute von mir helfen lasst, Miss«, sagte Dotty, während sie sich mit Elindas langem Haar abmühte. »Eure Mutter weiß es zu schätzen, wenn in all dem Aufruhr eine gewisse Ordnung aufrechterhalten wird.«

»Natürlich«, gab Elinda ihr recht. Wenn es die Sorge ihrer Mutter milderte, Elinda frisiert und tadellos gekleidet zu sehen, sollte sie ihren Frieden haben. So wurden die Dinge in Thornton Hall ohnehin gehandhabt. Man gab sich den Anschein von Ordnung, auch wenn der Regen durchs Dach kam und man die meisten Kamine nicht mehr beheizte, man auf dem Markt nur noch Hühner kaufen ließ, wenn Schmuckstücke versetzt wurden, um die Gläubiger zu befrieden.

»Und Ihr seid sicher außer Euch vor Sorge, nicht wahr, Miss?« Dotty flocht Elindas Haar zu mehreren Zöpfen und modellierte sie zu einem kleinen Kunstwerk um ihren Kopf. Elinda antwortete nicht, aber Dotty schien auch gar keine Antwort zu erwarten. »Ihr braucht nichts zu sagen, Miss. Euer Gemälde ist überaus mitteilsam.«

Sie nickte kurz in Richtung des Erkers. »Wenn ich mir die Bemerkung gestatten darf, Miss, mit der zusätzlichen Figur wirkt es noch lebendiger. Wie stellt Ihr das nur an, diese naturnahe Abbildung?«

Eine Haarklammer klirrte zu Boden, als Elinda den Kopf drehte.

Da sah sie es.

Ihr Bild war nicht länger ihr Bild. Nicht jenes jedenfalls, das sie gestern Abend und in der Nacht, am Ende des Albtraums, gesehen hatte. Ihrer Zofe, die den Fortschritt des Bildes jeden Tag der letzten zehn Monate bewunderte, war das neue Detail nicht entgangen. Ungeachtet ihrer Haare, die noch immer in Dottys Händen lagen, sprang Elinda auf und trat vor die Staffelei.

»Gefällt es Euch nicht mehr?«, fragte Dotty in ihrem Rücken.

Elindas Hals war wie zugeschnürt.

David. Da stand er. Am rechten Rand des Bildes inmitten der Ruinen. Sein rötliches Haar schimmerte wie Kupfer und stand im Kontrast zu seinem geliebten hellblauen Halstuch, das er immer und überall trug. Eine rätselhafte Lichtquelle beleuchtete seine Gestalt zwischen den uralten Mauern, und er wirkte derart lebensecht, als könnte er im nächsten Moment aus dem Bild heraustreten.

So wie in der vergangenen Nacht.

Elinda schluckte. Sie musste vor Dotty die Fassung wahren. Sie hatte das nicht gemalt. Davon geträumt, ja, aber niemals hatte sie ihren Bruder in das Bild hineingemalt. Sie war nicht besonders begabt darin, Menschen zu malen, aber diese Gestalt war überaus gut getroffen.

Ein ungläubiges Grauen kroch ihr Rückgrat empor. Sie zwang sich, wieder vor dem Spiegel Platz zu nehmen. Es musste eine Erklärung dafür geben. Ihr Vater würde sagen, dass es nichts Unerklärbares gab und dass viele Dinge auf ein Übermaß an unausgewogenen Gefühlen zurückzuführen waren. Als David im letzten Sommer abgereist war und Elinda tagelang geweint hatte, hatte ihr Vater geraten, Trost in der Nüchternheit der Vernunft zu suchen.

Aber das Einzige, was Elinda half, ihre Gefühle zu beherrschen, war die Angst, dadurch zu weiblich zu wirken. Sie hatte unter ihren weiblichen Verwandten genau beobachtet, welche Angewohnheiten man Frauen zugestand, um sie in ihrer Eigenschaft als schwaches, vernunftloses Geschlecht zu sehen. Elinda lag, was ihr Gefühlsleben anging, wie ein Jäger auf der Lauer und spürte alles auf, was ihr als schwach und verletzbar erschien.

Aber dieser Jäger war eigentlich eine Jägerin. Und sie hatte die Gestalt der Göttin Diana. Eine Frau, die durch die männlichen Eigenschaften der Jagd zu einer wehrhaften Verteidigerin ihrer ganz eigenen Weiblichkeit wurde. Keusch und jungfräulich, war sie zugleich wild und unabhängig. Sie entzog sich den Ansprüchen der Männer.

Elinda liebte die Geschichte des Jägers Aktaion, der die Göttin und ihre Nymphen nackt beim Baden beobachtete, woraufhin Diana Aktaion in einen Hirsch verwandelte, der von seinen eigenen Hunden zerfleischt wurde.

Gerade weil Diana außerdem die Beschützerin der Mädchen und Frauen und die Göttin der Geburt war, machte sie das für Elinda zur perfekten Patin ihrer eigenen Wünsche. Elinda wollte selbst über ihr Leben entscheiden und diese Entscheidungen verteidigen können. Doch dazu musste sie das verletzliche Mädchen in sich überwinden.

Wenn sie ihrem Vater nun also die Sache mit dem Bild erzählte, würde er sagen, dass sie sich in ihrer Sorge um David hineinsteigere und, irrational wie sie war, schlicht vergessen habe, diese Figur gemalt zu haben.

Doch dieser Gedanke war auf seine ganz eigene Weise erschreckend.

Als Elinda kurz darauf in den Speisesalon ging, saßen

ihre Eltern mit düsteren Mienen am Tisch. Bérénice hielt einen Brief in den zitternden Händen. Elinda erschrak. In den finsteren Ecken des Salons, zwischen den verblichenen Vorhängen sah sie erneut das bleiche Gesicht ihres Bruders. Sie presste die Augen zusammen. Als sie sie wieder öffnete, war die Erscheinung verschwunden.

»Gibt es Nachrichten von David?«, stieß sie hervor.

Ihr Vater schüttelte den Kopf und tätschelte Bérénices Hand, die den Brief hielt.

8

Elinda war ihrer Großmutter nur dreimal begegnet, das letzte Mal vor fünf Jahren. Sie war dreizehn gewesen und hatte auf der Reise nach Paris, woher die Familie ihrer Mutter stammte, zum ersten Mal geblutet. Das Malheur konnte nicht verborgen werden, und anstatt es diskret zu verstecken, hatte Bérénices Mutter den befleckten Unterrock aus dem Korb der Zofe gerissen, die ihn zum Waschen bringen wollte.

»Da haben wir es! Eine weitere, die die Schande ihrer Natur nicht mehr leugnen kann.«

Dann hatte sie den Unterrock anklagend vor Elindas Gesicht gehalten.

»Präg dir diesen Anblick gut ein, Kind. Er wird dich immer begleiten, vor allem in deiner ersten Nacht mit einem Mann. Lass dich, bei aller Liebe unseres Herrn, immer daran erinnern, was du bist.«

Elinda war so verstört, dass sie die Flucht nach vorn antrat. »Und was bin ich?«

Ihre Großmutter hatte den Unterrock zurück in den Korb gestopft und war auf ihren Stock gestützt durch die langen Gänge des alten Stadtpalais davongestakst. Dabei hatte sie ihre Antwort ausgespuckt wie ein Insekt, das versehentlich ins Essen geraten war. »Schmutzig!«

So hatte Elinda eine weitere Facette des Frauseins gelernt. Zu all der Ablehnung und Angst, die die ganze Angelegenheit ihr einflößte, sollte nun also auch noch der Ekel dazukommen?

Elinda verstand es nicht. Sie fühlte sich nicht schmutzig, wenn sie blutete. Nur verwirrt und sich selbst fremd und wie an der Schwelle zu etwas Unnennbarem.

Diese Begegnung mit ihrer Großmutter hatte jedenfalls genügt, um keinerlei Regung zu empfinden, als der Brief aus Paris die Nachricht brachte, dass die alte Marquise im Sterben lag.

»Wir fahren in drei Tagen nach Paris.« Bérénice griff nach Elindas Hand und sah sie mit einem wehmütigen Lächeln an. »Lass Dotty dein Gepäck vorbereiten.« Sie packte Elindas Hand fester, und in ihre Augen trat ein Funkeln. »Lass dir auch ein dunkles, aber etwas luftigeres Kleid einpacken. Und deine hübschen Saphire. Wir wollen nicht, dass Andrew Hydeworth den Eindruck hat, du wärst ein vertrocknetes Mauerblümchen.«

Elinda versteifte sich. »Werden wir den Earl denn sehen?«

»Aber sicher doch. Dein Vater hat ihn bereits von unserer Ankunft unterrichtet. Es ist zwar ein trauriger Anlass, aber so sieht er dich etwas früher. Diese lange Trennung ist nicht gut für ein baldiges Brautpaar.«

Elinda verbarg ihre Beklommenheit hinter einer moralischen Erwägung. »Ist Großmutters Tod der richtige Augenblick?«

Bérénice winkte ab. »Ach, das Leben hat immer Vorrang vor dem Tod, denkst du nicht?«

Elinda ahnte, dass dieses Thema für ihre Mutter der willkommene Anlass war, nicht über das Sterben ihrer eigenen

Mutter oder über Davids Verschwinden nachzudenken. Und Elinda war zu aufgewühlt, um Widerworte zu erheben.

Ihr Vater verschwand an diesem und auch am kommenden Tag von Thornton Hall, um weitere Erkundigungen einzuholen und mit den Angehörigen der verstorbenen Lords zu sprechen. Elinda sah ihn, wie er aus seinem Studierzimmer kam und vor der Eingangstür rasch noch das antike Fluchtäfelchen in seine Rocktasche steckte, das Lord Charswick ihm gegeben hatte. In all der Aufregung hatte sie gar nicht mehr an das rätselhafte Stück gedacht. Warum nahm er es mit und legte es nicht zu all den anderen Kleinodien aus längst vergangenen Zeiten in seinem Arbeitszimmer?

Bérénice überwachte währenddessen in atemloser Hast die Reisevorbereitungen und scheuchte die verbliebenen Dienstmädchen umher. Elinda hatte das Gefühl zu ersticken. Untätig auszuharren und zu wissen, dass sie nicht das Geringste ausrichten konnte, zehrten derart an ihr, dass sie sich vorkam wie eine dieser ständig am Rande einer Ohnmacht dahinflatternden Frauen, in deren Nähe man immer ein Riechfläschchen parat halten musste.

Um diesem Gefühl entgegenzuwirken, vergrub sie sich in ihrem Zimmer und in die *Aeneis*. Es war beruhigend, über Dramen zu lesen, die so viel größer waren als ihr eigenes durcheinandergeratenes Leben.

Das Tuch hing wieder über der Leinwand, aber Elinda hatte sich bislang nicht dazu durchringen können, darunterzuschauen. Eine leise Stimme in ihrem Kopf flüsterte ihr zu, dass das Bild vielleicht wieder zu seinem ursprünglichen Zustand zurückgekehrt war. Der irrationale

Gedanke ärgerte sie, und sie riss das Tuch herunter. Ihr Herz sank vor Schreck gegen ihren Magen. David war immer noch da. Aber wie war er auf die Leinwand gekommen? Elinda fand keine Antwort auf diese Frage.

Zwei Tage später kam ihr Vater zurück, doch seine Miene verhieß nichts Gutes. Er wimmelte Elindas drängende Fragen ab, schickte sie stattdessen um acht Uhr auf ihr Zimmer und schärfte ihr ein, es auf keinen Fall zu verlassen.

Sie legte sich aufs Bett und wartete darauf, dass sich ihr Herzschlag beruhigte. Auf dem Nachtkästchen lagen Davids Briefe. Sie griff wahllos nach einem davon und las die schon dutzendfach gelesenen Zeilen erneut.

Schwesterlein, die Abende in Florenz sind golden. Als wäre die Luft selbst aus Goldstaub. Man sieht die Wärme förmlich. Als wir durch die Po-Ebene kamen, wanderte mein Reisemantel endgültig in den Koffer. Ach, ich würde am liebsten auch das Hemd ausziehen und mich kopfüber in das warme Gras stürzen und darin herumwälzen! Aber die Lords würden mich auslachen. Diese blasierten Gockel. Sie haben keinen Sinn für diese Schönheit hier.

Oder der Brief aus Rom.

Elinda, weißt du noch, was ich dir versprochen habe? Der Abdruck meines Punschglases, das ich im Caffè Greco in der Via dei Condotti bestellen werde.

Hier ist er. Während ich ihn trinke, haben meine Begleiter schon drei Karaffen Wein geleert. Es ist hoffnungslos mit ihnen. Sei versichert, ich denke die ganze Zeit an dich. Du hättest deine Freude zwischen all den Leuten, die sich hier treffen. Es sind hauptsächlich Landsleute, aber auch viele deutsche Dichter und

Maler, die meisten von ihnen arm wie die Kirchenmäuse. Sie zeigen sich gegenseitig ihre Zeichnungen und Aquarelle, und sie sind wie eine große Familie. Schwesterlein, heute morgen waren wir in der Peterskirche. Dieses Licht! Als würde man unter einem riesigen goldenen Sieb stehen …

Die Briefe, die David auf seiner Rückreise geschrieben hatte, waren viel nüchterner gewesen. Aber Elinda hatte es auf seinen Unwillen geschoben, nach Hause zurückzukehren und dort unter Beweis zu stellen, dass aus ihm ein Kavalier geworden war.

Plötzlich hörte sie vor dem Haus eine Kutsche vorfahren. Um diese Zeit erwarteten ihre Eltern nie Besuch. Elinda eilte ans Fenster, gerade noch rechtzeitig, um einen dunkel gekleideten Mann ins Haus treten zu sehen, und erschrak, aber es war ein freudiges Erschrecken.

Blake Colbert!

Ihr Herz fing an zu rasen, und in ihrem Kopf stürzten die Gedanken übereinander. Dann zog ihr Vater ihn also doch zu Rate!

Elinda spürte einen unpassenden Triumph, als wäre ihr Vater von dem Fremden besiegt worden. Doch gleichzeitig steigerte die Bedeutung hinter diesem Ereignis ihre Unruhe. Wenn ihr Vater zu diesem sicherlich allerletzten Mittel griff, wie schlimm stand es dann um David?

Sie dachte gar nicht daran, in ihrem Zimmer zu bleiben. Strümpfig schlich sie auf den Flur und die Treppe hinab. Im Haus herrschte tiefe abendliche Stille. In der Küche verströmten Ofen und Kamin den Geruch abkühlender Asche. In der Luft lag noch ein Hauch des Abendessens. Aber weder die Köchin noch das Küchenmädchen waren zu sehen.

Elinda ging zu einer Tür neben dem Zugang zum Küchengarten. Dahinter lag ein schmaler Gang, der direkt ins Speisezimmer führte, wo die Diener hinter einem chinesischen Paravent wie aus dem Nichts auftauchten, um das Essen aufzutragen. Elinda war als Kind mit David oft genug hier entlanggehuscht, um zu wissen, wo die Rattenfallen standen. Sie näherte sich der Tür hinter dem Paravent und fand sie nur angelehnt. Jetzt vernahm sie gedämpfte Stimmen. Vorsichtig schob sie die Tür ein wenig auf. Sie war eine der wenigen auf Thornton Hall, die nicht wie eine beleidigte Katze klang. Ihr Herz klopfte hart gegen ihren Brustkorb, als wäre es empört, dass sie ihm eine derartige Aufregung zumutete.

Der chinesische Paravent roch schwach nach Sandelholz, als sie ihr Gesicht dem Spalt näherte. Robert Audley stand vor der Anrichte und goss etwas aus einer Kristallflasche in ein Glas. So leise sie konnte, verlagerte sie ihr Gewicht und lugte durch den Spalt zwischen den nächstgelegenen Segmenten.

Da stand er.

9

Sein abgewetzter schwarzer Kutschermantel schien das spärliche Licht des Salons zu absorbieren. Als er sich auf einen der zierlichen Stühle setzte, war Elinda sicher, er würde unter seiner massiven Gestalt zusammenbrechen. Bérénice saß auf der Ottomane, wo das Licht des Kaminfeuers die roten Flecken auf ihrem Gesicht zum Leuchten brachte. Das Taschentuch in ihren Händen konnte nicht von ihrem Zittern ablenken. Der Mann vom Hafen saß still da und schien nicht das Bedürfnis zu haben, das Schweigen zu brechen. Schließlich nahm Elindas Vater am Kamin Aufstellung und betrachtete den späten Besucher bemüht versöhnlich.

»Nun, Mister Colbert, da seid Ihr also. Und wir danken Euch für Euer Kommen.«

Elinda schoss das Blut in die Wangen. Nach seinem Verhalten vor drei Tagen erschien ihr Vater ihr nun geradezu unterwürfig. Seine Gebärden, seine Blicke, die Pfeife in seinen Händen, all das konnte nicht über das hinwegtäuschen, was er zu verstecken suchte. Er war nun auf die Gnade dessen angewiesen, auf den er vor Kurzem noch voller Abscheu herabgeblickt hatte.

Colbert sah ihn ohne Genugtuung abwartend und ernst an.

»Dankt mir nicht für mein Kommen, Audley. Ihr wisst, was man über mich sagt. Ich bin ein prinzipienloser Mann mit schlechtem Ruf. Nur auf der Suche nach einer rettenden Hand, die dumm genug ist, sich mir entgegenzustrecken.«

Er schickte seinen Worten ein leises Lachen hinterher, das sich zwischen der Glasglocke, unter der eine zierliche Uhr tickte und dem Knistern des Kaminfeuers wie ein Knurren anhörte. Als wäre ein wildes Tier in den Salon eingedrungen.

Robert Audley hüstelte Pfeifenrauch aus. »Ihr müsst verzeihen, Mister Colbert. Ihr gabt mir keinen Anlass, Eurer Annäherung mit mehr Freundlichkeit zu begegnen.«

»Natürlich nicht. Daher spart Euch die Entschuldigung. Ich weiß, dass es Euch nicht leidtut, denn Ihr seid fest davon überzeugt, dass die Gerüchte über mich wahr sind. Ihr seid nur verzweifelt genug, um sie nun zu ignorieren, und ich habe meinen Stolz vor langer Zeit gegen Nützlicheres eingetauscht. Also sagt mir, was ich wissen muss, um Euren Sohn zu finden.«

Elinda presste die Hand vor den Mund. So hatte noch nie jemand mit ihrem Vater gesprochen. Die Stimme des Mannes erinnerte sie an das Meer, das weit unter den Klippen von Dover die Felsen umfaucht. Aber irgendwo im Urgrund dieser Stimme war auch ein beruhigendes Raunen.

Bérénice setzte sich kerzengerade hin und funkelte den Mann an. »Woher wusstet Ihr überhaupt, dass unser Sohn vermisst wird?«

»Eine gute Beobachtungsgabe, Lady Audley.«

»Zu jenem Zeitpunkt am Hafen«, warf sie ein, »hätte es durchaus sein können, dass David sich verspätet hatte und mit einem anderen Schiff kommen würde.«

Colbert lächelte geduldig. »Lady Audley, wie Ihr wisst, habe ich jahrelang junge Männer wie David nach Italien und wieder nach England zurück begleitet. Ihr dürft mir glauben, wenn ich Euch sage, wie unwahrscheinlich es ist, dass der *bear* seinem *leader* so kurz vor der Heimreise abhanden kommt. Erst recht, wenn es vier *leaders* sind, und mögen sie auch noch so krank sein.«

Bérénice musterte ihn weiter mit schlecht verhohlenem Misstrauen.

Robert Audley nickte, schien aber ebenfalls noch nicht recht überzeugt zu sein. Einem weiteren Einwand kam der Besucher mit einer Frage zuvor.

»Was ist mit den vier Lords passiert? Alle sprechen davon, dass sie eines grausamen Todes gestorben sind. Wie grausam?«

Der Pfeifenrauch kleidete Audleys Antwort in die dazu passende Dramatik.

»Ein Gerichtsarzt hat die vier Männer aufgeschnitten. Er fand ihr Innenleben in einem verheerenden Zustand. Teile der Lunge waren schwarz, das Blut dickflüssig. In den Gedärmen fand er schwarzblutigen Schaum.«

Elinda schauderte. Welche entsetzliche Krankheit hatte den Männern ein derartiges Ende bereitet? Der Gedanke, dass David sich ebenfalls damit angesteckt hatte, war grauenvoll.

»Lord Charswick sprach außerdem von einem … einem pompejanischen Fluch«, fuhr Robert Audley widerwillig fort. »Und dass mein Sohn ihnen in Pompeji verloren gegangen sei. Lord Veland meinte jedoch, dass David in Rom am Fieber verstorben sei und sie mir diesen Umstand erst bei der Rückkehr mitteilen wollten.«

»Unser Sohn hat uns aber noch bis vor vier Tagen regelmäßig Briefe geschrieben«, erklärte Bérénice.

Mister Colbert nickte bedächtig. Ein Lichtschein huschte durch seine schwarzen Haare; Elinda dachte an einen Raben. Etwas Wildes ging von seinem Zopf aus, der ihm über den Rücken fiel. Mit seiner gepuderten Perücke erschien Elinda ihr Vater auf einmal wie einer der Dienstboten.

»In Pompeji, sagt Ihr?« Colberts Stimme hatte etwas von ihrer Festigkeit verloren.

Audley nickte. »Mir ist durchaus bewusst, dass dieser Ort belastende Erinnerungen in Euch auslöst.«

»Das tut nichts zur Sache. Was damals passiert ist …« Colbert schüttelte mit einem bitteren Lächeln den Kopf. »Nun, nichts, was sieben Jahre auf See und in der Neuen Welt nicht zu einer Randbemerkung des Lebens werden lassen. Eure Verzweiflung hingegen …« Er warf Bérénice einen Blick zu. »… wäre sie nicht so groß, würdet Ihr gewiss einen Mann von besserem Ruf losschicken, um Euren Sohn aufzuspüren.«

Ihr Vater ließ seine Pfeife sinken. »Unsinn. Niemand hat so viele Reisen auf den Kontinent gemacht wie Ihr. Die Familien haben sich früher um euch als *bearleader* gerissen. Auch mein Sohn träumte schon als Junge davon, dass man ihn Euch anvertrauen würde, wenn er alt genug für seine *Grand Tour* wäre. Da sich die Dinge aber nun anders entwickelt haben, gab ich ihn in die Obhut vier erfahrener Männer, die schon die eine oder andere Italienreise absolviert hatten.«

»Was Ihr nicht sagt«, murmelte Colbert mehr zu sich selbst.

Elinda grub die Zähne in die Unterlippe. Die Heuchelei ihres Vaters war ihr zuwider. Schon damals hatte er David untersagt, den Namen Blake Colbert auch nur in den Mund zu nehmen.

Colberts Finger spielten mit den Rundungen des Glases. Für einen Moment konnte Elinda nichts anderes ansehen als seine Finger, die ihr im Kontrast zu seinem Haar und dem schäbigen Kutschermantel elegant und feingliedrig erschienen. Sie konnte sich in diesen Händen unmöglich einen Säbel vorstellen. Es löste eine sonderbare Unruhe in ihr aus, nur seine Stimme zu hören, aber nicht sein Gesicht zu sehen. Doch dann verlagerte er sein Gewicht auf dem Stuhl und beugte sich vor.

»Und da dachtet Ihr, Eurem Sohn seinen Wunsch doch noch zu erfüllen. Wenn ich ihn schon nicht führen konnte, soll ich ihn zumindest finden?«

Robert Audley änderte die Richtung des Gesprächs. »Niemand könnte uns überdies für das nötige Stillschweigen garantieren. Es darf nicht bekannt werden, dass unser Sohn verschwunden ist. Es wirft ein schlechtes Licht auf alle seine künftigen Unternehmungen. Wer verschwindet schon auf seiner Kavaliersreise?«

Blake Colbert stieß ein leises Lachen aus. »Oh, Ihr mögt kaum glauben, wie viele zumindest beschließen, nicht mehr zurückzukehren. In Italien gibt es viele Verlockungen, die wohlerzogene junge Männer auf Irrwege führen.«

Audley ging nicht darauf ein. »Wenn Ihr meinen Sohn findet, könnte das der Wiederherstellung Eures Rufes helfen. Wenn Ihr ihn findet, findet Ihr auch eine Antwort auf die Frage, was mit seinen Gefährten geschehen ist. Wichtigen Männern! Wenn Ihr ihr Schicksal aufklärt, könnte man

Euch die Anerkennung zurückgeben, derer Ihr verlustig gegangen seid.«

Colbert stand ruckartig auf. Robert Audley wich verlegen zurück.

»Ich stelle Euch zwei Fragen.« Colberts Stimme war nun tonlos und dunkel. »Geht Ihr davon aus, dass ich Wert darauf lege, meinen Ruf bei den bösartigen Lackaffen wiederhergestellt zu wissen, die mir diese Geschichte eingebrockt haben? Und geht Ihr ferner davon aus, dass Euer Sohn überhaupt noch lebt?«

Weil niemand antwortete, stellte Colbert eine weitere Frage.

»Gehe ich richtig in der Annahme, dass die Gentlemen, denen Ihr Euren Sohn anvertraut habt, ehrenwerte Männer der Society of Dilettanti sind?«

Die Abfälligkeit seines Tonfalls blieb Elinda nicht verborgen. Die *Dilettanti* waren eine Vereinigung hoch angesehener Männer, Sammler, Gelehrter und Adeliger, die ihr Studium und ihre Liebe zur Antike zusammenführte. Robert Audley selbst war Mitglied der Society of Dilettanti und hatte in ihren Kreisen großzügige Sponsoren gefunden, die David seine eigene *Grand Tour* ermöglicht hatten.

Er straffte sich. »Ja, ich gab David in ihre Obhut, um mein Vermögen zu schonen.«

Colbert wandte sich Bérénice zu und ließ sich neben ihr auf der Chaiselongue nieder, als wäre es das Selbstverständlichste. Elinda sah ihn nun deutlich. Sein scharf geschnittenes Gesicht, in dem keinerlei Regung seine Gefühle erkennbar machte. Seinem dunklen wachen Blick schien kein Detail des Raumes zu entgehen.

»Lady Audley, verzeiht mir«, sagte er sanft. »Aber die

Gentlemen, denen Ihr Euren Sohn anvertraut habt, tun sich auf dem Kontinent nicht nur durch die Liebe für die Antike hervor. Ich will Euer Feingefühl nicht verletzen, aber ich nehme an, dass Euer Gemahl weiß, wovon ich spreche.«

»Was meint er denn damit, Robert?«, fragte Bérénice ungehalten.

»Sei nicht naiv, meine Liebe! Du glaubst wohl kaum, dass unser Sohn nur nach Italien gereist ist, um mit Vergil in der Hand über die Phlegräischen Felder zu stolpern!«

Elinda presste die Lippen zusammen und dachte an einen Brief ihres Bruders, in dem er ihr Dinge anvertraute, von denen ihre Eltern nichts wussten.

… wie ich sie verabscheue. Vor zwei Tagen gaben sie vor, mit mir essen gehen zu wollen, doch sie schleppten mich in eine üble Spelunke mit noch übleren Leuten. Das ist nicht der Spaß, den ich im Sinn hatte. Am liebsten würde ich mich davonstehlen und mich allein durchschlagen. Aber ich bin ihnen auf Gedeih und Verderb ausgeliefert, und wenn ich zurückkomme, werde ich nicht sagen können, dass ich eine Kavaliersreise absolviert habe. Denn das, was meine vier Begleiter tun, würde jeden wahren Kavalier vor Scham im Boden versinken lassen …

»Und wie solltet Ihr das auch wissen, Lady Audley?« Colbert lächelte vorsichtig. Dann blieb sein Blick am großen Spiegel über dem Kamin hängen. »Frauen kommen für gewöhnlich nicht in die Gunst des Reisens. Wie solltet Ihr wissen, was uns in der Fremde vergönnt ist, während Ihr nur davon träumen könnt?« In diesem Moment wandte er den Kopf, schnell und zielgerichtet wie eine Eule und sah Elinda direkt an. »So wie Davids Schwester, habe ich recht?«

Das Herz schlug ihr bis zum Hals. Er hatte sie entdeckt. Im Spiegel war der Paravent deutlich zu sehen, und seinem Blick war nicht entgangen, dass jemand dahinterstand und durch den Spalt lugte.

»Davids Schwester tut hier nichts zur Sache«, winkte Robert Audley ab.

»Seid Ihr Euch da so sicher?« Während er das fragte, blieb Colberts Blick unverwandt auf Elinda gerichtet.

»Unsere Tochter wird in Kürze heiraten und ihr eigenes Leben leben«, betonte Bérénice.

»Ihr eigenes Leben«, echote Colbert. Sein Kopf wandte sich wieder dem Spiegel zu, wo er Elindas Blick von Neuem aufnahm.

Ihre Finger gruben sich in den Stoff ihres Kleides. Blut erhitzte ihre Wangen, der Salon vor dem schmalen Sehschlitz schien zu schwanken.

»Bevor Ihr Euch an mich gewendet habt«, nahm Colbert den Faden wieder auf, »was ergaben Eure eigenen Nachforschungen?«

»Ich habe mich mit einigen Angehörigen der verstorbenen Lords unterhalten«, sagte ihr Vater. »Sie zeigten sich von ihrem Tod ebenfalls überrascht, denn keiner von ihnen deutete in den Briefen etwas von einer Krankheit an.« Audley runzelte die Stirn. »Ich musste mir allerdings anhören, dass mein Sohn seinen Begleitern ein wahrer Dorn im Auge gewesen sein muss.«

Elinda horchte auf. Diese Andeutung passte zu dem, was David in seinen Briefen über die Lords geschrieben hatte. Ihr Vater machte eine unwirsche Geste, als würden sich in ihm die Sorge um seinen Sohn und die Scham über sein Verhalten einen Kampf liefern.

»Sie schrieben, dass keine rechte Harmonie aufkommen wollte zwischen ihnen und David«, fuhr er fort. »Er würde sich in ihrer Gesellschaft nicht sonderlich dankbar zeigen. Und wie auch? Der Junge hatte ja davon geträumt, mit einem Abenteurer wie Euch, Mister Colbert, seine *Grand Tour* zu absolvieren.«

Vielleicht waren David aber auch einfach die ewigen Saufgelage der vier Lords und ihre unerträgliche Arroganz zuwider, dachte Elinda und ballte die Fäuste.

»Ich habe außerdem Nachrichten nach Calais schicken lassen«, fuhr ihr Vater fort. »Aber nirgendwo hat man etwas von meinem Sohn gehört oder gesehen. Ein Brief an unseren Botschafter in Neapel, Sir Hamilton, ist auch schon unterwegs.«

Colbert hob den Kopf. »Sagt mir, Mister Audley, war Earl Andrew Hydeworth nicht zufälligerweise ebenfalls Teil dieser Gruppe?«

Elinda zuckte zusammen, als Colbert den Namen ihres Verlobten nannte.

»Warum fragt Ihr das?«, fragte ihr Vater verwundert. »Ich nannte Euch bereits die Namen von Davids Reisegefährten.«

»Gewiss. Aber es könnte doch sein, dass der Earl of Hydeworth zu Beginn dieser Reise oder während einer der Stationen Teil der Gruppe war. Die Mitglieder der Society of Dilettanti reisen gerne in Rudeln.«

Bérénice und Robert warfen sich einen Blick zu, zweifelsohne wegen Colberts auffälliger Wortwahl.

»Nein, Hydeworth war nicht Teil der Gruppe«, informierte Audley ihn. »Ich weiß, die Männer sind alte Freunde, aber Hydeworth weilt zurzeit im diplomatischen Dienst in

Paris und kehrt bald zurück. Im Übrigen, um meine Tochter zu ehelichen.«

Das Parkett knarzte, als der Stolz ihn für einen Moment auf die Zehenspitzen hob.

Colbert neigte den Kopf und trat langsam auf ihn zu. Er senkte die Stimme, doch Elinda hörte seine Worte deutlich.

»Ihr wollt Eure einzige Tochter mit Andrew Hydeworth verheiraten? Wisst Ihr denn nicht, was der Earl für ein Mensch ist?«

Elinda presste die Hand auf den Mund. Entsetzen und ein unpassender Triumph durchströmten sie. Ihre instinktive Abneigung Hydeworth gegenüber hatte sie nicht getrogen.

»Nein, das weiß ich nicht«, lachte Robert Audley, plötzlich selbstbewusst. »Über ihn sind, bei allem Respekt, keine derart unvorteilhaften Geschichten im Umlauf.«

»Ich verstehe. Und selbst wenn, würde sein stattliches Vermögen dafür sorgen, dass niemand sich dafür interessiert. Ein Mann wie Ihr kann nicht widerstehen, einen Mann wie Hydeworth zu bewundern. Seine prachtvollen Landschlösser, die Plantagen in Jamaika und Indien und nicht zu vergessen seine wertvolle Antikensammlung. Er hat alles, was Ihr auch gern Euer Eigen nennen würdet. Aber immerhin könnt Ihr ihm nun etwas geben, was *er* begehrt. Weiß Eure Tochter, was ihr bevorsteht?«

»Was erlaubt Ihr Euch?« Bérénice stemmte sich von der Chaiselongue hoch.

Blake drehte sich ruckartig zu ihr um. »Ich erlaube mir, Euch zu warnen!«

»Vor Männern wie Euch hätten wir gewarnt sein sollen!«, zeterte sie.

Colbert lächelte gelassen. »Das wurdet Ihr. Und dennoch

stehe ich hier. Mein schlechter Ruf scheint Euch weniger zuzusetzen als Eure Angst vor dem Niedergang Thornton Halls und Eures gutes Namens.«

Elindas Vater wechselte das Thema. »Mister Colbert, meine Familie wird sich morgen Abend nach Frankreich einschiffen. Die Mutter meiner Gemahlin liegt in Paris im Sterben, und wir hoffen, sie noch lebend anzutreffen. Ich schlage vor, Ihr nehmt dieselbe Passage wie wir, damit keine weitere Zeit verschwendet wird.«

Elinda wurde den Eindruck nicht los, dass sich in Colbert eine gewisse Zufriedenheit ausbreitete. »Was soll ich in Paris?«, fragte er dennoch.

»David hat uns von dort einen Brief geschrieben, kurz bevor es weiter nach Calais ging. Eure Nachforschungen sollten dort ansetzen. Für den Fall, dass Ihr dort nichts erfahrt und Euch nach Italien aufmacht, werde ich morgen schon alles Nötige für Eure Reise veranlassen. Ich hinterlege bei den italienischen Banken in London Geld und gebe Euch die Zahlungsanweisungen dann, wenn Ihr tatsächlich aufbrechen solltet.«

Bérénice seufzte gereizt. Zweifellos weil ihr Mann den letzten Rest ihres Vermögens diesem Halunken, als den sie Colbert sah, in den Rachen warf.

Elinda empfand angesichts dieser Bereitwilligkeit ihres Vaters, David mit solchem Aufwand suchen zu lassen, nur dankbare Erleichterung. Endlich löste sich das lähmende Gefühl der Untätigkeit.

»Ich brauche Davids Briefe.« Colberts Blick wanderte wieder zum Spiegel, wo er dem von Elinda begegnete. »Auch die, die er nur seiner Schwester geschrieben hat.«

»Selbstverständlich«, versicherte ihr Vater ihm.

Bei dem Gedanken, dass man ihr die Briefe ihres Bruders wegnehmen würde, stockte Elinda der Atem. Doch die Vorstellung, dass dieser Mann die Briefe bei sich tragen würde, linderte ihren Schmerz. Warum fühle ich so?, dachte Elinda verwirrt.

Sie war von Kopf bis Fuß verspannt, und das unterdrückte Atmen machte sich allmählich in einem Schwindel bemerkbar. Alles in ihr verlangte danach, hervorzutreten und ihren glühendsten Wunsch herauszurufen.

Mit Colbert zusammen nach David suchen und wenn nötig bis ans Ende der Welt …

Der ehemalige Reiseführer schien aufbrechen zu wollen.

»Wartet.« Audley hielt ihm einen metallisch schimmernden Gegenstand hin. »Das hier solltet Ihr ebenfalls mitnehmen.«

Colberts Hand wanderte zu seinem Kragentuch, als würde er nicht genug Luft bekommen. Er schien sich einen Ruck geben zu müssen, ehe er nach dem Artefakt griff. Dann drehte er sich um und verließ den Salon.

Elinda schlich so schnell sie konnte durch den engen Gang zur Küche, von dort zur Treppe und hinauf in ihr Zimmer. Sie schaffte es gerade noch rechtzeitig zu ihrem Fenster, um noch einen Blick auf ihn zu werfen.

Seine dunkle Gestalt stand zwischen den Eibenhecken. Dünne Nebelfetzen umschlichen ihn. Colbert schien sich keine Gedanken darüber zu machen, dass man ihm vom Haus aus sehen konnte. Nachdenklich sah er zum Himmel auf, wo der Mond gerade aus dem Dunst einer vorüberziehenden Wolke auftauchte. Plötzlich streckte er seine Rechte aus, und das Mondlicht fiel auf das Artefakt in seiner Hand. Elindas Scheu vor ihm war ebenso groß wie ihr

Wunsch, er möge noch einmal den Blick heben und sie ansehen. Seine Geste mit dem Fluchtäfelchen im Mondlicht war ihr unerklärlich. Sie wirkte wie ein rätselhaftes, uraltes Ritual. Elinda spürte, dass es hierfür keine Zuschauer geben durfte. Auch nicht für die Traurigkeit, die mit einem Mal über Colberts Gestalt lag. Im nächsten Moment ließ er die Hand wieder sinken und war kurz darauf eins mit der Dunkelheit.

10

Am nächsten Abend bestieg Elinda zusammen mit ihren Eltern das Schiff nach Calais. Bérénice trug ihr bestes Reisekleid und sah zufrieden dabei zu, wie die Gepäckträger sich unter den Augen der Menschen, die zahlreich am Kai versammelt waren, mit ihren Truhen und Kisten abmühten. Alle sollten sehen, dass sie wie reiche Leute mit viel Gepäck verreisten, und niemand würde erfahren, dass Bérénice in einige der Truhen nur unnötigen Kram gesteckt hatte, den sie bei dem kurzen Aufenthalt in Paris niemals brauchen würde.

Elinda stand neben ihren Eltern backbord an der Reling und betrachtete die wogende Menschenmenge. Auch dieser Tag war trüb und kalt. Es war, als würde sie auf ein mit falschen Farben gemaltes Bild schauen. Sie hatte diese nasse Kälte so satt. In ihrem Innern herrschte ein Aufruhr, den sie nie zuvor empfunden hatte. In die Sorge um David und die Beklommenheit, wenn sie an ihre eigene Zukunft dachte, mischte sich eine seltsame erwartungsvolle Erregung. So, als stünde etwas bevor, das die Karten ihres Leben auf unerhörte Weise neu mischen würde.

Plötzlich nahm sie unten an der Rampe eine Bewegung wahr. In der Menge bildete sich eine Gasse und ließ einen späten Passagier hindurch, der zwei große Seesäcke in einen der Lastenkörbe hievte. Ein Hitzestoß vertrieb die Kälte aus Elindas Körper. Sie warf einen Blick auf ihre Eltern, doch die beiden taten so, als hätten sie Blake Colbert nicht gesehen. Elinda konnte immer noch nicht fassen, dass sie ihr gegenüber kein Wort darüber verloren hatten, dass er mit Davids Suche betraut worden war. Ihr Vater hatte sie lediglich angewiesen, Davids Briefe mitzunehmen, was Elinda ohnehin getan hätte.

Als Colbert an Bord kam, wandten sich Robert und Bérénice betont beiläufig ab. Elinda ballte die Fäuste in den Taschen ihres Mantels.

Was für Heuchler sie doch waren. Am liebsten wäre sie zu Colbert gegangen, um ihm Davids Briefe eigenhändig zu überreichen und ihm vor aller Augen viel Glück bei der Suche zu wünschen. Doch sein Anblick, wie er an der Steuerbordseite des Schiffes aufs Meer hinaussah, löste wieder ein Gefühl von Scheu aus, das nur übertrumpft wurde von ihrer Faszination.

Da drehte sich Blake Colbert um, und sein Blick blieb an ihr hängen. Sie wollte gerade nach Anzeichen dafür suchen, dass sie sich ihre gestrige Verbindung zwischen Spiegel und Paravent-Spalt nicht eingebildet hatte, da zwinkerte er ihr unmerklich zu, ehe sein Blick weiterwanderte. Elinda sah rasch zu ihren Eltern hin, aber die hatten den komplizenhaften Moment nicht bemerkt.

Ein Lächeln zupfte an Elindas Mundwinkeln.

Sie verbrachte eine unruhige Nacht in der engen Kajüte, eingehüllt vom Schnarchen ihres Vaters und dem Seufzen ihrer Mutter. Irgendwann zog Davids verzweifeltes Rufen sie wieder in die albtraumhafte Szenerie von Pompeji.

Als sie am frühen Morgen in Calais anlandeten, dämmerte es gerade, und ihr war vom Schlingern des Schiffes ein wenig übel. Ein dünner Kaffee und eine lauwarme Brotsuppe zum Frühstück vertrieben das matte Gefühl kaum. Die französische Küste lag vor ihnen wie eine verblasste Zeichnung, eine Gefangene desselben Nebels, der auf der anderen Seite des Ärmelkanals herrschte. Als die Passagiere an Land gingen und ihre Eltern immer noch so taten, als würden sie Colbert nicht kennen, konnte Elinda sich nicht mehr zurückhalten.

»Wird Mister Colbert mit uns nach Paris reisen?«, fragte sie betont ahnungslos.

Ihr Vater brachte es tatsächlich fertig, verständnislos die Stirn zu runzeln.

»Wo denkst du hin?«

»Ich denke, dass du ihn damit beauftragt hast, nach David zu suchen.« Elinda genoss den alarmierten Blick, den ihre Eltern wechselten, doch die Heuchelei der beiden wurde ihr immer unerträglicher. Sie sah ihren Vater herausfordernd an.

Dieser ließ einen unwilligen Seufzer hören. »Also gut, du erfährst es ja doch. Mister Colbert wird nach David suchen.«

Elinda zog die Brauen hoch. »Wie kam dieser Sinneswandel zustande, Vater?«

Unwirsch gab er ihr einen leichten Stoß, damit sie hinter den übrigen Passagieren das Schiff verlassen konnten. »Du bist entschieden zu neugierig, junge Lady! Alles, worauf du dich konzentrieren solltest, ist deine Annäherung an den Earl of Hydeworth. Die Eskapaden deines Bruders sollten dich davon nicht ablenken.«

Seine Worte stachelten ihre Wut an. »Warum glaubst du,

dass es Davids Schuld ist? Was, wenn ihm etwas Schlimmes zugestoßen ist, etwas, das wir uns gar nicht vorstellen können? Was, wenn es die Schuld dieser vier Lords ist?«

Ihr Vater schob sie weiter. »Dann wird Mister Colbert es für uns herausfinden.«

»Wie kommt es, dass du auf einmal so große Stücke auf ihn hältst?«, forderte Elinda ihn weiter heraus. »Du hast ihn als zwielichtiges Gesindel bezeichnet, und nun legst du Davids Schicksal in seine Hände?«

»Ich wüsste nicht, wen ich sonst mit dieser Angelegenheit betrauen soll. Mister Colbert kostet nur einen Bruchteil dessen, was ich aufwenden müsste, wenn ein anderer, gleichwertig qualifizierter Mann nach David suchen müsste.«

Die abwertenden Worte fachten das Feuer der Enttäuschung an, das Elindas Achtung vor ihrem Vater schleichend versengte.

»Außerdem steht zu hoffen«, flocht Bérénice ein, »dass Mister Colbert bereits in Paris die nötigen Antworten findet.«

»Ich nehme an, ich muss ihm meine Briefe von David übergeben«, äußerte Elinda, obwohl sie dies ja bereits wusste. Ihr Vater nickte und wandte sich ab. Mit bitterer Genugtuung registrierte sie, wie unangenehm ihm die Sache war.

Elinda vertrieb sich die Kutschfahrt, die sie am späten Abend zu einem schon von früheren Reisen bekannten Landgasthof achtzig Meilen vor Paris führte, mit Zeichnen. Sie nahm das Lederetui mit den Kohlestiften und Aquarellfarben auf jede Reise mit, auch wenn sie nur ein paar Tage in London oder Schottland verbrachten. Aus der Erinnerung zeichnete sie den Hafen von Dover, wie er sich ihr oben von Deck gezeigt hatte. Hüte, Hauben und Haarschöpfe des menschlichen Meeres. Und irgendwann skizzierte ihr Kohlestift die dunklen Umrisse eines allein stehenden Passagiers mit zwei großen Seesäcken. Blake Colbert beschäftigte sie mehr, als ihr lieb war. Ein fremdartiges, lockendes Gefühl war damit verbunden, das sie später ihrem Tagebuch anvertrauen würde.

Als sie bei dem Gasthof ankamen, drängte ihr Vater darauf, rasch noch etwas zu Abend zu essen und schlafen zu gehen, damit sie am nächsten Morgen schnell weiterkämen. Elinda spürte die Anstrengung der Kutschfahrt in allen Knochen, als sie mit ihren Eltern in der Gaststube vor einem Teller mit Lammeintopf saß. Ihre Blicke wanderten über die anderen Gäste und blieben an einer dunklen Gestalt am anderen Ende des Raums hängen. Ihr Herz machte einen Satz.

Blake Colbert saß allein am Ende eines langen Tisches und zerpflückte nachdenklich ein Stück Brot. Elinda warf ihren Eltern einen verständnislosen Blick zu. »Wäre es nicht höflich, ihn an unseren Tisch zu bitten?«

Ihr Vater runzelte die Stirn.

»Ich sehe hier weit und breit keine wachsamen Engländer, die deinen Ruf infrage stellen könnten, weil du mit Mister Colbert sprichst.« Elinda deutete auf die Leute ringsum, die alle französisch sprachen und mit ihren Suppentellern und Weinkrügen beschäftigt waren.

»Mister Colbert kennt seinen Auftrag«, sagte ihr Vater. »Es gibt nichts, was wir noch besprechen müssten.«

Elinda konnte es nicht fassen. Natürlich hatte sie diesen Vorschlag nicht nur aus Höflichkeit gemacht. Seit sie ihn in Thornton Hall über den Earl of Hydeworth hatte sprechen hören, beschäftigte sie die brennende Frage, was er über ihren Verlobten wusste. Doch noch mehr bewegte sie das sonderbare Verlangen, überhaupt mit ihm zu sprechen, ganz gleich über welches Thema. Die peinlich berührten Blicke ihrer Eltern machten sie mit einem Mal derart wütend, dass sie es nicht länger ertrug.

Ohne ein weiteres Wort erhob Elinda sich und ging durch die Menge hindurch auf Colberts Tisch zu. Sie ignorierte ihr wild schlagendes Herz und ließ sich auf der gegenüberliegenden Bank nieder. Er musterte sie mit einem überraschten Lächeln.

Aus nächster Nähe erkannte sie, dass seine Augen die Farbe eines Gewitterhimmels hatten.

»Was wisst Ihr über ihn?«, fragte sie ansatzlos. »Über Andrew Hydeworth?«

Colberts Augen wanderten ernst über ihr Gesicht. Dann neigte er seinen Kopf noch näher und senkte seine Stimme zu einem eindringlichen Flüstern.

»Ich kann Euch nicht sagen, wie sein Umgang mit einer Gattin ist. Aber das, was ich sonst über ihn weiß, bestärkt mich in der Annahme, dass er auch Euch zugrunde richten wird.«

»Auch? Was meint Ihr damit? Hat er …?«

Colbert schüttelte den Kopf. »Nicht hier, Miss Audley.«

Ihr Herz verkrampfte sich. Zugleich fühlte sie sich von einer harten Entschlossenheit erfüllt. »Was ratet Ihr mir?«

»Lasst Euch etwas einfallen, um als Braut unattraktiv zu werden.«

Seine Haltung strahlte eine höfliche Ruhe aus, hinter der jedoch etwas schlummerte, das er zu bändigen schien. Im Schein der Talglichter, die auf den Tischen blakten, sah Elinda seine markanten Gesichtszüge, seinen strengen, sinnlichen Mund. Und seine Augen, in denen etwas erstaunlich Sanftes lag.

In ihrem Innern begann es leise zu beben.

»Ich kann mir Derartiges bei Euch zwar nicht vorstellen, Miss Audley, aber ich habe keinen Grund, an Eurer Kreativität zu zweifeln.« Colbert zwinkerte ihr wieder zu, wie gestern auf dem Schiff, und näherte dann sein Gesicht dem ihren. »Seid so abstoßend, wie Ihr nur könnt. Dann wird er, so steht es zu hoffen, das Interesse an Euch verlieren.«

Noch während er die letzten Worte sprach, stand er auf, verbeugte sich und verschwand im nächsten Moment durch die Menge. Elindas Herz pochte immer noch hart in ihrem Brustkorb. Die kurze Begegnung mit Colbert gab ihr den nötigen Mut, sich nun der Empörung ihrer Eltern zu stellen, die im nächsten Moment an den Tisch traten.

»Was, um Gottes willen, ist in dich gefahren?« Bérénice packte Elinda am Ellbogen und zerrte sie von der Bank hoch, als wollte sie die Jahre der Nachlässigkeit, die zu diesem untragbaren Verhalten ihrer Tochter geführt hatten, in einer einzigen Geste ausmerzen.

»Du kannst doch nicht vor aller Augen und ganz allein mit einem Mann sprechen!«

»Ich wollte nur höflich sein«, gab sie zurück. »Ich habe mich geschämt, weil ihr es nicht seid.«

»Elinda, also wirklich!« Ihr Vater bugsierte sie zu der Treppe, die zu den Zimmern führte. »Was hattest du mit Mister Colbert zu besprechen?«

»Ich habe ihm eine Nachricht für David ausgerichtet, falls er ihn findet«, log sie. »Wenn ich ihm schon meine Briefe geben muss, kann ich ihm auch etwas Persönliches für meinen Bruder mitteilen.«

Ihre Scheu gegenüber Colbert schlug in ein seltsames Gefühl von Vertrautheit um. Und da war noch etwas anderes. Noch nie zuvor war sie einem Menschen begegnet, der eine solche Ruhe ausstrahlte. So entspannt und souverän, als gäbe es in seiner Vergangenheit kein schmerzhaftes Geheimnis.

Und noch etwas wusste sie: Sie wollte diesen Mann in ihrer Nähe haben.

11

Die Frau, die Elinda als schmutzig bezeichnet hatte, lag auf einem Katafalk, umgeben von Bergen von Lilien. Doch die fahlen Blumen kamen weder an gegen den beißenden Geruch von Verfall, noch nahmen sie der Toten etwas von ihrer gespenstischen Starre. Ein schwarzer Spitzenschleier verhüllte das Gesicht, und Elinda stellte sich vor, wie darunter die Verwesung an den Zügen der Toten nagte.

Als sie am späten Abend Paris erreicht hatten, lag Bérénices Mutter bereits seit zwei Tagen aufgebahrt. Am nächsten Morgen würde man sie in der Kirche Sainte-Marie de la Visitation beisetzen.

Elinda war müde von einem weiteren langen Tag in der Kutsche und wollte nur noch in ein weiches Bett sinken. Aber es wurde erwartet, dass der englische Familienteil der alten Marquise an der Totenwache teilnahm. Der Gedanke, nun weitere Stunden stumm und reglos vor dem Katafalk zu sitzen und sich den Anschein des frommen Gebets zu geben, setzte Elinda weitaus mehr zu als die Vorstellung, die Nacht mit einem Leichnam unter demselben Dach zu verbringen.

In dem vernachlässigten Stadtpalais hatte man Spiegel und Gemälde mit schwarzem Tuch verhängt, die Kamine waren kalt, und alle schlichen auf Zehenspitzen daher wie Gespenster.

Auch über Bérénices Gesicht lag nun ein schwarzer Schleier, aber Elinda bemerkte, dass er nicht dazu diente, ihre Tränen zu verbergen, sondern deren Fehlen. Sie hätte gern gewusst, welche Gefühle der Tod ihrer Mutter in Bérénice auslöste. Trauerte sie, oder glitten hinter ihrer unbewegten Stirn die Bilder ihrer Kindheit vorüber, die Fragen, auf die sie nie ein Antwort bekommen hatte? Vielleicht dachte sie an ihr drittes Kind, dem sie das Leben nicht schenken konnte und dafür einen Teil ihres eigenen dahingegeben hatte.

Unwillkürlich wanderten Elindas Gedanken zu Blake Colbert. Er suchte irgendwo in Paris nach Hinweisen auf Davids Verbleib. Elinda hätte gerne gewusst, wie genau er das anstellte. Der ehemalige *bearleader* hatte vor seiner Rückkehr nach London sieben Jahre auf See und auf den karibischen Inseln verbracht, einer Welt, die ihr noch ungreifbarer erschien als Italien. Wie wollte er diese Suche nach ihrem Bruder gestalten? Sie hätte seinen Plan gerne verstanden, um ein bisschen Hoffnung zu schöpfen. Aber Blake Colbert erschien ihr wie ein verschlossenes Kästchen an einer schwer zugänglichen Stelle, irgendwo in einem halb zerfallenen Haus.

Am nächsten Morgen zogen schwarze Rappen mit schwarzen Federbüscheln eine schwarze Kutsche zur Kirche, wo Elinda zwischen schwarz gekleideten Menschen das Gefühl bekam, die trauerschwere Zeremonie würde ihr Herz zerdrücken.

Als der Sarg ihrer Großmutter in ein steinernes Gewölbe im Seitenschiff der Kirche gesenkt wurde, glaubte Elinda, an den Weihrauchschwaden zu ersticken. Und dann entdeckte sie unter den Trauergästen ein bekanntes Gesicht.

Andrew Hydeworth. Sein Anblick traf sie wie ein Schlag. Elinda wünschte sich nun ebenfalls einen Schleier, unter dem sie sich hätte verstecken können.

Wieder zurück im Stadtpalais ihrer Großmutter, während schwarz befrackte Diener heiße Schokolade und Quarkgebäck reichten, konnte Elinda dem Earl nicht länger ausweichen. Mit einer förmlichen Verneigung sprach Hydeworth Bérénice wortreich sein Beileid aus. Erst jetzt durchlief ein kleines Zittern die Schultern ihrer Mutter, als sie zum ersten Mal weinte. Robert Audley stand auf seinen Stock gestützt daneben und legte ihr mitfühlend die Hand auf den Arm.

Der Earl wirkte nicht länger hochmütig vergnügt, wie bei ihrer ersten Begegnung. Seine aristokratische Blässe ging mit seinem schwarzen Samtrock und der tintig schimmernden Perücke einen diabolischen Pakt ein. Er sieht nicht aus wie ein Trauergast, durchfuhr es Elinda, sondern wie ein Totengräber.

Der Totengräber meiner Zukunft.

Als er ihre Hand ergriff und sein Blick sie erfasste, meinte sie irgendwo unter seinen mitfühlenden Worten das leise Knistern zu hören, das entsteht, wenn eine Nadel durch den Leib eines Schmetterlings fährt.

Sie nahm kaum wahr, was er sagte, und erst die flattrige Freude ihrer Mutter in einem unbeobachteten Moment machte ihr klar, was der Earl den Audleys angeboten hatte.

»Was für eine großzügige und rücksichtsvolle Idee, uns in seine Residenz einzuladen, dann kommen wir endlich aus diesem Trauerhaus heraus!«

Der nächste Atemzug blieb Elinda in der Kehle stecken. Der Gedanke, unter demselben Dach wie Andrew Hydeworth zu sein, schnürte ihr den Hals zu.

»Wie soll Mister Colbert uns finden, wenn wir umziehen?«, entfuhr es ihr.

Bérénices Miene verriet Missbilligung. »Was hat dich das zu kümmern? Dein Vater wird ihn schon benachrichtigen. Und jetzt komm, wir dürfen den Earl nicht warten lassen.«

Und so brachten dieselben schwarz befrackten Diener ihr Gepäck in Hydeworths nur wenige Straßen entferntes Stadtpalais, wo man ihnen ihre Gästezimmer zuwies. Wo brennende Kamine, heißes Badewasser und aufmerksame Zofen ihnen die Erholung anboten, die Elinda sich nach der anstrengenden Kutschfahrt und der bedrückenden Trauerfeier so sehr gewünscht hatte. Allerdings nicht bei einem Gastgeber, vor dem sie am liebsten davongerannt wäre.

Später steckte eine Zofe Elindas Haar zu einem reizvollen Türmchen auf und half ihr mit dem dunkelblauen Kleid, das Dotty ihr eingepackt hatte. Der Earl of Hydeworth hatte die Audleys zum Dinner geladen, und Elinda wurde das Gefühl nicht los, dass man sie schmückte, um sie einem Wolf zum Fraß vorzuwerfen. Erschrocken registrierte sie, wie sehr das Kleid ihrer Gestalt schmeichelte. Ihr Körper war ihr selbst immer reizlos erschienen. Elinda vermied es für gewöhnlich, sich im Spiegel zu betrachten, weil auch das ihr als untrügliches Anzeichen von Weiblichkeit erschien. Sie interessierte sich schlichtweg nicht für das, was man als körperliche Vorzüge bezeichnete, und es war ihr ganz recht, dass man ihren eher kleinen und wenig bemerkenswerten Wuchs wohl niemals als attraktiv bezeichnen würde. Doch nun schmiegte sich der dunkelblaue Samt des

Mieders eng um ihre Taille und gab ihren Brüsten eine Form, die Elinda noch nie an sich wahrgenommen hatte. Ihr rötliches Haar hob sich, nun da es kunstvoll frisiert war, wie ein Schmuckstück von ihrer milchweißen Haut ab. Ihr Hals wirkte in dem weiten Ausschnitt der Robe geradezu schwanenhaft und lenkte etwas von ihren ungewöhnlich breiten Schultern ab.

Bérénice trat hinter ihre Tochter und betrachtete sie ungewohnt zärtlich.

»Sieh dich nur an«, sagte sie leise. »Was für eine anmutige Erscheinung du bist. Die Zeiten, in denen du in Davids Hosen herumgelaufen bist, sind nun zum Glück endgültig vorüber.«

Elinda runzelte die Stirn. Sie konnte sich nicht daran erinnern, wann ihre Mutter sie zum letzten Mal so lang und liebevoll angesehen hatte. Vielleicht hätte sie es getan, wenn Elinda öfters wie eine Prinzessin herausgeputzt vor einem Spiegel gesessen hätte. Sie wandte sich um und tastete nach der Hand ihrer Mutter.

»Wünschst du dir manchmal, es wäre alles anders gekommen?«

»Was meinst du damit?«

»Wenn du Papa nicht kennengelernt und ihn geheiratet hättest. Wenn du einfach … ein ganz anderes Leben gelebt hättest.«

Die Irritation über diese Vorstellung kräuselte Bérénices Stirn.

»Aber was soll denn das für ein Leben gewesen sein, Elinda?« Ihre Mutter ließ sich neben ihr auf einem Hocker nieder. »Ich denke, ich weiß, worauf du da anspielst. Du träumst von einem Leben in Unabhängigkeit. Du hast deine gesamte Kindheit und Jugend zusammen mit deinem Bruder verbracht und mit den Dingen, die für sein Leben von Belang sind. Und ich war leider nicht stark genug, um dir die nötige Balance zu bieten, die du dringend gebraucht hättest. Wenn du mich fragst, was ich mir wünsche, dann nur dies – dass dieses kleine Mädchen seine Geburt überlebt hätte. Ich weiß, dein Vater wünschte sich noch einen Sohn. Aber du, Elinda ...« Bérénice strich ihr eine Locke hinters Ohr. »Du hättest eine Schwester gebraucht, um auf ganz natürliche Weise in die Welt der Frauen hineinzuwachsen. Stattdessen wurde die Welt deines Bruders dein Maßstab. Und das war falsch.«

»Warum falsch?«, fragte Elinda. Sie war ihrer Mutter seit undenkbarer Zeit nicht mehr so nah gewesen. Hoffnung regte sich in ihr, Bérénice würde endlich erkennen, dass sie ihre Tochter beschützen musste vor dieser Welt der Frauen, in der sie selbst zu einem lebenden Gespenst geworden war.

»Warum kann eine Frau nicht einmal etwas anderes machen? Warum kann man nur auf diese eine Art eine Frau sein?«

Bérénice lächelte wissend. »Mein Schatz, dein Bruder hat dich gründlich verdorben. Und auch deinem Vater gebe ich die Schuld. Sie haben dich glauben lassen, es gäbe ein Leben für dich, wie David es führen wird ... falls er ... wenn er zurückkehrt. Aber auch das ist ein Leben voller Pflichten. Niemand ist wirklich frei, auch die Männer nicht. Frei sind nur die gottlosen Geschöpfe, die ihre Pflichten verleugnen und nach ihrem eigenen Vergnügen leben.«

»Mutter, bitte ... ich will keinem Mann gehören!«, platzte es aus Elinda heraus. »Und ich will nicht, dass mir das passiert, was dir passiert ist.«

Bérénice tätschelte ihren Rücken. »Was ist mir denn passiert? Ich bin die Ehefrau eines angesehenen Mannes, habe zwei gesunde, wunderschöne Kinder mit vielversprechender Zukunft und lebe in einem großartigen Haus im gelobten England. Was könnte ich mir mehr wünschen?«

Elinda versteifte sich. Die Umarmung ihrer Mutter fühlte sich an, als würde die Sinnlosigkeit selbst sie festhalten. Es war zwecklos. Von dieser Seite durfte sie keinen Beistand erhoffen.

12

Während des Dinners richtete Andrew Hydeworth das Wort ausschließlich an Elindas Eltern, als wäre ihre Tochter gar nicht anwesend. Nur ab und an streifte sie sein Blick über dem Rand des Weinglases, als wollte er sagen: Mit dir beschäftige ich mich später. Er trug einen dunkelgrünen Samtrock mit goldenen Stickereien am Revers und schien ganz genau zu wissen, welch strahlende Erscheinung er darstellte. Seine Gesten und Blicke waren die eines Königs in seinem Reich, und vielleicht gefiel er sich in der Vorstellung, dass Elinda in ihm den Märchenprinz sah, von dem zu träumen man ihr raten würde.

Die Diener trugen Fischsuppe, Austern, Fasan und Ente auf. Jeder Bissen schmeckte wie Staub. Nach dem Dessert schlug der Earl vor, die Antikensammlung des Palais zu besichtigen, die sich die Besitzer in den letzten Jahren angeeignet hatten. Ihr Vater nickte Elinda zu, wohl in der Annahme, dass sie sich darüber freute. Doch zum ersten Mal in ihrem Leben ließ die Aussicht auf antike Kunstwerke ihr Herz nicht höher schlagen.

Robert und Bérénice hielten sich in der weitläufigen Galerie abseits, zweifellos, um dem Earl und Elinda zu ermöglichen, sich unter vier Augen ein wenig anzunähern.

Elinda versteifte sich. Die antiken Marmorskulpturen hätten ebenso gut ausrangierte Möbel sein können. Ihr Blick verfing sich in der Dunkelheit jenseits der Fenster. Unmerklich hatte Hydeworth ihre Schritte zu einer lebensgroßen Venusstatue gelenkt. Es war der antike Typus der sogenannten *Venus pudica*, einer schamhaften Venus. Sie sah aus, als hätte sie gerade das Bad verlassen, den Körper leicht nach vorn geneigt, ein Arm bedeckte locker ihre Brüste, die andere Hand lag vor dem Dreieck zwischen ihren Beinen.

Plötzlich spürte Elinda seine Finger auf ihrem Rücken.

»Werdet Ihr mir das Vergnügen machen, Euch in einer ebenso entzückenden Pose zu betrachten, Miss Audley? Vielleicht in unserer Hochzeitsnacht?«

Elinda war so schockiert von dieser Distanzlosigkeit, dass ihr die Worte im Hals stecken blieben. In seinen Augen lag wölfische Genugtuung über ihre Verwirrung. Doch Elinda schaffte es, die rettende Insel der Ironie zu erreichen.

»Ihr seht nicht aus, als würde Euch das schnöde warme Fleisch einer Lebendigen ebenso viel Entzücken abtrotzen, wie etwas derart Unersetzbares wie diese Venus.«

Der Earl lachte leise auf. »Da mögt Ihr recht haben. Doch das ist Eure Schuld.« Sein Blick glitt mit einem geringschätzigen Schmunzeln an ihrem dunkelblauen Samtkleid entlang. »Bevor ich Euch gestatte, die herrliche Sinnlichkeit der Venus zu imitieren, muss ich Euch erst ein wenig füttern. Ich wusste ja, dass Euer Vater ein armer Schlucker ist. Aber dass er Euch nichts zu essen gibt, zeigt das ganze Ausmaß der Tragödie der Audleys.«

»Dann füttert mich mit etwas, das mich nicht an Eure seelenlosen Augen erinnert.«

Sie erschrak fast über sich, wie leicht ihr dieser Konter

gelungen war, und sie hoffte, dass sie mit diesen Worten Colberts Rat beherzigt und sich von ihrer abstoßenden Seite gezeigt hatte.

Doch Andrew Hydeworth hob seine mit Diamantringen geschmückte Hand vor den Mund und brach in Gelächter aus. Elinda wandte hilfesuchend den Kopf, aber ihre Eltern waren nirgendwo mehr zu sehen. Hatte ihre Mutter sie nicht gestern noch entsetzt gefragt, wie sie es wagen konnte, allein mit einem Mann zu sprechen?

Nun stand Elinda unbeobachtet mit Hydeworth in der Weite der Galerie. Die Finsternis vor den Fenstern erschien ihr wie eine undurchdringliche schwarze Wand.

»Kindchen, Ihr amüsiert mich!« Hydeworth lachte immer noch. »Eure Zunge ist wohl nicht so mager wie der Rest von Euch.«

Elinda spürte das Blut, das ihr ins Gesicht stieg. Eine Welle von Scham ergriff sie sowie die hilflose Empörung, dass jemand es für normal hielt, derart mit ihr zu sprechen. Hydeworths Unverschämtheiten und die Abwesenheit ihrer Eltern stachelten ihren Zorn an.

»Könnt Ihr Euch keine Frau suchen, die Eurem fragwürdigen Charme erlegen ist?«, zischte sie. »Habt Ihr keine Sorge, dass Euer Ansehen Schaden nimmt, wenn Ihr die Tochter eines Mannes ehelicht, der so weit unter Eurer Würde ist?«

»Aber versteht Ihr denn nicht, Miss Audley? Ich tue es aus reinem Vergnügen.«

Er lehnte sich gegen den Marmorsockel und schloss seine Hand um den halb vom Boden abgehobenen Fuß der Venus.

»Worin liegt der Reiz, ein Mädchen zur Frau zu nehmen,

das einen anhimmelt, weil man eine begehrte Partie ist? Oh, Ihr findet das unbescheiden? Nun, Bescheidenheit ist auch wahrlich nichts, was *ich* zur Zierde benötige.« Er lachte wieder leise. »Wisst Ihr, Miss Audley, Reichtum hat eine Schattenseite, und ihr Name ist Langeweile. Reize nutzen sich ab, alles wiederholt sich. Und daher sucht man sich Blumen, die nicht um die nächste Ecke ohnehin darauf warten, gepflückt zu werden.«

Er ließ die Statue los und näherte seine Hand Elindas Arm. Fest schloss sie sich um ihren Ellbogen, während er sie mit seinem Blick zu einer dieser Blumen erklärte. Elindas Herz jagte nun nicht nur Abscheu, sondern auch Furcht durch ihre Adern.

»Und darüber hinaus amüsiert es mich, dass Eure Eltern glauben, unsere Ehe wäre zum Besten Eurer Familie. Aber sie ist zu meinem Besten. Der Geldbetrag, der Eurem Vater fehlt, ist für mich nicht der Rede wert. Abgesehen davon muss ich wohl selbst dafür sorgen, dass der Gegenwert«, wieder ließ er mit anzüglichem Lächeln den Blick über ihren Körper wandern, »sich als lohnenswerte Entschädigung erweist. Ich weiß, was mir bei diesem Bauernhandel zusteht.«

Seine Worte hatten sich wie eine Faust um ihren Atem geballt. Elinda glaubte, ersticken zu müssen, sollte sie auch nur eine Sekunde lang seine triefende Genugtuung ertragen müssen. Ihre Hand schnellte vor, heftiger, als sie es selbst begriff, und landete auf seiner Wange. Das Klatschen war so laut, dass sie erschrak.

Jetzt, dachte Elinda, jetzt wird er mich entsetzt und angewidert anstarren, sich umdrehen und meinen Eltern verkünden, dass sie ihre missratene Tochter für sich behalten konnten.

Doch dann meißelte sich ein siegessicheres Grinsen in seine Miene.

Im nächsten Moment packte er sie und stieß sie gegen den Marmorsockel. Schmerzhaft prallte ihr Kopf gegen das Knie der Venus. Und dann war plötzlich seine Hand in den Falten ihrer Robe, sehr nah an der Stelle zwischen ihren Beinen. Hydeworth drängte sich gegen sie und brachte seinen Mund ganz nah an ihr Ohr.

»Wer auch immer Euch empfohlen hat, Euch wie eine Wildkatze zu benehmen, hat euch schlecht beraten.«

Elinda stemmte sich gegen ihn. War ihr Ansinnen so offensichtlich für ihn?

»Lasst mich sofort los!«, fauchte sie.

Doch sein Griff verhärtete sich noch, während er gebieterisch lächelnd offenbarte, wie sehr ihn ihr Widerstand amüsierte.

»Ein widerborstiges Mädchen als Ehefrau, während ihre Eltern dabei zusehen müssen, nun, das ist genau nach meinem Gusto. Ich habe schon bei Euch zu Hause gespürt, dass Ihr keineswegs ein gesittetes Töchterchen seid. Falls Ihr auf diese Weise einer Heirat entgehen wollt, muss ich Euch enttäuschen.«

Hydeworth warf einen Blick über die Schulter, und da standen sie.

Robert und Bérénice Audley, ebenso versteinert wie die Skulpturen ringsum. Fassungslos sah sie zu, wie ihr Vater Bérénice rasch am Arm wegführte, als wollten sie bei einer romantischen Annäherung nicht stören. Dass Hydeworth sich nun von ihr löste und betont fürsorglich ihre Robe glatt strich, nahm sie kaum noch wahr. Er lächelt aufgeräumt und reichte Elinda seinen Arm.

»Ich muss wohl nicht darauf hinweisen, dass niemand Eure alberne Abneigung gegen die Ehe nachvollziehen kann. Also werdet vernünftig. Um Eurer Eltern Liebe.«

Elinda bebte vor Scham und Wut. Doch die Ohnmacht lähmte sie derart, dass sie sich von Hydeworth wie ein willenloses Ding zur Tür der Galerie führen ließ. Da ertönten auf dem Gang eilige Schritte. Elinda glaubte schon, ihre Eltern wären zurückgekommen, um den Earl verzögert zur Rede zu stellen, was diesen zweifellos noch mehr amüsiert hätte.

Doch es war ein nervöser Diener, der in der Tür auftauchte.

»Monsieur, dieser Herr hier wünscht Euren Gast, Mister Audley, zu sehen. Eine dringende Angelegenheit.«

Elindas Herz stolperte. Sie ahnte, um wen es sich bei diesem späten Besucher handelte.

13

»Colbert!«

Andrew Hydeworth lief mit ausgebreiteten Armen dem Gast entgegen.

Da stand er, dunkel und still. Elinda spürte sofort, wie etwas von seiner Ruhe auf sie überging. Sein Auftauchen in diesem schrecklichen Moment erschien ihr wie eine Rettung in letzter Sekunde. Doch ihre Anspannung verstärkte sich sogleich wieder, denn sie wusste, dass die beiden Männer nicht durch Freundschaft verbunden waren.

»Was verschafft mir die … nun, soll ich es Ehre nennen?« Der Earl blieb vor Blake Colbert stehen und musterte ihn abschätzig.

»Ich komme wegen Mister Audley«, wiederholte Colbert die Worte des Dieners. »Ich bekam Nachricht, dass er hier ist.«

Er hat etwas über David erfahren, dachte Elinda und trat rasch an die Tür.

Hydeworth wandte sich zu ihr um.

»Ach, so liegt die Sache. Nun ist mir klar, dass mir das kleine Hühnchen hier mit den Krallen voran ins Gesicht geflattert ist. Sollten wir uns also wieder wegen einer Frau streiten, Colbert? So wie damals in Pompeji?«

Elinda erstarrte. Was hatte Hydeworth da gerade gesagt?

Bevor Colbert etwas erwidern konnte, ertönten rasche Schritte, und ihre Eltern tauchten aus dem abzweigenden Gang auf. Elindas Augen verengten sich in schlagartiger Abscheu vor den beiden. Hier hatten sie sich also herumgedrückt und sie diesem liederlichen Mann überlassen.

»Verzeiht die Störung, werter Earl, aber dieser Gentleman muss etwas Dringliches mit mir besprechen.«

Robert Audley löste sich von seiner Frau und blieb in scheuem Abstand vor den beiden Männern stehen. Seine devote Haltung brachte Elinda dazu, sich aufzurichten und die Schultern durchzudrücken. Der Mund ihrer Mutter sank beim Anblick des *bearleaders* vor Missbilligung tief in die Winkel, als wäre Colbert in ein romantisches Stelldichein zwischen Elinda und dem Earl geplatzt.

»Hier geht es doch nicht etwa darum, wer die Hand Eurer Tochter bekommt?«, fragte Hydeworth belustigt. »Ich war nicht auf einen Mitbewerber gefasst, erst recht nicht auf einen alten Bekannten. Wie ist es Euch ergangen, Colbert? Ich habe gehört, Ihr seid zur See gefahren. Sagt, ist es wahr, dass die Schuld eines Mannes sich zwischen Stürmen und tropischem Fieber in Wohlgefallen auflöst?«

»Fragt Ihr das, weil die Eure Euch nicht schlafen lässt?«, konterte Colbert. Seine Stimme war nicht mehr als ein Raunen. »Sagt mir Bescheid, wenn Ihr anheuern wollt, Hydeworth. Ich kenne ein paar Kähne, auf denen Eure verrottete Seele beste Gesellschaft findet.«

Elinda erschrak. Sie spürte einerseits eine ungläubige, triumphierende Freude, dass Colbert es nicht im Mindesten für angemessen hielt, den Ton zu wahren oder sich vor Bérénice und Elinda zurückzuhalten. Doch zugleich schnürte ihr die Feindseligkeit zwischen den Männern die Kehle zu. Als würden zwei gefährliche Tiere sich anfauchen, um einen alten, nur unterbrochenen Kampf aufs Neue auszutragen.

Hydeworth seufzte missbilligend. »Colbert, ich muss doch bitten! Es sind Damen anwesend!«

»Was hier gerade gesprochen wurde, ist auch nicht schockierender, als das, was Ihr gerade zu mir gesagt habt!«, fuhr Elinda ihn an.

Ihre Mutter räusperte sich mahnend, doch Elinda ignorierte sie. Colberts Anwesenheit beflügelte sie, ihre Zurückhaltung fallen zu lassen.

Hydeworth setzte eine interessierte Miene auf. »Was habe ich denn gesagt?«

»Ihr habt mich auf eine Weise beleidigt, die Euch nicht einmal dann zustünde, wenn ich dem Irrsinn anheimfiele, Eure Frau zu werden!«

»Elinda!«, griff ihr Vater ein. »Bist du denn von Sinnen?«

»Ja, vielleicht bin ich das! Offenbar wird von mir erwartet, dass ich angesichts dieser Demütigung lächle.«

Elinda spürte den ruhigen Blick Colberts auf sich und hätte diese Ruhe gerne aufgesaugt wie ein Schwamm. Doch das Blut rauschte in ihren Ohren, und sie konnte ihr Zittern kaum unterdrücken. Es fühlte sich an, als hätte in einem fest verschlossenen Gefäß ein Samen Wurzeln geschlagen, der nun die Hülle durchschlug. Fassungslos starrte sie zwischen ihren Eltern hin und her.

»Ihr habt gesehen, was der Earl sich gerade eben mit mir erlaubt hat! Ihr bringt mir Anstand und Sittlichkeit bei, doch diesem Raubfisch erlaubt ihr, sie zu beschmutzen. Versetzt Davids Verschwinden euch so in Verzweiflung, dass ihr mich einer solchen Erniedrigung aussetzt? Wenn ihr mich diesem Mann als Frau gebt, macht ihr mich zur Hure!«

Ihr Vater sah aus, als wollte er die Worte in Elindas Mund zurückjagen, während ihre Mutter erstarrte und der Earl einen leisen Pfiff ausstieß. Blake Colbert ließ weiter seinen unergründlichen Blick auf ihr ruhen.

»Ich bin mir sicher, dass unser Gastgeber nicht gewillt ist, sich derartigen Unsinn anzuhören«, tat Robert Audley diplomatisch.

»*Au contraire!*«, versicherte der Earl. »Das alles ist Musik in meinen Ohren. Aber sagt, Euer Sohn ist verschwunden? Davon wusste ich bislang ja gar nichts. Doch nicht etwa in Italien?«

Elindas Vater stammelte umständlich eine Antwort, doch Colbert erlöste ihn. »Audley, ich habe Euch Wichtiges mitzuteilen, und die Zeit drängt.«

»Ach, dann geht es hier also gar nicht um Elinda?«, fragte Hydeworth amüsiert.

»Meine Tochter tut in dieser Angelegenheit nichts zur Sache«, beteuerte ihr Vater.

Colbert richtete seinen Blick auf Bérénice. »Ach wirklich? Wollt Ihr Gefahr laufen, auch Euer zweites Kind zu verlieren?« Dann deutete er auf den Earl. »Wenn Ihr Elinda mit diesem Mann verheiratet, wird er Eure Tochter ins Grab bringen. Er hat es schon einmal getan, und er wird es wieder tun.«

»Sprecht Ihr von meiner verstorbenen ersten Gattin?« Hydeworths Stimme wurde scharf. »Sie starb im Kindbett.«

Colbert sah den Earl eindringlich an, bevor er respektvoll den Kopf senkte.

»Von *diesem* Tod weiß ich nichts.«

Elinda bebte vor Anspannung. Sie hätte zu gerne gewusst, welches dunkle Band die Leben dieser beiden Männer verknüpfte.

Hydeworth zuckte mit den Schultern und lächelte unbekümmert in die Runde.

»Nun, Reisende soll man nicht aufhalten. Und das Verschwinden Eures Sohns muss natürlich geklärt werden.«

Er ergriff Elindas Hand und drückte einen Kuss darauf, bevor sie sie ihm entziehen konnte. »Euch sei natürlich vergeben. Die Sorge um Euren Bruder muss Eurem Gemüt schrecklich zusetzen. Ihr wart nicht bei Euch.« Und an Colbert gewandt: »Ihr findet das Bürschchen besser schnell, sonst grämt sich meine Braut über die Maßen, und Gram macht das schönste Röslein welk. Was mich dazu bringen könnte, es mir noch einmal anders zu überlegen.«

Er verneigte sich kurz vor Robert und Bérénice und entfernte sich gelassen, als hätte er sich gerade aus einer harmlos plaudernden Runde gelöst. Hydeworth näherte sich der geschwungenen Treppe, die ins Obergeschoss führte und an deren Fuß gerade ein Dienstmädchen auftauchte. Sie trug eine Kerze, die ihr Gesicht als goldenen Fleck aus der Dunkelheit meißelte. Elinda dachte an ihre Zofe Dotty, die ihr zu später Stunde auch immer den Weg zu ihrem Zimmer leuchtete. Und als wollte er diese Erinnerung ebenso beschmutzen wie den Anblick der *Venus pudica,* packte Hydeworth das Mädchen am Arm und drängte sie die Treppe hinauf. Ihr unterdrückter Schrei vermischte sich mit einem Scheppern, als der Kandelaber ihr aus der Hand fiel. Die Kerze kollerte gegen das Geländer und verlosch. Die Schritte auf der Treppe verklangen rasch; zurück blieb die schreckliche Vorstellung, was nun hinter einer der Türen im Obergeschoss geschehen mochte.

»Seht ihr, was für ein Mensch er ist?«, stieß Elinda hervor.

Da verlor Bérénice die Contenance. Ihre Hand schnellte vor und landete in Elindas Gesicht. »Du hast alles zerstört, du dummes Gör! Sieh dir an, wie du den Earl verärgert hast!«

Elinda starrte ihre Mutter an, und etwas Eigenartiges geschah. Sie empfand weder Schmerz noch Demütigung. Nur eine seit Langem gespeiste, wissende Traurigkeit, die nun ihren Höhepunkt und gleichzeitig ihr Ende erreichte. Sie hielt den Blick ihrer Mutter fest, obwohl Tränen in ihr aufstiegen.

»*Jetzt* schlägst du mich«, stieß sie hervor. »Wenn du gewollt hättest, dass ich so werde wie du, hättest du mich früher schlagen müssen.«

Es war, als würde hinter ihr die einzige Brücke abbrennen, die sie noch mit ihrem bisherigen Leben verband. Ihr Blick wanderte zu Blake Colbert, der das alles mit anhören musste. Er sah sie wieder auf diese merkwürdig wissende, ruhige Art an, als würde er auf etwas warten.

Robert Audley räusperte sich. »Wir sind alle aufgewühlt, es war ein schwieriger Tag. Sicherlich sieht die Welt morgen schon anders aus.«

Ohne Elinda eines Blickes zu würdigen, wandte er sich an Colbert.

»Also, was habt Ihr erfahren?«

Colbert betrachtete den dunklen Garten vor den bodentiefen Fenstern. Akkurat gestutzte Hecken standen wie schwarze Mauern unter dem Nachthimmel. In der Stille des spärlich beleuchteten Gangs lauschte Elinda beklommen auf Geräusche von oben. Doch kein Laut ertönte. Ihre Gedanken wanderten zu dem Dienstmädchen, doch Colberts Stimme riss sie wieder zu der Sorge um David zurück.

»Ich habe die einschlägigen Gasthäuser der Engländer hier in Paris aufgesucht und meine Fragen gestellt. Die vier Lords wurden vor acht Tagen im Hotel Cœur de Lion beherbergt, wo man allerdings nichts von David wusste. Man sagte mir dort, dass die Männer sehr krank waren und einen Arzt kommen ließen, der ihnen ein Stärkungsmittel für die weitere Reise gab.«

Elinda war mit einem Mal todmüde. Am liebsten hätte sie sich mit geschlossenen Augen gegen die Wand sinken lassen und Colberts Stimme gelauscht, die ihr wie eine ruhige Insel in der aufgewühlten See dieses unerfreulichen Tages erschien. Es war ihr gleich, was er sagte, solange sie nur in seiner Nähe war.

»Dann wird dieses Rätsel nicht so leicht gelöst, wie wir gehofft hatten«, murmelte ihr Vater.

Colbert wandte sich zu ihm um. »Ich habe den Tag genutzt, um bereits eine Kutsche und alles Weitere zu organisieren, damit ich morgen in aller Frühe rasch in Richtung Italien aufbrechen kann. Ich nehme an, es ist in Eurem Sinne, dass keine weitere Zeit verschwendet wird.«

Robert Audley schüttelte resigniert den Kopf. »Ich hätte mir gewünscht, das wäre nicht vonnöten gewesen.«

Colbert ging nicht darauf ein. »Die Kutsche kommt morgen noch vor Sonnenaufgang zum Hof Eurer verstorbenen Schwiegermutter. Ein Kutscher ist ebenfalls bestellt. Sein Name ist Luca Marconi, er ist Italiener, was sehr von Vorteil ist. Er hat schon oft Engländer kutschiert und spricht unsere Sprache recht passabel. Der Preis, den er für die Fahrt verlangt, ist so niedrig, dass Eure Mittel nicht über die Maßen strapaziert werden.«

Elindas Vater nahm einen tiefen Atemzug. »So ist es also beschlossen. Ihr werdet die Stationen auf der Rückreise ansteuern und herausfinden, warum mein Sohn von all diesen Orten Briefe an uns geschickt hat. Was meint ihr, an irgendeinem dieser Orte muss es doch Hinweise auf sein Verschwinden geben?«

»Ich weiß es nicht, Sir. Aber ich werde Euch regelmäßig schreiben und wissen lassen, was ich in Erfahrung bringe. Und ich werde, wenn nötig, Davids Spur bis Pompeji folgen.«

Elinda krampfte die Hände in den Stoff ihres Kleides. Die Sehnsucht, die seine Worte in ihr auslösten, erfüllte sie mit einer Woge von Bitterkeit. Die Sehnsucht nach allem, nach David, Italien, dem ganzen Leben.

Colbert straffte sich. »Ich empfehle mich. Und habt Dank für das Zimmer im Haus Eurer Mutter, Lady Audley. Es wird für lange Zeit das letzte bequeme Bett sein, indem ich schlafe.«

In diesem Augenblick drang aus dem oberen Stockwerk der unterdrückte Schmerzensschrei einer Frau. Elinda zuckte zusammen und starrte ihre Mutter an. Diese ließ sich nichts anmerken und nickte Colbert knapp zu.

»Gott sei mit euch. Bringt mir meinen Sohn zurück.« Und an Elinda gewandt: »Komm jetzt. Wir gehen zu Bett.«

»Wartet!« Elinda sah Blake Colbert an. Er sollte nicht gehen und sie hier allein lassen. Sie suchte verzweifelt nach einer Möglichkeit, sein Fortgehen zu verzögern, auch wenn auf ihm nun ihre ganze Hoffnung lag, David wiederzusehen.

»Die Briefe. Ihr braucht doch noch meine Briefe, die David mir geschrieben hat.«

»Worauf wartest du dann noch?« Ihr Vater sah sie verständnislos an.

Elinda eilte die Treppe hinauf. Wie eigenartig, dachte sie. Diese Briefe waren das Kostbarste, was sie besaß. Doch sie diesem Mann zu übergeben, bedeutete keinen Verlust, im Gegenteil. Irgendetwas an Blake Colbert stärkte ihre Zuversicht und Hoffnung, ihren Bruder wiederzusehen, und wenn er dazu ihre Briefe brauchte, würde sie sie ihm freudig überlassen. Sie nahm das Bündel aus ihrer Tasche und eilte die Treppe wieder hinunter. Colbert ließ mit unbewegter Miene letzte Anweisungen ihres Vaters über sich ergehen. Elinda drückte einen Kuss auf das Briefbündel und überreichte sie dem ehemaligen *bearleader*.

»Diese Briefe sind bei mir in Sicherheit, Miss Audley«, sagte er, ohne ihren Blick loszulassen. Ein seltsamer Ausdruck lag darin. Bedauern? Oder war es ein unmerklicher Zuspruch?

Ihr Herz flatterte schmerzhaft, als Colbert verschwand.

Innerlich wie versteinert folgte sie ihrer Mutter die Treppe nach oben.

Auf dem Weg huschte das weinende Dienstmädchen an ihnen vorüber. Elinda hielt ihre Mutter am Ellbogen zurück. Doch Bérénice wich ihrem Blick aus und zog ihre Tochter durch die Tür zu den prunkvollen Gemächern, die man ihnen zur Verfügung gestellt hatte. Bald darauf konnte Elinda sie durch die Verbindungstür hindurch ihr Nachtgebet sprechen hören.

Elinda lag angekleidet auf dem Bett und stellte sich vor, wie Hydeworth irgendwo in einem der anderen Zimmer zufrieden eingeschlafen war, während in einer Dienstbotenkammer das Mädchen versuchte, seinen Geruch von ihrer Haut zu waschen. Die Vorstellung erfüllte Elinda mit Ekel und Angst. Sie presste die Augen zu und wartete, das in der Schwärze die Gestalt von Blake Colbert auftauchte. Sie würde ihn nie wiedersehen, nun, da er kurz vor seiner Abreise nach Italien stand. Mit aller Kraft versuchte sie, erneut diesen merkwürdig wissenden Ausdruck in seinem Gesicht hervorzurufen. Sie wurde das Gefühl nicht los, dass er ihr mit diesem Blick etwas hatte sagen wollen.

Im nächsten Moment setzte Elinda sich kerzengerade auf und starrte mit klopfendem Herzen in die Dunkelheit.

14

Die lederne Reisetasche mit dem sperrigen Bronzegriff enthielt ein schlichtes Kleid aus dunkelblauer Baumwolle, drei
Paar Strümpfe und einige Chemisen, ein Allwetterkleid aus
Chintz, ein Wolltuch, zwei Hauben, ihr Necessaire, Zei-
chenutensilien, ihr Tagebuch und Davids Briefe. Das bei
Weitem wichtigste Utensil, ihr Reisepass, verbarg sich in
Elindas Brusttuch. Die Saphirohrringe hatte sie rasch in
den Saum ihres Reisekleides eingenäht. Im Stillen fluchte
sie über die Tatsache, dass sie keine von Davids abgetrage-
nen Hosen bei sich hatte, die ihr in dieser Nacht bessere
Dienste erwiesen hätten als das lange Kleid, das sie auf der
Reise getragen hatte.

Mit rasendem Herzen sah Elinda auf die gepackte Tasche
und fragte sich, ob ihr Inhalt nicht viel zu leicht war für eine
Flucht vor ihrem Leben. Nein, sagte sie sich. Denn es war
auch eine Flucht vor ihrer Zukunft und dafür konnte diese
Tasche gar nicht leicht genug sein.

Sie sah wieder David vor sich, der mithilfe seines Vaters
die unzähligen Dinge auf der Liste der Reiseutensilien ab-
hakte, ohne die niemand nach Italien aufgebrochen wäre.
Bettzeug und eine zusammenrollbare Matratze für die
für ihre Unreinlichkeit berüchtigten Gasthäuser. Ein soli-

des Vorhängeschloss gegen Diebe. Besteck und Geschirr, Schreibutensilien, Körperpflege, Arzneien, festes Schuhwerk, ätherisches Öl gegen Ungeziefer und ein Mückennetz.

Nichts davon besaß Elinda.

Sie beruhigte sich mit dem Gedanken, ihre Saphirohrringe unterwegs zu Geld zu machen und all diese Gegenstände zu erwerben. In atemloser Hast schlüpfte sie in ihren Mantel und warf ihrem auf dem Boden zurückgelassenen Samtkleid einen verächtlichen letzten Blick zu. Als sie auf Zehenspitzen aus dem Zimmer trat, lauerte sie auf die Stimme ihres Gewissens. Aber sie spürte nur eine grimmige Entschlossenheit.

Im Palais war alles still. So still, dass ihr Herzschlag ihr vorkam wie das Dröhnen einer riesigen Trommel. Als sie sich zur Treppe vorgewagt hatte, glaubte sie, irgendwo in der nächtlichen Stille ein Echo der Worte ihres Vaters zu hören.

Bist du denn von Sinnen?

So leise sie konnte, schlich sie die Treppe hinab und wandte sich im Parterre in Richtung Küche, wo sie einen Zugang fürs Personal vermutete. Elinda packte fest den Griff der Tasche und hastete weiter. Vorsichtig lugte sie um die Ecke zum Gang, der von der Küche zum Speisezimmer führte. Der Mond warf graues Licht auf ihren Weg und quälte ihre überreizten Sinne mit dem Eigenleben der Schatten. Kandelaber schienen im Schein des Mondes zu riesigen Spinnen zu werden, aus Ölgemälden starrten ihr vorwurfsvoll Gesichter entgegen, ein Treppenabsatz wurde zum bodenlosen Abgrund. Jetzt fehlt nur noch ein Luftzug, der die Vorhänge bewegt, dachte sie und atmete entschlossen durch. Es waren nicht die nächtlichen Tücken alter Häuser, vor denen sie sich fürchten sollte.

Es trennten sie nur noch wenige Schritte vom Küchen-trakt, als ihr eine Gestalt in den Weg trat. Elinda unter-drückte einen erschrockenen Aufschrei.

Mit einem Mal herrschte um sie herum eisige Kälte.

Die Gestalt streckte die Hand aus und ging auf sie zu.

»David?« Elinda ließ die Tasche los. Sie wollte ihren Bru-der umarmen, diese Traurigkeit bergen, die an ihm hing wie ein schwerer Mantel. Doch sie stand wie versteinert da und konnte die Gestalt nur anstarren. An ihr Ohr schwirrte ein verlorenes Echo.

»Hilf mir, Elinda. Such nach mir …«

»David, wo?«, wisperte sie. »Wo bist du?«

»Mir ist kalt … es ist so kalt in Pompeji.«

»Wenn ich dich finden soll, dann sag mir, wie! Was hat es mit dem Bild in meinem Zimmer auf sich, warum …?«

Doch im nächsten Moment war die Gestalt verschwun-den. Zurück blieb ein Gefühl jäher Scham. Hatte sie gerade mit einem Geist gesprochen? Elindas Zähne schlugen auf-einander. Sie hatte das Gefühl, als würden Eiskristalle durch ihren Körper wandern. Sie starrte auf die Stelle, an der eben noch die Erscheinung gewesen war, und schüttelte den Kopf.

Du bist von Sinnen, stellte die Stimme in ihrem Innern er-neut fest.

Ihr Vater hatte sie und David dazu erzogen, logisch zu denken, immer ihre Umwelt zu beobachten und rationale Antworten zu finden, selbst auf Dinge, die eine Antwort schuldig blieben. Elinda kam wieder der Besuch bei Ver-wandten in Schottland in den Sinn, die in einem riesigen dunklen Schloss wohnten, in dem es angeblich spukte. Nachts hatten David und Elinda Stimmen gehört, die aus den Kaminschächten herabgeklungen waren. Die Köchin hatte ihnen von einer Weißen Frau erzählt, die um Mitternacht über die Zinnen wandelte und dafür verantwortlich war, dass in jeder Generation drei neugeborene Kinder starben.

»Es gibt für alles eine Ursache, auch wenn es uns unerklärlich erscheinen mag«, hatte Robert Audley seine Kinder ermahnt. »Wenn wir für ein Phänomen nicht den Grund kennen, heißt das nur, dass er noch nicht gefunden wurde. Anstatt sich etwas zusammenzuspinnen, sollten wir darauf vertrauen, dass die Wissenschaft die Antwort darauf eines Tages finden wird.«

Und so lagen Elinda und David nachts zusammen in ihrem Bett in diesem finsteren schottischen Schloss und überlegten sich, was für das unheimliche Säuseln in den Kaminen verantwortlich war und warum es so klang, als würde eine verzweifelte Frau nach ihren Kindern rufen. Sie kamen zu dem Schluss, dass die Bauart der Schornsteine und der Wind dafür verantwortlich waren. Am nächsten Morgen hatten sie der Köchin stolz ihre Erklärung präsentiert, doch die hatte nur traurig gelächelt.

Elinda hatte nie an Gespenster geglaubt, ebenso wenig an unheimliche Vorzeichen oder die Möglichkeit, aus Teeblättern die Zukunft zu lesen. Und doch hatte sie gerade ganz deutlich ihren Bruder vor sich gesehen, durchscheinend wie ein Nebelschweif und zugleich so vertraut wie früher.

Zitternd bückte sie sich nach der Tasche und richtete sich auf.

Weiter. Sie musste aus diesem Palais verschwinden.

Da, die Küchentür. Elinda kniff die Augen zusammen

und drückte ganz langsam die Klinke nach unten. Das Quietschen ließ sie zusammenzucken.

Sie lauschte mit angehaltenem Atem. Nichts regte sich. Sie hastete weiter. Am Ende der Küche lag am Fuß einiger Stufen eine weitere Tür. Sie war nicht abgeschlossen. Elinda trat ins Freie und sog dankbar die kalte, frische Nachtluft in ihre Lunge. Sie stand in einem Gemüsegarten. Rasch warf sie einen Blick an der Fassade des Hauses hinauf. Alle Fenster waren dunkel. Hinter einem von ihm lag Andrew Hydeworth in seinem Bett und hatte, während er sich an dem Dienstmädchen verging, womöglich an sie gedacht. Der Abscheu vor ihm trieb sie weiter auf die kiesbestreuten Wege zwischen den Beeten und Stauden. Hier draußen drang jedes Geräusch überdeutlich an ihr Ohr. Das Schreien einer Katze, das ferne Rumpeln von Kutschenrädern. Auf einmal vernahm sie hinter sich das Schlurfen von Schritten.

»Ist da jemand?«, fragte leise eine Stimme. Elinda erkannte am Klang den alten Hausdiener, der am Mittag ihr Gepäck entgegengenommen hatte. Sie duckte sich und hastete auf die Mauer des seitlich am Haus liegenden Gärtchens zu. Die Mauer war an einer Stelle so niedrig, dass sie kein Hindernis darstellte, zumindest nicht auf dieser Seite. Elinda hievte die Tasche auf die Mauerkrone und suchte einen sicheren Halt, um hinaufzuklettern, als hinter ihr das Knarren der Gartentür ertönte.

»Wer ist da?«, rief die Stimme erneut.

Elinda wirbelte herum. Eine gebeugte Gestalt wurde vom spärlichen Licht einer Laterne beleuchtet. Der Diener schien angestrengt in den finsteren Garten zu spähen. Erkannte er sie? Glaubte er an einen Einbrecher? Sie musste sein Zögern ausnutzen. Elinda gab der Tasche einen Stoß.

Mit einem dumpfen Aufschlag landete sie auf der Straße. Atemlos schwang sie sich auf die Mauer. Sie hörte das leise Reißen von Stoff, als sie die Füße auf die andere Seite schwang.

Dann sprang sie.

Im Fallen begriff sie, dass sie einen Fehler gemacht hatte. Die Mauer zur Straße hin war zehn Fuß hoch. Elinda landete hart auf den Pflastersteinen, kippte im Aufkommen um und konnte sich gerade noch abstützen, ehe ihr Kopf gegen einen Holzpfosten knallte, der dort zum Anbinden der Pferde stand.

Ein grässlicher Schmerz durchzuckte ihre rechte Hand und den linken Fußknöchel. Tränen schossen ihr in die Augen. Den schmerzerfüllten Aufschrei konnte sie kaum ersticken. Wie gelähmt saß sie auf der Straße. Von der Seine her schwappten Nebelfetzen durch die Dunkelheit. Über sich hörte sie schwerfällige Schritte auf dem Gartenweg. Ein verirrtes Licht huschte über die gegenüberliegende Fassade. Schmerz und Schreck zerschlugen ihre Kraft. Ihre Entschlossenheit verkümmerte zu Scham. Sie war ein dummes Gör, selbstsüchtig, dumm und naiv in ihrer Idee, ein Leben wie ein abenteuerlustiger Junge führen zu können.

»Elinda?«

Eine körperlose Stimme streifte ihr Ohr. Vielleicht ein verlorenes Echo von Davids Flehen. Vielleicht war auch ihre Mutter in ebendiesem Moment in ihr Zimmer getreten und hatte ihr leeres Bett bemerkt.

Oder Blake Colbert spricht meinen Namen leise ins Nichts, während er mir wünscht, dass ich einen Ausweg finde …

Der Gedanke riss sie wieder auf die Beine, die unverletzte Hand tastete nach der Tasche. Die Gasse lag dunkel vor ihr.

Über den hohen Dächern des Marais sammelte sich ein dunkelblauer Schimmer. Die Nacht erschlaffte allmählich. Bis Sonnenaufgang waren es nur noch eineinhalb Stunden. Atemlos eilte sie um die nächste Straßenbiegung in Richtung des Hauses ihrer Großmutter. Beim Vorübereilen an den schlafenden Stadtpalästen empfand sie ein plötzliches Bedauern. Sie hatte Paris immer geliebt, weil es der einzige Ort jenseits ihrer Heimat war, den sie je bereist hatte. Sie liebte das Alter der Häuser, die wie eine Ansammlung aus Palästen und Ruinen gleichzeitig wirkten, und hatte sich bei diesem ehrfurchtgebietenden Anblick immer gefragt, wie es wohl in Rom wäre, das doch noch so viel älter war.

Der Hof ihrer toten Großmutter lag verlassen da, kein Licht brannte, niemand wachte über das herrenlose Haus. Elindas Lunge brannte, als sie sich in den Schatten der Pfeiler drückte, um zu verschnaufen. Ihr linker Knöchel pulsierte brennend, sie konnte kaum auftreten. Vor Schmerz grub sie die Zähne in die Unterlippe und dachte angestrengt nach. Wie hatte sie sich diese Flucht denn vorgestellt? Blake Colbert würde sich niemals die Verantwortungslosigkeit leisten, ein davongelaufenes Mädchen mitzunehmen. Sie konnte sich nur heimlich seiner Reise anschließen und darauf vertrauen, dass er sie nicht zurückschicken würde. Hatte sie in seinem Blick nicht das Einverständnis dazu gesehen? Oder hatten ihre Sinne ihr auch in dieser Hinsicht einen Streich gespielt?

Vorsichtig trat sie in den Hof. Aus einer der Remisen lugte eine Deichsel. Im benachbarten Stall ertönte leise das Schnauben von Pferden. Niemand war zu sehen. Elinda schlüpfte in die Remise. Da stand die Kutsche. Sie sah aus wie eine etwas altmodische Postkutsche. Auf dem Dach türmten sich bereits eine festgezurrte Reisekiste und Colberts Seesäcke.

Elinda ging in die Hocke und spähte unter die Kutsche. Ihr Knöchel brannte vor Schmerz, sie unterdrückte ein Keuchen. Unter der Kutsche war ein Gepäcknetz gespannt. Ein Reisemantel, Pferdedecken und einige kleine, zusammengeschnürte Ballen lagen dort. Elinda nahm einen tiefen Atemzug. Es war gedankenlos und vielleicht lebensgefährlich. Doch in ihrem heftig pochenden Herzen spürte sie ganz unvermittelt eine wilde Freude. Die Freude darüber, es überhaupt zu wagen.

Furcht und Schmerzen vergessend, schob Elinda sich vorsichtig unter die Kutsche. Sie suchte die Schnüre, die das Netz spannten und zerrte sie ein Stück weit auf. Mit angehaltenem Atem zog sie zwei der Ballen und eine Pferdedecke heraus und schob stattdessen ihre eigene Tasche zwischen die übrigen Gepäckstücke. Dann kroch sie unter den Kutschboden, krallte sich in das Netz und schob sich mitten hinein. Der Schweiß ließ ihre Finger abrutschen, in der Dunkelheit der Remise sah sie nur undeutliche Schemen. Ihr Herz pochte so laut, als wollte es ihr Einhalt gebieten. Elinda drehte sich zur Seite und zog die Füße nach. Der verletzte Knöchel ließ sie aufstöhnen. Dann hielt sie inne. Es passte. Sie hatte genug Platz.

Jetzt nur noch die Ballen und die Pferdedecke zurück in das Netz ziehen und so um sich herum drapieren, dass sie nicht weiter auffiel. Zuletzt tastete sie nach den Schnüren und zog sie wieder fest, auch wenn sie das Blut an ihrem verletzten Handgelenk herabfließen spürte. Den scharfen Schmerz zu übergehen, verlieh ihr merkwürdigerweise neuen Mut.

David würde mir applaudieren.

Draußen war immer noch alles still. Sie wartete, bis ihr Atem sich etwas beruhigt hatte, und arrangierte dann den Reisemantel und einen Zipfel der Pferdedecke so, dass sie einigermaßen bequem liegen konnte. Dann lag sie in der Dunkelheit, ungläubig darüber, was sie gerade getan hatte.

Doch dann drang der Wahnsinn ihrer Tat ungebremst in ihr Bewusstsein.

Bist du denn von Sinnen?

Sie hatte kein Wasser und nichts zu essen bei sich. Und keine Idee, was sie sagen würde, wenn man sie entdeckte. Doch sie konnte immer noch aus dem Netz krabbeln und eilig zurück zum Palais schleichen, versuchen, alles ins rechte Licht zu rücken und den Schaden einzudämmen. Der Gedanke legte sich wie ein kühlendes Tuch über ihren aufgewühlten Geist. Ja, sie konnte immer noch vernünftig sein und umkehren. Abenteuer waren und blieben etwas für Männer.

Kaum hatte sie den Gedanken gefasst, hörte sie die Stimmen.

15

Leise Worte drangen an Elindas Ohr. Colberts Stimme, der etwas auf Italienisch sagte, und eine andere, die in derselben Sprache antwortete. Es musste Luca Marconi sein, der Kutscher, von dem Colbert gestern gesprochen hatte.

Der Mann wechselte nun in ein akzentstarkes Englisch und lachte, als wollte er darauf hindeuten, dass das Italienisch seines Auftraggebers wesentlich besser war als sein notdürftiges Englisch. Pferdeschnauben ertönte, Hufgetrappel und das Klappern der Geschirre. Schlagartig drangen auch die Gerüche der Umgebung überdeutlich zu ihr, Leder, gebeiztes Holz, Pferde, der Dunst des Morgens. Elindas Herz verkrampfte sich voller Furcht. Plötzlich verlagerte sich über ihr das Gewicht der Kutsche, der Boden senkte sich ab. Colbert musste eingestiegen sein. *Er ist direkt über mir,* dachte sie. Ein jäher Schrei sammelte sich in ihrer Kehle, sie presste die Hand vor den Mund. Nein, sie würde es nicht ertragen, hier zu liegen wie ein Gepäckstück.

Sie fror jetzt, und alles in ihr drängte danach, auf sich aufmerksam zu machen. Neue Gedanken überrumpelten sie, drängende, peinliche Gedanken, die nicht im Mindesten zu ihrem wagemutigen Ausbruch passten.

Was, wenn ich mich erleichtern muss?

Doch da ertönte der scharfe Pfiff des Kutschers, und ein Ruck riss Elinda mit sich in eine ungewisse Zukunft. Sie drehte sich zur Seite und lugte zwischen den Ballen hindurch. Mauern, Wagenräder, Pferdebeine, Menschenbeine, Pfosten, Bäume, Brückenpfeiler, all das zog an ihr vorbei. Dann der schreckliche Anblick eines Toten im Rinnstein. Ein magerer Mann in zerrissenen Kleidern, die ausgestreckte Hand auf der Straße, die Wagenräder brausten nur haarscharf vorüber.

Elinda hatte ihren Vater davon sprechen hören, dass in Paris unruhige Zeiten herrschten, doch gestern hatten sie nichts davon mitbekommen. Immer mehr Franzosen lehnten sich auf. Gegen die Verschwendungssucht in Versailles und für ihre bürgerliche Freiheit. In Paris herrschte Brotnot, viele verhungerten in den Trümmern eines Lebens, das der Adel ausgeplündert hatte.

Elinda biss sich auf die Unterlippe. Der Tote auf der Straße stieß die Realität wie einen Glassplitter tief in ihr Bewusstsein.

Sie hatte ihr Schicksal herausgefordert. Ihr Leben verschwand hinter ihr, ohne Abschied. Und obwohl sie sich im Recht fühlte – dafür war ihr Entsetzen über das, was ihre Eltern von ihr verlangten, zu groß –, befielen sie nun Traurigkeit und Bedauern. Vor ihrem inneren Auge erschien ein Bild. Thornton Hall, das nur noch eine Ruine war, in der die Vögel hausten und das all den anderen Ruinen glich, zu denen auch die Herrenhäuser und Schlösschen in Frankreich werden würden. Sie wusste nicht, warum dieser Eindruck mit einem Mal so stark war.

Doch all diese Gefühle blieben zurück hinter einer einzigen Frage.

Wie würde Blake Colbert reagieren, wenn er bemerkte, dass er mit einem blinden Passagier unterwegs war?

Irgendwann rumpelte die Kutsche nicht länger über Pflastersteine. Unter den Rädern sah Elinda die feste, sandige Erde der ländlichen Gegend, durch die sie fuhren. Sie hatten Paris hinter sich gelassen. Erleichterung legte sich allmählich über ihre aufgewühlten Sinne.

Ein Ruck riss sie empor. Ihr Kopf knallte gegen den Kutschenboden. Elinda begriff nicht, wo sie war. Hatte sie geschrien? Sie wusste es nicht.

Über ihr verlagerte sich der Boden der Kabine. Elinda hielt den Atem an. Der Moment war gekommen. Sie musste jetzt auf sich aufmerksam machen. Doch sie kam nicht dazu.

»Wird es da unten nicht allmählich ein wenig unbequem?«

Seine Stimme ertönte ganz nah; er musste sich zu ihr herabgebeugt haben.

Elinda lag wie versteinert. Irrte sie sich, oder hörte sie ihn leise lachen?

Aber woher wusste er, dass sie hier war?

Sie presste die Augen zusammen, als könnte das den unvermeidlichen Moment hinauszögern. Aber dann dachte sie, dass sie allen Grund hatte, aufzuatmen.

Gleich würde sie sich wieder bewegen können, sich erklären und endlich ihre Blase erleichtern.

Licht drang in ihr Versteck, als von außen die Gepäckstücke aus dem Netz geräumt wurden. Seine Hand streckte sich ihr entgegen und zog sie ins Freie. Elinda taumelte und knickte mit einem leisen Aufschrei ein.

Colbert fasste sie an beiden Armen und hielt sie fest.

Und dann spürte sie endlich wieder diesen Blick auf sich

und diesmal nicht durch einen Spiegel umgelenkt oder durch die Gegenwart anderer Menschen verkürzt.

Er sah Elinda in die Augen, tief und fest und so, als hätte auch er nur darauf gewartet, sie ungestört anblicken zu können. In seinem Blick lag weder Überraschung noch Empörung. Nur diese merkwürdige wissende Ruhe, in der sie eine heimliche Aufforderung geglaubt hatte zu sehen. Doch auf einmal war Elinda sich nicht mehr sicher.

»Mister Colbert, ich … gewiss werdet Ihr glauben, dass ich von Sinnen bin, aber …« Sie stockte, als ihr klar wurde, dass sie gerade die Worte ihres Vaters wiederholte.

Ehe sie neu ansetzen konnte, unterbrach er sie mit einem Kopfschütteln.

»Zuerst die wichtigen Dinge. Sprechen können wir später.«

Sie befanden sich am Rande einer Straße mitten im Wald. Ganz in der Nähe hörte sie das Rauschen eines Baches.

»Marconi holt gerade Wasser für die Pferde. Möchtet Ihr irgendetwas tun, was keinen Aufschub duldet, bevor er zurückkommt?«

Das Blut stieg ihr in die Wangen, doch jetzt war nicht die Zeit für Zimperlichkeit. So rasch es mit dem verletzten Knöchel ging, verschwand Elinda jenseits der Bäume auf der anderen Straßenseite und ließ zu, dass mit der einsetzenden Erleichterung sich auch ihr Herz beruhigte. Als sie Colbert schließlich wieder entgegenging, war sie gefasster.

Er betrachtete sie ernst. »Was ist mit deinem Fuß?«, fragte er nun ohne Förmlichkeiten.

»Ich bin in Hydeworths Residenz von der Gartenmauer gesprungen.«

Colbert zog die Augenbrauen hoch und griff nach ihrer Hand. Die Haut an der Innenseite ihres Handgelenks war aufgerissen, das Blut hatte den Ärmel ihres Kleides getränkt. Ein seltsames Gefühl ergriff sie, wie damals als Kind, wenn ihre Mutter sie halbherzig ausgeschimpft hatte, weil sie mit aufgeschürften Knien vom Spielen kam. David war für seine Blessuren nie gerügt worden.

»Ich werde mich darum kümmern.« Blake Colbert ließ ihre Hand wieder sinken.

Plötzlich überkam Elinda ein Gefühl der Scham. Ein verletzter Knöchel und eine blutige Wunde waren denkbar schlechte Voraussetzungen für eine Reise. Sie wollte etwas sagen, doch an der Böschung des Baches erschien nun der Kutscher. Als er sie entdeckte, ließ er beinahe die beiden Wassereimer fallen.

»Marconi, wir haben einen blinden Passagier«, sagte Colbert auf Italienisch und klang dabei, als wäre Elindas Anwesenheit keine große Sache.

Der Mann näherte sich und stellte stirnrunzelnd die Eimer ab.

Er war von gedrungener, kräftiger Gestalt und hatte den südlichen Teint der Neapolitaner. Den dunklen Bart trug er in der längst vergangenen Mode der Franzosen und einen goldenen Ring in seinem linken Ohr. Seine Kleider sahen aus wie der aussortierte, dutzendfach geflickte Aufzug eines Edelmannes. Seine abgewetzten Stulpenstiefel riefen in Elinda die Vorstellung wach, die sie sich als Kind von einem Piraten gemacht hatte.

»Was soll ich ihm sagen?«, fragte sie, plötzlich unsicher.

»Am besten die Wahrheit, Elinda.« Colbert nickte ihr gelassen zu. Als wollte er sagen, dass jemand, der sich heimlich in einem Gepäcknetz versteckte, auch selbst darlegen konnte, was es damit auf sich hatte.

Elinda hatte sich nur noch nie zuvor vor einem Kutscher rechtfertigen müssen. Aber dies hier war ein neues Leben und verlangte, dass sie nach neuen Regeln spielte. Sie straffte sich und suchte nach den geeigneten italienischen Worten, um ihre Lage zu erklären.

»Signore Marconi, mein Name ist Elinda Audley, ich bin die Schwester von David.« Ihre Stimme klang dünn und belegt. Sie räusperte sich und fragte sich, ob Marconi überhaupt wusste, welches Ziel diese Reise hatte. Doch mit einem Blick auf Colbert versicherte sie sich, dass der Kutscher im Bilde war.

»Ich habe Grund, mich Mister Colberts Suche nach meinem Bruder anzuschließen«, fuhr sie fort. »Dass ich es heimlich tat, liegt in der Schwierigkeit meiner persönlichen Lage, die für Euch nicht von Belang ist. Niemand wird Euch dafür zur Rechenschaft ziehen. Aber für den Fall, dass man uns aus Paris folgt, schlage ich vor, wir brechen auf.«

Sie war froh, dass ihr diese knappe Erklärung so gebieterisch und selbstverständlich über die Lippen gekommen war. Oder hatte sie sich zu gewählt ausgedrückt?

Der Kutscher starrte sie an. »Euer Italienisch ist ja nicht von schlechten Eltern, Miss«, platzte es aus ihm heraus.

Dankbar dachte Elinda an die vielen Sprachstunden von David, denen sie sich angeschlossen hatte. »Ich lerne es seit sieben Jahren.«

»Es ist gut, wenn man sich in Italien in der Landessprache verständigen kann«, sagte Colbert beiläufig. »Das erspart einem einige Probleme.«

»Erspart einem einige Probleme …«, echote Marconi

kopfschüttelnd, um etwas leiser anzufügen: »Das muss sich erst noch zeigen.«

Er bückte sich nach den Eimern und stellte sie vor den beiden Pferden ab. Dann löste er einen Sack Hafer, der seitlich am Kutschbock befestigt war, wobei sein Blick unablässig zwischen Elinda und seinem Auftraggeber hin und her huschte. Er ließ die Pferde fressen, nahm die leeren Eimer und ging wieder zum Bach hinunter.

Colbert öffnete die Kutschentür und bedeutete Elinda, sich zu setzen.

»Warte hier.«

Auch er wandte sich nun dem Bach zu und nahm zwei große Tonflaschen mit. Kurz darauf kam er mit Marconi zurück, mit dem er leise und eindringlich sprach. Der Kutscher schüttelte immer wieder mürrisch den Kopf und warf Elinda einen finsteren Blick zu. Während die Pferde mehr Wasser bekamen, reichte Colbert Elinda eine der Tonflaschen und deutete auf einen Korb, der neben ihm auf der Sitzbank stand.

»Falls du hungrig bist.«

Ihre Befangenheit, die bei der Ansprache an den Kutscher von ihr gewichen war, kam zurück. Obwohl sie sehr hungrig war, stand ihr der Sinn nicht nach Essen.

»Mister Colbert, lasst mich Euch erklären, warum ich keine andere Wahl habe, als mich Euch anzuschließen.«

Er schüttelte beinahe unwirsch den Kopf. »Ich war gestern Abend dabei, als deine Gründe nur allzu offensichtlich waren. Und noch etwas: Lass die Förmlichkeiten. Wer sich unter meiner Kutsche versteckt, scheint mich zu gut zu kennen, um mich mit ›Mister Colbert‹ anzusprechen. Ich heiße Blake, Elinda.«

Er zog die Kutschentür zu und setzte sich ihr gegenüber. Schweigend sah er sie an. Nun, da sie mit ihm allein auf engstem Raum war, brach in Elindas Brust ein verwirrtes Flattern aus.

»Dann schickt Ihr … schickst du mich nicht zurück nach Paris?«

»Ich glaube nicht, dass du dir das gefallen lassen würdest, nachdem du einen solchen Aufwand betrieben hast, um zu flüchten. Ich bin mir sicher, du bist dir der Konsequenzen deines Tuns bewusst und bereit, sie zu tragen.«

Diese schlichte, harte Wahrheit traf sie bis ins Mark. Er hatte ihr gerade gesagt, dass sie fahrlässig ihre Zukunft weggeworfen hatte, und gleichzeitig schien er ihr gerade dafür seine Anerkennung zu zollen. So wie er hatte noch nie jemand mit ihr gesprochen. Und es gefiel ihr, wie ihr Name aus seinem Mund klang.

Ein Ruck ging durch die Kutsche, als Marconi aufsaß und die Pferde antrieb.

»Wann hast du mich bemerkt?«, wollte sie wissen.

»Als du dich in den Hof geschlichen hast.«

Sie öffnete den Mund, sagte aber nichts. Diese Tatsache beantwortete alle ihre Fragen. Dieser Mann *war* ihr Komplize.

»Und … warum hast du mich nicht davon abgehalten?«

»Weil ich die Zeit bis zum Aufbruch nutzen musste, um das Gepäck etwas anzupassen. Im Haus deiner Großmutter fand sich zum Glück so einiges, was du auf dieser Reise dringend brauchen wirst, Miss.«

Er lächelte, doch Elinda glaubte, einen widerwilligen Zug in seiner Miene zu erkennen. Trotz Blakes scheinbarem Wohlwollen kamen ihr Zweifel.

Er öffnete nun eine lederne Tasche und benetzte ein wei-ßes Tuch mit dem Wasser aus seiner Flasche. »Gib mir deine Hand. Leg sie dort ab.«

Colbert deutete auf sein Knie. Zögerlich folgte Elinda der Aufforderung.

Er nahm ein Fläschchen aus der Tasche und träufelte eine dunkelgrüne Flüssigkeit auf das verletzte Handgelenk. Colbert legte das nasse Tuch darum und knotete es fest. Dann beugte er sich hinab und ergriff ohne Umstände ihren Fuß. Elinda erschrak. Er hielt sich wirklich nicht mit Gesten der Schicklichkeit auf. Doch was er an Zurückhaltung fehlen ließ, glich er durch ein Zartgefühl aus, das sie seiner wuchtigen Gestalt nicht zugetraut hätte. Behutsam löste er ihren Schnallenschuh, der einige hässliche Kratzer abbekommen hatte. Dann hielt er ihren Fuß in seinen Händen, vorsichtig, als wäre er ein kleiner Vogel. Als sein Daumen über ihren Knöchel fuhr, zuckte sie vor Schmerz zusammen. Er sah sie an.

»Das muss dringend heilen, bevor wir in die Alpen kommen. Zieh den Strumpf aus.«

Er sprach, als wäre es für eine junge Lady das Selbstver-ständlichste der Welt, vor einem fremden Mann das Strumpfband zu lösen und ihr Bein zu entblößen.

Aber offenbar sah er keine Lady in ihr. Und obwohl seine Aufforderung sie peinlich berührte, brachte etwas sie dazu, genau das zu wollen. Ihm in dem nur durch Worte ge-schützten Raum eine derartige Intimität zu gewähren. Als gefragter *bearleader* verfügte Blake Colbert natürlich über medizinische Grundkenntnisse und hatte in der Vergan-genheit sicher so einige verstauchte Knöchel versorgt und Wunden verbunden.

Sie schlug die Augen nieder und griff unter ihre Röcke. Ihr Herz hämmerte vergeblich gegen das Gefühl der Verlegenheit an. Plötzlich ertastete ihre Hand zerrissenen Stoff. Siedend heiß fielen ihr die Saphirohrringe ein, die sie in den Saum des Kleides eingenäht hatte. Sie waren nicht mehr da. Der Saum musste beim Sprung von der Mauer aufgerissen sein. Ihr Herz sank für einige Sekunden in ein Gefühl der Leere, ehe es weiterschlug, verzweifelt und schnell und voller Wut über sich selbst.

Colbert bemerkte ihren inneren Aufruhr. »Was hast du?«

»Nichts! Das ist es ja. Ich habe nichts, um zu dieser Reise beizusteuern. Ich hatte ein Paar wertvolle Ohrringe, die ich zu Geld machen wollte. Aber sie sind verloren gegangen.«

Tränen traten ihr in die Augen, wütend knüllte sie den zerrissenen Rocksaum zusammen. »Ich … ich hatte nicht vor, eine derartige Last zu sein.«

Plötzlich spürte sie seine Hand, die vorsichtig ihre verkrampften Finger löste.

»Du bist keine Last, Elinda. Wir werden das Budget an die neuen Umstände anpassen. Das bedeutet viele Übernachtungen unter freiem Himmel. Es ist Frühling, und die Gasthäuser sind meistens ohnehin sehr unreinlich. Und wir werden den Alpenpass zu Fuß überqueren, anstatt auf Mauleseln und in Tragsesseln. Du siehst also, es ist keine Tragödie.«

Elinda sah ihn ungläubig an. Aus seinem Mund klang es so leicht. Vielleicht, weil er »wir« sagte. *Wir.*

»Bitte stell dir das dennoch nicht als lustiges Abenteuer vor. Es ist unangenehmer, als es jetzt gerade klingt«, warnte er sie. »Aber ein Mädchen, das sich heimlich in einer Kutsche versteckt, dürfte das nicht schrecken. Oder irre ich mich?«

»Nein«, beeilte sie sich zu sagen. »Ich werde das schaffen.«

»Gut. Umso wichtiger ist es, dass dein Knöchel heil wird.«

Elinda rollte den Strumpf ein Stück herunter, Colbert ergriff den Saum und streifte ihn behutsam ab. Der Blick auf ihren geschwollenen Knöchel erschreckte sie. Colbert kühlte ihn mit einem nassen Tuch, bevor er aus einem Tiegel eine Salbe auftrug und einen festen Verband darumlegte.

»Wenn du Glück hast, ist es in einer Woche wieder gut.«

»Und wenn nicht?«, fragte sie.

»Dann verlieren wir wertvolle Zeit.«

Elinda presste die Lippen aufeinander. »Ich bin wohl doch eine Last.«

»Das wärst du nur, wenn dir nicht bewusst wäre, was dir bevorsteht.« Er rückte zur Seite, legte ihren bandagierten Fuß auf dem Sitzpolster ab und musterte sie prüfend.

Sie nickte. »Ich habe Davids Reisevorbereitungen mitbekommen.«

»Das ist nicht das Gleiche. Du bist eine Frau. Deine Belange sind nicht die eines Mannes.«

»Das ist mir nur allzu deutlich bewusst!«, erwiderte sie patzig.

»Das bezweifle ich. Sonst hättest du niemals getan, was du getan hast. Du hast damit deine Zukunft als ehrbare Frau weggeworfen. So, als könntest du ein paar Monate wie ein Mann leben und dann wieder zurückkehren.«

Elinda schoss das Blut in die Wangen. »Ist das ein Appell an mein schlechtes Gewissen, um mich zum Umkehren zu bewegen?«

Colbert lächelte zurückhaltend. »Elinda, dein Mut zwingt mich dazu, ebenso mutig zu sein. Du weißt, dass man es mir als Entführung auslegen wird, wenn ich dich mitnehme?

Dass ich durch deine Anwesenheit in Erklärungsnot komme? Wir müssen in Italien in jedem einzelnen Staat neue Reisevisa besorgen. Was glaubst du, wie die Beamten reagieren, wenn sie dich mit mir sehen? Eine junge Frau ohne Anstandsdame. Wir müssen uns etwas einfallen lassen, um das zu erklären.«

Darüber hatte Elinda sich noch keinerlei Gedanken gemacht. Ihre eigene Naivität trieb ihr das Blut in die Wangen.

»Noch eine Sache übrigens, für die wir viel Geld aufwenden müssen«, sagte Blake. »Bestechung. Je mehr Geld, desto weniger Fragen durch italienische Grenzbeamte.« Sein Blick wurde grimmig. »Aber schlimmer als die Entführung eines englischen Mädchens wäre Beihilfe zu dem, was Hydeworth mit dir anstellen wird.«

»Woher weißt du, wozu dieser Mann in der Lage ist?«, machte Elinda ihrer Neugier Luft. »Und was war das gestern Abend für eine Andeutung mit einer toten Frau?«

»Elinda, wir werden auf dieser Reise noch viel Zeit miteinander verbringen. Wenn ich dir erzähle, was ich über deinen Verlobten weiß, wird es dafür bessere Momente geben. Auch wenn es mir lieber wäre, dich damit zu verschonen. Fürs Erste darf es dir reichen, wenn ich dir sage, dass du mit deiner Flucht vor ihm genau das Richtige getan hast.«

»Ich habe mich nicht nur deswegen in dieser Kutsche versteckt, weil ich dieses Scheusal loswerden wollte«, stellte Elinda klar.

»Natürlich nicht.« Blake lächelte betont einsichtig. »Du willst mir helfen, deinen Bruder zu finden.«

Nun beugte er sich vor und musterte sie eindringlich. Vor den Kutschenfenstern zog dichter Wald vorüber, Zweige streiften die Fenster.

»Ich will ehrlich mit dir sein, Elinda. Die Wahrscheinlichkeit, David lebend zu finden, ist sehr gering. Mein Gefühl sagt mir, dass er sich in ernste Schwierigkeiten gebracht hat. Und ich denke, das weißt du auch. Deinen Eltern wird es ein Trost sein, dass sie dann noch eine gesunde Tochter haben. Zumindest ist es mir ein Trost, dass ich dich zwar deinem Bräutigam entziehe, aber deinen Eltern wohlbehalten zurückbringen werde.«

»Ich bedeute meinen Eltern nicht das Geringste.«

Elinda nahm einen Schluck aus der Wasserflasche und sah aus dem Fenster auf die gewaltigen, mit zaghaftem Laub bedeckten Bäume. Sie vermisste ihre Mutter und ihren Vater kein bisschen, aber tief in ihrem Innern zuckte die Befürchtung, dass das noch kommen würde.

»Während David sich auf seine Kavaliersreise vorbereitete, weißt du, was ich mir da gewünscht habe?« Elinda sah Blake an. »Ich habe mir nicht allein gewünscht, mit ihm zu gehen. Sondern so zu sein wie er. Niemand hat David gefragt, ob er die Alpenüberquerung überstehen wird, oder ihn vor schlechten Betten gewarnt. Doch meinesgleichen werden die Strapazen vorgehalten, als wären sie ein Ungeheuer, das mich verschlingen wird.«

Colbert lehnte sich zurück und musterte sie ruhig. »Wie gesagt, Elinda, ich bewundere deinen Mut. Aber erlaube mir auch, dein Feingefühl zu schützen.«

Seine Worte schmeichelten ihr und schüchterten sie gleichzeitig ein. Er nahm sie tatsächlich ernst. Sie musste alles dafür tun, damit das auch so blieb.

»Mein Feingefühl ist in Hydeworths Palais zurückgeblieben.«

Sie wollte grimmig klingen, doch es kam ihr nun so vor,

als versuchte sie sich auf einem durchgehenden Pferd festzuklammern.

»Und Ihr ... du hast nichts dagegen, deinen Ruf noch weiter zu belasten?«, wechselte sie das Thema.

»Mein Ruf ist ohnehin nicht mehr zu retten«, sagte Blake.

»Darf ich fragen, was ihn ruiniert hat?«

Plötzlich sah er sie herausfordernd an. »Wie? Kennst du die Geschichte etwa nicht?«

Elinda schüttelte den Kopf.

»Dein Vater hat dir nicht gesagt, was damals zu meinem Fall geführt hat? Nicht einmal dann, als dein Bruder ihm in den Ohren lag, dass er gerne mit mir nach Italien gereist wäre?«

»Nein. Zumindest habe ich es nicht mitbekommen. Es hat mich, ehrlich gesagt, nicht interessiert.«

Blake nickte widerwillig. »Was habe ich doch für ein Glück.«

Elinda war zunehmend irritiert. »Wie meinst du das?«

Die Gereiztheit verschwand aus seinem Blick. »Ich dachte immer, die ganze englische Welt kennt die Geschichten, die der Earl of Hydeworth über mich in Umlauf gebracht hat. Ich bin es müde, sie richtigzustellen, weil mir ohnehin nie jemand geglaubt hat. Daher finde ich es angenehm, ja fast erheiternd, dass es jemanden gibt, der nichts darüber weiß und dem ich auch nichts erklären muss.«

»Ich würde die Geschichte trotzdem gerne hören«, beharrte Elinda.

Er deutete ein Kopfschütteln an. »Ich erzähle sie dir, wenn du mir vertraust.«

16

Blake Colbert ließ seinen Blick über die von Pinien bestandenen Einöden am Fuß der Alpen schweifen. Die schneebedeckten Gipfel erhoben sich in den klaren, blauen Himmel. Majestätisch und furchteinflößend.

»Vier Tage bis auf die andere Seite«, sagte er. »Dann haben wir das Schlimmste überstanden.«

Elinda schluckte. Sie hatte geglaubt, schlimmer als in den vergangenen sieben Tagen konnte es nicht mehr werden. Unter der Schicht von Abenteuerlust und Entschlossenheit, hatten die Anstrengungen der Reise ihre Reue bloßgelegt. Die Sorge um David, der Widerwillen gegen eine Hochzeit mit Hydeworth, ihre Sehnsucht nach Italien und nicht zuletzt die seltsame Anziehung Blake Colberts – all das verschwamm zu einem Wirbel völliger Irrationalität, der nicht mehr ansatzweise erklären konnte, warum sie sich auf dieses Unterfangen eingelassen hatte. Beschämt musste sie sich eingestehen, dass kein Reisebericht und kein Brief ihres Bruders sie auf das vorbereitet hatte, was sie tatsächlich erwartete.

Überfüllte Poststationen und die knappe Reisekasse hatten sie dreimal gezwungen, unter freiem Himmel zu nächtigen. In der vierten Nacht konnte sie endlich in einem Bett

schlafen. Blake Colbert hatte aus dem Haus ihrer Großmutter frische Bettwäsche und Laken mitgebracht, aber die
konnten nicht verhindern, dass Elindas Körper am nächsten Morgen ein Opfer der Wanzen geworden war.

Ihr Rücken fühlte sich an wie ein Stück Holz, und ihre
Wäsche begann muffig zu riechen. Von Tag zu Tag wuchs
ihre Erschöpfung. Das Wissen, dass die Nächte niemals die
nötige Erholung brachten, zermürbte sie. Sie fragte sich, welcher Mensch, ob nun Mann oder Frau, diesen Umständen
überhaupt gewachsen war. Zum Essen wurde ihnen meistens streng riechender Käse, zähes Fleisch und saurer Wein
vorgesetzt. Wann immer sich die Gelegenheit ergab, kaufte
Blake von Bauern ein paar Äpfel oder Möhren oder frische
Forellen, die sie abends auf dem offenen Feuer brieten.

Doch so zermürbend die Tage auch waren, Elinda ver-
ewigte jeden davon in ihrem Tagebuch. Es war ihr wichtig,
alles festzuhalten, gerade die unschönen, schmutzigen As-
pekte dieser Reise. Als könnte ihr irgendjemand dieses
Erlebnis eines Tages absprechen und damit ihre Wahl, ihr
sicheres Zuhause verlassen zu haben.

Die langen Kutschfahrten verbrachte Elinda meistens am
Rand eines leichten Schlummers, und sie erfasste die Ge-
genden, durch die sie kamen, meist nur wie durch einen
Schleier. Die Bäume wurden von Tag zu Tag grüner, in den
Weinfeldern erschienen schon die ersten Triebe, und hinter
den Weidezäunen sprenkelten Lämmer und Kälber die
Wiesen. Die Sonne lag zumeist hinter einem perlfarbenen
Dunstschleier. Doch die Ferne, nach der sie sich so gesehnt
hatte, erschien Elinda wie ein leidenschaftslos gemaltes
Bild. Die Erschöpfung trübte ihr Empfinden von Schön-
heit, als würde der Nebel vom Hafen in Dover sie verfolgen.

Es war jedoch das Verhalten des Kutschers, das Elinda am meisten zu schaffen machte. Luca Marconi machte keinen Hehl aus seinem Widerwillen über ihre Anwesenheit. Er konnte angesichts schmutziger Gasthäuser und der Drangsal, der Elindas Reinlichkeitsempfinden ausgesetzt war, seine Häme nicht verbergen. Als wären verwanzte Betten und schlechtes Essen genau das, was einem dummen Gör wie ihr zustand. Er schien nur darauf zu lauern, dass sie in Tränen ausbrach und sich ihr Zuhause zurückwünschte.

Doch Elinda war fest entschlossen, Marconi niemals die Befriedigung zu geben, sie als aufgelöste Mimose zu sehen. So zu tun, als wäre sie angesichts der Strapazen unbeeindruckt, kosteten sie allerdings viel mehr Kraft, als diese auszuhalten.

Sie ertappte sich dabei, sich auf die Momente zu freuen, in denen Blake ihren verletzten Knöchel und das Handgelenk versorgte.

Wenn er über ihren Fuß gebeugt vor ihr saß, konnte sie sich nicht losreißen vom Anblick seines schwarzen Haars, seiner ernsten Stirn und den strengen Bögen seiner Augenbrauen. Und auch nicht von der behutsamen Berührung seiner Hände.

Als er einmal aus seinem Seesack eines der Fläschchen für einen kühlenden Umschlag nahm, sah sie mehrere mit einem Lederriemen verschnürte Bücher zwischen seinem übrigen Gepäck. Blake bemerkte ihren Blick.

»Du hast wohl keine Gelegenheit gehabt, dir Lektüre einzupacken?«, fragte er.

Elinda lächelte schief. »Auch in dieser Hinsicht bin ich denkbar schlecht ausgerüstet für meine *Grand Tour*. Das

Fehlen von Büchern schmerzt mich mehr als mein Knöchel. Der fühlt sich allerdings schon viel besser an.«

Blake ließ zufrieden seine Hand auf dem Verband ruhen und zog mit der anderen das Bücherbündel aus seinem Seesack.

»Meine Bibliothek ist für eine *Grand Tour* eher bescheiden. Was den Vorteil hat, dass weniger Bücher konfisziert werden müssen. Vor allem in Rom werden die Bücher von Reisenden manchmal tagelang überprüft, und nicht alle werden auch wieder zurückgegeben.«

Blake bemerkte, dass Elinda ein bestimmtes Buch betrachtete. Er lächelte.

»Deine Augen leuchten. Was hast du entdeckt?«

Sie streckte die Hand aus. Ihre Finger strichen über den vergilbten Leineneinband eines Buches, auf dem nur noch mit Mühe der Titel zu lesen war.

Vergil. *Aeneis.*

»Mein Lieblingsbuch.« Elindas Stimmung hellte sich unvermittelt auf. Dieses Werk in Blakes Reisegepäck zu entdecken, schien ihr wie ein Wink des Schicksals, der sie Anstrengung, Schmutz und schlechtes Essen schlagartig vergessen ließ.

Blake legte den Kopf schief. »Wann hattest du Zeit, die *Aeneis* zu lesen?«

»Als ich alles andere vernachlässigt habe, was mir diese Zeit gestohlen hätte.«

Blake nickte lächelnd. »Es ist faszinierend, während einer Italienreise in einem Buch zu lesen, in dem ein Held nach Italien reist, das zu seiner Zeit noch völlig unbedeutend war.«

Er löste den Lederriemen und reichte ihr das Buch. Der

Einband war fleckig, und die Seiten konnten nicht verhehlen, wie oft es schon durch seine Hände gewandert war. Freudestrahlend griff Elinda nach dem Buch.

»Unter einer Bedingung«, sagte er. »Ich möchte, dass du deinen Eltern regelmäßig Briefe schickst.«

Elinda stockte mitten in der Bewegung. Dieser Gedanke war ihr noch gar nicht gekommen, und nun, da er sie daran erinnerte, spürte sie eine siedende Dringlichkeit und gleichzeitigen Widerwillen. Was um alles in der Welt sollte sie ihren Eltern mitteilen?

»Sie haben mich in Gedanken bestimmt schon verstoßen«, murmelte sie.

Blake deutete ein Kopfschütteln an. »Unter all der Enttäuschung lieben sie dich. Die Sorge um dich ist eine Strafe, die Eltern nicht verdient haben. Und du wirst nicht für immer an meiner Seite durch Italien streifen, Elinda.« Er lächelte rätselhaft. »Außerdem sollen deine Eltern wissen, dass du bei mir gut aufgehoben bist.«

»Besser als Prinz Paris bei dem Hirten Agelaos?« Elinda griff nach der *Aeneis*.

Blake überließ ihr das Buch mit einem Lächeln. »Wenn uns die Zeit lang wird, würde es mich freuen, wenn du mir daraus vorliest.«

Elinda errötete. Sein Wunsch verwirrte und freute sie.

»Du willst doch nur wissen, wie es sich anhört, wenn ein Mädchen Latein liest.«

Er lächelte vage. »Schreib einen Brief an deine Eltern, Elinda.«

»In Lyon. Versprochen.«

Lyon war die letzte größere Stadt vor der italienischen Grenze, und dort mieteten sie sich für zwei Nächte in einem schlichten, aber sauberen Gasthaus ein. Blake brachte Elinda zu einem Arzt, der sie untersuchte und das zwingend notwendige Gesundheitszeugnis ausstellte, ohne das man sie nicht nach Italien einreisen lassen würde. Der Arzt lobte Blakes Bemühungen mit ihrem verstauchten Knöchel, der kaum noch schmerzte.

Auf der konsularischen Vertretung Italiens mussten sie sich neue Reisepässe ausstellen lassen. All diese Notwendigkeiten waren erfreulich reibungslos verlaufen, und niemand fragte, warum ein junges Mädchen ganz allein mit einem Mann unterwegs war.

»Gewöhn dich nicht daran«, hatte Blake gewarnt. »Die Franzosen sind in diesen Dingen viel nachlässiger als die Italiener.«

Der *bearleader* war anschließend losgezogen, um Erkundigungen nach David und seinen Begleitern einzuholen. Elinda ließ währenddessen ihre Wäsche und die Kleider waschen und holte Schlaf nach, ehe sie sich stundenlang mit einem Brief an ihre Eltern abmühte. Doch je mehr sie versuchte, ihre Beweggründe vernünftig darzulegen, desto klarer wurde ihr, dass ihre Flucht einfach nur verrückt war. Sie würden sie doch ohnehin nicht verstehen. Nachdem etliche Versuche zerknüllt auf dem Boden gelandet waren, schrieb sie einfach nur, dass es ihr gut ging und sie aus freien Stücken mit Blake Colbert unterwegs war. Mehr nicht.

Am Abend kam Blake mit den gleichen Informationen zurück, die er schon in Paris erhalten hatte. Vier englische Gentlemen mit deutlichen Anzeichen einer Krankheit waren in einem einschlägigen Gasthaus abgestiegen, und der Postmeister konnte sich nicht daran erinnern, wer an dem fraglichen Tag einen Brief nach England aufgegeben hatte.

Als sie schließlich in Chambéry am Fuß der Alpen standen, suchte Elinda in Blakes Blick vergeblich nach der Zuversicht seiner langjährigen Erfahrung als Italienreisender. Aber in seinen Augen lag etwas Müdes, Demütiges, das ihr nicht den erhofften Trost gab. Der steinerne Riegel, der zwischen Frankreich und Italien lag, machte ihr einfach nur Angst.

»Verzeih, wenn ich nicht den unerschütterlichen Eindruck mache, den ich wohl früher gemacht habe«, sagte Blake, der wohl ihre Gedanken erraten hatte. »Sieben Jahre auf dem Meer haben meinen Blick auf diese Berge verändert.«

Wie eigenartig, dachte Elinda, indem er ihr seine Furcht offenbarte, fühlte sie sich in ihrer eigenen nicht mehr so verloren.

Sie rollten zwei Tage in sehr langsamem Tempo immer weiter bergan. Vorbei an den immer gleichen ärmlichen Dörfern mit den immer gleichen überfüllten Gaststuben. Einige Engländer und Franzosen waren hier unterwegs, um über den Mont-Cenis-Pass nach Italien zu kommen. Wie angekündigt schliefen sie unter freiem Himmel, und nach und nach kroch etwas Kaltes, Starres in Elindas Glieder.

Am dritten Tag erreichten sie das Dorf Lanslebourg, wo der Aufstieg zum Alpenpass Mont Cenis begann.

Das Dorf war eine Ansammlung elender, verrußter Steinhäuser. Magere Kinder standen zu beiden Seiten der Straße und beäugten den unablässigen Strom der Reisenden. Angespannt betrachtete Elinda die langen Reihen der Maultiere, die die Berge hinauf- und hinunterkletterten, manche von ihnen nur noch winzige, bewegliche Punkte in den schwindelerregenden Höhen, beladen mit Kisten, Menschen und Kutschenrädern. Abgesehen von den Kindern schien das Dorf ausschließlich aus Männern zu bestehen, die den Reisenden ihre Dienste anboten. Die Gassen waren erfüllt vom lauten Hämmern der Schmiede, die die Kutschen in ihre Einzelteile zerlegten, vom Hantieren der Träger, die den Maultieren ihre Lasten aufbanden. Händler priesen Mützen, Hosen, Handschuhe und Muffs aus Biberfell an. An langen Stangen wurden frisch geräucherte Würste feilgeboten. Längs der Gasthäuser reihten sich die niedrigen Tragsessel, auf denen die Reisenden in die Höhe befördert wurden. Die menschlichen Lastenträger waren hager und sehnig, banden sich ihre eisernen Stollen unter die Schuhe und hoben ihre Last so geschickt auf, als wäre es nur ein Sack Stroh. Der ganze Ort vibrierte vom Geschrei der Führer, Kuriere und Postillione.

Demgegenüber stand das angespannte Warten der Reisenden. Respektvolle Blicke wanderten immer wieder in Richtung der Gipfel. Über allem lag die Beklemmung angesichts des bevorstehenden Aufstiegs.

Elinda erinnerte sich an den Brief, den David ihr von dieser Station geschrieben hatte, fröhlich, voller Zuversicht, also wollte er sie nicht teilhaben lassen an seiner eigenen Angst. Erst in seinem nächsten Brief, von der anderen Seite, hatte er ihr gestanden, wie sehr ihm die Beine geschlottert hatten beim Anblick der furchterregenden Gipfel. Und dabei hatte David diesen Alpenpass nicht einmal zu Fuß überqueren müssen, so wie sie.

Während Blake alle Vorbereitungen für die Passüberquerung traf, sollte Elinda in einem Gasthaus warten und sich ein wenig stärken. Eine Frau brachte ihr Erbsensuppe mit Selchfleisch. Die schmackhafte Speise gab ihr ein wenig Zuversicht zurück. Zu Elindas Überraschung gesellte sich Marconi zu ihr und schenkte ihr ein einnehmendes Lächeln.

»Miss Audley, verzeiht mir bitte, dass ich in den letzten Tagen so ein knurrender Hund war. Ich gestehe, es hat mir schlaflose Nächte bereitet, dass eine Lady wie Ihr zu so einer Sache in der Lage ist.«

Elinda musste gegen ihren Willen lachen. »Ich wüsste zwar nicht, was Euch das angeht, Signore Marconi, aber ich freue mich, dass Ihr ausnahmsweise einmal mit mir sprecht, anstatt mich nur böse anzustarren.«

Er sah sie verlegen lächelnd an. »Miss Audley, ich bin ein einfacher Neapolitaner. Bei uns begnügen sich die Frauen mit ihrer Seite vom Gartenzaun.«

»Aber ich bin eine Engländerin. Und man hat mir von Kindesbeinen an Geschmack auf die Fremde gemacht. Sagt, wie oft habt Ihr die Alpen schon überquert?«

Er wich ihrem Blick aus. »Ein paarmal. Und man gewöhnt sich nie daran. Es ist jedes Mal aufs Neue schauderhaft.«

»Wollt Ihr mir Angst machen?«

»Habt Ihr denn keine Angst?«

»Wovor?«, gab sie sich zuversichtlicher, als sie war. »Warum sollte ich an etwas scheitern, was so viele andere Menschen über sich bringen?«

Marconis Gesicht verdüsterte sich wieder. »Man stirbt da oben einen ganz eigenen Tod. Der Berg prüft die Menschen.«

Elinda räusperte sich. »Wollt Ihr mir irgendetwas sagen, Signore Marconi?«

»Ja, ich rate Euch, kehrt um. Noch ist es nicht zu spät.«

»Zu spät für was?«

Er presste die Lippen zusammen und starrte auf die Tischplatte. »Miss, es kommen ständig Engländer von Italien hierher zurück. Wenn Ihr Euch Ihnen anschließen würdet … Eine hübsche Lady wie Ihr, und dann in einer solch verzwickten Lage – wer würde Euch nicht helfen wollen?«

»Ihr versteht mich wohl nicht«, sagte sie. »Ich bin keineswegs in einer verzwickten Lage. Ich werde nicht zurückreisen.«

Marconi schien noch etwas sagen zu wollen, doch in diesem Moment tauchte Blake in der Tür auf. Rasch stand Elinda auf und folgte ihm nach draußen. Vor dem Gasthaus hatten drei Männer damit begonnen, ihre Kutsche auseinanderzunehmen und das Gepäck auf die wartenden Maultiere zu verladen.

»Eineinhalb Tage«, sagte Blake. »Solange brauchen wir, bis wir auf der anderen Seite in Susa sind. Unser Budget erlaubt nur die Maultiere für die zerlegte Kutsche und das Gepäck. Wir müssen, wie ich bereits sagte, zu Fuß gehen. Es tut mir leid, Elinda. Ich hätte dir diese Anstrengung gerne erspart.«

Sie nickte nur ergeben und fragte sich, warum bei den horrenden Preisen, die die Träger und Führer für ihre Dienste verlangten, das Dorf keinen besseren Eindruck machte.

In Blakes Gesicht stand nun zum ersten Mal Sorge. »Wir werden noch eine Biberfelljacke und ein paar Stiefel für dich kaufen, aber auch damit bist du denkbar schlecht ausgerüstet für diese Tour.«

Elinda nahm einen tiefen Atemzug. »David hat es geschafft, diesen Alpenpass zu bezwingen, also werde ich es auch schaffen.«

Die furchterregende Aussicht auf den Berg löste jetzt ein Gefühl von Trotz in ihr aus. Sollte auch noch ein Rest weibliches Feingefühl in ihr sein, so würde es an diesem Steinmassiv zerschellen.

17

Als Elinda zusammen mit David die vielen Berichte britischer Reisender studiert hatte, waren ihr immer die nüchternen Versionen am liebsten, da diese am meisten Raum für ihre Fantasie ließen. Und doch glich die Etappe der Alpenüberquerung selbst in den schlichtesten Beschreibungen immer einer schicksalhaften Prüfung. Als wäre sie ein Initiationsritus, den es zu bestehen galt, um sich die Reize der anderen, ersehnten Seite zu verdienen.

Elinda hatte diese Vorstellung gemocht. Doch der Berg ließ nichts davon übrig.

Der Aufstieg begann mit dem unerwartet befreienden Gefühl, ihre kleine, enge Welt hinter sich zu lassen. Überall auf dem Weg begegneten ihnen andere Reisende, unter ihnen auch ein paar wenige Frauen. Alle wurden von den Bergbewohnern in Tragsesseln befördert. Die Menge der Maultiere, Führer und ihrer Ausstattung ließ auf ihren Stand und ihr Vermögen schließen. Doch vor dem Berg, seinen reißenden Wasserfällen, schneebedeckten Graten und schwindelerregenden Schluchten schien keiner mehr über Standesunterschiede nachzudenken. Sie alle waren nichtige Existenzen vor der ehrfurchtgebietenden Allmacht des Berges. Bald schon hatte Elinda Schmerzen in den Beinen, ein Brennen in der Lunge und das Gefühl, ein Niemand zu sein. Hier oben in der moosbewachsenen Ödnis fühlte sie sich dem Geflecht all ihrer Beziehungen enthoben. Ihre Eltern, ihre Cousinen, Thornton Hall, Hydeworth, ja, selbst ihr Bruder kamen ihr nur noch wie vage Schemen am Rand ihres Lebens vor.

Mit einem Mal schien es nur noch sie selbst zu geben. Und Blake Colbert. Er blieb immer dicht bei ihr, als würde er ihren Aufstieg überwachen, um immer zur Stelle zu sein, falls sie ins Straucheln kam. Seine stumme, wachsame Präsenz gab Elinda die Kraft, sich auf jeden ihrer Schritte zu konzentrieren und immer weiterzugehen, immer weiter hinauf, auch wenn sie am liebsten am Wegesrand zusammengesunken wäre. Nur der trotzige Entschluss, keine Schwäche zu zeigen, ließ sie durchhalten. Sie wünschte sich sehnlich, wenigstens ein kleines Stück von einem der Maultiere getragen zu werden. Doch die Tiere ächzten und scheuten mit geweiteten Augen vor den Geröolllawinen, die in der Ferne abgingen.

Der mühsame Zug in die Höhe erfolgte in absolutem Schweigen, nur unterbrochen von den Kommandos der Maultierführer. Die Luft wurde dünner, und die Stille bekam etwas Gespenstisches. Hier oben hörte man nur noch die Rufe kreisender Raubvögel und die hohen Orgeltöne des Windes. In einer Senke zwischen steil aufragenden Felswänden ließen sie sich zu einer Rast nieder. Ein dichter Fichtenwald verdunkelte den Weg, doch es gab eine Lichtung, an der ein dünner Bachlauf entsprang.

Vor ihnen lagerte eine Gruppe junger Franzosen, die ein Hündchen dabei hatten. Das Tier sprang freudig umher, und in seiner Ausgelassenheit lag etwas Tröstliches, als wollte es daran erinnern, dass das Leben selbst hier oben in der kalten Ödnis schön und gut war. Plötzlich fuhr einer der Franzosen mit einem unterdrückten Aufschrei hoch und deutete auf den Wald. Ein Wolf war vor dem Dunkel der Bäume aufgetaucht. Er stand auf einem Felsen und blickte mit bebenden Lefzen auf die Versammlung der Rastenden. Sein leises Knurren ließ alles ringsum verstummen.

Elinda hielt den Atem an, ihr Blick zuckte zu Blake. Er starrte wachsam den Wolf an, als schien er zu wissen, was gleich geschehen würde.

»*Attention, le chien!*«, schrie der andere Franzose warnend.

Doch im nächsten Moment hechtete der Wolf mit zwei schnellen Sprüngen aus dem Wald. Noch ehe der kleine Hund begriff, wie ihm geschah, packte der Wolf seine Kehle. Die Franzosen sprangen schreiend auf und schlugen mit dem Stock nach ihm, doch es war zu spät. Pfeilschnell kletterte der Wolf mit seiner Beute an der Felsseite hoch und verschwand. Ein qualvolles Jaulen verklang zwischen den Wänden.

Die Franzosen standen reglos auf der Lichtung und blickten in die finstere Leere des Waldes. Niemand sagte etwas. Mit gesenkten Köpfen brachen die jungen Männer schließlich auf. Das Entsetzen über diese Demütigung, die ihnen der Berg so beiläufig zugefügt hatte, stand ihnen in die blassen Gesichter geschrieben.

Der Zwischenfall schockierte Elinda so sehr, dass ihr Widerstand gegen die Anstrengung brach. Nur mit Mühe konnte sie die Tränen zurückhalten. Nicht nur Tränen über das Schicksal des armen Hundes, auch über die furchtbare Sinnlosigkeit angesichts ihres Versuches, zäh und hartgesotten zu sein.

Stunden später ging die Sonne in einem rötliche Nebel unter. Elinda fühlte sich, als wäre sie an einem Ort jenseits der Welt.

Blake bereitete auf einem mit dürrem Gras bewachsenen Plateau eine Lagerstatt für sie. Die anderen Reisenden hatten sie überholt, die Träger und Esel, die ihre zerlegte Kutsche und das übrige Gepäck transportierten, waren ihnen ein gutes Stück vorausgegangen und lagerten am anderen Ende des Plateaus. Marconi hatte sich zu ihnen gesellt. Obwohl sie in Sichtweite waren, hatte Elinda den Eindruck, mit Blake ganz allein zu sein.

Sie beobachtete den *bearleader*, doch hier oben erschien er ihr auf einmal wie ein Fremder, in dessen Nähe sie ein absonderlicher Zufall gebracht hatte.

Irgendwo in ihr, vielleicht am Grund ihrer Seele, löste sich ein Zittern, das sich weder durch heißen Tee mit Brandy noch durch die warme Decke oder das prasselnde Feuer eindämmen ließ. Elinda wickelte sich in die Biberfelljacke und rollte sich zusammen. Der Wind heulte zwischen den Felswänden. Ihre Zähne schlugen aufeinander, sie krallte die Hände in die Decken, doch ihr ganzer Körper bebte ohne Unterlass. Mit aller Kraft versuchte sie, das Zittern zu unterdrücken, doch es war wie ein Fieberkrampf, der sie schüttelte.

Hatte David auch so gefroren bei seiner Alpenüberquerung? Wenn dem so war, dann verstand sie, dass er nichts davon in seinen Briefen erwähnt hatte. Elinda wusste selbst nicht, wie sie dieses grässliche Gefühl in Worte hätte fassen sollen.

Ringsum war alles dunkel. Nur in einiger Entfernung glomm noch ein schwaches Feuer. Blake saß dort allein wachend und drehte das antike Fluchtäfelchen in den Händen. Elinda wollte aufstehen und zu ihm gehen, sie empfand mit einem Mal eine unerträgliche Einsamkeit. Doch ihre Erschöpfung stürzte sie in den Schlaf.

Seit ihrer Flucht aus Paris träumte sie zum ersten Mal wieder von David.

Er kämpfte sich durch Geröllfelder, aber wann immer seine Füße Halt fanden, zerfiel dieser zu einem Haufen Asche. Er rutschte ab, sank tief in graue Verwehungen ein, zwang sich weiter. Erst wurden seine Kleider grau und grauer, bis er ganz von Asche bedeckt war und schließlich in ihr versank.

Elinda erwachte mit einem Keuchen. Plötzlich spürte sie eine Berührung an ihrem Rücken. Erschrocken hob sie den Kopf.

»Schsch ...«

Blakes Stimme war ganz nah an ihrem Ohr. Und dann schob sich seine Hand langsam unter ihrem Nacken hindurch und bettete ihren Kopf in seiner Armbeuge. Der andere Arm legte sich schwer über sie, als wollte er dem Zittern Einhalt gebieten. Elinda starrte in die Dunkelheit, während sie an ihrem Rücken seinen Körper spürte. Er war ganz nah bei ihr und hielt sie behutsam, aber unnachgiebig fest.

Elinda war im ersten Moment wie versteinert. Das konnte nicht richtig sein, dass dieser Mann ihr so nahe kam. Und doch fühlte es sich als das einzig Richtige an, hier in dieser außerweltlichen Stille und Kälte. Es musste ein Traum sein. Ein schöner Traum, der ihr vorgaukelte, was sie sich heimlich wünschte.

»Hier in den Bergen zu sein, ist wie eine Art Tod«, wisperte Blake. »Früher, wenn ich hier durch den Pass kam, mit all den schlotternden jungen Engländern, habe ich mir vorgestellt, dass wir zwar hoch oben waren, aber …«

Er hielt inne, winkelte den Arm an, auf dem sie lag, und strich ihr sanft über die Stirn.

»Aber du könntest diese rauen Berge auch mit dem Styx vergleichen, dem Fluss, der die Welt der Lebenden vom Reich der Toten trennt. Eine Reise am Rande der Unterwelt.«

Seine Stimme legte sich beruhigend über ihre aufgewühlten Sinne.

»Die Unterwelt ist nicht unbedingt das Ende«, flüsterte er. »Sie ist ein Ort, an dem man etwas Wesentliches über sich selbst lernt, bevor man neu geboren wird.«

»So wie Aeneas, als er Italien erreicht«, erwiderte sie leise.

»Was fasziniert dich an der *Aeneis* so?«, wollte Blake wissen.

Sie war sich nicht sicher, ob es ihn wirklich interessierte, oder ob er sie nur von der Kälte ablenken wollte. Elinda blinzelte in die Dunkelheit. Sie spürte Blakes Wärme, die allmählich auf ihren Körper überging. Da lag sie nun, hoch oben in den Alpen mit einem fremden Mann, der sie mitten in der Nacht wärmte und sie fragte, warum sie die *Aeneis* liebte. Eine völlig abwegige Vorstellung, von der sie niemals zu träumen gewagt hätte. Weil sie zu schön war, um Wirklichkeit zu werden.

Sie lächelte. »Mein Vater gab David die *Aeneis* zum Lesen, sobald sein Latein gut genug war. Da waren wir beide dreizehn. Es ist ja ein wichtiger Teil der Bildung, doch für David war es eine wilde Abenteuergeschichte. Und er las sie nie allein. Wir lasen dieses Buch gemeinsam. David steckte mich mit seiner Begeisterung an. Mein Vater fand meinen Eifer niedlich. Es war ihm gleichgültig, dass auch ich bald alles über den Prinzen Aeneas wusste, wie er aus dem brennenden Troja flieht und nach langen Irrfahrten Rom gründet.«

Elinda spürte ein Kitzeln in den Augenwinkeln, als eine geliebte Erinnerung in ihr aufstieg. »David kam oft in mein Zimmer geschlichen, wenn unsere Eltern schon schliefen. Wir haben ein Leintuch zwischen meinem Bett und der Kommode gespannt, wie eine Höhle. Wir saßen die halbe Nacht dort und haben uns vorgestellt, wie wir wie Aeneas in die Unterwelt hinabsteigen und all die Menschen treffen, die dort seit Jahrtausenden als Schatten leben.«

Die Erinnerung war so lebendig, dass die Sorge um David für einen Moment verschwand und sie sich sicher war: Ihr Bruder war noch am Leben und wartete auf sie.

»Ich habe mich immer gefürchtet, wenn wir uns das Jenseits vorgestellt haben«, sagte sie. »Aber ich habe mich auch irgendwie geborgen gefühlt, weil David bei mir war.« In Gedanken fügte sie an: So wie jetzt.

Blake ließ seine Fingerspitzen über ihr Haar wandern. »Dann bist du doch recht gut auf Italien vorbereitet, Elinda.«

»So fühlt es sich aber nicht an«, gestand sie.

»Ich weiß. Auf die Unterwelt hier oben kann uns Vergil auch nicht vorbereiten.«

Er lag ganz still und gab ihr seine Wärme. Elindas Herz pochte bis zum Zerspringen. Blake musste dieses Pochen spüren. Sie wusste nicht, wie er das anstellte, aber es senkte sich eine Ruhe über sie, die sie noch nie gespürt hatte. Es war das erste Mal, dass sie einem Mann derart nah war.

Nein, korrigierte sie sich in Gedanken. Andrew Hydeworth hatte sich ihr aufgedrängt, und wie widerwärtig anders war seine Nähe gewesen! Blakes kraftvolle, sanfte Präsenz flüsterte von einem unbekannten Wohlgefühl, das irgendwo in den Verstecken der Zeit auf sie warten mochte. Ihr Puls beschleunigte sich bei diesem Gedanken erneut.

»Elinda, erfüllst du mir einen Wunsch?«, wisperte er.

Befangen blinzelte sie in die Dunkelheit. »Was für einen Wunsch?«

»Könntest du, wenn wir hier schon einen rituellen Tod erleiden, um in Italien wiedergeboren zu werden, etwas sterben lassen, was dir auf dieser Reise sehr hinderlich sein wird?«

»Was meinst du damit?«

»Könntest du deine Idee von Freiheit noch einmal überdenken?«

Seine Worte verwirrten sie. »*Meine* Idee von Freiheit? Gibt es denn noch eine andere Freiheit?«

»Ja, die Freiheit, ein Mann zu sein«, sagte er mit einem gehauchten Lachen. »Das meinst du doch, oder?«

Elinda fühlte sich ertappt.

»Wenn du dich in deinem wahren Wesen verleugnest, wirst du dich an dieser Freiheit nicht erfreuen können.«

»Was weißt du über mein wahres Wesen?«, stieß sie hervor. »Glaubst du mich zu kennen?«

Plötzlich war sie verärgert, dass die Nähe zu ihm nicht zuließ, ihn wegzustoßen und wütend anzufunkeln, wie sie es am liebsten getan hätte. Aber noch lieber wollte sie hören, was er ihr antworten würde.

Doch Blake stellte ihr eine andere Frage. »Kennst *du* dich denn?«

In der Stille, die darauf folgte, wurde Elinda bewusst, warum sie darauf keine Antwort fand. Das leise »Nein«, das ihre Lippen verließ, versickerte zwischen einem Gefühl von Leere und der Ahnung, dass sie aus genau diesem Grund geflohen war. Um eine Antwort zu finden, die ihr allein gehörte.

Elinda schloss die Augen. »Ich glaube, ich bin ein Mädchen, das so sein möchte wie David, weil ich mich der Tyrannei der Männer entziehen will.«

Sie spürte seinen Atem an ihrem Hals. »Unterwirfst du dieses Mädchen so nicht erst recht der Tyrannei der Männer?«

Es tat weh, wie recht er hatte. Sie hätte sich gerne zu ihm umgedreht und ihn angesehen. Aber es war auch schon so eigenartig genug, derart tiefgründige Dinge mit einem Mann zu bereden. Einem Fremden, der ihr mit jeder Sekunde vertrauter erschien.

»Soll ich jeden Tag verzweifelt nach einem warmen Bad schreien?«, wich sie aus.

»Du kannst auch eine Frau sein ohne derartige Extravaganzen.«

Ein eisiger Hauch fegte über die Ebene. Eines der Maultiere schnaubte, und irgendwo in einem der Täler heulte ein Wolf. Elinda schauderte. Blake verstärkte unmerklich seinen Griff, mit dem er sie umfangen hielt.

»Werden wir David wiederfinden?«, fragte Elinda nach einer Weile.

»Das weiß ich nicht. Aber du hast dich nicht nur in dieser Kutsche versteckt, um deinen Bruder wiederzufinden, nicht wahr?«

Sie deutete ein Kopfschütteln an. »Ich wollte auch das

finden, was ich verloren hätte, wenn ich in Paris geblieben wäre.«

»Und was auch immer *das* ist – ich würde es gerne beschützen, Elinda. Ein guter *bearleader* spürt, wenn die Bären sich zu verirren drohen. Diese Reise könnte dich in vielerlei Hinsicht überwältigen.«

»Nun gut, du darfst mich beschützen«, gestattete sie ihm mit gespieltem Großmut. »Aber nenn mich nie wieder einen Bär.«

Für eine Sekunde spürte sie seine warme Stirn in ihrem Nacken.

»Gut. Schlaf jetzt, Bärin.«

Sie blinzelte mit klopfendem Herzen in die Dunkelheit. »Wirst du … ich meine, bleibst du so hier liegen?«

Blake stieß ein leises Seufzen aus. »Du bist nicht der einzige Mensch, dem in der Unterwelt kalt ist.«

18

Als Elinda am frühen Morgen erwachte, war Blake nicht
mehr bei ihr, aber unter ihrer Decke war ihr wohlig warm.
Verwirrt fanden ihre Gedanken und ihr Herzschlag An-
schluss an die vergangene Nacht. Es erschien ihr mit einem
Mal ganz unwirklich, dass Blake sie mit seinem eigenen
Körper gewärmt hatte. Und durch die Richtung, in die er
das Gespräch gelenkt hatte, kam es ihr nun vor, als hätte sie
ein fremdes Land betreten. Seine sanften, herausfordernden Fragen brachten etwas in ihr zum Schwingen, aber sie
wusste nicht, was es war.

Dummes Ding, hörte sie eine leise Stimme in sich, *natürlich
weißt du, was das war.*

Elinda zog die Decke über ihr Gesicht, als könnte irgendjemand sehen, wie sie errötete. Mit einem Mal empfand sie
ein unerklärliches Gefühl von Gefahr. Hieße es nicht, die
Kontrolle aufzugeben, wenn sie ihm nachgab? Wäre das
nicht der Verrat an allem, was sie sich vorgenommen hatte?

Sie atmete tief die kalte, würzige Luft ein und dachte an
das, was Blake ihr gesagt hatte. Die Alpenüberquerung
glich einer Neugeburt, einer Selbstüberwindung, einem
Tod alter Dinge. Was für ein befreiender Gedanke. Sie
konnte hier und heute beschließen, die Dinge anders zu

sehen. Wenn ein Mann derartige Gefühle in ihr hervorrief, konnte sie sie dann verleugnen?

Die Vorstellung, Blake gleich zu sehen und den ganzen Tag in seiner Nähe zu sein, ließ sie lächeln.

Elinda wollte sich gerade aufrichten, als sie es spürte. Auf ihrem Gesicht lag etwas. Ein dünner, staubiger Film, der ihr jetzt in Augen und Nase drang. Sie hob die Hand, um es wegzuwischen und blinzelte. Ihre Hand war dunkel verfärbt. Auf ihrer Decke lag eine dünne Schicht von grauem, körnigem Staub.

Wie in den Albträumen von David. Die graue Masse, in der seine Schritte versanken. Vulkanasche. Das Innere des Vesuvs.

Die Wärme um sie herum verschwand schlagartig. Rasch schüttelte sie die Decke aus und suchte fieberhaft nach einer Erklärung. Der Staub stammte gewiss von den Bergen und war in der Nacht vom Wind über sie geweht worden. Das war alles. Kein Grund, sich derart zu erschrecken.

Elinda drehte sich um. Blake saß beim Feuer und hob eine dampfende Tasse Tee in ihre Richtung. Er bedachte sie mit einem zurückhaltenden Lächeln und gab nicht zu erkennen, dass in der Nacht etwas Nennenswertes geschehen war.

Für Elinda war nach dieser Nacht jedoch alles anders.

Noch immer war sie von Schmerz und Erschöpfung zermürbt. Aber während sie den langen Abstieg des Mont-Cenis-Pass bewältigten, der nicht minder kräftezehrend war als der Aufstieg, gab sie der Anstrengung nach und kämpfte nicht mehr dagegen an.

Und plötzlich erschienen ihr die Berge nicht mehr nur furchterregend, sondern majestätisch schön. Sie hatte mit einem Mal Lust, tief die pfeffrige Luft einzuatmen, und mit jedem Atemzug fühlte Elinda sich ein wenig lebendiger. Der Blick in die unermesslichen Weiten zog sie aus der Wirklichkeit, die sie kannte; fort von ihrem schmerzenden Körper. Die Träger waren bereits am frühen Morgen aufgebrochen, ihr Vorsprung hatte sie gewiss schon nach Susa, dem ersten Dorf auf italienischer Seite geführt. Marconi lief ein gutes Stück voraus, um den Weg auszukundschaften.

Blake achtete weiter umsichtig darauf, dass Elinda auf dem Geröll nicht ausrutschte. Immer wieder meinte sie zu spüren, dass er kurz davor war, sie zu berühren, aber er tat es nicht. Als sie über einer Schlucht den reißenden Strom eines Wasserfalls betrachteten, sah er sie von der Seite an.

»Was denkst du gerade, Elinda?«

»Ich muss gerade an unsere hübschen englischen Landschaftsparks denken. Alles so von Menschenhand gezähmt. Aber hier ist die Natur nur noch Macht und Bedrohung. Man könnte sich fast ein wenig klein und hinfällig fühlen.«

Blake ließ seinen Blick über den schneebedeckten Horizont schweifen.

»Was, wenn ich dir verrate, dass dieses Gefühl der heimliche Sinn dieser ganzen Reise ist?«

»Wirklich?« Elinda fand den Gedanken fast ein wenig belustigend. »Und ich dachte immer, die *Grand Tour* dient der Erbauung und Bildung.«

Er deutete ein Lächeln an. »Es gibt Menschen, die tiefer empfinden, die die Ebenen hinter dem allzu Offensichtlichen erkennen. Ich glaube, dass du so ein Mensch bist, Elinda.«

Elinda spürte eine angenehme Verwirrung. »Soll mir das schmeicheln?«

»Es ist nur eine Feststellung. Ich freue mich jetzt schon darauf, mit dir in Rom durch die Ruinen zu schlendern. Dort wirst du dieses Gefühl ganz stark empfinden.«

In Elindas Brust spannte sich etwas erwartungsvoll an. »Was für ein Gefühl?«

»Ich empfand die Ruinen immer eine Befreiung von der Engstirnigkeit der Gegenwart. Alles, was uns in Atem hält, bedeutet irgendwann in der Zukunft vielleicht nicht mehr das Geringste. Und die Berge lehren uns wohl etwas ganz Ähnliches.«

»Und das Meer?«, fragte Elinda. »Was lehrt einen Menschen das Meer?«

»Das Meer ist eine ganz andere Geschichte.«

»Erzähl mir davon«, bat sie.

Er lächelte verhalten und bedeutete ihr, weiterzugehen. »Später.«

Während des Abstiegs wurde Elinda das Gefühl nicht los, dass das Licht nun weicher wurde und die Luft süßlicher. Schließlich erreichten sie den Fuß des Mont-Cenis-Passes. Dort lag das Dorf Susa, das ein ganz ähnliches Bild bot wie Lanslebourg.

»Willkommen in Italien«, sagte Marconi mit einem freudlosen Lächeln angesichts ausgezehrter Kinder, die sie sofort umringten und um ein Almosen anbettelten. Es erfüllte Elinda mit stiller Freude, dass Blake ein paar Münzen an sie verteilte.

Es würde eine Weile dauern, bis die Kutsche wieder zusammengebaut und beladen worden war. Elinda war dankbar für die lange Rast. Sie setzte sich auf einen Stein und ließ den Blick schweifen. Die Berge wurden flacher, die Täler breiter. Der Anblick löste eine solche Erleichterung in ihr aus, dass sie ihre Malutensilien aus dem Gepäck holte und die Szenerie im verdämmernden Licht zeichnete.

Marconi organisierte zwei frische Pferde, und sie fuhren noch eine Stunde über lang gestreckte Kurven in Richtung Tal, ehe es zu dunkel wurde. Auch diese Nacht würden sie im Freien verbringen.

Zum Abendessen gab es das schmackhafte Brot der Gegend, getrocknete Pflaumen, Dörrfleisch und Ziegenkäse. Marconi schloss sich einigen der italienischen Bergführer zum Kartenspielen an. Kaum war er gegangen, zog Blake das Bleitäfelchen aus der Tasche und ließ es im Schein des Feuers durch seine Finger wandern. Elinda rückte ein Stück näher zu ihm und betrachtete das rätselhafte Ding. Sie dachte wieder an Blakes merkwürdig erschütterten Ausdruck, als ihr Vater ihm das Artefakt gegeben hatte. Irgendetwas daran schien ihm ein tiefes Unbehagen einzuflößen.

»Können wir es auseinanderfalten und schauen, was darin steht?«, fragte sie.

»Ich weiß schon, was darin steht«, murmelte er.

»Wie meinst du das? Kennst du dieses Artefakt?«

»Es steht überall mehr oder weniger das Gleiche darin. So weit man diese alten Zaubersprüche entziffern kann, sind es immer Verwünschungen gegen Konkurrenten, Liebeszauber oder Schadenszauber. Ein römischer Wagenlenker will das Rennen in der Arena gewinnen und verflucht seinen Kontrahenten, damit der beim Wettkampf versagt. Oder eine Frau sorgt dafür, dass sich ein Mann in sie verliebt. So etwas eben.«

Elinda griff nach dem Täfelchen und befühlte es. »Das klingt harmlos.«

»Manchmal wird anderen auch Krankheit und Tod gewünscht.«

»Das ist heidnischer Aberglaube. Man kann einen Menschen nicht mit einem Fluch töten.«

Blake hob den Kopf. Der Widerschein der Flammen tanzte in seinem unergründlichen Blick. »Hast du dafür einen Beweis?«

Elinda entfuhr ein ungläubiges Lachen. »Natürlich nicht. Ebenso wenig, wie es einen Beweis für die Wirksamkeit eines Fluches gibt.«

Blake sah sie nachdenklich an, ehe er sich zurücklehnte und in die Flammen schaute. »Du wolltest doch etwas über das Meer wissen, Elinda.«

Sie nickte verwundert.

»Ich kannte Italien wie meine Westentasche«, sagte er. »Ich war schon so oft hier, dass ich mich mit geschlossenen Augen hätte bewegen können. Mein Vater war auch ein *bearleader*, weißt du? Als meine Mutter starb, sorgte er für meine Ausbildung und nahm mich mit auf die Kavaliersreisen der jungen Adeligen. Ich war fünfzehn. Und als mein Vater diesen Beruf in meine Hände legte, war ich reifer und erfahrener als andere junge Männer in meinem Alter. Ich dachte, ich würde die Welt kennen und die Menschen.« Er stockte. »Dann ist etwas passiert, das mir zeigte, wie falsch ich lag. Ich musste diese Welt verlassen, um wieder zu lernen, dass man im Leben nichts, absolut nichts je wirklich wissen kann.«

Sein Blick ruhte vielsagend auf Vergils *Aeneis*, die aus Elindas Tasche ragte. »Alles ist nur eine Geschichte, die andere erzählen. Das Einzige, was man tun kann, ist, sie für sich selbst zu interpretieren und damit zu leben.«

Elinda fühlte sich eigenartig befangen durch seine Worte. Sie dachte an den aussichtslosen Kampf der Griechen und der Trojaner, der nicht nur mit Schwertern und Pfeilen entschieden worden war, sondern wegen der Intrigen und Täuschungen der Götter. War Blake auch betrogen und getäuscht worden? Sie wagte nicht, ihn darauf anzusprechen.

»Und das Meer hat dir dabei geholfen?«, fragte sie vorsichtig.

»Ja. Das Meer und die Zeit auf den karibischen Inseln. Dort, wo all die jungen Lords nach ihren Kavaliersreisen die Zuckerrohrplantagen ihrer Väter übernehmen. Und ihre Sklaven.« In seiner Stimme zuckte Verachtung.

»Die Fluchtäfelchen der alten Römer fänden diese Menschen sicherlich äußerst interessant, denn sie praktizieren einen ganz ähnlichen Brauch.«

»Ich habe davon gehört«, sagte Elinda. »Man nennt es Voodoo, nicht wahr?«

»Es ist eine uralte afrikanische Tradition, und es geht dabei keineswegs nur um Flüche.« Blake sah sie mit einem unergründlichen Blick an. »Ich habe mit eigenen Augen erlebt, dass diese Zauberei überaus wirksam ist.«

Elinda musste sich zwingen, ihre Zweifel nicht mit einem spöttischen Lächeln zu zeigen. »Was hast du erlebt?«

»Menschen, die unheilbar krank waren, wurden wieder gesund. Ein junger Plantagenaufseher, der einen der Sklaven als Bestrafung geblendet hatte, erblindete nach einem Schadenszauber selbst. Und eine Frau, die bei der Geburt ihres Kindes verblutet war, fand ins Leben zurück. Die Fähigkeit, die Wirklichkeit den eigenen Wünschen zu beugen.«

Nun entfuhr Elinda doch ein leises Lachen. »Nichts als Zufälle. Das eine hat mit dem anderen nichts zu tun.«

Seine Miene blieb ungerührt.

»Hast du deswegen das Fluchtäfelchen ins Mondlicht gehalten?« Elindas Herz begann bei dieser Frage heftig zu klopfen. »Ich habe dich vom Fenster aus gesehen. Glaubst du, dass diesem Ding eine geheime Macht innewohnt, die man bannen muss?«

Entgegen ihrer Befürchtung, er könnte sich von ihrer Frage bloßgestellt fühlen und wütend werden, sah er sie nur aufmerksam an. »Du hast nicht gesehen, was ich gesehen habe, vernünftige Miss Audley. Und ich hoffe, du musst es nie«, sagte er mit einem matten Lächeln.

»Dann glaubst du, dass ein Fluch für Davids Verschwinden verantwortlich ist?«

»Ich weiß, dass diese Dinge mehr Macht haben, als wir wahrhaben wollen. Dinge, die nichts mit Gott oder der Wissenschaft zu tun haben.«

Elinda gab ihm das Täfelchen zurück. »Gerade weil wir uns vieles nicht erklären können, sehen wir Zusammenhänge, wo es keine gibt.«

Sie dachte wieder an die Legende, die man sich über Pompeji erzählte.

»Ich glaube, dass diese schreckliche Krankheit den Geist der Lords geschwächt hat. Sie haben verzweifelt eine Erklärung für ihren Zustand gesucht. Vielleicht haben sie in Pompeji etwas mitgehen lassen und dachten, dass dieser Diebstahl für ihren Zustand verantwortlich ist. Lord Charswick hat es sogar zugegeben. Er hat gesagt: Wir haben alle etwas von dort mitgenommen.«

In Blakes Gesicht zuckte für einen Moment etwas derart Finsteres auf, dass Elinda erschrak. Doch als er ihr antwortete, klang seine Stimme beschwichtigend.

»Du könntest recht haben. Ich habe die Geschichte von einem englischen Lord gehört, der nach seiner Italienreise schwer krank wurde. Die Ärzte fanden keine Ursache. Da verstieg sich der Kranke in den Gedanken, dass es die Strafe dafür war, weil er in Pompeji ein Marmorfragment mitgenommen hatte. Er war so überzeugt von diesem Zusammenhang, dass er das Marmorstück an die Könige von Neapel zurückschickte.« Er stieß ein bitteres Lachen aus. »Von einem Dieb zum nächsten.«

»Und, hat es geholfen?«, fragte Elinda flapsig.

»Ich weiß es nicht.« Blake wandte sich ihr wieder zu. »Ist dir bewusst, dass das Verschwinden deines Bruders im Grunde unerklärlich ist, Elinda? Ein junger Mann, der Briefe schreibt, aber an den Absendeorten nie gesehen wurde? Vier englische Lords, die die Pflicht gehabt hätten, deine Eltern über Davids Tod zu unterrichten – ob nun in Pompeji oder in Rom –, es aber nun so darstellen, als wäre der Junge Opfer eines Fluchs? Da stimmt etwas ganz und gar nicht, und ich fürchte, dass das hier«, er hob das Bleitäfelchen hoch, »die Antwort birgt. Auch wenn unser rationaler Geist das nicht wahrhaben will.«

Ebenso wie Davids Auftauchen auf ihrem Bild, dachte Elinda und unterdrückte ein Schaudern. Sie betrachtete den gequälten Schatten, der auf einmal über Blakes Gesicht lag. Sie hätte gerne seine Hand berührt, doch die Nähe, die sie kurz zuvor noch zu ihm empfunden hatte, war einem Gefühl des Befremdens gewichen.

»Du hast die Briefe meines Bruders gelesen«, lenkte sie das Gespräch in eine neue Richtung. »Du hast gelesen, wie unerwünscht er sich in Gegenwart der Lords fühlte. Meinen Eltern hat er davon nichts geschrieben, nur mir.«

Blake schüttelte bedauernd den Kopf. »Es ist eine Schande, dass dem Jungen solche Männer als Begleiter zur Seite gestellt wurden.«

»Was, wenn die Lords hinter seinem Verschwinden stecken und sie diesen angeblichen Fluch nur inszeniert haben, um von ihrem Verschulden abzulenken?«

Der Gedanke war plötzlich da, ohne dass er sich durch irgendetwas angedeutet hatte. Und so haarsträubend er war, er war tausendmal erträglicher als die Möglichkeit, ein Fluch wäre für Davids Verschwinden verantwortlich. Blake sah sie aufmerksam an.

»Interessant. In diese Richtung habe ich noch gar nicht gedacht.«

»Denkst du, so könnte es gewesen sein?«, fragte sie.

»Lass uns nicht spekulieren, Elinda. Jeder unausgegorene Gedanke heizt deine Sorge um David doch nur weiter an.«

Blake sah in die Flammen. Doch Elinda spürte, dass irgendetwas in ihm vorging; etwas, das er ihr nicht mitteilte.

»Mein Vater deutete an, dass die Geschichte, die dich auf die Meere getrieben hat, sich in Pompeji ereignet hat«, sagte Elinda vorsichtig. »Hast du den Auftrag, meinen Bruder zu suchen, angenommen, weil du dort …«

»Ich habe dir bereits gesagt, dass ich nicht mit dir über meine Vergangenheit spreche. Noch nicht.«

Blake ließ das Fluchtäfelchen in seine Rocktasche gleiten und erhob sich.

»Schlaf jetzt, Elinda.«

Ohne ein weiteres Wort entfernte er sich und verschwand in der Dunkelheit.

An diesem Abend konnte Elinda lange nicht einschlafen.

Was war Blake Colbert widerfahren, dass er glaubte, dieses seltsame Zaubertäfelchen wäre nicht einfach nur ein Stück uraltes Blei mit den Kritzeleien eines unaufgeklärten Menschen, der noch an Götter und die Unterwelt glaubte?

Vielleicht hatte sie sich in ihm geirrt. Er mochte ein erfahrener Reiseführer sein, aber seine Betonung der rätselhaften Umstände entfremdete ihn ihr ein wenig. Nur ganz leise gestand sie sich ein, dass sie über diese innere Distanzierung dankbar war. Denn sie half ihr, ihn sich nicht herbeizuwünschen, als sie in dieser Nacht allein auf ihrem Lager lag.

Als Elinda am nächsten Morgen aufwachte, hing dichter Nebel über dem Plateau. Sie war so durchgefroren und steif, dass ihr nur die Vorstellung eines einzigen warmen Sonnenstrahls wie ein himmlisches Geschenk erschien.

Sie richtete sich auf und entdeckte Marconi, der bereits ein Feuer entfacht hatte. Blakes Lager war leer. Elinda schloss noch einmal die Augen und stellte sich vor, dass sie morgen schon in der Nähe von Turin wären. David hatte in seinen Briefen von den norditalienischen Ebenen geschwärmt, dem weichen Licht und der lauen Luft. Sie würde diese Kälte bald hinter sich gelassen haben.

Am schlimmsten war die notdürftige Morgentoilette mit eisigem Wasser und Kleiderwechsel hinter Felsen oder Gestrüpp. Elinda biss die Zähne zusammen und brachte es hinter sich. Ein Stück entfernt hörte sie Marconi das Frühstück am Feuer zubereiten. Die Geräusche erklangen sonderbar nah und zugleich wie aus weiter Ferne. Der warme Schein der Feuerstelle im Nebel verlieh der Szenerie einen träumerischen Glanz. Diese Stimmung müsste man malen können, dachte Elinda. Sie verstaute gerade die Zeichenutensilien in der Tasche, die sie am Abend noch einmal ausgepackt hatte, um ihrer Zeichnung einige Details hinzuzufügen. Ihr Blick fiel auf das Bild. Ein Blitz schien geradewegs durch sie hindurchzuzucken.

Elinda ließ das Papier ruckartig sinken. Sie blinzelte und sah noch einmal hin.

Am linken Rand kauerte eine Gestalt neben einem Felsen und schien angesichts der Weite vor Angst zusammenzuschrumpfen. David.

Elindas Atem stockte. Wie war das möglich? Sie schüttelte den Kopf. Ihre überreizten Sinne mussten ihre Fantasie strapaziert haben. Doch als sie wieder auf die Zeichnung blickte, war sie unverändert. Beklommen legte sie das Blatt in ihre Mappe und knotete das Band darum fest. Kaltes Unbehagen kroch in sie.

»Ein heißer Tee, Miss?«

Elinda wirbelte herum. Hinter ihr stand Marconi und deutete auf die Blechkanne am Feuer.

»Wo ist Mister Colbert?«, fragte sie, unwirscher als beabsichtigt.

»Hab ihn heute noch nicht gesehen.«

Marconi musterte sie verstohlen. Sicher hatte er die Nähe zwischen ihr und dem *bearleader* bemerkt. Was er sich dabei denken mochte, wollte sie gar nicht wissen. Er machte erneut eine einladende Bewegung zum Feuer. Elinda hätte nichts lieber getan, als sich in die Nähe der Flammen zu setzen, aber sie wollte hier nicht allein mit Marconi sein.

»Heute Abend erreichen wir die Ausläufer der Berge. Morgen Abend sind wir schon in Turin«, sagte er. »Dort werdet Ihr sicher ein paar gutherzige Engländer finden, die sich Eurer annehmen.«

Elinda seufzte verärgert. »Warum glaubt Ihr, dass ich nach Hause zurück will?«

Marconis Blick nahm einen beschwörenden Ausdruck an. »Ihr müsst umkehren, Miss Audley. Das sind keine guten Vorzeichen für eine Reise nach Italien.«

»Was für Vorzeichen meint Ihr?«, fragte Elinda spöttisch. »Meint Ihr den unverschämten Kutscher, den Mister Colbert für diese Tour angeheuert hat? Der ist allerdings kein gutes Vorzeichen.«

»Ich meine andere Vorzeichen. Den Fluch. Gestern, als Ihr Euch den grauen Staub aus dem Haar gekämmt habt, was glaubt Ihr wohl, was das war?«

»Beobachtet Ihr mich?«, fauchte sie.

Marconi hob beschwichtigend die Hände. »Man muss ein Auge auf die Mitreisenden haben, das lernt man früh in meinem Beruf. Ich meine es nur gut mit Euch. Mit einem Fluch ist nicht zu spaßen.«

»Es gibt keine Flüche!«

»Oh doch, die gibt es. Und wenn sie auch in England nicht wirksam sein mögen – mit Italien ist es eine andere Sache. Seht, ich stamme aus Neapel, und ich kenne die Dinge, die in Pompeji ans Licht kommen. Der Tod haftet an ihnen.«

»Was meint Ihr damit?« Elinda zwang sich, unbeeindruckt zu klingen. Aber unter ihrer gespielten Nüchternheit reckte sich eine verzweifelte Neugier, etwas zu erfahren, das ihr helfen konnte, diese unheimlichen Dinge zu verstehen. Je mehr Informationen sie bekam, desto klarer konnte sie die Geschehnisse begreifen, auch wenn sie eigentlich nicht allzu viel auf die Worte des abergläubischen Kutschers gab. Mit seinem gezwirbelten Schnurrbart und dem theatralischen Rock kam er ihr wie ein Schmierenkomödiant vor. Und doch spürte sie, wie der Sinn seiner Worte ihre Gedanken befiel.

»In Pompeji besitzen die Dinge eine eigene Macht. Das liegt an der Art, wie sie verschwunden sind. Der Vesuvausbruch. Im einen Moment noch ein schöner Tag in einer blühenden Stadt und dann …«, er schnippte mit den Fingern, »Tod und Dunkelheit. Und diese Dunkelheit hat schon so manches andere Leben verschlungen«, sagte Marconi mit unheilvoller Stimme.

Elinda wandte sich mit einem verächtlichen Schnauben ab.

»Ich will euch nur warnen«, beteuerte er. »Dieses alte Bleistück, das Signore Colbert da bei sich hat, es hat eine dunkle Macht. Merkt Ihr es nicht, Miss Audley? Der graue Staub, den Ihr gestern auf Eurem Lager fandet – ich hatte ihn nicht auf meinem Gesicht und der Engländer auch nicht.«

Elinda zitterte in der Morgenkälte und starrte den Kutscher wortlos an. Wo war nur Blake Colbert abgeblieben?

»Dieser Staub, das ist die Vulkanasche, aus der dieses metallische Ding ausgegraben wurde«, zeigte Marconi sich überzeugt. »In Pompeji werden viele von diesen Artefakten entdeckt. Er findet einen Weg, um Eure Sinne zu verwirren.«

»Ihr glaubt doch wohl selbst nicht, was Ihr da sagt!«

Marconi sah sie besorgt an. »Ich beobachte nur, Miss Audley. Ihr könnt noch umkehren, dann reist der Fluch mit mir und Mister Colbert zurück an seinen Ursprungsort. Aber wenn ihr mitkommt, wird er Euch vertilgen. Denkt an Euren Bruder. Er wurde schon ein Opfer davon. Warum solltet auch Ihr Euer junges Leben verderben lassen?«

Elinda hatte genug gehört. »Es gibt eine Erklärung dafür, und Mister Colbert und ich werden sie finden. Und jetzt will ich nichts mehr hören von diesem Unsinn.«

In diesem Moment erspähte sie Blake ein Stück entfernt zwischen zwei Felsgraten auftauchen.

Marconis Blick schweifte in die Ferne. »Ihr werdet Euch noch an meine Worte erinnern. Glaubt mir, Miss, diese Suche wird in einem Unglück enden.«

19

Seit sie die Alpen verlassen hatten, überwältigte eine neue Wirklichkeit Elindas Sinne. Sie war in Italien. Nach der Kälte der Berge verspürte sie nun ein Versprechen baldiger Wärme und zugleich immer noch die Strenge des Nordens, als würde die Luft in einer Ahnung von Schnee knistern. Diese Landschaft schien ein Übergang zu sein, an dem immer stärker die Unterschiede hervortraten. Häuser und Kirchen veränderten ihr Aussehen, in den Blumentöpfen wuchsen Zitronenbäumchen, längs der Chaussee lagen die riesigen Landvillen im malerischen Dunkel von Zypressen und Pinien.

Die Bilder, die Elinda von Italien gesehen hatte, waren Wirklichkeit geworden.

Ihre innere Erschütterung hatte sich ein wenig gelegt. Sie hatte in den letzten Nächten nicht mehr von David geträumt, und Marconi hatte keine unheilvollen Andeutungen mehr gemacht. Nur Blakes Verhalten verwirrte sie. Er war ihr gegenüber höflich, aber distanziert. Elinda wurde den Eindruck nicht los, dass ihm ihre Anwesenheit zunehmend eine Last war. Kaum vorstellbar, dass er ihr noch vor wenigen Nächten so nah gewesen war.

Als sie die Grenze des Königreichs erreichten, wuchs

Elindas Nervosität. Was würden die Grenzbeamten von einer jungen unverheirateten Frau in Begleitung eines Mannes halten? Doch Blake Colbert bewies seine Kreativität mit einer Geschichte, die unmöglich nachzuprüfen war und ihnen das nötige Mitgefühl einbrachte, um sie weiterreisen zu lassen.

»Die Gouvernante des Mädchens ist in den Alpen leider verstorben«, sagte er, ohne mit der Wimper zu zucken. »Ein bedauerlicher Unfall. Ich muss sie schnellstmöglich nach Venedig zu einer Verwandten bringen, die sich ihrer annehmen kann.«

Man ließ sie ziehen, und Elinda konnte sich trotz der schamlosen Lüge das Lachen nicht verkneifen, auch wenn Blake sie warnte, dass sie sich bald etwas Besseres einfallen lassen mussten.

Die Kutsche stellten sie bei einem Gasthof in Mestre unter, und Marconi verhandelte mit einigen Bootsleuten um den Preis einer Barke, die sie über die Lagune nach Venedig übersetzen sollte.

Elinda hatte sich Venedig immer als träumerischen Wunderort ausgemalt. Doch die Stadt, die schließlich aus dem Meeresdunst stieg, war ebenso grau wie das Meer selbst. Kein Sonnenstrahl glänzte auf den so viel besungenen Kuppeln.

Die nahende Stadt löste eine schwer begreifliche Abscheu in ihr aus. Die ersten Häuser tauchten nun aus dem Wasser aus, schimmelschwarz und schmutzig. Ein toter Hund trieb dort und wurde von den Wellen immer wieder gegen die Pfeiler der Anlegestelle geschaukelt.

Blake bemerkte ihren erschrockenen Blick. »In Venedig können wir uns ein wenig ausruhen. Ich kenne ein günstiges komfortables Gasthaus. Und es gibt viel zu sehen für dich. Vergiss nicht, das ist auch deine *Grand Tour*, Elinda.«

Sie nickte schwach. Doch als sie in den ersten Kanal Venedigs einbogen, verging die Lust auf die Stadt ebenso wie das Traumgebilde, als das Venedig in ihrer Sehnsucht gewohnt hatte. Aus dem schwarzen Wasser entstieg ein Aasgestank, der ihr fast die Sinne raubte. Das Schiff bog in den berühmten Canal Grande ein, der quer durch die Stadt verlief. Das Wasser umspülte die Grundmauern unzähliger Paläste, deren einstige Pracht alles übertraf, was man sich über Venedig in der Fantasie ausmalte. Doch die angeblich märchenhafte Stadt entpuppte sich als eine Ansammlung wüster, verfallener Ruinen. Kein Bewohner war hinter den Fensteröffnungen zu sehen. Aus eingesunkenen Dächern spross Unkraut, und die herrlichen Fassaden waren schwarz von Ruß und Moder. Über dem Kanal hing Grabesstille. Die wenigen Menschen an den Anlegern waren in Lumpen gekleidet, ihr offensichtliches Elend wurde nur übertroffen von den schmutzigen Gondelführern. Die Gondeln selbst, dunkle Gefährte mit einer von schwarzem Tuch überzogenen Kajüte, gaben der Szenerie eine solche Schwermut, dass Elinda glaubte, Begräbnissen beizuwohnen, die mitten im Wasser abgehalten wurden.

Blake berührte ihren Handrücken. »Es gibt schönere Gegenden in Venedig. Aber du solltest dich an derartige Bilder gewöhnen. In Italien ist nicht alles so, wie zurückkehrende Reisende dich glauben lassen wollen.«

Elinda sah zu Marconi, der mit einem hämischen Lächeln aufs Wasser schaute. Sie senkte den Blick.

»Vielleicht ist Davids Brief aus Venedig deswegen so knapp und flüchtig ausgefallen«, sagte sie.

Blake nickte. »Ja, mir ist es auch aufgefallen, dass seine Briefe auf der Heimreise immer knapper wurden.«

»Aber er war während des Karnevals dort. Das farbenfrohe Treiben muss ihn doch beeindruckt haben. Und dieser Brief über den Karneval war besonders knapp.«

»Stimmt. Der Brief war wirklich merkwürdig«, stimmte Blake ihr zu. »Sonst sprühte David vor Begeisterung. Er war ein sehr leidenschaftlicher junger Mann.«

Elinda zuckte zusammen. *War.* Was für ein schreckliches Wort.

Blake bemerkte sein Missgeschick und schüttelte betreten den Kopf.

Elinda betrachtete die ölig schimmernde Wasserfläche. »Mein Vater hat diese Leidenschaft bemängelt. David sollte auf dieser Reise seine Mannhaftigkeit stärken und sich nicht in Träumereien verlieren, hat er immer gesagt. Die *Grand Tour* ist dafür da, seinen Platz in der Welt zu finden, zwischen der einstigen und der heutigen Größe erhabener Kulturen.«

Blake schmunzelte. »Was hat er denn gesagt, als Davids Brief aus Venedig kam?«

Elinda presste die Lippen zusammen. »Genau der hat meinem Vater gefallen.« Wieder imitierte sie seine Stimme, doch es fühlte sich nicht erheiternd an. »Der Junge scheint zu spüren, dass der Karneval nur eine flüchtige Spielerei der Sinne ist. Er ist reifer geworden, das spürt man in jeder Zeile. Er bereitet sich auf den Ernst des Lebens vor.«

Blakes Blick ruhte nachdenklich auf dem schmutzigen Wasser. »Ich habe die Briefe, die David dir geschrieben hat, nun schon ein paarmal durchgelesen, und ich verstehe es nicht. Warum dieser zurückhaltende Ton und die gleichzeitige Aussage der Lords, dass er *verloren gegangen* ist?«

Vor ihnen tauchte nun die Rialtobrücke auf, die ebenso schmutzig und verfallen war wie die übrigen Gebäude. Rechterhand steigerte ein Fischmarkt den pestilenzartigen Gestank derart, dass Elinda die Hand vor den Mund presste. Blake griff in die lederne Tasche und träufelte aus einem Fläschchen ein paar Tropfen auf sein Taschentuch. »Halte dir das vor die Nase.«

Elinda atmete durch das Tuch, und ein scharfer, frischer Geruch besänftigte augenblicklich ihre Nase. Über das Tuch hinweg sah sie Blake dankbar an.

»Mexikanischer Koriander«, ließ er sie wissen. »In der Neuen Welt parfümieren sich die Damen damit, und es hilft gegen Erkältungen und Übelkeit.«

»Dann werde ich dir dieses Tuch nicht zurückgeben«, beschloss sie.

Er deutete ein Lächeln an. »Es freut mich, dass es dir guttut.«

Elinda sog den fremdartigen Geruch tief ein. In ihrer Brust flammte wieder die Sehnsucht nach seiner Nähe auf; ein Gefühl, das sie seit der Nacht auf dem Mont-Cenis-Pass immer öfters überkam, auch wenn er ihr keinerlei Grund dafür gab.

Die Sehnsucht, dass er sie wieder Bärin nannte …

Kurz darauf erreichten sie den Hafen. Links von ihnen öffnete sich der Markusplatz in seiner eleganten Weite, und Elinda war nach dem ersten verstörenden Eindruck ein wenig versöhnt. Das Boot legte an der Riva degli Schiavoni an, wo sogleich eine Schar Bettler den Kai belagerte. Blake verteilte erneut einige Münzen, die er offenbar nur für diese Zwecke in seiner Manteltasche aufbewahrte.

Marconi hievte ihr Gepäck aus dem Kahn, während

Blake einem Laufburschen auftrug, in dem anvisierten Quartier ihre Ankunft anzukündigen.

Elinda ließ ihren Blick über die Lagune schweifen. Hier war das Wasser tiefblau, die Luft war frisch, und den Gondeln haftete nichts Trauriges mehr an. Möwen hockten auf den bunt geringelten Anlegepfosten, und ein paar Schwäne glitten durch die weißen Glanzlichter der Sonne auf dem Wasser.

»Ist das denn die Möglichkeit?«, rief plötzlich eine Stimme hinter ihr aus.

Elinda wandte sich um. Eine edel gekleidete Frau hatte den Kai betreten und eilte mit ausgestreckten Händen auf Blake zu.

»Colbert! Dann hat Italien Euch also doch wieder!«

Sie sprach Englisch mit deutschem Einschlag. Blake schien die Dame sofort zu erkennen. Er setzte zu einer Verbeugung an, doch sie fiel ihm schamlos um den Hals. »Und ich dachte, ich würde Euch nie wiedersehen!«

»Gräfin von Kaboreth. Es ist mir eine Freude«, erwiderte Blake, nun auf deutsch. Elinda beobachtete das Wiedersehen der beiden alten Bekannten mit einem Stich von Neid. Sie selbst sprach nur wenige Worte deutsch und fühlte sich angesichts der Vertrautheit der beiden ausgeschlossen. Doch der Dame war ihre Anwesenheit nicht entgangen.

»Und wer ist dieses hübsche Geschöpf?«

Sie trat auf Elinda zu und ergriff ihre Hände. Ihr Gesicht strahlte in ungekünstelter Freundlichkeit, die nichts von der blassen Zurückhaltung englischer Damen hatte. Sie mochte bereits in ihrem vierzigsten Lebensjahr sein, glühte jedoch vor jugendlicher Leichtigkeit und sah aus, als wäre sie gerade von einem rauschenden Fest gekommen. Sie trug eine burgunderrote Brokatrobe, ihr Haar zierte ein kleiner Dreispitz, und an ihrem Hals funkelten derart prachtvolle Juwelen, als wäre Venedig eine Stadt ganz ohne Diebe und Meuchelmörder.

»Gräfin, das ist Lady Elinda Audley«, stellte Blake sie der Dame nun auf Englisch vor. »Sie ist derzeit mein Mündel, doch bitte fragt uns nicht nach der Geschichte dahinter. Wie ihr seht, reist das Mädchen ohne Anstandsdame, aber ich versichere Euch …«

»Aber bitte, Colbert«, unterbrach ihn die Frau, um dann in einem vertraulichen Raunen fortzufahren, »die Geschichte erzählt sich am besten bei einem Glas Wein. In meinem Palazzo natürlich. Wo auch immer Ihr Quartier zu nehmen gedachtet, lasst alle Hoffnungen fahren!«

Elinda war so überrascht von dem Wesen der Frau, dass sie gar nicht dazu kam, sich neben ihrer leuchtenden Erscheinung unscheinbar zu fühlen.

Die Gräfin hakte sich unbefangen bei ihr unter. »Ihr seht aus, als würden Euch die grässlichen Alpen noch in den Knochen stecken.«

Blake wollte etwas sagen, aber die Gräfin hängte sich auch bei ihm ein. »Im Palazzo Dandolo gibt es viele leere Zimmer, und die Diener langweilen sich.«

»Ihr bewohnt den Palazzo Dandolo?«, entfuhr es Elinda erstaunt. Sie hatte aus Reiseberichten schon davon gehört, doch es war ihr immer unglaublich vorgekommen, dass tatsächlich Menschen in dem ehrwürdigen Gemäuer lebten.

»Aber sicher doch. Und Ihr auch. Es versteht sich wohl von selbst, dass Ihr meine Gäste seid, solange Eure Zeit es erlaubt.«

»Gräfin, wir wollen Eure Großzügigkeit nicht strapazieren …«

»Keine Widerrede, Colbert. Dieses arme Mädchen sieht aus, als bräuchte es ein warmes Bad, ein weiches Bett und kandierte Birnen. Lasst Ihr Euer Mündel etwa verhungern?«

Die Gräfin bedachte auch Marconi mit einem einladenden Blick und nickte ihren Pagen zu, die am Kai auf sie warteten. Ohne ein weiteres Wort zu wechseln, wurde das Gepäck aufgenommen und in Richtung der Markuskirche davongetragen. Marconi schloss sich schulterzuckend an. Das Dienstbotenquartier des Palazzo Dandolo behagte ihm sicher mehr als die Unterkunft, die Blake auftun würde.

Die Gräfin zog ihre Gäste in Richtung Markusplatz. »Colbert, wie lange ist das her? Sieben oder acht Jahre? Ihr müsst mir alles erzählen. Aber zuerst müssen wir dieses arme Blümchen aufrichten.« Sie schlang den Arm um Elindas Taille.

Die überfallartige Vertraulichkeit machte Elinda verlegen. »Gräfin, Ihr seid sehr gütig.«

»Aber nicht doch«, winkte sie ab. »Ich bin nur eine einsame, reiche Deutsche, deren Reiselust sie auf Trab hält. Ich war ursprünglich für den Karneval in Venedig, aber es kam, wie es kommen musste: Ein Fest folgt auf das andere, und man vergisst die Zeit. Morgen wollte ich weiter nach Florenz reisen. Aber nun, da ich einen alten Freund treffe …«

20

Die Pracht des Palazzo Dandolo überwältigte Elinda. Eine Heerschar von Dienstboten kümmerte sich um die Neuankömmlinge, und ehe sie es recht begriff, saß sie nackt in einer mit weichen Tüchern ausgeschlagenen Marmorwanne und wurde von einer Zofe mit einem in Rosenöl getränkten Schwamm abgerieben. Zuerst erschien es ihr unwirklich, nach der Härte der Reise einen solchen Luxus zu erleben. Doch sie hatte schon davon gelesen, dass derartige Begegnungen mit großzügigen anderen Reisenden keine Seltenheit waren. Manche Reisende hatten Empfehlungsschreiben für reiche Familien und durften sich an einem Komfort erfreuen, der zu den gewöhnlichen Gasthäusern in keinem größeren Kontrast stehen konnte.

Kurz darauf saß Elinda auf einer samtenen Ottomane in ihrem Gästezimmer, eingehüllt in einen Morgenmantel aus feinstem Damast. Auf einem kleinen Tisch war der Tee vorbereitet worden, und die Gräfin machte eine einladende Geste zu den kleinen Köstlichkeiten, die sich auf silbernen Platten türmten.

Elinda biss in eine gebackene Artischocke. »Jetzt verstehe ich, warum man über Venedig wie von einem Märchen spricht.«

»Die ganze Welt ist ein Märchen, wenn man nur die Mittel dazu hat, sie in eines zu verwandeln.« Die Gräfin tastete nach einem Medaillon, das an ihrer Halskette hing. »Mein Gatte, Graf Albert von Kaboreth – Gott hab ihn selig – starb auf unserer ersten gemeinsamen Reise in Rom am Fieber. Sein Tod schmerzte mich derart, dass ich mir nicht vorstellen konnte, ohne ihn nach Hause zu reisen. Ich ließ ihn dort begraben und reiste weiter, bis nach Sizilien, und kehrte erst ein Jahr später nach Dresden zurück.«

Sie öffnete das Medaillon und zeigte Elinda die Miniaturmalerei eines jungen Mannes.

Elinda senkte ergriffen den Blick. »Euer Verlust tut mir sehr leid, Gräfin.«

»In Dresden wollte man mich zu einer neuen Heirat überreden. Aber ich denke gar nicht daran, mich in ein schönes Haus einsperren zu lassen und den Launen eines Mannes zu gehorchen. Ich werde Alberts Andenken ehren, indem ich mit seinem Vermögen die Welt bereise. Das war es, was wir gemeinsam tun wollten. Griechenland, Ägypten, Indien, China. Das alles wartet noch auf mich.«

Die Gräfin verschloss das Medaillon und hob es lächelnd an die Lippen.

Elinda nippte an ihrem Tee und kämpfte erneut mit einem nagenden Gefühl von Neid. Eine ungebundene, reiche Frau, die die Welt bereisen konnte, die sich frei und selbstbestimmt gegen die Ehe entscheiden konnte, ohne dass jemand sie daran hinderte.

Ein verrückter Gedanke schoss Elinda durch den Kopf. Sollte sie die Frau nicht fragen, ob sie eine Gesellschafterin brauchte? Wenn David verschwunden bliebe, hatte sie keinen Grund mehr, nach England zurückzukehren. Elinda verwarf den Gedanken jedoch gleich wieder. Sie hatte kein Interesse daran, überhaupt jemandem untergeordnet zu sein, ob nun einem Mann oder einer reichen Frau.

»Allerdings wird man dabei sehr einsam«, wandte die Gräfin nun ein. »Deswegen stürze ich mich auf jedes bekannte Gesicht, das mir begegnet.«

»Ihr kennt Blake Colbert von einer früheren Reise?«, fragte Elinda.

»Ich bin ihm in Italien gewiss vier- oder fünfmal begegnet. Er war ja ständig auf einer *Grand Tour* mit englischen Gentlemen, und die Wege kreuzen sich unweigerlich immer an denselben Punkten.«

Die Gräfin nahm sich eine glasierte Marone. »Ich dachte eigentlich, mit seiner Arbeit als *bearleader* wäre es vorbei.«

»Nun, er ist auch nicht im eigentlichen Sinne mein *bearleader*.«

Die Gräfin beugte sich mit einem Vertraulichkeit fordernden Blick vor.

»Ich will alles wissen.«

Elinda zögerte. »Gräfin, ich weiß nicht …«

»Ach, nun nennt mich nicht Gräfin, Kind. Ich bin Elisabeth. Also, Elinda, was sind das für wichtige Erkundigungen, die Colbert einholen muss? Er ist nämlich gleich losgezogen und hatte nicht einmal Zeit, mit mir auf unser Wiedersehen anzustoßen.«

In knappen Worten berichtete Elinda von Davids Verschwinden, dem Tod seiner Gefährten, den rätselhaften Briefen und dem Fluchtäfelchen. Sie verschwieg der Frau auch nicht die Angst, die ihr Verlobter Andrew Hydeworth ihr einjagte. Als sie schließlich Pompeji erwähnte, runzelte die Frau die Stirn.

»Irgendetwas scheint ihn unweigerlich zurückzuziehen an diesen Ort.«

Elinda richtete sich auf. »Wie meint Ihr das?«

Die Gräfin zögerte. In dem Zimmer lag ein weiches, rosiges Licht, und Elinda empfand es unvermutet angenehm, nach all den Tagen in der Gesellschaft von Männern nun mit einer Frau zusammen zu sein. Gleichzeitig überkam sie eine fast unerträgliche Spannung und Ungeduld.

»Ich habe Blake Colbert zum letzten Mal vor sieben oder acht Jahren gesehen«, sagte die Gräfin. »Damals weilte ich gerade in Bologna. Ich wollte in Richtung Florenz abreisen, als mir an der Stadtgrenze ein Mann in elender Verfassung auffiel. Ich hielt ihn zuerst für einen Bettler, doch seine stattliche Gestalt und seine Gesichtszüge ließen mich genauer hinsehen. Und da erkannte ich Blake Colbert. Ihr könnt Euch vorstellen, wie erschrocken ich war. Ich kannte ihn ja nur als souveränen Reiseführer, immer in Gesellschaft reicher Männer und strotzend vor Energie. Doch nun glich er einem wandelnden Leichnam. Er war blass und abgezehrt und sah aus, als hätte er etwas Schreckliches erlebt.«

Die Gräfin schüttelte bei der Erinnerung nachdenklich den Kopf.

»Ich konnte ihn unmöglich sich selbst überlassen, das gebot schon die schlichte Nächstenliebe. Er wehrte sich jedoch, sagte immer wieder, dass er so schnell wie möglich zurück nach England müsse. Aber er hatte nichts bei sich, kaum Geld oder Kleidung. Sein geschwächter Zustand verschaffte mir einen Vorteil, und ich fuhr mit ihm nach Bologna zurück.«

»Und habt Ihr erfahren, was mit ihm passiert ist?«, fragte Elinda.

»Nein. Er wurde sehr krank. Ich dachte schon, er stirbt. Im Fieber faselte er immer wieder von Pompeji. Und dass er dort verflucht worden sei.«

Elinda versteifte sich. »Was sagt Ihr da?«

Elisabeth von Kaboreth rieb sich über die Arme, als wollte sie eine Gänsehaut vertreiben. »Ich kann diesen Ort nicht leiden! Pompeji ist durchaus eine faszinierende Stätte, an der man das Leben der alten Römer studieren kann. Aber ich fand es dort immer schauderhaft. Überall gräbt man die Körper der armen Menschen aus, die bei dem Vulkanausbruch ums Leben kamen. Diese Stadt ist ein Ort des Todes. Ich habe keinerlei Verlangen, dort noch einmal hinzugehen.«

Elinda trank einen Schluck Tee, um ihre Worte auf sich wirken zu lassen. Auf diese Weise hatte sie noch nie über Pompeji gedacht. Aber die Gräfin hatte wohl recht. Außer den antiken Mauern mit den bunten Fresken fand man in der Stadt wohl vor allem die Spuren ihres schrecklichen Untergangs.

»Und was sagte Mister Colbert, als er wieder genesen war?«, nahm Elinda den Faden wieder auf.

»Er war nicht gewillt, über das zu sprechen, was ihm widerfahren war. Er stieß aber während seiner Fieberträume immer wieder den Namen einer Frau aus. Bernarda. Als ich ihn darauf ansprach, sagte er, dass sie seine große Liebe war und dass er schuld an ihrem Tod sei.«

Bestürzt ließ Elinda ihre Tasse sinken.

»Mehr war allerdings nicht aus ihm herauszubekommen«, seufzte die Gräfin. »Ich gebe zu, ich war damals versucht, ihn bei mir zu behalten. Als Reisegefährten und auch als …« Ihre Wangen färbten sich rosig. »Nun, er ist ein sehr ansehnlicher Mann, nicht wahr? So leid er mir tat, ich dachte damals, dass ich ihn vielleicht von seiner großen Liebe, Bernarda, ablenken könnte.« Sie zuckte gespielt schamhaft mit den Schultern. »Die Torheit der Einsamen. Jedenfalls schlug er meine Einladung aus, da er schnellstmöglich nach England zurückmusste. Ich überließ ihm die nötigen Mittel und sah ihn danach nie wieder.«

Die Gräfin beugte sich vor und sah Elinda eindringlich an. »Und Ihr wisst wirklich nichts von dieser Geschichte?«

»Ich höre sie aus Eurem Mund zum ersten Mal.«

In Elindas Kopf türmten sich die Fragen. War gar nicht David der Grund, warum Blake den Auftrag ihres Vaters angenommen hatte, sondern die Suche nach ihm nur willkommener Anlass, um die Fäden einer alten, schmerzhaften Geschichte wiederaufzunehmen? Und was war ihm damals zugestoßen, dass er so hartnäckig darüber schwieg?

Die Gräfin schien ihre bedrückenden Gedanken zu spüren und zog Elinda hoch. »Liebes, Ihr braucht dringend bessere Kleidung für die Weiterreise. Wir plündern meine Garderobe, ich habe so vieles, was ich nicht mehr trage.«

Kurz darauf war Elinda im Besitz einer vollständigen Reiseausstattung, die solide, aber stilvoll war. Die Gräfin hatte sich mehrere Hosen und Jacken schneidern lassen, die an die Kleider eines Mannes erinnerten, aber über einige reizende feminine Details verfügten.

»Diese hübschen Beinkleider sind eigentlich viel zu schade, um sie nur in der Kutsche zu tragen«, bedauerte die Gräfin. »Aber ich fürchte, die Zeiten, in denen Hosen bei einer Dame nichts Skandalöses mehr sind, müssen erst noch anbrechen. Bei den langen Kutschfahrten sind sie jedenfalls goldwert.«

Sie überließ ihr zudem ein *nécessaire de voyage*, eine mit Perlmutt ausgelegte Schatulle mit Bürsten, Nähzeug, Parfümflakons, Puderdosen, Zahnschwämmen, Nagelscheren und Kämmen. Außerdem befreite sie Elinda von der Dringlichkeit, für ihre nächste Blutung gerüstet zu sein, und gab ihr einen Beutel mit festen Baumwolltüchern.

»Und damit seid Ihr als englische Lady bestens für die nächste Teestunde gerüstet.« Elisabeth präsentierte ihr ein seidengefüttertes Ebenholzkästchen, das silberne Dosen mit Tee und Schokolade, Löffel und Kannen und weiße Tässchen mit emailliertem Gold enthielt.

»Elisabeth, Ihr vergesst, dass ich im Gegensatz zu Euch ein einfaches Mädchen bin«, protestierte Elinda, der dieses ausgeklügelte Maß an Luxus unangenehm war.

»Unsinn. Je weiter es nach Süden geht, desto schwieriger wird es, eine gute Unterkunft zu finden. Eine Reise ist nur dann genießbar, wenn man niemals auf Komfort verzichten muss. Oh, Ihr braucht noch Lavendelöl, um die Flöhe zu vertreiben. Außerdem hätte ich noch ein paar wundervolle Aquarellfarben und frische Laken ...«

Elinda hörte nur noch mit halbem Ohr zu. Der Eifer der generösen Gräfin hatte sie erschöpft. Und weitaus mehr als komfortable Reiseutensilien beschäftigten sie die geheimnisvollen Andeutungen über Blake Colbert.

Und die Frau namens Bernarda.

21

Am späten Nachmittag, als gerade ein paar deutsche Bekannte auf der Durchreise der Gräfin ihre Aufwartung machten, kam Blake in den Palazzo zurück. Elisabeth von Kaboreth scheuchte Elinda und den *bearleader* nach draußen, damit er ihr bis zum Dinner die Stadt zeigen konnte.

Blake führte Elinda an den Gefängnissen und der Seufzerbrücke vorbei zum Dogenpalast und von dort zum Markusplatz. Zu dieser Stunde flanierten viele Venezianer über die weite *piazza* und zeigten sich in ihren wertvollen Roben. Schausteller schleuderten Bälle in die Luft und ließen Papageien fliegen. Verkäufer boten gebackene Krapfen und Zuckerwerk an. Die Luft war erfüllt vom Flügelschlagen und Gurren der Tauben. Unter den Kolonnaden der alten Prokuratien blitzten die polierten Scheiben nobler Geschäfte, auf der anderen Seite saßen Menschen an den Marmortischen der Kaffeehäuser. Der Anblick des belebten Platzes war so schön, dass Elinda der düstere erste Eindruck Venedigs nun wie ein böser Tagtraum erschien.

Blake warf ihr einen Seitenblick zu. »Die Gräfin hat mir ein Angebot gemacht. Es könnte dir gefallen.«

»Sie will uns doch nicht etwa begleiten?«

»Das würde sie gewiss gerne. Aber nein, sie bot mir an,

dich so lange im Palazzo Dandolo zu beherbergen, bis ich wegen David Gewissheit habe und wieder zurückkehre.«

Elinda blieb stehen. Der Gedanke, bei der Gräfin zu bleiben, war nach der Erschöpfung der bisherigen Reise durchaus reizvoll.

»Sie ist einsam«, wich Elinda aus.

»Das ist sie wohl. Aber ich dachte, es wäre dir angenehm, in einer sicheren Umgebung abzuwarten, bis …«

»Dann hätte ich auch in Thornton Hall bleiben können«, unterbrach sie ihn.

Blake zog die Augenbrauen hoch. »Sie bot mir außerdem an, unsere Kutsche gegen eine ihrer Equipagen einzutauschen. Ein besseres, doppelt gefedertes Gefährt, schnellere Pferde, Diener und ein neuer Kutscher. Damit wären wir rascher am Ziel und hätten es unterwegs bedeutend bequemer.« Er stieß ein ungläubiges Lachen aus. »Ich glaube, die Gräfin hält unsere Reiseausstattung für vollkommen menschenunwürdig.«

Die Vorstellung, in einem komfortableren Gefährt zu reisen, gefiel Elinda. Besonders ein Detail dieses Angebots erschien ihr noch begehrenswerter als eine gut gepolsterte Kutsche und eine ausgeliehene Dienstmagd.

»Signore Marconi würde uns dann also nicht mehr begleiten?«, fragte sie.

Blake schien zu spüren, worauf sie anspielte. »Er behagt dir nicht?«

»Er sagt seltsame Dinge zu mir, immer wenn du nicht da bist.«

»Was für Dinge? Belästigt er dich?«

»Er will mich dazu bringen, dass ich nach England zurückreise.« Elinda wollte Blake mit einem prüfenden Blick die Antwort abringen, ob er das ebenso sah. Doch der *bearleader* zuckte mit den Schultern.

»Er ist Neapolitaner und nicht gewohnt, dass Frauen ihren Kopf durchsetzen. Es ist ihm sicher unangenehm, wie frei wir den Sittenkodex auslegen, und ich kann es ihm nicht verdenken. Hast du gesehen, wie er sich gewunden hat, als ich dem Grenzbeamten die Lüge mit der toten Gouvernante erzählt habe?«

Elinda waren die Gründe für Marconis Bevormundung gleichgültig. »Ich mag ihn nicht. Er will mir mit unheimlichen Andeutungen über Pompeji Angst machen.«

»Aber das schafft er natürlich nicht bei einer aufgeklärten englischen Lady, nicht wahr?«

Blake bot ihr lächelnd seinen Arm und führte sie zum Markusdom.

Elinda presste die Lippen zusammen. Sie hätte gerne behauptet, dass sie keine Angst hatte, aber das wäre eine Lüge gewesen. Das Schlimmste an dieser Angst war jedoch, dass es nun zu spät war, sie sich einzugestehen. Beschämt musste Elinda einsehen, dass es ein Fehler gewesen war, vor Blake mit ihrer nüchternen Sicht auf die Dinge zu prahlen. So rational konnte ihr Geist wohl nicht sein, wenn er sich von der kleinsten Erschütterung derart beeindrucken ließ. Aber sie würde nicht zulassen, dass die Unerklärbarkeit dieser Dinge sie schwächte. Blake sah in ihr die aufgeklärte Frau, und sie wollte sich nicht unglaubwürdig machen, auch wenn er sie gebeten hatte, etwas weniger hart mit sich zu sein.

»Ich habe Marconi angeheuert, weil er mit englischen Reisenden Erfahrung hat und überaus günstig ist«, sagte Blake nun. »Aber wenn wir den Plan ändern, kann er nichts dagegen sagen. Er wurde bereits bezahlt.«

Elinda seufzte dankbar. »Das klingt gut.«

Die sinkende Sonne überzog die Kuppeln und Türmchen von San Marco mit einem pudrigen Schimmer. Im Innern der Kirche musste Elinda sich erst an das gedämpfte Licht gewöhnen, ehe die golddurchwirkte Dunkelheit ihre Schätze offenbarte. Die verwitterte Pracht erzählte ihr von den Kreuzzügen, die aus dem Orient tonnenweise Gold, Edelsteine und Marmor in die alte Handelsstadt gebracht hatten. Blake erzählte ihr von der Plünderung Konstantinopels, den Tragödien der Heiligen, die aus gläsernen Augen auf sie herabsahen, und ließ sie die Säulen aus grünem Marmor berühren, der einem längst verlorenen Steinbruch aus der Antike entstammte. Elinda hätte stundenlang an seiner Seite durch das Dämmerlicht spazieren können. Seine leise Stimme durchdrang sie ebenso wie der starke Weihrauchduft, und als sie zurück auf den Markusplatz traten, war sie erfüllt von einer Ahnung geheimnisvoller Geflechte, die in der Vergangenheit dafür gesorgt hatten, dass sie diesen Moment des ehrfürchtigen Staunens erlebt hatte.

Auf diese Weise sollte es weitergehen, dachte sie. Ihre eigene *Grand Tour*. Ihr eigener *bearleader*, der ihre Begeisterung mit seinem wohlwollenden Lächeln quittierte. Was für ein wundervolles Gefühl.

Blake schlug vor, den Campanile zu besteigen, um den Sonnenuntergang von dort aus zu sehen. Aus der Höhe bot sich ihnen ein Anblick, der Elindas Herz schneller schlagen ließ. Unter ihnen lag die alte Wasserstadt, eingeschlossen vom Blau der Lagune. Das schwindende Licht überzog die verfallenen Fassaden mit melancholischer Schönheit. Elinda sah Blake eine Weile an, der mit geschlossenen Augen sein Gesicht der Sonne zugewandt hatte.

Und dann wagte sie die Frage, die ihr auf der Seele brannte. »Wer war Bernarda?«

Er öffnete die Augen. Sein Blick verweilte auf dem Horizont, wo die Berge von Padua sich aus der weiten Ebene hoben. Elinda bereute ihre Frage bereits, als Blake sich zu ihr umdrehte.

»Du denkst wohl, du hast ein Recht, dass ich dir darauf antworte.«

»Nein, ich … ich denke nur, dass ich vielleicht … ein Recht darauf habe, zu erfahren, was dich mit Pompeji verbindet, wenn das doch das Ziel unserer Reise ist.« Elinda war durch seine Härte schlagartig eingeschüchtert.

Blakes Hände schlossen sich fest um die Kante der Mauerbrüstung, bis seine Knöchel weiß hervortraten. Sein Schweigen machte Elinda nervös.

»Die Gräfin erzählte mir, dass sie dich vor einigen Jahren getroffen hat, kurz nachdem …«

»Du solltest dich daran gewöhnen, dass Menschen gerne viel über andere reden«, fiel er ihr ins Wort. »Umso mehr, je weniger sie wirklich wissen.«

»Dann ist es also nicht wahr?«

»Doch, es ist wahr«, gab er zurück. »Aber es geht dich nichts an, Elinda. Du hast mich durch deine gedankenlose Flucht schon genug in Schwierigkeiten gebracht. Du merkst es vielleicht nicht, aber ich. Ich war heute im Bankhaus, um eine Zahlungsanweisung deines Vaters einzulösen, und weißt du, was ich dort gehört habe? Es kursieren bereits Gerüchte darüber, dass ein in Ungnade gefallener englischer Reiseführer die Verlobte des Earl of Hydeworth geraubt hat. Sie sprechen von dir wie über Helena von Troja.«

Elindas Herz stolperte erschrocken. »Wie kann das sein?«

»Briefe reisen schnell. Und ich gehe davon aus, dass es in Paris einen Skandal gab, nachdem deine Flucht bemerkt wurde.«

»Paris«, murmelte sie, beinahe erheitert.

»Wenn dich diese Anspielung auf den trojanischen Krieg amüsiert, ist dir wirklich nicht zu helfen«, sagte er grimmig. »Du weißt, wie es mit Prinz Paris zu Ende ging.«

Sie nickte verlegen. »Ja, das weiß ich. Und auch, dass Helena zurück zu ihrem rechtmäßigen Bräutigam kam und wie viel Unglück in der Zwischenzeit geschah.«

Elinda dachte mit einem Gefühl der Genugtuung an Hydeworth zurück, aber nun auch voller Pein an ihre Eltern. Was mussten sie ausgestanden haben, nachdem ihre Flucht bemerkt worden war.

»Nun, ganz so schlimm wie in Troja wird es nicht werden«, knurrte Blake, nun ebenfalls widerwillig belustigt. »Aber du kannst dir denken, welche Kräfte entfesselt werden, wenn eine Braut auf Abwege gerät. Ganz gleich, ob du dich selbst als diese Braut siehst. Das ist ein uraltes Gesetz.«

»Blake, du sagtest doch auch, dass meine Flucht gute Gründe hatte«, wollte sie sich rechtfertigen. »Du hast mich mitgenommen, um mir zu helfen.«

»Weil mein Ruf ohnehin ruiniert ist. Und weil ich mit Lord Hydeworth …« Er unterbrach sich und schüttelte den Kopf. »Nötige mich jetzt nicht, dir meine Vergangenheit zu offenbaren!«

»Aber was, wenn deine Geschichte wichtig ist?«, widersprach sie.

»Wichtig ist nur, dass wir deinen Bruder wiederfinden«, wich er aus und bedeutete ihr, wieder vom Turm herabzusteigen. Elinda biss sich auf die Unterlippe. Am liebsten hätte sie in der Dunkelheit des Turms die Arme um Blake geschlungen und ihn um Verzeihung gebeten.

Unten angekommen trat er ins Freie und blieb in sich gekehrt auf einem der letzten Sonnenflecken stehen, die noch auf der Piazza lagen. Elinda zögerte kurz, als sie ihn so sah. Sie wollte gerade durch die Pforte treten, als jemand aus der Dunkelheit des Gemäuers nach ihr griff. Eine bleiche Hand krallte sich in ihren Arm. Elinda blieb der Schrei in der Kehle stecken.

»Dich wird es auch noch ereilen!«, krächzte ihr eine heisere Stimme entgegen.

Der Schreck lähmte sie derart, dass sie nur mit aufgerissenen Augen in die finstere Ecke starrte, aus der sich die Hand streckte.

Da sah sie das Gesicht. Kalkweiß und von grauen Flecken verunstaltet.

Panik rauschte in ihr Bewusstsein. Sahen so nicht die Opfer der Pest aus, von der Venedig immer wieder heimgesucht wurde?

»Du wirst dem Fluch nicht entkommen, Elinda«, hauchte die Gestalt, so leise, dass sie nicht sicher war, die Stimme überhaupt zu hören. Kleidung raschelte, und ein stechender Gestank raubte ihr den Atem. Und das Gesicht – die grauen Flecken, die blicklosen Augen – rief die schreckliche Erinnerung an das Antlitz von Lord Charswick wach, ehe er an dem Fenstergitter herabgesunken war. Trotz Ekel und Angst wollte sie die Gestalt fragen, was sie da faselte und woher sie ihren Namen kannte.

Da ertönte draußen Blakes Stimme. »Kommst du, Elinda?«

Sie riss sich los. Die Gestalt kicherte und glitt zurück in den Schatten.

»Denk an meine Worte. Du entkommst dem Fluch nicht …«

Elinda taumelte ins Freie. Der Platz lag nun im Schatten, aber sie kniff die Augen zusammen, als wären sie durch grelles Licht versengt worden.

»Was hast du?« Blake sah sie fragend an.

»Da war …« Sie drehte sich um und starrte in den dunklen Turmeingang. »Da drin ist jemand, der etwas über den Fluch weiß.«

Im nächsten Moment war ihr klar, wie verrückt ihre Worte klangen.

Blake runzelte die Stirn. Elinda überwand ihre Furcht und trat entschlossen zurück in den Turm. In der Dunkelheit hörte sie es atmen.

»He, Ihr! Kommt heraus und sagt das noch einmal!«

Auf einmal hatte sie Angst, dass sie nur mit den Schatten sprach.

Blake tauchte neben ihr auf und spähte in die Dunkelheit. Dort raschelte es, und die schreckliche, graue Hand tauchte wieder auf.

»Sagt das noch einmal!« Elinda musste sich zwingen, gebieterisch und furchtlos zu klingen.

»*Che succede?*«, schnarrte die Stimme zurück.

»Kommt ins Licht, damit wir Euch sehen können«, sagte Blake.

Da trat die Gestalt vor und blinzelte verwirrt. Elinda erstarrte. Der Mann war eine Jammergestalt. Offenbar war er sehr krank und konnte sich vor Schwäche kaum auf den Beinen halten. Sie presste die Lippen zusammen. Eben noch hatte der Mann bedrohlich und hinterhältig gewirkt. Jetzt löste er Mitleid in ihr aus.

»Wiederholt bitte, was Ihr gerade gesagt habt«, forderte sie ihn auf, diesmal sanfter.

»Um einen Scudi habe ich Euch gebeten, Signora.« Der Mann hob weinerlich die Stimme und formte die schmutzigen Hände zu einer Schale.

»Nein, Ihr habt mir gedroht, dass mich ein Fluch ereilen wird. Wie kommt Ihr zu solchen Worten?«

Der Mann verzog das Gesicht. »Nicht doch, Signora. Nur an Eure Barmherzigkeit habe ich meine Worte gerichtet, so Gott will. Aber Ihr habt mich nicht erhört.«

Elinda wollte etwas erwidern, aber Blake gab dem Mann eine Münze und zog sie mit sich zurück auf den Platz.

»Blake, ich schwöre dir, er hat von dem Fluch gesprochen!«

Elinda drehte sich noch einmal um und sah den Bettler freudig das Geldstück betasten.

Was war da gerade geschehen? Hatte der Mann gelogen? Aber warum?

Sie warf einen Blick auf Blake, der seltsam aufgeräumt wirkte, als wäre die sonderbare Begegnung nicht der Rede wert. Vielleicht hatte er denselben Gedanken wie sie. Die Reise verwirrte Elindas Sinne. Sie verlor offenbar den Verstand.

22

Das Speisezimmer des Palazzo Dandolo glich einem Lichtermeer. Dutzende Kerzen brannten in den goldenen Kandelabern, ihr Licht wurde von den Spiegeln vielfach zurückgeworfen. Die Gräfin trug eine tief ausgeschnittene, hellgrüne Brokatrobe. Licht und Schatten spielten auf ihrem Dekolleté mit dem funkelnden Collier.

Elinda war dankbar für die Hosen, die Elisabeth ihr überlassen hatte. Die weibliche Pracht der Gastgeberin verstärkte ihren Wunsch nach schlichter, maskuliner Kleidung nur noch mehr. Nach dem beunruhigenden Erlebnis im Campanile verlangte es ihr nach Dingen, die ihr Halt gaben.

Allerdings machte die einzige Erklärung, die ihr Geist ihr anbot, die Sache nur noch unerklärlicher. Sie sah wieder Blakes unbeeindrucktes Gesicht vor sich, als er dem Bettler Geld gegeben und kein Wort mehr über den Vorfall verloren hatte.

Trotzdem löste seine Erscheinung an diesem Abend ein erwartungsvolles Zittern in ihrer Magengrube aus. Blake trug einen schwarzen, sauber gebürsteten Samtrock, tannengrüne Kniehosen und schwarze Strümpfe. Sein Haar hatte er zu einem ordentlichen Zopf gebunden. Elinda war verwirrt. Hatte er diese edle Kleidung in einem seiner schäbigen Seesäcke transportiert?

Blake küsste der Gräfin die Hand und bedachte Elinda mit einem angetanen Lächeln. Verwirrt ließ sie sich neben ihm am Tisch nieder, und auf einmal erschien ihr ihre Garderobe unangemessen spröde.

Während die Diener gebackenen Seefisch, sautierte Muscheln, grünen Spargel, in Wein gedünsteten Wirsing und geschmorte Wachteln auftrugen, wandte sich die Gräfin an Blake.

»Habt Ihr Eurem Kutscher schon mitgeteilt, dass Ihr ihn aus Euren Diensten entlassen werdet?«

Blake nickte. »Er war etwas betreten, er dachte, er hätte etwas falsch gemacht.«

Elisabeth winkte ab. »Ach, er soll sich freuen. So leicht verdientes Geld macht man nicht alle Tage.«

»Das ist wahr. Vielleicht wird er morgen hier in Venedig andere Reisende auftun, die er auf seinem Weg nach Neapel mitnehmen kann.«

Elinda warf Blake einen dankbaren Blick zu, dass er in das Angebot der Gräfin eingewilligt hatte. Sie wollte sich gerade für die unerwartete Großzügigkeit bedanken, doch die Gräfin kam ihr zuvor.

»Erzähl mir, Elinda, wie kommt es, dass du dich so für Italien und das Altertum interessierst?«

Sie bedachte Elinda mit einem so vertraulichen Blick, dass es diese nicht weiter verwunderte, nun ohne jede Förmlichkeit angesprochen zu werden.

Elinda sah Elisabeths neugierigen Blick auf sich ruhen, aber auch den von Blake, so, als könnte er etwas Neues über sie erfahren, etwas das bedeutsamer war als die Gründe ihrer Flucht. Wie gut es sich anfühlte, von zwei weit gereisten, erfahrenen Menschen aufgenommen zu werden.

»Mein Vater ist Altertumskenner und war früher oft bei archäologischen Forschungen in Italien dabei«, erzählte sie. »Er fand Statuen in der Villa des Hadrian bei Tivoli und in einem Landhaus auf Sizilien. In Rom war er eine Weile Agent für Kunsthändler. Er hat sogar ein Buch über römische Skulpturen geschrieben.«

Die Gräfin lächelte interessiert, und Elinda spürte, dass sie ins Schwärmen geriet. Sie dachte jedoch wieder an die Gnadenlosigkeit ihres Vaters und zwang sich zu einem nüchternen Ton.

»Immer an unserem Geburtstag stellte mein Vater archäologische Ausgrabungen in unserem Garten nach. Er vergrub kleine Stücke seiner Sammlung und schickte uns auf Schatzsuche.«

Mit einem bittersüßen Gefühl erinnerte Elinda sich an die atemlosen Stunden, als sie und David mit Schaufeln zwischen den moosbewachsenen Sonnenuhren, den Eibenhecken und überwucherten Lauben Münzen aus der republikanischen Zeit ausgruben und marmorne Nasen, Finger und Zehen und Fragmente spätrömischer Sarkophage entdeckten.

»Er ließ uns die Fundstücke mit kleinen Bürsten reinigen und brachte uns bei, zu erkennen, was wir da vor uns hatten«, fuhr Elinda fort.

Elisabeth klatschte in die Hände. »Das ist ja entzückend! Dein Vater muss ein wundervoller Mann sein.«

Elinda lächelte verhalten. »Nun, er hat dieses Spiel zwar für uns beide veranstaltet, weil David und ich nun mal am selben Tag Geburtstag haben. Aber mein Vater hat mir dennoch das Gefühl gegeben, dass sie eigentlich nur der Erbauung meines Bruders dienten und ich eben ein unvermeidlicher Gast war. Er fand es zwar reizend, dass ich mich für das Altertum interessierte, aber mein Wissen hatte nie denselben Stellenwert wie bei David. Im Grunde war es für ihn nur eine niedliche Marotte. Er rechnete nicht damit, dass dieses Interesse etwas zerstören würde, was eigentlich von mir erwartet wurde. Das Interesse an Mädchendingen.«

Die Gräfin schmunzelte. »Geht denn nicht beides? Ich war als junges Mädchen auch fasziniert von den alten Griechen und Römern und habe gleichzeitig schwärmerische Gedichte an einen imaginären Prinzen geschrieben. Und ich konnte es kaum erwarten, als Braut vor den Altar zu treten.«

Elinda erwiderte nichts darauf. Der Gedanke war ihr vollkommen fremd.

Blake lauschte aufmerksam. Plötzlich fiel Elinda auf, mit welch vollendeter Eleganz er aß. Sie hatte ihn bisher fast nur mit den Händen Brot zerpflücken und mit seinem großen Taschenmesser Käse schneiden sehen. Der Anblick des Tafelsilbers zwischen seinen langen Fingern rief ihr in Erinnerung, in welchen Kreisen er aufgewachsen war. Und offenbar hatte das Seemannsleben ihm diesen Schliff nicht genommen.

»Du kamst dir wohl als Kind schon vor wie eine kleine Gelehrte, nicht wahr?« Die Gräfin bedachte Elinda mit einem Lächeln, das sie wohl auch bei einem Korb neugeborener Kätzchen gezeigt hätte.

»Ich habe diese ausgegrabenen Marmorfragmente gehütet wie meinen Augapfel«, sagte Elinda. »Ihr schieres Alter interessierte mich mehr als alles andere.«

»Auch mehr als dein gesellschaftlicher Ruf, wenn du

nach England zurückkehren wirst?«, warf Blake plötzlich ein. In seinem Blick lag aufrichtiges Interesse, aber auch wieder etwas Lauerndes.

Bevor sie antworten konnte, ging die Gräfin dazwischen.

»Ach, der gesellschaftliche Ruf! Wie sollen wir Menschen uns entfalten können, wenn wir auf ein derartiges Konstrukt Rücksicht nehmen müssen? Die Dogmen der Kirche und der Monarchie halten die Mehrheit der Seelen in Ketten.«

Blake hob sein Glas. »Dafür würde man Euch in Paris applaudieren, liebe Gräfin.«

»Das glaube ich nicht«, widersprach sie. »Eine Adelige wie ich sollte keine Reden über Freiheit und Selbstbestimmung schwingen. Aber das sind nun einmal meine Gedanken. Jedenfalls, wenn es nicht die Kirche ist, dann der sogenannte gesellschaftliche Ruf, der uns vor Angst schlottern lässt, sollten wir an unseren Ketten rütteln wollen.«

Elinda lauschte mit einer Mischung aus Faszination und Befremdung. Eine Frau, an deren Hals eine Juwelenkette funkelte, von anderen Ketten sprechen zu hören, entbehrte nicht einer gewissen Ironie.

»Die Menschen sollten sich gegen diesen Unsinn erheben, dann hat es ein Ende mit der moralischen Gefangenschaft.« Elisabeth hob ihr Glas. »Auf das Ruinieren des Rufs! Und auf Elinda, die uns mit gutem Beispiel vorangeht.«

Elinda war sich nicht sicher, ob die Gräfin ihr zusprach oder sie verspottete. Womöglich war es der Wein, der ihre Zunge gelöst hatte.

»Ich gefährde meinen Ruf schon dadurch, dass ich mich weigere zu heiraten«, fügte Elinda an. »Da ist es ganz gleich, ob ich in England geblieben wäre.«

Elisabeth nickte. »Zurecht, meine Liebe.«

Elinda sah sie fragend an und ließ nun ihrerseits den letzten Rest an Förmlichkeit fallen, nun, da sie bei einem derart persönlichen Thema angelangt waren. »Aber du warst doch selbst verheiratet.«

»Mit Alfred war es etwas ganz anderes.« Elisabeth senkte den Blick und hob ihn sehr langsam wieder in Blakes Richtung, als wüsste sie, dass ihre Wimpern bezaubernde blütenförmige Schatten auf ihre Wangen warfen.

»Ein Mann ist nicht das Schlechteste, was einer Frau widerfahren kann. Aber er muss eine verwandte Seele sein.«

Sie legte ihre Hand auf die von Blake. Ihre Augen schimmerten feucht.

Elinda war so irritiert von der sonderbaren Spannung, die auf einmal zwischen ihnen vibrierte, dass sie rasch einen Schluck Wein trank, obwohl ihr Kopf bereits schwer zu werden begann von dem ungewohnten Genuss.

»Sollte ich bei meiner Rückkehr eine verwandte Seele in England treffen, so wird sie mein ruinierter Ruf wohl nicht kümmern«, sagte sie rasch. »Alles andere kommt für mich nicht infrage.«

»Dann sei dir diese verwandte Seele gewünscht, Elinda.« Blake sah sie mit einem unergründlichen Lächeln an.

Während Elisabeths Hand beiläufig über seinen Ärmelsaum strich, dachte Elinda noch, dass David diese verwandte Seele gewesen war.

Der Anblick der Gräfin war Elinda auf einmal unerträglich. Das Gespräch hatte eine schwer einzuschätzende Doppelbödigkeit bekommen, der sie sich nicht gewachsen fühlte. Je mehr Wein floss, desto freizügiger zwitscherte

Elisabeth und legte im Verlauf des Abends immer weniger Wert auf Zurückhaltung. Als der aus Marzipan und getrockneten Früchten geformte Pfau, der als Dessert auf den Tisch kam, zur Hälfte verspeist war, wollte Elinda nur noch schlafen. Außerdem spürte sie, dass ihre Anwesenheit etwas verhinderte, dass im Lauf des Abends immer mehr Raum eingenommen hatte. Eine seltsame Enttäuschung ergriff sie, und sie verabschiedete sich zur Nacht.

Als sie mit klopfendem Herzen in dem weichen Himmelbett lag, sah sie immer noch Blakes Blick vor sich und fühlte sich von rätselhaften Wünschen am Schlafen gehindert. Ihr Misstrauen gegen ihn rang nun mit dem Gefühl in ihrer Brust, das er in ihr ausgelöst hatte.

Unbewusst stieß Elinda einen tiefen Seufzer aus. Erschrocken dachte sie an ihre Cousinen in England und ballte verärgert die Hände um das Laken. Genau dieses schmachtende Grübeln war es, was sie an ihnen immer belächelt hatte. Und nun hatte es auch sie befallen.

Da kannst du noch so oft Männerhosen tragen, du bist und bleibst ein Mädchen.

Kurz darauf ertönte leises Kichern von der Treppe, die vom Innenhof des Palazzo zu den Galerien führte. Angespannt lauschte Elinda und konnte das Geräusch von zwei Paar Schuhen auf den Marmorstufen nicht ignorieren. Sie presste die Augen zusammen. Aus den Weiten der steinernen Gänge fanden die Geräusche seltsam verzerrt den Weg an ihr Ohr. Ein leiser, lachender Aufschrei, hitziges Wispern und dann das Schlagen einer Tür. Fremdartige Bilder drängten sich Elinda auf, die sie bedrückten und zugleich erregten. Nur die schweren Kreise, die der Wein in ihrem Kopf schlug, ließen sie schließlich einschlafen.

23

Die dunkle Gestalt irrte zwischen abgebrochenen Säulen hindurch, die Schritte so unsicher, dass sie sich an den Wänden abstützen musste.

»David, bleib stehen!«

Elinda ignorierte Steinhaufen und umgestürztes Mauerwerk. Sie eilte ihrem Bruder entgegen und kam doch keinen Schritt voran. Ein schneidender Wind fauchte zwischen den Ruinen. Über allem lag ein diffuses Licht, als hätte sich die Sonne verdunkelt, und ihr Licht war irgendwie konserviert worden, wie eine Erinnerung inmitten tiefster Nacht.

»David, warte doch auf mich!«

Da blieb er stehen und drehte sich zu ihr um. Er streckte die Hände nach ihr aus. Sein hellblaues Halstuch war der einzige Farbtupfer in all dem Grau. Elinda rannte zu ihm. Doch kaum war sie bei ihm angekommen, zerfielen seine Fingerspitzen in kleine, graue Stücke.

»David, was hast du?« Elinda ergriff seine Schultern und schüttelte ihn. »Ich bringe dich hier raus, ich verspreche es!«

In diesem Moment war sie fest davon überzeugt, dass alles gut werden würde, wenn er nur die Ruinenlandschaft Pompejis verlassen konnte. Sie wollte ihn mit sich ziehen, doch da sah er sie wieder mit diesem unsäglich traurigen Blick an. Ganz langsam öffnete er den Mund. Ein Schwall grauer Asche quoll zwischen seinen Zähnen hervor. Im nächsten Moment zerfiel seine Gestalt unter ihren Händen zu Staub. Plötzlich landete etwas Schweres auf ihrem linken Arm, Elinda duckte sich. Eine der uralten Mauern war umgestürzt, etwas riss sie nach vorn, und die Welt kippte weg.

»Elinda!« Eine drängende Stimme an ihrem Ohr. »Elinda, ich bin es, wach auf!«

Die Wirklichkeit drang schlagartig auf sie ein. Elinda saß aufrecht in ihrem Bett, und vor ihr stand Blake und rüttelte sie an den Schultern. Eine Kerze blakte auf dem Nachttisch. Kalter Schweiß tränkte ihr Nachthemd. Mit rasendem Herzen starrte sie ihn an. Sie musste im Schlaf laut geschrien haben und hatte wahrscheinlich das ganze Haus aufgeweckt.

»Elinda, du musst dich anziehen, jetzt sofort!«

»Was … warum?«

»Elisabeth ist tot.«

»Wie …?«

»Wir haben jetzt keine Zeit für Fragen.«

Blake sah sie eindringlich an, und erst jetzt bemerkte sie, dass er nur eine weiße lange Leinenhose trug. Das Kerzenlicht schimmerte auf seiner nackten Haut, seinen harten Muskeln, den Narben über der Brust. Ihr Herz pochte noch schneller. Bestimmt war all das nur ein weiterer Traum, und sie würde gleich aufwachen.

»Zieh dich an und pack deine Sachen zusammen«, befahl Blake. »Ich sage Marconi Bescheid, falls er noch hier ist.«

Elinda war zu keiner Bewegung fähig. »Was ist passiert?«

Wie um sie endgültig wachzurütteln, packte er ihre Hand und zog sie aus dem Bett.

Ehe Elinda recht begriff, wie ihr geschah, hatte er sie auf den Gang bugsiert und lief mit ihr zu einem Gemach auf der anderen Seite der Galerie, während er sich nach allen Seiten umsah. Eine Tür war halb offen. Blake stieß sie auf und hob die Kerze.

Elinda fand sich in einem neuen Albtraum wieder.

Auf einem Himmelbett lag Elisabeth von Kaboreth. Die Decke war halb von ihr herabgerutscht und zeigte ihren nackten Körper.

Ihren von grauem Staub bedeckten Körper.

Ihr Mund war ein klaffendes schwarzes Loch. Die graue Substanz zog ihre schreckliche Spur von den Mundwinkeln ihren Hals hinab.

So wie David gerade eben in ihrem Traum.

Elinda stockte vor Grauen der Atem. Kaum nahm sie Blakes Hand wahr, die sich um ihre Schulter legte und sie wegziehen wollte. Plötzlich ging ein Zucken durch den Körper der Gräfin, sie bäumte sich auf, und ein Röcheln drang aus dem schwarzen Loch, das wenige Stunden zuvor noch ein fröhlich plaudernder Mund gewesen war.

Elinda stürzte auf das Bett zu. »Aber sie lebt ja noch!«

»Ihr ist nicht mehr zu helfen«, widersprach Blake.

Elinda hörte nicht auf ihn. Obwohl alles in ihr vor dem entsetzlichen Anblick fliehen wollte, tastete sie nach der Schulter der Frau.

Elisabeth starrte sie mit weit aufgerissen Augen an, und dann entrang sich ihrer Kehle ein so schauderhafter Laut, dass Elinda zurückschreckte. Sie spürte wieder Blakes Hand auf ihrer Schulter.

»Warum hast du nicht längst nach einem Arzt geschickt?«, fuhr sie ihn an. »Wie kannst du zulassen, dass sie hier wie ein Fisch auf dem Trockenen erstickt?«

Jetzt packte er sie an beiden Schultern. »Elinda, glaub mir, ihr ist nicht mehr zu helfen. Ich war vorhin bei ihr, weil ich glaubte, einen Schrei gehört zu haben. Da lag sie bereits in Todeszuckungen. Geschrien hast du, aber das wusste ich noch nicht. Ich habe doch versucht, ihr zu helfen, aber … ich erkenne den Tod, wenn er kommt.«

Elinda presste die Lippen zusammen. Obwohl sie schon gehört hatte, dass frisch Verstorbene sich aufbäumten, weil Muskeln sich noch einmal zusammenzogen, wollte sie Blake nicht glauben. Hilflos rüttelte sie Elisabeth an der Schulter.

Ihre Augen waren nun nur noch halb geöffnet, und darin lag der kalte Triumph des Todes.

»Wir können doch nicht einfach gehen. Wir müssen nach den Dienern klingeln!«, protestierte sie.

Blake packte schmerzhaft ihren Arm. Sein Griff ließ sie zusammenzucken.

»Elinda, verstehst du denn nicht?« Er sah sie eindringlich an. »Was glaubst du, wie dieser Vorfall gedeutet wird? Ich war der Letzte, der sie lebend gesehen hat.«

Natürlich, dachte Elinda und zwang ihren Blick fort von seiner nackten Haut.

»Es wird nicht lange dauern, dann weiß die ganze Stadt, wer wir sind«, redete er weiter. »Ich sagte es dir schon, Elinda. Ein in Ungnade gefallener Engländer und ein Mädchen, das bei seinem Bräutigam sein sollte. Ich weiß, ich habe dir gesagt, dass es dich nichts angeht, aber ich habe eine Vorgeschichte. Und sie wird dafür sorgen, dass man mich als Mörder verhaftet.«

Elinda versteifte sich. »Ich verstehe …«

»Das bezweifle ich. Ich erkläre es dir später. Jetzt müssen wir von hier verschwinden.«

Elisabeth lag nun reglos auf dem Bett. Im zuckenden Licht der Kerze sah Elinda winzige Partikel des grauen Staubes über dem starren Körper schweben.

Sie bekam kaum mit, wie Blake sie aus dem Zimmer schob und die Tür schloss. Irgendwo im Haus ertönten leise Schritte und Stimmen. Man würde die Gräfin bald finden. Elinda konnte das Geschehen nicht fassen, als wäre ihr Geist ein viel zu kleines Gefäß für das, was sie gerade erlebte. Willenlos ließ sie sich von Blake zurück in ihr Gemach führen, wo er einige Kerzen entzündete und einen prüfenden Blick aus dem Fenster warf.

»In drei Minuten unten an der Treppe«, sagte er bestimmt. »Ich sehe nach, ob Marconi noch da ist.«

Erst jetzt fiel Elinda wieder ein, dass der Kutscher ja entlassen worden war. Aber bei der Großzügigkeit der Gräfin lag es nah, dass er für diese Nacht noch Quartier im Palazzo Dandolo nehmen durfte. Und wenn nicht? Wie sollten sie so schnell einen neuen Kutscher auftreiben?

Fahrig sah Elinda zwischen all den Dingen hin und her, die Elisabeth ihr überlassen hatte. Ihr Körper rebellierte gegen den Aufbruch, sie zitterte, ihr war eiskalt, und sie musste gegen die Tränen kämpfen.

»Dieser Aschestaub auf ihrem Körper, das …«

Sie unterbrach sich und starrte Blake an. Wie sollte sie erklären, dass diese Substanz aus einem Albtraum stammte und ihren Weg in die Wirklichkeit gefunden hatte?

Blake sah sie eindringlich an, aber in seinem Blick schimmerte auch Mitgefühl auf.

»Sie wurde offenbar vergiftet. Ich weiß nicht, warum und von wem, außer dass Venedig die Stadt der Giftmischer ist. Aber ich weiß, dass man uns verdächtigen wird.«

Er deutete auf die verstreut liegenden Geschenke der Gräfin. »Du solltest davon nur das Allernötigste mitnehmen. Wenn sie uns aufhalten und ihre Sachen bei dir entdecken ...« Er ließ das Ende des Satzes in der Luft schweben. Dann nickte er ihr auffordernd zu und ging.

Elinda sah ihm nach, wie er davoneilte. Noch vor wenigen Stunden hatte sein Anblick in ihr eine diffuse Sehnsucht ausgelöst. Jetzt erfüllte er sie mit abgrundtiefem Misstrauen.

In diesem Moment stand ihr glasklar vor Augen, was sie als Nächstes tun würde. Sie würde dieses unheimliche Spiel nicht länger mitspielen.

Rasch packte Elinda ein paar einfachere Sachen aus der Reisegarderobe Elisabeths und die notwendigen Toilettenartikel ein. Sie schlüpfte in die Hose und eine feste Jacke, warf sich den Mantel über und verbarg ihr Haar unter einer Haube. Dann verstaute sie ihre Sachen in der Tasche und blies die Kerzen aus. Ihr Herz hämmerte so laut, dass sie nicht hätte sagen können, ob irgendwo im Palazzo Geräusche ertönten.

Draußen auf der Galerie war alles dunkel. Irgendwo geisterte ein ferner Schein über die alten Mauern. Als sie einen Blick über die Balustrade warf, sah sie Blake bereits unten in der Halle stehen. Alles in ihr sträubte sich dagegen, zu ihm zu gehen.

Er hat etwas mit dem Tod der Gräfin zu tun ...

Plötzlich öffnete sich direkt neben Elinda eine Tür, und eine Dienstmagd mit Kerze erschien. Elinda hielt den Atem an und wich gegen die Mauer zurück. Die Frau schien sie jedoch nicht wahrzunehmen und eilte auf das Gemach der Gräfin zu. Ihr Gesicht verriet den Ärger, mitten in der Nacht nach dem Rechten sehen zu müssen, doch in ihren Bewegungen lag auch eine besorgte Zielstrebigkeit. Kaum war sie losgelaufen, duckte Elinda sich in den Schatten unter den maurischen Bögen und huschte zur Treppe.

Sie war noch nicht ganz unten angekommen, da ertönte der markerschütternde Schrei der Magd. Blake nahm ihr die Tasche ab und zog sie zu einem Seitenzugang des Palazzo, der nicht auf die Lagunenseite mündete. Das Wasser des schmalen Seitenkanals schimmerte ölig unter einem halb von Wolken verdeckten Mond. Dort stand Marconi mit einer kleinen Fackel. Warum geht das alles so schnell?, dachte Elinda. Es war, als würde eine unsichtbare Hand sie alle dirigieren.

Marconi bedachte sie mit der üblichen abweisenden Miene.

»Da wird der abgelegte Kutscher nun wohl doch noch gebraucht …«

Blake bedeutete ihm mit einer harschen Geste zu schweigen. »Dafür ist nun keine Zeit, Marconi.«

»Gewiss nicht«, zischte der Kutscher. »Für den Herrn Engländer eilt es.«

Ein leiser Pfiff ertönte. Dann schob sich der schwarze Bug einer Gondel in ihr Sichtfeld. Blake schloss die Tür hinter ihnen und reichte Marconi den Rest des Gepäcks, der es ohne zu zögern ergriff. Blake redete leise auf den Gondoliere ein und gab ihm einige Münzen.

»Ihr habt Glück, dass das Meer heute Nacht ruhig ist«, murmelte der Mann.

Aus dem Palazzo ertönte ein weiterer Schrei, gedämpft

durch die dicken Mauern, aber immer noch hörbar. Der Gondoliere starrte an der Fassade empor und verlor beinahe den Halt. Bevor er es sich anders überlegen konnte, zog Blake Elinda mit sich in die Gondel, packte dann Marconi am Arm und nickte dem Gondelführer gebieterisch zu. Rasch tauchte der das Ruder ins Wasser, wohl mehr aus Angst als wegen der guten Bezahlung.

Das Boot glitt hinaus auf die Lagune.

Elinda ließ sich auf der Sitzbank unter dem schwarzen Baldachin nieder und schloss die Augen. Sie zitterte am ganzen Körper. Zum ersten Mal in ihrem Leben empfand sie ein greifbares Gefühl von Gefahr, noch mehr als bei ihrem heimlichen Verschwinden aus Paris. Beim Gedanken an die sprühende Lebenslust der Gräfin traten Tränen in Elindas Augen. Sie presste das Schluchzen in ihren Hals zurück. Jetzt war nicht die Zeit für Trauer.

Sie zwang sich dazu, einen letzten Blick auf die Stadt zu werfen. Der Mond lag in einer Wiege aus dünnen Wolken schon tief am Himmel, überzog die Dächer mit einem perligen Glanz und verhüllte die Spuren des Verfalls. Nur wenige Boote schaukelten auf dem Wasser, ihre Gondel glitt lautlos vorüber.

Was waren die Menschen denn mehr als dünne Motten vor dem unbarmherzigen Feuer des Todes?, ging es ihr durch den Kopf. Sie flatterten umher und merkten nicht, dass ihre Flügel bereits versengt waren. Auf einmal war sie sich sicher, dass auch David längst tot war, auf eine unerklärliche, rätselhafte Weise, unwiederbringlich.

Elinda konnte das Schluchzen nicht mehr aufhalten.

Sie verbarg das Gesicht in den Händen und sah nicht, wie Blake unter den Baldachin tauchte und sich neben sie setzte. Sanft legte er seinen Arm um sie. Elinda stieß ihn weg. Blake seufzte, und dieses Seufzen vertrieb schlagartig die hilflose Melancholie. Sie spürte die Wut jetzt bis in ihre Fingerspitzen.

»Du kannst aufhören, mich für dumm zu verkaufen!«

Blake zog die Augenbrauen hoch. Seine Ruhe, die sie bislang so an ihm bewundert hatte, schien ihr nur noch Maske und Verstellung.

»Ich weiß nicht, was du vorhast, Blake Colbert, aber mich wirst du damit nicht täuschen«, zischte sie leise, damit Marconi, der im Heck der Gondel saß, sie nicht hörte.

Blake sah sie unverwandt an. »Was habe ich denn vor?«

»Du glaubst wohl, ich bin ein dummes Mädchen, dem man eine Schmierenkomödie vorspielen kann, um es in den Wahnsinn zu treiben.«

Blake runzelte die Stirn. »Ich glaube keinesfalls, dass du dumm bist. Im Gegenteil. Sag mir, wie du darauf kommst, denn ich habe dir keinen Anlass gegeben, dich dumm zu fühlen.«

»Hör auf damit! Ich weiß, dass du den Bettler im Campanile beauftragt hast, mir diesen Unsinn über den Fluch zu erzählen, nachdem du vorgabst, mir dort oben die Aussicht zu zeigen.«

»Elinda, warum sollte ich so etwas tun?«

Sie starrte ihn an. »Möglicherweise aus demselben Grund, aus dem du die Gräfin umgebracht hast?«

Elinda konnte nicht fassen, dass nicht einmal dieser Vorwurf ihn aus der Ruhe brachte.

»Ich frage dich noch einmal, Elinda. Warum sollte ich so etwas tun?«

»Das weiß ich nicht! Du sprichst ja nicht mit mir über

deine unselige Vergangenheit. Du kanntest Elisabeth von früher. Wer weiß, welche Fäden euch verbunden haben. Was war das für ein grauer Staub auf ihrem Körper und in ihrem Mund?« Elinda sah ihn herausfordernd an. »Und warum habe ich den gleichen Staub auf mir gefunden, in den Alpen, an jenem Morgen, nachdem du mich freundlicherweise vor dem Erfrieren gerettet hast? Nachdem du mich aufgefordert hast, ich soll meine Kontrolle aufgeben und mich verhalten wie ein schutzbedürftiges Mädchen!«

Blakes Augen verengten sich. »Du hast diesen Staub auf deinem Lager gehabt? Warum hast du mir davon nichts gesagt?«

»Nun gib nicht vor, du wüsstest das nicht!«, blaffte sie. »Du wirst es nicht schaffen, dass ich an meinem Verstand zweifle!«

»Elinda, was auch immer du glaubst, du irrst dich.«

»Ist es denn so abwegig, dass du mich loswerden willst? Anfangs fandest du es vielleicht lustig, mich deinem alten Widersacher Hydeworth zu entziehen. Aber jetzt ist dir klar geworden, was für eine Last ich geworden bin.«

»Elinda, du bist keine Last für mich.« Er nahm ihre Hände. »Ich wünsche mir, dass du an meiner Seite bleibst.«

Hatte er das gerade wirklich gesagt?

Elinda schüttelte den Kopf und entzog sich ihm. »Ich werde Marconis Ratschlag folgen«, sagte sie. »Setz mich am Kai ab und tu, was immer du tun musst, um meinen Bruder zu finden. Ich werde nach England zurückkreisen.«

Elinda lauschte ungläubig dem Echo ihrer Worte in ihrem Innern. Nun, da sie sie ausgesprochen hatte, fühlte sie sich zu allem entschlossen, wie in jener Nacht in Paris. Doch gleichzeitig erfasste sie bittere Reue.

»Wenn das dein Wunsch ist, Elinda.«

Erschrocken begriff sie, dass Blake nicht versuchen würde, sie umzustimmen.

Aber vielleicht war ja gerade das, was er erreichen wollte. Sie loszuwerden. Um allein in den Süden und in den Abgrund seiner Vergangenheit zu reisen. Vielleicht war es Blake tatsächlich nie allein um die Suche nach David gegangen.

Elinda war verwirrt. Wie konnte man im einen Moment so trotzig entschlossen und im nächsten so ernüchtert sein?

Sie straffte sich. Sie würde das, was ihr nun bevorstand, irgendwie durchstehen. Die Anstrengung der Rückreise, die Demütigung vor fremden, englischen Reisenden, die Schmach der Heimkehr, vielleicht sogar eine Ehe mit irgendeinem Mann, der sie jetzt noch zur Frau nehmen würde. Alles, wenn nur dieses schleichende Nagen an der Festung ihres Verstandes aufhörte.

Der Gondoliere drehte sich zu ihnen um und vertrieb ihre kreisenden Gedanken. »Signore, wir sind in Mestre.«

»Ich werde mich darum kümmern, dass du bei anständigen Leuten mitreisen kannst.« Blake wandte sich dem Ufer zu, ohne sie noch einmal anzusehen.

Am tiefblauen Band des Horizonts versickerte die Nacht. Elinda zitterte in der Morgenkälte. Marconi hievte das Gepäck auf den Steg, an dem bereits reges Treiben herrschte. Postsäcke und Vorräte wurden aus Kutschen auf kleine Boote verladen, Reisende warteten auf ihre Überfahrt, und Händler boten auf kleinen Feuerstellen heißen Gewürzwein an.

Blake stieg aus und wollte Elinda gerade auf den Steg helfen, als ihr Blick auf eine Kutsche fiel, die etwas abseits stand und aus der gerade eine schwere Truhe geladen wurde. Ein Mann in einem modisch geschnittenen Staubmantel lehnte am offenen Verschlag und zwängte seine Finger in ein Paar Lederhandschuhe.

Der Schock ließ Elinda in die dunkle Tiefe des Baldachins zurücksinken.

»Elinda?« Blake beugte sich vor und sah sie fragend an.

Statt einer Antwort packte sie seine Hand und zerrte ihn auf die Sitzbank zurück. Es war nur der schaukelnden Gondel geschuldet, dass Blake nachgab, um nicht das Gleichgewicht zu verlieren.

Elinda starrte ihn an. »Siehst du den Mann da vorne bei der großen Kutsche?«

Blake hob den Kopf und kniff die Augen zusammen. Dann erstarrte auch er.

»Hydeworth …«

24

Elinda presste sich gegen die Rückwand der kleinen Kabine wie ein Kaninchen, das vor dem Züngeln einer Schlange in die Erde zurückweicht.

»Wie ist das möglich?«

Statt einer Antwort winkte Blake Marconi zu sich. »Lass unser Gepäck zur Kutsche bringen und warte dort auf uns. Miss Audley ist nicht wohl.«

Marconi warf einen verständnislosen Blick auf Elinda. Dass sie wohl so leichenblass war, wie sie sich fühlte, schien ihn zu überzeugen. Der Kutscher stieg auf den Steg und winkte einen Träger zu sich. Blake machte dem Gondoliere ein Zeichen, der beidrehte, die Gondel ein Stück entfernt vom Steg anlanden ließ und dort wartete. Hydeworth hatte nun keine Sicht mehr auf seine beiden Landsleute.

Blake lugte hinter dem schwarzen Baldachin hervor.

»Ich hätte es wissen müssen.«

»Dass er uns nachreist?«, stieß sie fassungslos hervor. »Aber er … er kann mich nicht einfangen wie einen entlaufenden Hund!«

»Ein Mann wie Andrew Hydeworth ist begierig auf alles, was er nicht haben kann.«

Elinda konnte nicht fassen, was sie da hörte. »Warum

hast du mir dann geraten, mich ihm gegenüber so abstoßend wir möglich zu geben?«

»Nun, in deinem Fall wäre das Abstoßendste gewesen, einfach nur langweilig zu sein«, erkannte Blake. »Aber du bist das Gegenteil, Elinda, und das hat Hydeworths Jagdhunger angefacht. Und noch mehr, da du mit mir zusammen reist. Er wird nicht eher ruhen, als bis er deiner habhaft ist. Im Übrigen auch ein willkommener Grund, mich zu demütigen. Oder zu töten.«

»Ich nehme nicht an, dass du mir erzählst, was dich mit Hydeworth in der Vergangenheit verbunden hat?«, fragte sie.

»Und ich nehme nicht an, dass das für dich noch von Belang ist, da du gerade eben noch vorhattest, nach England zurückzureisen«, erwiderte er ungerührt.

Elinda sah ihn beklommen an. Ihr Entschluss, eben noch so fest und klar, war auf den Grund der Lagune gesunken. Sie suchte nach passenden, einigermaßen würdevollen Worten, mit denen sie Blake ihre innere Kehrtwende erklären konnte, aber sein Blick machte sie unnötig.

»Elinda, ob du mich nun für einen Mörder hältst oder nicht – jetzt ist ein guter Moment, um tatsächlich nach England zurückzukehren, während ich weiter nach David suche. Wenn du zu deinen Eltern gehst, bist du hier in Italien außer Gefahr, falls Hydeworth mich einholt. Du hättest zumindest die Chance, dich ihm dauerhaft zu entziehen.«

Er sah sie unverwandt an, mit einer verwirrenden Zärtlichkeit in seinem Blick.

Elinda schlug die Augen nieder.

»Wenn Hydeworth mitbekommt, dass wir uns getrennt haben, wird er es noch leichter haben, mich zu finden«, sagte sie. »Und selbst wenn er das nicht schafft, dann …« Sie fand keine Worte für ihre widerstreitenden Gefühle.

Doch in diesem Moment war es ihr gleichgültig, ob Blake sie für ein wankelmütiges Frauenzimmer hielt, das nicht wusste, was es wollte. Sie wollte einfach nur bei ihm bleiben.

»Ich werde nicht nach Hause zurückkehren und darauf warten, dass Hydeworth mich dort wie einen Apfel vom Baum pflückt«, sagte sie. »Wenn er mich will, dann soll er sich an mir seine großen weißen Zähne ausbeißen.«

»Dann erlaubst du mir, weiter dein *bearleader* zu sein?« Blake lächelte. »Bärin?«

Elindas Herz machte einen kleinen Sprung. Sie nickte.

Blake warf einen vorsichtigen Blick aus der Gondel. Die Barke mit Andrew Hydeworth und seinen Begleitern entfernte sich über die Lagune. Blake bedeutete dem Gondoliere, zurück zum Landungssteg zu fahren, und ließ Elinda dort kurz allein. Sie starrte aufs Wasser hinaus. Ihren Verlobten – oder sollte sie ihn Jäger nennen? – nun in Italien zu wissen, immer nur wenige Stunden Fahrt von ihr entfernt, schnürte ihr trotz Blakes Schutz den Hals zu. Italien war längst kein Ort ihrer Sehnsucht mehr, sondern ein Labyrinth aus Widerständen, Furcht und bedrückenden Geheimnissen.

Als Blake zurückkam, hatte er bei einem der Händler Proviant erstanden und reichte Elinda einen Tonbecher mit dampfendem Gewürzwein. Seine Anspannung war einer aufgeräumten Miene gewichen, als hätten sie mit einem Mal alle Zeit der Welt und keinen Verfolger auf den Fersen. Er winkte ein Ruderboot heran. Verwirrt fiel Elindas Blick zurück zum Ufer und auf Marconi, der eben den Pferden die Peitsche gab und davonrollte.

»Wohin fährt er?«

Blake half Elinda aus der Gondel und in das wendige Ruderboot. »Nach Padua. Und das ist auch unser Ziel.«

Die Ruderer lösten das Boot vom Ufer und lenkten es hinaus auf die Lagune in Richtung Süden. Blake ließ sich neben Elinda nieder und sah mit ihr der entschwindenden Silhouette der Kutsche nach.

»Was hast du ihm gesagt?«, wollte sie wissen. »Du hast ihm doch nicht etwa verraten, dass ich auf der Flucht vor meinem Verlobten bin?«

Blake lächelte besänftigend. »Ich wüsste nicht, warum Marconi das wissen sollte. Aber irgendwann haben wir keine andere Wahl mehr. Marconi hat ein schlechtes Gewissen, dass er den Kapriolen einer freiheitsvernarrten Engländerin seine Ehre opfern muss.«

Vor ihnen lag die Weite der Lagune. Die Morgenröte tanzte mit kleinen, zuckenden Flammen auf dem Wasser.

»Wie geht es nun weiter?«, fragte sie.

»Der Plan deines Vaters sah vor, dass wir uns über alle Stationen in Richtung Süden bewegen, an denen dein Bruder David Briefe nach Hause geschickt hat. Aber ich nehme an, dass nun auch Hydeworth diesen Plan kennt, und mir steht nicht der Sinn nach einem Wettrennen mit ihm.«

Elinda presste die Lippen zusammen. Hatten ihre Eltern Hydeworth beauftragt, sie zurückzuholen? Oder entsprang dieses Ansinnen dessen eigener räuberischen Natur? Aber selbst wenn dem so war, ihr Vater hatte ihn gewiss über Blakes Reiseroute informiert und rechnete damit, dass er sie einholte und von ihrem Vorhaben abbrachte. Für einen Moment hatte sie wieder das indignierte Gesicht ihrer

Mutter vor sich und das joviale Gehabe ihres Vaters. Vor Enttäuschung und Abscheu stieg Übelkeit in ihr auf.

»Wir werden über Padua und Bologna nach Florenz reisen«, ließ Blake sie wissen. »Von dort allerdings nicht wie vorgesehen über Arezzo, Perugia und Terni nach Rom. Wir müssten auf dieser Route zu viele Grenzposten passieren und die Reisevisa bestellen. Wertvolle Zeit, die wir nicht mehr haben. Ich gehe außerdem davon aus, dass Hydeworth mit seinen Beziehungen dafür sorgen wird, dass wir unterwegs festgehalten werden.«

Die ohnmächtige Wut, die Elinda in Paris überfallen hatte, kehrte zurück.

»Wie kann ein Engländer in Italien derart mächtig sein?«, fragte sie.

»In Italien gibt es einige englische Spione, die für die Krone arbeiten. Hydeworth hat in diesen Kreisen viele Freunde. Es wird ihm ein Leichtes sein, uns mit ihrer Hilfe Steine in den Weg zu legen. Auf dem Meer dürfte ihm das nicht so leicht fallen.«

»Auf dem Meer?«

Blake nickte. »Wir fahren von Florenz aus weiter nach Livorno und nehmen ein Schiff nach Civitavecchia. Von dort aus reisen wir weiter nach Rom. Selbst wenn Hydeworth ein Netz aus Spionen unterhält, wird er nicht so schnell merken, dass wir die Reiseroute geändert haben.«

Elinda sah ihn fragend an. »Wenn wir die Route abändern, verlieren wir dann nicht Davids Spur und die seiner Begleiter? Was, wenn auf einer der ausgelassenen Stationen der Schlüssel zu diesem Rätsel wartet?«

»Ich bin sicher, dass wir frühestens in Rom etwas Zielführendes erfahren«, sagte Blake bestimmt. »Die Lords waren sicher mindestens eine Woche in der Stadt. Irgendwo dort wird es den entscheidenden Hinweis geben, und ich werde ihn finden. In der Zwischenzeit wird ein alter Freund von mir sich deiner annehmen. Giacomo Volte ist Antiquar und Kunsthändler. Ich kenne ihn von früher, er vermietet einige Zimmer über seiner Kunsthandlung. Sofern er noch lebt und bei guter Gesundheit ist, wird er dir Rom zu Füßen legen.«

Elinda empfand bei der Aussicht auf Rom keinerlei Vorfreude, nur ein dumpfes Gefühl von Anspannung und Sorge.

»Signore Volte ist auch derjenige, der uns mehr zu dem Fluchtäfelchen sagen kann«, fügte Blake an. »Er kennt sich mit solchen Dingen aus.«

An das Artefakt hatte Elinda gar nicht mehr gedacht.

»Du hast mir nicht verraten, warum wir uns von Marconi getrennt haben«, stellte sie fest.

Die Ruderer steuerten auf die Mündung eines Flusses zu, der sich in flachen Wirbeln ins Meer ergoss.

Blake lächelte geheimnisvoll. »Das wirst du gleich sehen.«

Was er damit meinte, begriff Elinda, als das Boot ruhig im schwachen Strom lag und sich vor ihnen eine Landschaft eröffnete, die ihr wie ein Traum erschien. Vom üppig grünen Ufer warfen riesige Pappeln ihre Schatten auf das Wasser, das im Morgenlicht golden schimmerte. Helles Weinlaub zog sich von Baum zu Baum, als wollte es die ganze Natur in eine einzige Umarmung frischen Grüns hüllen. Blumengärten leuchteten hinter Weidenzäunen, dazwischen wiegten sich leise Binsen und Schilf. Elinda schloss die Augen und stellte sich vor, es wäre ein Geflüster friedlicher Naturgeister, über die man bei den antiken

Schriftstellern lesen konnte. Die Schönheit ringsum besänftigte ihre Anspannung, doch ihr Misstrauen wurde dadurch nicht erweicht.

»Verlieren wir auf diesem Weg nicht zu viel Zeit?«, fragte sie.

Blake hielt den Blick auf den Lauf des Flusses gerichtet und schwieg.

Einige Hirten hatten ihre Schafe am Ufer in einer Senke versammelt. Ein paar verlorene Flötentöne und das helle Klingen von Glocken huschten über das Wasser. Elinda entfuhr angesichts dieser bukolischen Idylle ein leises, ungläubiges Lachen. Plötzlich griff Blake nach ihrer Hand und hielt sie fest.

»Elinda, falls du das Gefühl hast, dass die Umstände dieser Reise deiner Seele zusetzen, dann kann dich diese Schönheit hier vielleicht etwas beruhigen.«

Sie zwang sich zu einem Lächeln. »Genau das würde ich an deiner Stelle nun auch sagen, um mich in Sicherheit zu wiegen.«

Blake sah sie an, ohne ihre Hand loszulassen. »Es gibt keine Sicherheit. Das ist sicher.«

Elinda nickte schwach. Gewiss hatte er recht, und sie hatte in ihrem aufgewühlten Zustand womöglich überreagiert. Doch der Zweifel ließ sie nicht los und verhinderte, dass dieses andere Gefühl in ihr wieder die Überhand gewann. Das Gefühl, sich gerne gegen seine Schulter sinken zu lassen.

Die Stunden auf dem Boot glichen einem der Wirklichkeit abgetrotzten Tagtraum. Es gab nichts zu tun, als die liebliche Natur zu betrachten und in der warmen Maisonne zu dösen, während die Ruderer die Barke mit kraftvollen Bewegungen den Brenta-Kanal flussaufwärts bewegten.

Nach einer Pause zur Mittagszeit holte Elinda ihre Malsachen hervor und drehte den Ruderern den Rücken zu. Sie wollte das Heck des Bootes in seiner Spur zwischen den üppigen Ufern zeichnen. Ihr fiel zuerst gar nicht auf, dass Blake gegen die Bootswand gelehnt eingeschlafen war. Seine Brust hob und senkte sich langsam unter dem geöffneten schwarzen Rock. Der Schlaf löste seine Züge, sodass der ernste, verschlossene Ausdruck von ihm wich. Mit einem Mal sah er aus wie ein argloser junger Mann, der sich dem Schlummer inmitten träumerischer Natur hingab, so wie Elinda es schon in Dutzenden verklärten Reisebeschreibungen gelesen hatte.

Sie sah nun, dass er unter seiner spröden Oberfläche schön war. Und es war gerade das Wissen um sein vernarbtes Leben, die Jahre auf See und das Rätsel seiner Vergangenheit, das diese Schönheit nun offenlegte. Sie betrachtete ihn und fragte sich, ob dieser Mann zu der Heimtücke imstande war, die sie ihm vorgeworfen hatten. Sie wollte es nicht glauben.

Doch eine leise Stimme in ihr behielt das Misstrauen in ihrem Herzen.

Du weißt nichts von der Welt, geschweige denn von den Menschen.

Fast wie von selbst verließ ihr Zeichenstift nun die Umrisse der Ufer und fand sich bei ihm wieder. Sie hatte nie gewagt, sich dem Studium der menschlichen Abbildung zu widmen, doch nun stellte sie fest, dass sie seine Gestalt erstaunlich gut getroffen hatte.

Als Blake kurz darauf aufwachte, verbarg sie die Zeichnung in ihrer Mappe.

Sie passierten das Dorf Mira, das mit seinen Palästen,

Höfen und von Statuen geschmückten Gärten einen prunkvollen Kontrast in die ländliche Idylle zwang. Vorbei an
Dolo und Fiesso ging die Fahrt weiter dem Licht der sinken-
den Sonne entgegen.

Es war fast Mitternacht, als sie in Padua ankamen.

25

Kurz vor Florenz verwandelte ein sintflutartiger Regen die Straße in einen Strom aus Geröll, Schlamm und losgerissenen Ästen. Noch in Bologna hatte Elinda zum ersten Mal die ganze Kraft der Sonne gespürt, die von einem wolkenlosen Himmel die Stadt durchleuchtete. Es war so warm gewesen, dass sie in den unzähligen Arkaden Bolognas den Schutz des wohltuenden Schattens genossen hatte. Doch schon einen Tag später regnete es ohne Unterlass und während der gesamten Fahrt nach Florenz.

An einer Biegung schlingerte die Kutsche mit einem Mal heftig, und Elinda hörte das panische Wiehern der Pferde. Marconis Laute, die er zum Beruhigen der Pferde ausstieß, blieben wirkungslos. Draußen ertönte ein grässliches Poltern und Knallen, doch der dichte Regen machte es unmöglich, etwas zu erkennen.

»Die Pferde gehen durch!«, warnte Blake. »Halt dich fest, Elinda!«

Doch es war zu spät. Die Kutsche machte einen Satz zur Seite. Elindas Kopf knallte gegen die Seitenwand, der Schreckensschrei blieb ihr in der Kehle stecken. Sie riss die Hände hoch und bekam Blakes Arm zu fassen. Er kippte von der Bank auf sie zu und stemmte die Hand gegen das Kutschendach, um sich abzufangen. Panik durchzuckte sie. Das Gefährt schien plötzlich ungebremst einen Abhang hinabzurasen, als ein lautes Krachen ertönte und sie mit einem Ruck zum Stehen kamen. Blake warf Elinda einen kurzen prüfenden Blick zu, vergewisserte sich, dass sie unverletzt war, und riss die Tür auf. Mit angehaltenem Atem starrte Elinda nach draußen.

Die Kutsche war seitlich gegen einige Felsbrocken geprallt, die ein Erdrutsch auf die Straße gespült hatte. Die Pferde standen mit aufgerissenen Augen mitten in einer unpassierbaren Furt zwischen einem entwurzelten Baum und dem Geröll. Marconi versuchte vergeblich, den Tieren gut zuzureden. Der Regen hüllte alles in ein undurchdringliches Rauschen.

Blake sprang aus der Kutsche und legte die Hand auf die Flanken des etwas ruhigeren Tieres. Er schien dem Pferd etwas ins Ohr zu flüstern, und ganz plötzlich wich die Spannung aus seinem Körper. Kurz darauf beruhigte sich auch das andere Tier. Mit Marconis Hilfe schaffte Blake es, die Pferde auf eine grasbewachsene Anhöhe neben der Straße zu führen. Elinda ignorierte den Regen und stieg aus. Das linke Vorderrad der Kutsche war geborsten.

»Die Stadtgrenze ist nur eine halbe Meile entfernt!«, verkündete Marconi. »Wir sollten den Regen abwarten und Hilfe holen.«

Blake bedeutete Elinda, in die Kutsche zurückzusteigen, und bat auch Marconi in den trockenen Innenraum. Die beiden Männer beratschlagten, wie nun vorzugehen war, um nicht allzu viel Zeit zu verlieren. Marconi hatte sich seit ihrer überhasteten Abreise aus Venedig nicht anmerken lassen, ob die zwischenzeitliche Entlassung ihn kränkte.

Entweder war er sehr diskret, dachte Elinda, oder einfach nur erleichtert, auch weiterhin mit den Engländern unterwegs zu sein. Zweifellos erhoffte er sich ein stattliches Trinkgeld, wenn er seine ursprüngliche Aufgabe zu einem guten Abschluss brachte.

Der Regen wurde gerade schwächer, als jemand gegen die Tür der Kutsche klopfte. Zwei Bauern hatten das Malheur bemerkt und schauten ihnen erwartungsvoll entgegen. Blake heuerte die beiden Männer kurzerhand als Gepäckträger an.

Fluchend watete Marconi durch den knöchelhohen Schlamm und führte die Pferde hinter sich her. Ganz in der Nähe fanden sie ein Gehöft, wo sie einen Teil des Gepäcks und die Pferde abstellen konnten, doch die Bauern waren nicht auf Gäste vorbereitet.

»Ich bringe dich in die Stadt«, sagte Blake. »Ich kenne ein gutes Gasthaus in der Nähe von Santa Maria Novella.«

Elinda drehte sich der Kopf. Das Wetter laugte sie aus. Sie erkannte in der Ferne kein Anzeichen einer Stadt, aber irgendwo hinter den regenschweren Dunstwolken musste Florenz liegen. »Und was machst du in der Zwischenzeit?«, fragte sie ihn.

»Wir müssen versuchen, die Kutsche freizubekommen. Ich werde in der Stadt einen Schmied suchen, der uns mit dem Rad und der Achse helfen kann.« Als Blake ihren Blick bemerkte, legte er seine Hand auf ihren Arm. »Mach dir keine Sorgen, Elinda. Das ist nicht der erste Unfall, den ich erlebe. Überall in der Stadt wimmelt es von Leuten, die uns helfen wollen. In Not geratene Engländer sind ein willkommener Broterwerb.«

Elinda nickte ergeben. Sie biss die Zähne zusammen und

ertrug das widerliche Gefühl des kalten Schlamms zwischen ihren Zehen.

Florenz zeigte unter den tief hängenden Wolken ein überaus düsteres Antlitz. All die ehrwürdigen Renaissance-Gebäude, Kirchen und edlen Plätze kamen Elinda wie die Abteilungen eines gigantischen Verlieses vor. Die Fassaden wirkten streng und abweisend, als wäre das alles nie für den menschlichen Gebrauch geschaffen worden, sondern um die geduckt umherlaufenden Bürger einzuschüchtern. Das Gasthaus an der Piazza Santa Maria Novella wirkte ebenfalls wie ein gedrungener Kerker. Es war erst kurz vor Mittag, doch in der Stadt herrschte ein Licht wie am späten Abend. Die wenigen erleuchteten Fenster wirkten eher traurig als einladend, und der Gedanke, die nächsten Stunden in diesem Gebäude auszuharren, verdüsterte Elindas Gemüt.

Die Wirtin des Gasthauses brachte Handtücher und bot ihnen einen Platz am Kamin an, doch Blake gönnte sich keine Pause.

»Es wird wohl einige Stunden dauern, bis das Rad repariert ist und wir die Kutsche freibekommen haben«, sagte er, bereits schon wieder an der Tür. »Warum gehst du nicht in die Basilika hinüber? Dann siehst du wenigstens einen der Kunstschätze von Florenz. Ich bin so rasch es geht wieder bei dir.«

Nachdenklich sah sie seiner durch den Regen hastenden Gestalt nach.

Es war seltsam – in England war sie derartiges Wetter gewohnt, und es machte ihr nichts aus. Hier aber, in einem Land, das Reisende und Maler fast nur mit Wärme und goldener Luft in Verbindung brachten, nagte das Wetter an ihrer Stimmung.

»Wo ist Eure *dama di compagnia*?«, wollte die Wirtin wissen. »Ihr reist doch wohl nicht allein mit diesem Mann?«

Elinda kam die Lüge so schnell über die Lippen, dass sie beinahe erschrak.

»Unsere Kutsche ist umgestürzt, meine Cousine hat sich das Bein gebrochen. Wir haben sie auf einem Bauernhof außerhalb der Stadt untergebracht.«

Die Wirtin musterte sie mit verengten Augen. »Das hier ist ein anständiges Haus.«

»Ihr glaubt mir nicht?« Elinda sah die Frau betroffen an. »Ich versichere Euch, ich wäre auch lieber mit meiner Cousine hier und nicht ganz allein. Ich hoffe, Euer Mitgefühl mit unserer Lage tritt nicht hinter die Anständigkeit Eures Hauses zurück.«

Überrumpelt von Elindas klaren Worten murmelte die Frau etwas Unverständliches und ließ einen Hausknecht ihre Tasche aufs Zimmer tragen.

Elinda reinigte ihre Reisestiefel so gut es ging und stellte sie vor den Kamin zum Trocknen. In der Zwischenzeit mussten die zierlichen Schuhe reichen, mit denen sie aus Paris geflüchtet war.

Mit verschlossener Miene brachte die Wirtin ihr etwas Wildeintopf und eine Tasse Kaffee mit Aniskeksen zum Mittagessen.

»Wenn Ihr in die Basilika hinübergeht, solltet Ihr vorher im Konvent anfragen, dass eine der Nonnen Euch begleitet.«

Elinda runzelte die Stirn. »Ist es nicht gestattet, allein hineinzugehen?«

»Ein junges Ding wie Ihr sollte unbegleitet nirgendwohin gehen.«

Doch Elinda dachte nicht daran, sich eine Nonne als Begleitschutz zu nehmen, um die berühmten Fresken des Malers Ghirlandaio zu besichtigen. Sie wartete drei Stunden auf ihrem Zimmer, einem kahlen, klammen Raum, schlief ein wenig und schrieb pflichtschuldig einen Brief an ihre Eltern, in dem kaum etwas anderes stand, als in jenem, den sie aus Lyon geschrieben hatte. Als der Regen auch Stunden später immer noch unvermindert in dichten Fäden fiel, hastete sie über die Piazza in die Basilika.

In der Kirche war es still. Nur zwei Nonnen huschten vorüber, um vor dem Hauptaltar den Blumenschmuck auszutauschen. Sie beachteten Elinda nicht, und bald schon war das leise Rascheln ihrer Gewänder wieder zwischen den Säulen verklungen. Die Kerzen auf dem kleinen Altar der Cappella Tornabuoni warfen nur ein schwaches Licht auf den Freskenzyklus von Ghirlandaio.

Elinda strengte ihre Augen gegen das dämmrige Licht an, doch die Fresken verweigerten ihr farbenfrohes Strahlen.

Am Rand ihres Gesichtsfeldes glaubte sie plötzlich etwas vorüberhuschen zu sehen. Sie versteifte sich. Bloß ein Bettler, der Zuflucht vor dem Wetter sucht, dachte sie. Doch plötzlich wurde ihr bewusst, dass sie zum ersten Mal in ihrem Leben ganz allein an einem öffentlichen Ort war. Niemand war hier, um auf sie zu achten, so wie sie es gewohnt war. Ein unbekanntes Gefühl von Verletzlichkeit kroch zwischen den alten Steinen auf sie zu. Sie straffte sich und konzentrierte sich auf die Fresken und die Geschichten über die Jungfrau Maria und Johannes den Täufer, die sie erzählten. Was sollte ihr in einer Kirche zustoßen?

Doch die Schönheit der Bilder schaffte es nicht, die wachsende Beklommenheit zu durchdringen. Beim Anblick des Bethlehemitischen Kindermordes schien sich das Grauen abgeschlagener, kleiner Köpfe und zerstückelter Körper aus der Altarwand direkt in ihr Bewusstsein zu ergießen. Elinda schluckte. War es die Kunstfertigkeit Ghirlandaios, die den Schrecken derart bezwingend erscheinen ließ? Oder das Gefühl einer unsichtbaren Bedrohung, irgendwo hinter ihr? Elinda drehte sich um und strengte ihre Augen gegen das graue Zwielicht in der Kirche an.

Niemand war zu sehen.

Sie lenkte ihren Blick zurück auf die Fresken. Ihr fiel wieder der Brief ein, den David ihr im Januar aus Florenz geschrieben hatte, und bei der Vorstellung, dass er genau hier gestanden hatte, nur wenige Monate zuvor, wurde sie wehmütig. Wie schön wäre es gewesen, mit ihm gemeinsam über die Wunder der Renaissance zu staunen. Doch hatte David überhaupt gestaunt? Denn auch dieser Brief war nicht in der Lage gewesen, die ergreifende Schönheit seiner Erlebnisse für Elinda lebendig werden zu lassen. Plötzlich kam ihr ein unfassbarer Gedanke. Unruhe ergriff sie.

Ein Geräusch hinter ihr ließ sie zusammenzucken.

Da stand jemand zwischen den Säulen des Seitenschiffes. Eine hagere Gestalt, das Gesicht unter einer schwarzen Kapuze verborgen. Elinda ließ den Atem langsam entweichen und zwang sich, nicht an die Begegnung im Campanile von Venedig zu denken. Nur ein Pilger oder ein Bettler, der sein Gesicht vor dem Regen geschützt hatte.

Doch im nächsten Moment machte die Gestalt einen Satz und schoss auf Elinda zu. Eine knochige, bleiche Hand streckte sich ihr aus den zerlumpten Kleidern entgegen, und ein unerträglicher Gestank nach etwas Totem drang in ihre Nase.

Erschrocken prallte sie gegen den Altarstein. Das grauenhafte Geschöpf hob den Kopf. Elinda entfuhr ein erstickter Schrei. Ein leichenhaftes Gesicht, grau und ausgezehrt, starrte sie mit blutunterlaufenen Augen an.

»Das sind die Bilder eines Toten.« Die knochige Hand deutete auf die Fresken. »Für die Augen der Toten bestimmt.«

Sie hatte Mühe, den starken toskanischen Dialekt zu verstehen, doch der unheilvolle Sinn der Worte drang bis in ihr Innerstes. Elindas Herz raste. Ihre Furcht vor dem Geschöpf, seine Worte und der Abgrund, der sich in ihnen auftat, rissen sie in einen Strudel aus Angst und Verwirrung.

Doch ihre Vernunft gewann die Oberhand. In den Reiseberichten hatte sie oft von den Bettlern und Wahnsinnigen gelesen, die die Ruinen und Kirchen Italiens bevölkerten und die Reisenden mit ihren schauderhaften Litaneien zu erweichen versuchten.

Elinda wusste das. Und doch bohrte sich eine böse Ahnung in ihre mühsam errungene Klarheit. Was, wenn die Gestalt vor ihr nicht nur ein somnambuler Streuner war, sondern ein Sendbote jenes dunklen Rätsels um David?

Sie zwang sich, die Gestalt anzuschauen. »Was … was weißt du über den Tod?«

Ein leises Kichern schallte ihr entgegen. Das krumme Geschöpf kam noch einen Schritt näher. Elinda sah nun in ekelerregender Deutlichkeit die verfaulten Zähne zwischen den spröden Lippen, die schwarzen Ränder unter den Fingernägeln. Der Gestank raubte ihr fast den Atem. Wie konnte ein lebender Mensch nur riechen wie ein Grab?

»Er wartet schon auf dich«, stieß die Gestalt in einem heiseren Flüstern aus. »Und wenn nicht hier, dann in Pompeji …«

Jetzt wäre ein guter Moment, um einfach in Ohnmacht zu fallen, wie all die englischen Ladys mit ihren zu eng geschnürten Korsetts. Eine gnädige Ohnmacht, die diese aus den Fugen geratene Wirklichkeit vor ihr verbarg. Doch die Wirklichkeit bedrängte sie weiter in albtraumhafter Intensität.

Alles in Elinda schrie danach, zu fliehen. Doch es gab Wichtigeres als Wegrennen.

»Wer hat dich beauftragt, mir das zu sagen?«, zischte sie.

Ihr fiel wieder Blakes merkwürdig zufriedenes Gesicht ein, nachdem er dem Bettler in Venedig Geld gegeben hatte. Ihr Herz pochte neue Wut durch ihre Adern. Natürlich, meldete sich ihr Misstrauen zurück. Warum sonst hätte er ihr vorschlagen sollen, in die Basilika zu gehen?

Da verzogen sich die Lippen des Mannes zu einem schwarzen Grinsen.

»Du bist schon tot, Elinda. Du weißt es nur noch nicht.«

Dass dieses schauderhafte Gespenst ihren Namen wusste, vernichtete jeden weiteren Versuch, Herrin der Lage zu bleiben.

Er hat ihm meinen Namen verraten, schoss es ihr durch den Kopf. Blake hat ihn beauftragt, mir eine solche Angst einzujagen. Doch diese Erklärung konnte das Grauen nicht lichten. Der Drang wegzurennen, wurde übermächtig.

Elinda zwängte sich an der Gestalt vorbei, den Atem fest in ihrer Brust zurückgepresst. Ihre Schritte auf dem Kirchenboden wurden laut von den Gewölben zurückgeworfen. Hinter ihr verklang das irre Lachen der unheimlichen Gestalt. Elinda riss das Portal der Kirche auf und stürzte in den Regen hinaus. Gierig riss sie die Luft zurück in ihre Lunge.

Blindlings rannte sie in Richtung des Gasthauses, ohne einen Blick für Pfützen und Schlaglöcher. Ihr Herz hämmerte so heftig, dass ihr die Brust schmerzte. Sie fühlte sich nicht mehr wie sie selbst. Entsetzt begriff sie, dass ihr Vernunft und Klarheit immer mehr abhandenkamen.

Gehetzt sah sie auf. Das Tor des Gasthauses ragte hinter einer Wand aus Regen vor ihr auf. Ein gedämpfter Knall ertönte, als würde hinter ihr das Kirchenportal schlagen. War da wieder das gehässige Lachen?

Der Saum ihres Mantels war so schwer mit Wasser vollgesogen, dass sie glaubte, zu Boden gerissen zu werden. Plötzlich hielt sie den Gedanken, in eine Pfütze zu fallen und zu ertrinken, für überaus naheliegend. Sie wollte weg hier, zurück nach Thornton Hall in das schnöde Leben des Mädchens, das zu sein sie sich weigerte.

Und das hier ist deine Strafe dafür.

»Elinda …«

Eine Hand packte ihren Arm, und im nächsten Moment wurde sie in die Eingangshalle des Gasthauses gezogen. Verwirrt blinzelte sie in diese verschwimmende Welt, in der nichts mehr einen Sinn zu ergeben schien.

Blake stand vor ihr und sah sie ungläubig an.

»Bist du deines Lebens müde, Elinda?«

Sie starrte ihn nur an und hoffte, dass er es nun endgültig in ihrem Blick las. Sie hatte ihn durchschaut. Für Vorwürfe war sie zu erschöpft und zu erschüttert.

26

Blake streckte die Hand aus, um ihr den völlig durchnässten Mantel auszuziehen, und rief nach der Wirtin. Die Frau stieß einen missbilligenden Pfiff aus, als sie die Pfütze sah, die sich unter Elinda auf dem Steinboden sammelte.

»Lasst schnell ein warmes Bad ein«, forderte Blake sie auf. »Und bringt heißen Kamillentee. Falls Ihr Kampfer im Haus habt, brauchen wir warme Umschläge.«

»Solange Ihr dafür bezahlen könnt«, erwiderte die Frau.

Blake ging nicht darauf ein und betrachtete Elinda besorgt. Ihre Wut verjagte die nasse Kälte, die ihr in den Gliedern saß.

»Nun spiel nicht den Ahnungslosen!«, fauchte sie. »Du weißt genau, was mir gerade widerfahren ist. Wenn du hinüber in die Basilika gehen und deinen Freund fragen willst, wird er es sicher meisterhaft verstehen, so zu tun, als würde er nur betteln.«

»Elinda, was redest du da?« Blakes Erstaunen wirkte echt.

Elinda schlang die Arme um ihren Oberkörper, doch sie konnte das Zittern nicht eindämmen. »Es war genauso wie in Venedig«, sagte sie, plötzlich zu schwach, um ihm ihre Wut entgegenzuschleudern. »Aber du wirst darauf sicher die Erklärung haben, dass ich es mir nur eingebildet habe.«

Blake wollte etwas erwidern, doch die Wirtin kam zurück und bedeutete Elinda, ihr zu folgen. Bald darauf saß sie von einem Bad aufgewärmt und in trockener Kleidung im Speisezimmer des Hauses. Doch die Wärme hatte es nicht geschafft, den Schreck über die unheimliche Begegnung zu vertreiben. Am anderen Ende des Raumes gab die Wirtin vor, mit dem Abstauben eines Geschirrschranks beschäftigt zu sein. Doch sie wachte mit Argusaugen über ihre beiden Gäste. Blake hatte sich ebenfalls umgezogen, doch er wirkte abgekämpft und erschöpft. Während er mit einigen der geheimnisvollen Fläschchen aus seiner Ledertasche hantierte, brachte er Elinda auf den neuesten Stand.

»Ein Schmied hat uns geholfen, das Rad zu ersetzen. Wir haben die Kutsche rasch freibekommen, doch das hat uns einiges gekostet.«

Elinda nickte ohne Erleichterung. »Das heißt, wir können bald weiterfahren, ja?«

»Marconi hat die Kutsche in eine nahe Poststation geschafft, dort müssen noch einige kleinere Reparaturen gemacht werden. Ich gehe aber davon aus, dass wir heute Nacht schon wieder aufbrechen können.«

Elinda reagierte nicht. Das Misstrauen umschloss sie wie ein unsichtbares Korsett, sie hatte Mühe, einen klaren Gedanken zu fassen. Wortlos sah sie dabei zu, wie Blake eine dunkelgrüne Flüssigkeit in einen Becher mit heißem Wein träufelte.

»Trink das.« Er reichte ihr den Becher.

»Damit ich noch mehr Gespenster sehe? Nein, danke.«

Blake stieß einen verärgerten Laut aus. »Elinda, das ist ein Kräutersud, der verhindern wird, dass du dich erkältest.«

»Natürlich«, spottete sie. »Und ganz nebenbei wird er

dafür sorgen, dass ich mir Dinge einbilde und verrückt werde.«

Wütend knallte Blake den Becher auf den Tisch. Die Wirtin zuckte zusammen und verließ rasch den Raum. Ein streitendes Paar erschien ihr wohl für die Würde ihres Hauses weniger gefährlich zu sein.

»Nun hör endlich auf mit deinen haltlosen Verdächtigungen«, stieß Blake hervor. »Wie kommst du darauf, dass ich dir so etwas antun könnte? Was hätte ich davon?«

Elinda funkelte ihn wütend an. »Das frage ich mich auch!«

Blake trat auf sie zu und ging unvermittelt vor ihr in die Hocke.

»Das Wort Bärin passt besser auf dich, als ich dachte«, sagte er. »Misstrauisch, stur und wild. Aber ich finde es gut, dass du mir nicht einfach blind vertraust. Weißt du noch, was ich dir gesagt habe, nachdem du aus dem Gepäcknetz ins Innere der Kutsche gewechselt bist?«

»Dass … du mir deine Geschichte erst erzählst, wenn ich dir vertraue?«

Blake nickte. »Genau. Aber deine Art von Misstrauen erschwert unsere Lage ungemein. Und dennoch kann ich es verstehen.«

Er sah sie eindringlich an, und es fiel ihr immer schwerer, den Blick abzuwenden. Aber sie wollte das nicht. Sie wollte nicht in seine verwirrenden dunklen Augen schauen, denn sie hatten eine ganz andere Macht als seine Worte.

»Ich habe versucht, es dir zu erklären«, sagte Blake. »Auf dem Alpenpass, weißt du noch?«

»Du meinst die Wirksamkeit von Flüchen?«

»Glaub mir, auch ich bin ein Freund von Vernunft und

Aufklärung. Aber ich habe so viel Unerklärliches erlebt, dass ich nicht mit Sicherheit sagen kann, welche Gesetze wirklich auf dieser Welt herrschen. Geschweige denn welche Gesetze *hinter* den Dingen am Werk sind.«

»Wer bin ich, deine Erfahrung infrage zu stellen«, lenkte sie widerwillig ein. »Du magst recht haben, aber ich weigere mich, deine Erfahrung auch für mich selbst gelten zu lassen.«

»Was soll das heißen?«

Sie machte eine hilflose Geste. »Wer weiß, vielleicht hat das, was auch immer du damals in Pompeji erlebt hast, dir so zugesetzt, dass du nicht mehr Herr deines Verstandes warst. Du flüchtest über die sieben Weltmeere und glaubst plötzlich an Sklavenzauber. Aber damit beweist du nur, dass eine verletzte Seele den Halt verliert. Flüche haben keine Wirkung!«

Blakes Miene erstarrte. Er stand auf und trat zurück an den Tisch. Er nahm den Becher und trank ihn in einem Zug aus. Dann senkte er den Kopf und betrachtete die Holzmaserung des Tisches. Ein Zittern breitete sich in Elindas Magengrube aus. Wie konnte sie nur derart herablassend mit dem einzigen Menschen sprechen, der sich um sie kümmerte?

Schließlich machte Blake sich an die Zubereitung eines weiteren Tranks.

»Ich kann nicht erwarten, dass du auch nur im Mindesten weißt, was du da gerade gesagt hast.« Seine Stimme war ruhig und ohne Vorwurf. »Deswegen lasse ich es dabei bewenden. Du musst die Welt auf deine Weise kennenlernen. Und wenn ich dabei behilflich sein kann, werde ich es tun.«

»Blake … das war unpassend, es tut …«

»Nein, es tut dir nicht leid«, sagte er. »Du brauchst einen Schuldigen für deine Drangsal. Mir hat man schon weitaus schlimmere Dinge angedichtet als den mangelnden Halt meiner Seele.«

Elinda verkniff sich eine Widerrede.

Blake goss den warmen Wein in den Becher. »Du kannst mich gerne auch weiterhin für ein hinterhältiges Ungeheuer halten, das versucht, dich in meine Wahnwelt hineinzuziehen.« Er schob ihr den Becher hin. »Aber was ich bei der Suche nach deinem Bruder, für die dein Vater mich gut bezahlt hat, nicht brauchen kann, ist eine junge Frau, die an Grippe erkrankt. Trink das jetzt. Sonst kannst du dir in Rom eine Grabstelle auf dem Protestantischen Friedhof aussuchen, wo du zweifellos landen wirst. Wenigstens das kannst du mir glauben, Elinda. Der Regen ist lebensgefährlich.«

Elinda stand auf und trat an den Tisch. In ihr verlangte alles danach, ihm zu vertrauen, so wie zu Beginn ihrer Begegnung. Und noch mehr. Sie wollte ihn umarmen und sich an ihn schmiegen und ihn um Verzeihung bitten. Ihn anflehen, ihr all die Dinge, die sie nicht verstand, zu erklären. Ihr den verlorenen Halt zurückzugeben.

Sie nahm den Becher und leerte ihn in einem Zug.

Während das starke Getränk sie entspannte und innerlich wärmte, fasste sie einen Entschluss. Sie würde versuchen, eine andere Erklärung für die Vorkommnisse zu finden, selbst wenn ihr Geist an die Grenzen des Fassbaren stoßen sollte. Doch zwischen ihr und Blake lag nun eine tiefe Kluft, und Elinda wusste nicht, wie sie sie überwinden konnte, und ob sie das überhaupt wollte. War es nicht ungefährlicher, auf der anderen Seite dieser Kluft zu sein?

Scheu sah sie ihn an, aber er beachtete sie nicht und räumte seine Medizinfläschchen zurück in die Tasche.

Elinda kam nicht gegen ihre widerstreitenden Gefühle an.

Wenn du ihm zu nah kommst, kannst du nicht mehr das ganze Bild überblicken. Wenn du ihm zu nah kommst, lässt er dich sehen, was er will.

»Ich habe mir Gedanken über Davids Briefe gemacht«, sagte sie. »Kannst du sie holen?«

Wortlos ging Blake in sein Zimmer, holte den Stapel mit Davids Briefen aus der Schatulle und legte sie nebeneinander auf den Tisch.

»Mein Bruder hat mir immer zweimal in der Woche geschrieben, um mich so intensiv wie möglich an seiner Reise teilhaben zu lassen«, sagte Elinda. »Du hast ja selbst gelesen, dass er sogar die kleinsten Nebensächlichkeiten mit so detailliertem Leben erfüllte, dass sie mir zum Greifen nah erschienen.«

Blake klappte seine Ledertasche zu. »Leidenschaft und Empfindsamkeit sind üblich für die jungen Männer auf ihrer ersten *Grand Tour*. Und wenn sie wieder zurück sind in der nüchternen Heimat, schämen sie sich meist für ihre Schwärmerei.«

Elinda winkte ab. »Das glaube ich nicht. Es passt einfach nicht zu David.«

»Was glaubst du dann?«

»Was, wenn David gar nicht an diesen Stationen der Rückreise war?« Elinda überflog die Briefe, bis sie fand, was sie suchte. »Da, sein Schreibstil hat sich Ende November verändert, als er aus Neapel abreiste. Ich habe es auf den Winter geschoben. Und schau dir das Schriftbild an.«

Blake beugte sich über die Briefe. »Er schreibt recht nachlässig, das stimmt. Aber junge Männer, deren Kavaliersreisen zu Ende gehen, sind meist nicht mehr allzu mitteilsam,« erklärte er.

»Das mag alles stimmen«, wiegelte sie ab. »Aber David und ich wollten während seiner Abwesenheit so eng verbunden sein wie möglich. Wir haben uns sogar verabredet, jeden Abend zur selben Zeit ein paar Seiten aus der *Aeneis* zu lesen. Verstehst du nicht, David hat diese Briefe nicht geschrieben, um zu berichten. Er wollte mich an seinen Erlebnissen teilhaben lassen. Warum sollte er damit aufhören, wo er sich doch unbändig auf unser Wiedersehen gefreut hat?«

Blake runzelte die Stirn. »Was sagtest du gerade? Dass David nie an diesen Orten war?«

»Lord Charswick hat doch behauptet, dass mein Bruder in Pompeji verloren gegangen ist. Sein Begleiter, ich weiß nicht, welcher, meinte jedoch mit einem seiner letzten Atemzüge, dass Charswick lügen würde und sie David in Rom verloren haben. Tatsache ist jedoch, dass sich Davids Schreibstil änderte, seit er im letzten Winter aus Neapel schrieb. Das könnte doch bedeuten, dass …«

Sie konnte den Gedanken nicht zu Ende denken.

»Dass?«, echote Blake geduldig.

Elinda schob die Briefe wieder zusammen. »Ich weiß es doch auch nicht. Was steckt nur dahinter?«

»Du meinst, David hat diese Briefe vorgeschrieben, um so seine Heimreise vorzutäuschen? Warum sollte er das tun?«

Elinda hob die Schultern. »Mein Kopf platzt, wenn ich nur darüber nachdenke.«

Blake sah aus dem Fenster. Es regnete immer noch unvermindert heftig.

»Versteh mich nicht falsch, ich finde deine Idee interessant. Ich muss darüber nachdenken. Aber jetzt … erlaubst du mir, dass ich deine Gedanken auf etwas anderes richte?«

»Bitte.«

»Die Uffizien sind ein schöner Ort dafür. Falls du dich dazu durchringen kannst, mich zu begleiten, bestelle ich eine Sänfte. Oder ist das für eine Bärin zu fein?«

Elinda spürte ein seltsames kleines Glück. Sie nickte.

»Und nimm deine Zeichensachen mit. Es wird noch ein paar Stunden regnen.«

Kurz darauf wurden sie vor dem Museum abgesetzt.

Die Galerie war voller Menschen. In der Luft lag der Geruch feuchter Staubmäntel, und die nassen Schuhe hatten den Marmorboden glitschig gemacht. Die hohen Räume hallten wider von den Stimmen der Besucher. Die Saaldiener mussten Kandelaber entzünden, denn die Kunstwerke waren durch das schwache Tageslicht in feierlichen Dämmer gehüllt.

Blake führte Elinda zielgerichtet durch die wogende Menge, bis vor das berühmte Herzstück der Ausstellung, dem so viele Reisende glühende Verehrung entgegenbrachten. Die *Venus Medici*.

Doch die warme Elfenbeinfarbe des uralten Marmors entlockte Elinda kein Gefühl der Ehrfurcht.

»In Hydeworths Diplomatenresidenz in Paris steht eine Kopie dieses Werkes«, sagte sie. »Und er hat sie als Anlass für seine Unflätigkeiten genutzt. Ich fürchte, ich muss bei dieser Venus nun für immer an ihn denken.«

»Das lässt sich rückgängig machen.« Blake führte sie einige Räume weiter vor Botticellis Gemälde *Geburt der Venus*, auf dem die Göttin der Liebe in einer ganz ähnlichen Pose dargestellt war, jedoch entspannter und sinnlicher als die Marmorskulptur.

»Wie viele lüsterne Blicke schweiften wohl schon über sie?«, fragte er leise. »Wer diese nackte Göttin betrachtet und dabei nicht das Ewige sieht, ist blind.«

Elinda spürte ein Flirren in ihrer Brust. »Das Ewige?«

»Das, was man weder beschreiben noch besitzen kann.« Sein Blick ruhte auf dem Gemälde, ehe er sich ihr zuwandte und sie auf die gleiche, sanfte und zugleich ehrfürchtige Art ansah.

»Männer wie Hydeworth werden niemals zur wahren Tiefe vordringen, die ein Geschöpf wie die Venus ausmacht. Oder wie dich.«

Eben noch war er so zurückhaltend und verstimmt gewesen, und nun ging von ihm etwas Lebendiges, Leidenschaftliches aus, das Elinda mit sich riss. Seine Augen zogen sie in einen Bann, der sie alles vergessen ließ, was gerade eben vorgefallen war.

Sie überspielte ihre Verwirrung. »Dazu müssten alle Männer Künstler sein.«

»Nein, es hat etwas mit Respekt und Demut zu tun«, erwiderte Blake. »Tugenden, die man auf einer Reise nicht zwangsläufig lernen muss.«

»Was man aber lernt, ist der Verfall von Schicklichkeit und Sitten«, sagte sie, um sich nachträglich über den kleinen Moment der Schwäche zu erheben. »Kein Wunder bei all den nackten Schönheiten.«

»Wie gesagt, man braucht einen Blick für das Ewige«, erwiderte er mit einem zurückhaltenden Lächeln. »Dann ist man vor jeglicher Unschicklichkeit gefeit.«

»Ob das unsere Wirtin auch so sieht?«

»Ich habe auch deswegen vorgeschlagen, hierherzukommen, um die arme Frau von unserer unschicklichen Anwesenheit zu erlösen.«

Blake lächelte, und die Kluft zwischen ihnen wurde kleiner.

Nachdem der Rundgang durch die Säle der Uffizien beendet war, besorgte er bei einem der Saaldiener einen Hocker, damit Elinda sich zum Zeichnen niederlassen konnte. Sie hatte sich für die *Venus Medici* entschieden. Andrew Hydeworth sollte es nicht gelingen, dieses wundervolle Werk mit seiner Niederträchtigkeit zu besudeln. Elinda wollte sich malend die Schönheit dieses Meisterwerkes zurückerobern.

Sie öffnete ihre Zeichenmappe und bemerkte Blakes neugierigen Blick.

Ermutigt vom Eindruck der Kunst ringsum wagte sie, was sie noch vor wenigen Tagen für undenkbar gehalten hatte. Sie hielt Blake die Zeichnung hin, die sie von ihm, schlafend im Boot, angefertigt hatte. Im ersten Moment dämmerte noch der Stolz in ihr, ihm das gut getroffene Bild zeigen zu können. Doch im nächsten Moment verschlang ein mittlerweile schon vertrauter Schrecken das kleine Hochgefühl.

»Wie … wie ist das möglich?«, entfuhr es ihr leise.

Blake beugte sich über sie und betrachtete das Bild. »Was meinst du?« In seiner Stimme lag ein überraschtes Lächeln. »Dass du mich abgewetzte Gestalt wie den edlen Endymion aussehen lässt?«

Elinda konnte sich über den Vergleich aus der griechischen Mythologie nicht freuen. Ihr Herz pochte beklommen. Am linken Bildrand saß eine Gestalt am Ufer.

David.

Er sah ihnen verzweifelt hinterher, eine Hand erhoben, als wollte er auf sich aufmerksam machen. Er war so charakteristisch getroffen, dass man seine Züge erkannte, obwohl er nur ein kleines Detail im Hintergrund war.

Falls Blake die Gestalt gesehen hatte, hielt er sie wohl für einen Schäfer.

27

Es war kurz vor Mitternacht, als es an Elindas Tür klopfte.

»Marconi ist mit der Kutsche zurück«, ertönte Blakes Stimme durch das Holz. »Lass uns aufbrechen.«

Elinda war dankbar, aus ihren unruhigen Träumen gerissen zu werden. Sie war sofort hellwach und packte ihre Sachen zusammen. Unter den Umständen war an entspannten Schlaf ohnehin nicht zu denken, denn am vergangenen Abend hatte ihnen die Wirtin unmissverständlich klargemacht, dass sie in ihrem Hause unerwünscht waren.

»Der Unfall Eurer Cousine tut mir leid, Gott möge ihr helfen. Aber ich kann Euch nicht länger beherbergen. Morgen früh müsst Ihr abreisen, sonst gerate ich in Verruf.«

Elinda fragte sich, wie sie derartige Schwierigkeiten in Zukunft umgehen sollten.

Die Lüge über eine verstorbene Tante oder verunglückte Cousine würde ihnen bald niemand mehr abkaufen. Es war äußerst unwahrscheinlich, dass sie auf jemanden treffen würden, der bei einem unverheirateten Paar nicht nervös wurde.

Sie nahm ihren Mantel und wollte gerade das Zimmer verlassen, als ihr Blick aus dem Fenster auf die Piazza Santa Maria Novella fiel. Dort stand die Kutsche und sah aus, als hätte es den Unfall am Morgen nie gegeben. Marconi gab den Pferden gerade noch etwas Wasser und schien den dunklen Schatten, der sich seitlich über den Platz näherte, nicht wahrzunehmen. Er lief rasch und geduckt, als hätte der Mann Furcht, bei etwas Verbotenem ertappt zu werden. Elinda kniff die Augen zusammen. Doch die Gestalt hatte keinerlei Ähnlichkeiten mit dem schrecklichen Kerl, der ihr in der Basilika begegnet war.

Plötzlich nahm sie eine Bewegung im Schatten der Kutsche wahr. Blake löste sich aus der Dunkelheit; sofort hastete die Gestalt zielstrebig auf den *bearleader* zu. Dann holte der Mann verstohlen etwas aus seiner Rocktasche und übergab es Blake. Im nächsten Augenblick war der nächtliche Bote aus ihrem Blickfeld verschwunden. Blake hatte das, was er ihm überbracht hatte, bereits in seinem eigenen Rock verschwinden lassen und wuchtete seinen Seesack auf die Kutsche.

Elinda starrte auf die schattenhafte Szenerie unter dem Fenster. Alles war so schnell gegangen, dass sie plötzlich nicht mehr sicher war, überhaupt etwas gesehen zu haben. Erst als Blake einen Blick zu ihrem Fenster hochwarf, riss sie sich los und ging nach unten.

Über der Piazza spannte sich der wolkenlose Nachthimmel. Der Mond warf sein Licht auf die helle Fassade der Basilika. Sie wirkte nun nicht länger streng und abweisend, sondern wie gigantisches, verspieltes Zuckerwerk. Mit einem Mal tat es Elinda leid, Florenz schon verlassen zu müssen. Diese Reise war ein Parforceritt durch die Ungewissheit, bei der ein Großteil der Schönheiten des Landes links liegen gelassen wurde.

Elinda zwang sich, ihre erneut aufflammenden Zweifel

an Blake zurückzudrängen. Es gab Dinge, die sie schlichtweg nichts angingen. Sie konnte nicht alles, was sie nicht verstand, gegen sich gerichtet sehen. Doch als sie mit Blake wieder im Dunkel der Kutsche saß, lag ihr die Erinnerung an das eben Beobachtete wie ein Stein in der Brust.

»Müsste Marconi nicht ein wenig ausruhen, ehe er die ganze Nacht hindurch bis nach Livorno fährt?«, fragte sie, um sich von ihrer Befangenheit abzulenken.

»Marconi hat geschlafen, während die Kutsche fertig repariert wurde«, ließ Blake sie wissen. »Er ist es gewohnt, lange Zeit wach zu sein. Und auf dem Schiff nach Civitavecchia kann er sich ausruhen.«

Dann versiegte das Gespräch wieder. Die Stille wirkte umso bedrückender, da sie nur langsam vorankamen, als würde Marconi der Kutsche noch nicht ganz trauen. Sie verließen die Stadt auf demselben Weg wie bei ihrer Ankunft. Der Kutscher hielt die Pferde in gezügeltem Schritt, damit sie Schlaglöchern und Geröll ausweichen konnten. Doch bald schon überholten sie einige Landarbeiter, die Schubkarren voll Sand heranrollten, um mitten in der Nacht die Schlaglöcher aufzufüllen. Schließlich wurde die Straße breiter, und die Fahrt ging rascher voran.

Vor den Kutschenfenstern breitete sich eine betörende Szenerie aus. Das helle Mondlicht tauchte die Olivenbäume in einen blassgrauen Schimmer und verlieh der Landschaft ein geisterhaftes und zugleich liebliches Aussehen. Die Berge hüllten sich in dunkelblaue Nebelschwaden, und über der Ebene lag Dunst, der dem weißen Licht des Mondes etwas Sanftes beimischte, als wäre das dort draußen keine wirkliche Landschaft, sondern der Schauplatz eines Traumes.

Blake sah still auf die nächtliche Weite, doch plötzlich

ging ein Ruck durch ihn. Elinda glaubte schon, er wäre im Einschlafen zusammengezuckt. Doch er hatte sich vorgebeugt und starrte wachsam aus dem Fenster.

»Was hast du?«

Statt einer Antwort hieb Blake mit der Faust gegen das Kutschendach. Marconi drosselte das Tempo der Pferde, die Kutsche hielt. Blake öffnete das Fenster und beugte sich hinaus.

»Marconi, lenkt die Kutsche dort vorn unter die Bäume am Straßenrand«, befahl er. »Und löscht die Laternen.«

»Blake, was ist denn los?«, fragte Elinda alarmiert.

Er stieß die Tür auf und nahm ihre Hand. »Komm mit, du wirst es gleich sehen.«

Erschrocken folgte sie ihm unter eine dicht stehende Gruppe Zypressen, die sich leise im Nachtwind wiegten. Langsam ließ Marconi die Pferde den Flecken ansteuern, der durch hohes Ginstergebüsch von der Straße abgeschirmt war. Er löschte die beiden Laternen neben dem Kutschbock, und im nächsten Moment war alles in Dunkelheit getaucht.

»Blake, was hast du?«, drängte Elinda ihn erneut.

Statt eine Antwort zu geben, lenkte er ihren Blick in die Ferne. Die Chaussee verlief in einer lang gestreckten, weiten Biegung in Richtung Norden, es war dieselbe Straße, auf der sie sich vorgestern aus Bologna genähert hatten. Nicht mehr weit, und sie würden auf die Abzweigung treffen, die sie nach Westen, nach Livorno, führte. Jetzt sah Elinda zwei Lichter, die sich rasch näherten, und das leise Getrappel von Pferdehufen. Zuerst begriff sie nicht, warum diese andere Kutsche Blake dazu veranlasste, sich abseits der Straße zu verbergen.

Doch dann erkannte sie es. Etwas Helles blitzte in unregelmäßigen Abständen zwischen den gelben Laternen auf. Im Näherkommen wurde es deutlicher. Der Anblick war merkwürdig schön. Die Silberbeschläge der Kutsche waren offenbar auf Hochglanz poliert worden, und wann immer ein Mondstrahl sie traf, entstand ein blitzender Lichtreflex. Elinda schluckte. Und dachte an die prunkvolle Kutsche am Hafen von Mestre, kurz nachdem sie schockiert in die Gondel zurückgesunken war.

»Ist das … seine Kutsche?«, wisperte sie.

Blake starrte den sich nähernden Lichtern entgegen. »Ich kenne nicht viele Engländer, die mit einem derart auffälligen Gefährt durch Italien fahren würden.«

»Signore Colbert, was bereitet Euch Sorgen?«, wollte Marconi wissen.

Elinda warf Blake einen warnenden Blick zu.

»Ein alter Feind, dem ich nicht begegnen will. Er hatte eine ganz ähnliche Kutsche.«

Marconi runzelte die Stirn. »Seid Ihr sicher?«

»Nein«, sagte Blake. »Aber ich will es nicht auf eine Begegnung ankommen lassen.«

Die Kutsche näherte sich rasch, man sah die blitzenden Silberbeschläge immer deutlicher. Der Earl of Hydeworth hatte entweder noch nie etwas von den berüchtigten italienischen Straßenräubern gehört, oder er fühlte sich ihnen gnadenlos überlegen. Elinda fielen die beiden Männer ein, mit denen sie ihn in Mestre gesehen hatte. Wer waren sie?

Das Hufgetrappel wurde nun immer lauter, und Elinda erkannte, dass die Kutsche von sechs Pferden gezogen wurde.

»Eine solche Equipage hätten auch wir haben können, wenn Elisabeth nicht …«, setzte Blake murmelnd an, ließ den Satz jedoch in der Luft hängen.

Angespannt starrte Elinda der Kutsche entgegen. Auf dem Bock sah sie nun neben dem Kutscher einen weiteren Mann. Die Umrisse eines Gewehrs stachen in die silbrige Dunkelheit. Natürlich reiste Hydeworth nicht ohne Leibwächter.

Sie stellte sich vor, wie ihr Verlobter im Innern der Kutsche mit der Gewissheit eingeschlafen war, dass sein Begleiter ihm jedes Gefährt melden würde, das ihnen unterwegs begegnete.

In diesem Moment war sie einfach nur dankbar, dass Blake so wachsam und aufmerksam war, und drängte ihr Misstrauen ihm gegenüber empört an den Rand ihrer Gedanken. Wer sonst beschützte sie vor Hydeworth? Das würde er kaum tun, wenn er vorhatte, ihr zu schaden oder sie loszuwerden.

Blake schaute den herangaloppierenden Pferden entgegen.

»Hoffen wir, dass die schlechte Straße vor Florenz sie auch ein wenig aufhält. Ich hätte nicht gedacht, dass sie von Venedig her so schnell aufholen, auch nicht mit einer so guten Kutsche.«

»Signore, was hat es damit auf sich?«, fragte Marconi. »Folgt uns diese Kutsche etwa?«

»Wie ich schon sagte, Marconi. Womöglich ein alter Feind, dem zu begegnen ich vermeiden will. Es ist nur eine Vorsichtsmaßnahme.«

Als das prunkvolle Gefährt sich ihrem Versteck näherte, hielt Elinda den Atem an. Doch die Pferde preschten vorüber, und bald schon war nichts mehr von ihnen zu hören. Hydeworth war in der Dunkelheit verschwunden.

Langsam ließ Elinda den angehaltenen Atem entweichen.

Sie empfand keine Erleichterung, nur eine tiefe, zermürbende Müdigkeit, gegen die kein Schlaf ankommen würde.

Was tue ich hier? Ist das mein Begriff von Freiheit? Ein Versteckspiel in Italien?

Zurück auf der Straße stieg Blake nicht ins Innere der Kutsche.

»Versuch zu schlafen, Elinda. Ich bleibe vorne bei Marconi und achte auf die Straße.«

Sie nickte widerwillig. Eine merkwürdige Sehnsucht verwirrte ihre Gedanken. Am liebsten hätte sie sich eng an ihn geschmiegt, um sich an seiner Schulter dem Schlaf zu überlassen. Aber zugleich spürte sie das Bedürfnis, einen sicheren Abstand zu ihm zu halten.

Welches dieser beiden Gefühle die Oberhand behielt, begriff sie, als sie irgendwann von einer Berührung an ihrer Wange geweckt wurde.

Elinda blinzelte. Nur allmählich dämmerte ihr, dass ihr Kopf auf Blakes Oberschenkel lag und sein schwarzer Mantel ihr als Decke gedient hatte. Sein Gesicht schwebte über ihr, doch er hielt die Augen geschlossen. Schlief er und hatte sie nur unwillkürlich berührt? Seine unmittelbare Nähe löste eine merkwürdige Mischung aus Verletzlichkeit und Geborgenheit aus. Sein Mantel roch fremdartig und wild und verwirrte sie noch mehr. Da öffnete er die Augen und sah auf sie herab.

»Guten Morgen«, sagte er leise.

»Guten Morgen, Blake.«

Sie spürte wieder seine Hand an ihrer Wange. »So angenehm es ist, deinen Kopf zu betten, Elinda …«

Dankbar, den sonderbaren Moment überspielen zu können, richtete sie sich auf. »Dir ist das Bein eingeschlafen.«

Blake massierte seinen Oberschenkel. »Das nahm ich gerne auf mich für deinen sicheren Schlaf. Ich habe nach dir gesehen in der Nacht, da lagst du auf dem Boden der Kabine.«

Elinda suchte in ihrer Erinnerung nach einer Bestätigung für seine Worte. Doch sie fühlte sich, als wäre sie aus einem tiefen, dunklen Brunnen aufgetaucht.

»Als ich dich hoch auf die Bank heben wollte, hast du etwas Eigenartiges getan.«

»Ich rede manchmal im Schlaf«, kam sie einer möglichen Peinlichkeit zuvor.

»Du hast dich an mich geklammert und hast gesagt: ›David. Lass mich nicht mit ihm allein‹.«

Elindas Stimmung verdunkelte sich. Schlagartig fühlte sie sich nur noch verletzlich, aber nicht mehr geborgen. Sie würde sich nie wieder so geborgen fühlen, wie in jenen Momenten mit ihrem Zwillingsbruder, wenn sie unter der Höhle aus Laken aneinandergelehnt sich gegenseitig aus der *Aeneis* vorgelesen hatten.

Sie wollte etwas Harsches erwidern, doch da wurde ihr bewusst, wie gut ihr Schmerz über Davids Verschwinden bei Blake aufgehoben war. Er würde diese Lücke in ihrem Leben nicht als Anlass nehmen, sie als übertrieben emotional zu bezeichnen, so wie ihre Eltern es getan hatten, so wie Hydeworth es tun würde.

»Elinda, ich muss dich etwas fragen.« Blake beugte sich vor und sah sie mit sanftem Ernst an. »Hast du Angst vor mir?«

Elinda senkte den Blick. »Ja. Ich habe eine gewisse Angst vor dir.«

»Weil ich über bestimmte Dinge nicht rede? Oder *mache* ich dir Angst?«

Elinda hob den Blick und sah in seine ruhigen dunklen Augen.

»Ja, Blake. Du machst mir Angst, weil ich glaube, dass du gefährliche Geheimnisse hast. Und ich weiß, dass ich mit meiner erbärmlichen Lebenserfahrung nicht im Mindesten einschätzen kann, was das zu bedeuten hat.« Es tat gut, diese Gedanken endlich auszusprechen. »Ich fühle mich ohnehin von alldem an den Rand des Fassbaren getrieben. Mir ist das alles ein einziges Rätsel. Ich vertraue dir, Blake, ja. Aber dann auch wieder nicht.«

»Wann vertraust du mir nicht?«, wollte er wissen.

In ihrer Magengrube breitete sich ein flattriges Gefühl aus. »Nun, zum Beispiel heute Nacht, bevor wir losgefahren sind. Wer war der finstere Kerl auf der Piazza, und was hat er dir gegeben?«

»Warum glaubst du, dass das entscheidend ist, um mir zu vertrauen?«

Elinda sah ihn wortlos an. »Ja, warum? Ich weiß es nicht, Blake. Ich … ich weiß zu wenig über dich, um mich wirklich sicher zu fühlen. Ich habe das Gefühl, mir zieht jemand den Boden unter den Füßen weg und …«

»Und du hast Angst, dass ich dieser jemand bin«, brachte er es auf den Punkt.

Elinda presste die Lippen zusammen und sah an ihm vorbei aus dem Fenster.

Draußen dämmerte der Morgen in goldener Stille. Die Kutsche fuhr so gemächlich, dass sie glaubte, Marconi hätte die Zügel losgelassen und wäre auf dem Bock eingeschlafen.

Gegen ihren Willen löste das Wissen, Blake die ganze Nacht so nah gewesen zu sein, ein wohliges Beben tief in

Elindas Brust aus, und sie hatte mit einem Mal das Bedürfnis, ihm auch das zu sagen. Doch er lenkte ihren Blick ab, als er in die Innentasche seines Rocks fasste und ein längliches Lederetui hervorzog.

»Ich kann verstehen, dass die ständige Ungewissheit dir zusetzt«, sagte er. »Und als guter *bearleader* muss ich etwas dagegen unternehmen. Auch um meinetwillen.«

Er öffnete das Etui und fasste hinein. Dann griff er nach ihrer Hand und hielt sie mit sanfter Bestimmtheit fest. Sein Blick veränderte sich, er wurde tief und ernst, doch seine Mundwinkel kräuselten sich in einem leisen Schmunzeln. Dann spürte Elinda etwas Metallisches an ihrem Ringfinger.

»Hiermit nehme ich, Blake Jonathan Colbert dich, Elinda Mary Audley zu meiner nicht rechtmäßig angetrauten Gemahlin. Ich verspreche, dich zu ehren und zu beschützen, in guten wie in schlechten Tagen, bis dass diese Reise endet und wir wieder getrennte Wege gehen.«

Ein schlichter, goldener Ring schimmerte an ihrem Finger. Blake holte noch einen zweiten Ring aus dem Etui hervor und steckte ihn sich ohne Umstände selbst an.

»Wir sind nun zumindest dem Schein nach verheiratet. Und hier …« Er zog ein zusammengerolltes Pergament aus der Hülle. »Unsere Heiratsurkunde, ausgestellt in Lyon am 8. Mai 1789. So erklären wir, dass dein Pass noch auf deinen Mädchennamen ausgestellt ist. Das dürfte uns eine Weile Ruhe verschaffen.«

Elinda fand keine Worte. Sie war derart überwältigt, dass sie Zuflucht in einer nüchternen Bemerkung suchte. »Unter diesen Umständen könnte ich fast vergessen, dass ich gegen die Ehe bin.«

Doch diese spröden Worte waren nur ein Korsett, in dessen Umklammerung ihr Innerstes ins Taumeln geriet. So wie ihr fester Vorsatz, niemals eines Mannes Frau zu werden.

Wie gerne hätte sie ihn jenes Wort sagen hören, das er in seinem Schwur absichtlich ausgelassen hatte. Und wie gerne hätte sie das getan, was diesen Worten normalerweise folgte, wenn auch unter den strengen Blicken eines Geistlichen.

Aber sie waren im Innern einer Kutsche, keine Kirche war weit und breit zu sehen.

Blake sah sie eindringlich an, als versuchte er herauszufinden, was dieser Überfall in ihr auslöste. Aber sie hatte keine Lust mehr, ihre Gefühle zu verstecken.

Sie beugte sich vor, tastete nach seiner Hand mit dem falschen Ehering und zog ihn ab. Der Ring war aus schlichtem, leicht zerkratztem Gold. Sie fasste wieder nach Blakes Hand, setzte ihn auf die Spitze seines Ringfingers und sah ihm fest in die Augen.

»Hiermit nehme ich, Elinda Mary Audley dich, Blake Jonathan Colbert zu meinem nicht rechtmäßig angetrauten Gemahl. Ich verspreche, dir zu vertrauen und mich deiner Erfahrung zu überlassen und nicht zu fragen, wer diese Heiratsurkunde gefälscht hat, in guten wie in schlechten Tagen, auch wenn ich hoffe, dass diese Reise niemals endet und wir wieder getrennte Wege gehen.«

Ein leises Lachen entfuhr ihm.

Und dann ließ sie es zu. Sie ließ zu, dass diese Mischung aus peinlich berührter Überraschung und das berauschende Gefühl von Zugehörigkeit zu diesem Mann ihr den Weg wies. Elinda erhob sich von der Bank, beugte sich über ihn und nahm sein Gesicht in ihre Hände. Blakes Blick flackerte ungläubig.

Elinda schloss die Augen und legte ihre Lippen an seine Stirn. Zögerlich fassten seine Hände nach ihren Armen, ehe sie nach unten glitten und auf ihrer Taille zu liegen kamen. Ganz leicht, als wollte er sie eher von sich schieben, als sie an sich zu ziehen. Elindas Herz stolperte in einem unbekannten Takt.

Mit geschlossenen Augen ließ sie ihren Mund nah an den seinen sinken.

Sie spürte auf einmal nicht mehr nur ihren eigenen Herzschlag.

»Elinda ...«

»Wenn schon unsere Heiratsurkunde gefälscht ist ...«, flüsterte sie. »... so soll wenigstens eine Sache echt sein.«

Bist du denn von Sinnen, empörte sich die Stimme ihres Vaters in ihrem Kopf.

Ja, das bin ich wohl.

Blake verharrte ganz still. Elindas Entschlossenheit begann in dieser wartenden Ruhe zu wanken. Was, wenn er mich als aufdringlich empfindet?, dachte sie noch. Doch mit einer kleinen Drehung seines Kopfes näherte er seinen Mund dem ihren.

Seine Hände schlossen sich sanft und fest um ihre Taille, damit sie in der rumpelnden Kutsche nicht umfiel. Ihr ganzes Fühlen fiel in die Berührung seiner Lippen, während ihr Herz davonzujagen schien. Blakes Nähe legte sich um sie wie dunkler Samt, sie nahm nichts anderes mehr wahr.

Doch in der nächsten Sekunde hielt die Kutsche mit einem Ruck, und der Moment war vorbei. Schon ertönte Marconis Stimme.

»Wir sind in Livorno!«

Wortlos sah Blake Elinda an, und sein Blick sagte ihr alles, was sie sich nun beinahe verzweifelt wünschte.

Später.

28

Es war ein warmer, klarer Tag; der Wind kräuselte die Wellen weit vor der Küste, und es war keine einzige Wolke zu sehen. Sie kauften Proviant und bestiegen ein kleines Paketschiff, das noch sechs andere Reisende und zwei Kutschen aufnahm. Marconi verfolgte gähnend die erneute Demontage ihres Gefährts.

»Verzeiht mir, werte Miss Audley«, sagte er gut gelaunt. »Ich bin nicht ich selbst, wenn ich so weit im Norden bin. Je mehr wir uns Neapel nähern, desto freier kann ich atmen.«

»Das freut mich für Euch«, entgegnete sie knapp. Sie traute Marconis plötzlicher Freundlichkeit nicht.

»Ihr solltet Euch ebenfalls freuen, Miss. Nun gibt es ja, wie es aussieht, wirklich kein Zurück mehr für Euch, und ich werde es auch nicht mehr vorschlagen.«

Er deutete mit einem anzüglichen Schmunzeln auf den goldenen Ring an ihrer Hand. »Eine gute Idee. Aber wenn Ihr dafür nicht in die Hölle kommt, Signorina …«

Elinda verbarg ihre Hand hinter dem Rücken. Marconis Reaktion verunsicherte sie.

Müsste er nicht entsetzt sein über die schamlose Vortäuschung einer anständigen Ehe? Etwas an seiner spöttischen Reaktion kam ihr falsch vor.

Blake hatte seine Bemerkung gehört und sah den Kutscher herausfordernd an.

»Marconi, meines Wissens habe ich Euch dafür bezahlt, uns nach Pompeji zu kutschieren. Und nicht, dass Ihr ungefragt unsere Vorgehensweise kommentiert.«

»Aber Signore Colbert, ich bin um Eure Sicherheit und Euer Seelenheil besorgt!«, beteuerte Marconi.

»Ihr seid kein Priester.«

»Aber ich kenne die Italiener ...«

»Die kenne ich auch!«, unterbrach Blake ihn. »Und in dieser Hinsicht unterscheidet Ihr Euch nicht von unseren englischen Landsleuten. Glaubt Ihr, ich würde mit Miss Audley eine Scheinehe zum Spaß eingehen? Glaubt Ihr, wir verletzen die Regeln des Anstandes, weil sie uns gleichgültig sind?«

Marconi wandte sich mit zusammengekniffenen Lippen ab. »Wenn das herauskommt ...«

»Wenn Ihr zu uns haltet und bezeugt, dass wir verheiratet sind, kommt es nicht heraus«, schlug Elinda vor. Marconi ignorierte sie.

»Dies ist die einzige Möglichkeit, einigermaßen unbehelligt zu reisen«, setzte Blake nach. »Und ich will Euch noch etwas sagen, Marconi, damit Ihr im Bilde seid. Die Kutsche, der wir gestern Nacht ausgewichen sind – sie gehört einem alten Feind, das ist wahr. Aber dieser Feind ist nun hinter Miss Audley her. Er ist Engländer, und Ihr dürft mir glauben, wenn ich Euch sage, dass seine Schlechtigkeit alles übertrifft, was Ihr im Moment von uns halten mögt. Unsere vorgetäuschte Ehe ist nichts im Vergleich zu seinen Taten.«

Marconi lauschte Blake mit plötzlichem Interesse. Dann

verengten sich seine Augen wieder. »Ist er Euch versprochen, Signorina? Lauft Ihr vor Eurem Bräutigam weg?«

Elinda wollte verneinen, doch Blake kam ihr zuvor.

»Ja, Marconi. Dieser Mann ist Miss Audleys Verlobter. Und es gibt Gründe, warum sie diese Ehe nicht eingehen kann, doch das soll nicht Eure Sorge sein.«

Marconi schüttelte fassungslos den Kopf. »Nicht meine Sorge sein? Signore Colbert, diese Situation ist untragbar!«

Blake legte seine Hand auf Marconis Schulter. Der Kutscher wirkte mit einem Mal wie geschrumpft.

»Ich versichere Euch, Marconi, diesem Mann auszuweichen und Miss Audley vor ihm zu beschützen, wird Euch im Himmel hoch angerechnet.«

»Ihr seid kein Priester!«, äffte Marconi ihn nach.

Dann wandte er sich kopfschüttelnd ab und half dabei, die zerlegte Kutsche im Schiff unterzubringen. Elinda sah Blake verunsichert an. Er nickte ihr beruhigend zu, doch seine scheinbare Zuversicht konnte ihre Sorge nicht zerstreuen. Dass sie Marconi von ihrem Verlobten Andrew Hydeworth erzählt hatten, war ein Fehler gewesen. Vielleicht hatte Blake an seine Ritterlichkeit appellieren wollen, doch in den Augen des Neapolitaners war Elinda dadurch noch tiefer gesunken.

Als sie an Bord waren, nahm Blake keineswegs die Rolle eines Ehemannes ein, der seiner Frau nicht von der Seite wich. Mit einem beiläufigen Lächeln bereitete er ihr ein Lager an der Backbordseite, damit sie einen guten Blick auf die Küste hatte. Er selbst zog sich auf die andere Seite zurück. Seine Gesten und Blicke, alles an seinem Verhalten signalisierte ihr, dass sich nichts geändert hatte zwischen ihnen. Während der günstige Wind für eine rasche, angenehme Fahrt sorgte, fiel bisweilen sein Blick auf sie und schien ihr zu verstehen zu geben, dass etwas wartete, jenseits des Theaters, das sie den anderen Passagieren und der Mannschaft vorspielen mussten. Elinda verbrachte die Zeit damit, ihr Tagebuch auf den neuesten Stand zu bringen. Sie hätte gern auch ein wenig gezeichnet, doch allein der Blick auf ihre Malutensilien verursachte ihr ein kaltes Schaudern.

Sie passierten die Insel Elba, die klar und dunkel aus dem Wasser ragte. Je weiter sie fuhren, desto mehr kleine Inseln durchbrachen die eintönige Ruhe des Meeres, umhüllt von dunstigem Licht.

Elinda döste in der Sonne und genoss diese seltene Ereignislosigkeit.

Als es Abend wurde, verbargen Wolken den Mond, sodass alles in gleichförmiger Dunkelheit versank. Bis auf das Knarzen der Taue und dem fernen Schreien von Seevögeln war nichts zu hören. Die anderen Passagiere waren ein französisches Paar mit ihrer vierzehnjährigen Tochter und drei italienische Männer, die sich als Kaufleute vorgestellt hatten. Sie wirkten gebildet und stellten beim Abendessen den Ausländern eine Menge Fragen. Als die Sprache auf die Reiseliteratur kam, schlug der Vater des französischen Mädchens vor, das jemand etwas vorlas.

»Meine Frau kann uns etwas aus der *Aeneis* vorlesen«, sagte Blake. Elinda überlief bei seinen Worten ein wohliger Schauer. Ihr fiel nun auch wieder ein, dass sie ihm ja versprochen hatte, vorzulesen.

»Irgendwelche Wünsche?«, fragte sie die kleine Runde.

Das französische Mädchen hob die Hand. »Die Szene, wenn Aeneas und Dido sich in Karthago begegnen.«

Blake rückte eine Laterne so zurecht, dass genügend

Licht auf das Buch fiel. Im warmen Kerzenschein sah Elinda seine dunklen Augen auf sich ruhen.

Es lag eine Weile zurück, dass Elinda die Sprachmelodie der lateinischen Hexameter laut vorgetragen hatte. Und während das uralte Epos sich mit dem leisen Schwappen der Wellen vermischte, glaubte Elinda plötzlich, wieder David an ihrer Seite zu spüren. So wie früher, wenn er am Fuß ihres Bettes saß und ihr mit seiner hellen Jungenstimme vorlas, wie Achilles den getöteten Hektor um die Mauern von Troja schleifte. Dann hatte er ihr das Buch überreicht, denn die Stelle, bei der Dido und Aeneas sich trennen, war immer ihr Part gewesen. Mit hochtrabendem Pathos hatte sie ihm die Szene vorgetragen, in der Dido sich mit einem Schwert entleibt, wobei sie den entflohenen Geliebten gnadenlos verflucht, ehe sie sich auf einen brennenden Scheiterhaufen stürzt. Hier an Bord des Schiffes trug Elinda die dramatischen Passagen schlicht und ohne Effekthascherei vor und spürte zum ersten Mal ein Schaudern bei den letzten, vernichtenden Worten der Königin.

»Er falle vor seiner Zeit, und grablos liege im Sande die Leiche! Dieses erflehe ich … möge aus meinem Gebein sich einst ein Rächer erheben …«

Elinda stockte. Ein Gedanke verfing sich plötzlich in ihrem Kopf. Ein merkwürdiger Zusammenhang, als würde ein winziger Splitter aus Vergils Epos die Geschehnisse der Gegenwart berühren. Doch sie bekam den Eindruck nicht zu fassen.

Als es Zeit zum Schlafen wurde, gingen die Passagiere in ihre Kabinen, während Elinda, Blake und Marconi beim Steuermann und dem anderen Kutscher an Deck blieben. Die Luft war kühl und weich. Ein sanfter Wind hob das

Schiff träge auf und ab. Elinda lag backbord auf dem Lager, das Blake ihr aus einer der Reisedecken bereitet hatte. Irgendwo am Grund der Müdigkeit, die sie in den Schlaf trug, spürte sie eine leise, ungläubige Freude.

Morgen Abend würde sie in Rom sein.

29

Noch vor der Morgendämmerung liefen sie in Civitavecchia ein. Der Gouverneur der Stadt überwachte das Anlegen des Schiffes persönlich und stand mit einigen Soldaten am Kai. Bei diesem Anblick schnürte sich Elindas
Hals zusammen.

»Was, wenn sie hier schon wissen, wer wir sind?«, wisperte sie Blake zu.

Auch er ließ den Blick angespannt über den Hafen
schweifen, ehe er nach ihrer Hand griff.

»Du darfst dir deine Unruhe nicht anmerken lassen, das
wirkt verdächtig. Denk daran, die meisten italienischen
Zollbeamten haben vor allem anderen nur ein Interesse.«

»Geld?«

Er nickte. »Ja. Oder einen ausländischen Spion zu ver-
haften. Es wird unser Reisebudget empfindlich schmälern,
aber es wird helfen. Allzu genaue Nachfragen wandeln sich
sehr bald in Desinteresse, sobald Münzen aufblitzen.«

Blakes Worte klangen eher zuversichtlich als gering
schätzig, und Elinda hoffte, dass er recht behielt.

Während die italienischen Reisenden rasch durch-
gewunken wurden, konzentrierten sich die Bemühungen
der Grenzsoldaten auf die französische Familie und die drei

Engländer. Elinda zwang sich, unbeteiligt zu wirken, doch der Anblick der Soldaten, die ihr Gepäck durchsuchten und argwöhnisch das Zusammensetzen ihrer Kutsche verfolgten, steigerte ihre Nervosität ins Unerträgliche. Schließlich trat der Gouverneur auf sie zu und forderte ihre Pässe. Blakes Miene war völlig gelassen, als er ihm ihre Dokumente aushändigte. Während der Gouverneur vor allem die gefälschte Heiratsurkunde eingehend studierte, wanderte Blakes Hand wie unbeabsichtigt in seine Rocktasche und spielte mit den Münzen darin. Ihr helles Klirren verzierte den angespannten Moment mit dem leisen Spott eines Mannes, der ganz genau wusste, worauf dieses Prozedere abzielte. Doch der Gouverneur reagierte nicht. Verächtlich schürzte er die Lippen und funkelte Blake an. Elinda wagte kaum zu atmen. Nur wenige Meter weiter begann Marconi damit, die Kutsche neu zu beladen. Sogar zwei Pferde standen schon bereit.

»Gibt es ein Problem, *governatore*?«, fragte Elinda.

Ein abschätziger Blick traf sie. »Ich weiß nicht, *Signora* Colbert. Denken Sie denn, dass es ein Problem gibt?«

Er betonte ihren Namen so herausfordernd, dass sie ihren Vorstoß sofort bereute. Sie war sich auf einmal sicher, dass man hier längst wusste, wer sie waren. Doch etwas, vielleicht der gleiche verzweifelte Mut, mit dem sie am Quarantänequartier in Dover nach dem Fluchtäfelchen gegriffen hatte, brachte sie dazu, das kleine Schauspiel weiterzutreiben.

»Ja, ich denke, dass es ein Problem gibt«, sagte sie.

Der Gouverneur schaute unwirsch auf.

»Ich bin nicht wohl, *governatore*.«

»Was soll das heißen, Signora?«

Elinda zeigte dem Gouverneur ein Lächeln, das sie bislang nur ihrem Vater gezeigt hatte, wenn sie ihn dazu bringen wollte, ihr Dinge zu erlauben, die man einem Mädchen für gewöhnlich nicht erlaubte.

»Nun, Ihr wisst schon. Jenes Unwohlsein, das eine junge, frisch verheiratete Frau auf ihrer Hochzeitsreise befällt.« Beiläufig legte sie die Hand auf ihren Bauch. »Noch dazu nach einem Tag und einer Nacht auf einem Schiff.« Sie seufzte. »Und dann die Aussicht auf Rom! Ihr könnt Euch denken, dass diese Vorfreude einer Engländerin die Nerven aufwühlt.«

Ein zustimmendes Knurren kam als Antwort. Dann reichte der Gouverneur ihnen die Pässe zurück. Elinda erschrak beinahe, wie leicht ihr diese schamlose Lüge über die Lippen gekommen war. Der Gouverneur war, als Blake ihm einige Münzen zusteckte, nicht abgeneigt und ließ die beiden Engländer stehen, als wären sie mit einem Mal unsichtbar.

»Lass uns einsteigen, rasch«, drängte Blake plötzlich.

Elinda sah ihn fragend an. »Denkst du, er überlegt es sich noch anders?«

»Siehst du die beiden Soldaten, die eben vom anderen Ende des Hafens heranreiten?«

Elinda wandte den Kopf und erschrak. Das Tempo, mit dem sie die Pferde dem Hafenamt zutrieben, verhieß nichts Gutes.

»Denkst du, es hat etwas mit uns zu tun?«

Blake öffnete die Kutschentür. »Ich habe keine Lust, es herauszufinden.« Und an Marconi gewandt: »Beeilung, Marconi. Ich will noch heute Abend in Rom sein!«

Die Sonne stand schon hoch am Himmel. Die Küstenstraße war in einem guten Zustand, sie kamen rasch voran, vorbei an Flussarmen, kleinen Buchten und Leuchttürmen.

Doch dann geschah es. Sie hatten gerade angehalten, weil Marconi einem Bedürfnis gefolgt war. Elinda betrachtete in der Zwischenzeit einige Lilien, die am Straßenrand wuchsen, als Blake erneut etwas in der Ferne entdeckte. Und auch Elinda sah es. Weit hinter ihnen, aber gut sichtbar, erkannte sie eine Staubwolke, die rasch näher kam. Die beiden Soldaten auf ihren Pferden.

»Ich wusste es!« Blake riss die Kutschentür auf. »Sie haben an der nördlichen Grenze von Latium Kunde über uns erhalten.«

Elinda starrte ihn erschrocken an. »Du meinst, Hydeworth hat das in Gang gesetzt?«

»Womöglich. Aber auch ohne Hydeworth bleiben wir die Verdächtigen in einem Mordfall in Venedig, vergiss das nicht.«

»Was schert es die Behörden in Latium, was in Venedig passiert ist?«

»Für Italiener ist jeder Ausländer ein potenzieller Spion. Schon allein deswegen haben sie ein Interesse an uns. Engländer, die eine deutsche Gräfin ermorden, das klingt nach diplomatischen Schwierigkeiten, nach Krieg. Und vor allem hat der Heilige Vater ein Interesse an allen Vorgängen dieser Art.«

»Signore, was hat das zu bedeuten?«, wunderte sich Marconi. Doch Blake wies ihn an, so schnell wie möglich anzufahren, und hechtete neben ihn auf den Kutschbock. Elinda presste sich gegen die Rückenlehne der Bank und starrte aus dem Fenster. Marconi gab den Pferden die Peitsche, sie nahmen so schnell Fahrt auf, dass Elinda sich an den Haltegurten festklammerte. Plötzlich hörte sie einen unterdrückten Schrei. Die Kutsche schlingerte, und eins der Pferde stieß ein panisches Wiehern aus.

»Marconi, haltet auf sie zu, wir müssen an ihnen vorbei!«, brüllte Blake plötzlich. »Nicht langsamer werden!«

»Ihr bringt uns um!«, brüllte Marconi zurück.

Elinda begriff nicht, was draußen los war. Erschrocken öffnete sie das Kutschenfenster und sah hinaus.

Ihr Herz fiel in einen neuen Abgrund der Angst.

Marconi trieb die Pferde in halsbrecherischer Geschwindigkeit auf eine riesige Büffelherde zu, die wie eine Flut aus mächtigen Leibern aus dem nahen Wald strömte. Elindas Atem stockte. Sie hatte in einigen Reiseberichten von den berüchtigten wilden Büffeln gelesen, die vor allem auf der Küstenstraße in der Maremma Angst und Schrecken verbreiteten. Doch so weit südlich, in Latium?

Immer mehr der schiefergrauen Tiere kamen auf die Straße zu. Nur ein einziges von ihnen wäre imstande, ihre Kutsche zu rammen und umzuwerfen.

Elinda streckte sich, um einen Blick auf Blake zu erhaschen. Er starrte abwechselnd nach vorn und wieder zurück. Die Soldaten waren nur noch wenige hundert Meter entfernt. Fassungslos begriff Elinda, was Blake vorhatte. Offenbar spekulierte er darauf, an der Büffelherde vorbeizueilen, damit die Tiere die Soldaten von ihnen abschnitten.

Elinda hielt den Atem an. Marconi drosch mit der Peitsche auf die Pferde ein und hatte die Zügel brutal straff gefasst, um die Tiere auf Kurs zu halten. Schaum spritzte von ihren Mäulern, die Augen waren weiß vor Angst. Elinda wollte das nicht sehen, sie wollte nicht den Staub unter den mächtigen Hufen der Büffel sehen, ihre heimtückischen, schwarzen Augen. Die Büffel brüllten und schnaubten, es war der furchteinflößendste Laut, den sie je gehört hatte. Wie gebannt starrte sie auf den Abstand zwischen ihrer Kutsche und den Büffeln. Er wurde immer kleiner. Doch es würde nicht ausreichen. Sie würden im Ansturm der wilden Tiere zerquetscht werden.

Schon war einer der Büffel so nah, dass sie mit ausgestrecktem Arm seine gewaltigen Hörner hätte berühren können. Die Pferde wieherten außer sich vor Angst, doch Marconi schaffte es, sie haarscharf an dem Tier vorbeizuführen, und nun brauchte er auch nicht länger seine Peitsche. Die Kutsche wurde noch schneller. Wenn wir nun in ein Schlagloch kommen, dachte Elinda. In ihrem Kopf stürzten die grauenhaften Szenarien ihres nahenden Todes übereinander.

Die Soldaten hinter ihnen interessierten sie nicht länger.

Blake wandte den Kopf und schaute zurück. In seinen Augen lag ein sonderbarer Ausdruck. Bedauernd und gleichzeitig triumphierend, und Elinda dachte, dass genau so ein Mann aussah, der auf einem Schiff in einem tosenden Sturm war. Sie sah in diesem Blick keine Zuversicht, nur die bloße Hingabe an den möglichen Tod. Und weil es das Letzte war, was sie vielleicht sehen würde, empfand sie dabei einen seltsamen Trost.

Die Büffel brüllten, der aufgewirbelte Staub drang in Elindas Augen. Sie roch die strengen Ausdünstungen der Tiere und zuckte zurück, als eines von ihnen direkt auf die Seite der Kutsche zustürzte. Elinda presste die Augen zusammen.

Und dann war es auf einmal vorbei.

Die Kutsche raste weiter, doch das Dröhnen der schweren Hufe, Brüllen und Schnauben waren hinter ihnen geblieben. Elinda ließ zitternd die Luft aus ihrer Lunge entweichen. Dann weinte sie. Es war zu viel. Die Anspannung zerriss sie innerlich. Sie wünschte sich Blakes Nähe, seine Umarmung, aber gleichzeitig wollte sie wütend auf ihn einschlagen. Sie dachte wieder an die bewundernden Erzählungen von Davids Mitschülern.

Man sagt, er habe vor Genua mit dem Säbel drei Piraten den Garaus gemacht …

Endlich! Die Kutsche wurde langsamer. Die Pferde werden tot zusammenbrechen, dachte Elinda. Diese Hetzjagd war zu viel für die empfindsamen Gemüter dieser Tiere. Mit zitternden Beinen stieg sie aus und ließ sich neben der Straße ins Gras sinken. Ungläubig starrte sie auf der Straße zurück, wo weit in der Ferne immer noch die graue Masse der Büffel zu erkennen war.

Blake und Marconi beeilten sich, die Pferde zu beruhigen. Sie schirrten die Tiere ab und führten sie an einen schmalen Flusslauf am Rand der Straße. Marconi war leichenblass. Er holte eine Bürste aus dem Gepäcknetz, um den Pferden den Schweiß abzureiben. Seine Bewegungen wirkten mechanisch. Dann eilte er in ein Gebüsch und würgte.

Blake warf Elinda einen fragenden Blick zu, doch sie starrte ihn nur an. Plötzlich empfand sie keinerlei Erleichterung mehr, nur Wut.

»Bist du von allen guten Geistern verlassen?«, zischte sie.

Blake ließ erschöpft die Schultern sinken. »Wäre es dir lieber gewesen, dass die Soldaten uns einholen? Dann wäre unsere Reise jetzt zu Ende.«

Elinda konnte es nicht fassen. »Du hast unser Leben aufs Spiel gesetzt! Diese Büffel hätten unsere Reise ebenfalls beenden können, die Soldaten hätten uns zumindest am Leben gelassen.«

»Ich war schon einmal in einem italienischen Gefängnis«, sagte Blake leise. »Und ich werde diese Erfahrung nicht ein zweites Mal machen.«

Elinda schluckte erschrocken. Sie wollte etwas erwidern, doch in diesem Moment kam Marconi aus dem Gebüsch zurück und quälte sich ein Lachen ab.

»Signorina, halb so schlimm. Ihr müsst wissen, ich habe jahrelang Reisende zwischen Neapel und Paestum hin und her kutschiert, und in Paestum gibt es auch viele Büffel. Ich wusste, wie ich die Pferde zu führen habe. Alles gut gegangen.«

Elinda sah ihn stirnrunzelnd an. Seine plötzliche Leichtherzigkeit schien ihr aufgesetzt zu sein. Und Blake? Seine Enthüllung riss ihr erneut ein Stück des Bodens weg, auf dem sie gerade erst gelernt hatte, halbwegs aufrecht zu gehen.

Warum war er in Italien im Gefängnis gewesen? Und hatte dieser Umstand etwas mit dem geheimnisvollen Skandal zu tun? Ihre Gedanken jagten einander, als würde sich die halsbrecherische Hatz in ihrem Kopf fortsetzen.

Sie ließen die Pferde noch eine Weile ausruhen, ehe Blake Marconi zum Weiterfahren anhielt. Von der vorüberziehenden Landschaft nahm Elinda kaum noch etwas wahr. Sie dachte an die beiden Soldaten. Ob sie rechtzeitig vor den Büffeln hatten fliehen können?

Ihre Vorfreude auf Rom war einem Gefühl vibrierender Bedrohung gewichen, so, als könnten sie jederzeit erneut in

Gefahr geraten. Irgendwann am späten Nachmittag hielt die Kutsche erneut, und Blake öffnete die Tür.

»Komm, Elinda. Du willst doch nicht *den* Anblick verpassen.«

»Welchen Anblick?«, fragte sie.

Er nahm ihre Hand und zog sie mit sanfter Bestimmtheit aus der Kutsche.

»Diesen Anblick.«

Elinda entfuhr ein leiser, überraschter Schrei, und das furchtbare Erlebnis fiel hinter sie wie ein Schatten. Vor ihr lag, hinter flachen Hügeln, nah und fern zugleich, eine ihrer größten Sehnsüchte wie ein betörend schönes Gemälde.

Die majestätische Kuppel der Peterskirche im weichen Dunst.

»Es ist jedes Mal aufs Neue faszinierend«, sagte Blake. »Diese Kirche ist aus der Ferne viel überwältigender, als wenn man in ihr steht.«

Plötzlich empfand Elinda nur noch Vorfreude. Die Büffelherde erschien ihr nun nur noch wie ein letztes Hindernis, das sie überwinden mussten, um diesen Ort zu erreichen. Sie war nun an dem Punkt angekommen, von dem sie oft in den Reiseberichten gelesen hatte. Je näher man der Ewigen Stadt kam, desto eiliger wollte man weiter. Man schlief nicht mehr, verzichtete auf Pausen, ließ Sehenswürdigkeiten am Rand des Weges liegen, nur um endlich anzukommen.

Das letzte Stück des Weges beugte sie sich aus dem geöffneten Fenster. Je näher sie Rom kamen, desto deutlicher zeigten sich auch die kleineren Kuppeln, dazwischen ragten auf den Anhöhen Zypressen und Pinien auf. Die Luft war schwer und süß, und die Sonne schien vor dem Untergehen noch zu verharren, als wollte sie so lange wie möglich ihr Licht über der Silhouette der Stadt ausgießen.

Endlich rollte die Kutsche über die berühmte Milvische Brücke und über den Tiber. Sie kamen auf die Via Flaminia, die auf beiden Seiten von Lustgärten und prachtvollen Villen gesäumt war und schnurgerade auf die Porta del Popolo zuführte. Hingerissen betrachtete Elinda den im Abendrot gebadeten Platz mit dem uralten ägyptischen Obelisken in der Mitte und die weitläufige Flucht von Straßen und Palästen dahinter. Sie spürte Blakes Blick auf sich. Seine Augen schimmerten ihr aus dem Dunkel des Kutscheninnern entgegen.

In diesem eigenartigen Moment, der das Fließen der Zeit aufzuhalten schien, dachte sie zum ersten Mal an Dinge, die in der Verschwiegenheit der Kutsche möglich gewesen wären, und erschrak gleich darauf über diesen Gedanken.

»Ich bedaure es sehr, dass ich in den kommenden Tagen nicht immer an deiner Seite sein kann«, sagte Blake, als hätte er ihre Gedanken gelesen.

»Warum? Du sagtest doch, dein alter Freund würde mir Rom zu Füßen legen.« Elinda ärgerte sich über ihre ungewollt spröden Worte.

Statt einer Antwort klopfte Blake gegen das Kutschendach und ließ Marconi anhalten. Sofort wurden sie von Wachbeamten umringt, die ihre Pässe sehen wollten. Erfreulicherweise ging das Prozedere rasch vonstatten, da noch ein halbes Dutzend andere Kutschen von Neuankömmlingen die Aufmerksamkeit der Beamten verlangte.

Blake vereinbarte mit Marconi, dass dieser ihr Gepäck allein zum Packhof bringen sollte. Dort würde alles durchsucht werden, wobei ein besonderes Augenmerk auf Bü-

chern lag. Man würde jegliche Lektüre über Nacht einbehalten und sie auf verbotene Schriften prüfen. Elinda war
zuversichtlich, dass Vergils *Aeneis* nicht darunter fallen
würde. Anschließend sollte Marconi zu ihrer Unterkunft
fahren, wo sie sich später treffen würden.

Auf Marconis fragenden Blick sagte Blake: »Miss Audley
und ich machen einen Spaziergang.«

Plötzlich lag ihre Hand wieder in seiner Armbeuge, und
unter ihren Füßen spürte sie römischen Boden.

30

Elinda hatte den Stadtplan von Rom so oft studiert, dass sie ahnte, wohin Blake ihre Schritte lenkte. Ein erwartungsvolles Lächeln breitete sich auf ihrem Gesicht aus.

Ein neues Kapitel lag vor ihr. Es stimmte, was andere Romreisende sagten. Die Ankunft in der Ewigen Stadt glich einer Art Neugeburt. Plötzlich waren Dinge, die man für wichtig gehalten hatte, nur noch Nebensächlichkeiten. Sogar ihre Sorge um David verschwand hinter der jähen Freude, die die prachtvollen Straßen Roms in ihr auslösten. Und auch die Sache mit dem Gefängnis erschien ihr in diesem Moment kaum noch der Rede wert. Was wird Blake schon Schlimmes gemacht haben?, sagte sie sich. Wahrscheinlich gab es auf einer seiner Reisen irgendein Missverständnis. Man landete so schnell und für so wenig hinter Gittern.

»Weißt du, dass dies das erste Mal ist, dass ich mit einer jungen Dame reise?«, fragte Blake nun.

»Und ziehst du die Gesellschaft einer Bärin also der von jungen Bären vor?«

»Nun, deinesgleichen muss man nicht davon abhalten, sich mit heißblütigen italienischen Edelmännern zu duellieren. Man muss sie nicht aus Weinpfützen zerren oder sie in Bordellen auslösen.«

Da haben wir es, dachte Elinda. Bei solchen Abenteuern war eine Nacht im Gefängnis nicht unwahrscheinlich.

»Diese Dinge sind auch nicht wesentlich verwerflicher, als eine Ehe und eine Schwangerschaft vorzutäuschen«, sagte sie.

Blake machte eine wegwerfende Geste. »Es ist eine aus der Not geborene Verwerflichkeit.«

Er hatte recht. Doch was wäre, wenn ihre Reise irgendwann endete und in ihrem Leben nur noch der Schmutzschleier ihrer Verfehlungen übrig blieb? Elinda verscheuchte den Gedanken.

Sie wollte jetzt nicht an die Zukunft denken.

Zwei offenbar käufliche Frauen stolzierten mit gerafften Röcken vorüber und warfen Blake schamlose Blicke zu. Aus den offenen Tavernen ertönte Gesang und das Geschrei von Würfelspielern. Der scharfe Geruch der Herdfeuer drang auf die Straße. In den Auslagen der Geschäfte hingen flaschenförmige Käsestücke und bei den Fleischern frisch geschlachtetes Vieh. Barbiere arbeiteten immer noch in kleinen, kerzenbeschienenen Läden, ein Tischler warf einen Eimer voll Sägespäne aufs Pflaster. Hier funkelten die Juwelen der reichen Nachtschwärmer ebenso wie die Augen der Ratten, die im Rinnstein hockten. Vor einer blumengeschmückten Osteria fand eine Hochzeitsfeier statt. Geiger und Sänger hüllten den Ort in eine ausgelassene Melodie. Die Szenen des beginnenden Nachtlebens verschmolzen vor Elindas Augen zu immer neuen flimmernden Bildern.

Die Begeisterung, endlich hier zu sein, raubte ihr den Atem. Sie warf Blake einen ungläubigen, freudigen Blick zu. Er fasste ihren Arm fester und lächelte.

Ganz in der Nähe der Fontana di Trevi kaufte er am Stand einer Garküche frisch gebackene Fische und zwei Becher Wein. Ein Obstverkäufer bot Erdbeeren an. Sie ließen sich auf einem Mauervorsprung nieder, eingehüllt in das mächtige Rauschen des Brunnens. Die Fische waren knusprig und köstlich, das heiße Fett benetzte ihre Finger, und Elinda fühlte sich wieder wie ein kleines Mädchen, das unbeaufsichtigt dem spontanen Antrieb der Begeisterung folgen durfte. Sie wollte jauchzen und sich in den Brunnen stürzen, um die ganze staubige Last der Reise fortzuspülen. Aber sie legte nur ihren Kopf gegen Blakes Schulter und ließ ihn wortlos ihre Dankbarkeit spüren.

Danach ging es weiter an Palästen, Plätzen und Kirchen vorbei, bis vor ihnen eine breite Treppenflucht auftauchte. Die Stufen zum Kapitolshügel. Elindas Herz schlug auf einmal schneller. Gleich würde sie endlich sehen, wovon sie mit David immer fantasiert hatte. Doch in diesem Moment packte sie der Schmerz über sein Verschwinden erneut mit aller Kraft. Jetzt hätte sie alles dafür gegeben, Blake gegen David auszutauschen. Mit einem Kopfschütteln verscheuchte sie den Gedanken.

Oben angekommen, öffnete sich die Piazza Nuovo, gesäumt von den Kapitolinischen Palästen mit ihren wundervollen Kunstsammlungen.

Blake blieb stehen. »Jetzt mach die Augen zu, Elinda.«

Sie schloss die Augen und fühlte ihn ihren Arm fester greifen.

»Nicht blinzeln!«, befahl er leise, während er sie weiterführte. Blake umfasste sanft ihre Schultern und schob sie noch ein Stück vorwärts.

»Nun kannst du die Augen aufmachen.«

Elinda blinzelte. Vor ihr entfaltete sich ein Schauspiel von unfassbarer Schönheit. Blake ließ seine Hände langsam von ihren Schultern gleiten.

»Das war es, was ich dir zeigen wollte.«

Elinda schaute ungläubig auf den Mond, der, eben erst aufgegangen, wie eine riesige, glühende Bronzescheibe tief über dem Forum Romanum schwebte, und in seinem Licht hoben sich die Ruinen wie Scherenschnitte von der Dunkelheit ab. Zwischen den uralten Mauerresten weideten Kühe. Der Schein von Feuerstellen fiel auf den Triumphbogen des Septimius Severus und die Säulen des Saturntempels. Ferne Gitarrentöne drangen an ihr Ohr, das Blöken von Schafen und das Klappern von Töpfen.

Es war ein friedlicher, schlichter Anblick, der Kaiser Augustus wahrscheinlich die Tränen in die Augen getrieben hätte. Und dennoch schwebte über der Szenerie etwas unfassbar Majestätisches. Vielleicht ging dieser Eindruck vom Mond aus, der hinter den fragilen Überresten des einstigen Kaiserreiches hing, dachte Elinda und fühlte sich sehr klein. Wie erhebend war es ihr vorgekommen, die Antike zu bewundern. Doch nun verblasste die Größe dieser Epoche zu einem unvollendeten Gedanken im weiten Raum der Zeit. Vielleicht würden auch diese Ruinen eines Tages verschwunden sein. Seltsamerweise lag in dieser Vorstellung nichts Trauriges.

Blake war neben sie getreten und betrachtete sie forschend. »Ich hoffe, du bist nicht enttäuscht. Manche stellen sich hier etwas Großartiges vor und finden doch nur eine Kuhweide. Sie halten es nicht aus, dass die Bilder ihrer Sehnsucht nicht zu der Wirklichkeit passen.«

In der Nachtluft lag das Aroma der Pinien und Zypressen. Das ferne Murmeln der Menschen zwischen den Ruinen drang an ihr Ohr, dazu der Gesang der Zikaden. Elinda spürte Blakes Präsenz neben sich, die ihr im Vergleich zu den fragilen Säulen fest und unerschütterlich vorkam. Unmerklich verlagerte sie ihr Gewicht, um ihm ein wenig näher zu sein.

»Erlaubst du mir, deine Gedanken zu erfahren?«, fragte er.

Elinda musste sich sammeln, um dem überwältigenden Eindruck gerecht zu werden. »Ich habe so viel über diesen Ort gelesen«, sagte sie. »Und jedes Mal empfand ich einen ehrfürchtigen Stolz, als könnte ich mit meinem kleinen Leben noch einen Hauch Anteil haben am Glanz und der Größe des Alten Roms.« Elinda entfuhr ein geringschätziger Laut. »Dabei fußt diese Größe auf nichts anderem als Unterdrückung und Plünderung. Es erscheint mir absurd, diese Größe heute derart zu würdigen, wo so viele Menschen unter ihr gelitten haben und am Ende doch fast nichts davon übrig geblieben ist.«

»Und die Kunst?«, fragte er weiter. »Was ist mit der Kunst der Antike?«

Elinda zuckte mit den Schultern. »Mir kommt gerade der Gedanke, dass der Marmor dafür von Sklaven gehauen wurde. Wer würdigt sie und ihre Leben, wenn wir eine herrliche Skulptur bewundern?«

Blake ließ nicht erkennen, was er von ihren Worten hielt.

»Wahrscheinlich ist es ein weltfremder Unsinn, den ich gerade von mir gegeben habe«, murmelte sie.

»Nein. Es ist seit Langem das Klügste, was ich gehört habe.«

Elinda runzelte die Stirn. »Du machst dich lustig über mich.«

»Was du gesagt hast, war vielleicht weltfremd. Weil du von der Warte einer *anderen* Welt auf diese Welt schaust.«

»Ja, von der Warte einer ahnungslosen Frau.«

»Unsere Welt wäre eine andere, wenn man Frauen nicht ihre Geisteskraft absprechen würde«, sagte Blake. »Wenn Frauen ihre Gestaltungsmacht mit einbringen dürften, bräuchten wir keine Kriege.«

Erstaunt sah Elinda ihn an. So hatte sie die Sache noch nie betrachtet.

»Dann denkst du das Gleiche wie ich?«

Blake tastete nach ihrer Hand und hielt sie fest. »Ich stand schon oft hier an dieser Stelle. Mit jungen, vielversprechenden Gentlemen, alle gebildet, belesen, reich. Und ihnen allen fiel beim Anblick des Forum Romanum immer nur eine Sache ein.«

Elinda spürte seine warme Hand und wartete auf seine nächsten Worte.

»Sie alle warfen sich stolz in die Brust und sagten, dass England die einstige Größe des römischen Imperiums sogar übertrumpft habe. Die Kolonien in Asien und der neuen Welt wären die logische Fortführung der Größe Roms. Dass die Taten der Engländer im ehrenden Gedenken an das römische Vorbild geschehen.«

Blake betrachtete eine Motte, die am Rand der Balustrade entlangkroch. »Nie kam auch nur einer auf den Gedanken, dass solche Größe immer tragisch ist. Sie entsteht aufgrund einer mächtigen Geschichte, so wie die Flucht von Aeneas aus dem brennenden Troja, bevor er der mythische Gründer von Rom wurde. Ein Krieg führt zum nächsten, und prachtvoller Marmor legitimiert ihn.«

Er deutete auf den halb im Boden versunkenen Triumphbogen. »Kaum einer fragt sich angesichts dieser Ruinen-landschaft, was der Sinn des Ganzen ist. So etwas kann sich nur eine Frau fragen, die keinen Anteil hat am Irrsinn männlichen Größenwahns.«

»Wie du schon sagtest«, seufzte sie. »Weltfremd.«

»Vielleicht. Aber neue Welten sind immer zuerst fremd.«

»Und damit sie entstehen können, muss zuvor etwas an-deres untergehen.« Elinda betrachtete die Ruinen. »So wie Thornton Hall …«

Blake betrachtete sie fragend. »Und wenn dem so wäre?«

Elinda zuckte die Schultern. Beklommenheit stieg in ihr auf. »Meine Eltern gaben mir das Gefühl, dass es einzig an meinem Gehorsam liegt, dass Thornton Hall bestehen kann. Aber wozu? Damit irgendjemand das Dach reparie-ren kann, das in fünfzig Jahren erneut morsch wird? Wenn der Untergang von Thornton Hall nur aufgehalten werden kann, weil seine Kinder niemals Widerworte geben, was ist das dann für ein Vermächtnis? Was für Menschen sollen an einem solchen Ort aufwachsen?« Sie seufzte erschöpft. »Es kommt mir alles so sinnlos vor.«

Blake nickte nachdenklich. »Es ist sinnlos. Weil wir nie das ganze Bild erblicken können, in dem alles doch irgend-wie einen Sinn ergibt. Lass dir kein schlechtes Gewissen machen. Falls Thornton Hall tatsächlich wegen einer ein-zigen ungehorsamen Tochter untergehen sollte, dann stand es nie auf festen Füßen.«

»Es würde mich mit Genugtuung und Traurigkeit er-füllen«, sagte sie leise.

Der Mond war höher gestiegen und leuchtete nun butter-gelb hinter den Ruinen.

Elinda wollte noch etwas sagen, aber die Stille war zu

schön, um gestört zu werden. Plötzlich spürte sie einen Wunsch in sich aufsteigen, der ihr verwegen und naheliegend zugleich erschien. Vielleicht war es der Mond. Oder die bittersüße Resignation angesichts der Vergänglichkeit.

»Ich wollte dir danken, Blake. Dass du mich aus meiner … Weltfremdheit erlöst.« Sie sah ihn an und fragte sich, ob er der zweideutigen Betonung des Wortes folgen würde. Ihr kleiner Finger löste sich aus Blakes Hand und strich über die Außenseite seines Handgelenks.

Er lächelte. »Ich dachte, du bist nur an Ruinen und Kunst interessiert.«

»Und daran, wie es sich anfühlt …« Sie stockte. Ihr eben noch so unerschrockener Impuls war einer unbekannten Furcht gewichen.

»Wie sich was anfühlt?«, raunte er.

Elinda wollte es nicht aussprechen. Sie stellte sich auf die Zehenspitzen, zögerte jedoch. Obwohl sie es in der Kutsche schon einmal gewagt hatte, war sie nun befangen. Ihr Herz raste. Da spürte sie seine Hand in ihrem Nacken. Blake sah sie mit einem verwunderten Lächeln an. Dann zog er sie an sich, und sie versank in seinem sanften, verlangenden Kuss.

Die Zeit schien sich zu verlangsamen. Elinda glaubte, jeden Moment in ihrem Bett auf Thornton Hall aufzuwachen, voller Bedauern, dass dies nur ein Traum war. Ihr erster Kuss, den sie nie gewollt hatte, und noch dazu vor den Ruinen des Forum Romanum. Es war zu schön und zu verrückt, um wahr zu sein.

Blakes Hand tastete nach ihren Fingern, ehe er sich von ihr löste. Er hob ihre Hand mit dem falschen Ehering über seine Brust und hielt sie dort fest. Da spürte sie es. Sein Herz schlug ebenso schnell und laut wie ihres. Überwältigt von der Intensität des Moments, wagte Elinda kaum, ihn anzusehen oder die Welt um sie her wieder in ihre Sinne einzulassen.

»Wie sehr ich es bedaure, dass ich dich morgen nicht durch Rom begleiten kann«, murmelte er. »Und dein Staunen zu sehen und wie gleichzeitig diese besonderen Gedanken …« Er hob ihren Kopf an und strich über ihre Schläfe, »in deinem Kopf umherwandern.«

Sie schmiegte sich gegen seine Hand. »Für einen Moment hatte ich vergessen, dass wir nicht zum Vergnügen hier sind.«

»Es wird auch kein Vergnügen, Signore Volte vorzuspielen, dass du und ich zwei vom Schicksal aneinander gebundene, höchst anständige Engländer sind, die keine Gefahr für die allgemeinen Sitten sind.«

Er sprach den verschachtelten Satz derart trocken aus, dass Elinda lachen musste. Der unbeschwerte Moment schien ihre neue Nähe und ihr Geheimnis zu besiegeln. Er ließ keinen Raum mehr für Befangenheit. Nur für die Vorstellung, was hinter diesem Kuss auf sie warten mochte.

31

Das Gasthaus von Signore Volte in der Via Gregoriana war ein alter Palazzo, dem man seine vielen Bewohner und Geschicke über die Jahrhunderte ansah. Die Fassade blätterte in vielfarbigen Schuppen ab, neben dem einstmals prachtvollen Marmorportal wuchs Unkraut aus den Mauerritzen. Das gesamte Erdgeschoss war Restaurationswerkstatt, Ausstellungsfläche, Lager und Wohnstatt in einem. Der Kunsthändler trug einen grauen Samtrock mit staubigen Ärmelaufschlägen. Seine Hände hätte man für feingliedrige Künstlerhände halten können, wären sie nicht von Narben und Schrammen übersät gewesen, in denen seine Arbeit mit antikem Marmor eine graue Patina hinterlassen hatte. Er umarmte Blake so herzlich, als wäre er ein verloren geglaubter Sohn.

»Ich fragte mich, ob ich Euch noch einmal wiedersehe in diesem Leben«, begrüßte Volte ihn mit ganz ähnlichen Worten, wie es die Gräfin in Venedig getan hatte. »Und wen habt Ihr mir mitgebracht?« Er wandte sich Elinda zu und deutete eine Verbeugung an. Elinda stellte sich ihm vor, zögerte aber bei dem Gedanken, ihm etwas vorzulügen.

Der alte Mann lächelte zurückhaltend. »Mister Colbert, ich halte, wie Ihr wisst, große Stücke auf Euch. Aber wie darf ich es verstehen, dass Ihr diesmal eine junge Lady in meinem bescheidenen Haus unterbringt? So ganz ohne Begleitung.«

Er musterte Elinda mit einer Mischung aus Neugierde und Besorgnis.

»Lasst es mich erklären, Volte«, sagte Blake. »Unsere alte Freundschaft erlaubt mir nicht, Euch die Unwahrheit zu sagen.«

Blake nahm den Kunsthändler beiseite und setzte ihm mit gedämpfter Stimme ihre Lage auseinander. Währenddessen hatte Elinda Gelegenheit, sich umzusehen. Die Fülle solcher Räume war oft von englischen Malern verewigt worden und erweckte den Eindruck, dass Rom ein einziger Verkaufsraum für Liebhaber antiker Kunstgegenstände war. Auf dem ausgetretenen Steinboden reihten sich Holzpodeste, die Statuen, marmorne Bruchstücke, Büsten und Vasen trugen. Über allem lag der ehrfurchtgebietende Geruch von Alter. Dieser Ort hatte Ähnlichkeiten mit dem Allerheiligsten ihres Vaters und war doch etwas ganz anderes. Hier herrschte ein zwangloser Geist von Überfluss und dem Wissen einer nie versiegenden Quelle dieser begehrten Altertümer. Als Elinda sich zu den beiden Männern umdrehte, hatte der *bearleader* gerade das Fluchtäfelchen aus der Tasche gezogen. Die Augen des Kunsthändlers wurden groß.

»Ein solch unscheinbares Ding entlockt Euch so viel Begeisterung?«, fragte Elinda.

Volte legte das Täfelchen auf einem Tisch voller Werkzeuge und Pinsel ab.

»Durchaus. Es sind die kleinen, unscheinbaren Dinge, die uns die Welt der Antike ganz besonders lebendig erscheinen lassen. Ihr sagtet, dass Ihr nach Pompeji weiterreist, Colbert? Nun, dort wurden eine Menge Dinge gefunden, die uns weitaus mehr vom Leben der alten Römer erzählen als die spektakulären Marmorwerke aus den Palästen und großen Thermen.«

»Könnt Ihr herausfinden, was auf dem Täfelchen steht?«, fragte Elinda.

Signore Volte schmunzelte. »Eure Neugierde nach diesen verborgenen Dingen scheint dringlicher zu sein, als Euer Bedürfnis, den Anstand zu wahren, was?«

Blake trat auf den Mann zu. »Volte, ich habe es doch erklärt. Ich versichere, dass in diesem Haus nichts passieren wird, was es in Verruf bringt.«

Volte sah stirnrunzelnd abwechselnd Blake und Elinda an.

»Eine vorgetäuschte Ehe kann mein Haus auf jeden Fall in Verruf bringen. Aber letztendlich war es wohl das Beste, was Ihr tun konntet.« Er lächelte gequält. »Ihr wisst, was mit unverheirateten Paaren in Rom passiert?«

»Nein, was denn?«, fragte Elinda.

»Man steckt sie in Beugehaft, bis sie ihre Verhältnisse vor Gott und dem Gesetz klären«, sagte der Kunsthändler. »Man hält kleine Kinder dazu an, verdächtige Annäherungen zwischen Männern und Frauen dem nächsten Priester zu melden. Wenn ein Ausländer ein Verhältnis mit einer Römerin eingeht, kann man ihn zwingen, sie zu heiraten. Geheimhaltung ist in jedem Falle das Wichtigste, wie auch immer Ihr es anstellt.«

Dann seufzte er. »Ich werde meine Tochter Francesca bitten, Euch auf Euren Wegen in Rom zu begleiten, Miss Elinda. Es wird sich wohl so einrichten lassen, dass niemand die Wahrheit über Euer Verhältnis zu Mister Colbert erfährt.«

Blake legte seine Hand auf Voltes Schulter und drückte sie. »Ich danke Euch.«

Volte klingelte nach der Haushälterin, die Elinda in ihr Zimmer führte. Sie musste sich dazu zwingen, beim Weg nach oben nicht Blake noch einen Blick zuzuwerfen, spürte den seinen aber in ihrem Rücken, was ihr ein verstohlenes Lächeln entlockte.

Das Zimmer hatte hohe Decken und einstmals prächtige Seidentapeten an den Wänden. Nun hatten Stockflecken ein neues Muster hinterlassen. Ein breites Bett sah einladend aus, quietschte bei der kleinsten Bewegung jedoch so laut, als wollte es zusammenfallen. Man teilte ihr mit, dass zweimal am Tag heißes Wasser gebracht wurde und das Frühstück im angrenzenden Salon serviert wurde. Elinda fragte sich, wo sich Blakes Zimmer befand, aber sie ahnte, dass man ihn möglichst weit von dem ihren unterbringen würde.

Als sie später in der Dunkelheit im Bett lag, ließ sie Blakes Kuss auf ihren Lippen wieder aufleben. Elinda lauschte. Im Haus war es still. Doch irgendwo, in einem der Zimmer über ihr oder unter ihr, war er und spürte ihrem Kuss vielleicht ebenso nach.

Sie schloss die Augen, und ihr Inneres balancierte auf einem dünnen Seil zwischen einer wohligen Verwirrung und der Frage, wohin das alles führen würde.

In dieser Nacht kam der Albtraum zurück.

Der Anblick von David, wie er durch die Vulkanasche irrte, war so beängstigend lebendig, dass Elinda schreiend aufwachte. Sie schnappte nach Luft, doch ihre Lunge gehorchte ihr nicht.

Etwas war in ihrem Mund, in ihrer Nase, überall auf ihrem Gesicht.

Keuchend richtete sie sich auf und sprang aus dem Bett. Sie taumelte, wollte sich am Nachtschrank festhalten, doch sie griff ins Leere, und der Kerzenleuchter polterte zu Boden. Ein zarter Lichtschein, der durch die Fensterläden drang, erschien ihr als einzig mögliche Rettung, die diesen real gewordenen Albtraum beenden konnte. Blindlings tapste sie zum Fenster, stieß einen Flügel auf, und das graue Morgenlicht zeigte ihr erbarmungslos das Unerklärliche.

Nachthemd, Bettzeug und Kissen waren mit feinem grauem Staub bedeckt.

Elinda blinzelte, der Staub drang in ihre Augen. Sie riss die Hände vors Gesicht und tastete sich zum Waschtisch. Mit angehaltenem Atem tauchte sie Stirn und Nase ins kalte Wasser der Waschschüssel.

Du hast dir alles nur eingebildet.

Doch das hatte sie nicht. Das Wasser in der Schüssel war grau. Das Bett war grau. Und ihr Hals fühlte sich an, als hätte sie dieses grässliche Grau verschluckt. Angeekelt spülte sie sich den Mund aus und trank gierig das Wasser aus dem Krug. Ihr Herz raste. Zitternd sank Elinda auf einen Stuhl und starrte auf das Bett.

Ihr erster Gedanke war Blake. Sie musste ihm den Staub zeigen.

Elinda zog sich rasch an und machte sich auf die Suche nach ihm. Doch das Haus lag zu dieser frühen Stunde noch still und verlassen da. Sie wagte es nicht, an Türen zu klopfen. Auf der Suche nach einem Dienstmädchen ging sie ins Erdgeschoss. In der Küche waren zwei junge Frauen damit beschäftigt, das Frühstück vorzubereiten. Elinda verlangte zu wissen, wo Blakes Zimmer war, ohne einen Gedanken daran zu verschwenden, wie man diese Frage auffassen konnte.

Verlegen beschrieb eine von ihnen ihr den Weg.

Elinda stieg in den zweiten Stock hoch und wandte sich an die beschriebene Tür. Sie klopfte, doch nichts rührte sich. Sie versuchte es noch einmal, und als immer noch nichts geschah, rüttelte sie an der Klinke. Zu ihrer Überraschung war die Tür nicht abgeschlossen. Das Zimmer war leer, das Bett unberührt. Ratlos sah Elinda auf seine Seesäcke, die unausgepackt unter dem Fenster lehnten. War er so früh schon losgezogen? Oder am vergangenen Abend gar nicht zu Bett gegangen?

Der Anblick des unbenutzten Zimmers trat eine Lawine unguter Ahnungen in ihrem Innern los. Sie war machtlos gegen den neuerliche Zweifel, der wie ein Gift seine Wirkung in ihr verbreitete.

Hör auf mit dem Unsinn, schalt sie sich. Aber Elinda konnte nichts gegen den Gedanken tun.

War es nicht genauso wie in Venedig und Florenz? Sie stand verloren und verwirrt an der Grenze des Fassbaren, während ihr zuvor ein Gefühl von Nähe zu Blake die Sinne umschmeichelt hatte. In ihren Ohren vibrierte ein Echo seiner gestrigen Worte.

Ich war schon einmal in einem italienischen Gefängnis.

Siedend heiß kam ihr wieder zu Bewusstsein, dass sie ihn im Grunde gar nicht kannte. Sie wusste nicht, zu was er in der Lage war.

Frustriert schloss sie die Tür wieder und lief zurück in den ersten Stock, wo mittlerweile etwas mehr Leben herrschte. Ein weiteres Dienstmädchen stand in ihrem Zimmer und raffte das Bettzeug an sich.

»*Che sporcizia!*«, schimpfte sie und zeigte auf den Staub, der aus den zusammengelegten Laken auf den Boden rieselte. »Was für ein Schmutz!«

Elinda wollte zu einer Erklärung ansetzen. Aber es gab keine Erklärung, und das Mädchen hätte sie auch nicht verstanden. Resigniert ließ sie sie gewähren und den Boden fegen. Während sie der Beseitigung des unheimlichen Staubs zusah, spürte Elinda, wie sich etwas in ihr von Grund auf verlagerte.

Der Umgang mit Aberglaube und Übersinnlichem war in Italien anders als in England, das wusste sie. Aber veränderten sich deswegen auch die Gesetze der Wirklichkeit? Natürlich musste es eine plausible Erklärung dafür geben, wie dieser Staub auf ihr Bett und auf den Körper der deutschen Gräfin gekommen war. Doch ihr Geist wich auf der Suche nach dieser Antwort beklommen zurück. Sie weigerte sich einfach zu glauben, dass Blake etwas damit zu tun hatte.

Du willst nicht, dass er zu so etwas in der Lage ist.

Aber wer dann? Und warum?

Plötzlich schien sich in ihren Gedanken eine zweite Realität aufzutun, die ihr ihre dunklen, verdrehten Gesetze aufzwang.

Als das Zimmermädchen fertig war, schloss Elinda erleichtert die Tür hinter ihr.

Sie goss frisches Wasser in die Waschschüssel und tauchte noch einmal ihr Gesicht hinein. Entschlossen rieb sie es mit einem Leinentuch trocken, bis ihre Haut brannte, und trat ans offene Fenster. Vor ihr lag Rom im zögerlichen Licht des Morgens. Zarte rosenfarbene Streifen mischten sich in das Grau des Himmels. Die Fassaden schimmerten in der Verheißung eines neuen Tages.

Elinda nahm einen tiefen Atemzug. Solange Blake nicht hier war und sie nichts Neues über David erfuhr, musste sie die Zeit nutzen und die Ewige Stadt so intensiv erleben, wie es nur irgendwie ging.

Kurz darauf wurde das Frühstück aufgetragen. Als Elinda das Speisezimmer betrat, sahen ihr vier männliche Augenpaare entgegen. Ihr brach der Schweiß aus, als wäre dies eine weitere Gefahr, die es zu bestehen galt. Doch dann realisierte sie, dass die überraschten Blicke vor allem ihrer ungewöhnlichen Aufmachung galten. Elinda fand es enervierend, dass eine Frau in Hosen derart aufsehenerregend sein sollte. Doch die Männer überspielten den merkwürdigen Moment rasch. Zwei von ihnen stellten sich als französische Kunststudenten vor, die beiden anderen als Schotten.

»Mein Name ist Elinda Colbert.« Sie griff sich mit der beringten Hand beiläufig ins Haar, um keine Zweifel aufkommen zu lassen. Dennoch, die skeptischen Blicke der Männer machten ihr nur zu deutlich, wie fragwürdig ihre Anwesenheit so ganz ohne Ehemann oder weibliche Begleitung und dann auch noch in Beinkleidern war.

Ohne Blake fühlte sie sich verloren und angreifbar. Zum Glück verwickelten sie die anderen Gäste rasch in ein Gespräch über die in ihren Augen ungenießbare italienische Küche. Das Frühstück verlief mit Klagen über das allgegenwärtige Olivenöl, die geschmacklosen Maccheroni aus Maismehl und den grässlichen Wein, der doch in Frankreich so viel besser sei. Vielleicht war dieses Tischgespräch der Grund, dass Elinda kaum etwas herunterbrachte.

Plötzlich tauchte eine merklich schwangere, junge Frau an der Tür auf und eilte zielstrebig auf Elinda zu.

»*Bongiorno*, die Herren, die Dame!«

Mit herzlichem Schwung ergriff sie Elindas Hand und zog sie mit sich aus dem Salon. »Ich bin Francesca, Voltes Tochter, und ich soll Euch das hier vom Packhof zurückgeben …« Sie überreichte Elinda den Stapel Bücher, den man über Nacht einbehalten und geprüft hatte. »… und das hier von Eurem Begleiter ausrichten.«

Sie steckte Elinda einen Zettel zu. Ein erwartungsvolles Ziehen wanderte durch ihre Brust, als sie ihn auseinanderfaltete.

Liebe Elinda,
ich wünsche dir einen angenehmen Tag in Rom. Francesca wird dir anbieten, als Erstes die Peterskirche zu besichtigen. Darf ich dir jedoch die Kunstsammlung der Villa Borghese und die Gärten der Villa Medici ans Herz legen? Ich weiß nicht, wie viel Zeit wir hier in Rom haben, und es wäre überaus bedauerlich, wenn die Schönheit dieser Plätze sich nicht in deinen Augen wiederfindet. Wir sehen uns heute Abend. B.

Elinda verbarg den Zettel rasch in der Tasche ihres Kleides.

»Ihr errötet ja wie eine Pfingstrose«, stellte Francesca fest.

Elinda schwieg. Ihr Herz pochte vor Verlangen. Aber es waren nur Worte. Falls Blake es wirklich darauf anlegte, ihre Gefühle zu manipulieren, hatte er leichtes Spiel.

Lediglich die erfrischende Anwesenheit Francescas empfand sie in diesem Moment als Erleichterung. Und es tat gut, in ihr eine Verbündete zu haben, die keinerlei moralische Bedenken wegen ihrer pikanten Lage zu haben schien. Insgeheim bewunderte sie Blake für seine Freundschaft zu derart gütigen und in Moralfragen gelassenen Menschen.

»Mir persönlich ist es gleichgültig, ob Ihr nun verlobt, verheiratet, verwitwet oder zu Hause ausgerissen seid«, erriet Francesca ihre Gedanken. »Ich als Römerin fühle mich geehrt, dass Ihr Euer Leben so zurechtgebogen habt, dass es Euch hierher in die Ewige Stadt geführt hat.«

»Ich fürchte, ich habe es wohl eher *ver*bogen«, murmelte Elinda.

»Das sagen auch manche über mich, da ich einen hoffnungsvollen, aber schrecklich armen Maler geheiratet habe. Der noch dazu erlaubt, dass ich Vaters Gäste durch Rom führe, als wäre ich ein *cicerone*.«

Elinda lächelte. »Nun, wäre Cicero eine Frau gewesen, wäre dies wohl kein allzu großes Problem.«

Francesca stieß ein ungehemmtes Lachen aus. »Wir können die Geschichte nicht umschreiben, nur unsere eigene. Ihr werdet in Rom jedenfalls keine bessere Führerin als mich finden. Allerdings …« Ihr Blick wanderte an Elindas Körper herab. »Versteht mich nicht falsch, ich beneide Euch um diese hübsche Hose. Allerdings wären wir auf unserem Spaziergang wesentlich unbehelligter, wenn Ihr einfach ein Kleid tragen würdet.«

Elinda wollte sich der allgemeinen Schicklichkeit nicht widersetzen und zog sich rasch um. Als sie schließlich mit ihrem schlichten Reisekleid vor ihr stand, betrachtete Francesca sie mit erleichtertem Lächeln.

»Also, was wollen wir zuerst besichtigen? Den Petersdom oder das Forum Romanum?«

Elinda drückte sanft ihren Arm und schüttelte den Kopf. »Die Villa Borghese, bitte.«

32

Als die beiden Frauen aus der alten Bischofsvilla auf dem Pincio-Hügel hinaus in den weitläufigen Garten traten, hingen über Rom dunkle Wolken. Im Innern des Gebäudes zwischen Marmorskulpturen und Gemälden war es Elinda vorgekommen, von der Welt abgeschnitten zu sein. Ein Windstoß erfasste ihre Kleid. Und eine leise Stimme in den Böen schien ihr zuzuflüstern, dass sie ebenso ein Spielball höherer Mächte war wie der Sand auf den Wegen, der sich zu kleinen, tanzenden Wirbeln erhob. Die Luft war warm und schien zu pulsieren, als würde von den quellenden Wolken ein mächtiger Herzschlag ausgehen.

Francesca atmete tief ein. »Wie ich dieses Wetter liebe! Es scheint so bedrohlich und macht das alles hier nur umso schöner, nicht wahr?«

Elinda konnte ihr nur zustimmen. Am Horizont vibrierte ein grelles Licht. Die Sonne fand eine Lücke zwischen den grafitfarbenen Wolken, als würden Dunkelheit und Licht am Himmel einen liebestollen Kampf austragen. Pflanzen und marmorne Bänke ringsum leuchteten plötzlich wie lackiert. Ein Schwarm Tauben stieg wie von Zauberhand von einem der Brunnen auf, um dann schwerfällig wieder herabzusinken.

»Müssten wir nicht irgendwo Schutz suchen?«

Der plötzliche Wetterumschwung kam Elinda ein wenig bedrohlich vor.

»Bis es zu regnen anfängt, dauert es noch.« Francesca hängte sich bei ihr ein.

»Ich kenne eine kleine, sehr gute Osteria in der Nähe der Piazza Cappuccini, bis dahin schaffen wir es noch rechtzeitig.«

Sie führte Elinda unter den bewegten Wipfeln der Bäume einen Weg hinab, ehe sie vom südlichen Ende des weitläufigen Parks in die Via di Porta Pinciana einbogen. Über ihnen grollte nun laut der Donner. Als die ersten Tropfen fielen, beschleunigte Francesca lachend ihre Schritte. Doch der Regen fiel noch zögerlich, als wollte er sich höflicherweise zurückhalten, bis die beiden ihr Ziel erreicht hatten.

»Die Osteria ist übrigens sehr beliebt bei Ausländern«, sagte Francesca. »Ich hoffe, Ihr mögt Käse. Sie machen dort formidable Maccheroni mit Käse und grünen Bohnen und wundervolles *bistecca*.«

»Seid lieber still«, bat Elinda. »Sonst fragen sich die Leute noch, wo das laute Knurren herkommt.« Nach der Appetitlosigkeit beim Frühstück war ihr Hunger nun umso stärker zurückgekommen. Francesca beugte sich lachend zu Elindas Bauch.

»Ich höre aber gar nichts.«

Ihre Ausgelassenheit tat gut. Vor der Osteria, die an der nächsten Ecke mit einem großen roten Schild warb, standen einige Leute, allem Anschein nach Ausländer mit ihren Staubmänteln und Spazierstöcken. Einige wandten den Kopf und nahmen die beiden lachenden Frauen in Augenschein.

In diesem Moment sah Elinda ihn.

Von einer Sekunde auf die nächste schien alles um sie herum sich in Glas zu verwandeln. Sie erstarrte.

Francesca schaute sie überrascht an. »Was habt Ihr denn?«

Elindas Atem versiegte, ihre Gedanken überschlugen sich. Sie wusste nicht mehr, ob das laute Donnern nun über ihr oder in ihrem Brustkorb war.

Andrew Hydeworth trug einen waldgrünen Samtrock, in dem sich seine athletische Figur auffällig von der der anderen Männer abhob. Als hätte man den Apoll von Belvedere in die Kleider der Sterblichen gehüllt und in eine Gruppe von Bauern gesetzt. Noch hatte er sie nicht bemerkt, da er im Gespräch mit einem anderen Mann war und Elinda halb den Rücken zuwandte.

»Diese Kirche da!«, stieß sie hervor. Links von ihnen erhob sich ein Gotteshaus unter den peitschenden Wipfeln einiger Platanen. »Ich will sie besichtigen. Jetzt.«

Francesca sah Elinda irritiert an. »Warum denn ausgerechnet diese Kirche?«

Elinda packte ihre Hand und zog sie zum Eingang. »Ich … ich habe schon viel über diese Kirche gelesen. Sie soll sehr interessant sein.«

»Aber …«

Da brach der Regen los. Noch nie war Elinda so dankbar gewesen für einen derartigen Sturzbach. Schlagartig verschleierte die Wasserwand die Fassaden der Häuser, und sie betete darum, dass der Regen es Andrew Hydeworth ebenso unmöglich machte, sie zu sehen. Falls er sie nicht längst entdeckt hatte.

Sie zog Francesca mit sich zum Kircheneingang und

warf einen Blick über die Schulter. Entsetzt realisierte sie, dass einige der Leute ebenfalls in Richtung der Kirche stürzten, da im Innern des Gasthauses wohl zu wenig Platz für alle Schutzsuchenden war. Wenn Hydeworth nun unter ihnen war? Wie hatte er derart schnell nach Rom gelangen können? Er musste Tag und Nacht mit höllischer Geschwindigkeit unterwegs gewesen sein, um sie einzuholen. Sein grüner Samtfrack schien einen Abdruck auf Elindas Netzhaut hinterlassen zu haben, denn sie sah ihn noch vor sich, als sie sich schon gegen das Kirchenportal stemmte.

Vor ihnen eröffnete sich der goldene Dämmer der Kirche, wo der Regen als gedämpftes Rauschen hinter den dicken Mauern zurückblieb. Neben dem Kircheneingang führte eine Treppe in die Tiefe. Ohne zu überlegen, wandte Elinda sich dorthin und prallte zurück, als sie in einem kleinen Vorraum auf einen schwarz gekleideten Mann mit Kapuze stieß, der dort saß und auf ein großes Buch vor sich deutete.

»Elinda, dort unten ist ein Ossuarium, ein Beinhaus«, protestierte Francesca. »Ein schauderhafter Ort. Müssen wir unbedingt dort hinunter?«

Plötzlich wusste Elinda, wo sie sich hier befand. Sie hatte einige sensationsheischende Berichte über diese Kirche gelesen. Sie gehörte zu einem Kapuzinerkloster und beeindruckte Besucher mit einer kunstvollen Ansammlung menschlicher Knochen. Elinda interessierte sich nicht sonderlich für die makabren Zeugnisse einer katholischen Totenbruderschaft, sie suchte nur einen Ort, um sich vor Andrew Hydeworth zu verbergen. Hätte Blake nicht dasselbe vorgeschlagen? So sehr sie sich wünschte, er würde nun bei ihr sein und ihr aus dieser Situation helfen, so sehr musste sie sich nun auf ihre Instinkte verlassen.

Die Kirchentür wurde von außen geöffnet, Stimmen näherten sich.

»Nun kommt!«, drängte sie Francesca in falschem Tatendrang. »Es gibt für eine protestantische Engländerin nichts Interessanteres als italienische Morbidität.«

Francesca war blass geworden und musterte sie skeptisch. Regenwasser rann ihr aus dem Haar. Mit zusammengepressten Lippen holte sie ein paar Münzen aus ihrem Beutel und warf sie in die Schale, die einer der Mönche ihr entgegenhielt.

»*I poveri morti!*«, hauchte der Mönch und trug den gespendeten Betrag in sein Buch ein. Sein Gesicht war unter dem Schatten der Kapuze nur ein undeutlicher Schemen.

»Damit lesen sie den Armen Totenmessen für ihr Seelenheil«, flüsterte Francesca, ehe ihr ein gewaltiger Donner das Wort abschnitt.

Hinter ihnen ertönten die Stimmen der Neuankömmlinge, die vor dem Regen Schutz in der Kirche suchten. Elinda warf einen raschen Blick über die Schulter. Sie hörte Hydeworths Stimme, noch bevor sie seinen grünsamtenen Frack zwischen den anderen wahrnahm. Elindas Hals schnürte sich zu. Sie griff nach Francescas Hand und zog sie zur Treppe.

Unten erwartete sie der Tod.

An einem anderen Tag hätte die düstere Opulenz der Krypta Elinda dazu veranlasst, amüsiert die Augenbrauen hochzuziehen. Doch nun kroch ihr ein unbekanntes Grauen unter die Haut. Die Wände der Krypta waren bis unter die Decke mit Knochen und Schädeln ausgekleidet und zu Wanddekorationen angeordnet. Beckenknochen, Wirbel und Schulterblätter bildeten Blüten, Schädel waren zu ganzen Arkaden aufgeschichtet, und unter diesen grauenvollen Bögen lehnten die ledrigen Körper von Toten, gekleidet in dunkle Kutten, auf Stöcke und große hölzerne Kreuze gestützt.

Elinda zuckte zusammen, als ein weiterer lauter Donnerschlag bis hinab in die Krypta zu vernehmen war. Francesca sah sich mit geweiteten Augen um und bekreuzigte sich. Ihre Fröhlichkeit war wie weggeblasen. Sie war leichenblass geworden und hatte beide Hände auf ihren Bauch gelegt.

Elinda hätte sich ohrfeigen können. Sie griff nach dem Arm ihrer Begleiterin.

»Francesca, es tut mir leid. Wie dumm von mir. Ich habe nicht daran gedacht, dass dies nun wahrlich kein Ort für Euch ist.«

»Ihr wolltet doch nicht hierherkommen, um Euch einen Haufen Knochen anzuschauen, oder?« Francesca folgte Elindas erschrockenem Blick zur Treppe. Schritte näherten sich.

»Ihr habt recht.« Vorsichtig zog sie die junge Frau weiter. »Ich habe da draußen jemanden gesehen, dem ich um alles aus der Welt aus dem Weg gehen will.«

»Wen denn?«

Elinda presste die Lippen zusammen. In der nächsten Krypta schwebte ein Skelett an der Decke. Eine stumme Mahnung an das Unausweichliche.

»Also gut, Ihr werdet es ja ohnehin bald erfahren, weil sich die ganze Stadt den Mund darüber zerreißen wird. Dort oben ist der Mann, dem ich versprochen bin. Und wenn ich ihn heirate …« Elinda brach ab und starrte auf die Gebilde aus Schlüsselbeinen, Schulterblättern und Beckenschaufeln.

»Er ist ein sehr schlechter Mann, aber meinen Eltern ist sein Reichtum wichtiger als mein Glück. Deswegen bin ich vor ihm geflohen. Und noch aus anderen Gründen.«

»Ihr seid sehr mutig«, murmelte Francesca.

»Nein, das bin ich nicht. Ich verstecke mich mit einer Schwangeren in einem Beinhaus, damit er mich nicht findet.«

»Ihr wollt Euch hier unten verstecken?« Francesca sah sie entsetzt an. »Wo denn? Hinter einem der vertrockneten Mönche?«

Allein der Gedanke, hier unten ausharren zu müssen, bis die Luft irgendwann wieder rein war, entsetzte Elinda zutiefst. Die Stimmen näherten sich nun die Treppe hinab. Sie klangen heiter und aufgekratzt, während draußen der Donner auf die Kirche einzuschlagen schien. Die Engländer empfanden ein Beinhaus als Unterstand für ein Gewitter wohl als höchst amüsante Angelegenheit. Elinda hörte Hydeworths selbstsicheres Lachen. Sie zwang sich, angesichts dieses gewaltigen *memento mori* nicht die Nerven zu verlieren.

Es sind bloß Knochen.

Doch in ihrem Hals stieg Übelkeit hoch, sie spürte das überwältigende Bedürfnis nach frischer Luft, mochte es da draußen auch Hunde und Katzen regnen. Doch damit würde sie Hydeworth in die Arme laufen.

»Geht wieder nach oben, Francesca«, bat sie ihre Begleiterin.

»Und Ihr?«

»Ich verberge mich da hinten bei dem Altar.«

»Bei den Skeletten?«

»Es wird nicht für lange sein. Geht zurück in die Kirche und kommt mich holen, wenn diese Männer weg sind.«

Noch ehe Francesca einwilligen konnte, ertönten auch schon die Schritte der anderen Besucher auf dem Steinboden. Sicher würde man einer davoneilenden Schwangeren rasch den Weg freimachen. Francesca wandte sich um, Elinda grub die Zähne in die Unterlippe und steuerte das nächste Gewölbe an. Die Skelette darin hielten kleine knöcherne Violinen und Harfen. An der Seitenwand unterbrach ein steinerner Altar die Reihe der Knochenmänner. Elinda hatte richtig gesehen, denn seitlich des Altars standen zwei geschwungene Flügel ab, die zwischen den angrenzenden Skeletten und der Kryptawand einen Hohlraum bildeten.

Elinda holte ihr Taschentuch aus dem Kleid, das immer noch schwach nach Blakes ätherischem Öl duftete. Sie nahm einen tiefen Atemzug davon, um sich zu beruhigen. Dann schob sie sich in den kleinen Hohlraum. Das Licht der wenigen Laternen sparte diesen Bereich aus. Er wird mich nicht sehen, dachte Elinda. Hydeworth würde mit spöttischer Anerkennung auf den putzigen Knochenschmuck herabblicken und sich seiner geistigen Überlegenheit freuen. Doch sie fühlte sich in ihrem Versteck unerträglich verletzlich, kniff die Augen zusammen, hörte das Näherkommen der Stimmen und hasste Hydeworth dafür, dass er ihr ein derart abstoßendes Manöver abnötigte.

Schau dich an, was aus dir geworden ist, ging ihr durch den Kopf. *Ein vor Angst schlotterndes Kaninchen, das sich hinter einem Haufen Knochen verstecken muss. Ich sollte mich ihm in den Weg stellen und ihm eine weitere Ohrfeige verpassen. Was soll er mir schon tun? Warum habe ich eine solche Angst vor ihm?*

Sie schloss die Augen und wartete. Doch die Besucher verweilten lange vor den knöchernen Gebilden und sprachen mit amüsiertem Schauder über die wahnwitzige Detailverliebtheit der Kapuzinermönche. Plötzlich vernahm sie Hydeworths Stimme und die eines anderen Engländers ganz nah.

»Da liest man am Eingang dieses Gewölbes den Spruch *Was ihr seid, sind wir gewesen. Was wir sind, werdet ihr sein*«, sinnierte Hydeworth leise. »Man fragt sich, ob dem wild schlagenden Herz und dem warmen Körper, der diese Knochen betrachtet, bewusst ist, dass diese Botschaft ihm gilt.«

Er meint mich, durchfuhr es Elinda.

Der Mann, an den Hydeworth seine Worte gerichtet hatte, schnaubte spöttisch.

»Diese Katholiken machen ein derartiges Aufheben um den Tod. Man weiß nicht, ob man sich davon beeindrucken oder belustigen lassen soll.«

»Das ist überhaupt die Frage«, entgegnete Hydeworth. »Eine derartige Absurdität ist nicht nachvollziehbar. Vielleicht ist es für manche eine Zuflucht vor dem, was ihnen am meisten Angst macht.«

»Wohl wahr.«

»Da fällt mir ein, habt Ihr schon dieses aberwitzige Gerücht von der jungen Engländerin gehört, die vor Kurzem nach Italien geflüchtet ist, um ihrer Hochzeit zu entgehen?«

Elindas Eingeweide zogen sich zusammen.

»Das ist ja ungeheuerlich«, sagte Hydeworths unsichtbarer Gesprächspartner.

»Oh, noch ungeheuerlicher ist, dass das dumme Gör sich dabei einem abgerissenen Halunken angeschlossen hat. Blake Colbert. Der Name sagt Euch doch etwas?«

»Ach, dieser erbärmliche Galgenvogel«, erwiderte der andere.

Elinda hielt es kaum noch aus. Sie wollte das neben ihr lehnende Skelett von sich stoßen und Hydeworth ihren Abscheu entgegenschreien. Doch sie presste sich gegen die Wand, gelähmt und starr, als hätten ihr die Knochen das Leben entzogen.

Doch noch mehr als ihre Angst bannte sie das, was über Blake gesprochen wurde.

»Dass dieser verantwortungslose Taugenichts überhaupt je unseresgleichen in seiner Obhut hatte«, höhnte Hydeworth. »Aber davon weiß diese junge Dame sicher nichts, sonst hätte sie sich nicht zu dieser kopflosen Dummheit hinreißen lassen.«

»Von einer Dame kann hier wohl nicht die Rede sein«, meinte der andere.

»Nein, natürlich nicht«, lenkte Hydeworth ein. »Sie ist ein Flittchen, ihre Eltern müssen sich in Grund und Boden schämen. Sicher werden sie ihre Tochter verstoßen, sollte sie es zurück nach England schaffen.«

»Nein, solche Torheiten gehen selten gut aus.«

»Wohl nicht. Aber ich habe gehört, dass der Verlobte dieses Mädchens es auf sich genommen hat, ihr nachzureisen und sie vor noch größerer Dummheit zu bewahren.«

Der andere Mann stieß ein ungläubiges Lachen aus. »Was hätte er davon?«

Hydeworths Stimme erklang nun noch näher. »Das Mädchen zurückzubringen, scheint ihm wichtiger zu sein als seine Ehre. Aber wie könnte ein so albernes Ding die Ehre eines wahren Mannes auch nur ankratzen? Wer weiß, vielleicht empfindet ihr Bräutigam ein seltenes Vergnügen bei dem Gedanken, sie zu zähmen.«

Elinda presste die Augen zusammen.

Gleich wird er seine Hand in den Hohlraum schieben und mich packen.

Eine Erinnerung hüllte sie plötzlich ein wie eine schützende Schicht. Und jetzt wurde ihr auch bewusst, warum es ihr so selbstverständlich erschienen war, sich hier zu verstecken. Die Familiengruft unter der Kapelle von Thornton Hall. Alte Steinsarkophage in einem niedrigen Gewölbe. Davids hallende Stimme, die wie aus weiter Ferne zu ihr drang.

»… sieben, acht, neun, zehn! Ich komme!«

Davids Schritte, ihre mühsam bezwungene Aufregung, eingepfercht zwischen einer feuchten Mauer und dem Relief einer hundert Jahr alten Grabstätte. Und dann sein triumphierender Ausruf. »Hab dich!«

Die Erinnerung nahm Elinda derart in Beschlag, dass sie kaum mitbekam, wie die Stimmen sich wieder entfernten. Alles, was sie noch hörte, war Hydeworths beiläufiger Plauderton. »Ich denke, wir können gespannt sein, wie die Geschichte weitergeht. Das Mädchen soll ja gerade in Rom sein. Für ihren Verlobten dürfte es ein Leichtes sein, sie ausfindig zu machen.«

»Was Ihr nicht sagt«, erwiderte der andere.

»Das dumme Ding wird ihm noch auf Knien danken. So, aber nun habe ich wirklich Hunger. Hier unten bekommt man einen ganz staubigen Geschmack auf der Zunge.«

»Das Kalbskotelett soll in der Osteria drüben wirklich ganz vorzüglich sein …«

Dann war alles still.

Elinda blieb, wo sie war. Hydeworths leichtfüßige, zersetzende Übermacht hatte sie vollkommen gelähmt. Doch irgendwann drang Francescas leise Stimme an ihr Ohr.

»Gütiger Himmel, wollt Ihr hier unten zu Staub zerfallen?«, zischte sie entsetzt. »Kommt da raus. Sie sind weg.«

Wortlos schob Elinda sich hinter dem Skelett hervor und eilte mit gesenktem Kopf durch die Krypta, die Treppe hoch und durch die Kirchentür hinaus ins Freie. Sie wünschte sich den prasselnden Regenguss zurück, um das eben Erlebte abzuwaschen. Doch es tröpfelte nur noch schwach vom Himmel. Hydeworth war nirgendwo zu sehen. Wahrscheinlich saß er nun in dem Gasthaus gegenüber und grub seine Zähne in ein Stück Fleisch.

Elinda fühlte sich unendlich schwach. Francesca sah sie besorgt von der Seite an.

»Kommt, wir gehen zurück.«

Elinda nickte und nahm ihre Hand. Doch sie konnten die Straße nicht überqueren.

Ein Leichenzug näherte sich, wie es in Italien so oft am helllichten Tag geschah.

Dieser hier war ein Leichenzug von Kindern, die dem offenen Sarg eines Gefährten folgten. Unter einer blütenweißen Spitzendecke lag der wächserne kleine Leichnam. Die dünnen Stimmchen sangen einen schiefen Choral, einige der Jungen weinten.

Statt Mitgefühl mit dem toten Kind empfand Elinda nur noch Überdruss, ja, beinahe Ekel angesichts dieser Zurschaustellung des Todes. Sie zwang sich, den Kindern anteilnehmend hinterherzusehen. Alle hielten ihre Köpfe gesenkt.

Bis auf einen kleinen Jungen in der letzten Reihe, der sie nun offen ansah.

Er mochte vielleicht acht Jahre alt sein, ein etwas dickliches Kind mit großen, dunklen Cherubaugen. Elinda schenkte ihm ein mitfühlendes Lächeln. Doch im nächsten Moment scherte der Junge aus, trat auf sie zu und hielt ihr einen zusammengelegten Zettel entgegen. Überrascht griff Elinda danach. Schon hatte sich der Junge wieder eingereiht, und der Zug entfernte sich von ihnen.

Francesca musterte das Papier stirnrunzelnd. »Wahrscheinlich eine Bitte um Spenden. Manche Mönche schicken Kinder vor, um ihre Kassen zu füllen«, sagte sie.

Elinda entfaltete das Papier, zwischen dem ein leises Knirschen zu vernehmen war, als wäre etwas darin eingewickelt.

»Was steht da?« Francesca beugte sich seitlich zu ihr.

Elinda entfuhr ein Keuchen, als grauer Sand zwischen ihren Fingern zu Boden rieselte. Der Anblick durchbohrte sie wie ein riesiger Stachel. Auf einmal wurde alles um sie herum von der schrecklichen Farbe der Knochen in der Krypta überzogen, diesem grauen, braunen Misston, der das Leben ausschloss.

Dass auf dem Papier in wackeligen Buchstaben noch eine Warnung stand, nicht nach Pompeji zu reisen, nahm Elinda nur noch halb wahr.

Sie sackte in Francescas hastiger Umarmung ohnmächtig zusammen.

33

Elinda wachte davon auf, dass jemand sanft ihre Wange tätschelte. Sie lag in ihrem Bett im Gästezimmer. Francesca
saß neben ihr. Im Hintergrund wartete ein Dienstmädchen
mit einem dampfenden Becher auf einem Tablett. Vor dem
Fenster hing der graue Himmel.

Augenblicklich war Elinda die ganze Situation überaus
peinlich.

»Ich habe mich früher immer lustig gemacht über
Frauen, die einfach in Ohnmacht fallen«, murmelte sie.

Francesca winkte ab. »Das hätte jedem passieren können.«

»Euch ist es nicht passiert. Und Ihr seid schwanger.«

»Ja, aber ich bin solche Anblicke gewöhnt. Und ich musste mich nicht hinter einem Skelett verstecken.« Francesca
verzog ungläubig das Gesicht. »Sagt, das war doch sicher
nur eine komische englische Mutprobe, um Euch Eure protestantische Nüchternheit zu beweisen. Ich weiß, wie ihr
Engländer unseren Umgang mit dem Tod belächelt.«

Elinda blinzelte erschöpft. »Ich verspreche, ich werde
den Tod nie wieder belächeln.«

»Aber sagt, war es der Leichenzug oder dieses Kind, das
Euch so aufgewühlt hat?«

»Es war dieser Mann«, murmelte sie. »Er … Ich kann es nicht ertragen, wenn er in der Nähe ist.«

»Was hat er getan, um Euch zu solchen Mitteln greifen zu lassen?«

Elinda hatte nun das drängende Bedürfnis, sich für ihr abwegiges Versteckspiel zu rechtfertigen. Mit einem Mal erschien es ihr unfassbar albern und übertrieben, dass sie sich zwischen einem Haufen Knochen vor Hydeworth versteckt hatte. Sie atmete tief ein, um wieder etwas Klarheit in ihren Kopf einzulassen, da fiel es ihr wieder ein. »Der Zettel des Jungen, wo ist er?«

»Der fiel zu Boden. Ich habe ihn liegen gelassen.«

Elinda atmete zitternd aus. Sie versuchte, sich die Botschaft auf dem Papier ins Gedächtnis zu rufen, aber ihr fiel nur noch der graue Staub ein. Das und der vage Eindruck, dass darauf das Wort Pompeji geschrieben gewesen war.

»Wie bin ich hierher zurückgekommen?«, fragte sie.

»Ein wackerer Milchhändler kam gerade mit seinem Wagen vorbei. Der hat Euch mitgenommen und die Treppe hinaufgeschleppt. Vater hat ihm zum Dank den ganzen Rest seiner Milch abgekauft. Das heißt, heute Abend gibt es Pudding.«

Elinda richtete sich im Bett auf. Ihr war immer noch flau im Magen, doch Francescas unbekümmertes Wesen und der Gedanke an Pudding weckten ihre Lebensgeister wieder. Ganz unvermittelt wurde Francescas Miene wieder ernst.

»Elinda, ich muss Euch bitten, meinen Vater zu informieren, dass Euer rechtmäßiger Verlobter auf der Suche nach seiner Braut ist. Was für ein Ekel dieser Mann auch sein mag … Ihr wisst, was es für den Ruf unseres Hauses bedeutet, wenn Ihr mit Mister Colbert hier bleibt, während dieser andere Mann Anspruch auf Euch hat. Einen solchen Skandal würde mein Vater nicht überleben. Ich nehme an, dass dieser Engländer hierherkommen wird, nicht wahr?«

Elinda presste ihre Finger gegen die Nasenwurzel. »Ja, davon ist auszugehen.«

Andrew Hydeworth war es gewiss ein Leichtes, herauszufinden, in welchem Haus eine junge Engländerin mit wesentlich älterem Ehemann beherbergt wurde. Sie stellte sich vor, wie der Earl genüsslich sein Mittagessen beendet hatte und sich ebenso genüsslich überlegte, wie und wann er Elinda und Blake zur Rede stellen würde. Er würde sich Zeit lassen. Hier in Rom hatte ein Mann wie Hydeworth überall Augen und Ohren, und so schnell wie in Venedig konnten sie ihm hier nicht entkommen. Elinda schluckte die Wut herunter.

»Ich werde Euren Vater für den Fall vorbereiten, falls ein wütender Engländer an seine Tür klopft«, versprach sie. »Darüber hinaus ist es wohl das Beste, wenn wir hier wieder verschwinden.«

»Ich danke Euch.« Francesca lächelte, aber es war ein besorgtes Lächeln. »Mein Vater ist gerade unterwegs, aber er müsste in zwei Stunden zurück sein.«

Diese beiden Stunden erschienen Elinda wie ein Gefängnis ungenutzter Zeit. Sie lief im Zimmer auf und ab und zermarterte sich den Kopf nach einem Ausweg. In ihrer Unruhe fing sie einen Brief an ihre Eltern an, der kurz darauf zerknüllt im Abfallkorb landete. Mit einem Mal erschien ihr ihre ganze Lage derart aussichtslos, das sie glaubte, an all den ungelösten Schwierigkeiten zu ersticken. Ihr Blick fiel auf den Stapel mit Davids Briefen, die durch den

Transport zerknickt und mitgenommen wirkten. Elinda stiegen die Tränen in die Augen. Diese ganze Reise schien sie nicht länger in seine Nähe zu führen, sondern immer weiter von ihm weg.

Es ging schon auf den Abend zu, als sie nach unten ging, um nach dem Kunsthändler Ausschau zu halten. Volte saß an einer Werkbank unter einem der hohen Fenster. Er beugte sich über ein Vergrößerungsglas und starrte konzentriert auf etwas, das darunter auf einem weißen Tuch lag.

Elinda räusperte sich. »Signore Volte, ich muss mit Euch sprechen.«

Der Kunsthändler winkte sie zu sich. »Ah, Miss Audley, gut, dass Ihr kommt.«

Dass er sie derart freundlich, aber nicht mit ihrem vorgetäuschten Namen ansprach, beruhigte sie eigenartig.

Volte deutete auf das Objekt unter dem Lupenglas. »Ihr seid doch gewiss erpicht darauf zu erfahren, was ich herausgefunden habe.«

Elinda trat an den Tisch. Erst jetzt sah sie, dass es das Bleitäfelchen war, das da vor ihm lag. Seine übereinanderliegenden Schichten waren aufgeklappt worden, wobei eine der porösen Faltkanten zerbrochen war. Sie beugte sich vor und betrachtete das bislang verborgene Innere des Plättchens. Dünne Linien waren darauf zu sehen, und an einigen Stellen war das dünne Metall durchstochen worden.

»Da habt Ihr mir ja einen besonderen Schatz ins Haus gebracht.« Signore Volte putzte seine Brille. »So etwas Guterhaltenes habe ich noch nie zu Gesicht bekommen. Ich habe in Rom einige dieser Täfelchen gesehen, doch keines, das Rückschlüsse auf den Verfasser erlaubt. Oder besser gesagt, die Verfasserin.«

Elinda sah ihn überrascht an. »Dann stammt es von einer Frau?«

»Das vermute ich. Und ich wage zu behaupten, dass diese Dame Grund hatte, anderen den Tod zu wünschen.«

Volte schob einen Stuhl für Elinda zurecht und ließ sie an der Werkbank Platz nehmen. Da es draußen nun dunkel war, entzündete er einige Öllampen und schob sie so zurecht, dass möglichst viel Helligkeit auf das Täfelchen fiel. Dann rückte er das Vergrößerungsglas zurecht und bedeutete Elinda, hindurchzuschauen. Auf den ersten Blick sah sie auf der grauen Fläche nur Striche, als hätte ein Kleinkind zum ersten Mal einen Griffel ausprobiert. Nur mit Mühe erkannte sie, dass die Striche Buchstaben waren, die sich zu Wörtern zusammenfügten.

»Steht da … der Name Antonius?«

»Ja, den habe ich auch als Erstes entziffert.« Volte zeigte mit dem Stiel eines Pinsels auf den Schriftzug. »Aber da stehen noch zwei andere Namen, seht Ihr? Hier: Spurius und Aulus.«

»Drei Männer also. Und daher denkt Ihr, dass der Text von einer Frau stammt?«

Volte lächelte geduldig und deutete wieder auf das Gekritzel. »Aus dem Zusammenhang erschlossen, könnte es eine Frau sein. Seht Ihr hier die Worte *malus* und *mors*?«

Elinda schaute wieder durch das Vergrößerungsglas. »Übel und Tod.«

»Genau. Und hier steht etwas, das ich mit *geschwärzte Zungen* übersetzen würde. Und wenn man dieses hier und das da zusammennimmt, könnte das heißen, dass den drei

Unglücksraben gewünscht wird, dass Ihnen ihre … nun, das Wort möchte ich in Eurer Gegenwart nicht in den Mund nehmen, Miss.«

Elinda starrte angestrengt auf den Text. Wenn man einen Blick dafür bekam, offenbarte das wirre Gekritzel allmählich seine Einzelheiten. Zum Beispiel das Wort *sicula*.

»Das heißt Schwanz, und damit ist nicht der Kuhschwanz gemeint«, sagte sie, ehe ihr bewusst wurde, dass ihre Freimütigkeit den alten Mann schockieren könnte, aber Volte schmunzelte bloß.

»Ihr Engländer. Nun, aber ja, Ihr habt recht. Die Schreiberin will, dass diesen drei Herren ihr männlicher Stolz verfault und ihre Körper und Zungen schwarz werden, und hier glaube ich zu lesen, dass ihr Atem zu Glut werden soll.«

Elinda schauerte es. »Dieser Wunsch dürfte in Erfüllung gegangen sein, wenn das Täfelchen aus Pompeji stammt.«

»Wenn man bedenkt, wie die Menschen in Pompeji gestorben sind, dürfte dieser Fluch sogar perfekt gewirkt haben. Ich denke, hier geht es um den Wunsch nach Rache. Diese drei haben der Verfasserin etwas Schlimmes angetan, und sie fleht die Unterweltgötter an, die Männer qualvoll zu töten.« Er deutete auf eine schwach sichtbare Einritzung. »Da steht es. Pluto. Der Gott der Unterwelt.«

Elinda nagte an ihrer Unterlippe. »Dieses Täfelchen war im Besitz von vier Engländern, die meinen Bruder durch Italien begleitet hatten«, erzählte sie. »Als sie zurückkamen, waren sie sterbenskrank, und sie …« Mit Grauen dachte sie an die schwärzlichen Adern am Hals von Sir Charswick.

»Sie hatten verfaulte Zungen und, äh, *siculae*?« Volte grinste schief.

»Das weiß ich nicht. Aber ein Arzt öffnete die Leichen,

um festzustellen, was sie getötet hatte. Er fand ihr Inneres schwarz verfärbt. Ihr Lungen, die Organe, das Blut war dickflüssig und dunkel.«

»Der Herr sei ihnen gnädig«, murmelte der Kunsthändler. »Das erinnert mich an etwas. Im vorigen Jahrhundert wurde hier in Rom eine Frau an den Galgen gebracht. Sie verkaufte Schönheitsmittelchen, Puder, Parfüm, Cremes. Doch es stellte sich heraus, dass dieser Handel nur als Tarnung diente für die eigentlichen Dienste, die sie anbot.«

»Eine Giftmischerin?«

Volte nickte. »Sie war bekannt als Anlaufstelle für unglückliche Damen, die sich die Witwenschaft ersehnten. Als im Laufe einiger Jahre auffallend viele Männer an Vergiftungen starben, ging man der Sache auf den Grund. Und fand letztendlich diese Hexe. Sie, ihre Tochter und einige Mittäter wurden allesamt hingerichtet.«

»Und das Gift?«, fragte Elinda.

Ein düsterer Ausdruck trat in Voltes Augen. »Sie verkaufte es getarnt als Kosmetika. Ein Apotheker ermittelte seine Bestandteile. Darin war alles, was man sich nur denken kann, um einen Menschen entweder sehr schnell oder sehr langsam zu töten. Arsenik, Vitriol, Blei, Belladonna, Kalomel und weiß der Teufel noch alles. Von den getöteten Männern war bekannt, dass auch ihnen die Zunge schwarz im Hals lag. Mit dem Aufschneiden von Leichen halten wir es in Rom nicht so wie Ihr in England.«

»Dann könnten also auch die Begleiter meines Bruders an einem solchen Gift gestorben sein?«, sinnierte Elinda.

Volte betrachtete das Fluchtäfelchen und wiegte den Kopf. »Die Geschichte um diese Giftmischerin hat noch ein dunkles Kapitel, von dem kaum jemand weiß. Man fand bei ihrer Festnahme eine Schatulle voller Fläschchen, auf die das schändliche Weib das Bild des heiligen Georg geklebt hatte, um sie harmlos aussehen zu lassen. Die Ermittler ordneten an, das Gift zu zerstören, aber die Schatulle mit den Fläschchen verschwand. Es ist nur eine alte Geschichte, aber vor einigen Jahren wurde im Vatikan ein Kardinal tot aufgefunden. Es gab Anzeichen für einen Giftmord, und man verhaftete seinen Diener. Bei dem Unglücklichen fand man ... na, Ihr könnt es Euch sicher denken.«

Elinda schauderte. »Ein Fläschchen mit dem Bild des heiligen Georg?«

Volte nickte. »Wenn es aus dem alten Bestand dieser Giftmischerin stammt, hat die Substanz nichts von ihrer tödlichen Wirksamkeit eingebüßt. Und man müsste davon ausgehen, dass diese Fläschchen immer noch im Umlauf sind. Wer weiß ...«

Alte Giftfläschchen waren eine bessere Erklärung für den rätselhaften Tod der vier Lords als ein uralter Fluch. Elinda betrachtete das Bleitäfelchen. Vor diesem Hintergrund sah es schon weitaus weniger unheilvoll aus. Aber wer sollte ein Interesse haben, Davids Reisebegleiter zu vergiften? Und hatte dieser Jemand etwas mit Davids Verschwinden zu tun? Das neue Wissen brachte kein Licht in das Rätsel.

»Ich hoffe, ich konnte Euch ein wenig helfen.« Volte hob den Kopf und schnupperte. Im Haus breitete sich der süße Geruch nach Milchpudding aus, der Elinda an ihre Kindheit erinnerte, an unbeschwerte Tage. Sie senkte den Kopf und wollte gerade dazu ansetzen, ihrem Gastgeber die unangenehmen Neuigkeiten zu überbringen, als sich die Eingangstür öffnete.

Elinda zuckte zusammen.

34

Elinda sah sofort, dass Blake keine guten Nachrichten brachte. Der *bearleader* begrüßte sie mit einem zurückhaltenden Lächeln und nickte Volte zu. Dann bat er höflich darum, mit Elinda allein sprechen zu können.

Volte erhob sich. »Ich wollte ohnehin einmal nachsehen, was hier so gut riecht«, murmelte er und verschwand in Richtung Küche.

Elinda fühlte sich plötzlich so schwach, dass sie am liebsten auf den nächsten Hocker gesunken wäre. Aber sie sah in Blakes Zügen eine solche Erschöpfung, dass sie sich zwang, stehen zu bleiben. Sie spürte es. Der Moment der Wahrheit war gekommen. Blake umfasste ihre Schultern. In seinen Augen lag ein Ausdruck, den sie nie zuvor bei ihm gesehen hatte. Dann beugte er sich zu ihr herab und küsste ihre Stirn.

»Was ist es?«, stieß sie zitternd hervor. »Sag es mir! Mein Bruder ist tot, nicht wahr?«

Statt einer Antwort bedeutete er ihr, sich zu setzen. Elinda krallte die Hände ineinander und ließ sich auf eine grobe Bank sinken. Das flackernde Licht der Kerzen tauchte den Raum in ein theatralisches Halbdunkel. Marmorköpfe und gemalte Gesichter schienen gebannt zu ihnen her zu starren.

Blake ging vor Elinda in die Hocke und nahm ihre Hände in die seinen.

»Auf dem Protestantischen Friedhof befindet sich ein Grabstein mit Davids Namen. Das Todesdatum ist kurz nach Weihnachten vergangenes Jahr.«

Elinda runzelte die Stirn. Etwas an Blakes Tonfall hielt die Welle aus Schmerz auf, die nach seinen Worten auf sie einstürzen müsste.

»Du klingst, als hättest du diese Nachricht über zehn Ecken erfahren und wüsstest nicht, ob sie wahr ist.«

Zu ihrer Verwunderung nickte Blake. »Wie aufmerksam du doch bist, Elinda.«

»Was soll das heißen?« Ihr Herz hämmerte erschrocken gegen die furchtbare Wahrheit an.

»Die Sache ist überaus merkwürdig. Deswegen scheue ich mich, dir zu sagen, dein Bruder wäre gestorben.«

Er ließ sich neben ihr auf der Bank nieder. »Ich bin heute Morgen in aller Früh zum *Cimitero dei Protestanti* gefahren. Es erschien mir naheliegend, dort zuerst nachzuschauen. Und ich habe tatsächlich einen Grabstein gefunden, der Davids Namen, sein Geburtsdatum am 16. März 1771 und das Sterbedatum am 28. Dezember letzten Jahres trägt.«

Die Vorstellung dieses Grabsteins, diese Essenz von allem, was von ihrem Bruder übrig geblieben sein sollte, trieb Elinda die Tränen in die Augen. Sie presste die Hand vor den Mund und starrte Blake an. Er hielt seinen Blick gesenkt.

»Ich habe mich auch im Caffè Grecco umgehört. Du weißt ja, dass das ein beliebter Treffpunkt für Ausländer ist.«

Elinda dachte wieder an Davids Brief mit dem Abdruck

seines Punschglases, den er ihr aus dem Caffè Grecco geschickt hatte.

»Was ich dort erfahren habe, bestärkt meine Befürchtung. Irgendetwas stimmt hier nicht. Im Caffè Grecco erinnert man sich, dass Charswick, Ruthwen, Veland und Pellingham Mitte Dezember in Rom eintrafen, jedoch ohne David. Ein Stammgast des Grecco fragte Ruthwen, wo sie den Jungen gelassen hatten, mit dem sie auf der Hinreise im September dort waren. Ruthwen gab an, der Junge würde mit einem schweren Fieber im Hotel liegen. Die Lords sollen ebenfalls ziemlich angeschlagen gewirkt haben. Einige Tage nach Weihnachten ging die Nachricht um, dass ihr Mündel gestorben sei. Ein Sargtischler kam in das Hotel, in dem sie logierten, und in der Nacht brachte ein Fuhrwerk den Sarg zum Begräbnisfeld hinter der Cestius-Pyramide. Du weißt ja, die Protestanten dürfen ihre Toten nur nachts bestatten.«

Elinda nickte fahrig. Sie kannte die Geschichten vom aufgebrachten römischen Pöbel, der die nächtlichen Beisetzungen verstorbener Deutscher oder Engländer störte, weil ihm die Vorstellung nichtkatholischer Toter in römischer Erde missfiel.

»Man hörte also, dass die vier Männer dem Toten noch in derselben Nacht das letzte Geleit gaben«, fuhr Blake fort.

Ein fragender, gänzlich irritierter Ausdruck huschte über sein Gesicht.

»Ich habe im Kaffeehaus noch eine andere Geschichte gehört, die mir äußerst merkwürdig vorkommt. Versteh mich nicht falsch, man erzählte sie mir ohne Zusammenhang mit meinen Nachfragen, aber für das Rätsel, das wir lösen möchten, könnte sie von Bedeutung sein.«

Elinda richtete sich kerzengerade auf. »Nun sag schon!«

»Zur selben Zeit hatten einige der hier ansässigen Deutschen sich um einen Landsmann gekümmert, einen jungen, verarmten Maler, der auf der anderen Tiberseite beim Vatikan wohnte«, erzählte Blake. »Er lag seit Wochen mit Fieber darnieder und war von Almosen aus der deutschen Gemeinde abhängig. Einige von ihnen wechselten sich mit der Pflege ab. Man erzählte mir im Caffè Grecco, dass es kurz nach Weihnachten große Verwirrung gab, denn der junge Maler lag offenbar im Sterben. Ein Musikstudent, der eben noch nach ihm gesehen hatte, musste fort und hoffte, seine Ablösung würde bald nach dem armen Kerl sehen. Doch als dieser in der Wohnung eintraf, war der Maler fort. Sein Bett war schweißnass und zerdrückt, und von dem Sterbenden fehlte jede Spur. Seitdem hat ihn nie wieder jemand gesehen.«

»Und was hat das mit David zu tun?«

Blake sah sie mit solch tiefem Ernst an, dass sie kaum zu atmen wagte.

»Was ich dir jetzt sage, ist nur ein Gedanke. Ich habe keine andere Erklärung, aber sie muss nicht der Wahrheit entsprechen. Die vier Lords residierten im Palazzo Fonseca hinter dem Pantheon, wo ich mich heute Nachmittag ebenfalls umgehört habe. Sie hatten dort vier Zimmer gemietet und ein Dienstmädchen zu ihrer ständigen Verfügung abbestellt. Das Mädchen berichtete mir, dass im Zimmer von Sir Pellingham ein zusätzliches Bett aufgestellt werden musste, um einen fünften Gast zu beherbergen. Das Mädchen hatte den Auftrag, Suppe, Kamillentee und Medizin auf einem Tablett im benachbarten Zimmer abzustellen. Es war ihr jedoch aufs Schärfste verboten worden, das Krankenzimmer zu betreten. Die vier Engländer hätten sich selbst um den Kranken gekümmert.«

»Das heißt, sie hat David während der ganzen Zeit nie gesehen?«, warf Elinda ein.

»Kein einziges Mal, nicht einmal bei der Ankunft der Lords«, sagte Blake. »Sie brachte frische Laken und Handtücher, doch sie hätten ebenso gut von einem der anderen benutzt worden sein können. Vom Tod des jungen Kranken erfuhr das Dienstmädchen erst, als eines Abends der Sargtischler kam. Als die Leiche fort war und die vier Mylords zur Beisetzung gefahren waren, war es ihr gestattet, das Zimmer zu reinigen. Sie fand darin keine Spur eines fünften Gastes. Das Bett sah jedenfalls nicht aus, als wäre darin nach Tagen der Qual ein Kranker verschieden.«

Elinda dachte angestrengt nach. »Du meinst, die Lords haben nur so getan, als wäre David bei ihnen, und als sie vom Tod des armen deutschen Malers erfuhren, brachten sie seine Leiche an sich und bestatteten sie an Davids statt?«

»Der Tag, an dem man den kranken Deutschen nicht mehr in seinem Zimmer antraf, ist derselbe, der als Todestag auf Davids Grabstein steht«, sagte Blake. »Der 28. Dezember 1788.«

Elinda sah ihn fassungslos an. »Das würde bedeuten, dass dieses Scheinbegräbnis von langer Hand geplant war. Ruthwen und die anderen mussten demnach bewusst nach einem Mann in Davids Alter Ausschau gehalten haben, der zufälligerweise sterbenskrank war.«

»Falls das zutrifft, war es nicht besonders schwer«, meinte Blake. »In der Gegend um den Vatikan findet man immer ein paar todkranke Ausländer, die so arm sind, dass sie nur auf dieser Seite des Tibers eine Wohnung beziehen können.

Niemand, der es sich leisten kann, wohnt dort. Schon Tacitus hat diese Gegend *infames vaticani regiones* genannt. Im Sommer sterben die Leute dort wie die Fliegen. Und die, die nicht am Fieber sterben, erliegen ihm, wenn der Winter kalte, feuchte Luft bringt.«

»Aber warum sollten Lord Ruthwen und die anderen so etwas tun?«, fragte Elinda.

Blake rieb sich über das Gesicht, als wollte er die widerstreitenden Ereignisse des Tages loswerden. »Um vom wahren Verbleib deines Bruders abzulenken.«

In Elindas Kopf überschlugen sich die Gedanken. »Hätten sie dann nicht auch einen Brief an meinen Vater schreiben müssen, wenn sie es so aussehen lassen wollten, dass David in Rom gestorben ist?«

»Das haben sie vielleicht. Aber denk an Davids Briefe. Wann und wo hat er sie geschrieben, wenn er doch angeblich bereits im Dezember starb? Wenn seine Briefe auf unerklärlichen Wegen nach England gelangten, dann sind die Briefe der Lords vielleicht gleichzeitig auf unerklärlichen Wegen verschwunden.«

Elinda zuckte unter einem neuen Gedanken zusammen. »Was … was, wenn die Lords gar nichts von Davids Briefen wussten? Mit der Überbringung einer Todesnachricht bis zur Heimkehr zu warten, ist schlimm genug, aber irgendwie verständlich. Aber diese Briefe … dann müssten die Lords David ja gezwungen haben, sie vor seinem Tod zu schreiben, um …«

»Was erklären würde, dass sie so knapp ausfielen«, ergänzte Blake, schüttelte aber gleichzeitig den Kopf. »Nein, Elinda. Die Lords mögen nicht die rechtschaffensten Männer gewesen sein, aber warum sollten sie so etwas tun?«

»Und der Sargtischler?«, sprang Elinda schon zum nächsten Gedanken. »Könnte man ihn nicht fragen, was er gesehen hat, als er im Palazzo Fonseca den Sarg ablieferte?«

»Die viel wichtigere Frage ist, wie die Lords den toten Deutschen aus seiner Wohnung in den Palazzo Fonseca geschafft haben.« Blake schaute in die Dunkelheit jenseits der Kerzen, als würde dort die Antwort auf dieses sonderbare Verwirrspiel liegen. »Sie müssen einige Leute sehr gut für derartige Dienste bezahlt haben. Diskrete Leute, die den deutschen Maler beschattet haben, um von seinem Todeszeitpunkt Kenntnis zu erlangen. Und die weiterhin dafür sorgten, dass seine Leiche unerkannt ins Stadtzentrum geschafft wurde. Männer, die wir finden müssten in der Hoffnung, dass sie für ihr Schweigen nicht allzu gut bezahlt wurden.«

Elinda dachte angestrengt nach. »Könntest du diese Männer finden?«

Blake nahm wieder ihre Hand und sah sie eindringlich an. »Das könnte ich. Aber ich glaube, du weißt, dass es eine einfachere, wenn auch ungleich schrecklichere Möglichkeit gibt, uns rasch Gewissheit zu verschaffen.«

Elinda verstand nicht. »Was meinst du?«

»Wenn wir wissen wollen, wer am 28. Dezember beerdigt wurde, müssen wir den Sarg öffnen und nachschauen.«

»Das … das meinst du nicht im Ernst.«

Blake nickte mit regloser Miene. »Elinda, dein Vater hat mich dafür bezahlt, schnell Gewissheit zu erlangen. Wenn es bedeutet, dafür einen Leichnam zu exhumieren, dann muss ich das tun.«

Elinda wich zurück. In diesem Moment saß vor ihr nicht länger der gebildete, höfliche *bearleader*. Vor ihr saß ein

Mann, dem die Jahre auf See den letzten Rest Feinfühligkeit abgeschliffen hatten, der keine Zimperlichkeit kannte, nicht bei den Lebenden und schon gar nicht bei den Toten. Sie bekam erneut eine dunkle Ahnung davon, zu was er fähig war.

Blake schien ihre Gedanken zu erraten. »Elinda, ich weiß, was ich vorschlage, ist undenkbar. Aber es ist der einzige logische Schritt.«

Widerwillig musste Elinda einsehen, dass er recht hatte. Vor einigen Jahren hatte sich in London eine ähnliche Geschichte zugetragen; eine alte Frau war ermordet worden, und ihr Enkel sollte dafür an den Galgen kommen. Ein findiger Advokat wollte der Sache jedoch auf den Grund gehen und ließ den Leichnam ausgraben, woraufhin ein Gerichtsarzt feststellte, dass die Frau bei einem Unfall und nicht durch die Hand ihres Enkels gestorben war. Die Geschichte war groß in den Zeitungen gestanden, und Elinda erinnerte sich noch gut an ihr zufriedenes Gefühl bei der Beschreibung der Exhumierung. Was waren schon Ekel und Störung der Totenruhe, wenn man damit der Gerechtigkeit und Vernunft genüge tat?

»Ich verstehe, dass du diesen Schritt tun musst«, lenkte sie ein. »Und auch ich will endlich Gewissheit. Vielleicht ...« Sie brach ab.

Blake beugte sich zu ihr. »Was wolltest du gerade sagen?«

Vielleicht erscheint David dann nicht länger in meinen Bildern. Vielleicht hören dann die Albträume auf, und vielleicht verschwindet dann dieser unheimliche graue Staub.

Doch sie sprach ihre Gedanken nicht aus.

Blake berührte ihre Hand. »Elinda, du musst mir sagen, woran ich deinen Bruder erkennen kann. Schmuckstücke, Kleidung, irgendein eindeutiges Merkmal.«

Seine Stimme war sanft und eindringlich, und Elinda hörte, wie leid es ihm tat, ihr derart zuzusetzen. Bei dem Gedanken, Davids Grab oder überhaupt irgendein Grab zu öffnen, drehte sich ihr fast der Magen um. Ihr Herz krampfte sich zusammen. Das Bedürfnis, zu weinen, wurde fast übermächtig. Doch sie drängte es zurück.

»Ich begleite dich auf diesen Friedhof«, beschloss sie. »Auch wenn er dort schon seit fünf Monaten liegt, ich werde David erkennen.«

35

Es war eine Stunde vor Mitternacht, als Marconi zwei frische Pferde vor die Kutsche spannte. Als Elinda einstieg, kam es ihr vor, als würde sie den Weg zu ihrer eigenen Hinrichtung antreten.

In langsamem Tempo ging es durch die nächtlichen Straßen, vorbei am Kapitolshügel und weiter in Richtung Süden. Dort befanden sich die Reste des *Forum Boarium*, wo zu republikanischer Zeit der Viehmarkt abgehalten wurde. Ein Stück weiter stand von dunstigem Mondlicht beschienen die Kirche Santa Maria in Cosmedin. Beim Anblick der Kirche dachte Elinda unweigerlich an einen von Davids Briefen aus Rom, in dem er ihr von der Kuriosität berichtet hatte, die sich dort in der Vorhalle befand.

Sie nennen es Bocca della Verità, es ist eine große, runde Marmorscheibe in Form eines Gesichts. Stell dir vor, ein paar Altertumskundige sagen, »der Mund der Wahrheit« wäre einst ein Kanaldeckel für die unterirdische cloaca maxima gewesen. Doch ich frage mich, ob es stimmt, was man sonst noch über dieses uralte Gesicht aus Stein sagt. Dass nämlich jeder seine Hand verliert, wenn er sie in die Öffnung steckt und dabei nicht die Wahrheit sagt. Ah, Schwesterlein, ich wollte es wagen. Ich habe meine

*Hand in das große Marmormaul gelegt und laut gesagt: Ich bin
froh, dass Elinda nicht hier bei mir ist! Eine glatte Lüge, wie du
weißt, geliebte Schwester. Aber meine Hand ist mir geblieben. Du
siehst also, nichts als Legenden …*

Elinda presste die Hand vor den Mund, doch das aufsteigende Schluchzen setzte sich mit einem Zittern bis in ihre
Schultern fort. Bis zu diesem Zeitpunkt war es leicht gewesen, zu hoffen, dass David noch am Leben war und
irgendeine Verwechslung oder ein Irrtum die Erklärung für
dieses Rätsel waren. Nie hatte sie wirklich an etwas End-
gültiges wie seinen Tod gedacht. Doch nun, auf dem Weg
zu jenem Ort, an dem für einige Engländer ihre Reise
endete, wurde diese Möglichkeit brutale Wirklichkeit. Der
Schmerz lag wie ein Stein in ihrer Brust.

Wie sollte sie weiterleben ohne ihren Bruder? Und wie
mit dem Wissen leben, dass er auf einer Reise gestorben war,
die sie ursprünglich gemeinsam unternehmen wollten?

Sie spürte eine sanfte Berührung an ihren Händen.

»Du musst nicht dabei sein, Elinda«, sagte Blake. »Du
musst nicht Zeugin werden von dem, was ich tun muss.«

»Doch, das muss ich. Das bin ich meinem Bruder schuldig.«

»Deinem Bruder ist nicht geholfen, wenn in deinem Kopf
der Anblick einer halbverwesten Leiche herumspukt.«

»Ich bin nicht so zimperlich, wie du glaubst.«

Blake seufzte. »Zimperlich vielleicht nicht. Aber emp-
findsam. Ich will nicht, dass du durch dieses Vorhaben
Schaden nimmst.«

»Wenn mein Bruder tot ist, ist der Schaden längst angerichtet«, widersprach sie.

Vor der Kirche sah sie einige Kutschen versammelt, die nun in einer Reihe in Richtung Süden fuhren. Aus einer der Kutschen ragte hinten das Ende eines Sarges. Der Leichenzug wurde begleitet von zehn vierschrötigen Männern mit Fackeln. Marconi schloss ihre Kutsche dem langsamen Zug an, als würden sie dazugehören.

Blake hielt Elindas Finger fest zwischen seinen warmen Händen, doch seine Berührung spendete ihr kaum Trost.

»Blake, du verstehst das nicht.« Sie schluckte hart an ihren Tränen. »David war nicht bloß mein Zwillingsbruder. Er war mein Tor zu dieser Welt. Er hat mir versprochen, dass er, wo auch immer er ist, an mich denken wird. Und ich habe geglaubt, dass ich das spüren kann. Aber ich habe nie etwas gespürt. Nur diese verdammte Sehnsucht nach ihm. Was, wenn er an mich gedacht hat, als er gestorben ist, und ich …«

Sie konnte nicht mehr weitersprechen. Ein Schluchzen schnürte ihr die Kehle zu.

Blake zog sie an sich und legte seine Linke behutsam auf ihren Kopf. Sie wollte nicht an seiner Schulter weinen wie ein kleines Kind. Sie wollte überhaupt nicht, dass er sie in einem derart schwachen Moment sah. Doch es fühlte sich zu gut an, ihm so nah zu sein, den rauchigen Geruch seines Mantels einzuatmen, seine großen, sanften Hände auf sich zu spüren. Und seine Worte zu hören.

»Nun hast du Angst, dein Fenster zur Welt könnte sich für immer verschließen.«

Elinda nickte.

»Warum bist du nicht dein eigenes Fenster zur Welt?«, fragte er.

»Ich bin mir nicht sicher, ob mir das, was ich sehe, gefällt.«

»Nun, der Anblick einer Leiche wird dir ganz gewiss nicht gefallen. In dieser Hinsicht möchte gerne ich dein Fenster sein.«

»Vielleicht ist es ja gar nicht Davids Leichnam«, flüsterte sie.

»Auch das ist kein Anblick für eine …«

»… für eine Frau?«

»Für niemanden.«

Elinda löste sich von ihm. »Wenn ich dazu beitragen kann, dass wir Gewissheit bekommen, dann sei es so.«

Die Kutsche hielt, und Blake stieß die Tür auf. Aus den anderen Gefährten stiegen die Begleiter des Trauerzuges und entzündeten Fackeln. Vor ihnen ragte eine Pyramide in den schwarzen Nachthimmel. Unter anderen Umständen hätte es Elinda zutiefst fasziniert, dieses antike Grabmal des römischen Prätors Cestius zu bestaunen, das unversehrt aus dem entschwundenen Altertum hervorragte. Die gewaltige Aurelianische Mauer aus dem 3. Jahrhundert hatte sich die Pyramide einverleibt wie einen unpassenden, aber willkommenen Baustein. Der Fackelschein tauchte das uralte Gemäuer in ein trauriges Licht. Davor erschienen die Grabsteine der protestantischen Christen verloren und elend, was das Ausgestoßensein dieser Stätte nur betonte.

»Es ist den Protestanten untersagt, Grabkreuze zu errichten«, sagte Blake leise. »Sie dürfen das Areal auch nicht einzäunen, um die Gräber zu schützen. Schau, dort steht auch schon die katholische Empörung.«

Ein Stück abseits des Zugangs zu dem Friedhof warteten einige Gestalten, die den Neuankömmlingen misstrauisch entgegenschauten.

»Meistens sind sie friedlich und bloß neugierig auf die

Totenrituale der Ketzer«, fuhr Blake fort, während Marconi zwei Schaufeln vom Dach der Kutsche nahm. »Aber manchmal kommt es zu aggressiven Bedrängnissen. Deswegen muss jede Trauergemeinde Sbirren bezahlen, die für Ruhe und Schutz sorgen.«

Er warf einen abschätzigen Blick auf die zehn gedungenen Männer, die einen Ring um die Trauernden bildeten, als diese sich langsam einem offenen Grab in der Mitte des Areals näherten. Die Vorstellung, David unter solchen Umständen beerdigt zu wissen, schnürte Elinda die Kehle von Neuem zu.

»Wie wollen wir es anstellen?«, fragte sie.

Blake lenkte ihre Schritte zu der Trauergemeinde. »Du wirst dich ihnen anschließen.«

»Und du?«

Blake deutete in Richtung der Pyramide. »Der Grabstein steht dort drüben ganz am Rand. Marconi und ich werden die Erde aufschaufeln.«

Elinda sah ihn verwirrt an. »Und wenn jemand fragt, was ihr da treibt?«

»Glaub mir, bei einer solchen Arbeit wird man nicht gestört. Es wird aussehen, als würden wir ein Grab schaufeln und kein bestehendes ausheben. Die Protestanten müssen ihre Beerdigungen selbst bestellen, das ist für uns von Vorteil. Wenn diese Beisetzung hier vorbei ist, werden sich auch die Schaulustigen zerstreuen, und wir sind allein hier.«

Seine Entschlossenheit und Zuversicht sprangen auf Elinda über. Sie nickte gefasst und gesellte sich zu der kleinen deutschen Gemeinde, die eben am offenen Grab ein leises Lied anstimmte. Es waren vielleicht fünfzehn Männer und einige Frauen. Ein junger Mann hielt eine kurze Trauerrede für einen seiner Freunde, ehe der Sarg in die Erde gesenkt wurde. Während der ganzen Zeit umstanden die römischen Schaulustigen die Gruppe und rätselten, ob die Sprache, die dort gesprochen wurde, deutsch oder englisch war. Sie verhielten sich nicht gerade respektvoll, aber auch nicht aggressiv. Als schließlich die Erde auf den Sarg geschaufelt wurde, schienen sie durch die würdevolle Ernsthaftigkeit dieses Aktes jedoch sogar erbaut zu sein und standen mit gefalteten Händen schweigend da.

Elinda sah sich um. Welch einen sonderbaren Anblick musste die kleine Menschenansammlung, die mit Fackeln das Grab umstand, vor der schwach erleuchteten Pyramide aus der Ferne bieten. Blake und Marconi waren im Schatten des riesigen Bauwerks kaum zu sehen. Beim Gedanken an das, was ihr bevorstand, erschien ihr das Begräbnis beinahe wie ein tröstliches Hinauszögern des Endgültigen.

Als der Erdhügel geschaufelt war, zerstreute sich die Menge zu den Kutschen, und auch die Schaulustigen verschwanden. Elinda schlenderte in Richtung der Kutschen, um nicht aufzufallen. Eine Fackel nach der anderen erlosch. Die Gefährte fuhren ab, und das Geräusch der Räder und Hufe verklang in der Nacht. Ein Gefühl unendlicher Verlassenheit überkam sie. Sie spürte die aschgraue Präsenz der uralten Pyramide und wünschte sich jene Unerschütterlichkeit der Zeit, die hier in Rom herrschte, der Gleichmut des Lebens, das seine Wurzeln tief hineingegraben hatte in den Humus des Todes.

Sie wandte sich um und sah den schwachen Fackelschein am anderen Ende des Begräbnisfeldes. Sie vernahm Schaufelhiebe und das Klatschen aufgeworfener Erde. Langsam näherte sie sich der Stelle, vorbei an Grabsteinen und schmucklosen Grabhügeln. Mit einem Mal erfüllte sie die Nähe all der Reisenden, die in Rom den Tod gefunden hatten, mit solchem Grauen, dass ihre Schritte immer zaghafter wurden. Marconi und Blake standen knietief in der Grube und schaufelten verbissen Erde. Ein schmutziger Film überzog Blakes Stirn, seine Brust hob und senkte sich von der Anstrengung. Elinda bedeutete ihm, ein Stück abseits zu gehen. Blake kletterte aus der Grube und trat ein paar Schritte von ihrem Rand weg.

Elinda sah ihn beklommen an. »Blake, ich muss dir etwas sagen.«

»Wenn du es dir anders überlegt hast, dann …«

»Nein, das ist es nicht. Ich wollte es dir schon viel früher sagen, aber ich habe gar nicht mehr daran gedacht. Hydeworth ist in Rom.«

Blake hob die Augenbrauen. »Woher weißt du das? Hast du ihn gesehen?«

Elinda stand nicht der Sinn danach, ihm die schreckliche Szene in der Krypta der Kapuzinerkirche zu schildern. Es gab Wichtigeres, das er wissen musste.

»Ich habe ihn mit einem anderen Engländer sprechen hören. Er weiß, dass wir hier sind und wahrscheinlich auch, wo wir abgestiegen sind. Sicher hat er auch mitbekommen, dass du heute wegen David eine Menge Fragen gestellt hast.«

Blake stützte sich auf die Schaufel und schloss kurz die Augen.

»Ich habe den ganzen Tag darum gebetet, dass er uns nicht bereits eingeholt hat und du ihm zufälligerweise über den Weg läufst«, sagte er.

»Glaubst du, er weiß, dass wir David exhumieren?«, fragte Elinda.

»Auf diese Idee kommt er nicht.« Blake hob den Kopf und schien in der nächtlichen Weite Witterung aufzunehmen. »Hier draußen sind wir allerdings leichte Beute.«

»Wir sind nicht seine Beute!«, stieß sie hervor.

»Das sieht der Earl womöglich anders.« Blake drehte sich zu Marconi um. »Wir sollten uns beeilen.«

Als Antwort stieß Marconi mit dem Spaten fest in die Erde. Und traf auf Holz.

Blake stieg zurück in die Grube und half, die letzte Erd-schicht herauszuschaufeln. Dann machten sich die beiden Männer daran, den Sargdeckel zu öffnen.

In Elinda wurde alles still. Ihre Beine fühlten sich schwach an. Alles, woran sie denken konnte, war David. Woran sollte sie ihn erkennen, als an seinem rötlichen Haar, der Kleidung, dem alten, aber sehr wertvollen Rubin-ring und seinem hellblauen Halstuch, das er immer und überall getragen hatte?

»Elinda, wir machen den Sarg jetzt auf«, sagte Blake.

Marconi nestelte bereits an seinem Kragentuch und band es sich fest über Mund und Nase. Elinda holte Blakes Taschentuch hervor und nickte. Ihr Herz pochte, als wollte es zerspringen. Wie viel Berührung mit dem Tod konnte eine lebende Seele an einem Tag fassen?

Ein Knarren ertönte, als Blake den Deckel anhob und seitlich anlehnte. Dann ließ er sich von Marconi die Fackel geben und leuchtete in das Grab. Weder er noch der Kut-scher zuckten zurück. So schauderhaft war der Anblick vielleicht nicht, dachte Elinda. Sie presste das Tuch vor Mund und Nase und beugte sich über die Öffnung.

Wie sehr sie sich geirrt hatte.

Nichts hatte sie auf diese Szenerie vorbereitet, weder der

Anblick des verwesten Schafes, das sie einmal in Schottland gesehen hatte, noch die anatomischen Stiche in einem medizinischen Lehrbuch in der Bibliothek ihres Vaters. Auch ihre eigene Fantasie konnte ihr keine Bilder anbieten, die dem glichen, was sie vor sich sah.

Die seifige, kaum noch an einen Menschen erinnernde Masse, die die Ränder des Sarges berührte, als wollte sie ihn aufsprengen. Die wie riesige Maden im aufgeblähten Gesicht liegenden Augenlider. Die Verwesung hatte am Mund des Toten eingesetzt und seine Lippen und Mundwinkel weggefressen. Die Zähne schimmerten wie eine kleine, trotzige Mauer durch dieses schreckliche Grinsen, das sich bis weit über die Wangen erstreckte.

Elinda blinzelte entsetzt. Blake kletterte erneut aus dem Erdloch und hielt sie am Oberarm fest, als befürchtete er, sie könnte taumeln. Sie war dankbar für seine Berührung. Doch gleichzeitig wusste sie, dass nichts auf der Welt sie jemals wieder zu dem Menschen machen konnte, der sie noch vor einer Minute gewesen war. Der Anblick der Leiche war nun ein Teil von ihr. Sie würde ihn nie wieder loswerden. Denn sie konnte nicht einfach wegsehen, sie musste etwas finden, irgendetwas, das Hinweise auf David gab.

Aber was? Der Tote trug ein grau verfärbtes Hemd, einen braunen Rock und schäbige Beinkleider. Krampfhaft durchsuchte Elinda ihre Erinnerung. Hatte David solche Kleidung besessen? Oder hatte das feuchte Grab diese Farben zustande gebracht? Sie zwang sich, einen Blick auf die aufgeblähten Hände des Toten zu werfen. Kein Rubinring. Und das Halstuch? Der Hals der Leiche war derart angeschwollen, dass Kragen von Hemd und Jacke in die fettig glänzende Haut schnitten. Gab es überhaupt noch einen

Hinweis auf die charakteristischen Züge eines Menschen, nachdem das verheerende Werk des Todes entfesselt war?

Blake starrte mit gerunzelter Stirn auf den Toten herab, als würde er sich dieselben Fragen stellen wie sie.

Elinda betrachtete das Haar. Glanzlos und filzig lag es auf dem Holz des Sarges. Vernichtete die Verwesung die Haarfarbe? Elinda wusste es nicht. Sie wusste nicht, ob dieses Ding ihr Bruder war.

»Man müsste irgendjemanden, der diesen armen Maler kannte, fragen, ob er ihn erkennt«, sagte sie wie zu sich selbst. Beim Sprechen schoss ein Schwall der Zersetzungsluft in ihre Nase. Sie riss sich von Blake los, trat von der Kante des Grabes zurück und unterdrückte ein Würgen. »Das ist nicht David.«

Blake sah sie ruhig an. Er stellte ihren Eindruck nicht infrage.

Marconi hatte sich abgewandt und betete leise. Vielleicht um Vergebung, vielleicht um das Seelenheil des Toten.

Blake bedeutete ihm schließlich, dass es vorbei war. Erleichtert bekreuzigte Marconi sich und fasste seine Schaufel fester. Sie brachten den Sargdeckel zurück in seine ursprüngliche Lage. Das knarrende Geräusch erschien Elinda unnatürlich laut auf dem menschenleeren Friedhof. Sie atmete zitternd ein, dankbar, dass der Moment vorüber war. In der Luft lag der Geruch von Erde und dem nächtlichen Dunst der Vegetation. Ein tröstlicher Geruch, der sie daran erinnerte, dass sie am Leben war. Ein Nachtvogel schrie in den Bäumen. Der Mond lag hinter einer dicken Wolkenschicht, doch sie erahnte sein Licht irgendwo hoch über der Pyramide. Wortlos entfernte sie sich von Blake und Marconi und ging mit tastenden Schritten in Richtung der uralten Stadtmauer. Je weiter sie sich in die Dunkelheit vorwagte, desto fester verankerte sich die neue Gewissheit in ihrem Geist.

Was auch immer mit ihrem Bruder geschehen war, er lag nicht auf dem Protestantischen Friedhof.

Warum bist du dir so sicher?

Sie war es nicht. Wie konnte sie auch sicher sein? Es gab nur eine Gewissheit, und an die klammerte sich Elinda wie an ein Stück Treibholz im aufgewühlten Meer der Ungewissheit. Solange sie nicht wusste, was mit ihrem Bruder geschehen war, konnte sie daran glauben, dass er lebte. Und solange Davids Verbleib ein Rätsel blieb, so lange würde sie auch an Blakes Seite bleiben können.

Dieser tote Mann, auf dessen sterbliche Hülle nun wieder die römische Erde fiel, hatte Elinda einen Gefallen getan. Seine Unkenntlichkeit erlaubte ihr, weiter zu hoffen.

Weiter zu reisen. Nach Pompeji.

36

Wie still es in einer so großen Stadt sein konnte. Elinda lauschte verwirrt in die nächtliche Ruhe, die wie ein großes Atemholen zwischen den dunklen Häusern lag. Blake hatte Marconi gebeten, vorauszufahren, und Elinda vorgeschlagen, die letzte halbe Meile zu Fuß zu gehen, um nach dem verstörenden Erlebnis etwas den Kopf frei zu bekommen. Auch er schien die Stille zu genießen und hatte nicht das Bedürfnis zu sprechen. Nur wenige Fenster waren erleuchtet, die Straße war menschenleer. Elinda tastete nach Blakes Hand.

»Und nun?«, fragte sie leise.

»Ich würde dir anbieten, noch einen kurzen Umweg zum Pantheon zu machen«, sagte er. »Aber ich fürchte, dir steht nicht der Sinn danach.«

Sie schüttelte erschöpft den Kopf. In diesem Moment interessierte sie keines der römischen Monumente mehr, ihre Begeisterung und Sehnsucht angesichts der Ewigen Stadt waren abgekühlt und schal, wie eine zu oft gegessene und immer wieder aufgewärmte Mahlzeit.

»Dann schlage ich vor, wir packen unsere Sachen und reisen schleunigst ab«, schlug Blake vor. »Ich denke, wir wissen alles, was wir wissen müssen.«

»Ach ja? Was wissen wir denn?«

»Erst einmal nur, dass unsere Suche noch nicht vorüber ist.«

Elinda lächelte. »So schrecklich es klingen mag, aber das habe ich mir gewünscht.«

Blake sah sich kurz um, dann zog er sie plötzlich an sich und umarmte sie fest.

Endlich. Nach den grauenhaften Momenten auf dem Friedhof hatte sie sich so sehr nach seiner kraftvollen Nähe und seinen Berührungen gesehnt.

»Elinda, ich kann nur erahnen, was du gerade fühlst«, flüsterte er. »Ich wünschte, ich könnte dich irgendwie auffangen.«

»Das tust du doch gerade«, murmelte sie.

Sie spürte wieder sein Herz schlagen und wünschte sich, der Moment würde nie enden. Was waren römische Altertümer gegen seine Präsenz?

Blake schien ihre Gedanken zu erraten. »Was auch immer geschieht, was auch immer wir in Neapel oder Pompeji über deinen Bruder erfahren – irgendwann müssen wir wieder zurückreisen …«

»Erinnere mich nicht daran.«

»Doch, ich will dich daran erinnern, dass wir dann erneut in Rom sein werden. Und wenn es dir dann noch Freude macht, werde ich dir alles zeigen. Ich kann uns Geld beschaffen. Wir müssen deine *Grand Tour* nicht schneller als nötig beenden.«

Unter anderen Umständen hätte ihr Herz sich bei seinen Worten vor Freude überschlagen. Aber alles, woran Elinda denken konnte, war David. Und daran, dass sie auf keinen Fall nach Hause zurückkehren wollte.

Blake löste sie vorsichtig von sich und hakte ihren Arm bei sich unter. »Wenn wir uns Hydeworth entziehen wollen, sollten wir Rom noch heute Nacht verlassen. Ich kann Signore Volte außerdem nicht länger hinhalten. Er muss den Behörden unseren Aufenthalt in seinem Haus melden.«

Wortlos gingen sie zu ihrer Unterkunft zurück, doch als sie gerade um die letzte Straßenecke bogen, stand ihr Gastgeber vor ihnen, eine kleine Laterne in der Hand.

In Signore Voltes Gesicht stand der Schrecken. Hastig winkte er Elinda und Blake zu sich und führte sie in einen dunklen Durchlass in den Hof hinter dem alten Palazzo. Der angrenzende Gebäudeteil war von einem Gerüst umgeben. Zwei aufgeschreckte Katzen flitzten aus den Schatten. Ein Brunnen plätscherte leise, und erst jetzt sah Elinda Marconi, der Wasser schöpfte, um die Pferde zu tränken. Er schien bereits damit zu rechnen, dass diese Nacht keine Ruhe bringen würde.

»Signore Volte, was ist los?« Blake sah den Kunsthändler alarmiert an.

»Ihr müsst es Euch selbst ansehen. Ich weiß nicht, was ich machen soll!«

Elinda verkrampfte sich. Welche böse Überraschung hielt diese Nacht noch bereit?

Ihr Gastgeber führte sie in den großen Raum im Erdgeschoss, der nur von Voltes kleiner Laterne beleuchtet wurde. Ringsum schimmerten die Marmorskulpturen wie die aufblitzenden Bilder in einem Traum. Für einen Wimpernschlag leuchtete das Gold eines Bilderrahmens unter dem huschenden Licht auf und versank wieder im Dunkeln. Jetzt hörte Elinda es ganz deutlich. Jemand hämmerte gegen die Eingangstür und begehrte lautstark Einlass.

»Öffnet die verdammte Tür, Ihr sturköpfiger alter Römer! Hier wartet Kundschaft!«

Elinda überschauerte es heiß und kalt zugleich. Hydeworth.

»So geht das schon seit zehn Minuten!«, zeterte Signore Volte.

Blake entriegelte vorsichtig den Laden des der Tür nächstliegenden Fensters und spähte durch den Spalt hinaus. Elinda trat neben ihn und traute ihren Augen nicht. Andrew Hydeworth schwankte wie ein Schiff auf hoher See. Sein grünsamtener Frack war halb über die rechte Schulter gerutscht. Sein langes Haar hing aufgelöst herab. Während sein Mund zu einem süffisanten Grinsen aufgeworfen war, stierte er durchdringend die Tür an, als könnte er sie mit seinen Blicken aufstoßen. Doch selbst in diesem erbärmlichen Zustand vibrierte er förmlich vor Stolz, als könnte die Trunkenheit ihm nichts von seiner Überlegenheit nehmen.

Mit geballter Faust hämmerte er weiter auf das Türholz ein.

»Volte! Ich weiß, dass Ihr da drin seid. Ihr habt etwas, das ich haben will!«

»Was meint dieser Störenfried denn nur?«, wisperte Volte.

»Ich will Eure Skulpturensammlung sehen … jetzt!« Hydeworths Stimme schlingerte, und bei seinem nächsten Ansturm auf die Tür verlor er das Gleichgewicht und prallte gegen die verzierte Portaleinfassung. Mit der Entschlossenheit, die heillos Betrunkenen innewohnt, fing er sich jedoch gleich wieder, nur um noch heftiger auf die Tür loszuschlagen.

»Hab gehört, Ihr habt ne Statue von einer Nackten … ha-

haha, einer nackten Göttin da drin. Jung und … dürr wie ne halb verhungerte Gans!« Er brach in schallendes Gelächter aus.

»Was meint der Mann bloß?«, fragte sich der alte Kunsthändler verzweifelt.

»Er meint mich«, sagte Elinda.

Die Erinnerung an die hässliche Szene in Hydeworths Pariser Diplomatenresidenz löste Übelkeit in ihr aus.

»Ihr kennt diesen Kerl?« Volte sah Elinda entsetzt an, doch sie kam nicht dazu, zu antworten.

»Ich will sie sehen und gleich mitnehmen!«, schrie Hydeworth. »Ich hab Geld, jede Menge Geld. Das willst du doch, du gieriger römischer Halsabschneider!«

Hydeworths Stimme versagte, und er klopfte sich gegen die Brust. Ein lautes Rülpsen entfuhr ihm, was ihn offenbar noch mehr amüsierte. Sein Gelächter wurde schrill.

Irgendwo auf der anderen Straßenseite tauchte ein Licht hinter einem der Fenster auf.

»Was sollen nur meine Nachbarn denken!« Volte starrte wütend und besorgt auf den haltlosen Engländer an seiner Tür. »Ich habe hier zwar oft mit übermütigen Ausländern zu tun, die glauben, ihr Geld erlaube ihnen jede nur denkbare Geschmacklosigkeit, aber das …«

»Los, nun rück sie schon raus!«, brüllte Hydeworth und prallte wieder gegen das Portal. »Oder willst du, dass ich allen erzähle, was du für Leute unter deinem Dach beherbergst?!«

»Das geht so nicht weiter!«, schimpfte Volte. »Wer ist dieser Kerl und was will er?«

Sein Blick richtete sich auf Elinda. »Nun sagt mir schon, was das zu bedeuten hat!«

»Nichts weiter.« Blake zog sich von der Fensteröffnung zurück und schloss den Laden. »Das ist es einfach, was dieser Mann am liebsten tut. Stockbesoffen andere Leute um ihre liebsten Schätze bringen.«

Etwas derart Finsteres huschte durch seine Miene, dass Elinda erschrak. Sie hätte ihn gerne gefragt, was er da andeutete, aber das war nicht der richtige Moment. Sie konnte Hydeworths Wüten immer noch hören, sogar jetzt noch, in diesem beschämenden Zustand, jagte er ihr Angst ein. Doch sie erkannte auch die Chance, die sich ihnen auftat.

»Wir sollten verschwinden.«

Blake nickte. »Das hatten wir ohnehin vor.«

»Und mich hier mit diesem Trunkenbold allein lassen?« Der Kunsthändler starrte den *bearleader* hilflos an.

Blake legte ihm die Hand auf die Schulter. »Mein Freund, es tut mir leid, dass wir diesen Mann zu Eurem Haus geführt haben. Lasst ihn toben, ich bin sicher, in wenigen Minuten tauchen ein paar Wachbeamte auf und weisen ihn in die Schranken. Und wenn er dann etwas über eine Sittenwidrigkeit hinter Euren Mauern erzählt, sind wir bereits fort.«

Mit einem bedauernden Blick griff er rasch das Fluchttäfelchen von der Werkbank und steckte es ein. Elinda war bereits an der Treppe, wo ihr gerade zwei der anderen Gäste in ihren Schlafröcken entgegenkamen.

»Was ist denn da draußen für ein Lärm?«

»Der Lärm ist gleich vorbei«, beschied ihnen Blake und bugsierte Elinda rasch an den beiden vorbei und die Stufen hoch.

»Warum macht Hydeworth das?«, wisperte Elinda. »Wenn er schon weiß, dass wir hier sind, warum kommt er dann nicht nüchtern, um mich zu holen? Musste er sich Mut antrinken, weil er weiß, dass du bei mir bist?«

Blake verzog das Gesicht. »Gewiss nicht. Sein Selbstbewusstsein ist so groß, dass er den Wein nur dazu benutzt, um sich in noch bessere Laune zu versetzen. Es wird eine Weile dauern, bis er bemerkt, dass er dadurch einen Nachteil erlitten hat. Sicher wird sein Rausch ihm verbieten, so schnell wieder in eine Kutsche zu steigen.«

Elinda sah ihn in dem spärlich beleuchteten Korridor fragend an. »Wann wirst du mir erzählen, woher du ihn kennst?«

Blake stieß ihre Zimmertür auf. »Später. Beeil dich jetzt.«

Elinda nickte und machte sich daran, ihr Gepäck zusammenzusuchen. Als sie die Schatulle mit Davids Briefen verstaute, fiel ihr wieder jener Brief ein, den David ihr aus Rom geschrieben hatte und den ihre Eltern nie zu sehen bekommen hatten.

Es ist wahrlich keine Freude, mit ihnen zu reisen. Sie denken, sie sind weltmännisch, nur weil sie schon einmal zusammen in Italien waren. Vater hat sie bezahlt, damit sie mir den bearleader ersetzen, den er sich nicht leisten kann. Du hörst mein Seufzen bei diesem Gedanken, Schwesterlein. Du weißt ja, wie gerne ich mit Mister Colbert gereist wäre. So schlimm das, was er wohl getan hat, auch sein mag – ich bin mir sicher, er hat mehr Manieren im Leib als C., P., V. und R.

R. ist der Allerschlimmste. Er fängt schon morgens mit dem Wein an. Sie zeigen mir jeden Tag, wie wenig sie mit einem Jungen anfangen können, der sie nicht zu ihren Saufgelagen begleitet. Doch ich habe keine Lust, bei diesem Stumpfsinn dabei zu sein. Seitdem sie das wissen, behandeln sie mich wie ein lästiges Kind.

Sie haben kein Interesse daran, mir irgendetwas zu zeigen. Auch hier in Rom haben sie mich sofort an einen örtlichen cicerone verwiesen, der mit mir die Sehenswürdigkeiten abklappert. Währenddessen treiben sie weiß der Teufel was. Ich schäme mich ihrer. Am schlimmsten erscheint mir die Tatsache, dass das viele Geld, das sie hier mit vollen Händen ausgeben, ihnen den letzten Rest Anstand abhanden kommen lässt. Ich habe gesehen, wie sie im Palazzo Barbarini den Kustor überreden wollten, ihnen eine antike Skulptur zu verkaufen. Diese Banausen! Doch das Schlimmste ist, dass ich dich so sehr vermisse, Schwesterlein. Wenn ich mir denke, dass ich die römische Schönheit mit dir erleben könnte …

Erst in diesem Moment wurde Elinda bewusst, dass ihr Neid auf David sinnlos gewesen war. Er hatte seine *Grand Tour* mit diesen Männern an seiner Seite gar nicht genießen können. Männern, die anstatt ihn zu beschützen, ihrer Launenhaftigkeit ausgeliefert hatten. Und wozu die vier Lords wirklich in der Lage waren, hatte sich ihnen gerade auf dem Friedhof offenbart. Elinda ballte die Fäuste. Was für verkommenen Menschen hatte ihr Vater David anvertraut? Und entsprang dieses Rätsel letztendlich nur den vielen Ausschweifungen, die ihnen die Sinne verwirrt hatten? Oder etwas Bösem, das David erkannt hatte und das viel tiefer reichte als Gier und Übermut?

Elinda schauderte, als ihr wieder der Grabstein mit Davids Namen vor Augen stand.

Sie musste sich zwingen, die wirbelnden Gedanken aufzuhalten und sich aufs Packen zu konzentrieren. Als sie kurz darauf neben Blake die Treppe hinabeilte, hörte sie immer noch das trunkene Getöse von Hydeworth, doch es hatten sich noch andere Stimmen dazu gemischt. Das Gezeter von Nachbarn und der Befehlston eines Polizisten. Elinda hätte zu gerne gesehen, wie Hydeworth von Ordnungshütern abgeführt wurde. Doch noch lieber wollte sie den größtmöglichen Abstand zu ihm gewinnen.

Niemand hielt die Kutsche auf, die sich nur eine Ecke weiter die Straße hinab entfernte.

Wieder eine vorzeitige Abreise mitten in der Nacht. Wieder eine ersehnte Stadt, die sie zu früh hinter sich lassen musste. Wieder der dunkle Innenraum der Kutsche, in dem sie allein blieb. Vor den Fenstern zog die schlafende Stadt vorüber, spärlich beleuchtet von wenigen Feuern. Sie sah die riesige Lateranbasilika, den ehemaligen Sitz des Heiligen Vaters, und davor die offene Fläche, die einen schon so oft gemalten Blick in die einzigartige Landschaft dahinter gewährte, einer Landschaft, in der die Antike ihre Spuren hinterlassen hatte. Doch Elinda musste ihre Fantasie spielen lassen, um sich die Türme und Aquädukte vorzustellen, die dort seit uralten Zeiten standen. Mauerfluchten, die so viel schon gesehen hatten und die in der Nacht selbst unsichtbar blieben.

Sie verließen die Stadt durch die Porta Appia. Ein weiches, silbriges Licht lag über der Ebene, als der Mond hinter den Wolken hervorkam. Nun schälten sich die Ruinen ganz deutlich aus der Dunkelheit. Bogenfluchten, verfallene Tempel und Gräber, finstere und unbewegliche Wächter in der Weite der römischen Campagna. Daneben wirkten die spärlichen Pinien wie Pusteblumen. Im Mondlicht schimmerten die Teppiche der Kornfelder, ein leiser Wind bewegte Halme und Gräser. Und als hätte sich die nächtliche Schönheit nur zu diesem Zweck zusammengetan, fielen die aufreibenden letzten Stunden von Elinda ab. Sie schob das Fenster auf und lehnte sich gegen den Rahmen. Die frische Nachtluft strömte in ihre Lunge. Mit ruhigem Staunen weidete Elinda ihren Blick an der Szenerie, bis der Anblick zu der Landschaft ihres Traumes wurde, als sie in einen tiefen Schlaf fiel.

37

Der Tag zerfiel im eintönigen Rumpeln der Kutsche. Nach und nach geriet Elinda in einen eigenartigen Zustand. Die Landschaft schien ihr keines Blickes mehr wert. Die auf der Bank aufgeschlagen liegende *Aeneis* hätte ebenso gut eine zerlesene Zeitung sein können. Elinda kapitulierte vor den Stößen der Kutsche. Ihr Körper hatte keine Kraft mehr, das Rumpeln auszugleichen. Sie fühlte sich wie ein spannungsloses Etwas, ein müdes Tier in einem schaukelnden Käfig. Elinda kannte derart trübsinnige Gefühle nicht. Du bist nur erschöpft, dachte sie.

In Rom war zu viel Dunkelheit auf sie eingeströmt. Der kleine Schimmer der Freude, den sie trotz allem empfunden hatte, war erloschen. Bleierne Müdigkeit und Gleichgültigkeit hatten all ihre Zuversicht verdrängt.

In diesem Moment war sie froh, dass Blake nicht bei ihr war. Ihre wachsenden Gefühle für ihn und dass sie sich trotz aller Ungewissheit zwang, ihm zu vertrauen, hatten ihre Seele aus dem Gleichgewicht gebracht.

Tränen stiegen ihr in die Augen. Es war niemand hier, der sie wie ein verlorenes Mädchen weinen sah. Denn das war sie ja nun, verzweifelt und verloren und auf den Schutz eines Mannes angewiesen.

Sie bemerkte kaum, wie die Kutsche die Anhöhe der Albaner Berge hinaufrollte. Ringsum erhoben sich gigantische Kastanienbäume, und ein grünliches Dämmerlicht fiel durch die Fenster.

Als sie hielten, sah Elinda nirgendwo ein Dorf oder ein Gasthaus. Doch als sie ausstieg, eröffnete sich ihren Blicken ein derart schönes Bild, dass die nagende Schwermut sich lichtete. Sie standen auf einer Lichtung hoher Bäume, zwischen denen ein urwaldartiges Dickicht aus Sträuchern und Ranken herrschte. Dort, wo eben die Sonne dem Horizont entgegensank, öffnete sich der Wald zu einer geschwungenen Mauer, die ein verschnörkeltes Tor umfasste. Hinter dem Tor zog sich eine Allee von Pinien eine sanfte Anhöhe hinauf, und dort lag, im Glanz des schwindenden Tages, ein Landschloss. Elinda trat an das Tor und nahm den verwunschenen Anblick tief in sich auf. Wenn es doch nur irgendein Werkzeug gäbe, ein solches Bild in die Seele zu bannen, dachte sie.

»Warum halten wir?«, fragte sie Blake.

Er lächelte gut gelaunt. »Wir werden hier die Nacht verbringen.«

Elinda schaute verwundert auf das Schloss, das beim zweiten Blick seinen halb verfallenen Zustand offenbarte. »Was ist das für ein Ort?«

»Es ist die Landresidenz des Visconte di Girolaio«, ließ Blake sie wissen. »Er ist schon lange tot, und sein Sohn bewies wenig Geschick beim Bewahren des Familienerbes. Seine Handelshäuser und Güter sind heruntergekommen. Doch Federico di Girolaio versteht sich immer noch als weltmännischer Adeliger, der in seinem Schloss gerne Gäste empfängt und sie mit seinen Reichtümern erfreut.«

Blake schmunzelte. »Nur dass die Gäste nun Reisende aller Arten sind und er als Reichtümer nur noch seine mottenzerfressene Bibliothek und seinen verwilderten Garten präsentieren kann.«

»Woher kennst du ihn denn so genau?«, wollte Elinda wissen.

Ein die Allee hinabeilender Diener ersparte Blake die Antwort. Sogleich wurde ihnen geöffnet und die Kutsche hereingelassen. Verwundert registrierte Elinda, dass der Diener keinerlei Wert darauf legte, ihre Namen zu erfahren oder den Grund ihres Hierseins. Seine Kleidung wirkte vernachlässigt, und er roch, als wäre er gerade aus einer Weinschenke gekommen. Während Marconi die Kutsche gemächlich die Allee hinabrollen ließ, flitzte der Diener an ihr vorbei und zum Schloss zurück.

Die Aussicht, zu Fuß diese Allee entlangzuspazieren und nach der langen Fahrt endlich etwas frische Luft zu atmen, freute Elinda. Schon verflüchtigten sich die eben noch so düsteren Gedanken. Aber nicht ganz. Beim Anblick des heruntergekommenen Schlosses fühlte sie sich an ihr eigenes Zuhause erinnert.

War Thornton Hall überhaupt noch ihr Zuhause?

Sie nahm einen tiefen Atemzug. In der Luft lag der harzige Duft der Pinien, in den Feldern dahinter tummelten sich Ziegen.

»Also, woher kennst du diesen verarmten Adeligen?«, wollte sie wissen.

Blake lenkte ihre Schritte gemächlich die Anhöhe hinauf, als wollte er die Ankunft beim Schloss noch hinauszögern.

»Als ich mit fünfzehn das erste Mal in Italien war, bin ich ihm begegnet. Nach dem Tod meiner Mutter nahm mich mein Vater auf seinen Reisen mit. Eine bessere Ausbildung hätte er mir nicht ermöglichen können.«

»Und wie rechtfertigte dein Vater es, den blaublütigen jungen Männern diesen Ort als Herberge anzubieten?«, fragte Elinda in gespielter Empörung.

Im Näherkommen wurde der vernachlässigte Zustand des Landschlosses immer deutlicher. Wilder Wein umrankte die Mauern, die Dächer der Nebengebäude waren eingesunken.

»Das Schloss mag heruntergekommen wirken, aber das sind viele Gasthäuser auf der Route auch. Du wirst sehen, es ist in jeder anderen Hinsicht ein sehr lebendiger Ort.« Blake warf Elinda einen vielsagenden Blick zu. »Viele Reisende steuern dieses Schloss aus … nun, gewissen Gründen an.«

Er schien zu überlegen, wie er es ihr am besten klarmachen konnte. Aber Elinda begann bereits zu begreifen. Vor dem Schloss standen vier Kutschen, zwei von ihnen so schlicht wie ihre eigene, die beiden anderen jedoch luxuriös und edel ausgestattet. Aus einem der Fenster ertönte das laute Gelächter einer Frau. Neben dem Schloss lagen die Ausläufer eines verwilderten Parks mit mannshohen Hecken und Lauben. Und dort sah Elinda etwas, das sie erschreckte und zugleich amüsierte.

Abrupt blieb sie stehen.

»War da gerade ein … nackter Mann, der vor einer Frau mit Ziegenhörnern davongerannt ist?«

Blake seufzte erheitert. »Dann ist das Fest also schon in vollem Gange.«

Elinda stieg das Blut in die Wangen. »Blake, wo sind wir hier?«

»Was uns betrifft, ist es eine sehr günstige und vor allem

komfortable Gelegenheit zu übernachten und uns etwas auszuruhen. Der Visconte schert sich nicht mehr um seinen Ruf. Er hat sein Schloss allen geöffnet, die hier vorbeikommen, ohne Ansehen von Rang und Namen. Er hat wirklich keinen Sinn für Geschäfte. Aber einen für Unterhaltung. Im Grunde ist er ein Libertin und sein Leben ein nicht enden wollendes Fest. Und alle, die diese Feste mit ihrem Freiheitsdrang bereichern, sind ihm höchst willkommen.«

Er sah sie an, und Verlegenheit huschte durch seinen Blick. »Wenn du möchtest, können wir allein speisen, wir müssen von all dem nichts mitbekommen. Die anderen Gäste werden wohl eher … nun, du hast es ja gesehen.«

Elinda kicherte, doch es klang in ihren Ohren etwas verkrampft. »Ich bin nicht sicher, *was* ich da gerade gesehen habe. Du scheinst jedenfalls anzunehmen, dass es mich nicht im Mindesten in Verlegenheit bringt.«

Blake nahm ihre Hand, und plötzlich traf sie aus seinen Augen ein herausfordernder Blick, der ihren Puls beschleunigte.

»Elinda, ich habe dich hierhergebracht, damit du dich ein wenig erholen kannst von all der Dunkelheit der letzten Nacht. In diesem Schloss gibt es wunderschöne Zimmer, warmes Wasser und erstaunlich gutes Essen. Und vor allem verschafft es uns eine Pause von dem ewigen Versteckspiel. Hier interessiert es niemanden, dass wir unverheiratet sind. Ich dachte, das wäre in deinem Sinne.«

Elindas Blick wurde wieder von den Hecken angezogen, aus denen wieder der nackte Mann auftauchte, doch diesmal warf er sich im Umdrehen in die Arme seiner Verfolgerin. Die Frau trug nur einen Unterrock und hatte die Hörner einer Ziege auf ihrem Kopf befestigt. Ein ausgelassenes Gurren und Lachen drang zu ihnen herüber.

»Ich versuche mich gerade daran zu gewöhnen, dass es weibliche Faune und männliche Nymphen geben könnte«, sagte sie mit einem schiefen Lächeln.

Das Liebespaar war eng umschlungen auf eine Marmorbank gesunken.

Blake griff nach Elindas Schulter und drehte sie in die andere Richtung. Ihr Blick fiel nun auf die Landschaft hinter ihr, die Pontische Ebene, das Meer dahinter und die Inseln darin. Alles badete im Abschiedsglanz der Sonne.

Blake sah sie forschend an. »Verletzt es dich irgendwie, dass ich voraussetzte, du würdest dich über diese Zustände nicht empören?«

Elinda antwortete nicht. Sie war zu sehr abgelenkt von den letzten Sonnenstrahlen, die Blakes dunkle Augen wie Bernstein aufleuchten ließen. Am liebsten wäre sie einfach stehen geblieben und hätte den Sonnenuntergang in seinen Augen beobachtet.

»Es schmeichelt mir eher«, gestand sie. »Du kannst nun wirklich nicht annehmen, dass ein Mädchen, das sich im Gepäcknetz einer Kutsche versteckt, Wert auf Sittenstrenge legt.«

Blake lächelte. »Das wäre tatsächlich ein wenig seltsam.«

Sie hängte sich wieder bei ihm ein. »Was nicht heißt, dass ich mich zu einer Orgie überreden lasse.«

Blake warf ihr einen erschrockenen Blick zu. »Wie kommst du denn auf so etwas?«

»Was haben denn die Schützlinge deines Vaters und du damals in diesem Schloss getrieben?«

Im ersten Moment genoss sie es, seine Verlegenheit zu

reizen, doch in der nächsten Sekunde erschrak sie über ihre Forschheit.

»Entschuldige, was musst du von mir denken …«

Blake griff nach ihrer Hand und ließ ihre Finger durch die seinen wandern.

»Ich denke, dass du dich sicherlich mit dem Zweck einer *Grand Tour* beschäftigt hast, der jenseits von Bildung und Weltläufigkeit liegt. Hat dein Bruder diesen Aspekt vielleicht einmal erwähnt?«, fragte er vorsichtig.

Elinda spürte das Blut in ihre Wangen steigen. »Dass den angehenden Gentlemen gewisse Erfahrungen ermöglicht werden … erotische Erfahrungen.« Sie hatte dieses Wort noch nie laut ausgesprochen und spürte seinem Klang in der warmen Abendstimmung nach. »Noch so eine Sache, in der Männern ein Vorteil zugestanden wird, während Frauen im Ungewissen bleiben.«

»Höre ich da das Verlangen, diese Ungewissheit hinter dir zu lassen?«, raunte Blake.

Elinda hielt den Atem an. Dieses Gespräch entwickelte sich in eine Richtung, die sie überforderte, aber auf keine unangenehme Weise. Sie suchte nach Worten und fand sie in den einzigen Gefilden, die ihresgleichen zugestanden wurden, wenn es um derartige Dinge ging.

»Es ist, als wären wir gerade mitten in einem dieser allegorischen Landschaftsgemälde. Üppige Natur in goldenem Licht. Ein paar antike Ruinen und in einer schattigen Mulde ein begehrlicher Satyr mit Nymphe.« Sie warf einen lächelnden Blick über die Schulter, doch das Liebespaar im Garten war verschwunden. »In der Welt der Kunst erwarten wir diese Sinnlichkeit. Ehrlich gesagt finde ich es schön, wenn etwas aus dieser Welt in unsere Welt herüberkommt.«

Vom Schloss her drang leise Gitarrenmusik in die Allee. Die Schatten schlossen sich zusammen, die Sonne war verschwunden. Aus den Büschen erhob sich Grillenzirpen.

Elinda fragte sich, ob Blake ihren rasenden Herzschlag spüren konnte. Er musste ihn spüren, denn auf einmal umschlang er ihre Taille und zog sie an sich. »Ich verspreche, wenn der Visconte etwas sehr Unanständiges vorschlägt, werde ich dich eigenhändig in deinem Zimmer einsperren, Elinda. Deine Freiheitsliebe in Ehren, aber ich kann nicht zulassen, dass du verdorben wirst.«

»Wäre es sehr verdorben, dich um einen Kuss zu bitten?«, fragte sie.

Blake antwortete auf die Weise, die sie sich erhofft hatte. Er nahm ihr Gesicht in seine Hände und küsste sie. Zuerst vorsichtig wie in Rom, doch dann schien er seine Zurückhaltung abzulegen, und mit einem Mal spürte sie sein Verlangen ganz deutlich. Elinda taumelte in diesen merkwürdigen neuen Raum, der sich vor ihr aufgetan hatte. In diesem Moment wünschte sie sich, die Welt wäre mehr wie das bröckelnde Schloss des Visconte. Ein Ort, an dem man frei durchatmen konnte und sich nicht verstellen musste.

Du naives kleines Ding. Warte erst einmal ab, ob du dir diese Welt immer noch wünschst, wenn du das Schloss von innen gesehen hast.

38

Doch das nicht enden wollende Fest, zu dem Visconte di Girolaio sein Leben gemacht hatte, erinnerte zu diesem Zeitpunkt eher an die übersättigten Freuden einer Picknickgesellschaft, die in der prallen Sonne und unter dem Einfluss von zu viel Wein am Rand des Schlafes dümpelte. In einem großen Salon lungerten Girolaios Gäste um eine fürstlich gedeckte Tafel herum, die dem ausgeklügelten Festmahl, das Elinda in Venedig genossen hatte, in nichts nachstand. Ein Mann zupfte die Saiten einer Gitarre, ein anderer spielte mit seiner Begleiterin Karten. Gleichzeitig wirkte die Gesellschaft aber auch wie ein Zirkel von Künstlern. An der Stirnseite des Salons saß ein Freskenmaler auf einem Gerüst und arbeitete an einem Wandgemälde über dem Kamin. Eine nackte Frau mit langem rotem Haar stand ihm in einer Gipsmuschel Modell. Ein hagerer alter Kerl mit Zeigestock korrigierte immer wieder die Pose der Frau, doch es half alles nichts – das Fresko würde niemals auch nur annähernd an Botticellis *Venus* in den Uffizien erinnern.

Blake führte Elinda zu dem Gastgeber. Der wollte sich mit einem erfreuten Ausruf von seinem Diwan erheben, doch seine Leibesfülle erlaubte es nicht. Die Begegnung der beiden alten Bekannten brachte wieder Leben in die ermattete Versammlung, und plötzlich befand Elinda sich in einer neugierigen, ausgelassenen Runde von Menschen, die das Schicksal wohl nur hier zusammenwürfeln konnte. Erneut dachte sie an Elisabeth von Kaboreth und wie sehr ihr diese Gesellschaft zugesagt hätte.

Blake saß neben ihr an der überladenen Tafel und ließ seine Finger immer wieder wie beiläufig zu ihren Händen wandern, während er sich zwanglos mit anderen Gästen unterhielt. Elinda ließ ihr Knie gegen seinen Oberschenkel sinken und spürte wenige Sekunden später seine Hand darauf. In dieser Runde wäre eine derartige Heimlichkeit nicht nötig gewesen, aber sie genoss es gerade deswegen umso mehr, dass Blake immer noch den höflichen Gentleman gab, der eine Frau in Gesellschaft nie zu Vertraulichkeiten genötigt hätte. Ihr Herz pochte in der Ahnung anderer Möglichkeiten, die vielleicht in den Zimmern des Schlosses warteten.

Doch der Abend wurde zwischen Gesangseinlagen, Spielen und angeheiterten Gesprächen immer später. Diener trugen immer neuen Wein und Köstlichkeiten auf, von denen niemand wusste, wie der Visconte sie bezahlen konnte. Mittlerweile hatte sich auch das Liebespaar aus dem Garten eingefunden. Der nackte Mann verdrängte kurzerhand das Modell und stellte sich an ihrer statt in die Muschel, um auf dem Wandgemälde verewigt zu werden. Die Runde antwortete mit ausgelassenem Gelächter. So heiter und gelöst die Stimmung auch war, irgendwann wurde es Elinda zu viel. Sie sehnte sich nach Ruhe und Rückzug und dem angekündigten warmen Wasser. Und noch nach etwas anderem. Doch konnte sie Blake einfach dazu einladen, sie zu begleiten?

»Ich ziehe mich zurück«, flüsterte sie.

Doch er lächelte nur. »Gute Nacht, Elinda, ich hoffe, du schläfst gut.«

Was hast du denn erwartet? Dass er dir hinterherkommt und …

Rasch bat sie einen der Diener, ihr ein Zimmer zuzuweisen und ihr Gepäck zu holen. Von Marconi war weit und breit nichts zu sehen, aber sie hörte aus der Richtung, in der sie die Küche vermutete, lautes Lachen und Singen. Die Bediensteten und Kutscher der anderen Gäste ließen es sich ebenfalls gut gehen.

Verwirrt über Blakes Zurückhaltung und noch verwirrter über die Wünsche in ihrem Innern folgte sie dem Diener über eine lange Treppenflucht hinauf in den zweiten Stock, vorbei an geborstenen Balustraden, verblichenen Wandteppichen und leeren Kaminschächten. Der Eindruck, in einem zweiten Thornton Hall zu sein, wurde immer bedrückender, nur dass sich hier offenbar niemand des Verfalls schämte. Der Schein des Kandelabers huschte über Risse in den Wänden und blinde Spiegel. Über allem lag der Geruch alten Staubs. Doch das Zimmer, das der Diener ihr öffnete, war ein behaglicher Raum mit einem Himmelbett und dunkelblauen Seidentapeten. Ein angrenzender Raum diente als Boudoir. Erstaunt entdeckte Elinda einen römischen Marmorsarkophag, der zum Waschzuber umfunktioniert worden war.

Kurze Zeit später kamen zwei Kammerzofen mit heißem Wasser.

»Erwartet Ihr noch jemanden, Signorina? Sollen wir noch Handtücher bringen? Etwas Wein?«

Elinda verneinte. Die Zofen musterten sie sichtlich irritiert. Offenbar war es in diesem Schloss unüblich, dass man das Behagen eines warmen Bades nicht in Zweisamkeit genießen wollte. Und ja, es wäre schön gewesen, jetzt nicht allein zu sein. Als Elinda im warmen Wasser lag, ertappte sie sich dabei, auf ein leises Klopfen an der Tür zu lauschen. Warum war Blake bei der feiernden Runde geblieben? War das seine Art, ihr Freiraum zu geben, die Dinge nicht zu überstürzen?

Was für Dinge denn?

Doch die wohlige Entspannung, die ihre Glieder ergriff, lenkte Elindas Gedanken ab. Die Wärme machte sie schläfrig.

In eine feine Daunendecke geschmiegt, lauschte sie in die Nacht. Vor dem Fenster hingen Weinranken wie Girlanden herab, leicht bewegt von einem unhörbaren Wind. Das Schloss war überraschend still für so ein altes Gemäuer. Aus dem Kaminschacht ertönte kein Säuseln, Elinda hörte weder ein Knarzen noch Scharren, und auch das ferne Lachen der Festrunde war verstummt. Nur noch ihr Herz hörte sie.

Und dann den leisen Hilfeschrei ihres Bruders.

»Elinda, hol mich hier raus!«

Der Himmel war dunkel, doch sie spürte, dass es Tag war. Diese Dunkelheit war unnatürlich. Als hätte sich eine tiefe Erdspalte aufgetan, aus der diese Finsternis hervorbrach. Elinda konnte kaum die Hand vor Augen sehen. In der Luft lag ein Tosen, der Wind riss an ihren Haaren. Kleine Steinchen flogen umher, und die Erde unter ihren Füßen schwankte.

»Elinda, warum kommst du nicht?«

Davids Stimme klang hell und aufgeregt, wie damals als Kind.

»Wo bist du?!«, schrie sie der undurchdringlichen Finsternis entgegen.

»Hier …«

Aber sie hatte keine Orientierung. Als hätte die Schwärze sie verschluckt und würde sie nun verdauen. Oben war unten, unten war oben, die Erde kippte weg, sie stolperte und hörte Davids Stimme nun ganz nah, sein hilfloses Wimmern. Er konnte kaum einen Meter weit entfernt sein. Elinda streckte die Hände aus und tastete nach ihm. Gleich würde sie seine Jacke zu packen bekommen und ihn an sich drücken und nie mehr loslassen. Gleich …

In diesem Moment durchfuhr sie eine solche Sehnsucht nach ihm, dass sie glaubte, daran zu ersticken. Um sie herum herrschte ein namenloser Albtraum, doch sie hatte das Gefühl, in nur einer Sekunde wieder in der Welt ihrer Kindheit zurück zu sein. Mit David in der Orangerie, Milch und Kekse, Orchideen in Hängekörben, ihre Lateinbücher auf dem Boden und dann der plötzliche Drang, lieber in den Garten hinauszurennen und den Abhang hinter Thornton Hall hinunterzurollen.

Wie ich dich liebe, David … du weißt ja nicht, wie sehr.

Sie griff ins Leere. Seine Stimme war verklungen. Ringsum nur noch Schwärze und Leere und Tod.

»Elinda!«

Das war nicht Davids Stimme. Doch sie klammerte sich an sie wie Perseus an den Faden der Andromeda, damit er wieder aus dem finsteren Labyrinth des Minotaurus herausfand. In all dem Chaos und dem Schmerz wusste sie, dass diese Stimme Sicherheit und Schutz bedeutete, auch wenn sie nicht wusste, warum.

»Wach auf, Elinda.«

Sie blinzelte. Der tröstliche Glanz einer Kerze hatte die Schwärze vertrieben. Sie befand sich nicht mehr in Pompeji, als der Vesuv es begrub, sondern in einem schönen Zimmer. Neben ihr saß Blake Colbert. Sein Arm war um ihre Schulter geschlungen, als hätte er sie gerade von einem Abgrund zurückgerissen. Seine Augen blitzten im spärlichen Kerzenlicht wie die einer Eule. Und da war noch etwas anderes, etwas Unbegreifliches.

»Warum bin ich nicht … in meinem Bett?«, stieß Elinda hervor.

Blake sah sie nur an, während seine Finger vorsichtig über ihre Schulter strichen.

Da sah sie es. Sie hockte mitten im Zimmer auf dem Boden, und vor ihr lag ein Blatt aus ihrer Zeichenmappe. Daneben die Hülle mit den Stiften. Verwundert sah Elinda auf ihre Hände und zuckte zurück. Ein zerbrochener Grafitgriffel fiel auf das Blatt. Langsam und widerwillig setzte sich die Realität zusammen.

»Wie … wie ist das möglich?«

Sie ergriff das Blatt. Darauf war die Szenerie, vor der sie gerade solche Angst gehabt hatte. Schwarze Schemen und darin eine kleine, geduckte Gestalt mit aufgerissenen Augen. David.

Elinda atmete zitternd ein. »Habe ich das gemalt?«

Blake streichelte über ihren Rücken, doch seine Berührung beruhigte sie nicht.

»Ich habe einen Schrei aus deinem Zimmer gehört«, sagte er leise. »Als ich zu dir hereinkam, saßst du auf dem Boden, hier in diesem Lichtkegel.« Er lenkte ihren Blick zum Fenster. Dort stand der Mond als stummer Zeuge über dem Abgrund, der immer größer wurde in ihr.

»Du hast gezeichnet. Aber du hast dabei geschlafen. Du warst nicht bei dir.«

Elinda starrte ihn an. »Aber das würde ja bedeuten, dass …« Ein ungläubiges Lachen entfuhr ihr, aber schon schlich ein neues Grauen in ihren Geist. »Und ich dachte, das alles wäre eine Art Spuk.«

»Was meinst du damit, Elinda?«

Da erzählte sie es ihm. Die unerklärliche Gegenwart Davids in ihrem Bild auf Thornton Hall und dann auf ihren Zeichnungen während der Reise.

»Ich dachte, ich würde den Verstand verlieren. Aber offensichtlich habe ich das, ich habe den Verstand verloren.« Beklommen starrte sie auf das albtraumhafte Bild.

»Nein, das hast du nicht.« Vorsichtig löste Blake die Zeichnung aus ihren Fingern.

»Warum tue ich dann so etwas?«

Er schob seine Hände unter ihre Arme und half ihr aufzustehen. Er führte sie zum Bett, doch Elinda schaute zurück auf das verstörende Werk ihres Schlafes. Blake überwand ihren Widerstand, hob sie hoch und ließ sie auf der Bettkante nieder. Er breitete die Decke über ihre Schultern und setzte sich neben sie.

»Du hast mir doch einmal gesagt, dass David dein Fenster zur Welt war, nicht wahr?« Behutsam nahm er ihre immer noch bebenden Hände wieder in seine. »Ich weiß nichts über die Wege der Seele, aber ich könnte mir vorstellen, dass du die Trennung von deinem Bruder auf diese Weise verarbeitest.«

»Durch Schlafwandeln?« Elinda wollte nicht glauben, was sie getan hatte, ohne es zu merken.

»Ich erzähle dir eine Geschichte«, sagte Blake. »Als ich

zur See fuhr, gab es da einen jungen Matrosen, der furchtbare Angst vor der Dunkelheit hatte. Sein Vater, ebenfalls ein Seemann, war bei einem Sturm gestorben. Und irgendwie war dieser Matrose von der Vorstellung besessen, dass er seinen Vater draußen auf dem Meer treiben sehen könnte, wenn er mit der Nachtwache dran war.«

Blake sah mit einem ernsten Lächeln am Lichtkreis der Kerze vorbei in die Dunkelheit. »Er hatte solche Angst davor, dass die Mannschaft ihm erlaubte, keine Nachtwache übernehmen zu müssen. Natürlich musste der arme Junge sich deswegen die schlimmsten Hänseleien gefallen lassen. Doch weißt du, was dann geschah?«

Elinda sah ihn gespannt an.

»In der Nacht stieg der Junge aus seiner Hängematte und gesellte sich zu den Männern an Deck und hielt mit ihnen Nachtwache. Er schaute ganz aufmerksam hinaus aufs Meer, als würde er jemanden suchen. Jede einzelne Nacht. Aber er war nicht wach. Die Männer wollten ihn aufwecken, aber es ging nicht. Ich habe es selbst erlebt, er war wie in Trance. Er hielt diese Nachtwache, weil er auf das hoffte, wovor er eigentlich solche Angst hatte.«

»Er wollte seinen Vater sehen«, wisperte Elinda.

»So haben wir es uns erklärt«, schloss Blake.

»Wie hat der Matrose reagiert, als ihr ihm sagtet, dass er schlafwandelte?«

»Er glaubte uns nicht. Er dachte, wir würden ihm das erzählen, um ihn zu quälen.«

Blake schüttelte sacht den Kopf und sah sie wieder an.

»Wenn du also in der Nacht deinen Bruder zeichnest, ist das nur deine Art, ihm nah zu sein. Du willst ihn festhalten. Das ist dein Anker in der Ungewissheit.«

»Du meinst, man kann etwas Verrücktes tun und gleichzeitig bei klarem Verstand sein?«

»Natürlich. Warum hast du denn so große Angst davor, den Verstand zu verlieren?«

Elinda hatte nie gewollt, dass Blake sie so aufgelöst und verletzlich sah, doch sie spürte, dass sie ihr Gleichgewicht erst wieder zurückgewinnen würde, wenn sie ihm ihr Innerstes offenbarte.

»Es ist nicht nur dieses Rätsel um David. Es ist auch dieser Kampf in mir. Du ahnst es ja schon, ich … ich habe immer alles abgelehnt, was man gemeinhin mit dem Wesen einer Frau verbindet. Schwäche, Unvernunft, Gefühlsüberschwang. Und dann breche ich alle Brücken hinter mir ab und ruiniere mein Leben, nur um genau diese Eigenschaften an mir zu entdecken. Ich fing selbst schon an, an Flüche zu glauben.«

Vergiss den seltsamen Staub nicht. Was für eine Erklärung soll es dafür geben? Und für die unheimlichen Prophezeiungen der Bettler?

Elinda sah zu Blake auf. »Ich habe gedacht, ich könnte bei all dem einen kühlen Kopf bewahren. Aber ich kann es nicht.«

»Warum solltest du auch? Warum glaubst du, dass es dich zu einer schwachen Frau macht, wenn dich die Ereignisse überwältigen?«

»Wegen dir.« Ihr Herzschlag pochte bis in die Fingerspitzen. »Ich habe mich in dich verliebt, Blake Colbert. Auch wenn ich vielleicht keinen Grund dafür habe, denn ich kenne dich überhaupt nicht. Als du mich in der Nacht in den Alpen gewärmt und diese Dinge zu mir gesagt hast, da wurde mir klar, dass ich Angst vor einer Verbindung mit einem Mann hatte, weil ich mir schlicht nicht vorstellen konnte, dass es Männer wie dich gibt. Es war, als hätte ich ein ver-schlossenes Kästchen in mir geöffnet. Ein schönes Gefühl, aber gleichzeitig fühlt es sich an, als hätte ich mich ver-raten.«

Auf Blakes Gesicht erschien ein vorsichtiges Lächeln. »Elinda, nicht nur dein Bruder war dein Fenster zur Welt. Auch deine Eltern und alle anderen Menschen in deinem Leben. Deswegen siehst du die Dinge durch ihre Augen. Das ist der einzige *Verrat*, den du begangen hast. Dass du das Leben nicht mehr mit ihren, sondern nun mit deinem eige-nen Blick erfassen willst, ohne all die Geschichten, die du gehört hast.«

Er hob die Hand und berührte ihr Haar. Etwas Zärtliches huschte durch seinen Blick, sogar dann noch, als er die Stirn runzelte. »Hast du wirklich geglaubt, dass es dich deinen Verstand kostet, wenn du dich deinen Gefühlen öff-nest?«

Sie begriff, wie absonderlich das Ganze war. »Diese rät-selhaften Dinge machen mir Angst. Ich dachte, der Grund, warum ich sie nicht verstehe, liegt darin, dass ich eben doch ein schwaches, irrationales Frauenzimmer bin.«

»Du bist doch gerade selbst das beste Beispiel dafür, dass eine Frau nicht nur diesem einen Bild entsprechen muss, Elinda. Du hast das Fenster aufgerissen und bist hinaus-geklettert.«

Blake nahm ihre Hand und hob sie zu seiner Brust, legte sie über sein Herz und hielt sie fest. »Und was glaubst du denn, was mit einem gestandenen und unerschütterlichen Mann geschieht, wenn er sich seinen Gefühlen öffnet?« In seiner Stimme lag eine feine, fragende Ironie.

»Es kommt wohl darauf an, für wen er sich diesen …

Gefühlen öffnet.« Befangen senkte Elinda den Blick, doch Blake griff nach ihrem Kinn und hob es an.

»Für dich, Elinda. Für meine kleine Bärin.«

Die schreckliche Ungewissheit wich von ihr, ebenso das Bedürfnis zu sprechen.

Ihre Lippen fanden Blakes Mund, und zum ersten Mal fühlte es sich beinahe vertraut an. Er umfing sie behutsam und ließ seine Hände über ihren Rücken wandern, die Decke rutschte von ihren Schultern. Sie spürte seine Finger durch den dünnen Stoff ihres Nachthemdes. Elindas Gedanken taumelten in eine Richtung, die ihr Herz noch schneller schlagen ließ. Wie es wohl wäre, von Blake nicht nur geküsst zu werden?

Elinda wusste nicht, wie sie dem, was in ihr bebte, Ausdruck verleihen sollte. Doch Blake schien zu spüren, dass sie diese letzte Grenze, die sie noch voneinander trennte, hinter sich lassen wollte.

Sie hatte immer voller Angst und Abscheu an diesen Moment gedacht. Eine ihrer Cousinen hatte einmal in vertrauter Runde von ihrer Hochzeitsnacht berichtet. Eine zweiminütige Angelegenheit, die der jungen Frau als der würdeloseste und schmerzhafteste Moment in ihrem Leben erschienen war. Elinda hatte damals schaudernd ihren Schwur erneuert, niemals mit einem Mann zu schlafen. In ihren Augen war es nur eine weitere Ungerechtigkeit, unter der Frauen zu leiden hatten, während ein Mann schulterzuckend von einem Vergnügen zum nächsten ging.

Doch alles, was sie nun empfand, war ein weicher Abgrund, in den sie sich und die ziehende Neugier in ihrem Innern fallen lassen wollte. Im matten Schimmer der Kerze sah sie Blakes dunklen Blick über sich. Ohne sie aus den

Augen zu lassen, ließ er langsam ihr Nachthemd über der Schulter nach unten gleiten. Sie schloss die Augen und schmiegte ihre nackte Brust in seine Hand, seine rauen Finger jagten eine Gänsehaut bis in ihre Haarwurzeln.

Blake verharrte regungslos vor ihr, als wollte er ihr den Raum lassen, sich selbst vorzutasten. Seine ruhige Geduld verstärkte ihr Verlangen, aber auch die Gewissheit, dass es mit ihm keine zweiminütige, würdelose und schmerzhafte Angelegenheit werden würde.

Ohne seinem Blick auszuweichen, berührte sie ihn. Unter seinem Hemd fühlte sie seinen harten, geschmeidigen Körper. Elinda schloss die Augen und ließ sich auf dem Bett zurücksinken. Blake begann ihren Hals zu küssen. Sie schob ihre Hände unter sein Hemd und bedeutete ihm, es abzulegen. Als er sich wieder über sie beugte, sah sie auf seiner Brust eine Ader pochen. Seine Augen flackerten vor Verlangen. Seine abgeklärte Geduld nun im freien Fall zu sehen, verzauberte Elinda derart, dass sie ihn an sich zog.

»Bist du dir sicher?«, fragte er leise.

Sie nickte, die Stirn gegen seine Brust gelegt. Eine warnende Stimme in ihr wollte verhindern, dass sie diese letzte Barriere niederriss. Sogar das schreckliche Bild ihrer Mutter in dem blutigen Bett tauchte noch einmal vor ihrem inneren Auge auf. Doch Elinda begriff nun, dass nicht ihre Familie ihrem Leben einen Riegel vorgeschoben hatte, sondern sie selbst. Und jetzt, in diesem verrückten Schloss, sah sie auf einmal, dass es vielleicht ein ganz anderes Leben gab, das da auf sie wartete. Ebenso ungewiss wie das, was da zwischen ihr und Blake geschah, und genauso verheißungsvoll. Sie hatte das Fenster aufgestoßen und war hinausgeklettert.

Und jetzt würde sie sich fallen lassen.

»Ich weiß ja nun, zu was ich nächtlich imstande bin«, flüsterte sie.

»Und morgen bei Tageslicht?«, flüsterte er zurück.

»Ich bin mir sicher, es gibt nichts zu bereuen.«

»Ich nehme dich beim Wort, Elinda.«

Er küsste sie noch einmal, dann wanderte er an ihrem Körper abwärts.

Sie schloss die Augen und bog sich ihm entgegen. Und er hieß sie willkommen in einem neuen, verlockenden und rätselhaften Land, das nur er ihr zeigen konnte.

39

»Jetzt durchschwelgen sie beide mit Pracht die Länge des Winters, nimmer der Herrschaft gedenk und von schändlichen Lüsten gefangen ...«

Elinda konnte nicht weiterlesen. Lachend ließ sie die *Aeneis* sinken.

»Und ich habe mich immer gefragt, was damit gemeint ist. *So* fühlt sich das also an.«

Blake ergriff ihre nackten Füße und zog sie zu sich in die Mitte des Bettes, das sie seit der vergangenen Nacht nicht verlassen hatten. Er küsste sie und durchdrang sie wieder mit diesem Blick, den sie zuvor nie an ihm gesehen hatte. Forschend und fasziniert, als würde er in ihr etwas ganz und gar Unerwartetes sehen.

»Fühlt es sich denn sehr schändlich an?«, fragte er lächelnd.

»Nicht im Geringsten. Was sicherlich nur daran liegt, dass gerade kein Winter ist, wie bei Aeneas und Königin Dido.«

Heller Sonnenschein drang, gedämpft durch die blauen Vorhänge, ins Zimmer und verbreitete ein träumerisches Unterwasserlicht. Aus dem Garten drang Vogelgezwitscher und das ferne Klingen der Ziegenglocken.

»Und dass ich kein mythischer Held bin, der seine Pflicht

vernachlässigt, in dem er sich den Freuden der Liebe hingibt.« Blake stimmte in ihr leises Kichern ein.

Es war eigenartig, Vergils *Aeneis*, diesen Inbegriff von Bildung und Kultur, zwischen Laken und Kissen liegen zu sehen und darüber zu lachen. Ebenso eigenartig war es, dass sie nun nicht länger voll drängender Sorge an David dachte. Elinda kam es so vor, als hätte die ganze Reise sie nur zu diesem Moment geführt, dieser Nacht mit Blake. Beim Gedanken an seine Nähe spürte sie den Keim eines neuen Verlangens. Alles, zu was er sie in dieser atemlosen Nacht gebracht hatte, war wie eine eigene Reise gewesen, schön und überraschend, und am Ende hatte Elinda das Gefühl, über sich hinausgewachsen zu sein. Wie albern sie doch war, dass sie in ihrer Vorstellung eine so furchteinflößende Sache daraus gemacht hatte.

Blake ließ seine Finger über ihren nackten Bauch kreisen und betrachtete sie.

»Was geht da vor hinter deiner weißen Stirn?«

Elinda griff wieder nach der *Aeneis*. »Ich weiß nicht … Ich denke, dass uns gerade dasselbe passiert wie Aeneas und Dido.«

Er zog die Augenbrauen hoch. »Oh, also, ich habe nicht vor, ein neues Rom zu gründen, und du wirst dich hoffentlich nicht auf einem Scheiterhaufen erdolchen.«

»Nein, aber auch wir ignorieren unsere Pflicht. Müssten wir nicht alles daran setzen, nach David zu suchen?«

Blake nahm ihr das Buch ab und schob es außerhalb ihrer Reichweite.

»Ich habe nicht vor, ewig mit dir in diesem Bett zu liegen, Elinda. Auch wenn ich mir nichts Schöneres vorstellen kann.«

Sie sah ihn herausfordernd an. »Wie lange hast du es denn vor?«

»Nur noch heute. Oder morgen vielleicht. Aber denk daran, je länger wir es uns hier gemütlich machen, desto größer könnte der Zorn der Götter werden.«

»Du meinst, dass Hydeworth es dann leichter hat, uns einzuholen. Glaubst du, er kommt hierher?«

Blake wiegte unschlüssig den Kopf. »Es würde mich nicht wundern, wenn dieser Ort sich auch bis zu ihm herumgesprochen hat.«

Die Vorstellung, dass ihr Verlobter in dem abgelegenen Schloss auftauchte, war grässlich. Doch gleichzeitig war Hydeworth von einer Bedrohung zu einem Ärgernis geschrumpft.

Elinda fing Blakes Hand ein und hielt sie fest. »Ich muss dich etwas fragen. Unsere Möglichkeiten, herauszufinden, was mit David passiert ist, sind nicht mehr besonders zahlreich, oder?«

Blake nickte. »Wir sind noch höchstens zwei Tage von Neapel entfernt.«

»Was passiert, wenn wir gar nichts herausfinden? Oder wenn wir feststellen, dass er tot ist?« Bei diesem Gedanken griffen erneut Traurigkeit und Entsetzen nach ihr. »Oder wenn wir ihn finden, und er ist … ich weiß nicht, todkrank?«

»Elinda, ich kann nicht abschätzen, was mit deinem Bruder passiert sein mag«, sagte Blake. »Eigentlich willst du doch aber wissen, wie es mit uns weitergeht.«

Elinda nickte. Blake löste sich von ihr und lehnte sich gegen einen der Bettpfosten. Seine Finger strichen über den zerlesenen Einband der *Aeneis*.

»Da wir unsere Entscheidungen ohne die Intrigen von Göttern treffen, so wie Aeneas und Dido, können wir diese Frage so beantworten, wie wir es wollen.«

»Wie meinst du das?«

»Du bist in der luxuriösen Lage, nun selbst zu entscheiden, was aus dir werden soll, Elinda. Du bist frei. Vielleicht gibt es ein Zurück für dich in dein altes Leben, aber ich glaube auch nicht, dass du das willst.«

Beklommen dachte sie an ihre Eltern und an Thornton Hall. Nein, der Gedanke an eine Rückkehr war ausgeschlossen.

»Ich weiß es nicht. Ich kann diese Frage erst beantworten, wenn ich weiß, was mit meinem Bruder passiert ist. Es gibt eigentlich nur eine Sache, über die ich mir ziemlich sicher bin.«

Sie sah Blake vielsagend an.

»Nur ziemlich?«, fragte er mit sanfter Ironie.

»So sicher, wie ich mir eben sein kann bei einem Mann, den ich eigentlich überhaupt nicht kenne.«

Blake wurde wieder ernst. »Auch für mich ist dies die Chance für einen Neuanfang. Seit ich nicht mehr zur See fahre, stand ich in den Diensten schlechter Menschen. Ich habe mir gezwungenermaßen Talente angeeignet, die in gewissen Kreisen gut bezahlt werden.«

»Was für Talente?«, fragte sie. »Musst du … Leute umbringen?«

Zu ihrer großen Überraschung leugnete Blake nicht. »In den Kreisen, von denen ich spreche, bedeutet ein Menschenleben nicht viel. Ebenso wenig wie auf See. Und ich habe es satt. Mein Leben war einmal sinnvoll und … schön. Die Männer, die ich auf ihrer *Grand Tour* begleitet habe, waren zwar auch keine Heiligen, aber zumindest genoss ich durch sie ein ehrbares Auskommen und konnte Dinge tun, die ich liebte.«

Blakes Blick wanderte wieder zur *Aeneis*, und sein Ausdruck bekam etwas Verachtungsvolles. »Aber in der Realität braucht es keine Götter, die ihre eigenen Pläne mit uns haben und verfolgen. Manchmal genügen ein einziger Mensch und eine einzige Entscheidung, und alles ändert sich.«

»War Andrew Hydeworth dieser Mensch?«, fragte Elinda vorsichtig.

Blake schaute aus dem Fenster, wo ein Windhauch die Vorhänge blähte. Die Wipfel der Pinien leuchteten sattgrün in der Sonne. Blake ergriff ihre nackten Füße und begann sie gedankenverloren zu streicheln.

»Hydeworth ist dafür verantwortlich, dass ich meinen Ruf als *bearleader* eingebüßt habe. Ich bin allerdings auch nicht ganz unschuldig daran. Wenn Hydeworth jedoch nicht ein so niederträchtiger Charakter wäre, wäre die Sache anders ausgegangen.«

»Bitte erzähl mir davon«, bat Elinda.

»Nein. Erst wenn wir wegen David Gewissheit haben. Ich kann … ich will nicht darüber sprechen, bevor wir nach Pompeji kommen. Dieser Ort birgt sehr schmerzhafte Erinnerungen für mich. Ich will sie auf Abstand halten, solange es nur irgendwie geht.«

Blake fasste ihre Füße fester und sah sie eindringlich an. »Ich wollte dir gerade eigentlich sagen, dass ich mein Leben genauso satt habe wie du deines. Ich habe den Auftrag deines Vaters angenommen, weil ich endlich wieder für jemanden arbeiten konnte, der nicht kriminell ist. Weil ich wieder nach Italien wollte und …«

Er unterbrach sich, und Elinda sah, dass er etwas anderes hatte sagen wollen.

»Dass ich dabei eine so besondere junge Frau treffe, nehme ich als Wink des Schicksals, dass ich wieder in meine alte Fährte zurückfinden kann.«

Blake lächelte, doch der eigenartige Schmerz in seinen Augen verunsicherte Elinda.

»Du willst wieder als *bearleader* arbeiten?«, fragte sie.

»Ich meinte, dass mein Leben wieder einen Sinn hat.«

Blake beugte sich erneut über sie und ließ seinen Blick über ihr Gesicht wandern. »Du bist anders als alle Frauen, die ich je getroffen habe.«

»Auch anders als Bernarda?«

Elinda wusste nicht, warum sie das gesagt hatte. Ein wehmütiges Lächeln streifte seine Mundwinkel.

»Bernarda und du, ihr wärt gute Freundinnen geworden.«

Dabei ließ er es bewenden, und Elinda spürte, dass es zu weit gegangen wäre, noch mehr Fragen zu stellen. Das Geständnis seiner Gefühle löste ein flirrendes Gefühl von Zuversicht und Hoffnung in ihr aus. Doch irgendwo zwischen seinen Worten schien auf einmal eine neue, unnennbare Gefahr zu schweben.

40

Die Morgendämmerung überließ dem Tag nur widerwillig das Feld. Elinda und Blake frühstückten im Halbdunkeln an der riesigen Tafel, die immer noch die Spuren der letzten Nacht zeigte. Blake hatte das zeitige Mahl erbeten, damit sie noch vor Sonnenaufgang weiterreisen konnten. Verschlafen und ungläubig beobachtete Elinda eine vierköpfige Gruppe der Gäste, die halb bekleidet aus dem Garten ins Schloss gestolpert kam. Entpudert und fahl und dennoch mit einem Leuchten in den müden Augen wankten sie Arm in Arm die breite Treppe in den ersten Stock hinauf, während immer noch eine Weinflasche zwischen ihnen kreiste. Marconi, der gerade einen Proviantkorb von einem Küchenmädchen entgegennahm, warf seinen missbilligenden Blick jedoch nicht den Nachtschwärmern hinterher. Seine offenkundige Abscheu galt nur Elinda.

Es konnte ihm nicht entgangen sein, dass sie und Blake die beiden letzten Nächte zusammen verbracht hatten. Der Kutscher schürzte verächtlich die Lippen und verstaute den Proviantkorb zusammen mit dem anderen Gepäck.

Elinda ließ sich nichts anmerken, doch nach einer zweiten Nacht mit Blake fühlte sie sich seltsam verwundbar und wehmütig. Würde es je wieder die Gelegenheit geben, einander so nah und dabei so unbeschwert zu sein? Das blaue Zimmer schien ihr der letzte Ort gewesen zu sein, an dem sie mit Blake dieses neue Land erforschen konnte, das man nur fühlen konnte. Unbelastet von den Ungewissheiten der Zukunft und aller Konsequenzen.

Als das Schloss hinter der im Dunkel liegenden Pinienallee ihren Blicken entschwand, fühlte es sich an, als würde etwas an ihrem Herz reißen. Und je weiter die Kutsche sich entfernte, desto mehr ergriff die schwermütige und zugleich unruhige Stimmung wieder Besitz von ihr. Blake saß bei Marconi auf dem Kutschbock, um nach Räubern Ausschau zu halten, die in dieser Gegend eine große Gefahr waren.

Kurz nach Mittag begann ein pestilenzartiger Gestank die Kutsche einzuhüllen.

Elinda wusste sofort, wo sie nun waren. Die Pontischen Sümpfe, jenes Gebiet, vor dem es allen, die es auf der Via Appia durchqueren mussten, graute. Hier lauerte das heimtückische Fieber, das so viele schon dahingerafft hatte.

Neben der Straße erstreckte sich eine spärlich bewachsene Fläche, durchzogen von verkrüppelten Bäumen und Gesträuch. Um diese Jahreszeit war es noch nicht so gefährlich wie in den Sommermonaten. Doch allein der Anblick der feuchten Weiten erfüllte Elinda mit neuer Beklommenheit. Unter der unwirtlichen Landschaft ringsum erschienen die letzten Tage und vor allem die Nächte ihr wie ein Trugbild. Riesige weiße Vögel staksten durch die wie Wiesen erscheinenden Flächen, unter denen ein ewiges Wasser lag, an dessen Trockenlegung schon antike Kaiser gescheitert waren. Elinda band sich wieder das Taschentuch vors Gesicht, doch der ekelhafte Gestank hatte sich bereits in ihrer Nase festgesetzt. Marconi trieb die Pferde unbarmherzig an, damit sie so rasch wie möglich aus der giftigen Gegend herauskamen.

Am späten Nachmittag erreichten sie Terracina. Der Sumpfgestank war der angenehmen Luft der Küste gewichen. Marconi ließ die Kutsche vor einer Poststation ausrollen. Aus dem Fenster sah Elinda ein allein stehendes, niedriges Haus mit Stallungen, vor denen einige Männer saßen und Trockenfisch aßen.

Blake reichte Elinda die Hand zum Aussteigen und sah sie an, als hätte er sie während der ganzen Fahrt vermisst. Am liebsten hätte sie die Arme um seinen Hals geschlungen.

»Müssen wir die Pferde nicht erst in Fondi wechseln?«, wunderte Elinda sich.

»Dafür, dass die *Grand Tour* für dich eigentlich nicht vorgesehen war, hast du die Reiseroute sehr genau studiert.«

Elinda seufzte leise. »Hunderte Male. Als ich noch glaubte, David und ich würden diese Reise zusammen antreten. Darum weiß ich, dass in Fondi die Grenze zum Königreich Neapel liegt und ein Pferdewechsel sich erst dort lohnt.«

»Die Pferde brauchen trotzdem eine Pause. Und wir auch.«

Blake holte eine Reisedecke aus dem Gepäcknetz unter der Kutsche.

»Komm, wir wollen doch nicht, dass unser guter Proviant verdirbt. Wer weiß, wann wir das nächste Mal so edlen Schinken und frische Erdbeeren bekommen.«

Unter seiner der Umgebung geschuldeten Distanz wirkte Blake ausgelassen, und sie sah an seinen Augen, dass er sie zu diesem Picknick am liebsten in die Einsamkeit der Landschaft mitgenommen hätte.

Die Männer vor der Poststation musterten Elinda mit unverhohlen anzüglicher Neugier. Etwas zutiefst Beunruhigendes ging von ihnen aus, wie sie dort mit ihren kleinen Messern und den Fischen in den bloßen Händen saßen und sie anstarrten. Doch Blakes Gegenwart gab Elinda die Leichtigkeit, sie zu ignorieren. Was sie nicht ignorieren konnte, war Marconis Blick, der noch widerwilliger war als am Morgen.

»Wie wird unsere Reise eigentlich weitergehen, wenn du Marconi aus deinen Diensten entlassen wirst?«, fragte sie.

Blake hatte die Decke abseits der Straße auf dem Gras ausgebreitet.

»Du kannst es wohl kaum erwarten, ihn loszuwerden.«

»Das beruht, wie du siehst, auf Gegenseitigkeit.«

Blake nahm zwei Tonflaschen und ging zum Brunnen, wo auch die Pferde mit Wasser versorgt wurden. Als er zurückkam, wünschte Elinda sich nichts sehnlicher, als mit ihm allein zu sein. Es kam ihr unnatürlich vor, nun wieder auf Abstand zu achten und so zu tun, als hätte sie ihn nicht am liebsten geküsst.

Blake reichte ihr die Flasche. »Wenn wir Marconi in Neapel zurücklassen, müssen wir auf Postkutschen umsteigen. Du weißt, was das bedeutet?«

Elinda nickte. Eine schlecht gefederte, mit Fremden angefüllte und unendlich langsam dahinrollende Kutsche erschien ihr ein denkbar schlechter Tausch gegen Marconis Präsenz, mochte diese auch noch so düster und anklagend sein.

Sie drehte sich auf der Picknickdecke so, dass sie ihn und die anderen Männer nicht sehen musste. Blake hatte sein Messer gezogen und schnitt ein paar Scheiben Brot ab, das er aus einem Proviantbeutel geholt hatte. Ein Bild zuckte in ihr Bewusstsein. Dieses Messer in seinen Händen. Eine nächtliche Gasse in Dover oder London. Blut.

Sie blinzelte erschrocken.

»Was hast du?« Blake sah sie aufmerksam an.

»Nichts«, log sie.

Doch er hatte ihre Gedanken erraten. »Du hast dir gerade vorgestellt, dass dieses Messer als Waffe eingesetzt wird.«

Elinda schoss das Blut in die Wangen. Blake legte das Messer weg und sah sie ernst an.

»Lass uns hoffen, dass uns auf dieser Reise nichts begegnet, was eine Waffe vonnöten macht.« Er warf einen Blick auf die Männer vor der Poststation. Verstohlen starrten sie zu dem Paar auf der Decke hinüber, und ganz plötzlich empfand Elinda eine fast greifbare Gefahr. Sie schaute weg und klappte die Abdeckung des Korbes zurück.

Entsetzt riss sie die Hände zurück.

Schinken, Eier und Erdbeeren waren von einer dünnen Schicht grauen Staubs bedeckt.

»Was ist das denn?« Blake starrte stirnrunzelnd in den Korb.

Elindas Herz hämmerte. Das Grauen, das in den vergangenen Wochen den Rand ihres Verstandes belauert hatte, war schlagartig wieder da. Sie war von einer derartigen Abscheu erfüllt, dass sie den Korb von sich schleudern und einfach nur davonlaufen wollte.

Sie wollte Blake gerade von dem Staub auf ihrer Schlafstätte berichten, doch plötzlich ertönte lautes Hufgetrappel, und ein einzelner Reiter auf einem Rappen preschte heran. Die Männer sprangen auf, um den Neuankömmling in Augenschein zu nehmen. Flink stieg er von seinem Pferd und sprach den Mann an, den er für den Postmeister hielt.

Der Reiter zog Elindas Aufmerksamkeit auf sich, viel mehr noch als der dunkle Staub in ihrem Proviantkorb. Etwas an ihm kam ihr vage vertraut vor. Er war nicht sonderlich gut gekleidet, wirkte aber in seiner ganzen Art überlegen und befehlsgewohnt.

Gleichzeitig ging von ihm auch etwas Geducktes aus, als würde er zwischen einem mächtigen Herrn und einer Heerschar kleiner Knechte stehen. Er musste einer dieser Kuriere vermögender Reisender sein, die der Kutsche vorausritten, um auf der nächsten Poststation den Pferdewechsel oder die Übernachtung vorzubereiten. Jetzt zog der Mann einen gut gefüllten Beutel aus der Tasche, und wie auf ein geheimes Stichwort hin ließen die Männer ihre Messer sinken und eilten dienstfertig in Haus und Ställe.

Blake starrte den Mann wachsam an, sein Körper spannte sich, als wollte er jeden Moment aufspringen. Der Kurier bemerkte sie, doch er tippte nur gelassen an seinen Hut und wandte sich dann dem Brunnen zu.

»Dieser Mann … er gehört zu Hydeworth, nicht wahr?«, wisperte Elinda.

Blakes Miene wurde hart und ernst. »So einen Kurier können sich nur sehr reiche Reisende leisten. Also ja, wenn der nicht zu Hydeworth gehört, dann …«

»Aber hätte er dann nicht anders auf uns reagiert?«, stieß sie hervor.

Blake antwortete nicht. Angespannt sah er dem Mann hinterher, der sich jetzt über den Brunnenrand beugte und Gesicht und Hals mit frischem Wasser benetzte. Er stand nur einen Meter von Marconi entfernt, der ihren Pferden den Schlamm mit einer nassen Bürste von den Flanken rieb. Plötzlich neigte sich der Kurier beiläufig zu dem Kutscher hinüber und sprach ihn an. Auf die Entfernung sah es nur wie ein kurzer Gruß aus, doch Marconi straffte sich augenblicklich. Dann widmete er sich wieder den Pferden. Entspannt schlenderte der Neuankömmling zu einem der Stühle an der Stallwand und ließ sich darauf nieder, zog den Hut ins Gesicht und streckte die Beine aus. Marconi legte die Bürste weg. Als hätte ihn ein plötzlicher Stimmungswandel ergriffen, sah er auf einmal besorgt zur Kutsche, kniete sich mit plötzlicher Unruhe nieder und warf einen Blick darunter.

Etwas stimmte ganz und gar nicht. Elinda wollte nicht glauben, dass Blake es nicht bemerkt hatte, doch er war bereits aufgesprungen und ging auf Marconi zu. Ihre Unruhe steigerte sich ins Unerträgliche.

Sie spürte es nun ganz deutlich. Etwas Unaufhaltsames bahnte sich an.

Marconi hatte einen Kasten vom Dach der Kutsche genommen und entnahm ihm eine Zange. Er kroch unter die Kutsche und machte sich am Wagengestell zu schaffen. Blake beugte sich stirnrunzelnd zu ihm herab. Die Männer der Poststation hatten dem Kurier mittlerweile einen Tisch mit Brot, Käse und Wein vor die Tür gestellt. Zwei von ihnen führten ein Pferd aus dem Stall und striegelten es mit einer Handvoll Stroh ab, ein anderer inspizierte die Hufe.

Elinda eilte zu Blake und sah ihn alarmiert an. »Wir sollten weiterfahren. Jetzt.«

Blake beugte sich wieder zu Marconi herunter. »Gibt es ein Problem?«

Marconis verschwitztes Gesicht erschien neben dem linken Vorderrad.

»Die Achse … habt Ihr das seltsame Geräusch vorhin nicht gehört?«

»Ich habe gar nichts gehört. Was meint Ihr?«

»Na, dieses Schleifen und Klappern. Ich muss das über-
prüfen, dann können wir sogleich weiterfahren.«

Marconi verschwand wieder unter der Kutsche. Doch
sein betont harmloses Grinsen war Elinda nicht entgangen.
Sie konnte ihre Wut nicht mehr beherrschen und ging
neben dem Vorderrad in die Hocke.

»Viel wichtiger als das Schleifen und Klappern war wohl
das, was der Engländer gerade zu Euch gesagt hat«, zischte
sie.

»Ich weiß nicht, was Ihr meint, Signorina.«

»Doch, das wisst Ihr, Marconi!« Elinda wurde lauter.
»Eben noch striegelt Ihr ein Pferd, und dann fällt Euch
plötzlich auf, dass unsere Achse seltsame Geräusche
macht? Ihr müsst uns für sehr dumm halten!«

»Signorina, beruhigt Euch!« Für einen Mann, der unter
einer Kutsche kauerte, klang Marconis Stimme erstaunlich
überheblich. »Ich muss die Achse kontrollieren, sonst droht
uns ein Unfall.«

»Ihr wollt uns aufhalten, damit …«

»Elinda.« Blake berührte ihren Arm. Seine Stimme hatte
einen warnenden Ton angenommen. Sie richtete sich auf
und sah es. Die Männer der Poststation umkreisten sie wie
Zuschauer eines drohenden Kampfes. Elinda hielt das an-
griffslustige Starren kaum aus. Mit einem Mal lag über dem
Vorplatz der Poststation eine greifbare Bedrohung.

Der englische Kurier schien sich nicht um den kleinen
Aufruhr zu kümmern und machte sich seelenruhig über
sein Essen her. Elinda wusste jetzt, wann sie ihn gesehen
hatte. In jener Nacht, als sie überstürzt aus Venedig aufgebrochen waren. Er war einer von Hydeworths Begleitern.

Blake zog sie hoch. »Elinda, versuch dich zu beruhigen. Hier ist kein guter Ort, um derartige Aufmerksamkeit …«

»Siehst du nicht, dass Marconi uns aufhalten will?«, unterbrach sie ihn.

Einer der Männer schnalzte missbilligend mit der Zunge. Die junge Frau, die einem Mann vor aller Augen ins Wort fuhr, stachelte die ungehaltene Stimmung ringsum noch weiter an. Umringt von der Übermacht so vieler Männer kam sich Elinda auch an Blakes Seite entsetzlich verwundbar vor. Daran änderte sich auch nichts, als aus der Poststation zwei Frauen traten und neugierig zu ihnen herüberschauten. Mittlerweile war ein zweites Pferd aus dem Stall gebracht worden. Elinda krampfte die Hände in den Stoff ihres Kleides.

Hydeworths Equipage würde bald hier sein.

»Noch höchstens eine halbe Stunde«, rief der Kurier, als hätte er ihre Gedanken gelesen. Elinda fuhr herum.

»Es wird Zeit, dass diese unwürdige Angelegenheit ein Ende findet, denkt Ihr nicht, Miss Audley?«

Ihr wurde schlagartig übel. Sie warf einen hilfesuchenden Blick auf Blake, doch er starrte den Kurier nur mit verengten Augen an. Der Mann war noch jung und vereinigte in sich eine seltsame Mischung aus Noblesse und Vierschrötigkeit, fast ein wenig wie Blake. Gelassen widmete er sich weiter seinem Essen. Elinda hatte keine Lust, wie eine Maus in der Falle ihr Schicksal abzuwarten und noch dazu eine solche Provokation ertragen zu müssen. Sie trat auf den Mann zu und sah ihn herausfordernd an. Ihr Herz pochte so heftig, dass sie das innere Beben kaum unterdrücken konnte.

»Kommt es Euch nicht außerordentlich erniedrigend vor,

dass Ihr einem Edelmann dabei helfen müsst, seine entlaufene Braut einzufangen?«, blaffte sie ihn an.

Der Mann grinste schmierig. »Habt Ihr meinen Geldbeutel gesehen, Miss Audley? Da, wo der herkommt, gibt es noch viel mehr davon.«

Bevor Elinda etwas sagen konnte, spürte sie Blakes bändigenden Griff an ihrem Arm.

»Wir klären diese Sache ein für alle Mal, wenn Hydeworth hier eintrifft«, beschied er dem Kurier. Blakes harte Stimme ließ keinen Zweifel daran aufkommen, wie diese Klärung aussehen würde. Entsetzt und ungläubig starrte Elinda ihn an.

Was hatte er da gerade gesagt?

»Ich gedenke nicht, vor diesem Mann davonzurennen«, beschloss Blake. »Du etwa?«

Sie spürte, was er vorhatte. Er appellierte an ihren Stolz. Dieser eine Satz richtete sie innerlich wieder auf. Weiter vor Hydeworth zu fliehen, würde seinen Jagdtrieb nur weiter anfeuern, und sie wäre erneut eine Art Beute, die sich vor ihm in Sicherheit bringen musste. Sie hatte es so satt!

Marconi werkelte immer noch umständlich unter der Kutsche herum und fluchte.

»Ihr könnt mit der Schmierenkomödie aufhören, Marconi!«, rief Blake dem Kutscher zu. »Wir können es kaum erwarten, den Earl of Hydeworth wiederzusehen.«

Beinahe freute sich Elinda über Marconis überraschtes Gesicht, als er unter der Kutsche hervorlugte. Egal, was nun geschehen würde, sie fühlte sich nicht mehr ganz so ausgeliefert, wie noch vor wenigen Momenten. Doch was hatte Blake vor? Er würde Hydeworth kaum auf höfliche Weise davon überzeugen, von Elinda abzulassen. Das Ziehen in ihrer Magengrube wurde immer heftiger. Einige der Zuschauer hatten das Interesse verloren und wollten sich gerade davontrollen, als der Kurier den Kopf hob. Ein triumphierender Ausdruck spreizte seine Mundwinkel.

»Hört Ihr? Da kommt die Kutsche. Und überlegt Euch Eure Argumente gut, *bearleader*. Der Earl ist wirklich sehr wütend.«

Tatsächlich drang im nächsten Moment das Klappern von Hufen an ihr Ohr. Als die Equipage in Sichtweite kam, sah sie die sechs schäumenden Pferde, denen man die Erschöpfung anmerkte. Elinda starrte den Tieren entgegen und glaubte, in das Spiegelbild ihrer eigenen Angst zu sehen. Das Fell glänzte schweißig, in den Augen blitzte das geweitete weiße Rund auf, und die Flanken der Tiere zitterten.

Elinda hielt den Atem an, versicherte sich mit einem Blick auf Blake, dass alles gut werden würde, doch sie sah in seinem Gesicht nur eine wilde, eisige Wut, die alles ausschloss. Auch sie.

Im nächsten Moment wurde die Kutschentür aufgerissen, und Andrew Hydeworth stürzte sich mit gezücktem Degen auf Blake.

41

Blake war mit einem Sprung bei der Kutsche und riss seinen eigenen Degen vom Kutschbock. Keine Sekunde zu früh. Hydeworth stürmte, ohne nach links oder rechts zu schauen, auf ihn zu und holte mit der Klinge aus.

Elinda presste die Hand vor den Mund, doch der Schrei drang zwischen ihren Fingern hervor. Sie sah die Degenspitze schon in Blakes Hals dringen, doch er wehrte den Stoß mit solchem Schwung ab, dass Hydeworth zurücktaumelte. Marconi hatte den Fehler gemacht, unter der Kutsche hervorzuschauen. Im Zurückweichen traf Hydeworths Fuß seinen Kopf. Benommen tauchte er zurück in den Schatten.

Der Kampf entfesselte sich so schnell, dass Elinda erstarrte. Alles um sie herum, die plötzliche Aufregung der Umstehenden und das nervöse Tänzeln der Pferde, verschmolzen zu einem undeutlichen Wirbel am Rande ihres Gesichtsfeldes. Nur noch das Zucken der Degenspitzen nahm sie wahr.

Es war schnell klar, dass Blake der bessere Kämpfer war. Seine Reaktionen kamen so schnell und brutal, dass Hydeworth Mühe hatte, seine Stöße zu parieren. Der Staub stob unter ihnen auf, die Degen schnitten durch die Luft, und die

Paraden kamen so heftig, dass Elinda im aufgewirbelten Staub kaum den einen vom anderen unterscheiden konnte. Die Wut, mit der die beiden Männer aufeinander losgingen, offenbarte, wie lange ihre Feindschaft schon währte. Elinda spürte, dass es dabei nicht nur um sie ging.

Hydeworth begriff, dass er Blakes Gegenwehr nicht lange standhalten konnte, und versuchte, dessen Kraft durch Provokation auszuhöhlen.

»Dieses rasante Degenschwingen habt Ihr sicher ... von den versoffenen Piraten in der Karibik gelernt, was?« Selbst keuchend klang Hydeworth immer noch unerschütterlich selbstbewusst. »Mit einem ehrlosen Hund wie Euch sollte sich kein anständiger Mann messen müssen ... aber ... was macht man nicht alles für das Herz einer Frau?«

Bei diesen Worten warf er einen anzüglichen Blick auf Elinda.

Als Antwort machte Blake einen schwungvollen Vorstoß, der seinem Gegner keine andere Chance ließ, als gegen die Wand der Kutsche auszuweichen. Blake drang mit zwei schnellen Stößen auf ihn ein und schlug ihm den Degen aus der Hand. Schwer atmend, aber immer noch grinsend, knallte Hydeworth gegen die Kutsche. Marconi hatte sich auf der anderen Seite in Sicherheit gebracht und lugte ängstlich dahinter hervor. Die umstehenden Männer verfolgten das Geschehen ohne einen Laut. Der Hufschmied hatte seine Zange fester gepackt und war vorgetreten, als wollte er in den Kampf eingreifen. Plötzlich fiel Elinda ein, dass Duelle in Italien bei schwerer Bestrafung verboten waren, aber niemanden schien das zu kümmern.

Gebannt starrte Elinda auf Blakes Degen, dessen Spitze nun auf Hydeworths Brustbein, knapp unter seinem Hals zielte. Ein niederer Impuls in ihr wünschte sich, sein Blut in den aufgewirbelten Staub tropfen zu sehen.

»Von den versoffenen Piraten in der Karibik habe ich vor allem eines gelernt«, zischte Blake. Blitzschnell senkte er den Degen, fuhr damit in den Griff von Hydeworths herabgefallener Waffe und riss sie nach oben. »Dass es dem Kampfgeist schadet, sich mit derart schwachen Gegnern aufzuhalten.«

Und damit drückte er Hydeworth den Degen zurück in die Hand.

»Ist das alles, was Ihr könnt, Earl?«, höhnte er. »Oder seid Ihr nur ein Weiberheld und Großmaul?«

Elinda biss sich in den Fingerknöchel. Das Zittern in ihrem Innern wechselte von angstvoll zu triumphierend. Blake war dem Earl so überlegen, dass sie sich keine Sorgen um sein Leben machte. Sie verstand jedoch nicht, warum er mit Hydeworth spielte und ihm nicht kurzerhand den Garaus machte.

»Wer ist hier das Großmaul?«, schrie Hydeworth und parierte mit neuer Kraft die Vorstöße seines Gegners. »Ihr habt zurecht Angst, mich zu töten, Blake. Weil Ihr wisst, dass Ihr dafür ins Gefängnis wandert.«

»Während Ihr Euch eher auf Euer Geld verlasst als auf Eure Fechtkünste!«

Blake kam dem Earl erneut gefährlich nah. »Wenn Ihr mich erdolcht, droht Euch kein Unheil. Also, warum tut ihr es nicht? Oder könnt Ihr es nicht?«

Elinda erschrak über Blakes Kaltblütigkeit. Erneut blitzte vor ihrem inneren Auge eine dunkle Gasse hinter irgendeinem Hafen auf, in der er diese Dinge getan hatte. Diese brutalen Dinge, die ihm nun halfen, gegen Hydeworth zu bestehen.

Doch im nächsten Moment wendete sich das Blatt. Blake begab sich mit einigen raschen Schritten außerhalb Hydeworths Reichweite und schien neuen Atem sammeln zu müssen. Er fuhr sich übers Gesicht, und da erkannte sie, dass er hilflos blinzelte. Er musste Staub in die Augen bekommen haben. Hydeworth erkannte es ebenso und setzte Blake nach. Der riss seine Schwerthand hoch, aber diesmal hatte er der Wut seines Angreifers schon weniger entgegenzusetzen.

Elinda sah sich hilfesuchend um. Doch wer von diesen Männern, die sie umringten, hatte schon ein Interesse daran, den Kampf zweier Ausländer zu unterbinden? Mit blutrünstiger Lust verfolgten sie das Duell. Zwei von ihnen machten sich mit ihren Messern am hinteren Teil von Hydeworths Equipage daran, die Silberbeschläge zu lösen. Der Kutscher bemerkte es nicht, während Hydeworths Kurier immer noch an der Stallmauer saß und den Kampf seelenruhig beobachtete.

In der Ferne glitzerte das unbeeindruckte Meer im späten Licht.

Dann war da noch Marconi, geduckt und angespannt hinter der anderen Kutsche, und in seinen Augen sah Elinda etwas, das sie sonderbar verwirrte. Angst.

Es war eindeutig, dass er versucht hatte, sie aufzuhalten, um Elinda loszuwerden. Er hatte wohl nicht damit gerechnet, seinen Auftraggeber dadurch in Gefahr zu bringen. Aber was kümmerte es ihn, falls Blake sterben sollte? Marconi verfolgte das Duell mit einem Ausdruck verzweifelter Reue, es schien, als hätte er tatsächlich Angst um das Leben des Mannes, der ihn in Paris angeheuert hatte.

Blake keuchte. Elindas Blick flog zu ihm zurück. Er hatte

den linken Arm erhoben, als wollte er sich gegen die Sonnenstrahlen abschirmen. In diesem Moment wusste Elinda, dass sie es keine weitere Sekunde mehr aushalten würde, Blake vor Hydeworths Degen Deckung suchen zu sehen.

Sie machte zwei zaghafte Schritte vorwärts. »Hydeworth, Ihr verschwendet Eure Kraft!«

»Oh, ich habe noch sehr viel Kraft, wie Ihr seht!«, frohlockte er zynisch.

Nun war er es, der Blake in die Defensive zwang.

»Nein, Ihr irrt Euch«, widersprach sie. »Ihr wisst ja nicht, was in der Zwischenzeit geschehen ist!«

Das verschaffte ihr ein wenig von Hydeworths Aufmerksamkeit. Der Earl suchte offenbar selbst einen Ausweg aus dem Kampf, denn so abgelenkt Blake auch wirkte, durchschaute er immer noch mit gnadenloser Präzision Hydeworths Manöver und parierte sie alle mit unerbittlicher Härte. Doch sein Kampf hatte alle scheinbare Leichtigkeit verloren. Auf seinem Gesicht glänzte der Schweiß, seine Miene war wie versteinert. Ein falscher Schritt, eine halbe Sekunde der Schwäche, und Hydeworths Klinge würde ihn durchstoßen.

»Ich habe jeden Tag dafür gebetet, dass Ihr uns endlich einholt, Earl of Hydeworth!«, rief sie ihm zu.

»Dafür musstet Ihr nicht beten, mit Eurer klapprigen Kutsche war das keine Kunst!«, höhnte er zurück.

»Doch nun seid Ihr endlich hier und könnt mich aus der schrecklichen Gesellschaft dieses Mannes erlösen!«

Die Worte sprudelten nur so aus ihr heraus, ohne dass Elinda darüber nachdachte. Zufrieden sah sie, wie Hydeworth ihr einen raschen Blick über die Schulter zuwarf, was die Wucht seiner Hiebe etwas ablenkte.

»Ich kann nicht auf die Gnade Eurer Vergebung hoffen, aber bitte … erlöst mich aus dieser Lage! Wenn ich etwas noch mehr tue als beten, dann ist es bereuen! Ich bereue, dass ich vor Euch geflohen bin!«

Sie fing einen Blick von Blake auf, und ihr Herz schien abwärts zu sinken. Er sah sie auf unbegreifliche Weise an, etwas zutiefst Verwundbares lag auf einmal in seinen Augen. Warnte er sie, still zu sein, damit er dieses Duell auf seine Weise beenden konnte? Doch im nächsten Moment geschah etwas, das dem schrecklichen Kampf eine neue Dynamik gab. Der Kreis der Schaulustigen hatte sich immer enger um Hydeworth und Blake gezogen. Lauthals begannen nun einige von ihnen, die Engländer anzufeuern, wobei nicht klar war, wer ihr Favorit war und warum sie es überhaupt zuließen, dass sich die beiden hier bis aufs Blut bekämpften. Und dann verpasste einer der Männer Blake plötzlich einen Stoß in den Rücken.

Blake taumelte geradewegs hinein in Hydeworths Degen. Elinda schrie auf. Die Klinge durchstieß seine Brust unterhalb des Schlüsselbeins. Doch Blake tat die Verletzung ab, als wäre sie nur ein Kratzer. Er wich zur Seite aus und griff Hydeworth mit unverminderter Wut an. Mit dem Blut, das sich auf seiner Brust auszubreiten begann, schwand jedoch auch seine Kraft.

»Hydeworth, lasst es gut sein!«, schrie Elinda. Sie überwand ihre Furcht vor den Klingen, trat dicht an den Earl heran und packte seinen Rockärmel.

Hydeworth stieß sie von sich. »Es ist zu spät, du dummes Ding!«

»Es ist nie zu spät, eine edle Tat zu vollbringen!«

Hör dich nur an, du klingst wie ein weinerliches Weib. Wie eine

dieser überzuckerten Figuren aus den Geschichten, die deine Cousi-
nen lesen …

Doch genau die wollte Elinda sein. Die Maid in Not, die an den Teil in ihm appellierte, der dafür erreichbar war. Oder so stolz, dass man ihm leicht schmeicheln konnte.

»Hydeworth!«, flehte sie. »Ich bin vor Euch geflohen, weil ich nur an meinen Bruder denken konnte. Die Sorge um David hat mich verwirrt. Ich bitte Euch, vergebt mir! Und lasst Colbert ziehen. Er ist unter Eurer und meiner Würde, aber er ist der Einzige, der David finden kann.«

Elinda wagte nicht, in Blakes Gesicht zu sehen. Sie würde seine Reaktion auf ihre Worte nicht ertragen und konnte nur hoffen, dass er begriff, was sie vorhatte.

Um sicher zu gehen, setzte sie nach. »Mister Colbert, sagt dem Earl, was ich Euch gesagt habe! Dass es dumm war, mich meinem Bräutigam zu entziehen. Und dass es Euch wenig Freude machte, ein aufsässiges Gör durch Italien zu begleiten.«

Doch Blake reagierte nicht. Er brach in die Knie und kippte nach hinten. Elinda wurde eiskalt. Was sollte das Schmierentheater noch? Es war zu spät. Er würde sterben.

»Ich sollte Euch bei lebendigem Leib häuten!«, zischte Hydeworth und machte einen Satz auf Blake zu. Elinda sprang dazwischen und warf sich gegen seinen degenfüh-renden Arm. »Ich flehe Euch an, lasst von ihm ab.«

Sie musste sich nicht besonders anstrengen, vollkom-men außer sich zu klingen, und auch die Tränen in ihren Augen waren echt. Elinda zwang sich, ihn fest anzusehen. Doch beim Anblick seiner kalten grauen Augen verzagte die winzige Hoffnung in ihrem Innern. Sie wollte nur noch eins. Dass Blake überlebte.

»Wenn Ihr Mister Colbert tötet, war alles umsonst. Bitte lasst ihn meinen Bruder finden. Ihr seid großherzig und gut, das weiß ich. Lasst mich das Geschenk, Eure Frau zu werden, nicht durch die Trauer um meinen Bruder zerstört sehen.«

»Wer sagt dir denn, dass ich dich noch als Frau nehmen will?«, blaffte Hydeworth und stieß sie von sich. »Und wer sagt mir, dass du in der Zwischenzeit nicht zu seiner Hure geworden bist?«

Elinda schluckte. Die ganze Wucht ihrer Gefühle raubte ihr den Atem. Angst, Aussichtslosigkeit und eine plötzliche Scham zerstörten all die hehren Vorsätze nach Stärke und Gefasstheit. Ein haltloses Schluchzen brach aus ihr hervor. In diesem Moment wäre sie am liebsten vor diesem verhassten Mann auf die Knie gesunken, um für Blakes Leben zu bitten. Doch das war gar nicht nötig.

Ganz plötzlich, als hätte er das Interesse an seinem Kontrahenten verloren, zog Hydeworth seinen Degen zurück. Blake presste die freie Hand gegen die Wunde und bemühte sich, wieder aufzustehen. Elinda eilte zu ihm und ging neben ihm in die Hocke, doch hinter sich spürte sie Hydeworths entschlossene Schritte und sah sich schon in seinem harten Griff zur Kutsche geschleift werden.

Das Einzige, was ihr jetzt noch blieb, war Blake ihrer wahren Absichten zu versichern. Dafür wählte sie eine Zeile aus der *Aeneis*.

»Nicht abhold nickte da Venus ihrem Begehren«, flüsterte sie hastig, »… und lachte des wohlerdachten Betruges.«

Sie sah ihn eindringlich an und suchte nach Anzeichen, dass er verstanden hatte. Doch Blake keuchte nur leise und schien gegen eine drohende Ohnmacht zu kämpfen.

Hydeworth stieß Elinda zur Seite und beugte sich mit vernichtendem Blick über Blake.

»Habt Ihr Miss Audley gesagt, warum Ihr wirklich nach Pompeji reist, *bearleader*?«

Hydeworth spuckte neben Blake auf den Boden, drehte sich herum, packte Elinda am Oberarm und zog sie mit sich zur Kutsche.

Im Vorbeigehen trat er nach den beiden Männern, die versucht hatten, die Silberbeschläge zu stehlen, als wären es Straßenhunde. Rasch bahnte sich nun auch der Kurier den Weg durch die Menge und schwang sich neben dem Kutscher auf den Bock. Elinda wurde ins Innere gestoßen, und Hydeworth verriegelte die Kutschentür hinter sich. Das Letzte, was sie aus dem Fenster sah, bevor die Pferde mit erbarmungslosen Peitschenhieben weitergetrieben wurden, war Blake.

Er hatte sich aufgerichtet, doch sein Kopf war auf die Brust gesunken. Er schaute ihr nicht hinterher. Und obwohl ein letzter Blick von ihm unerträglich gewesen wäre, zerriss es ihr das Herz, ihn so zu sehen.

Das war es also. So endete es.

Dankbar erkannte sie noch, wie Marconi zu Blake eilte und ihm auf die Beine half. Im Hintergrund brach unter den Schaulustigen ein Aufruhr aus. Betrogen um die Befriedigung eines wirklichen Siegers reckten sie die Fäuste und starrten wütend der Kutsche hinterher.

Elinda sank zitternd gegen die ungleich weicheren Polster dieser Kutsche und presste die Hände vors Gesicht. Hydeworths heftiges Atmen in der engen Kabine erschien ihr unnatürlich laut.

»Eines muss man dir lassen, Miss Audley«, sagte er. »Du

nötigst mir eine gewisse Anerkennung ab. Fast bis Neapel hast du mich dir folgen lassen.«

Er spendete ihr spöttisch Applaus. Elinda ließ die Hände sinken und zwang sich, ihn anzusehen. Sein Mund verzog sich zu einem gespielt galanten Lächeln.

»So viel Biss und Durchhaltungsvermögen bei einer Frau muss belohnt werden. In Neapel wartet ein herrlicher Palast auf uns, mit allen Annehmlichkeiten. Du siehst aus, als müsste sich dringend ein Coiffeur deiner annehmen.«

Hydeworth schlug einen harmlosen Plauderton an, als hätte er nicht gerade noch einen Kampf auf Leben und Tod ausgetragen.

»Du wirst wieder lernen, eine dankbare, bescheidene Lady zu sein. Und keine Sorge. Ich werde dafür sorgen, dass du diesen Lumpen Colbert schnell wieder vergisst.«

Elinda antwortete nicht. Tief in ihrem Innern breitete sich Kälte aus. Sie hatte eine ähnliche Kälte schon einmal empfunden, vor einigen Jahren beim Beginn einer schweren Sommergrippe, bei der sie und David so krank waren, dass die Ärzte glaubten, die Geschwister würden sterben. Und in diesem Moment begrüßte sie diese Möglichkeit aus ganzem Herzen. Die Angst, in Hydeworths Hände zu fallen, schrumpfte zu einer Nichtigkeit.

Elinda schloss wieder die Augen.

Davids Leben, ihr eigenes Leben, ihre Zukunft – nun, da sie Blake verloren hatte, versank all das in völliger Gleichgültigkeit.

42

Sie erreichten Neapel im Morgengrauen des nächsten Tages. Hydeworths Kutscher hatte die neuen Pferde ab der Grenze in Fondi die ganze Nacht angetrieben.

Der Schock über die Ereignisse hatte eine dumpfe Schicht der Empfindungslosigkeit um Elinda gelegt, die sie von allem abschottete. Sie fühlte ihren Geist wie ein Steinchen im Meer tief nach unten sinken und irgendwo im Dunkeln in den schützenden Schlick sinken. Und während der ganzen Fahrt konzentrierte sie sich darauf, an diesem Ort zu bleiben, nichts wahrzunehmen, nicht über das Kommende nachzudenken. Das Einzige, worum Elindas Gedanken immer wieder kreisten, war die Frage, ob Blake überlebt hatte. Sie rief sich die Stelle ins Gedächtnis, an der der Degen ihn getroffen hatte. Weit genug weg vom Herzen. Doch was bedeutete das schon? Andererseits hatte er auf See einige heftige Verletzungen überstanden, sie hatte seine Narben gesehen. Mit aller Kraft klammerte sie sich an diese Gewissheit. Marconi hatte es vielleicht geschafft, Blake rasch in die Kutsche und fortzubringen, irgendwohin, wo die Wunde versorgt wurde.

Er wird überleben. Wir haben uns nicht zum letzten Mal gesehen …

Andrew Hydeworth tat Elinda den Gefallen, während der ganzen Fahrt zu schlafen. Nur sein leises Schnarchen drang in ihr Bewusstsein. Er erinnerte sie an einen Jagdhund, der nach der Hatz und einem großen Stück Fleisch zur Belohnung nun zufrieden schlief.

Elinda hielt die Augen fest geschlossen und öffnete sie erst wieder, als die Kutsche hielt. Und da begriff sie, dass sie tatsächlich krank geworden war. Sie fieberte und zitterte, und ihr Hals fühlte sich an, als wäre er voller Sand. Sie erschrak kaum über ihren Zustand. So würde Hydeworth sie zumindest in Ruhe lassen.

Der Earl war bereits ausgestiegen und unterhielt sich mit seinem Kurier. Vor der Kutsche öffnete sich ein großer, gepflasterter Hof. Vereinzelte Lichter schälten die kunstvolle Fassade eines Palastes aus der Dämmerung. Diener trugen das Gepäck fort. Elinda saß immer noch wie versteinert da und starrte die mit Seide ausgeschlagenen Kutschenwände an.

»Ich dachte, du hast so langsam genug davon, dir deinen knochigen Hintern durchschütteln zu lassen. Steig schon aus, Elinda!«

Der Earl streckte ihr die Hand entgegen. Elinda presste die Lippen zusammen und schob sich aus der Kutsche, ohne seine Hand zu ergreifen. Doch als sie sich aufrichtete, quoll eine dunkle Wolke in ihren Kopf. Sie sackte zusammen. Halb ohnmächtig musste sie zulassen, dass Hydeworth sie auf seine Arme hob und ins Haus trug. Er sagte irgendetwas zu ihr, spöttisch besorgt und übertrieben mitleidig, doch Elinda erinnerte sich später nicht mehr daran.

Sie wurde der Obhut von Frauen überlassen, die sie badeten und ihr eine heiße bittere Flüssigkeit einflößten und ihre Waden mit nassen Tüchern umwickelten. Dann empfand sie die Wohltat eines weichen Bettes, und ihr Geist tauchte weg.

Dort unten, in den dunklen Tiefen wartete David auf sie. Diesmal flehte er sie nicht an, ihr zu helfen. Er saß zusammengesunken zwischen Ruinen, und grauer Schnee fiel sanft auf seinen gesenkten Kopf. Auf den bunt bemalten Mauern ringsum tummelten sich geflügelte Wesen um Obstkörbe und Blumenranken, als wollten sie David mit ihrer Leichtfüßigkeit verhöhnen. Wieder versuchte Elinda, ihn zu erreichen, aber mit einem gewaltigen Krachen stürzte eine der farbenfrohen Mauern ein und begrub alles unter aufsteigendem schwarzem Staub.

Elinda zuckte zusammen. Ein Steinsplitter fuhr in ihren Unterarm und lähmte sie vor Schmerz. Sie wollte den Arm hochreißen, aber jemand hielt ihn unerbittlich fest. Dann drang schlagartig die Wirklichkeit auf sie ein.

Elinda lag in einem Bett, und links neben ihr saß ein uralter Mann, der seine Hand fest um ihren Arm geschlossen hatte. Sie rang nach Luft, versuchte sich aufzurichten, doch von der anderen Seite drückte jemand sie auf das Bett zurück.

»Zu dumm, dass du ausgerechnet jetzt aufwachst.« Hydeworths Stimme. »Halt still, sonst verschmutzt sich Dottore Sabini noch die Ärmel mit deinem Blut.«

Elinda sah wieder zu dem alten Mann zu ihrer Linken und begriff. Der Arzt hatte ihre Unterarmvene aufgeschnitten. Sie fühlte das warme Blut über ihre Haut fließen. Ihr Herz raste, doch in ihrem Kopf lag eine wattige Schwere, eine trügerische Leichtigkeit, die ihr suggerierte, dass es zu ihrem Besten war, was man mit ihr machte. Doch in einem seltsamen Moment von Klarheit sammelte sie alle verbliebene Stärke, zog ruckartig die Beine an und trat mit aller Kraft nach dem Arzt. Der Alte ließ ihren Arm los und stürzte mit einem Aufschrei von der Bettkante. Das Gefäß, mit dem er ihr Blut aufgefangen hatte, polterte zu Boden.

Hydeworth war so überrascht, dass er seinen Griff kurz lockerte. Elinda schlug seine Hand weg und setzte sich auf. Ihr Kopf bewölkte sich wieder, doch sie spürte erleichtert, dass das fiebrige Gefühl verschwunden war und ihr Hals sich wieder normal anfühlte. Elinda zog die Beine an und umklammerte sie, machte sich ganz klein und heftete ihren Blick auf Hydeworth. Er trug einen hellgrünen Seidenmantel und hatte das Haar gelöst, als hätte er bis vor Kurzem noch geschlafen. Mit einem nachsichtigen Seufzen ließ er sich gegen den Bettpfeiler sinken. Den Arzt, der sich mühsam vom Boden aufrappelte, beachtete er gar nicht.

»Es war zu deinem Besten, Elinda«, sagte er. »Du warst völlig außer dir, hast im Schlaf geschrien und gefiebert. Ich musste den Arzt kommen lassen. Ich will schließlich nicht, dass meine Braut vor der Zeit zu einem Gespenst wird.«

»Natürlich«, fauchte sie leise. »Diesen Zeitpunkt willst du lieber selbst bestimmen.« Elinda sah keinen Anlass mehr, die Form zu wahren. »Du willst verhindern, dass ich erneut flüchte. Dazu diente doch dieser Aderlass, nicht wahr?«

Hydeworth hob die Augenbrauen. »Oh, ich hoffe doch, es ist deine Vernunft, die eine weitere Flucht verhindert. Andererseits, was erwarte ich von dir? Das Licht der Vernunft scheint in deinem Naturell nun wahrlich nicht besonders hell zu leuchten.«

Elinda nahm nur am Rande das majestätisch ausgestattete Zimmer wahr, die Gemälde, die Brokatvorhänge und den ornamentalen Mosaikboden. Aber die ganze Schönheit ringsum schien sie zu verhöhnen.

Hydeworth legte den Kopf schief und sah Elinda amüsiert an.

»Dachte ich es mir doch, dass deine Reue gespielt war.«

»Natürlich war sie gespielt!«, fuhr sie ihn an. »Ich wollte, dass du deine Finger von Colbert lässt, mehr nicht!«

»Und was hast du zu ihm gesagt, als er da wie ein Käfer auf dem Boden lag?«

Elinda empfand einen der Situation ganz unangemessenen Stolz, dass Hydeworth sehr wohl begriffen hatte, dass sie eine geheime Botschaft an Blake gerichtet hatte, aber nicht wusste, was er bedeutete. Das Zitat aus dem vierten Gesang der *Aeneis* verwies auf die schicksalhafte Intrige der Göttinnen Juno und Venus. Diese beiden wollten es einfädeln, dass Aeneas und Dido sich vermählten, damit der trojanische Prinz von weiteren Irrfahrten bewahrt werden würde. Elinda hatte gehofft, dass Blake durch das Zitat ihre wahre Absicht, ihre Täuschung erkannte.

Der Gedanke an ihn schnürte ihr den Hals zu.

Mittlerweile hatte sich der Arzt wieder erhoben und stand mit der bluttropfenden Schale im Zimmer, starrte Hydeworth fassungslos an und schien nicht glauben zu können, dass man Elinda ein derart aufmüpfiges Verhalten durchgehen ließ. Hydeworth scheuchte ihn ungeduldig hinaus. Sie presste schützend das Bettlaken auf den immer noch blutenden Schnitt am Unterarm.

»Du hast doch nicht ernsthaft geglaubt, ich hätte mich in all den Wochen danach gesehnt, dass ausgerechnet du mich rettest!«, fauchte sie.

Der Earl gab ihr mit einem Nicken recht. »Nein, das habe

ich wahrhaftig nicht. Aber ich habe dich auch nicht gerettet. Ich habe mir nur genommen, was mir zusteht.«

Der Earl betrachtete sie wie eine Kuriosität, von der er nicht wusste, was er mit ihr anstellen sollte.

»Elinda, ich weiß, dass du dir das nicht vorstellen kannst, aber du wirst mir noch dankbar sein, dass ich dich von Blake Colbert getrennt habe. Mir gebietet schon meine Ehre, dass ich dich nicht bei diesem Mann ließ.«

»Komisch, so etwas Ähnliches hat er auch über dich gesagt«, murmelte sie.

Ihre Wut versickerte in einer immer größer werdenden Erschöpfung.

»Ich gehe nicht davon aus, dass Mister Colbert dir verraten hat, warum er wirklich nach Pompeji reist«, fragte Hydeworth. »Oder doch?«

»Er wird dort nach meinem Bruder suchen«, sagte sie schwach. »Und er hat mir nicht erzählt, warum ihr euch so hasst. Du kannst dir also noch eine Lüge ausdenken, die dich in dieser Geschichte gut dastehen lässt.«

Zu ihrer Überraschung sah er sie verständnisvoll an. »Du würdest jeglichen Respekt vor ihm verlieren, wenn du sie hören würdest. So wie alle anderen auch. Deswegen redet Blake Colbert nicht über das, was vor acht Jahren passiert ist.«

Elinda seufzte unwillig. »Dann erzähl du sie mir. Erleuchte meine Unwissenheit.«

Hydeworth lächelte geduldig. »Nein. Das musst du dir verdienen, Elinda.«

Er schwang die Beine aus dem Bett und sah auf sie herab. »Diese Reise hat deinem Geist zugesetzt. Ich will nicht riskieren, dass du den Verstand verlierst. Ich möchte eine ansehnliche, gesunde Braut, mit der ich in drei Tagen vor den Altar trete. Also gehorche dem Arzt und nimm deine Medizin.«

Er zog an einer Kordel, die von der Decke hing, und schon erschien wieder der Arzt, diesmal in Begleitung zweier stämmiger Mägde. Ehe Elinda begriff, was geschah, packten die beiden sie und zwangen sie auf das Bett. Ihr Schrei ging unter im festen Griff einer der Mägde, die brutal ihren Mund aufzwang. Ein Fläschchen wurde an ihre Lippen gehalten, und eine bittere Flüssigkeit drang in ihren Hals. Laudanum. Elinda wurde von Hustenreiz geschüttelt, doch die Frau presste ihr die Hand auf den Mund und zwang sie zu schlucken. Mit aufgerissenen Augen starrte Elinda um sich.

Der Earl betrachtete sie mit zufriedenem Lächeln. »So ist es brav. Und nun entschuldige mich bitte. Ich muss deinem Vater einen Brief schreiben und ihm mitteilen, dass sein Töchterlein endlich in guten Händen ist.«

Dann schlenderte er aus dem Zimmer, und um sie herum wurde alles Nacht.

43

Eine Hand legte sich auf Elindas Stirn. Oder war es ein kaltes Tier aus dem Meer? Sie wusste es nicht. Um sie herum war eine helle Landschaft aus Sandverwehungen, und eine unbarmherzige Sonne brannte auf sie herab. Lag sie an einem Strand? Nein, wie sollte sie dorthin gekommen sein?

Sie versuchte, etwas zu erkennen, aber da waren nur huschende Schemen am Rand ihres Blickfelds. Sie fühlte sich schwach, aber auf eine angenehme Weise. Gleichzeitig war da etwas, das sie daran hinderte, sich voll und ganz in diesen Zustand sinken zu lassen. Etwas Unbegreifliches verlangte ihre Aufmerksamkeit, zerrte an ihr und stieß sie ungeduldig von einer wirren Traumsequenz zur nächsten. Sie fühlte den Drang aufzuwachen, doch sie schaffte es nicht. Als sich das weiche, dumpfe Gefühl, in dem ihr betäubter Geist schwebte, irgendwann löste, raste Elindas Herz vor Aufregung. Sie wollte doch etwas herausfinden. Oder etwas verhindern? Aber was? Verzweifelt versuchte sie sich zu erinnern, was es war.

Aber sie hing wie eine schlaffe Puppe im Griff der Mägde, die sie aus dem Bett holten und in einen anderen Raum brachten. Zuerst wollte Elinda sich sträuben. Aber sie merkte schnell, wie angenehm es war, in diesem duldsamen

Zustand zu verharren. Und das, was mit ihr geschah, war so sonderbar wohltuend, dass sie es widerstandslos geschehen ließ. Warmes Wasser umschloss sie, und ein belebender Geruch zog ihre Sinne ein wenig aus der Umklammerung der Betäubung. Jemand rieb ihren Körper mit einer Bürste ab und verteilte duftendes Öl auf ihren Gliedern. Der Schnitt an ihrem Unterarm wurde mit einem Verband und einem Stück Spitze umwickelt, sodass es aussah wie eine modische Extravaganz. Sie wurde angezogen und frisiert, doch während all dieser Verrichtungen, dachte sie, dass es nicht ihr geschah, sondern einer anderen.

Elinda spürte ein kostbares Gewand an ihrem Körper. Irgendwo blitzte ein Spiegel auf. Doch angetan mit Juwelen, einer rosig schimmernden Robe und einem wahren Kunstwerk von Frisur schaute ihr aus dem Spiegel eine Fremde entgegen.

Und dann war da ein hell erleuchteter Saal mit weit geöffneten Fenstern, durch die die süßlichen Gerüche eines Gartens hereinschwebten. Unzählige Kandelaber, glänzender Tafelschmuck und noch mehr Spiegel vereinten sich zu einem hellen Strudel, der um Elinda zu toben schien und sie allmählich in sein Zentrum saugte.

Überall um sie herum waren Menschen. Gesprächsfetzen und helles Lachen drangen an ihr Ohr. Verwirrt sah sie sich um. Wer waren all diese Leute?

Jetzt stellten sie ihre Gespräche ein und starrten sie an. Hilfesuchend sah sie sich um. In diesem Moment löste sich ein Mann aus der Menge und kam mit ausgebreiteten Armen auf sie zu.

»Elinda! Da bist du ja endlich.«

Alles an ihm wirkte übertrieben und unproportional, als

wollte er die Gesetze des Raumes um sie herum verspotten. Sein grinsender Mund entblößte riesige Zähne.

In seinen ausgestellten Ärmelaufschlägen hätte ein Kind Platz gefunden. Und seine Hände, die nun Elindas ergriffen und an seine Lippen hoben, erschienen ihr wie Schaufelblätter. Er roch aufdringlich nach Parfüm und begrüßte sie mit einer schrillen Höflichkeit, die in ihren Ohren verpuffte wie ein fernes Feuerwerk.

»Darf ich Euch meine Braut präsentieren!«, wandte der Mann sich nun an die Umstehenden. »Elinda Mary Audley, baldige Lady of Hydeworth.«

Die Leute klatschten in die Hände, Glückwünsche schwirrten durch die Luft.

Elinda begriff nicht. Aber dann prallte die Wirklichkeit gegen die stumpfe Oberfläche ihrer Wahrnehmung. Der Earl of Hydeworth war ihr Verlobter.

Elinda wurde zu einem Stuhl geleitet. Rings um sie ließen sich die fremden Menschen nieder. Die Brokatrobe einer Frau streifte Elindas nackten Unterarm. Neben ihr ragte die turmhohe Perücke eines jungen Gecken auf. Überall rauschte blütenweiße Spitze, schimmerte Samt und blitzten Juwelen.

Auf dem Tisch war ein Festmahl angerichtet. Eine weitere Übertreibung, die Elindas Sinne überforderte. War das da wirklich ein toter Pfau, der da inmitten von Pasteten, glasierten Ferkeln und Marzipantörtchen lag? Elinda bekam einen Teller mit Suppe vorgesetzt, doch alles, was sie interessierte, war die Karaffe mit Wasser, die ganz in der Nähe stand. Sie wusste nicht, warum, aber irgendwie erschien es ihr durchaus schicklich, die Karaffe an den Mund zu heben und aus ihr zu trinken, anstatt eines der filigranen Gläser zu bemühen. Das Wasser war kühl und schmeckte wundervoll. Andrew Hydeworth klatschte amüsiert in die Hände.

»Ihr müsst es ihr nachsehen! Meine Zukünftige ist erst seit Kurzem wieder zurück unter den Lebenden. Nur zu, meine Liebe, labe dich am Wasser.«

Die Leute am Tisch lachten, doch Elinda ignorierte sie und trank die ganze Karaffe leer. Danach fühlte sie sich besser. Blinzelnd versuchte sie, ihren Blick zu klären.

»Gewiss habt Ihr Euch Sorgen gemacht um Euer Täubchen«, girrte eine ältere Frau am anderen Ende des Tisches. »Sie ist ja noch ganz blass um die Nase.«

»Oh ja, ich konnte kaum schlafen vor Sorge«, sagte Hydeworth. »Aber Dottore Sabini ist ein erfahrener Arzt und hat sich gut um sie gekümmert. Noch etwas wackelig auf den Beinen, aber morgen wird sie an meiner Seite als strahlende Braut in die Kathedrale von Neapel schweben.«

Elinda wusste nicht, warum ihr ausgerechnet diese Sache durch den Kopf ging, aber sie nahm den Gedanken als Anker, um in die Wirklichkeit zurückzufinden.

»Wie soll das gehen?«, fragte sie schwerfällig. »Wir sind Protestanten. Warum sollte uns ein neapolitanischer Priester trauen?«

Der Mann mit der turmhohen Perücke neben ihr machte eine wegwerfende Geste. »Ach, dann lasst Ihr Euch einfach zuerst taufen.«

»Ja, mein guter Hydeworth«, warf ein anderer Gast ein. »Eure Mittel sind ja legendär, aber einen protestantischen Geistlichen in Neapel aufzutreiben, ist dann wohl auch für Euch ein Ding der Unmöglichkeit.«

»Da habt Ihr recht, mein lieber Blackwell«, stimmte

Hydeworth zu. »Und wir wollen die guten Katholiken doch nicht verärgern.«

Elinda starrte verwirrt zwischen den vielen Gesichtern umher. Warum widersprach denn keiner in der Runde dieser Idee?

»Natürlich ist das nur eine Scharade, vor Gott sind wir immer noch brave englische Protestanten«, beteuerte Hydeworth.

»Hört, hört!«, stimmte man ihm zu.

Ihr Verlobter betrachtete versonnen die funkelnden Ringe an seinen Fingern, griff nach einem Weinglas und ließ auch den Wein darin aufleuchten. Das Lichtermeer ringsum bedrängte Elindas Augen. Sie sehnte sich nach Dunkelheit.

»So eine Taufe zum Schein dürfte deinen moralischen Horizont nicht unnötig erweitern, nicht wahr?«, sagte Hydeworth lachend an Elinda gewandt.

»Andrew, Ihr habt aber auch einen verwegenen Geschmack!« Zwei Frauen am Tisch kicherten überdreht und sahen ihn gespielt tadelnd an.

»Und Ihr, Täubchen, könnt Euch glücklich schätzen, dass ein Mann wie Andrew Hydeworth über Eure Eskapaden hinwegsieht.« Eine rotwangige Matrone zwei Plätze weiter hatte sich Elinda zugewandt und klopfte mütterlich auf ihren Handrücken.

Elinda verstand nicht das Geringste. Doch dann flatterte eine Erinnerung durch ihren Geist. Die gefälschte Heiratsurkunde, die beiden schlichten Goldringe. Ein Kuss im Dämmerlicht einer Kutsche. Erschrocken hob sie die Hand. Der Ring war noch da. Aber wo war Blake? Schlagartig fiel ihr alles wieder ein. Der Schmerz der Erinnerung ließ die

Kerzen und blitzenden Spiegel ringsum noch greller aufleuchten. Sie schloss die Augen und versuchte, einen klaren
Gedanken zu fassen.

»Siehst du den Granatapfel neben dir?«, rief Hydeworth
ihr über den Tisch zu.

Widerwillig öffnete Elinda die Augen. Auf einem Teller
lag ein halb aufgebrochener, kleiner Granatapfel. Die
Frucht der Unterwelt, schoss es ihr durch den Kopf. Von
ihren Kernen hatte die entführte Persephone im Reich des
Hades genascht und konnte somit nie wieder vollständig
in die Welt des Lichtes zurückkehren. Die hellen Rubine
seiner Früchte glitzerten, und dazwischen glitzerte noch
etwas anderes.

»Du musst dir diesen alten billigen Ring allerdings schon
selbst abziehen, wenn du den anderen haben möchtest.«

Andrew Hydeworth begann, mit bloßen Händen einen
gekochten Krebs zu zerlegen, und aß genüsslich das weiße
Fleisch. Auch wenn der Anblick sie ekelte, konnte Elinda
ihren eigenen Hunger nicht länger ignorieren.

Du musst wieder zu Kräften kommen …

Sie nahm den Löffel und probierte etwas Suppe. Sie
schmeckte köstlich und kitzelte ihre Lebensgeister. Und
ihren Widerstand.

»Ich will den anderen Ring aber gar nicht haben«, sagte
sie, ohne ihn anzusehen. »Niemand kann mich zu einer
Heirat zwingen. Oder zu einer Taufe.«

»Aber wer spricht denn von Zwang, meine Schöne? Ich
dachte, nun, da du hier bei mir bist, kann davon nicht länger
die Rede sein. Sieh dich um, Elinda. Das alles gehört jetzt dir.
Ist das nicht viel schöner, als mit einem abgerissenen Hafen-
schläger wie Mister Colbert durchs Land zu ziehen? Ich ver-

stehe ja, dass es dich nach einem Abenteuer verlangte, du bist in dieser Hinsicht eine bemerkenswerte Frau.«

Und an seine Gäste gewandt: »Aber das hat sie nun lange genug ausgekostet, oder was denkt ihr?«

»Hach, ich beneide Euch, Schätzchen!«, sagte die Frau neben ihr vertraulich. »Solch ein Glück hat nicht jedes gefallene Mädchen.«

»Was ... ist mit Blake Colbert geschehen?«, stammelte Elinda. »Gibt es Nachricht von ihm?« Ihr Herz zog sich zusammen, als sie ihn wieder vor sich sah, blutend im Staub vor der Poststation.

Hydeworth hob ahnungslos die Schultern. »Ich habe nichts von ihm gehört, bedaure. Aber er ist ein alter Haudegen. Er wird den kleinen Kratzer, den ich ihm verpasst habe, schon verkraften. Du solltest diesen lästigen Kerl endlich vergessen.«

Er hob sein Glas. »Trink etwas Wein, das heitert dich auf. Lasst uns alle auf unsere bevorstehende Vermählung anstoßen.«

Die Gäste brachen in laute Heiterkeit aus, Trinksprüche flogen über den Tisch. Währenddessen trugen Diener fantasievoll angerichtete Fischplatten auf. Elinda war innerlich völlig abwesend. Erschrocken stellte sie fest, wie sich das winzige Stück fester Boden, das sie geglaubt hatte zu spüren, wieder verflüchtigte. Verbissen klammerte sie sich an alles, was den betäubenden Schleier, der über ihr waberte, auf Abstand hielt.

»Ich weiß immer noch nicht, was Mister Colbert damals verbrochen hat«, erinnerte sie Hydeworth an sein Versprechen. »Wenn ich ihn vergessen soll, dann sag mir, was er getan hat.«

»Na siehst du, Elinda. Du kannst ja doch vernünftig sein.«
Hydeworth lehnte sich zurück und lächelte gespreizt. »An
Colberts Stelle hätte ich auch nicht darüber gesprochen. Er
kann von Glück sagen, dass offenbar niemand in England
dir erzählt hat, warum er seinen Ruf eingebüßt hat.«

»Glaub ihm nicht, Elinda. Er lügt.«

Elinda zuckte zusammen. Blakes Stimme … wo kam sie
auf einmal her?

Verwirrt sah sie sich um und erstarrte. An der linken
Seite des Tisches war plötzlich ein weiterer Stuhl besetzt.
Aber wie konnte das sein, wie konnte Hydeworth Blake als
Gast geladen haben? Und noch dazu in diesem Zustand?
Der *bearleader* hing schlaff zwischen den Seidenpolstern.
Zwischen all den Juwelen, die um ihn herum glitzerten,
wirkten seine Augen wie stumpfe Glasmurmeln. Das ge-
trocknete Blut auf seinem Hemd war beinahe schwarz.
Doch keiner am Tisch schien sich um seine Anwesenheit
zu scheren.

»Erzählt uns die Geschichte, Earl!«, forderte der Mann
mit der hohen Perücke den Gastgeber auf.

»Ja, Hydeworth!«, feuerte ihn die rotgesichtige Dame an.
»Es ist zwar eine schauderhaft skandalöse Geschichte,
aber …«

»Auch nicht skandalöser als Sir Hamiltons neue Mätresse,
der wir nach dem Dinner unsere Aufwartung machen!«,
krähte ein älterer Mann in lavendelblauer Seidenkluft.

Hydeworth nickte und wartete das wiehernde Gelächter
am Tisch ab.

Elinda schloss die Augen und fragte sich, ob das alles nur
ein fiebriger Traum war. Der Schnitt an ihrem Unterarm
begann schmerzhaft zu pochen.

»… jedenfalls war Colbert es, der uns damals zu unserer ersten *Grand Tour* nach Italien begleitete«, drang Hydeworths Stimme plötzlich wieder scharf an ihr Ohr. Elinda hatte nicht mitbekommen, was er gesagt hatte. Sie zwang sich, ihn anzusehen, hinzuhören und zu verstehen. Doch ihr Blick wurde wieder von Blake angezogen, der immer noch teilnahmslos zwischen den herausgeputzten Gästen saß.

»Als *bearleader* war Mister Colbert damals die erste Wahl«, parlierte Hydeworth weiter. »Mein Vater hatte schon seine Kavaliersreise mit dessen Vater unternommen, und wir alle glaubten natürlich, der seriöse Ruf des alten Colbert würde von seinem Sohn aufrechterhalten werden, aber weit gefehlt …«

»Eine Schande war das!«, schimpfte eine körperlose Stimme.

»Blake«, wisperte Elinda. Er rührte sich nicht, und sie begriff, dass er ein Trugbild ihrer Fantasie war. Sie blinzelte, doch die Gestalt blieb.

»… er hielt sich diese Hure in der Nähe von Pompeji, ihren Namen habe ich vergessen«, sagte Hydeworth in diesem Moment.

Bernarda.

Elinda umschloss die Zinken einer Gabel und presste sich die Spitzen fest in die Handfläche. Der Schmerz half ihr, sich zu konzentrieren. Verzweifelt versuchte sie, nicht auf den unheimlichen Gast neben sich zu achten, sondern Hydeworths Geschichte zu lauschen.

»Es war eine einfache Familie, sie hatten ein Gasthaus und einen Weinberg. Colbert kannte diese Frau schon von früheren Reisen.« Hydeworth stieß einen geringschätzigen

Laut aus. »Ihr kennt doch das geflügelte Wort ›Liebe macht blind‹?«

»In diesem Fall war wohl auch eine Menge Dummheit dabei!«, pflichtete ihm einer der Gäste bei.

»Anders ist es nämlich nicht zu erklären, dass Colbert derart den Kopf verloren hat. Der Gasthof dieser Leute stand ganz in der Nähe der Ausgrabungen von Pompeji. Ein wirklich schöner Ort. Jedenfalls machten ich und die vier anderen uns dort ein paar angenehme Tage, und Colbert zeigte uns die Gegend.«

Elinda hatte Mühe zu folgen. Welche vier anderen meinte der Earl?

»Und eines Tages erfuhren wir, dass der Vater dieser Frau beim Bau eines Brunnens einige wertvolle Marmorskulpturen gefunden hatte, jedoch nicht vorhatte, diesen Fund den Autoritäten zu melden. Man kann sich denken, dass das für kunstsinnige Engländer wie uns ein Skandal war.«

»Warum?«, stieß Elinda hervor. »Was ging euch das denn an?«

Am Tisch wurde Empörung laut.

»Er war ein dummer Bauer«, rief Hydeworth. »Kaum des Lesens mächtig, und in seinem Keller lagen antike Meisterwerke, die das Schlafzimmer Ferdinands IV. hätten zieren sollen oder wenigstens den Saal eines Museums. Aber dieser dreiste Bauer war der Meinung, dass die Statuen ihm zustanden, obwohl ganz Pompeji dem neapolitanischen Königshaus gehört und damit auch alle dort gefundenen Schätze.«

Beklommen wagte Elinda einen Blick nach links. Blake war immer noch da, aber gleichzeitig auch nicht. Sie rieb sich ermattet die Augen. Das Bild wurde schemenhaft, durchsichtig. Träumte sie? Geschah das hier alles wirklich?

»Und wann kommt dieser furchtbare Kerl ins Spiel?«, wollte jemand wissen.

Hydeworth sah Elinda herausfordernd an. »Als wir den Gastwirt aufforderten, die Skulpturen zu melden, erlaubte sich Colbert die Frechheit, uns zurechtzuweisen. Er meinte, wir wären *respektlos* und sollten sie gefälligst in Ruhe lassen. Er war doch tatsächlich der Meinung, es ginge uns nichts an, was dieser Mann unter seinem Weinberg gefunden hatte, ist das zu glauben!«

Elinda hatte Mühe, der Erzählung zu folgen. Gleichzeitig ertönte in ihrem Kopf immer noch ein schwaches Echo von Blakes Stimme.

»Glaub ihm kein Wort …«

»Es war unsere Pflicht, die Statuen aus diesem Keller zu befreien und sie dem Licht kunstsinniger Kreise zu übergeben«, fuhr Hydeworth fort. »Doch Colbert, dieser verblendete Schwachkopf, wollte lieber die Launen seiner süditalienischen Hure bedienen und stellte sich schützend vor diese schmutzige Familie von Dieben.«

Elinda tastete nach dem Weinglas, überlegte es sich aber wieder anders. Sie kämpfte um die Klarheit ihres Geistes. Ihr Kopf war ohnehin schon viel zu schwer, und sie sehnte sich danach, die Augen zu schließen.

»Meine Freunde und ich beschlossen, den Fall zu melden«, berichtete Hydeworth weiter. »Aber Colbert erzählte den Behörden eine Lüge. Er behauptete, wir alle zusammen hätten den Bauern und seinen Fund gedeckt und geschwiegen, weil wir die Statuen hatten kaufen wollen.« Er stieß ein ungläubiges Lachen aus. »Ich meine, wie soll denn das vonstatten gegangen sein? Die Statuen waren so groß, wir hätten fünf zusätzliche Fuhrwerke besorgen müssen. Aber die Inspektoren waren so misstrauisch, dass sie diese Lüge glaubten. Sie verhafteten uns allesamt, auch Colbert. Und dann hatten wir das unvergleichliche Vergnügen, ein Gefängnis in Neapel von innen zu sehen. Drei ganze Wochen lang.«

Elinda versuchte sich diese Szene vorzustellen, aber sie konnte es nicht. Sie wagte einen Blick zur Seite. Die unheimliche Gestalt war verschwunden. Wie aus dem Nichts stieg ein Schluchzen in ihrer Kehle auf. Dass nun auch dieses Trugbild verschwunden war, erschien ihr wie die Bestätigung dafür, dass Blake nicht mehr am Leben war.

Ihre Tischnachbarin missdeutete ihre Tränen. »Aber meine Liebe, habt Ihr wirklich nicht gewusst, was für ein missratener Hund dieser Mann ist?«

»Colbert hat auf verantwortungslose Weise unsere Sicherheit aufs Spiel gesetzt«, sagte Hydeworth. »Wir waren unerfahrene Grünschnäbel, gerade zwanzig Jahre alt. Er hätte uns niemals in eine solche Lage bringen dürfen, wenn man bedenkt, was uns hätte zustoßen können!«

Elinda grub die Hände in ihr Kleid und versuchte, die Tränen zu bekämpfen.

»Wie kamt Ihr aus dieser hässlichen Sache wieder raus, Earl?«, fragte der Geck mit der hohen Perücke.

Hydeworth winkte gelangweilt ab. »Ach, die Italiener sind ein gieriges Volk. Gebt ihnen eine Gelegenheit, sich zu bereichern, und sie vergessen alle ihre Prinzipien, falls sie überhaupt welche haben. Ich konnte glücklicherweise erwirken, dass mein Vater einen großen Betrag für ein Bankhaus in Neapel anwies, und so kamen wir alle wieder frei, auch Colbert. Wir hätten ihn im Gefängnis verrotten lassen sollen! Nach diesem Vorfall stand es für uns außer Frage, dass wir uns von ihm trennen mussten. Wir setzten unsere Reise ohne ihn fort. Und natürlich mussten wir dafür sorgen, dass in England jeder erfuhr, was Colbert getan hatte. Diesem Mann sollte niemand je wieder seine Söhne anvertrauen.«

»Wohl wahr!«

»Eine Schande, dieser Mensch.«

Zufrieden lehnte Hydeworth sich zurück und ließ sich neuen Wein ausschenken.

»Nun, was denkst du jetzt über deinen noblen Retter, Elinda?«

Elinda drehte sich der Kopf. »Diese Frau … Was ist mit ihr geschehen?«

»Was ist denn das für eine seltsame Frage?«, wunderte sich jemand.

Hydeworth sah abfällig auf seinen halb aufgegessenen Krebs herunter.

»Was kümmert mich diese Hure? Sie und ihre Familie wurden hoffentlich ihrer gerechten Strafe zugeführt. Aber ich kann mir denken, dass Colbert seitdem keine ruhige Minute mehr vergönnt ist. Und nur deswegen hat er das Geld deines Vaters angenommen. Nicht um deinen Bruder zu suchen, Elinda. Es zieht ihn nach Pompeji, weil er wissen will, wie es diesem Weib ergangen ist. Was glaubst du wohl, hätte er mit dir gemacht, wenn er sein Flittchen wiedergefunden hätte? Du kannst froh sein, dass ich dich vorher gefunden und in Sicherheit gebracht habe.«

Eine Frau am Tisch seufzte ergriffen. Elinda war zu aufgewühlt und gleichzeitig zu schwach, um ihm zu widersprechen. Und wenn die Geschichte nun wahr war? Hatte Blake deswegen nie über die Vergangenheit gesprochen, weil er nicht zugeben wollte, dass er einen ganz eigenen Grund für diese Reise hatte?

Plötzlich drang ein leises Seufzen an ihr Ohr. Sie schaute auf. Doch der Stuhl, auf dem sie eben noch geglaubt hatte, Blake zu sehen, war leer.

»Elinda, warum hilfst du mir nicht …?«

David. Er kauerte an der anderen Seite des Tisches, den Kopf in die Hände gestützt und sah sie mit einem verlorenen Blick an. Links und rechts von ihm delektierten sich zwei Gäste unbeeindruckt an Aal und Perlzwiebeln.

Elinda sprang entsetzt auf. Ihr Weinglas fiel um, der Löffel schepperte zu Boden.

Die Frau neben ihr stieß einen mitleidigen Laut aus. »Aber, Täubchen, Ihr seid ja ganz außer Euch.«

Elinda streckte die Hand nach ihrem Bruder aus. Wie konnte das sein? Wieso saß er an diesem Tisch? Ihre Sehnsucht nach David fegte die Ahnung hinweg, dass auch er ein weiteres Trugbild war, das ihre überreizten Nerven ihr vorgaukelten.

Ungläubig wanderte ihr Blick zu Hydeworth. »Du hast … ihn gefunden?«

Hydeworth betrachtete sie wortlos, ein mitleidiges Grinsen spreizte seine Mundwinkel. Natürlich, dachte sie. Das war sein letzter Triumph. Während sie im Fieber lag, hatte er sich auf die Suche nach ihrem Bruder gemacht und ihn zu ihr zurückgebracht. David war Hydeworths Beweis, dass er der bessere Mann war. Blake, ob nun tot oder lebendig, war überflüssig geworden.

»Earl, es macht den Eindruck, als wäre Eure Braut noch

nicht wiederhergestellt«, sagte jemand am Tisch in falscher Besorgnis.

»Sie wird doch wohl nicht den Verstand verloren haben?«

»Seid still!«, herrschte Elinda die Versammlung an. »Ich will hören, was er sagt!«

»Aber wer denn nur?«, wunderte Hydeworth sich, doch das seufzende Echo, das schwach in ihrem Ohr klang, überlagerte seine Stimme. Wie in ihren Albträumen flehte David sie an, nach Pompeji zu kommen, ihn zu befreien.

Elinda spürte das hohle Pochen ihres Herzens. Mit einem Mal glaubte sie, das alles keine Sekunde mehr auszuhalten, das viel zu helle Licht, die ganze schemenhafte Ungewissheit, das Grinsen Hydeworths, die wirbelnden Gesichter und die stumpfen Augen der toten Tiere überall auf dem Tisch.

Ich darf nicht wieder in Ohnmacht fallen. Ich muss klar bleiben …

Erleichtert stellte Elinda fest, dass die grässliche Helligkeit wieder etwas abnahm, als sich plötzlich ringsum die Leute erhoben. Körperlose Stimmen schwappten aus allen Richtungen an ihr Ohr.

»Es bleibt zu hoffen, dass der Abend bei Sir Hamilton etwas lustiger wird.«

»Da macht Euch keine Sorgen, mein Lieber.«

»Dann seid Ihr schon in den Genuss gekommen?«

»Aber ja, und ich sage Euch … Emma hat einen Körper, dass man vergessen will, ein Gentleman zu sein.«

»Was Ihr nicht sagt …«

Dann war alles still. Der Saal war leer, es brannten nur noch vereinzelte Kerzen.

Dunkelheit begann von allen Seiten auf Elinda zuzukrie-

chen. Sie fühlte sich erleichtert und gleichzeitig vollkommen verlassen. Und dann merkte sie, welcher Natur die
wachsende Dunkelheit um sie herum war. Nach und nach,
wie von einer unsichtbaren Hand gestreut, versank alles in
dunkelgrauem Staub.

44

Ein strahlender Tag hing über Neapel. Die Dächer badeten im Sonnenlicht. Wann immer Elinda den Blick aus der Sänfte nach oben richtete, sah sie das Farbenspiel der zitronengelben, aprikosenfarbenen und rosenroten Fassaden alter Adelspaläste und das Blitzen der Fensterscheiben. Doch das Licht verharrte wie ein Seiltänzer hoch oben über der Straße. Es kam ihr so vor, als wäre sie am Grund einer tiefen Schlucht, in die nur ein kleiner Teil dieses Lichts fiel.

Am Morgen hatten die Mägde Elinda in ein ausladendes weißgoldenes Kleid gesteckt. An den Ärmelsäumen flossen mehrere Lagen Spitzen wie kleine Wasserfälle herab und verdeckten die Verletzung an ihrem Unterarm. Der schmerzende Schnitt des Aderlasses rief Elinda unablässig die Gewalt ins Gedächtnis, die ihr unter dem Vorwand der Fürsorge angetan worden war.

Hydeworth war mit einem hübsch eingeschlagenen Päckchen im Boudoir erschienen.

»Mein Hochzeitsgeschenk an dich, Elinda.«

Sein süffisantes Lächeln hätte ihr ankündigen können, dass dieses Geschenk nicht dazu gedacht war, ihr eine Freude zu machen. Es handelte sich um ein Paar kostbare Ohrringe, die Elinda merkwürdig vertraut vorkamen. Erst auf den zweiten Blick hatte sie begriffen, dass es sich um ihre Saphir-ohrringe handelte, die sie in Paris in ihren Rocksaum einge-näht und beim Sprung von der Gartenmauer verloren hatte.

Sie nun von dem Mann überreicht zu bekommen, vor dem sie fliehen wollte, war die endgültige Gewissheit ihrer Niederlage. Elinda musste zulassen, dass Hydeworth ihr die Ohrringe persönlich anlegte. Er hätte ihr ebenso gut ein Halseisen anlegen können. Den schlichten Goldring, den sie immer noch trug, betrachtete er betont gutmütig, als würde er sich schon auf den Moment freuen, wenn Elinda ihn sich endgültig würde abziehen müssen.

Nun saß sie neben ihm in einer prachtvollen Sänfte auf dem Weg zur Kathedrale und dachte immer noch an Flucht. Doch da draußen auf der Straße wäre sie aufgefallen wie ein Schwan in einem Taubenhaus.

Die Sänftenträger hatten Mühe, sich durch den dichten Menschenstrom auf der Via dei Tribunali zu pflügen. Im-mer wieder fing Elinda finstere, vorwurfsvolle Blicke auf, und sie verstand auch, warum. Hier zeigte sich das ganze Elend, das Neapel zu einer Stadt von solch großen Kontras-ten machte. Sie hatte oft darüber gelesen, und nun sah sie es direkt vor sich. Ganz anders als in Rom zeigte sich die Armut und Verlassenheit der Menschen gnadenlos direkt. Obwohl es, wie Elinda wusste, am Hafen und den Stränden noch schlimmer sein musste, war in der Via dei Tribunali die hässliche Kehrseite der märchenhaften Pracht und Macht im Königreich Neapel zu sehen. An den Hauswänden aufgereiht standen einfache Karren, an denen Gemüse und Obst oder Gefrorenes feilgeboten wurde. Die Verkäuferin-nen sahen jedoch allesamt aus, als stünden sie kurz vor dem Verhungern. Fahle, fleckige Gesichter, in denen kaum ein Lebensfunke mehr zu erkennen war. Phlegmatische Kinder, um die die Fliegen schwirrten, hockten in Durchgängen und Türen. Verkrüppelte Bettler stützten sich auf Rollbretter, einer von ihnen lag bewegungslos am Straßenrand. Aus den Rinnsalen zwischen den Steinen stieg ein pestilenzartiger Gestank auf.

Wohin Elinda auch blickte, sah sie geschäftige Betriebsamkeit, doch aufgeführt von einer bedauernswerten Truppe abgemagerter Puppen, die durch einen unbegreiflichen Willen angetrieben wurden. Wie groß musste der Hass dieser Menschen auf jemanden wie Hydeworth sein, der im Palazzo Spinelli di Laurino bei neapolitanischen Edelleuten logierte, sich in Samt und Seide kleidete, während das Volk in den Gassen kaum überleben konnte. Elinda schloss beschämt die Augen.

Das einzig Gute an diesem Tag war, dass es ihr nun besser ging. Die merkwürdigen Halluzinationen waren vorbei, sie hatte weder Fieber, noch fühlte sie sich besonders schwach. Doch irgendwo am Grunde ihres Seins war ein Funke erloschen. Sie wusste nicht, ob es am Laudanum lag, das man ihr eingeflößt hatte, an dem Aderlass oder an der unentrinnbaren Überlegenheit Hydeworths, aber sie spürte den Drang aufzugeben. Seit er sie von Blake getrennt hatte, hatte sich ihrer eine tief sitzende Willenlosigkeit bemächtigt. Der Gedanke an den *bearleader* tat so weh, dass sie sich auf die Lippen biss, um nicht in Tränen auszubrechen.

Kind, du kannst dem lieben Gott auf Knien danken, dass der Earl of Hydeworth deine Eskapade so großzügig übersieht und dich trotzdem heiratet. Sein Schutz wird deinen Ruf wiederherstellen, und du wirst nicht in der Gosse landen, hörte sie die Stimme ihrer Mutter in ihrem Kopf.

Doch kaum hatte sie diesen Gedanken gefasst, überkam sie der unwiderstehliche Drang, diesen vermeintlichen Schutz zu zerstören.

»Andrew, nun da wir gleich zwei Sakramente der Kirche empfangen werden, solltest du wissen, dass ich nicht mehr unberührt bin.«

Hydeworth hob den Kopf und starrte sie mit gespieltem Entsetzen an.

»Sag bloß, das hätte ich nie von dir erwartet, Elinda. Ich dachte, du würdest der italienischen Sittenlosigkeit deine niedliche weiße Stirn bieten. Dass Blake dich zur Hure macht, wundert mich allerdings schon weniger.«

Das Blut schoss ihr in die Wangen. Am liebsten hätte sie ihm in sein überhebliches Gesicht geschlagen. Doch die Mägde hatten ihr am Morgen das Korsett derart eng angelegt, dass sie sich kaum rühren konnte. Auch das war sicher kein Zufall.

»Dann scheinen deine Ansprüche an mich ja recht niedrig zu sein, wenn du darüber lachen kannst«, erwiderte sie. »Oder was hat es damit auf sich, dass du dich mit einem gefallenen Mädchen abgibst? Schämst du dich nicht? Oder schämt man sich prinzipiell nicht mehr, wenn man sich alles kaufen kann?«

Hydeworth setzte ein gutmütig wirkendes Schmunzeln auf.

»Aber, Elinda, ich habe es dir doch schon in Paris gesagt, weißt du noch? Etwas zu besitzen, was alle besitzen, interessiert mich nicht.«

»Dann hast du ein Faible für rebellische Frauen. Warum dann das Laudanum?«

»Damit du dich beruhigst. Ich hatte ernsthaft Sorge, dass

du den Verstand verlierst. Rebellisch zu sein, bedeutet nicht, dass man innerlich gefestigt ist. Sieh dir die Geschichte von Masaniello an. Schon mal darüber gelesen?«

Elinda nickte schwach. Natürlich kannte sie die tragische Geschichte des neapolitanischen Fischers, der Mitte des siebzehnten Jahrhunderts einen Volksaufstand anzettelte, weil die Steuerlast die Menschen, die gerade eine Hungersnot und eine furchtbare Seuche überstanden hatten, in die Verzweiflung trieb. Er schaffte es, unterstützt von der erbitterten Menge, zehn Tage lang über die Stadt zu herrschen. Die Steuerhäuser wurden geplündert. Als der Erzbischof und der Herzog sich bereit erklärten, die Steuerlast zu mildern, umnachtete sich ganz plötzlich Masaniellos Geist, und er fiel dem Irrsinn anheim. Kurz darauf wurde er von gedungenen Banditen erschossen. Nach wie vor genoss der mutige Mann große Verehrung unter den Neapolitanern.

»Und was lehrt uns diese Geschichte?« Hydeworth seufzte ungeduldig, als Elinda nicht antwortete. »Dass es an Irrsinn grenzt, die gegebene Ordnung derart herauszufordern. Was dich angeht, bin ich mir noch nicht ganz sicher, Elinda. Bist du nur außergewöhnlich dreist oder ein wenig wahnsinnig oder beides?«

Sie schwieg weiter. Zu sehr schienen die unheimlichen Ereignisse ihm recht zu geben. Nachdem Blake sie in jener Nacht aus ihrem Schlafwandeln gerissen hatte, war sie einigermaßen beruhigt gewesen, doch nun kamen die Zweifel an ihrem Verstand mit aller Macht zurück.

Hydeworth schlug den Vorhang zurück. »Ah, wir sind da.«

Vor ihnen ragte die Kathedrale auf, davor wogte eine dichte, scheinbar aufgebrachte Menschenmenge.

»Was ist da draußen los?«, fragte sie.

Hydeworth ergriff ihre Hand. »Die Neapolitaner sind ein heißblütiges, leicht erregbares Völkchen. Ständig finden sie einen Anlass, sich wegen irgendetwas zu beschweren. Das ist hier ganz alltäglich.«

»Vielleicht wäre das *Völkchen* weniger leicht erregbar, wenn man es gerecht behandeln würde.«

Hydeworth verzog das Gesicht. »Glaub mir, wenn man denen den kleinen Finger reicht, reißen sie einem den ganzen Arm ab. Und jetzt komm. Ich habe nicht vor, unnötig lange unter diesen ungewaschenen …«

Weiter kam er nicht. Jemand versetzte der Sänfte einen Stoß, und sie kippte zur Seite. Mit einem Aufschrei prallte Hydeworth gegen die Decke und musste sich abstützen, sonst wäre er auf Elinda gefallen. Etwas Feuchtes, Stinkendes prallte gegen den Vorhang zu ihrer Linken.

»Dass Ihr Euch nicht schämt!«, schrie eine Frau.

»Feines Pack. Der Teufel soll euch holen!«

Elinda wich das Blut aus den Wangen. Was, wenn die Menge über sie herfallen und ihre Wut an ihr stillen würde? Sie konnte unmöglich mit der kostbaren Robe und den Juwelen in den aufgebrachten Menschenauflauf hinaustreten!

Doch Hydeworth hatte offenbar genau das vor. Er riss den Vorhang zurück und stieg aus der Sänfte, packte Elindas Hand und zerrte sie mit sich. Mit einem grimmigen Lächeln bahnte er sich den Weg die Stufen hinauf, ungeachtet der Schwierigkeiten, die das ausladende Kleid Elinda bereitete. Doch der pompöse Aufzug des englischen Adeligen nötigte der Menge keinen Respekt ab. Einige stellten sich Hydeworth in den Weg, schmutzige Finger streckten sich nach den goldenen Stickereien auf seinen Rockärmeln aus. Der Blick in die Gesichter ringsum ließ Elinda den Atem stocken. In hilfloser Scham senkte sie den Kopf.

Ich bin nicht so, wie ihr glaubt!, schrie sie in Gedanken der Menge entgegen. Irgendwo am Rand des Menschenauflaufs proklamierte ein Mann mit heiserer Stimme Forderungen nach Steuererleichterung und einer Senkung des Brotpreises.

Hydeworth stieß achtlos die Leute beiseite, und Elinda wünschte sich nichts sehnlicher, als dass jemand sich ihm in den Weg stellte und ihn die Treppe hinabwarf. Ihre Wut auf ihn überstieg allmählich ihre Furcht vor der Menge. Instinktiv versuchte sie, ihre Hand freizubekommen.

Ein breitschultriger Mann war an Hydeworth herangetreten und drohte ihm mit der Faust, doch der Earl wischte sie beiseite wie eine lästige Fliege. Die herablassende Geste peitschte die Umstehenden noch mehr auf. Jemand rempelte Elinda an. Eine Frau spuckte vor ihr aus. Gellende Stimmen schnitten ihr ins Ohr, schon spürte sie Hände, die sich an ihrem Gewand zu schaffen machten. Ein Ellbogen traf sie schmerzhaft im Rücken.

Elinda hob den Kopf, doch die Kirchentür erschien unerreichbar weit weg. Immer mehr Menschen wurden auf das pompös gekleidete Paar aufmerksam. So langsam schien auch Andrew Hydeworth zu begreifen, in welcher Gefahr sie schwebten. Mit einem absurden Anflug von Genugtuung sah sie nun auch in seinen Augen die Angst. Seine Handfläche wurde feucht.

Elindas Atem stockte, und ein paar schreckliche Sekunden lang sah sie es vor sich, wie sie von der Menge niedergerissen und zertrampelt werden würde. Dutzende Hände bedrängten sie, schamlos und grob, als wollten sie ihr jede aufgestickte Perle, jeden Goldfaden abreißen. Niemand war hier, um helfend einzugreifen, und auch das über der Szenerie aufragende Gotteshaus schien die Menge nicht zu besänftigen. Elinda presste die Lippen aufeinander, doch als irgendjemand dreist nach den Juwelen um ihren Hals grabschte, entfuhr ihr ein Schrei.

Hydeworth fluchte und blaffte die Menge in seinem gestelzten Italienisch an. Vergeblich. Elindas Herz hämmerte schmerzhaft gegen das enge Korsett. Sie würde diese Bedrängnis keine Sekunde länger aushalten.

Im nächsten Moment packte jemand ihre freie Hand. Mit einem Ruck wurde sie von Hydeworth losgerissen. Ihr Aufschrei ging in der johlenden Menge unter. Nackte Panik überflutete ihr Denken. Sie fand keinen Halt mehr auf den Stufen, doch die dicht gedrängten Leiber verhinderten, dass sie stürzte. Eingeklemmt wie ein Schaf in einer Herde musste sie sich der Bewegung der Menge überlassen, unfähig eine selbstständige Bewegung zu machen. Erschrocken wünschte sie sich die scheinbare Sicherheit von Hydeworths Hand zurück. Dieser starrte hilflos um sich und versuchte noch, zu ihr zu gelangen, doch sie wurde von ihm fortgezerrt. Schon war sein goldbestickter Rock in der Masse der farblosen Lumpen untergegangen.

Dutzende Gesichter gaukelten vor ihr auf und ab, in ihrem Kopf drehte sich alles, sie bekam keine Luft mehr. Die Menge der erhitzten Leiber ringsum schien immer dichter zu werden. Dann wurde ihre Hand losgelassen, und im nächsten Moment schlang sich ein Arm um ihre Taille und bugsierte sie zielstrebig durch die Menge. Elinda wand sich wie ein Tier in der Falle, sie trat um sich und krallte die

Hände in diesen starken Arm, der ihr die Luft zum Atmen nahm.

Doch ganz plötzlich spürte sie etwas seltsam Vertrautes in der Berührung. Auf unbegreifliche Weise empfand sie den Griff um ihre Taille nicht länger als rabiate Handgreiflichkeit. Sie erstarrte.

Und da hörte sie seine Stimme an ihrem Ohr.

»Ganz ruhig, Elinda. Ich hole dich hier raus.«

45

Alles ging so schnell, dass Elinda kaum begriff, was mit ihr geschah. Die Erleichterung, dass es Blake war, der sie aus der zudringlichen Menge zog, ging in neuer Hast unter, als er ihr am Rand des Menschenauflaufs seinen schwarzen Mantel überwarf und sie durch die Via dei Tribunali weg-führte. Nur einen kurzen Blick fing sie von ihm auf, mit dem er sich vergewisserte, dass es ihr gut ging. Mit wild pochendem Herzen schob sie sich an seiner Seite durch den Menschenstrom. Laute Rufe ertönten, als bewaffnete Ord-nungshüter durch die dichte Menge drängten.

Erleichtert bemerkte sie, dass niemand sie mehr angaffte, der schwarze Mantel versteckte das kostbare Kleid und die Juwelen. Sie schmiegte sich in den groben Stoff und sog tief den vertrauten Geruch ein, der sie mit Erleichterung und erregter Freude erfüllte. Elinda hatte Mühe, das ungläubige Lächeln zu verbergen, das sich auf ihrem Gesicht ausbrei-tete.

Blake lebte. Und er hatte sie wieder unter seinen Schutz genommen.

Sein fester Griff vermittelte ihr absolute Sicherheit, und obwohl sie kaum atmen konnte, beruhigte sich ihr auf-gewühltes Inneres von Sekunde zu Sekunde mehr. Blake schaute konzentriert auf den Weg vor ihnen, ohne sich nach ihr umzusehen. Sie passierten die Statue des Heiligen Gaetano, und nur wenige Meter weiter zog Blake sie nach rechts in eine schmale Gasse. Die Menge lichtete sich hier, und niemand achtete auf sie, als Blake die Tür zu einem Laden aufstieß, in dem Leder verkauft wurde. Drinnen war eine lautstarke Verhandlung über Preis und Gewicht im Gang, doch das trübe Licht des Ladeninneren ließ keine Einzelheiten erkennen. Stechender Geruch drang in Elindas Nase, im nächsten Moment wurde sie auch schon wieder durch eine seitliche Pforte aus dem Laden hinausgeführt. Ein winziger Hof öffnete sich vor ihr, kaum größer als ein Schacht. Am Boden lugte zwischen fauligem Stroh und Abfällen ein eiserner Griff hervor. Blake ließ ihre Hand los, packte den Griff und öffnete eine Luke. In der Dunkelheit erkannte Elinda glitschige Treppenstufen, die in die Tiefe führten. Ohne ein weiteres Wort schob Blake sich in die Öffnung hinein und reichte ihr seine Hand.

Erst jetzt konnte sie ihn richtig ansehen und erschrak. Sein Gesicht war bleich und abgespannt.

»Es sind siebenundvierzig Stufen.« Seine Stimme klang atemlos. »Du musst die Luke wieder hinter dir zumachen. Schaffst du das?«

Hastig nickte sie und tastete nach dem Griff. Die Luke war schwer, doch in ihrer Aufregung spürte Elinda das Gewicht kaum. Der Stoff unter ihrem Ärmel riss, und das Geräusch erfüllte sie mit Genugtuung.

Die Dunkelheit in dem Schacht flößte ihr keine Angst ein, im Gegenteil. Als sie Blake folgte und das fahle Licht hinter ihnen zurückblieb, war es, als würde eine stille, gefahrlose Welt sie freundlich willkommen heißen. Sie hielt sich an seinen Schultern fest und schloss die Augen. Langsam und mit sicherem Schritt tastete er sich Stufe für Stufe in die Tiefe vor. Die Luft wurde kühler, ein feuchter Modergeruch strömte in ihre Nase.

In Gedanken zählte Elinda die Stufen. Je tiefer sie kamen, desto ruhiger wurde es in ihr. Als sie unten ankamen, schmiegte sie sich sofort und ohne ein Wort in Blakes Arme. Er zuckte spürbar zusammen. Sie wich zurück, doch er ergriff sie wieder und zog sie fest an sich. Sein starker Herzschlag durchdrang ihren ganzen Körper.

»Dass ich dich wiedergefunden habe …« In seiner Stimme lag eine solche Ergriffenheit, dass es Elinda die Tränen in die Augen stiegen.

Sie hob ihr Gesicht und suchte seinen Mund. Als sie seine Lippen spürte, wurde ihr vor Verlangen und Erleichterung beinahe schwindelig.

»Ich dachte, ich würde dich nie wiedersehen«, stieß sie hervor. »Wie geht es dir, was ist mit deiner Verletzung?«

Sie hörte ihn lächeln. »Meinst du die, die jetzt gerade heilt? Denn die andere war wirklich nicht der Rede wert.«

Er küsste sie voller Sehnsucht und Leidenschaft.

Irgendwann löste er sich vorsichtig von ihr. »Warte …«

Sie hörte ihn mit etwas hantieren, und dann ertönte der Laut eines Steinschlosses. Im nächsten Moment flammte ein kleines Licht auf. Wie aus dem Nichts erschien der Kopf einer Fackel, und das Licht wurde größer. Elinda blinzelte. Blake musste die Fackel hier unten deponiert haben.

»Lass dich ansehen, Elinda.« Sein Lächeln konnte die Erschöpfung in seinem Gesicht nicht verbergen. Dann flammte Sorge in seinem Blick auf.

»Hat Hydeworth dir wehgetan?«

»Er hat mich mit Laudanum ruhiggestellt, und ein Arzt hat mich zur Ader gelassen.« Sie berührte den verbundenen Schnitt an ihrem Unterarm und zuckte zusammen.

Entsetzen und Wut huschten über Blakes Miene, doch dann trat ein zärtlicher Ausdruck rasch in seine Augen zurück. »Deswegen bist du so blass. Du musst dich, wenn das hier hinter uns liegt, dringend ausruhen.«

»Mir ist das alles gleichgültig«, winkte sie ab. »Ich will nur in deiner Nähe sein, Blake.«

Seine Finger schmiegten sich an ihre Wange und glitten an ihrem Hals hinab, ehe sie über dem schweren Juwelencollier verharrten. In diesem Moment wurde Elinda sich wieder ihres Aufzuges bewusst, und sie wollte nichts lieber, als dieses ausladende Kleid loszuwerden. Sie tastete nach den Saphirohrringen, die ihr nun wie Fremdkörper und nicht mehr wie ihr eigener Schmuck vorkamen, hakte sie aus und überreichte sie Blake.

»Hier. Hydeworth war so freundlich und hat mir meine Ohrringe zurückgegeben.«

Dann tastete sie nach den von ihrer Haut erwärmten Edelsteinen des Colliers und legte auch dieses ab.

Grimmig lächelnd ließ Blake die kostbaren Schmuckstücke in seine Tasche gleiten. »Wenn es mir gelingt, das alles zu Geld zu machen, müssen wir uns für eine sehr lange Zeit keine Sorgen mehr machen.« Er ergriff wieder ihre Hand. »Aber jetzt komm. Wir müssen hier weg. Sie werden nach uns suchen. Hydeworth hat gewiss schon die Behörden informiert.«

»Wo sind wir denn hier?«, wollte Elinda wissen.

Blake führte sie aus einem grob behauenen Gewölbe in einen breiten Gang.

»Die Griechen haben in der Antike hier große Wasserspeicher angelegt und nach ihnen die Römer. Es ist wie in Paris, im Untergrund wird der Stein abgebaut, mit dem an der Oberfläche die Häuser gebaut werden. Eine Stadt unter der Stadt. Hier unten gibt es antike Aquädukte, Katakomben und Weinkeller.«

»Woher weißt du das alles? Warum kennst du dich so gut aus hier?«

»Ich war früher schon einmal hier. Es gefällt jungen, abenteuerlustigen Männern, wenn sie auf ihrer *Grand Tour* die ausgetretenen Pfade verlassen und etwas Geheimnisvolles entdecken können.«

Plötzlich verbreitete sich der Gang vor ihnen zu einer gigantischen Kaverne. Das Licht der Fackel tanzte über porösen Tuffstein. Fässer und Kisten lagerten an den Wänden. Blake deutete auf eine überwölbte Nische, in der eine weitere Fackel in einem Eisenring steckte. Ein einfaches Holzkreuz hing an der Wand. Das Ganze sah aus wie eine winzige, uralte Kapelle. Und am Boden der Nische lag etwas, das Elinda eigenartig vertraut vorkam. Ihre Reisetasche.

Erstaunt sah sie zu Blake auf. Lächelnd entzündete er die zweite Fackel.

»Ich dachte mir, dass du lieber deine eigenen Sachen anziehen möchtest.«

Er nahm ihr den Mantel ab und betrachtete sie. Seine dunklen Augen leuchteten im Fackellicht. »Ich hoffe, du nimmst es mir nicht übel, wenn ich das jetzt sage, Elinda. Du siehst bezaubernd aus.«

Sie lächelte schief. »Gegen Andrew Hydeworths erlesenen Geschmack lässt sich auch nichts einwenden. Ich kann es trotzdem kaum erwarten, diese Robe loszuwerden.«

Sie drehte ihm den Rücken zu und senkte den Kopf. »Bitte hilf mir.«

Bevor er die wie ein Wasserfall aus Seide herabfließende Rückenfalte anhob, um an die Schnürung darunter zu gelangen, strich er zärtlich über ihren Nacken. Elinda schloss die Augen. Eine Gänsehaut breitete sich über ihren Körper aus.

»Ich wäre jetzt gern an einem anderen Ort mit dir«, wisperte sie.

»Ich auch.« Er löste gekonnt die Schnüre. »Hab noch ein bisschen Geduld.«

Dankbar fühlte sie, wie ihr Brustkorb sich wieder weitete, und nahm einen tiefen Atemzug. In der kalten Luft stellten sich ihre Härchen auf. Rasch half Blake ihr aus dem umständlichen Gewand und holte ihr einfaches Reisekleid aus der Tasche. Ungeduldig zerrte Elinda an dem steifen Pannier unterhalb des Rockes und schleuderte beides von sich. Es erfüllte sie mit unendlicher Genugtuung, das kostbare Gewand auf dem Boden der Kaverne zurückzulassen, als Blake ihr die zweite Fackel reichte und sie in einen weiteren Durchgang und einen schmalen Tunnel lotste.

»Wohin führt der?«, fragte sie.

»Ans Meer.«

Kurz darauf erfüllte ein brackiger Geruch den Tunnel. Die Luft wurde wieder etwas wärmer, und am Boden sammelten sich Pfützen. Der Tunnel endete zwischen einigen Felsen, durch die helles Tageslicht drang. Wenige Schritte weiter knirschte plötzlich Sand unter ihren Schuhen, und an ihre Ohren drang das Rauschen des Meeres. Blake nahm ihr die Fackel ab und löschte sie in einer der Pfützen.

»Warte kurz, ich muss schauen, ob die Luft rein ist.«

Er verließ den Tunnel und winkte sie kurz darauf zu sich. Blinzelnd trat Elinda ins Freie und sah sich um. Eben noch in einem Häusermeer und den steinernen Eingeweiden Neapels gefangen, öffnete sich vor ihr nun die Weite des Meeres. Ein warmer Wind blähte die Segel der Fischerboote, die in der Dünung schaukelten. Ein Stück abseits lagen Männer in der Sonne, halbnackt und nur mit wenigen Lumpen bedeckt. Das mussten die *Lazzaroni*, die Ärmsten der Armen Neapels, sein, von denen so viele Reisende mit einer Mischung aus Faszination und Abscheu schrieben. Kinder jagten einen kleinen Hund über den Strand, und in einem prall gefüllten Netz, das eben von einem Boot gehoben wurde, wimmelte es von Fischen, Krebsscheren und Fangarmen. Auf den Wellenkämmen glitzerte die Sonne.

Elinda stand ungläubig vor dieser vollkommen andersartigen Szenerie und vergaß beinahe, warum sie hier war. Da spürte sie wieder Blakes Hand in der ihren.

»Komm, wir haben es gleich geschafft.«

Sie sah ihn an und begriff, dass er am Ende seiner Kräfte war. Im hellen Sonnenlicht sah sie seine blutunterlaufenen Augen in dem hageren, bleichen Gesicht.

Sie folgte ihm zu einem Gebäude am äußersten Rand des Molo, das hoch über seinen Nachbarn aufragte. Im Erdgeschoss wurden Fische verkauft, aus einer Garküche drang der verlockende Geruch gesottener Meerestiere. Eine große Kundschaft hatte sich vor dem Laden eingefunden, feilschte, stritt und bestaunte die riesigen Krebse, die dort auf einem Tisch ausgelegt waren. Einige der Tiere lebten noch und versuchten mit auf- und zuschnappenden Scheren den Händen der Käufer zu entkommen. Elinda spürte Übelkeit in sich aufsteigen. In dem Trubel blieben sie und Blake jedoch völlig unbemerkt, und niemand beachtete sie, als sie das Haus betraten. Blake steuerte eine steile Holztreppe an und schloss, nur mühsam seine Erschöpfung verbergend, im dritten Stock eine Tür auf. Dahinter lag ein kleines Zimmer, nur mit dem Allernötigsten eingerichtet.

Der ärmliche Anblick kam jedoch kaum zur Geltung, denn durch das Fenster strömte das viel besungene süßliche Licht des Südens. Elinda ließ die Tasche fallen und fiel Blake um den Hals. Er umarmte sie wortlos und küsste ihren Kopf, dann ließ er sich mit einem leisen Ächzen auf die Bettkante fallen.

Besorgt sah Elinda ihn an. »Du hast ein bisschen untertrieben, oder? Dass diese Verletzung nicht der Rede wert ist. Lass sie mich sehen.«

Blake streifte mit zusammengebissenen Zähnen den Rock ab und hob sein Hemd an. Ein Verband verlief unter der Achsel hindurch und quer über seine Brust. Elinda erschrak über das frische Blut, das durch den Verband sickerte. Eine plötzliche Angst ergriff sie. Davor, sich zu früh gefreut zu haben. Was, wenn die Wunde sein verzögertes Todesurteil war?

Blake zog sein Hemd aus und ließ Elinda den Verband lösen. Mit angehaltenem Atem betrachtete sie die entzündeten Wundränder und das frische Blut. Ihre eigene Verletzung schien ihr nicht mehr der Rede wert.

»Das sieht nicht gut aus.«

»Ich musste herausfinden, wo du warst, Elinda«, sagte er mit einem leisen Ächzen. »Ich hätte keine Sekunde Ruhe gehabt, wenn ich nicht alles getan hätte, um dich zu finden.«

Blake ließ sich auf dem Bett zurücksinken und deutete erschöpft auf seine Ledertasche. »Darin ist alles, was ich jetzt brauche.«

Es war das erste Mal, dass Elinda einen Blick in dieses geheimnisvolle Sammelsurium warf. In der Tasche waren Tiegel, kleine Lederbeutel und Fläschchen mit unlesbaren Beschriftungen.

»Woher hast du all diese Medizin?«, fragte sie.

»Aus der ganzen Welt. Als Seefahrer lernt man irgendwann, dass unsere Ärzte gegen vieles machtlos sind. Auf den Inseln am anderen Ende der Welt gibt es Menschen, die andere Geheimnisse der Heilung kennen. Dinge, über die unsere Mediziner die Nase rümpfen würden. Jetzt gib mir bitte das runde Fläschchen mit dem hellbraunen Puder und die kleine silberne Dose.«

Blake wies sie an, mit welcher Tinktur sie die Wunde reinigen konnte. Vorsichtig und konzentriert folgte sie seiner Anleitung. Dass Blake, den sie immer als stark und unerschütterlich erlebt hatte, sich nun in ihre Hände begeben hatte, erzeugte in ihr ein ganz neues Gefühl der Nähe. Behutsam reinigte Elinda die Wunde und verteilte den hellbraunen Puder darauf. Mit leiser Stimme erklärte ihr Blake, dass er aus den gemahlenen Wurzeln einer Pflanze mit unaussprechlichem Namen bestand, die nur auf Kuba wuchs. Er atmete ruhig und schien sich wieder etwas zu entspannen. Dass er diesen fremdartigen Mitteln derart vertraute, besänftigte Elindas Sorge. Sie legte einen frischen Verband an, doch als sie gerade die beiden Enden verknoten wollte, fiel ihr Blick auf das kleine Tischchen neben dem Bett.

Was sie dort sah, ließ ihr das Herz stocken.

Blake wandte den Kopf. »Was hast du?«

»Was … ist das da für ein Fläschchen?«, fragte Elinda erschrocken.

Blake winkte ab. »Das hat mir Marconi mitgebracht. Er

war so in Sorge um mich, dass er mich überreden wollte, mit ihm zu einer heilkundigen Frau zu gehen, die hier irgendwo in der Nähe wohnt. Aber ich hatte keine Zeit dafür und auch kein Verlangen nach katholischem Hokuspokus. Marconi hat mir diese Medizin von ihr mitgebracht …«

»… aber du hast sie nicht angerührt, oder?«

»Nein. Ich habe wenig Vertrauen in Heiltränke, auf die man ein Heiligenbild kleben muss.«

»Der heilige Georg …«

»Warum hast du dich denn gerade so erschrocken, Elinda?«

Da erzählte sie ihm die Geschichte, die sie von Giacomo Volte gehört hatte. Über die heimtückische Giftmischerin, die ebenfalls ein Bild des heiligen Georg auf ihre Hustensäfte geklebt hatte und deren Giftvorrat nach ihrem Tod verschwunden war.

Blake winkte ab. »In Italien ist es üblich, dass Medizin mit religiösen Bildern versehen wird. Jeder Apotheker macht das so. Warum glaubst du, dass diese heilkundige Frau, die Marconi kennt, in den Besitz dieser uralten Giftfläschchen gekommen ist?«

Elinda presste die Lippen zusammen. Dann schüttelte sie den Kopf.

»Du hast recht, das ist albern. Es ist nur … Ich glaube, dass Marconi uns schaden will.«

Blake seufzte verärgert. »Ich war zu schwach, um ihn zur Rede zu stellen. Nach dem Kampf mit Hydeworth war ich auf ihn angewiesen. Er wollte mich gleich zu dieser Heilerin bringen, und ich musste ihn überreden, mich hier in Neapel abzusetzen, damit ich nach dir suchen kann. Es ist eigenartig, aber Marconi wirkte regelrecht verzweifelt, nachdem er mich in die Kutsche verfrachtet hatte. Ich konnte ihn inbrünstig beten hören.«

»Wo ist Marconi jetzt?«, wollte Elinda wissen.

Blake zog sein Hemd wieder an. »Ich weiß es nicht. Er kommt allerdings jeden Tag her, um nach mir zu sehen. Er scheint sich wirklich Sorgen zu machen.«

Elinda hätte das Medizinfläschchen am liebsten aus dem Fenster geworfen. Auch wenn Blake ihre düsteren Gedanken zerstreut hatte, kam es ihr wie ein Ding aus einer feindseligen Welt vor, von der sie den größtmöglichen Abstand nehmen wollte.

Elinda wusch sich die Hände und kletterte zu Blake aufs Bett. Sie lehnte sich gegen seine unverletzte Schulter und lauschte seinem Atem. Unten vermischte sich das Treiben der Menschen im stetigen Meeresrauschen, eine fremdartige, beruhigende Melodie.

Vor wenigen Tagen noch hatte sie geglaubt, sich nie wieder so glücklich fühlen zu können. Und nun erschienen ihr die fiebrigen Tage in Hydeworths goldenem Käfig unendlich weit weg. Einfach nur hier bei Blake zu liegen, während er ihren Rücken streichelte und die gelben Sonnenflecken über die Zimmerwände wanderten, war das Schönste, was sie sich vorstellen konnte. Doch allmählich drangen unangenehme Fragen wie Nadelspitzen durch das wohlige Gefühl. Sie wandte den Kopf und sah Blake an.

Er musterte sie mit seinem aufmerksamen, forschenden Blick.

»Ich nehme an, dass Hydeworth nicht gerade schweigsam war, während du bei ihm warst.«

Elinda nickte. »Er hat mir gesagt, was vor acht Jahren passiert ist.«

»Er hat dir die Geschichte erzählt, die dafür gesorgt hat, dass ich meinen Ruf verliere«, korrigierte er sie, während sich seine Miene verfinsterte.

Sie setzte sich auf und sah ihn eindringlich an. »Warum hast du sie mir dann nicht längst erzählt?«

»Elinda, ich wollte nicht, dass diese Geschehnisse zwischen uns stehen, ob du sie nun aus Hydeworths oder aus meiner Sicht hörst. Es war mir wichtig, dass du mir vertraust, aber wenn du die Wahrheit schon vor einigen Wochen erfahren hättest, hättest du dir damit sehr schwer getan. Ich wollte nicht, dass du den Eindruck bekommst, ich würde dich mit meiner Sicht auf die Dinge manipulieren. Du solltest mich gut genug kennenlernen, um deine eigenen Schlüsse zu ziehen, wenn sich das Unvermeidliche nicht länger aufschieben lässt. Und dieser Zeitpunkt ist nun gekommen.«

Elinda schluckte. »Dann stimmt es also, dass du gar nicht wegen David nach Pompeji reist? Sondern wegen … Bernarda?«

Blake schloss die Augen und schien sich zu sammeln. »Ich erkläre dir alles, Elinda. Aber zuerst …« Er sah sie wieder an. »Traust du dich, nach unten zu gehen und uns ein Frühstück zu besorgen? So eine Brautentführung macht hungrig.«

46

Kurz darauf lauschte Elinda gespannt Blakes Geschichte:

»Ich habe dir ja schon erzählt, dass ich zum ersten Mal mit fünfzehn in Italien war, zusammen mit meinem Vater, von dem ich die Fertigkeiten des *bearleaders* erlernte. Mein ganzes damaliges Empfinden war noch viel zu kindlich, um alles zu erfassen. Aber ich liebte es, die großartigen Stätten Italiens zu besichtigen und meinem Vater zu lauschen, wie er den jungen Männern in seiner Obhut alles erklärte. Das änderte sich, als wir zum ersten Mal nach Pompeji kamen.

Mein Vater kannte die Familie eines Gastwirts, der in der Nähe des Herkulaner Tors einen Hof besaß. Er blieb mit seinen Reisenden immer mehrere Tage in diesem Gasthof, um von dort aus Ausflüge in die Umgebung zu machen, auch wenn manches von Neapel aus näher gewesen wäre. Die Phlegräischen Felder, der Vesuv, die Grotte der Sibylle. Aber die Gegend war sehr idyllisch, und ein Teil der *Grand Tour* bestand ja gerade darin, die ländliche Einfachheit zu genießen. Man konnte stundenlang durch Weingärten und Zitronenhaine spazieren, und der Blick auf den Golf von Neapel war wie ein sich ständig wandelndes Gemälde von ergreifender Schönheit. Mich aber zog vor allem der Teil von Pompeji, der schon ausgegraben war, unwiderstehlich an. Ich konnte nicht genug davon bekommen, durch die bemalten Räume der Villa des Diomedes zu streifen und den antiken Boden unter meinen Füßen zu spüren. Aber schon bald wurde meine Faszination für Pompeji von etwas anderem ... jemand anderem übertroffen.

Bernarda war die Tochter des Gastwirts und war, wie ich, fünfzehn Jahre alt. Man hätte meinen können, dass die pompejanischen Ruinen für sie etwas Selbstverständliches waren. Aber sie war zutiefst fasziniert von der Ausgrabung in ihrer direkten Nachbarschaft. Du weißt ja, dass die neapolitanischen Könige das alleinige Vorrecht auf alles hatten, was dort gefunden wurde, doch sie brauchten die ansässige Bevölkerung, um es überhaupt auszugraben. Daher kamen die Landbewohner in Scharen, um für kleines Geld bei den Ausgrabungen zu helfen. Irgendjemand musste die Unmengen von Vulkanasche und Bimssteinen abtragen und fortschaffen.

Und Bernarda war eine von ihnen. Ihre Familie war arm, die Pachtabgaben waren erdrückend, und die Ernte ihres Weinbergs warf nicht genug ab. In der Gegend gab es ein kleines Kloster, in dem einigen Kindern die Grundlagen im Lesen und Schreiben beigebracht wurden, und Bernarda hatte diesen Unterricht für wenige Jahre genossen. Natürlich hielt es niemand für nötig, den Sprösslingen der armen Bauern Latein zu lehren, aber ein alter Ordensbruder hatte es versucht und in Bernarda eine begabte Schülerin gefunden.

Es gab noch einen älteren Bruder, der nur sehr selten zu Hause war und in Neapel sein Geld verdiente, aber auch seine finanzielle Unterstützung reichte nicht, um die Familie abzusichern. Deswegen musste Bernarda durch diese

Arbeit das Einkommen aufbessern. Sie war acht, als sie damit anfing. Doch sie hatte sich nie beschwert, im Gegenteil. Sie fühlte sich verbunden mit der Geschichte dieses Ortes. Jeder Korb mit Vulkangeröll brachte sie näher an das heran, was sie so faszinierte. Sie war dabei, wenn die Inspektoren der Ausgrabung etwas Bedeutsames freilegten. Der Gedanke, dass ihre Lebensdauer niemals ausreichen würde, um alle Schätze zu sehen, die unter dem Geröll schlummerten, machte sie unruhig. Sie verband diese beschwerliche Arbeit mit etwas Großem, das ihr Dasein und ihre alltäglichen Sorgen vollkommen in den Schatten stellte.

Als mein Vater mich zum ersten Mal durch die Villa Diomedes führte, schloss Bernarda sich uns an. Für ein Mädchen ihres Alters war sie ungewöhnlich verständig und interessiert an Dingen, die eher in den Bereich von Historikern und Antiquaren fielen. Sie konnte spielend leicht lateinische Inschriften entziffern und kannte die mythologischen Themen der Wandmalereien. Mein Vater fragte später ihren Vater, woher das Mädchen das alles wusste. Er erzählte voller Stolz, dass Bernarda den königlichen Ausgräbern immer an den Lippen hing, wenn die einen Fund gemacht hatten. Sie merkte sich alles, was sie in Pompeji hörte und sah, und als dieser alte Ordensmönch starb, der ihr Latein beigebracht hatte, vermachte er Bernarda einige Bücher über die lateinische Sprache, die römische Geschichte und Mythologie.

Schon nach der ersten Begegnung fühlte ich mich zu ihr hingezogen. An diesem Abend zeigte sie mir voller Stolz etwas, das sie vor Jahren in der Vulkanasche gefunden hatte. Es war ein kleines, gefaltetes Metallstück mit merkwürdigen Einritzungen und kleinen Löchern. Das Fluchtäfelchen. Bernarda wusste damals allerdings noch nicht, was es war, aber sie war so fasziniert davon, einen Gegenstand aus der Antike in Händen zu halten, dass sie das Täfelchen behielt. Erst später, als weitere dieser Fluchtäfelchen in Pompeji gefunden wurden, erfuhr Bernarda, welchem Zweck sie einst gedient hatten.

Ich fragte sie damals, ob sie denn keine Angst hätte, dass sie für die Unterschlagung bestraft wurde. Aber Bernarda machte mir klar, wie achtlos die königlichen Ausgräber mit Pompeji verfuhren. Sie interessierten sich nur für die großen repräsentativen Funde. Kleine, alltägliche Dinge oder Artefakte, die sie nicht identifizieren konnten, wanderten auf den Müll. In den Anfangstagen der Ausgrabungen hatten die Inspektoren sogar Wandgemälde zerschlagen, damit sie sich niemand anderes aneignen konnte. Einmal, so erzählte mir Bernarda, wurden antike Gegenstände und Münzen aus Gold kurzerhand eingeschmolzen.

Die Könige Karl VII. und Ferdinand IV. waren wie eifersüchtige Hunde, die Angst hatten, dass jemand ihnen ihren Knochen wegschnappt. Und Pompeji war dieser Knochen. Sie finanzierten die Ausgrabungen nur so lange, bis ihr eigener Bedarf an Schätzen, Statuen und interessanten Funden gedeckt war. Sie sahen Pompeji nicht als Fenster, durch das wir etwas über die Vergangenheit lernen, sondern als Schatzkammer, die ihnen nach Belieben das auszuspucken hatte, was ihnen gefiel. Seit einigen Jahren wurde nur noch sehr spärlich gegraben. Und trotzdem setzte man den königlichen Besitzanspruch brutal durch, selbst bei Funden, die auf dem Scherbenhaufen der Geschichte gelandet wären. Bernarda wusste von einem Bauern, der einen schlichten Siegelring eingesteckt hatte. Als Abschreckung prügelten die Soldaten, die das Gelände bewachten, den armen Mann tot.

Daher war es für Bernarda sehr riskant, das Fluchtäfelchen zu behalten. Sie hütete es wie ihren Augapfel. Ihre Liebe zu diesem unscheinbaren Artefakt und dass sie mir ihr Geheimnis anvertraut hatte, rührte mich zutiefst.

Als wir nach vier Tagen schließlich abreisten, wäre ich am liebsten dort geblieben. Von diesem Zeitpunkt an interessierte mich nur noch eine Sache: Wann wir wieder in Pompeji wären. In der folgenden Zeit kamen wir etwa alle achtzehn Monate dorthin, und zwischen Bernarda und mir entwickelte sich eine Freundschaft, kindlich und unbefangen. Aber schon bald wurden unsere Gefühle so stark, dass es mir eine unerträgliche Qual war, sie nur einmal alle zwei Jahre für wenige Tage zu sehen. Natürlich war es undenkbar, dass wir einander näherkamen. Sie eine arme Süditalienerin, ich der aufstrebende englische Tutor für adelige Kavaliersreisende.

Bei einer Begegnung, ich war nun zweiundzwanzig Jahre alt, begrüßte sie mich in fast tadellosem Englisch und bestand darauf, dass wir künftig in meiner Muttersprache redeten. Sie hatte sich mithilfe von einigen Büchern, die sie den Gästen abgeschwatzt hatte, selbst Englisch beigebracht. Doch es war nicht nur unsere Liebe, die sie dazu angespornt hatte. Bernarda wollte die erste Frau sein, die englische Reisende durch die Ruinen von Pompeji führte. Sie bat mich, mit ihr zu üben, und spielte für mich die Reiseführerin im Isis-Tempel, dem antiken Theater und der Diomedes-Villa. Ich sollte ihr alle Fachbegriffe beibringen und ihr helfen, den süditalienischen Akzent loszuwerden.

Ihre Ernsthaftigkeit und Leidenschaft beeindruckten

mich, und ich bestärkte sie darin, obwohl ich meine Zweifel hatte, dass jemand sich auf einen weiblichen *cicerone* einlassen würde. Zugleich war ich zuversichtlich, dass Bernarda mit ihrem Wissen überzeugen würde. Die ortsansässigen *ciceroni* waren ungebildete Schauspieler, die sich haarsträubende Geschichten ausdachten, um die Fremden zu beeindrucken und ihnen möglichst viel Geld aus der Tasche zu ziehen.

Bernarda war eine kleine Gelehrte in der Gestalt eines Bauernmädchens. Ich liebte ihre abgearbeiteten Hände, die so voller Respekt für die Altertümer waren, ihre staunende Bewunderung angesichts der herrlichen Wandmalereien, ihr Wissen, ihre Geschichten …

In dieser Zeit überlegte ich mir, wie ich es anstellen konnte, bei ihr zu bleiben.

Doch wir wussten beide, dass unsere unterschiedlichen Leben das nicht erlaubten. Meine Reisen mit jungen Adeligen wurden auf diese Weise zum äußeren Anlass für das, was mir am wichtigsten geworden war. Ich litt jedes Mal Qualen, wenn ich nach Italien zurückkam und mich dem Hof ihres Vaters näherte. Ich konnte nie wissen, ob in der Zwischenzeit irgendetwas geschehen war, das sie mir entrissen hatte. Die Untertanen von Karl VII. und Ferdinand VI. waren unvorstellbarem Unrecht ausgesetzt, es gab immer wieder Hungersnöte und Repressalien. Und in manchen Nächten fernab von ihr stellte ich mir vor, was wäre, wenn der Vesuv noch einmal ausbrechen würde …

Natürlich schrieben wir uns, aber das war nur ein schwacher Trost. Ein Brief von Neapel nach London war monatelang unterwegs.

Einige Jahre später gab sich Bernarda bei unserem Wiedersehen sehr geheimnisvoll. Abends führte sie mich dann an den Rand des Weinberges. Ein Haufen Gartenabfälle lagerte dort, und darunter kamen Holzbretter zum Vorschein. Und unter den Brettern öffnete sich ein Schacht mit einer Leiter darin. Ich konnte mir zu diesem Zeitpunkt nicht im Geringsten vorstellen, was mich erwartete. Bernarda ließ mich in die Tiefe steigen, und in ihrem Gesicht lag ein vielsagendes Strahlen.

Bernardas Vater war beim Bau eines Brunnens auf einen Hohlraum gestoßen. Als ich am Grund des Schachtes ankam, hob Bernarda ihre Laterne, und ich sah es.

Es war unbeschreiblich.

In der Dunkelheit schimmerten mir fünf weiße Gesichter entgegen.

Marmorskulpturen aus vorchristlicher Zeit. Antike Göttinnen, deren anmutige Körper halb verbacken waren mit den Schlacken des Vulkans, aber man sah sofort, dass sie unglaublich gut erhalten waren. Zwei von ihnen standen, die drei anderen lagen auf dem Boden. Ich war fassungslos. Ehrfürchtig betrachtete ich die Statuen. Der Fund war absolut spektakulär. Die neapolitanischen Könige wären begeistert gewesen, ihre Sammlung mit diesen Statuen zu krönen. Aber natürlich hielten Bernarda und ihr Vater die Entdeckung geheim.

Es war ihr stiller Protest gegen die Übermacht der Monarchen.

Niemand wusste davon, nur Bernarda, ihr Vater und ihr kleiner Bruder Matteo, der in der Zwischenzeit geboren worden war. Er war sieben Jahre alt, seine Mutter war bei der Geburt leider verstorben. Bernarda und ich malten uns in diesem Schacht aus, wo wir da wohl waren. Es musste das Peristyl oder das Atrium eines noblen Patrizierhauses gewesen sein.

Bernarda ging jeden Tag an diesen Ort und setzte sich im Schein einer Laterne zwischen die Statuen. Mir sagte sie, dass diese stille Zwiesprache mit den fünf Skulpturen ihre Verbindung zum Altertum vertiefte. Für Bernarda war dieser geheime Schacht wie eine Kirche, ihr Allerheiligstes.

Zwei Jahre, nachdem sie mir ihre Entdeckung gezeigt hatte, unternahm ich eine ausgedehnte *Grand Tour* mit fünf befreundeten jungen Adeligen.

Wenn du ihre Namen hörst, wirst du ahnen, wie die Geschichte weitergeht. Es waren die Lords Ruthwen, Pellingham, Veland, Charswick und … Hydeworth.

Sie waren damals alle etwa Anfang zwanzig. Ich war bereits sechsundzwanzig. Bis zu diesem Zeitpunkt war ich neunmal in Italien gewesen und hatte bereits seit vier Jahren meine eigenen Klienten auf ihrer *Grand Tour* begleitet. Mein Vater war nun zu alt, um derartige Reisen zu unternehmen.

Die Lords reisten mit großer Entourage. Wir hatten drei Kutschen dabei, vier Diener, einen Koch, einen Arzt, zwei bewaffnete Leibwächter, einen Landschaftsmaler und jeden nur denkbaren Komfort. Wo auch immer wir ankamen, gaben die jungen Gentlemen Unmengen von Geld aus, überall standen uns die Türen zu den nobelsten Familien offen.

Ich habe mich manchmal geschämt für die Männer, mit denen ich unterwegs war. Reiche Engländer führen sich in der Fremde auf, als würde ihnen das ganze Land gehören. Weil sie sich praktisch alles kaufen können, fühlen sie sich immer im Recht. Für solche Leute gibt es keine Hindernisse. Sie kennen die Gesandtschaften des Papstes und werden überall vorgelassen. Sie kaufen sich Genehmigungen für Ausgrabungen und bestechen die Polizei. Wenn sie eine wertvolle Marmorstatue finden, zum Beispiel bei der Villa des Hadrian in Tivoli, müssen sie nur eine gewisse Summe zahlen und dürfen sie ausführen. Diese Statue landet dann als Kamineinfassung in irgendeinem englischen Land-schloss.

Die *milordi*, wie die Italiener sie nennen, mögen gebildet und reich sein, aber nur die wenigsten besitzen den An-stand, vernünftig mit diesen Gaben umzugehen. Dazu kommt ihre Respektlosigkeit gegenüber den Italienern. Sie sehnen sich nach einem Italien, das nur aus seiner heroi-schen Geschichte und Kunst zu bestehen hat. Mit seinen heutigen Nöten, der Armut und dem Elend wollen sie nichts zu tun haben. Bettler und Verkrüppelte, die bei den Tempeln und Kirchen herumlungern, stören das erhabene Bild, das sie sich von diesem Land gemacht haben. In den Augen von Hydeworth und seinen Freunden waren die Ita-liener elendes Gesindel, nicht würdig der großen Geschich-te ihres Landes. Wo immer sie hinkamen, machten sie sich einen Spaß daraus, diese oft bettelarmen Leute um ihre Gunst buhlen zu sehen. Beinahe jeden Abend veranstalte-ten sie ihre Gelage, und meistens arteten sie auf irgendeine unschöne Weise aus.

Charswick, Pellingham und die beiden anderen tranken zu viel und prahlten gerne. Aber im Grunde waren sie ein-fach nur arrogante Grünschnäbel. Doch Andrew Hyde-worth war anderer Natur. Für einen so jungen Mann ver-fügte er über ein erschreckendes Maß an Grausamkeit. Die üblichen Vergnügungen interessierten ihn nur dann, wenn sie in irgendeinen destruktiven Exzess mündeten. Er dachte sich Dinge aus, auf die die anderen niemals gekommen wären. Zum Beispiel veranstaltete er frivole Jagdpartien, bei denen er und seine Freunde nackten jungen Frauen durch den Wald nachstellten. Den Frauen hatten sie zuvor Hirschgeweihe aufgesetzt. Eine von ihnen verlor dabei ihr Auge. Hydeworth *entschädigte* sie mit einem großen Rubin und sagte ihr, sie solle sich daraus ein künstliches Auge fertigen lassen. Er forderte Männer zum Kartenspiel auf und erleichterte sie um ihr weniges Geld oder zettelte Duelle an. Wo immer wir hinkamen, gab es Ärger. Leute wurden verletzt oder ins Unglück gestürzt. Und wenn er betrunken und ganz in seinem Element war, sagte er, wenn die Nachfahren von Caesar und Augustus schon so erbärmliche Kreaturen waren, hätte er die Pflicht, seinen inneren Kaiser Caligula freizulassen.

Ich befand mich auf dieser Reise also in einem Dilemma. Ich hatte Bernarda über ein Jahr lang nicht gesehen. Meine Sehnsucht nach ihr machte mich leichtsinnig. Natürlich sträubte sich in mir alles dagegen, Hydeworth und die anderen in ihre Nähe zu führen. Ich wollte nicht, dass ihre Familie Opfer ihres versoffenen Übermuts wurde. Aber ich konnte Bernarda nur nah sein, wenn meine Klienten in diesem Gasthof untergebracht waren. Ich hoffte einfach, dass sie es diesmal nicht zu weit trieben. Also pries ich die idyllische Lage des Gasthofes an und überredete sie, einige Tage dort zu verbringen. Hydeworth und die anderen stimmten zu.

Damit besiegelte ich das Schicksal von Bernarda und ihrer Familie.

Als Bernarda sah, mit welch illustren Gästen ich bei ihr abstieg, bestand sie darauf, sie durch die Ruinen von Pompeji zu führen. Die Engländer schienen ihr die perfekte Gelegenheit, sich zu beweisen.

Für die Lords war ein weiblicher *cicerone* eine amüsante Abwechslung, und ich ahnte schon, dass sie es als Anlass nehmen würden, ihre geschmacklosen Späße zu treiben. Ich versuchte, Bernarda ihre Idee auszureden, aber sie war nicht davon abzubringen. Kaum waren wir bei den Ausgrabungen angekommen, sparten Hydeworth und seine Kumpane nicht mit ihren herablassenden Kommentaren. Sie ließen gar nicht erst zu, dass Bernarda ihr fundiertes Wissen präsentieren konnte, sondern fuhren ihr ständig mit zweideutigen Fragen in die Parade. Bernardas Englisch war nicht gut genug, um zu reagieren, und sie wurde zunehmend hilfloser. Ich zwang mich, höflich zu bleiben, und bat die fünf, ihre Anzüglichkeiten zu lassen. Das machte nun auch mich zur Zielscheibe ihrer Respektlosigkeit.

›Wie drollig‹, sagte Hydeworth. ›Dass Ihr dieser unziemlichen Kreatur beisteht, Colbert. Seht Ihr nicht, was sie für eine Art von Frau ist? Allein mit sechs Männern in einer antiken Ruine? Ich bitte Euch, was erwartet diese kleine Hure denn?‹

Da wusste ich, dass ich einschreiten musste, um das Schlimmste zu verhindern. Das ging jedoch nicht, ohne dass sie meine Gefühle für Bernarda bemerkten.

Hydeworth würde meine Zurechtweisung nicht auf sich sitzen lassen. Ich fürchtete den Abend, wenn der Wein für noch mehr Haltlosigkeit sorgen würde.

Am nächsten Abend geschah es dann.

Meine *milordi* hatten schon einiges getrunken, und man sah es am Funkeln in Hydeworths Augen, dass er nach einer seiner überspannten Zerstreuungen suchte. Da winkte er den kleinen Matteo zu sich und verwickelte ihn in ein Gespräch, bei dem den Jungen das Bedürfnis überkam, zu zeigen, dass er kein bedeutungsloser kleiner Bauernsohn war. Zu meinem Entsetzen plapperte Bernardas Bruder von den antiken Statuen, die sein Papa im Weinberg gefunden hatte.

Bernarda ging zwar sofort dazwischen und behauptete, ihr Bruder würde albernes Zeug reden, aber die Engländer glaubten ihr natürlich nicht. Ich konnte förmlich zusehen, wie in Hydeworth der Jagdhunger erwachte. Er und seine Freunde bestanden darauf, die Statuen zu sehen, und drohten damit, andernfalls die Autoritäten zu informieren. Vor allem Hydeworth bedrängte Bernarda derart wüst, dass ich mich vor sie stellen musste. Sein Verhalten in den Ruinen hatte mich so empört, dass ich nun die Contenance verlor. Ich hatte mich monatelang zurückgehalten, bei allen Verfehlungen weggeschaut, und plötzlich kam ich mir vor wie ein erbärmlicher Feigling. Ich wusste, meine untergebene Rolle verlangte es von mir, dass ich auch diesmal den Mund hielt, aber ich liebte Bernarda mehr als meinen guten Ruf als *bearleader*.

Also machte ich den Fehler, Andrew Hydeworth vor aller Augen in die Schranken zu weisen. Meine Verachtung für ihn brach nur so aus mir heraus. Pellingham, Charswick, Veland und Ruthwen waren zu betrunken, um sich wirklich angegriffen zu fühlen, sie lachten nur und tranken weiter. Aber Hydeworths Augen verengten sich, und auf seinen Lippen erschien dieses grauenhafte Lächeln. Ich konnte in dieser Nacht nicht schlafen, und auch Bernarda machte sich große Sorgen.

Am nächsten Nachmittag kamen wir gerade von einem Ausflug von den Phlegräischen Feldern zurück. Hydeworth hatte den ganzen Tag über so getan, als wäre nichts vorgefallen. Als wir zurück auf den Hof ritten, wimmelte es dort von Soldaten.

Bernarda, Matteo, ihr Vater und die beiden Bediensteten waren vor dem Haus zusammengetrieben worden. Ein königlicher Inspektor verkündete gerade, dass ein Engländer namens Blake Colbert die Familie wegen Unterschlagung und Besitz archäologischer Funde gemeldet habe. Mir wurde eiskalt, als ich begriff, was hier geschah. Ich sah das überlegene Lächeln auf Hydeworths Gesicht, während er so tat, als wäre die Anwesenheit der Soldaten ein Ärgernis für seinen Komfort. Die Soldaten durchsuchten bereits den Gasthof und stellten alles auf den Kopf.

Ich werde nie vergessen, wie Bernarda mich ansah. Ihr Blick verfolgt mich immer noch. Der Blick einer zutiefst verletzten Frau, die glauben musste, dass der Mann, den sie liebte, sie verraten hatte. In diesem Moment war mir alles gleichgültig. Ich wollte sie davon überzeugen, dass nicht ich hinter der Denunzierung stand. Da sagte Hydeworth etwas, das Bernardas Vertrauen in mich endgültig zerstörte.

›Natürlich hat er deine Familie gemeldet. Du glaubst doch wohl nicht, dass eine italienische Hure diesem Mann wichtiger ist als sein guter Ruf als englischer Reiseführer.‹

Die Soldaten verwüsteten das ganze Haus. Sie schlugen Bernardas Vater mit dem Gewehrkolben ins Gesicht. Er brach blutend vor dem Haus zusammen, aber sie ließen nicht ab von ihm. Bernarda wollte dazwischengehen, doch sie schleiften sie an den Haaren von ihrem Vater weg. Da verlor ich den Kopf. Ich stürzte mich auf den Soldaten. Natürlich wusste ich, dass ich damit nichts ausrichten konnte, doch ich tat es, damit sie mir glaubte.

Aber auch mich traf ein Gewehrkolben am Kopf, und ich ging zu Boden. Als ich meine Benommenheit überwunden hatte, erkannte ich Matteo an der Einstiegsstelle zu dem unterirdischen Hohlraum, in dem die Statuen lagen.

Der Junge musste begriffen haben, dass diese Männer seinen Vater und seine Schwester prügelten und das Haus verwüsteten, weil er sich verplappert hatte. Mit der ganzen Verzweiflung eines Kindes versuchte er nun, das furchtbare Geschehen aufzuhalten. Doch obwohl er ihnen die Skulpturen gezeigt hatte, schlugen die Soldaten weiter auf seinen Vater ein. Matteo warf sich auf einen der Männer und trommelte mit den Fäusten auf seinen Rücken ein. Der Soldat verpasste dem Kind einen Schlag, der einen gestandenen Mann niedergestreckt hätte. Der Junge ging zu Boden und rührte sich nicht mehr.

Bernarda versuchte, zu ihrem Bruder zu gelangen, doch sie traten nach ihr. Und ich konnte nichts tun. Nur daliegen und alles mit ansehen, während mir das Blut in die Augen floss. Hydeworth hingegen betrachtete die Szenerie mit unübersehbarem Genuss, diese Gewaltorgie war genau nach seinem Geschmack.

Aber dann kam das Schlimmste. Hydeworth nahm den königlichen Inspektor beiseite und überreichte ihm einen prall gefüllten Beutel. Seine vier Freunde taten dasselbe. Als wäre niemals zuvor ein Gesetz erlassen worden, wonach dem neapolitanischen Palast alle Funde aus Pompeji zustanden, übergab der Inspektor einem seiner Männer die Beutel und machte einen Wink in Richtung des Schachtes. Bernarda verfolgte das Geschehen mit entsetzten Augen.

Diese fünf Engländer hatten soeben die Statuen, ihre Statuen, gekauft und würden sie außer Landes bringen, während sie und ihr Vater im Gefängnis landen würden. Sie starrte Hydeworth und die anderen und dann auch mich an. Ihr Blick war voller Hass. Bernarda streckte ihre Hand aus und schrie:

›Ich verfluche euch. Ich verfluche den Tag, an dem ich dir, Blake Colbert, begegnet bin, und ich verfluche den Tag, an dem du diese Männer in mein Haus gebracht hast. Doch ihr alle werdet den Tag verfluchen, an dem ihr uns das angetan habt. Ihr werdet euch den Tod wünschen und wissen, dass ich ihn euch schicke, und dann wird die Hölle eure verdorbenen Seelen holen!‹

Einer der Soldaten brachte sie mit einer heftigen Ohrfeige zum Schweigen. Sie fiel nach hinten, Blut schoss aus ihrer Nase. Während sie versuchte, sich wieder aufzurappeln, trat Hydeworth zu ihr. Er bedachte sie mit einem falschen mitleidigen Lächeln und sagte etwas, das mir das Blut in den Adern gefrieren ließ.

›Es ist doch wirklich erstaunlich, dass diese wunderschönen Skulpturen eine Katastrophe wie den Vesuv-Ausbruch überstanden haben. Ob man Ähnliches auch von Eurem kleinen Gasthof sagen kann?‹

Danach verlor ich das Bewusstsein. Ich wachte in einer Zelle auf, außer mir vor Sorge um Bernarda. Gleichzeitig fraß mich der Zorn auf Hydeworth und seine Freunde fast auf. Der Gedanke, dass Bernarda sich von mir verraten fühlte, machte mich wahnsinnig. Doch ich konnte nicht das Geringste tun. Niemand sprach mit mir, ich konnte keinerlei Informationen einholen. Die Tage zerflossen zu einem dunklen Brei. Mein Kopf heilte zwar, aber ich hatte das Gefühl, als würde mein Innerstes langsam absterben. Ich lag auf einer Pritsche in einer kalten Zelle. Abends kamen die Ratten aus den Mauerritzen, und am Tag wanderte das Licht durch das vergitterte Fenster über die Wände. Ich war so hilflos, dass ich tatsächlich begann, mir den Tod zu wünschen, so wie Bernarda es in ihrem Fluch prophezeit hatte. Die Frau, die ich liebte, hatte mich mit ihren letzten Worten verflucht, in einem Atemzug mit Hydeworth und seinen Freunden. Ich glaubte den Verstand zu verlieren und musste mich währenddessen gebärdet haben wie ein Wahnsinniger. Doch die Kerkerwächter kümmerten sich nicht um mein Gebrüll.

Eines Tages wurde die Zellentür aufgesperrt, und es hieß, ich könne gehen. Der König hatte eine Amnestie für straffällig gewordene Ausländer verhängt. Ich fand einen Bauern, der mich auf seinem Ochsenkarren nach Pompeji mitnahm und von dem ich erfuhr, dass seit meiner Gefangennahme sechs Wochen vergangen waren. Mein Herz raste, als wir uns den Höfen rings um das Areal von Pompeji näherten. Ich klammerte mich an die Hoffnung, dass nicht alles verloren war, doch letztendlich wusste ein Teil von mir bereits zu diesem Zeitpunkt, dass ich zu spät kam.

Dort, wo einmal der Gasthof gewesen war, ragten nur noch rußige Ruinen in den Himmel. Der halbe Weinberg war entwurzelt worden, und an der Stelle, wo der Hohlraum mit den Statuen war, sah ich eine Absperrung und aufgeschichtete Erde. Offensichtlich hatte man begonnen, die Ausgrabung an dieser vielversprechenden Stelle fortzusetzen.

Verzweifelt versuchte ich, irgendetwas in Erfahrung zu bringen. Einige Bauern aus der Umgebung erzählten mir, dass Bernardas Vater abgeführt und ins Gefängnis gekommen war, während seine Tochter und der kleine Sohn im Gasthof geblieben waren. Der Junge lebte, war aber schwer am Kopf verletzt. Zwei Nächte später brannte der Hof plötzlich lichterloh. Als das Feuer den Hof verzehrt hatte, fand man die verkohlte Leiche des Jungen und den Körper eines Erwachsenen. Es lag nahe, dass es Bernarda war. Allerdings wurde auch eine junge Frau aus der Gegend vermisst, die in diesem Haus als Magd gearbeitet hatte. Ein anderer Nachbar sagte, es wäre der älteste Sohn der Familie, der nur selten in seinem Elternhaus verkehrte. Wie das Feuer ausgebrochen war, wusste niemand zu sagen, doch in meinem Kopf hallten Hydeworths Worte wider.

Ob man Ähnliches auch von Eurem kleinen Gasthof sagen kann?

Ich weiß nicht, ob er wirklich so weit gegangen war, den Hof anzuzünden. Er hatte bekommen, was er wollte. Aber jemand wie Hydeworth begnügte sich nicht mit antiken Skulpturen, wenn er im selben Zuge auch noch eine Familie vernichten und den Mann, der das verhindern wollte, im Gefängnis verrotten lassen konnte.

Ich fragte die Nachbarn, ob es irgendwo eine letzte Ruhestätte für die sterblichen Überreste der Familie gab. Man zeigte mir ein schlichtes Grab auf dem Kirchhof von Portici. Dort stand nur der Familienname, denn niemand konnte mit Gewissheit sagen, wer tatsächlich in dem Haus verbrannt war.

Ich war am Boden zerstört. Tagelang irrte ich durch die Ruinen von Pompeji und die Umgebung, in der Hoffnung, doch noch etwas zu erfahren, was darauf hindeutete, dass Bernarda vielleicht noch am Leben war.

Doch irgendwann musste ich es einsehen. Ich hatte sie verloren.

Nach all den Jahren war Pompeji nun auch für mich zu einem Ort des Todes geworden.

Mein unbändiger Hass auf Hydeworth und seine Freunde ließ meine Lebenskraft schließlich neu erwachen. Ich schaffte es dank der Hilfe freundlicher Menschen, die Rückreise anzutreten. Aber die Geschichte hatte mir mehr zugesetzt, als ich wahrhaben wollte. Ich wurde krank und war nahe daran aufzugeben.

Wenn meine alte Freundin Elisabeth von Kaboreth mir in Bologna nicht geholfen hätte, hätte ich es nicht zurück nach England geschafft.

Sechs Monate später kam ich in London an.

Dort wartete schon der nächste Schlag. Mein Vater war in der Zwischenzeit gestorben. Ich erfuhr, dass es ihm das Herz gebrochen hatte, als er die Geschichte hörte, die Hydeworth in Umlauf gebracht hatte. Sein Sohn, der seinen guten Ruf als *bearleader* hätte weitertragen sollen, hatte seine Schützlinge in derart unverzeihliche Schwierigkeiten gebracht und war in Italien zurückgeblieben, weil er sich in England nicht mehr blicken lassen konnte.

Auch dieser geliebte Mensch war gestorben, ohne die Wahrheit zu kennen.

Ich wusste nicht, was ich tun sollte. Ich hatte keinerlei Vermögen, in meinem Elternhaus lebte mittlerweile meine Tante mit ihrer Familie, und diese ließ keinen Zweifel daran aufkommen, was sie von mir hielt. Überall war ich zum Paria geworden. Ich setzte mir in den Kopf, mich an Hydeworth und den anderen zu rächen, aber es war aussichtslos. Einmal passte ich sie vor ihrem Londoner Club ab, doch ich wurde sofort von Polizisten ergriffen. Das einzig Tröstliche war, dass ich in Hydeworths Gesicht eine gewisse erschrockene Überraschung sah. Kurz darauf erfuhr ich von dem Landschaftsmaler, der uns auf dieser *Grand Tour* begleitet hatte, dass die antiken Statuen mit einem Schiff aus Genua eingetroffen waren und nun die Landsitze der Lords schmückten. Ich flehte den jungen Mann an, die Wahrheit zu erzählen und zu bezeugen, dass ich nichts falsch gemacht hatte. Doch er fürchtete, dass Hydeworth dafür seine Karriere ruinieren würde, was er zweifellos auch getan hätte. Was sollte ich also tun?

Letztendlich war es die reine finanzielle Not, die mich dazu zwang, England den Rücken zu kehren. Ich würde in London keinen Fuß mehr auf den Boden bekommen. Also heuerte ich auf dem nächstbesten Schiff an.

Der Ozean verschaffte mir den Abstand, den meine Seele so dringend brauchte. Bald war ich von meinem Dasein als Seemann so eingenommen, dass die Lords zu kleinen Schemen am Rand meiner Wahrnehmung wurden. Mein Hass verrauchte allmählich. Doch in den Nächten hörte ich Bernardas Stimme, wie sie von Pompeji schwärmte. Die Erinnerung an sie schmerzte viel mehr als mein verletzter Stolz und die erlittene Ungerechtigkeit. Ich hatte mich dem Vergessen überlassen. Doch wenn ich ehrlich zu mir selbst gewesen wäre, hätte ich gespürt, dass ich die Geschichte noch lange nicht losgelassen hatte. Wenn mir Hydeworth zufällig unter die Augen gekommen wäre, ich hätte ihn ohne zu zögern getötet.

Sieben Jahre blieb ich auf dem Meer und in der Ferne. Als ich zurückkam, hatte ich nicht vor zu bleiben. Doch verschiedene Umstände sorgten dafür, dass ich nun an Land ein gutes Auskommen bei schlechten Menschen fand. Mein Äußeres war zwar sehr verändert, aber immer noch erkannten gewisse Leute den einstmals so gefragten *bearleader* Blake Colbert. Immer noch wurde über mich getuschelt, und man wechselte bei meinem Anblick die Straßenseite. Das verbitterte mich, und ich übergab mich der Gewissenlosigkeit der Verbrecherwelt. Von nun an hatte ich nicht länger vor, mich reinzuwaschen. Ich stand auf der anderen Seite der ach so feinen Gesellschaft, die mich fallen gelassen hatte. So verging fast ein Jahr, in dem ich Dinge tat, über die ich nicht sprechen will.

Eines Tages näherte sich mir in der Nähe der Docks von Dover ein Bote, der mir einen Brief übergab. Und was in diesem Brief stand, änderte mein Leben von einer Sekunde zur nächsten.«

47

Blake fasste in die Innentasche seines Kutschermantels, der über dem Stuhl neben dem Bett hing und überreichte Elinda ein gefaltetes Papier. Mit pochendem Herz entfaltete sie den Brief und betrachtete die ungelenke Schrift. Sie hatte Mühe, die schiefen Buchstaben zu entziffern und den Sinn dieser Worte, geschrieben in schlechtem Englisch, zu erfassen.

Mister Colbert, am morgigen 29. April im Jahre unseres Herrn 1789 wird der Handelsschoner Allison im Hafen von Dover einlaufen. Beobachtet die Passagiere. Es werden vier Männer unter ihnen sein, die Ihr kennt. Von Eurer Italienreise im Jahr 1781. Diese Männer werden bald sterben.

Es wird auch ein Passagier namens David Audley erwartet, aber er wird nicht an Bord des Schiffes sein. Haltet die Augen offen nach seiner Familie, die in großer Sorge um ihren Sohn sein wird. Versucht unbedingt und mit allen Mitteln, dem Vater des jungen David Eure Hilfe anzubieten und seinen Sohn zu suchen. Euer Ruf gestattet Euch sicherlich, ein solches Angebot zu machen. Mister Audleys finanzielle Not wird ihn sicher dazu bringen, seine Vorbehalte Euch gegenüber zu vergessen und Euch nach dem Jungen suchen zu lassen. Er wird Euch die Mittel geben, nach Italien zu reisen, nach Pompeji. Dort werdet Ihr Gerechtig-

keit erhalten. Und Antworten auf alle Eure Fragen.
Ein Freund

Elinda ließ den Brief sinken. Blake nahm ihre zitternden Hände in seine. Sie wollte ihn von sich stoßen, doch sie war wie erstarrt. Es kam ihr vor, als würde ihr Verstand durch einen dunklen Schacht unaufhörlich in die Tiefe rauschen. Erneut war sie aus einer vermeintlichen Gewissheit herausgefallen und stürzte in einen Zustand, in dem sie weder die richtigen Worte fand, noch wusste, wie sie angemessen reagieren sollte. Am liebsten wäre sie aus dem schäbigen Zimmer gerannt und an den Strand gelaufen, um dort unten, am Saum des Meeres, laut zu schreien.

Blake war einfühlsam genug, um schweigend abzuwarten, bis sie sich wieder fing. Doch weil Elinda wortlos und zutiefst erschüttert einfach nur dasaß, ergriff er sanft ihre Arme. Erst jetzt fand sie die Kraft, sich der Berührung zu entziehen.

Sie schob sich aus dem Bett und trat ans Fenster, ohne ihn anzusehen.

Am Strand erhitzten Fischer einen Topf mit Pech über einem Feuer und bestrichen eines der Boote. Ein zäher, übelkeiterregender Gestank drang mit der frischen Meeresluft ins Zimmer. Elindas Knie wurden weich. Sie fühlte sich schwach, ausgehöhlt und resigniert.

»Dann hast du mich also die ganze Zeit angelogen?«, wisperte sie.

»Ich habe dich im Unklaren darüber gelassen, was der wahre Grund war, nach deinem Bruder zu suchen«, sagte Blake. »Dennoch darfst du keine Sekunde daran zweifeln, dass ich die Suche nach David ernst nehme.«

Elinda entfuhr ein Schnauben. »Ich denke nicht, dass du das Recht hast, mir zu sagen, woran ich zweifeln soll und woran nicht!«

»Ich verstehe deine Wut«, beteuerte er.

Elinda fuhr herum. »Hydeworth hatte also recht, was deine wahren Motive angeht.«

»Und kannst du, nach der Geschichte, die ich dir gerade erzählt habe, diese Motive wenigstens verstehen, Elinda?«

»Wer sagt mir, ob deine Geschichte nicht eine einzige Lüge ist?«, zischte sie.

»Alles, was ich dir erzählt habe, ist die Wahrheit.«

»Du hast die Sorge meiner Familie um David ausgenutzt! Mein Bruder war nur ein Vorwand für dich, um dein eigenes Rätsel zu lösen.«

Blakes Gesicht war im Laufe seiner Erzählung immer fahler geworden, doch nun wirkte er auf eine grimmige Weise lebendig. Er stemmte sich vom Bett hoch und trat auf Elinda zu.

»Verstehst du nicht das Dilemma, in dem ich mich befinde? Glaubst du, ich hatte vor, mit einer blinden Passagierin, die noch dazu die Schwester dieses Jungen ist, diese schwierige Reise anzutreten? Natürlich habe ich deinen Vater manipuliert! Er war die einzige Möglichkeit, die ich hatte, der Sache auf den Grund zu gehen. Und offensichtlich ahnte oder erwartete dieser Briefschreiber, dass dein Vater so reagieren würde. Glaub mir, Elinda, ich war äußerst misstrauisch. Doch als ich sah, dass Pellingham deinem Vater das Fluchtäfelchen gab – Bernardas Fluchtäfelchen –, da wusste ich, dass dieser Brief eine große Tragweite besitzt.«

Plötzlich wurde Elinda etwas klar, dass ihr während der Lektüre des Briefs nur am Rande ihres Bewusstseins gedämmert war. In einem Anflug von ungläubiger, wütender Hoffnung trat sie auf Blake zu und packte die Kragenaufschläge seines Hemdes. »Dann lebt David? Sag es mir, was weißt du noch, das du mir verschwiegen hast?«

Blake ergriff ihre Handgelenke. »Ich weiß genauso viel wie du, Elinda.«

»Aber Davids Briefe, die er angeblich geschrieben hat ... das würde ja bedeuten, dass sie dazu verwendet wurden, um ...«

»Um ein Rätsel zu kreieren, ja. Wäre dein Bruder einfach nur verschwunden oder gestorben, hätte dein Vater nicht die Anstrengung unternommen, nach ihm suchen zu lassen. Aber die Briefe sind eine Aufforderung, der Sache auf den Grund zu gehen. Und das werde ich auch, ich hatte nie etwas anderes vor. Doch ich weiß, dass die Lösung dieses Geheimnisses gleichzeitig mich betrifft, meine Vergangenheit. Und Bernarda.«

»Du glaubst, dieser ... Brief stammt von ihr?«, stammelte Elinda.

»Ich weiß es nicht. Aber ich wäre ein Narr, wenn ich annehmen würde, das Ganze hätte nichts zu bedeuten. Und ich muss wissen, ob Bernarda noch lebt.«

Elinda ließ sich auf die Bettkante sinken. Blake setzte sich neben sie und sah sie zärtlich und eindringlich an.

»Verstehst du nun, dass ich bisher nicht mit dir darüber sprechen konnte?«

Sie schüttelte matt den Kopf. »Ich verstehe gar nichts mehr. Und ich weiß nicht, was ich denken soll. Was hat es zu bedeuten, dass Davids Reisebegleiter gestorben sind? Wer hat Kenntnis davon, dass du mit ihnen eine Rechnung offen hattest?«

Elinda fühlte sich blass werden, als ihr eine weitere unglaubliche Facette der Geschichte bewusst wurde. »Und Andrew Hydeworth? Das wäre ja ein geradezu unglaublicher Zufall, dass auch er nun …«

Blake schüttelte den Kopf. »Elinda, dass du auf dieser Reise mit dabei bist und dir dein Verlobter nachreisen würde, konnte niemand wissen. Weder ich noch der Absender dieses Briefes. Wir müssen akzeptieren, dass es hier eine Ebene gibt, die wir nicht verstehen. Aber ich werde alles dafür tun, damit wir sie verstehen. Ich werde deinen Bruder finden und befreien. Ich bin davon überzeugt, dass er irgendwo festgehalten wird.«

Elinda sah an ihm vorbei aus dem Fenster. »Was wirst du tun, wenn Bernarda noch lebt?«

Entgegen ihrer Hoffnung, er würde beteuern, dass das zwischen ihnen nichts ändern würde, schwieg Blake.

»Dann gleichen wir also doch Aeneas und Königin Dido«, stellte sie fest. »Unsere Beziehung war nur eine kurze Etappe, während du von deiner wahren Pflicht gerufen wurdest.«

Blake schwieg immer noch. Und Elinda war ihm dankbar, dass er nicht versuchte, sie zu beschwichtigen. Denn er konnte selbst unmöglich wissen, wie er auf ein Wiedersehen mit dieser Frau reagieren würde. Sein Schweigen war das Ehrlichste, was er ihr anbieten konnte.

Nun, da sie den wahren Stand der Dinge erfahren hatte, überkam Elinda eine unendliche Erschöpfung. Ihre Sehnsucht nach dem Sog der Welt, nach Blake, nach dem Heraufdämmern einer schönen Zukunft – all das verschwand vom Horizont ihrer Wünsche. Tränen stiegen ihr in die Augen. Blake zog sie an sich, und sie war zu schwach, um ihn wegzustoßen. Er küsste ihren Kopf und strich über ihre tränennasse Wange. Erfüllt von widerwilliger Dankbarkeit sank sie gegen seine Schulter, durchdrungen von der Ahnung, dass sie zum letzten Mal seine kraftvolle, zärtliche Nähe spürte.

»Elinda, alles, was ich zu dir gesagt habe, habe ich auch so gemeint«, flüsterte er. »Ich will mich von meiner Vergangenheit lösen. Aber dazu muss ich sie verstehen. Erst dann wird es für mich eine Zukunft geben, für uns.«

Wie schön sich das anhörte. *Uns.* Elinda hätte ihm so gerne geglaubt.

»Nichts, was Bernarda tun oder sagen wird, wird etwas daran ändern, wie ich für dich empfinde«, sagte er entschlossen. »Ich bin dir mehr schuldig als ihr, kleine Ausreißerin.«

Elinda schüttelte den Kopf. »Du musst das nicht sagen, um mich zu schonen, Blake. Diese Frau und dich verbindet so viel mehr als uns. Falls sich dieses schreckliche Missverständnis zwischen euch ausräumen lässt, werde ich nicht im Weg sein.«

Blake runzelte die Stirn. »Was kann ich nur tun, um dich von diesem Gedanken abzubringen?«

»Gar nichts. Ich fürchte nämlich, dass nicht du allein das entscheiden wirst.«

48

Als Elinda am nächsten Morgen aufwachte, lag sie zusammengerollt am äußersten Rand des Bettes. Die Nacht war mit aufwühlenden Grübeleien verstrichen, sie hatte kaum geschlafen. Blake so nah zu sein und gleichzeitig auch nicht, zerriss sie innerlich. Doch er hatte ihr den Raum gegeben, sich von ihm zurückzuziehen. Mit steifen Gliedern richtete sie sich auf und sah sich verwirrt im Zimmer um. Blake war nicht da. Doch kurz darauf erschien er und hatte ein Tablett mit Frühstück dabei.

»Bereit für Pompeji?«, fragte er mit einem zurückhaltenden Lächeln.

Elinda schlang die Arme um ihren Oberkörper. »Ich weiß es nicht.«

Mit seinem forschenden Blick sah er sie an. »Geht es dir gut?«

Er schien ihr also anzusehen, wie sie sich fühlte. Das fiebrige Frösteln war zurückgekehrt, die Verletzung am Arm schmerzte immer noch, und der fehlende Schlaf hatte sie ausgehöhlt.

»Es ist nichts«, log sie.

Ihr Inneres hatte sich vor Blake verschlossen. Ohne ihn anzusehen, trank sie den heißen Kaffee und klammerte sich im Geist an ein tröstliches Bild. Bald würde sie mit David in einer Kutsche sitzen und zurück nach England reisen. Ohne Blake. Und so traurig sie diese endgültige Trennung von ihm machen würde, David wiedergefunden zu haben, würde sie diesen Schmerz vergessen lassen.

Kurz darauf fuhr unten die Kutsche vor.

Marconi begrüßte Elinda mit vollkommen ausdruckslosem Gesicht.

»Mister Colbert, wie schön, Euch wieder wohlauf zu sehen«, sagte er. »Seid Ihr sicher, dass Ihr stark genug seid, nach Pompeji aufzubrechen?«

Er hielt die Kutschentür auf, doch Elinda rührte sich nicht. Seine fürsorglichen Worte erschienen ihr wie die reinste Heuchelei, und auf einmal fuhr ein Gedanke durch sie hindurch wie ein Blitz. Schlagartig sah sie die Dinge in einem neuen Licht.

Sie fühlte, wie sie blass wurde. Ihr erster Impuls war es, den schrecklichen Verdacht laut auszusprechen, doch sie schwieg und stieg mit pochendem Herz in die Kutsche.

»Blake, könnte es Marconi gewesen sein?«, fragte sie, sobald die Kutsche anfuhr.

Er sah sie fragend an. »Was meinst du?«

»Der Absender des Briefes? Ist er derjenige, der dich nach Pompeji locken will?«

»Wie kommst du denn auf diesen Gedanken?«

Ihr schwirrte der Kopf auf der Suche nach einer schlüssigen Erklärung.

»Es ist nur so ein Gefühl … Ich meine, kommt es dir nicht auch seltsam vor, dass wir ausgerechnet von einem Neapolitaner kutschiert werden? Was machte Marconi überhaupt in Paris, und wie hat er es geschafft, dass du ihn engagierst?«

»Auf dem zentralen Kutschenmarkt in Paris sind einige Italiener, das ist nicht weiter ungewöhnlich«, sagte Blake. »Seit so viele Engländer und Deutsche nach Italien reisen, wittert man dort gute Verdienstmöglichkeiten. Italienische Kutscher kennen sich aus und können bei Verständigungsproblemen aushelfen. Gerade bei denen, die nicht mit einer eigenen Kutsche reisen, sind sie sehr gefragt.«

»Gut, aber warum genau er?«, bohrte Elinda weiter. »Erinnerst du dich noch, wie er an dich herantrat und wie du mit ihm handelseinig wurdest?«

Blake sah sie verwundert an. »Marconi machte einfach einen patenten Eindruck und war zudem viel günstiger als die anderen.«

»Siehst du? Wusste er vielleicht bereits, dass dein Budget so schmal war, dass du auf den niedrigsten Preis eingehen würdest?«

»Aber warum sollte Marconi so etwas tun?«

Elinda machte eine hilflose Geste. »Sagtest du nicht, dass Bernarda noch einen älteren Bruder hatte, der in Neapel arbeitete und den du nie zu Gesicht bekamst?«

»Das stimmt, aber …«

»Ich weiß, es klingt verrückt«, unterbrach sie ihn. »Aber warum sonst wollte Marconi mich die ganze Zeit dazu überreden, umzukehren? Er wollte mich nicht nur aus moralischen Gründen loswerden, auch wenn diese Erwägung seine wahren Absichten gut verschleierte.«

Blake nickte, doch er wirkte alles andere als überzeugt.

»Warum sollte er diesen ganzen Aufwand betreiben? Woher sollte Marconi das Geld haben, um nach Paris zu reisen und mich dort abzupassen? In wessen Auftrag?«

Elinda lag es auf der Zunge, doch es erschien ihr mit

einem Mal vollkommen absurd, den Gedanken auszusprechen. Und dennoch spürte sie, dass da etwas war, etwas
Unbegreifliches am Rand ihres Bewusstseins.

Ein Blick aus dem Fenster scheuchte ihre Gedanken jedoch wieder aus den finsteren Ecken heraus, in denen sie
sich verfangen hatten. Die Gegend, durch die sie kamen,
war unaussprechlich schön, daran konnten selbst die dunkelgrauen Wolken, die an diesem Tag über dem Golf hingen, nichts ändern.

Blake schien dankbar für jeden Anlass, das Gespräch in
eine andere Richtung zu lenken. Er machte sie auf die jüngs-
ten Spuren des Vesuvs aufmerksam, der in den letzten Jahren immer wieder ausgebrochen war. Sie kamen an verwüsteten Dörfern, Bauernhöfen und verbrannten Weinbergen
vorüber. Doch zwischen den Zeugen der letzten Verheerung
stand eine so üppige Natur, als wollte sie den Menschen zu-
rufen: Seht her, dieser Vulkan zerstört nicht nur, er schenkt
diesem Landstrich eine Fruchtbarkeit, mit der es nicht einmal der Garten Eden aufnehmen kann. Sanft aufsteigende
Hügel überblickten die Bucht von Neapel. Im ruhigen Meer
lagen die Inseln Capri und Ischia. Ein paar verirrte Sonnenstrahlen umschmeichelten die Küste Sorrents und bildeten
einen merkwürdigen Kontrast zu den finsteren Wolken-
bergen, als wäre die ganze Gegend eingeklemmt zwischen
zwei entgegengesetzten Mächten. Selbst hier mitten auf
dem Land durchmischte eine frische Meeresbrise den Duft
von Myrthen und Orangenblüten. Den Weg säumten Stein-
eichen, Pinien und Zypressen, und dazwischen hingen
Weinranken wie Girlanden für das ewige Fest, das die Natur
hier gab. Elinda schmerzte es, dass die Schönheit ringsum
nicht bis in ihr Inneres vordringen konnte.

Nach eineinhalbstündiger Fahrt waren sie endlich am Ziel.

Sie bemerkte zuerst gar nicht, dass Pompeji vor ihr lag.

Dieser verrußte Haufen unregelmäßiger Ziegelwände sollte der Ort ihrer Sehnsucht sein?

Plötzlich löste sich von den Stadtmauern eine große Gruppe Männer und strebte auf die Kutsche zu. Es waren gewiss zwanzig *ciceroni*, die sich an diesem düsteren Tag um jeden Besucher rissen, den sie durch die Ruinen führen konnten. Auf dem Platz warteten nur noch zwei weitere Kutschen. Bei den drohenden Wolken war ein Ausflug nach Pompeji nicht die beste Idee.

Marconi war vom Kutschbock gesprungen und öffnete die Tür.

Sein Anblick löste in Elinda einen solchen Widerwillen aus, dass sie ihn am liebsten zur Seite gestoßen hätte. Dummerweise bemerkte Marconi den kurzen Moment der Schwäche, der sich ihrer beim Aussteigen bemächtigte. Als sie sich aufrichtete, taumelte sie. Marconi griff nach ihrem Ellbogen, und plötzlich erschien auf seinem Gesicht wieder dieser übertrieben fürsorgliche Ausdruck, der sich schon während der gesamten Reise mit seinen unheilschwangeren Andeutungen und seiner offenen Abneigung gegen Elinda abgewechselt hatte.

»Ist Euch nicht wohl, Miss Audley?«

Sie machte sich ruckartig los. »Es ist alles in Ordnung.«

»Wohl kaum. Ihr seid ganz grün im Gesicht.«

»Kümmert Euch um Eure eigenen Belange«, zischte sie, nicht sicher, ob er sie im Stimmengewirr ringsum verstehen konnte. Die Männer wedelten mit Zertifikaten, die sie als geeignete *ciceroni* auswiesen, und drängten einander zur Seite, um den Neuankömmlingen ihre Dienste anzubieten.

»Miss Audley, solange Ihr hier seid, seid Ihr einer dieser Belange.«

Marconi machte keine Anstalten, die Männer beiseitezudrängen.

»Ja, wie schade, dass Euer Versuch, mich meinem Verlobten auszuliefern, nicht funktioniert hat«, höhnte Elinda.

Marconi verneigte sich gespielt friedfertig vor ihr. »Ihr könnt dennoch ganz beruhigt sein. Wenn es Euch nicht gut geht, kann ich rasch für Abhilfe sorgen.«

»Ach ja?« Elinda starrte ihn herausfordernd an. »Wo denn? Bei dieser ominösen Heilerin, die Ihr schon Mister Colbert empfohlen habt? Warum sagt ihr nicht einfach, dass sie Eure Schwester Bernarda ist?«

Blake griff nach ihrer Hand und drückte sie warnend. »Elinda, was soll das denn?«

Doch Elinda achtete nur auf Marconis Reaktion. Mit irgendetwas musste er sich doch verraten! Plötzlich stand es ihr glasklar vor Augen, und sie verstand nicht, warum Blake es nicht ebenso deutlich sah.

»Wie soll es denn anders sein? Wer sonst außer Bernarda kann diesen rätselhaften Brief geschrieben haben? Und dann ein Kutscher, der aus dieser Gegend stammt und noch dazu über die Maßen besorgt ist um das Leben seines Auftraggebers. Warum?« Sie sah Marconi herausfordernd an. »Ihr habt Mister Colbert nach dem Duell mit meinem Verlobten nicht aus Mitgefühl beigestanden, Signore Marconi! Ihr hattet ein schlechtes Gewissen, weil der Zusammenstoß mit dem Earl, an den Ihr mich loswerden wolltet, Mister Colbert fast getötet hätte. Doch Ihr solltet ihn lebend bei

Bernarda abliefern, damit sie sich an ihm rächen kann. War es nicht so?«

Der Kutscher hob nur seufzend die Augenbrauen. »Ihr seid nicht ganz bei Sinnen, Miss Audley. Das ist nun wahrlich nichts Neues.«

»Dass Ihr es so aussehen lassen wollt, ist ebenfalls nichts Neues!«, hielt sie dagegen. »Ihr dachtet, Ihr könnt mich mit eurem Schmierentheater an meinem Verstand zweifeln lassen. Die finsteren Gestalten in Venedig und Florenz. Ihr steckt dahinter!«

»Ihr wärt nicht das erste Frauenzimmer, das auf einer langen Reise dem Irrsinn verfällt.«

Elinda wollte etwas erwidern, doch mit einem Mal fühlte sie sich entblößt und entsetzlich verwundbar. Was, wenn ihre Verdächtigungen absolut haltlos waren, so wie ihre Überzeugung, dass irgendeine unheimliche Macht des nachts David auf ihre Bilder malte? Wenn sie sich in ihrer Unfähigkeit, Antworten auf dieses Rätsel zu finden, in Wahnbilder flüchtete? Aber was steckte sonst hinter den unheimlichen Ereignissen, wenn nicht ein undurchschaubarer Plan, dessen Handlanger Marconi war?

»Marconi, Ihr könnt Euch entfernen«, sagte Blake plötzlich in seiner ruhigen Bestimmtheit. »Wir brauchen Euch nicht länger.«

»Mister Colbert?« Marconi sah Blake ungläubig an.

»Ihr habt mich richtig verstanden. Wir sind sehr dankbar für Eure Dienste, aber sie werden ab sofort nicht weiter benötigt.«

Der Kutscher presste die Lippen zusammen und warf einen vernichtenden Blick auf Elinda. »Hat sie Euch das eingeredet? Dass Ihr mich nicht mehr benötigt?«

»Ich habe Euch bezahlt, damit Ihr mich nach Neapel fahrt, und das habt Ihr getan. Wie wir von hier aus weiterkommen, muss nicht Eure Sorge sein. Habt Dank für Eure Begleitung und Gottes Segen für Eure Zukunft.«

Mit einem knappen Lächeln gab Blake ihm die Hand und überreichte ihm noch einige Münzen. Etwas an Marconis Reaktion irritierte Elinda. Der Kutscher war blass geworden und schien fieberhaft zu überlegen, wie er Blake noch einmal umstimmen könnte. Doch Blake deutete nur eine kleine Verbeugung an, nahm Elindas Arm und strebte in Richtung des Stadttores. Sie drehten sich nicht mehr nach ihm um.

Sofort wurden sie von zahlreichen Fremdenführern umringt. Blake bahnte sich seinen Weg bis vor das Stabianer Tor, durch das man Pompeji im Süden betreten konnte, und hob einige Münzen über den Kopf.

»Wer von Euch guten Leuten kann mir sagen, ob im vergangenen November vier englische *milordi* und ein sehr junger Mann hier waren? Der Junge hatte rötliches Haar wie sie.« Blake deutete auf Elinda. »Und er trug ein hellblaues Halstuch. Hat jemand diese Gruppe gesehen? Und wenn ja, war etwas an ihnen auffällig? Gab es hier irgendwelche Zwischenfälle, irgendetwas Ungewöhnliches?«

Sofort begann die Menge durcheinander zu schreien. Die Männer stießen sich gegenseitig an, berieten untereinander, und jeder wusste irgendetwas zu berichten. Es war schnell klar, dass sie einander mit Lügen überbieten wollten, als würden die Münzen nur an denjenigen gehen, der die haarsträubendste Geschichte wusste. Irgendwann ließ Blake die Hand entnervt sinken, verteilte die Münzen wahllos an die am nächsten stehenden Männer und nutzte das Durcheinander, um Elinda zum Eingang zu bugsieren.

Einer der Wachsoldaten, der am Stabianer Tor stand, hielt Blake zurück.

»Ich wüsste ja, mit wem ihr sprechen solltet. Hier gibt es jemanden, der so einiges mitbekommt.«

Der Soldat hielt Blake die geöffnete Hand hin und bewegte betont genussvoll seinen Kautabak im Mund hin und her.

Seufzend trat Blake auch an ihn eine Münze ab. »Nun?«

»In der Diomedes-Villa, in der Nähe des Herkulaner Tors. Da findet Ihr den verrückten Alten, der glaubt, er wäre ein wiedergeborener Priester der Isis.«

Elinda runzelte die Stirn. »Warum ist er dann nicht im Tempel der Isis zu finden?«

»Weil er von da immer weggejagt wird.« Der Soldat schnalzte missbilligend mit der Zunge. »Der Tempel hat die größte Anziehung, da kommt es nicht gut an, wenn da ein zerlumpter Kerl herumlungert, der meint, er wäre mit den alten Göttern im Bunde. Gerade sitzen am Isis-Tempel zwei Künstler und malen, die sollen nicht gestört werden.« Und mit einem Blick zum immer dunkler werdenden Himmel: »Aber nicht mehr lange.«

»Wenn der Mann verrückt ist, warum ratet Ihr uns dann, mit ihm zu sprechen?«, wollte Blake wissen.

Der Soldat spuckte Kautabak aus. »Ich habe nur gesagt, dass der Alte viel mitbekommt, weil er immer hier ist. Und wegjagen kann man den nicht. Er findet immer irgendwo ein Schlupfloch.« Er lachte. »Vielleicht zeigen ihm ja die alten Götter, wie er sich hier immer wieder reinschleichen kann.«

»Danke für den Ratschlag«, sagte Blake und bedeutete Elinda weiterzugehen.

Auf der anderen Seite des Tors empfing sie ein säulen-umstandenes Geviert.

Elinda war verwirrt. »Was sollte das mit Marconi? Warum hast du ihn so unvermittelt entlassen?«

Ein unwilliger Ausdruck huschte über Blakes Gesicht. »Es war die einfachste Art, herauszufinden, ob deine Verdächtigungen zutreffen, Elinda. Wenn er etwas mit Davids Verschwinden zu tun hat, muss er langsam aus der Deckung kommen, oder nicht? Ich dachte, ich beschleunige das Ganze, in dem ich ihn entlasse, was ich allerdings ohnehin bald getan hätte. Falls er etwas vorhat, ist jetzt er am Zug.«

Elinda nickte. Sie war dankbar, dass Blake sie offenbar nicht für verrückt hielt. Sie wollte noch etwas sagen, aber plötzlich wurde ihr bewusst, wo sie sich befand.

Beim Anblick der uralten Säulen blieb ihr vor Erstaunen der Mund offen.

Blake reichte ihr lächelnd seinen Arm. »Na endlich. Willkommen in Pompeji.«

49

»Das Waffenarsenal der Kaserne«, erklärte Blake und machte sie beiläufig auf einige Namen aufmerksam, die in die
Säulen eingraviert waren. »Wahrscheinlich sind das die
Namen der Soldaten, die hier einquartiert waren. Als man
ihre Skelette fand, trugen sie Helme und Harnische. Sie
arbeiteten wohl für die Marine, denn man entdeckte auf
den Rüstungen Delphine, Dreizacke und …«

»Blake, bitte«, Elinda sah ihn eindringlich an. »Du musst
mir das nicht alles erklären.«

»Warum?«, fragte er. »Weißt du das etwa alles schon?«

»Nein. Aber ich sehe dir doch an, wie sehr du gerade mit
dir ringst. Dieser Ort hier steckt voller schmerzhafter Erinnerungen für dich. Ich will nicht, dass du hier den Antiken-
führer für mich spielst.«

»Wenn aber genau das mir nun Freude macht, um diese
schmerzhaften Erinnerungen zu vertreiben?« Blake sah sie
mit zärtlichem Protest an. »Seit Wochen stelle ich mir dein
Gesicht vor, wenn du zum ersten Mal pompejanischen
Boden betrittst. Was ist mein alter Schmerz an diesem Ort
gegen dein Staunen?«

Elinda seufzte. »Wenn das so ist, musst du dir aber als
Führer ein bisschen mehr Mühe geben.«

Blake räusperte sich. »Ich bin etwas aus der Übung, stimmt. Also gut ...«

Er geleitete sie ein Stück weiter zu den Resten eines Tempels und eines Altars ganz in der Nähe der Kaserne. In den anschließenden Gemächern bestand der Boden aus filigranen Mosaikornamenten. Hingerissen ging Elinda in die Hocke und berührte die zarten Einlegearbeiten, die erstaunlich gut erhalten waren.

»Viele dieser alten Mosaikböden wurden herausgebrochen und ins Museum nach Portici geschafft«, erklärte er ihr. »Doch zum Glück besaßen die königlichen Ausgräber genügend Weitsicht, zumindest einige von ihnen vor Ort zu lassen, damit man sich einen Eindruck von der einstigen Ausstattung machen kann. Damit du dich daran erfreuen kannst.«

Sie war am Ort ihrer größten Sehnsucht. Und die tragische Schönheit Pompejis drängte alles andere in den Hintergrund, auch die Sorgen und Ungewissheiten. Zumindest für die kurze Zeit, die sie zwischen den uralten Mauern verbringen würde, wollte Elinda sich ganz und gar auf das Wunder dieser Stadt einlassen, die nach so vielen Jahrhunderten aus dem Todesschatten gelöst wurde, unter dem sie einst versunken war.

Doch so faszinierend es war, das antike Stadtleben nachzuempfinden, schien gerade dieser Todesschatten ihnen unweigerlich zu folgen. Wo auch immer sie hinkamen, stand Elinda ein schmerzhaft realistisches Bild der Menschen vor Augen, die an diesen Orten gestorben waren. Vielleicht hätte ich mich zuvor nicht so eingehend mit diesem Ort beschäftigen dürfen, dachte sie. Denn obwohl Blake nicht darauf einging, wusste sie doch aus ihrer umfangreichen Lektüre, dass in einem unterirdischen Raum das Skelett einer Wäscherin neben einem Waschkessel gefunden worden war, vom glühenden Atem des Vulkans überrascht. Dass auf einem der Altäre des anmutigen Isis-Tempels die Gebeine eines unversehrten Opfertieres gefunden worden waren, weil die Opferung vom panischen Aufbruch der Priester verhindert wurde, als der unablässige Ascheregen ihnen klargemacht haben musste, dass es nun zu spät war, die Götter anzurufen. Und dass unter den Säulengängen die unzähligen dort Schutz Suchenden von den herabstürzenden Dächern erschlagen worden waren, weil der herabfallende Steinhagel zu schwer geworden war.

Elinda versuchte die traurigen Bilder zu vertreiben, doch es waren gerade die Zeichen des alltäglichen Lebens – das große, erst zur Hälfte ausgegrabene Theater, die Trittsteine und Wagenrillen der Straßen, die Einritzungen und Bildchen im Putz der Häuser –, die unaufhörlich von der schrecklichen Katastrophe flüsterten, die das Leben in Pompeji ausgelöscht hatte.

Was Elindas Fantasie besonders unheilvoll reizte, war der Anblick des dunkelgrauen Vulkanstaubs auf dem Boden. Bei jedem Schritt stob diese Substanz aus ihren Albträumen in kleinen Schwaden auf, als wollte sie Elinda daran erinnern, nach ihrem Bruder Ausschau zu halten.

Vor dem Isis-Tempel saßen zwei Landschaftsmaler mit ihren Begleitern und zeichneten die zierlichen Säulen, die kleinen Kapellen und Nischen. Immer wieder wanderten ihre Blicke besorgt zum Himmel, wo ein aufziehendes Gewitter das Licht verdunkelte. Sie schienen in den schweren Wolken jedoch keine Vorboten eines Unwetters zu sehen, sondern einen bevorstehenden Ausbruch des unberechenbaren Vulkans in ihrem Rücken. Als ein ferner Donner grollte, brach eine übertriebene Hast zum Aufbruch aus.

»Wir sollten uns beeilen«, sagte Blake, »damit wir es noch zur Diomedes-Villa schaffen. Es gibt dort genug überdachte Räume, wo wir den Regen abwarten können.«

Noch am vergangenen Tag hätte Elinda die Vorstellung, allein mit Blake vor einem Gewitter in eine antike Villa zu flüchten, mit aufgeregter Freude erfüllt. Jetzt empfand sie nur eine abwartende Beklommenheit. Als schwere Tropfen den schwarzen Staub zu ihren Füßen aufwarfen, hasteten sie die Hauptstraße entlang in Richtung des Stadttores, durch das früher der Weg nach Herculaneum geführt hatte.

Die Ausfallstraße wurde von Mausoleen und Kolumbarien gesäumt, in denen in der Antike die Urnen der wohlhabenden Familien aufbewahrt wurden, deren Reichtum sich allen Fremden bereits beim Betreten Pompejis präsentierte. Viele der Totenhäuschen waren in einem bedauernswerten Zustand, Marmorfassaden waren abgeschlagen worden, sodass sich beim Anblick der nackten Ziegel die Frage aufdrängte, was alle Pracht und Schönheit vor dem Mahlstrom der Zeit letztendlich bedeutete.

Ein scharfer Windstoß fuhr zwischen die Zweige der Pinien, und auf einmal lag über dem kleinen Friedhof ein hohes Säuseln, wie der Klagegesang einer Frau. Unvermittelt wurde der Regen stärker, und ein Blitz zerriss den ansonsten wohl so malerischen Anblick, den man bei der Gräberstraße über den Golf von Neapel hatte. Donner grollte, und die beiden Wachsoldaten am Eingang der Villa flüchteten ins Innere.

Gleich hinter dem erhöht liegenden Eingang lag ein kleines Peristyl, das der Regen binnen kürzester Zeit in eine schlammige Fläche verwandelte. Die Soldaten waren in einem der angrenzenden Räume verschwunden.

»Hier befanden sich früher der Küchentrakt und die Baderäume. Aber der verrückte Alte, den wir suchen, wird sich sicherlich nicht hier aufhalten.« Blake deutete auf die Treppe, die ins Erdgeschoss führte.

Elinda hatte sich unzählige Male ausgemalt, wie es wohl wäre, das riesige zweite Peristyl vor sich zu haben, das sich auf der unteren Ebene öffnete und von dessen eleganter Weite jeder, der es sah, begeistert schwärmte. Die freie Fläche war auf jeder Seite von siebzehn Pfeilern umgeben, im Innern des Gartens ragten weitere Säulen wie die Überbleibsel eines Tempels auf. Doch es war kein Tempel, sondern ein sogenanntes Sommer-Triclinium, ein Speiseplatz an der frischen Luft. Davor lag ein großes, tiefes Bassin, in dem sich nun der Regen sammelte. In einem der angrenzenden Räume geschützt, betrachtete Elinda dieses einst so idyllische Herz der Villa, das nun hinter einem gräulichen Schleier lag.

»Kannst du dir vorstellen, was für ein herrlicher Ort das einmal war?«, fragte Blake leise. Elinda sah durch den dichten Regen und lud ihre Fantasie ein, ihr das ursprüngliche Aussehen der Villa zu zeigen.

Plötzlich sah sie es ganz deutlich vor sich. »Hier wuchsen einmal üppige Hecken, die ein Gärtner zu fantastischen Formen geschnitten hat«, sagte sie. »Es gab Feigenbäume, Weinranken, Mandelbäume und Lilien. Zwischen den Säulen hingen bestimmt diese kleinen, runden Marmorscheiben mit Bildern von Dionysos, sie schwankten leise im Wind, um böse Geister abzuwehren.«

Blake nahm einen tiefen Atemzug von der Regenluft.

»Ich stelle mir die Gastmähler vor, die hier abgehalten wurden, bis spät in die Nacht. Draußen zwischen den Gräbern konnte man die Flötenspieler hören.«

»Und es gab Pfauen.« Elinda schloss die Augen, als ein weiterer Blitz den Himmel zerriss. »Sie stolzierten durch den Arkadengang, als wären sie die Hausherren, und ihre Schwanzfedern erzeugten auf dem Marmorboden ein leises Rascheln. An heißen Tagen beneideten die Bewohner die bunten Fische, die sich in dem großen Becken tummelten. Bestimmt gab es sogar Seerosen und Papyrus aus Ägypten.«

Der nächste Donnerschlag war so laut, dass sie zusammenzuckte. Sanft legte Blake seine Hand zwischen ihre Schulterblätter.

»Hier draußen war die Welt ganz weit weg.« Seine Stimme hatte einen nachdenklichen Klang angenommen. »Man hörte das Treiben der Stadt nicht. Manchmal kreisten Möwen über dem Haus, und nachts konnte man das Meer riechen.«

»Und wenn die Sonne unterging und die Lampen angezündet wurden, nahmen die bunten Fresken auf einmal Farbtöne an, die man nur sah, wenn ringsum alles dunkel wurde«, stellte Elinda sich vor. Eine träumerische Stimmung hatte sich ihrer bemächtigt, die gar nicht zu der aufgewühlten Atmosphäre ringsum passte.

Mit einem Mal kroch ihr aus den Schatten der leeren Räume eine solche Schwermut entgegen, dass sie den Atem anhielt, um nicht aufzuschluchzen. Ein Gefühl von Enttäuschung und Trauer schnürte ihr den Hals zu.

Blake schien ihre düstere Stimmung zu bemerken und wollte etwas sagen, doch sein Blick blieb an etwas in ihrem Rücken hängen.

»Da … da ist er.«

Elinda wirbelte herum. Im großen Raum gleich hinter dem Arkadengang hob sich eine Gestalt von der Dunkelheit ab. Der Mann kauerte in einer Ecke und sah ihnen wachsam entgegen. Beherzt trat Blake auf ihn zu. Elinda folgte ihm zögerlich. Plötzlich hatte sie das merkwürdige Gefühl, einen unirdischen Bereich zu betreten, der mehr mit ihren Albträumen zu tun hatte als mit der Wirklichkeit.

Vor dem Mann lagen in einem Halbkreis Dinge, wie die Utensilien zu einem Ritual. Kräuter, Steine, Scherben, ein Kerzenstummel und einige kleine Knochen. Und als wollte er die Soldaten ein Stockwerk über ihm zum Narren halten, stand da auch eine offensichtlich antike Miniatur aus Bronze, die wohl aus einer der pompejanischen Ruinen stammte.

»*Salvete*«, sagte der Mann. Seine Stimme war ein leises Kratzen zwischen den nackten Wänden.

»*Salve.*« Blake ging vor dem Alten in die Hocke und betrachtete das Sammelsurium.

Elinda beobachtete den Mann mit einer Mischung aus Scheu und Faszination. Er trug ein zerlumptes Gewand, das vielleicht ein Bettler zur Zeit des römischen Reichs getragen hätte, aber niemand, der ihrer Zeit entstammte. Seltsamerweise war er sorgfältig rasiert, doch sein Haar war zottelig und verfilzt. Er war barfuß und verströmte einen rauchigen Geruch. Auf einmal hatte Elinda den überwältigenden Eindruck, dass dieser Mensch aus einer längst vergangenen Zeit kam. Sie konnte ein Schaudern nicht unterdrücken und ermahnte sich, den Alten nüchtern zu betrachten.

Ein schlagartiges Licht erhellte seine kauernde Gestalt,

als ein weiterer Blitz vom Himmel zuckte. Der nächste Donner ließ schon länger auf sich warten, dröhnte in der Ruine der Villa jedoch so laut, dass Elinda den Kopf einzog.

»*Quid ad me?*«, schnarrte der Mann nun. *Was führt euch zu mir?*

Dass er sie auf Lateinisch ansprach, verstärkte Elindas Gefühl, es hier mit einem Geschöpf der Antike zu tun zu haben.

»*Potesne nos iuvare?*«, fragte sie. *Kannst du uns helfen?*

Der Mann vollführte eine rätselhafte Geste über den ausgebreiteten Utensilien. »*Solum dei iuvare.*«

»Nur die Götter können helfen.« Blake nickte und fragte den Mann in perfektem Latein, ob er die vier Lords und David im vergangenen November gesehen hatte. Der Alte legte den Kopf schief, und ein ahnungsvolles Grinsen erschien auf seinem Gesicht. Er nickte wissend. »*Prudentia potentia est.*«

»Dann sag uns bitte, worin die Macht deines Wissens besteht!«, forderte Elinda ihn auf. »Mein Bruder hat die gleiche Haarfarbe wie ich.« Sie deutete auf ihr rötliches Haar. »Er ist hier irgendwo verschwunden und nicht mehr nach Hause zurückgekehrt. Wir sind auf der Suche nach ihm.«

Wieder nickte der Alte wissend. »*Quaere et invenies.*«

Blake runzelte die Stirn. »Ich fürchte, du irrst dich. Nicht jeder, der sucht, findet auch.«

»Uns wurde gesagt, dass du über alles Bescheid weißt, was hier in Pompeji vor sich geht«, drängte Elinda. »Mein Bruder war möglicherweise krank, als er hier war.«

Der Alte gab sich den Anschein, angestrengt nachzudenken. Dann lächelte er Elinda zahnlos an und breitete die Arme aus. »*Caritas omnia potest.*« *Liebe vermag alles.*

Sie schüttelte den Kopf und warf Blake einen hilflosen Blick zu.

Er kramte einige Münzen aus seiner Tasche. Doch der Alte schien an dem Geld nicht interessiert zu sein. Wieder umspielten seine Hände beschwörend die kleine Statue, sein Blick wanderte unheilvoll in Richtung Garten, wo der Regen unvermindert kräftig vom Himmel fiel. »*Carpe diem.*«

Elinda stieß ein entnervtes Schnauben aus. »Das ist doch zwecklos. Der Kerl wirft mit lateinischen Allerweltszitaten um sich, mehr nicht. Er weiß nichts.«

Blake nickte unwillig. Doch im nächsten Moment ruckte der Kopf des Alten hoch, und ein neuer Ausdruck erschien auf seinem Gesicht.

»Es gibt nur einen Ort, an dem Euer Junge sein kann«, sagte er in ganz gewöhnlichem Italienisch. Kaum hatte er die lateinischen Phrasen eingestellt, fiel auch seine altertümliche Aura in sich zusammen. Jetzt war er nur noch ein seltsamer Kauz.

»Und wo?«, drängte Elinda. »Und erzähl uns keine Märchen.«

Insgeheim hatte sie jedoch bereits jede Hoffnung aufgegeben, etwas Hilfreiches von dem Alten zu erfahren. Der Mann schielte in Richtung Decke, als hätte er Angst, dass die Soldaten ihn belauschen könnten.

»Die Hexe vom Vesuv hat ihn sich geholt.«

Verärgert wandte Elinda sich ab. Wie hatte sie auch glauben können, dass ein zwischen Ruinen hausender Wichtigtuer ihr sagen könnte, wo David war? Doch als der Mann weitersprach, ließ etwas in seiner Stimme sie wieder herumfahren.

»Sie wohnt hier in der Gegend. Eine mächtige Heilerin. Alle, denen kein Arzt mehr helfen kann, gehen zu ihr.«

Blake warf Elinda einen vielsagenden Blick zu.

»Wo finden wir diese Frau?«

»Oh, Ihr findet sie nicht. Sie findet Euch.«

»Wenn sie so bekannt ist, muss es möglich sein, sie zu finden«, widersprach Elinda.

Der Alte wiegte den Kopf. »Seid Ihr sicher, dass Ihr Euch in die Nähe dieses Weibes begeben wollt?«

»Hast du nicht gerade gesagt, dass sie sich den Jungen geholt hat, diese Hexe vom Vesuv?«, fragte Blake streng. »Was soll das bedeuten? Was weißt du?«

Er hielt dem Mann die Münzen nun direkt vor die Nase, doch kein gieriges Glitzern erschien in dessen Augen. Zu Elindas Erstaunen war sein Blick nun frei von jeder Zweideutigkeit. Er wischte Blakes Hand beiseite, als wäre sein Angebot eine Beleidigung. Ein weiteres Donnern vibrierte in der Ferne. Der schwächer werdende Regen umhüllte die Ruine mit sanftem Rauschen.

»Der Junge war im November hier. Zusammen mit vier feinen *milordi*. Und die waren nicht besonders nett zu ihm, das habe ich genau gesehen.«

Elinda hatte es befürchtet. »Was hast du gesehen?«

»Na, dem Jungen ging's schlecht. Der hatte das Sumpffieber, ganz bestimmt. Aber er hat sich zusammengerissen, weil er den anderen nicht zur Last fallen wollte. Er musste sich immer wieder hinsetzen, aber diese Männer waren ungeduldig mit ihm und haben ihn weitergetrieben.«

Elinda presste die Lippen zusammen.

»Und da hast du ihnen geraten, David zu dieser Heilerin zu bringen?«, fragte Blake.

Der Mann nickte. Seine Hände spielten mit den Kräuterbündeln, und plötzlich schlich sich in seinen Blick wieder etwas Irrlichterndes.

»Diese Frau ist mit den Göttern der Unterwelt im Bunde. Sie hat Macht. Manchmal sieht man sie, wie sie durch die Ruinen läuft und mit ihnen spricht. Vor allem mit Isis, die die Toten erwecken kann. Sie heilt die Menschen. Aber von ihr geht auch etwas Böses aus. Etwas, das nicht von dieser Welt ist.«

»Und was genau sollte das sein?«, fragte Elinda unwirsch.

»Es heißt, dass sie die Leute bestraft, die Dinge aus diesen Ruinen mitnehmen.«

Blake blieb unbeeindruckt. »Das tun doch schon die Soldaten des Königs.«

»Die Soldaten des Königs sehen nicht alles, hören nicht alles. Aber die Hexe vom Vesuv, sie hat ihre Augen und Ohren überall.«

»Und woher weißt du, ob die *milordi* meinen Bruder zu ihr brachten?« Elinda wurde immer ungeduldiger.

Der Mann heftete seinen Blick auf sie, und für einige Sekunden lag in seinen Augen eine bezwingende Klarheit. »Weil sie ihn loswerden wollten.«

Blake trat näher an den Mann heran. »Wie hast du das erkannt?«

»Sie waren zu ihm wie zu einem Hund, den man nicht länger füttern will. Diese Männer lachten, als ich ihnen sagte, dass die Hexe vom Vesuv den Jungen heilen könnte. Sie packten den Jungen unter den Armen und sagten zu ihm etwas wie – komm mit, Bengel, das probieren wir jetzt einmal aus.«

Elinda wich das Blut aus dem Gesicht. »Du meinst, sie

machten sich einen Spaß daraus, ihn zu dieser Frau zu bringen?«

Der Mann nickte. »Wer weiß, vielleicht hat er's nicht bereuen müssen.«

»Wie sieht diese Frau aus?«, fragte Blake gepresst.

»Sie ist immer verschleiert, wenn man sie sieht. Aber
man sagt sich, dass ihr Gesicht von schrecklichen Narben
entstellt ist. So, als hätte sie zu lange in den Vulkan ge-
starrt ...«

50

Der Regen war zwischen den Pflastersteinen abgeflossen und in der antiken Kanalisation versickert. Als Elinda neben Blake zurück auf die Via dei Sepolcri trat, fiel nur noch ein schwacher Nieselregen. Seit sie den seltsamen Alten verlassen hatten, stürzten in ihrem Kopf die Gedanken übereinander. Ihr war schwindelig, und ihre Knie fühlten sich an wie Pappe. Sie kannte dieses Gefühl von früher, wenn sie den halben Tag lang nichts gegessen und stattdessen mit David im Garten ihren archäologischen Spielen nachgegangen war. Dieses nicht unangenehme flattrige Gefühl überall in ihrem Körper, eine Schwäche, die man ignorieren konnte, weil man umgeben war von faszinierenden Ablenkungen. Und auch hier, zwischen den Ruinen von Pompeji, beachtete Elinda dieses Gefühl nicht weiter.

»Sie ist es, nicht wahr?« Elinda sah Blake an. »Diese Frau, die Hexe vom Vesuv, wie sie genannt wird. Das kann doch nur Bernarda sein, oder? Wenn sie diesen Brand überlebt hat, dann sicher nicht ohne furchtbare Verletzungen. Es könnte erklären, dass sie nur verschleiert umherläuft. Außerdem ist es nun schon das zweite Mal, dass jemand von dieser ominösen Heilerin spricht.«

Blakes am Morgen wieder fast gesunde Gesichtsfarbe war erneut einer tiefen Blässe gewichen. In seinem Blick sammelten sich Verwirrung, Schmerz und beinahe etwas wie Furcht, was Elinda noch nie an ihm gesehen hatte. Doch dann fing er sich wieder, hob den Kopf und starrte in die Ferne, dort, wo der Vesuv sich schwarz in den milchigen Himmel erhob, als wollte er einem alten Feind die Stirn bieten.

»Ich befürchte, es ist so, wie du sagst. Auch wenn ich es nicht glauben will.«

Elinda hatte keinen Blick mehr für die antiken Häuser, die sich nun wieder zu beiden Seiten der Straße erstreckten. »Wir müssen sie finden. Und wir sollten uns nicht verrückt machen lassen! Wer weiß, was dieser Kerl da zusammengefaselt hat.«

»Als wir eben noch in der Villa waren, warst aber auch du versucht, ihm zu glauben«, erinnerte er sie.

»Die uralten dunklen Räume, das Gewitter, das lateinische Brimborium!« Sie rang sich ein leichtherziges Lachen ab. »Ich will nicht darauf hereinfallen, wenn meine Fantasie daraus ein unheilvolles Szenario webt.«

Blake lächelte matt. »Immer ganz die rationale Engländerin, was?«

»Wir fragen andere Leute, ob sie etwas über diese Frau gehört haben und wo man sie findet«, beschloss sie. »Und dann statten wir ihr einen Besuch ab. Ich weigere mich, auch nur daran zu denken, dass sie meinen Bruder bei sich hat, solange ich es nicht mit eigenen Augen sehe. Und vor allem weigere ich mich zu glauben, dass sie mit den Göttern der Unterwelt im Bunde ist.«

»Du merkst sicherlich selbst, dass das Ganze unangenehm passend klingt, oder?« Blake strahlte mit einem Mal etwas verwirrend Kleinmütiges aus. »Wenn diese Frau Bernarda ist, dann …«

»Sieh mal!«, unterbrach Elinda ihn und zeigte auf ein Haus in einer Seitenstraße, die in einem steinigen Wall endete. Von oben wucherten Ranken wie ein grüner Vorhang herab, und dichtes Buschwerk hatte seine Wurzeln bis tief in diese dunkle Schicht gegraben. Zum ersten Mal bekam Elinda einen Eindruck von der unglaublichen Menge vulkanischer Masse, von der man Pompeji noch befreien musste. Dicht an der Grabungsgrenze waren Arbeiter dabei, ein Haus freizuräumen. Das Klopfen und Hämmern ihrer Werkzeuge war weithin zu hören.

»Diese Leute könnten wir fragen.«

Ohne Blakes Antwort abzuwarten, hastete Elinda in die Querstraße hinein. Wie bei den meisten Häusern Pompejis waren auch bei diesem das Dach und Teile des Obergeschosses durch das Gewicht des Bimsstein-Regens irgendwann auf das Erdgeschoss herabgestürzt und hatten Menschen und Gegenstände unter sich begraben. Wie wundervoll musste es sein, Zentimeter für Zentimeter die konservierte Welt der Antike freizulegen und jederzeit auf eine kleine oder große Überraschung gefasst sein zu können, dachte Elinda.

Doch als sie am Eingang ankam, prallte sie entsetzt zurück.

Denn in diesem Moment hob einer der Arbeiter eine Schaufel über den Kopf und ließ sie auf ein zwischen den Trümmern liegendes Skelett krachen. Mit einem trockenen Knacken zerbarst der Rippenkorb des Toten. Knochensplitter stoben in alle Richtungen davon. Der Mann wollte die Schaufel ein zweites Mal erheben, da bemerkte er Elinda.

Verdutzt ließ er die Schaufel sinken und starrte sie an. Auch die drei anderen Männer, die an einem Türsturz lehnten, der ins Innere des Hauses führte, schauten überrascht auf. Erst jetzt sah Elinda die Verwüstung, die die Arbeiter bereits angerichtet hatten.

»Signorina, so ganz allein unterwegs?«, fragte einer der Männer.

»Habt Ihr Euch verlaufen?«

»Wollt Ihr uns vielleicht helfen bei unserer eintönigen Arbeit?«

Ein anderer lachte, seine Miene veränderte sich jedoch, als Blake neben Elinda trat.

Fassungslos deutete Elinda auf das Innere des großzügigen Eingangsflures, der auf ein zum Teil ausgegrabenes Atrium führte. Dort häuften sich Schuttberge, zwischen denen Elinda deutlich menschliche Überreste entdeckte. Ihr Atem stockte beim Anblick eines Oberschenkelknochens der zwischen einigen zersplitterten Ziegeln hervorstach, als wollte er gegen die Art seiner Entsorgung protestieren.

Doch beinahe noch schlimmer als dieser achtlose Umgang der Arbeiter mit den einstigen Bewohnern des Hauses war das, was mit den bemalten Wänden des Eingangsbereiches geschehen war. Beim Versuch, die innen liegende Vulkanmasse zu beseitigen, waren Hacken und Hämmer in den hellroten Freskengrund gedrungen und hatten das zarte Beisammensein von Amoretten, Amphoren und Kandelabern auseinandergesprengt. Offensichtlich war auch nicht versucht worden, es bei diesen nur oberflächlichen Zerstörungen zu belassen. Die beiden Längsseiten des Flurs waren abgeklopft worden, und die bemalten Bruchstücke lagen zusammen mit Ziegelsteinen und verkohltem Holz auf dem Boden.

Elinda war entsetzt, Tränen der Wut stiegen ihr in die Augen.

»Warum tut ihr das?« Ihre Stimme zitterte. »Seht Ihr nicht, dass Ihr dadurch etwas zerstört, dass sich nie wieder zurückbringen lässt?«

»Elinda, sie werden dich nicht verstehen.« Blake sprach leise, um sie vor den Männern nicht bloßzustellen.

Die Arbeiter wechselten einen verständnislosen Blick.

»Ach herrje, Signorina«, sagte der mit der Schaufel. »Wisst Ihr, wie viele Skelette hier in der Gegend rumliegen?«

»Sollen wir die alle mit Samthandschuhen anfassen?«

»Da kämen wir ja zu sonst nichts anderem.«

»Aber zu was denn?«, fauchte Elinda. »Der Zerstörung unschätzbarer antiker Zeugnisse?«

Die Männer sahen sich schulterzuckend zwischen den Schuttbergen um.

»Elinda, komm, das hat keinen Sinn.« Blake berührte sie behutsam am Arm, doch sie riss sich los.

Sie mochte sich lächerlich machen, aber sie ertrug es nicht, dass diese Achtlosigkeit hier zur alltäglichen Praxis gehören sollte.

»Das hier sind doch bloß ein paar alte Knochen«, meinte der Mann mit der Schaufel und setzte das Schaufelblatt wie aus Versehen direkt auf dem Schädel der verkrümmt daliegenden Leiche ab.

Elindas Herz schien gegen ihren Magen zu sinken, und vor ihren Augen flimmerte es. Sie atmete tief ein und aus und sah den Mann entschlossen an.

»Das hier«, sie zeigte auf den Toten, »war einmal ein

Mensch. Genau wie Ihr. Was würdet Ihr sagen, wenn man mit Euren Gebeinen so respektlos umgeht?«

»Der arme Teufel da war doch nicht mal ein Christ!«

Elinda konnte nicht fassen, was sie da hörte. Aus diesem Blickwinkel hatte sie die Sache noch nie betrachtet. Vor ihnen lagen die sterblichen Überreste eines Menschen, der noch an den Hades geglaubt hatte, die elysischen Gefilde und an einen Fährmann, der die Seelen der Verstorbenen in einem Kahn über den Unterweltfluss Styx brachte, und als Obolus dafür die Münzen nahm, die man dem Toten auf Augen und Zunge gelegt hatte. Plötzlich hatte Elinda den Wunsch, die kläglichen Knochen erst recht zu beschützen, ihnen irgendeine Art von Würde zurückzugeben.

Da löste sich einer der Männer vom Eingang zum Atrium und griff in die Tasche seiner Jacke. »Ihr habt recht, Signorina«, sagte er und trat an das Skelett. »Wir müssen diesem armen Menschlein ein bisschen Respekt zollen.« Seine Stimme troff vor Spott. »Weiß jemand ein Gebet, das wir ihm mitgeben können?«

Die anderen senkten in gespielter Andacht die Köpfe und falteten die Hände.

»Herr, schenke dieser armen Seele Ruhe …«

»*Requiescat in pacem*, du armer gottloser Hund.«

»Mögen dich im Himmel die Engelein empfangen.«

Einer prustete los, die anderen stützten sich vor Lachen auf den Knien ab.

Blake nahm Elindas Hand und wollte sie wegziehen.

Doch sie starrte wie gebannt auf den Mann, der vorgetreten war. Er hatte etwas aus seiner Tasche gezogen und breitete es nun über dem Schädel des Skeletts aus. Und da erkannte Elinda, was es war.

Ein hellblaues, besticktes Halstuch. Sie erstarrte.

»Blake!« Sie wirbelte herum. »Das ist Davids Halstuch, ich erkenne es wieder!«

Er deutete ein Kopfschütteln an. »Elinda, du bist aufgewühlt. Es gibt viele hellblaue Halstücher auf der Welt.«

»Nein!«, entfuhr es ihr. Ihre Stimme hallte ihr von den nackten Wänden entgegen. »Woher habt Ihr dieses Tuch? Es gehört Euch nicht!«

Einer der Arbeiter schnalzte mit der Zunge. »Was für ein überspanntes Frauenzimmer. Ihr Engländer seid doch sonst nicht so zimperlich!«

»Genau, da kennen wir ganz andere Exemplare!«

»Ihr könnt uns das Skelett ja abkaufen, wenn es Euch so anrührt.«

»Aber Eure Landsleute könnt Ihr damit wohl weniger beeindrucken. Die sind nur hinter dem Marmor her …«

Elinda hörte die Worte kaum noch. Aus den tiefsten Abgründen ihrer Angst stieg ein entsetzliches Bild empor. Ihr Bruder, der tot zwischen den Ruinen lag, wie in einer Weiterführung ihrer Albträume. Und dann kam einer dieser Männer vorbei und nahm ihm das Halstuch ab, um es als hübsches Schweißtuch zu benutzen. Elinda wusste es plötzlich in eisiger Endgültigkeit.

Ihr Zwillingsbruder war tot.

In einem letzten Ringen um nüchterne Gewissheit machte sie einen Schritt auf den Knochenhaufen zu, um das Tuch näher zu betrachten, doch plötzlich schien aus allen Richtungen Schwärze auf sie zuzukriechen. Irgendwo schien eine dumpfe Glocke zu dröhnen. Sie taumelte.

Das Letzte, was sie hörte, war ein weiterer höhnischer Ausruf.

»Sollen wir vielleicht auch noch einen Priester holen, Signorina, damit Ihr zufrieden seid?«

Sie spürte noch Blakes feste Hände, die sie um die Taille packten. Dann sank sie einer tiefen, empfindungslosen Dunkelheit entgegen.

51

Wasserrauschen umspülte die losen Enden ihres Bewusstseins. Ein angenehmer Zustand, der dem langsamen Aufwachen jeglichen Sinn nahm. Hier unten, in der rauschenden Dunkelheit, wollte sie bleiben. Doch dann drang ein stechender Geruch in ihre Nase. Schleichende Übelkeit verdrängte das wohlige Gefühl, und aus dem sanften Rauschen wurde nun ein nervöses Schwappen und Brausen. Irgendwo ganz in der Nähe war das Meer. Aber warum roch es dann nach Schwefel und noch etwas anderem? Der Geruch wurde immer penetranter und riss sie schließlich aus der Ohnmacht.

Mit klopfendem Herzen starrte Elinda um sich. Sie lag unter einem felsigen Gewölbe. Schmutziges Licht flackerte über die feucht schimmernden Steine. Irgendwo brannten Kerzen. Rauch lag in der Luft. Unter sich spürte sie das Stechen von Stroh. Nur wenige Meter entfernt entdeckte sie ein grob geschmiedetes Gitter und dahinter die Umrisse eines Bootes auf einem felsigen Vorsprung, und von dort, aus dem unsichtbaren Abgrund dahinter, klang das Brausen und Schwappen des Meeres zu ihr herauf. Das Ganze musste eine Art unterirdisch zugänglicher Bootsanlegeplatz an einer steilen Küste sein. Doch warum war sie hier?

Angestrengt kämpfte Elinda sich zu dem letzten Moment zurück, an den sie sich erinnern konnte. Sie war in Pompeji gewesen, und irgendetwas hatte sie furchtbar mitgenommen. Davids hellblaues Halstuch hatte dabei eine Rolle gespielt. Der vage Eindruck, dass Blake sie weggetragen hatte, streifte ihr immer noch schlaffes Bewusstsein. Blake. Wo war er?

Elinda richtete sich ganz auf und kniff gegen die rauchgeschwängerte Luft die Augen zusammen. Doch sie war allein. Ihr Kopf rebellierte bei dem Versuch, sich diese Situation zu erklären, da zuckte ein Bild durch ihre wirbelnden Gedanken.

Blake, der sie aus Pompeji herausgetragen hatte. Der verregnete Vorplatz. Die Kutsche. Warum war sie immer noch dort gewesen? Hatte Marconi dort auf sie gewartet, in der Hoffnung, sie würden ihre Meinung ändern?

Die Erinnerung an ein seltsames Gefühl streifte sie. Verwunderung, vermischt mit Erleichterung. Marconi war vom entlassenen Kutscher zum willkommenen Helfer geworden, nachdem niemand sonst mehr dort war. Und dann?

Elinda war in die Kutsche gelegt worden, und dann war Blake ganz plötzlich über ihr zusammengesackt. Dann der vage Eindruck einer überhasteten Fahrt, die irgendwann vor einem weißen Häuschen endete. Dahinter das Meer und der schwache Geruch von Fisch. Jemand war aus dem Haus gekommen. Eine Frau?

Elinda schüttelte den Kopf. Was war nur geschehen? Und wo war der *bearleader*?

Angestrengt versuchte sie, den unheimlichen Raum zu erfassen. In einer Nische brannten Kerzen auf einem altar-

512

artigen Stein. Das flackernde Licht enthüllte nach und nach die beunruhigenden Einzelheiten. Da waren Tierknochen, Hühnerkrallen, der gehörnte Schädel eines Widders und kleine Götterstatuen. Der fettige Rauch hatte alles in rußige Schwärze gehüllt. Neben dem Altar standen bronzene Schalen, und aus ihnen quoll dünner Rauch, der eine betäubende Schwere verbreitete. Und dann der Schwefelgeruch. Ob die Nähe zum Vesuv diesen stechenden Brodem erzeugte, irgendeine unterirdische Erdspalte mit Gas?

Elinda griff sich an die Schläfen. Die dämmrige Undeutlichkeit um sie herum zehrte an ihren Nerven. War sie überhaupt wach? Vorsichtig versuchte sie aufzustehen.

Da griff plötzlich etwas nach ihrer Hand.

Sie schrie auf und riss ihren Arm weg. Was war das? Es war kalt gewesen und feucht. Ein Salamander? Eine Schlange? Ihr Herz raste. Der Impuls, aus dieser unheimlichen Grotte zu fliehen, wurde übermächtig, da hörte sie die Stimme.

»Elinda …«

Die Stimme aus ihren Albträumen. Also träumte sie doch.

Elinda spürte kalten Stein in ihrem Rücken und konnte nichts tun, als die Hand noch einmal nach ihr griff. Aber für einen Traum war die Berührung zu real.

»Du hast mich gefunden …«

Elindas Herz pumpte ins Leere. Da begriff sie es.

»David …?!«

Ihre Augen hatten sich an das rauchige Dämmerlicht gewöhnt, und jetzt sah sie ihn. Ihr Bruder lag neben ihr in einer kleinen Vertiefung des Bodens auf einem Lager aus Lumpen und Stroh. Eine Wolldecke, bis zum Kinn hochgezogen, kam nicht an gegen das Frösteln, das seine ausgemergelte Gestalt erbeben ließ. Sein Haar war verfilzt, und in seinem bleichen Gesicht wohnten entsetzliche Schatten. Elinda beugte sich vor, zog ihn an sich und hielt ihn fest.

»David! Ich bin hier.« Ein Schluchzen stieg in ihrer Kehle hoch. Jetzt würde alles gut werden.

»Ist *er* auch hier?«, wisperte ihr Bruder. Er war zu schwach, um die Umarmung zu erwidern, doch Elinda hielt ihn weiter an sich gedrückt. Er fühlte sich so klein an, so knochig und zerbrechlich.

»Wen meinst du?« Ihr Herz pochte in ungläubiger Aufregung.

»Blake Colbert«, krächzte David. »Ist er bei dir?«

Wenn ich das nur wüsste, dachte Elinda beklommen. Was hätte sie darum gegeben, Blake bei sich zu wissen.

Elinda löste sich von ihm und sah ihn fragend an. Davids Augen glänzten fiebrig. Sie erkannte keinerlei Erleichterung oder Freude an ihm. Sie presste die Lippen zusammen und schob es auf seinen geschwächten Zustand. Warum galt Davids erste Frage ausgerechnet Blake? Er hatte doch unmöglich wissen können, dass nach ihm gesucht wurde.

»Warum willst du das wissen?«

»Sag es mir«, wisperte er. »Ist Blake bei dir?«

»Ich weiß es nicht, David. Ich meine, ja … er war die ganze Zeit bei mir. Ohne ihn hätte ich dich niemals gefunden. Aber jetzt? Ich weiß nicht, wo er ist.«

David nickte schwach. »Hast mir meinen *bearleader* weggeschnappt, was? Wie hast du's geschafft, dass Papa dich gehen ließ?«

»Das ist jetzt nicht wichtig, David. Wichtig ist nur, dass ich dich gefunden habe.«

Das war gelogen. David war hier, aber ohne Blake fühlte sie sich unerträglich allein.

»Wie hast du das angestellt, Schwesterchen?« David versuchte sich an einem Lächeln, doch seine Wangen waren so eingefallen, dass Elinda meinte, sein Gebiss hindurchschimmern zu sehen. War dieses Gespenst in ihren Armen überhaupt ihr Bruder?

»Mit Blakes Hilfe«, sagte sie schließlich. »Er ist … sicher ganz in der Nähe.« Zumindest hoffte sie das. Doch die Ungewissheit schnürte ihr den Hals zu.

David seufzte. »Gut … das ist gut.«

»Warum ist das gut?«

»Weil diese Hexe mich dann endlich gehen lässt. Ich werde frei sein. Aber für Blake ist es zu spät.«

»David, was soll das heißen?«

Er umfasste schwach ihre Hand. »Für uns ist es wahrscheinlich auch zu spät. Von diesem Ort hier gibt es keine Rückkehr.«

»Was meinst du damit? Wo sind wir denn hier?«

»Merkst du es nicht?« Ein trockenes Husten schüttelte ihn.

»Das ist der Rand der Unterwelt. Hörst du nicht den Styx rauschen? Und das Säuseln der Seelen in den Schatten? Oder sind es die Furien? Weißt du, ich bin ihre Geisel. Sie halten mich hier fest, bis … bis …«

Elinda wollte David schütteln, doch sie erkannte, dass er wirr redete. Sein Geist taumelte an diesem dunklen Ort in einem fiebrigen Labyrinth umher.

Beklommen streichelte sie seine klammen Hände. Sein Atem wurde schwer, als er wieder in einen unruhigen Schlaf glitt.

Elinda sah sich weiter in dem bedrückenden Raum um. Auf den ersten Blick schien es keinen Ausgang zu geben. Doch als sie sich aufrichtete und einige Schritte durch den Dunst tastete, sah sie Stufen in den Stein gehauen. Sie führten zu einer schweren Holztür, mehrere Meter über ihr. Vorsichtig erklomm sie die glitschigen Stufen bis zu der Tür. Natürlich war sie abgeschlossen.

Elinda hämmerte dagegen. »Hallo! Ist da jemand? Lasst uns hier raus!«

Nichts geschah. Da kam ihr ein Gedanke.

»Bernarda!«, schrie sie. »Ich weiß, dass Ihr dahintersteckt! Macht die Tür auf!«

Sie zitterte am ganzen Körper und lauschte. Doch kein Laut drang an ihr Ohr, außer das stetige Rauschen des Meeres. Noch einmal schrie sie den Namen der ominösen Frau und schlug gegen die Tür, aber nichts rührte sich.

Hinter sich hörte sie Davids leises Stöhnen. Elinda stieg die Stufen wieder hinab. Vor ihr ragte das massive Gitter auf, das den unterirdischen Raum gegen die Höhle dahinter abtrennte. Dahinter klatschte irgendwo in der Tiefe das Meer gegen die Felsen. Ein salziger, kalter Hauch wehte von dort herauf, schaffte es aber nicht, den hartnäckigen Dunst um sie herum zu vertreiben. Von dem Raum hinter dem Gitter ging eine solche Dunkelheit aus, dass Elinda nicht wagte, näher zu treten. Etwas schien dort in der ungreifbaren Weite zu lauern, vor Angst stellten sich ihr die Nackenhaare auf.

Rasch wandte sie sich wieder David zu. Vorsichtig schob sie sich neben ihn und legte ihre Hand auf seinen Brustkorb. Er atmete flach und murmelte unzusammenhängend.

Die bittere Erkenntnis verdrängte nun all die Freude, die

Elinda noch kurz zuvor gespürt hatte. David lag in den Armen des Todes, und sie konnte nicht das Geringste tun. Sie konnte nur versuchen, zu verstehen, was hier vor sich ging.

Doch je mehr sie sich um einen klaren Blick auf das Rätsel bemühte, desto beklemmender spürte sie die Fänge der unheimlichen Welt um sie herum. Das betäubende Räucherwerk, der Anblick der rußigen Tierknochen, die blakenden Kerzen zwischen den antiken Relikten. Nie zuvor hatte sie sich weiter entfernt von der ihr bekannten Welt gefühlt. Sie schüttelte den Kopf, um einen klaren Gedanken zu fassen. Doch etwas schien nach ihr zu greifen, eine Macht, die sie schon in ihren Träumen gespürt hatte. Eine bezwingende Dunkelheit, die ihr langsam das Leben aus den Knochen saugte und das Licht aus ihrem Bewusstsein.

Wenn David nun recht hatte? Wenn dies hier ein Vorort des Todes war?

»Nein, das ist absoluter Unsinn«, sprach sie sich selbst Mut zu. »Hörst du, David, das ist Unsinn. Wir sind nicht am Ufer des Styx oder in der Unterwelt.« Und etwas leiser fügte sie hinzu: »Aber jemand will, dass wir das glauben.«

Plötzlich sah sie eine Ansammlung seltsamer Steine, die neben David auf dem Boden lag. Sie sahen aus, wie mit einer schartigen, kristallinen Struktur überzogen. Erst auf den dritten Blick begriff sie, wie sehr ihre Sinne betäubt waren, denn es waren keine Steine, sondern Dutzende zusammengeknüllte Papiere. Elinda griff nach einem von ihnen, entfaltete es und erkannte Davids vertraute Handschrift. Doch sie war wackelig, die Sätze waren kurz und skizzenhaft, die Tinte verschmiert. Ganz so, wie bei all seinen letzten Briefen. Mit beklommen pochendem Herzen überflog sie die Briefe, die mittendrin abbrachen.

Elinda nahm ein weiteres zerknülltes Papier. Dort fand sie dasselbe. Und auch in allen anderen Briefen, die sie nach und nach entfaltete. Schemenhafte, undatierte Berichte über die Stationen einer Rückreise, die David nie angetreten hatte. Ungläubige Wut stieg in ihr auf, als die Briefe ihr nach und nach die Wahrheit enthüllten.

Sie sah es geradezu vor sich – ihr Bruder, der mit schwindender Kraft diese Briefe schrieb. Doch jedes Mal, wenn auch nur ein Bruchteil der wahren Geschehnisse angedeutet wurde, hatte die unheimliche Zensorin, die ihn überwachte, ihn gezwungen, noch einmal von vorn anzufangen. Wie furchtbar diese Tortur für David gewesen sein musste. Elinda konnte sich gut vorstellen, dass er versucht hatte, mit irgendwelchen Verschlüsselungen auf seine Lage aufmerksam zu machen. Doch Bernarda war nichts davon entgangen.

Als Elinda den letzten Brief entziffert hatte, konnte sie vor Zorn kaum noch klar denken. Keuchend ließ sie den Brief sinken und starrte ungläubig ihren Bruder an. Davids Augen funkelten ihr wieder fiebrig entgegen.

»Sag … haben diese vier Mistkerle ihre Strafe bekommen?«, fragte er.

Elinda drückte seine Hand. »Sie sind tot.«

»Das ist gut. Ich hoffe, ich treffe sie im Jenseits noch mal wieder, dann kann ich ihnen sagen … was ich von ihnen halte.«

»Schsch, David. Streng dich nicht so an.«

Plötzlich richtete er sich auf und packte Elindas Handgelenk. Er starrte sie flehentlich an. Und seine Stimme klang nun gehetzt.

»Wenn du Blake Colbert noch mal siehst, sag ihm bitte,

dass es mir leidtut. Ich hätte ihr nicht von ihm erzählen dürfen. Ich wusste doch nichts von dieser alten Geschichte.«

Elinda drückte seine Hände. »David, ich hole dich hier raus, aber du musst mir sagen, was passiert ist. Ich habe deine Briefe gelesen, aber ich verstehe es nicht ganz. Hilf mir, damit ich die Zusammenhänge begreife.«

David schluckte mühsam. »Ich war so dumm. Hab ihr vertraut, weil sie mich von diesen Schweinen erlöst hat. Es hat sich so … gut angefühlt, die Kerle endlich nicht mehr um mich zu haben. Sie hat mir Kräuter gegeben, die gegen das Fieber halfen.«

»Die Lords haben dich hierhergebracht, so viel weiß ich bereits«, sagte Elinda. »Und dann hast du ihr von zu Hause erzählt. Von Papas Schulden und dass er dich deswegen den vier Lords anvertraut hat. Was ist mit Blake? Warum hast du ihr von ihm erzählt?«

David schloss die Augen. Sein Geist schien wegzugleiten. Elinda rüttelte ihn sanft. Ein Stück hinter seinem Lager entdeckte sie einen Krug. Erst jetzt wurde ihr bewusst, wie trocken ihr Mund war. Sie schnupperte daran und nahm einen vorsichtigen Schluck. Kaltes Wasser. Was für eine Wohltat! Sie trank gierig ein paar Schlucke, ehe sie Davids Kopf anhob und auch ihm etwas davon gab.

»Also, warum?«, fragte sie erneut.

»Ich habe mich wohl bei ihr gefühlt«, flüsterte David. »Sie war sehr freundlich.«

Plötzlich kam Elinda ein Gedanke, der sie schaudern ließ. Hatte Bernarda David irgendetwas eingeflößt, was seine Zunge lockerte? Andererseits war ihr Bruder seit Monaten mit vier Männern unterwegs gewesen, unter denen er sich verloren und unerwünscht gefühlt hatte. Die fürsorgliche Präsenz der Frau hatte David red- und vertrauensselig gemacht.

»Sie wollte alles von mir wissen, von meinem Leben in England«, fuhr David fort. »Sie sagte, dass sie mal einen Engländer gekannt habe. Ich dachte, wenn sie mir schon hilft, dann kann ich ihr doch ein wenig aus der Heimat erzählen.«

Allmählich wurde das Bild etwas klarer, aber Elinda hatte immer noch so viele Fragen. Und so wenig Zeit.

»Und da hast du ihr erzählt, dass du viel lieber mit dem legendären Blake Colbert gereist wärst als mit diesen versoffenen, arroganten Lords. War es so, David?«

»Blake … er hätte mich nicht alleingelassen.«

»Nein, das hätte er gewiss nicht.«

In diesem Moment ertönte ein Geräusch ganz in der Nähe. Elinda zuckte zusammen und sah sich angstvoll um. Es klang, als hätte irgendwo jemand laut geatmet. Oder etwas?

Einem plötzlichen Impuls gehorchend, griff Elinda nach dem Wasserkrug und trat an den Altar. Sie wollte schon einen großzügigen Schwall in die schwelende Glut schütten, doch sie bremste sich. Wer mochte wissen, wann die Gefängniswärterin zurückkam und neues Wasser bringen würde? Vorsichtig besprengte Elinda die Bronzeschalen. Mit einem lauten Zischen und noch mehr Rauch verloschen die glühenden Kohlen und das Räucherwerk in den Bronzeschalen.

»Gleich wird es besser«, versprach sie und hockte sich wieder neben David. »Nachdem du dieser Frau gegenüber Blakes Namen genannt hattest, was passierte dann? Hat sie dich ausgefragt?«

David blinzelte nachdenklich und drehte sich zur Seite.

Erst jetzt sah Elinda, dass er sein hellblaues Halstuch trug. Schmutzig und voller Flecke, aber unverkennbar seines.

Der Anblick, so traurig er auch war, flößte ihr neues Vertrauen in die tröstlichen Kräfte der Wirklichkeit ein. Der wertvolle Rubinring war jedoch verschwunden.

David runzelte die Stirn. »Sie hat mich noch nach einem anderen Mann gefragt.«

Elinda straffte sich. »Nach welchem Mann?«

»Ich kann mich nicht erinnern. Aber sie hat immer wieder gefragt, ob ich nur mit diesen vier Lords nach Italien gereist bin oder ob da noch ein fünfter mit dabei war.«

Elindas Herzschlag beschleunigte sich. »War der Name des Mannes Andrew Hydeworth?«

»Sie hat ihn nur beschrieben. Groß, schlank, große Zähne, gut aussehend.«

Elinda nickte. »Das ist er.«

Das Aussehen ihrer damaligen Gäste hatte sich unauslöschlich in Bernarda eingebrannt, aber ihre Namen wusste sie natürlich nicht mehr, dachte Elinda. Und daher wusste auch Marconi, ihr älterer Bruder, nicht, dass der Mann, der ihnen seit Paris auf den Fersen war, derjenige war, dem die Rache seiner Schwester eigentlich gelten musste. Niemand, weder Elinda noch Blake, Hydeworth oder Marconi und erst recht nicht Bernarda waren sich der geheimnisvollen Verflechtungen bewusst, die unterhalb der Geschehnisse gewirkt hatten.

Elindas Blick wurde wieder von dem Gitter angezogen, und nun war es, als würde von dort ein verirrter Abglanz von Tageslicht eindringen. Sie blinzelte. War da nicht etwas hinter den rostigen Gitterstäben? Die Furcht presste ihren Magen zusammen.

»Was passierte dann?«, fragte Elinda.

»Sie war plötzlich … außer sich«, murmelte David. »Ich weiß nicht, ich habe viel geschlafen. Irgendwann bin ich hier unten aufgewacht, und die Frau sagte mir, dass meine Begleiter nicht mehr zurückkehren. Sie kommt jeden Tag und bringt mir Medizin, und dann betet sie stundenlang.« David deutete schwach auf den Altar.

»Zu wem betet sie?«, wisperte Elinda.

»Zu den Göttern der Unterwelt, Pluto, Proserpina. Und zu den Furien. Sie bringt ihnen Opfer. Und mir sagt sie, dass ich ein Pfand dieser alten Rachegöttinnen bin. Sie halten mich am Leben, bis …«

Aus Davids Mund klang es, als wären die Rachegöttinnen der Mythologie so real wie das Meer hinter den Höhlenwänden.

»Hat sie dir verraten, worauf die Furien warten?«, fragte Elinda.

David rollte sich zusammen und presste wie ein schutzsuchendes Kätzchen die Stirn gegen ihre Hand. »Mein Kopf ist so schwer. Ich will nichts mehr denken müssen.«

»Natürlich. Ruh dich aus, David.« Sie streichelte sein verfilztes Haar.

»Danke, dass du gekommen bist«, wisperte er. »Ich will nicht allein sterben.«

»Du wirst nicht sterben, hörst du! Wir werden zusammen den Sonnenuntergang über dem Golf von Neapel betrachten, so wie wir es uns immer ausgemalt haben. Weißt du noch?« Elinda stiegen Tränen in die Augen. »Und dann wirst du wieder gesund, und wir …« Sie sprach nicht weiter. David war eingeschlafen. Und ihre Worte klangen wie Lügen. Sie lauschte. Doch das merkwürdige Gefühl, dass da jemand ganz in der Nähe geatmet hatte, war verflogen.

Nach und nach fügte sich die Wahrheit aus unzähligen, wirbelnden Partikeln in ihrem Geist zusammen, und doch verstand sie weniger als je zuvor. Es war nicht länger die verräucherte Luft, die schwer auf ihrem Verstand lastete. Der Gedanke, dass sie David gefunden hatte, nur um ihn gleich wieder zu verlieren, verdunkelte ihr Inneres mit tiefer Traurigkeit.

Vorsichtig löste sie sich von ihrem Bruder. Jetzt konnte sie sich nur noch selbst helfen. Sie erhob sich, um an das Gitter zu treten, da prallte sie zurück.

Sie war nicht länger allein.

52

Die Gestalt war von Kopf bis Fuß in fließende Gewänder gehüllt. Sie bewegte sich vollkommen geräuschlos. Ihr Gesicht war von einem Schleier verborgen, hinter dem Elinda nur mit Mühe menschliche Züge erahnen konnte. Sie wollte aufspringen und ihr den Schleier herabreißen, aber plötzlich glaubte sie, dass der Anblick darunter sie vernichten würde. War das wirklich Bernarda, die mit dem Schleier ihre Narben verbarg? Oder ein Geschöpf der Zwischenwelt, das Elinda sein wahres Aussehen ersparte, weil sie es nicht ertragen würde, in die leere Fratze des Todes zu schauen?

Eine Zeile aus der der *Aeneis* flatterte durch Elindas Bewusstsein. Es war jene herzzerreißende Szene, in der Aeneas in der Unterwelt dem Geist seiner Geliebten Dido begegnet.

… durch den finsteren Schatten kaum sie erkannte, wie wenn man sieht durch die Wolken den Mond oder wähnt nur den Aufgang zu sehen …

Wo war sie plötzlich hergekommen?, fragte Elinda sich. Über die Treppe? Ihr Blick flog zu dem Gitter, doch es war immer noch verschlossen.

Die Gestalt beugte sich über David und berührte seine Stirn. Ihre Berührung war eigenartig zärtlich. Als sie sich wieder aufrichtete, stieß sie ein leises Seufzen aus.

»Es tut mir wirklich leid um deinen Bruder, Elinda.«

Bernarda sprach ein schleppendes, aber korrektes Englisch, das stark von einem italienischen Akzent geprägt war. »Ich habe alles mir Mögliche getan, um ihn zu retten. Doch seine Zeit läuft ab.«

Elindas aufgeschreckter Herzschlag ließ sie erneut schwindeln.

»Oh, du fragst dich, woher ich deinen Namen weiß«, sagte die Frau mit einem hörbaren Schmunzeln, das in einem merkwürdigen Kontrast zu ihrer gespenstischen Erscheinung stand. »David spricht andauernd von dir, von seiner geliebten Schwester Elinda, mit der er so gerne nach Italien gereist wäre. Ihr beiden habt eine tiefe Verbindung.«

Ihre Stimme war sanft, beinahe warmherzig. Elinda schauderte dennoch.

»Es war fast so, als wollte er dich beschwören, dass du zu ihm kommst. Und du siehst – seine Gebete sind erhört worden. So, wie die meinen.«

»Was … soll das bedeuten?«, stammelte Elinda.

»Das bedeutet, dass ihr jetzt gehen könnt. Ich brauche deinen Bruder nicht länger.« Sie deutete auf das Gitter. »Alles, was ich will, ist hier.«

Zuerst erkannte Elinda nicht, was Bernarda meinte, doch nun erahnte sie durch den Dunst eine menschliche Gestalt vor der Dunkelheit der Meereshöhle. Sie strengte ihre Augen gegen Zwielicht und Nebel an, und dann sah sie ihn. Blake.

Er saß gegen die Wand gelehnt auf dem Felsvorsprung. Ein dünnes Blutrinnsal zeichnete sich über seiner Schläfe ab. Elinda erstarrte. Wie hatte sie nicht bemerken können, dass er hier war? Ihre überforderten Sinne gaben ihr die Antwort.

Weil er zu reglos war, um noch am Leben zu sein.

»Blake?« Elinda wollte zu ihm eilen, doch Bernarda trat ihr in den Weg und schüttelte gebieterisch den Kopf.

»Was hast du mit ihm gemacht?«

Bernarda schwieg.

»Ist er tot?«

»Das ist für dich nicht mehr von Belang.«

Bernarda deutete auf David.

»Nun komm, hilf mir, deinen Bruder nach oben zu bringen. Ich gebe euch noch ein Elixier mit, damit er ohne Qualen sterben kann. Ich will nicht, dass David leidet. Das wollte ich nie.«

»Dann hättest du ihn nicht hier unten einsperren sollen!«, zischte Elinda.

»Das war nicht meine Entscheidung.«

In diesem Moment konnte Elinda nicht anders, als sich und ihre Angst hinter eine Mauer des Spotts zu retten.

»Ach, ich vergaß, das haben ja die Furien und die Unterweltgötter entschieden!«, schnaubte sie, aber das Zittern war bis in ihre Stimme vorgedrungen.

Bernardas Kopf ruckte hoch, Elinda spürte selbst durch den Schleier hindurch ihren brennenden Blick.

»Das Werk der Götter ist zu groß für deinen Verstand, kleine englische Lady.«

Ihre eben noch so sanfte Stimme war einem dunklen Schnarren gewichen.

Elinda deutete auf den Altar. »Das nennst du das Werk der Götter? Für mich sieht es eher nach dem Werk einer Wahnsinnigen aus!«

Bernarda machte eine unwirsche Geste, die ihren fließenden Bewegungen die Anmut raubte. Elinda spürte eine grimmige Zufriedenheit, sie wollte, dass unter der vermeintlichen Unterweltpriesterin der echte Mensch zum Vorschein kam.

Was tust du da?, warnte eine innere Stimme. *Wolltest du nicht David rausschaffen?*

Doch es ging längst nicht mehr nur um David allein. Sie sah wieder zu dem Gitter hin. Blake wirkte nicht mehr ganz so reglos wie noch vor wenigen Augenblicken. Oder irrte sie sich? Verzweifelt klammerte sie sich an die winzige Wahrscheinlichkeit, auch ihn noch retten zu können.

Elinda starrte der Schleiergestalt entschlossen entgegen.

»Du hast in den Engländern, die David zu dir brachten, vier jener Männer erkannt, die damals die antiken Statuen unter sich aufgeteilt haben, während du ins Unglück gestürzt wurdest. Dass sie plötzlich, nach acht Jahren wieder in deiner Nähe waren, befeuerte deinen Wunsch nach Rache. Du erkanntest in diesen Männern eine Möglichkeit, an Blake heranzukommen, dem du die Hauptschuld an deinem Leid gegeben hast. Sie waren der erste Akt für deine Rache.«

Elinda warf einen Blick auf David, doch er rührte sich nicht. Nur ein leises Zittern der Wolldecke verriet ihr, dass er noch am Leben war. Elinda stockte. Sie sollte ihn von hier wegbringen, an die Sonne, an die Luft. Sie würde es sich nicht verzeihen, wenn er hier starb.

Da ertönte wieder das leise Rascheln und die Ahnung von Atemzügen. Blake rührte sich benommen, und Elindas Herz schlug schneller.

Sie konnte diesen Ort nur mit Blake und David gemeinsam verlassen.

Elinda nahm einen tiefen Atemzug und machte einen Schritt auf Bernarda zu.

»Du hast meinen Bruder als Geisel genommen, damit mein Vater nach ihm suchen lassen würde. Mit Hilfe von Blake Colbert. Von David wusstest du, dass unsere Familie am Rande des Ruins steht. Und du wusstest, dass Blake bei Davids Abreise am Hafen von Dover gesehen wurde. Du hast alles auf eine Karte gesetzt. Aber wie, Bernarda? Dass mein Vater so verzweifelt ist, dass er einen Reiseführer mit angeschlagenem Ruf für Davids Suche engagiert, konntest du vielleicht voraussehen. Aber wie wolltest du sichergehen, dass Blake diesen Auftrag annimmt, nur aufgrund einer geheimnisvollen Nachricht? Wie konntest du wissen, ob er überhaupt interessiert war oder nicht längst wieder auf einem Schiff angeheuert hatte?«

Die verschleierte Gestalt wiegte den Kopf, als wäre sie widerwillig beeindruckt von Elindas Schlussfolgerungen.

»Ich habe jeden Tag zu den Göttern für das Gelingen des Plans gebetet, umso mehr, da ich wusste, dass er von so vielen unberechenbaren Dingen abhing. So etwas gelingt nicht von Menschenhand allein.«

»Nein, du brauchtest noch deinen Bruder als Handlanger für deine Rache! Luca Marconi, oder wie auch immer er in Wahrheit heißt, ist dein älterer Bruder. Der geheimnisvolle Lohnkutscher, der mit seiner eigenen Kutsche den Engländern hinterherfährt und sie beobachtet, um an allen Stationen der Rückreise Briefe von David aufzugeben. Die zu schreiben du ihn zuvor gezwungen hast!«

Die Worte sprudelten nur so aus ihr heraus, doch Bernarda nahm sie völlig regungslos auf. Als würde nichts, was Elinda sagte, irgendeinen Unterschied machen. Doch Elinda konnte nicht aufhören.

»Marconi fuhr mit einem früheren Schiff nach Dover,

um dort nach Blake Colbert zu suchen und ihm den Brief zuzuspielen. Was hattet ihr doch für ein Glück, dass er dort war und in eure Falle lief! Ich habe die Lords gesehen, als sie von Bord kamen. Lebende Tote. Wie hast du sie vergiftet, damit sie glaubten, einem Fluch zum Opfer gefallen zu sein?«

Abrupt hob Bernarda die Hand und wischte den Schleier von ihrem Gesicht. Elinda wich zurück. Aus dem verwüsteten Gesicht funkelten ihr zwei lidlose Augen entgegen. Tränen rannen über die roten Narbenwülste, die einmal ihre Wangen gewesen waren. Der Anblick ließ jedes weitere Wort in Elindas Mund ersterben.

»Es gibt Gifte auf dieser Welt, denen nur der Hass ihre Wirkung verleiht«, fauchte Bernarda leise. »Ein Gift, das den Geist verfinstert, lange bevor es den Körper vernichtet. Letztendlich haben diese vier Bastarde wohl gemerkt, mit wem sie es da zu tun hatten. Und ich hoffe, sie haben gelitten.«

Bernarda wandte sich dem Altar zu, senkte den Kopf und murmelte einen Dank.

»Die Furien haben Lucas Hand gut geführt. Er musste acht geben, dass er nicht zu viel von dem Gift in den Tee der Engländer gibt, ohne den sie ja anscheinend nicht leben können.« Ihr grimmiges Lachen hallte von den Wänden wider.

»Und es ist ebenso die Rache meines Bruders wie die meine. Sein Vater im Gefängnis, sein Elternhaus niedergebrannt, sein kleiner Bruder an der Seite unserer Magd in den Flammen erstickt, seine Schwester entstellt. Unseren Weinberg haben sie uns weggenommen, damit sie nach antiken Schätzen suchen können. Luca ist fast wahnsinnig geworden, als er das Leid sah, das diese sechs englischen *Gentlemen* ausgelöst haben.«

Elinda wurde immer klarer, dass diese Tat tatsächlich nur von einem wahnsinnigen Geist ausgebrütet werden konnte. Doch der Schmerz, von dem Bernarda sprach, streckte seine Finger auch nach ihrer Seele aus.

»Wie hast du überlebt?«, fragte sie leise und warf einen Blick zu Blake hin. Er hatte die Augen geöffnet. Blinzelnd schien er um einen klaren Kopf zu ringen.

Bernarda ließ den Schleier zurück über ihr Gesicht fallen und wurde wieder zu einer unnahbaren Gestalt, die ebenso gut ein verblasster Schemen von einem der pompejanischen Fresken hätte sein können.

»Luca fand mich in den rauchenden Trümmern hinter dem Haus, als man schon glaubte, dass es sich bei der verkohlten Leiche neben der meines kleinen Bruders um meine handelte. Luca brachte mich zu einer alten Heilerin, die uns als Kindern einmal bei einem schlimmen Fieber beigestanden hatte. Ich war halb wahnsinnig vor Schmerz und wollte nur noch sterben. Diese Frau hat mich gesund gepflegt. Sie betete zu den alten Göttern, die einst in dieser Gegend verehrt wurden. Sie brachte mir bei, dass Heilung nur an der Grenze zwischen dem Reich der Lebenden und der Toten gelingen kann. Und sie hatte recht. Ich hätte deinen Bruder sonst nie so lange vor dem Tode bewahren können.«

In einer verwirrend zärtlichen Geste neigte sie sich wieder zu David herab und tupfte ihm den Schweiß von der Stirn.

»Diese Frau linderte meine Schmerzen«, sagte Bernarda. »Doch den Zorn in meiner Seele konnte sie nicht heilen. Ich blieb bei ihr, erlernte ihre Künste und verbarg mich vor der Welt. Als sie starb, übernahm ich ihr Handwerk. Es ist von Vorteil, wenn die Leute glauben, dass man eine Hexe ist, mit den Unterweltgöttern im Bunde. Niemand ahnte, dass die alte Heilerin keineswegs unsterblich war, wie manche munkelten. Sondern dass unter ihren Schleiern nun die unglückselige Bernarda steckte.

Und dann schenkten mit die Götter den Tag, an dem diese vier englischen Bastarde deinen Bruder herbrachten. Sie fanden es amüsant, auf ihrer Reise in den unzivilisierten Süden auch noch eine echte Zauberin zu sehen.«

»Bernarda, sag mir eins«, bat Elinda eindringlich. »Warum haben diese Männer David hier zurückgelassen? Oder hast du das eingefädelt?«

Bernarda stieß einen missbilligenden Laut aus. »Als ich erkannte, wer sie waren, sagte ich ihnen, dass der Junge zum Reisen zu krank wäre und dass er hierbleiben müsste. Ich habe die *milordi* gut für Davids Pflege bezahlen lassen. Sie versicherten mir, sie würden in Neapel den englischen Botschafter benachrichtigen, und der würde sich zu gegebener Zeit um die Rückreise des Jungen kümmern, falls er sehr lange krank blieb.«

Elinda ballte die Fäuste. »Das haben sie aber nicht getan. Sir William Hamilton hätte meine Familie sonst benachrichtigt. Stattdessen haben die Lords in Rom einen jungen Deutschen an Davids statt beerdigt und einen Grabstein mit seinem Namen errichtet. Und bei ihrer Rückkehr haben sie erzählt, sie hätten David verloren! Was hast du getan, dass sie das glauben mussten?«

Bernarda berührte Davids Wange. »Sag deiner Schwester, dass nicht ich dich zugrunde gerichtet habe. Du hast dir in Rom das Fieber geholt, und alles, was ich getan habe, war dich am Leben zu erhalten.«

Elinda hätte Bernarda am liebsten von ihm weggestoßen. Zu sehen, wie sich ihre verschleierte Gestalt über ihn beugte, war unerträglich. Als würde ein Todesengel auf David herabsehen. Sie widerstand dem Impuls, erneut nach Blake zu sehen.

»Was hast du den Lords gesagt?«, fragte sie noch einmal.

»Als sie noch einmal wiederkamen, um nach David zu sehen, war er hier unten gut versteckt.« Bernardas Stimme schwoll an vor Genugtuung. »Ich habe ihnen erzählt, dass der Junge sich allein auf den Weg gemacht habe, um zu ihnen zurückzukehren. So mussten sie annehmen, dass ihm unterwegs etwas zugestoßen war. Sie haben wohl noch ein paar Tage nach ihm gesucht und dann die Rückreise angetreten.«

»Und das Fluchtäfelchen?«, fragte Elinda.

»Oh, das war nur eine kleine Beigabe, für die ich die *milordi* ebenfalls gut bezahlen ließ. So etwas Besonderes nennt nicht jeder sein Eigen, und diese Männer waren begierig auf alles, was aus der Antike stammt. Sie konnten ja nicht wissen, dass ich dadurch den Fluch an ihre Seelen band.«

»Und all dieses Geld und der Rubinring meines Bruders finanzierten Lucas Reise, um den Lords zu folgen«, schloss Elinda. »Aber eigentlich hast du sie nur benutzt, um an Blake heranzukommen.«

»Er hat mich verraten.« Bernarda wandte sich nun dem Gitter zu, hinter dem Blake gerade versuchte, sich aufrecht hinzusetzen. »Aber nun haben die Furien ihn zu mir zurückgebracht.«

Die Erleichterung darüber, dass Blake wieder bei Bewusstsein war, gab Elinda neuen Mut. Sie griff nach einer Falte von Bernardas Gewand. »Du irrst dich, Bernarda.«

Die verschleierte Frau wirbelte herum. »Ich habe dir gesagt, dass du deinen Bruder nehmen und verschwinden sollst!«, zischte sie. »Was machst du noch hier?«

»Ich bin hier, um dir zu sagen, dass die Furien deine Gebete anders erhört haben, als du glaubst, Bernarda. Sie haben den wahren Verursacher deines Unglücks in deine Nähe gebracht. Aber Blake Colbert ist es nicht!«

Elinda konnte sehen, wie Bernarda sich anspannte. Im nächsten Moment schoss sie vor, packte sie und drückte sie gegen die Felswand.

»Sprich nicht über Dinge, die du nicht verstehst! Du solltest überhaupt nicht hier sein, kleine englische Lady!«

Die rohe Körperkraft der Frau war erstaunlich. So sehr sie sich dagegen stemmte, Elinda hatte Bernarda nichts entgegenzusetzen.

»Ich sollte nicht hier sein, ja! Das hat mich dein Bruder nur allzu deutlich spüren lassen«, stieß sie hervor. »Er hat versucht, mich in den Wahnsinn zu treiben. Aber nicht jeder ist so abergläubisch und hasenherzig wie …«

»Wie wer?« Bernardas Finger krallten sich in Elindas Schultern. »Wir dummen, unzivilisierten Süditaliener? Das wolltest du doch sagen, nicht wahr?«

»Ich sage nur, dass es schon ein wenig mehr braucht, um mich abzuschütteln. Ein paar gedungene Bettler, die unheilvolle Dinge sagen, reichen nicht. Wusstest du, dass dein Bruder zum Mörder wurde, um Blake in seiner Nähe zu behalten? Er hat in Venedig eine deutsche Gräfin vergiftet, weil sie uns mit einer besseren Equipage aushelfen wollte!«

Bernarda rührte sich nicht. Erneut wurde Elinda den Eindruck nicht los, dass vor ihr eine uralte, zum Leben erweckte Statue stand. Und obwohl der Schleier das entstellte Gesicht verbarg, lähmte das Wissen, hinter dem dünnen Stoff aus diesen lidlosen Augen angestarrt zu werden, ihren Widerstand.

Hinter dem Gitter hörte sie nun ganz deutlich Blakes Stimme, auch wenn es nur ein Wispern war.

»Elinda …«

Doch sie konnte nicht anders, als Bernarda weiter die Wahrheit abzutrotzen.

»Und der Vulkanstaub, den er auf mich gestreut hat, als ich schlief …«

Elinda grub ihre Hände in den Stoff der Schleier und zerrte daran. Die Erleichterung, dass es auch für diese unheimlichen Geschehnisse eine Erklärung gab, verlieh ihr neue Entschlossenheit. Warum war sie nicht früher darauf gekommen?

»Was hatte es mit dem Staub auf sich? Ein Glücksbringer vom Vesuv, den er mit sich führte, um sich jeden Tag in seinem Rachedurst zu bestärken? Und der sich als praktisches Mittel erwies, um die kleine englische Lady so in Angst zu versetzen, dass sie sich von Blake trennen und zurückkreisen würde?«

Sie starrte Bernarda in fassungsloser Wut an. »Wusstest du, dass dein Bruder Bettler dafür bezahlt hat, damit sie mir gegenüber Drohungen über diesen *Fluch* ausstoßen? Er ist mir einen Tag lang durch Rom gefolgt und hat sogar ein Kind auf einem Trauerzug dazu angestiftet, mir mit einer unheilvollen Nachricht Angst einzujagen.«

Schaudernd dachte Elinda an den Moment zurück, als

sie vor der Kirche mit dem Beinhaus in Ohnmacht gefallen war. Wie sehr hatte das scheinbar unerklärliche Geschehen ihre Nerven erzittern lassen; wie wenig hatte sie sich vorstellen können, dass ein gewöhnlicher Mensch hinter dieser Inszenierung des Grauens steckte.

»Was bist du doch für ein kluges Mädchen.« Bernarda kam so nah an Elindas Gesicht heran, dass sie den Schleier an ihrer Wange spürte. »Aber es wird dir nichts nützen, dass du diese Dinge durchschaut hast. Du verstehst gar nichts.«

»Du bist es, die nicht versteht«, stieß Elinda hervor. »Andrew Hydeworth! Er ist es, dem deine Rache gelten sollte. Nicht Blake.«

Bernardas Griff löste sich, als hätte sie sich verbrannt. »Was sagst du da?«

Elinda sammelte ihre ganze Kraft und versetzte ihr einen harten Stoß. Bernarda stolperte über ihre Gewänder und stürzte zu Boden. Sie ist nur eine gewöhnliche Frau, dachte Elinda, und keine mit den Mächten der Unterwelt verbündete Circe.

Bernarda verharrte einige Sekunden am Boden, dann richtete sie sich langsam wieder auf. In ihren Bewegungen lag ein unheimliches Fließen, als wäre sie eine Marionette, die an unsichtbaren Fäden nach oben gezogen wurde. Plötzlich schien es, als wäre sie gewachsen. Elinda wich zurück. Doch sie fuhr mit ihrem Vorstoß fort, auch wenn ihre Stimme zitterte.

»Andrew Hydeworth ist es, der dich damals verraten hat, nicht Blake.«

»Hydeworth ist aber nicht hier«, fuhr Bernarda sie an. »David hat mir versichert, dass dieser fünfte Teufel nicht mit seinen alten Freuden zusammen gereist ist. Seiner kann ich nicht habhaft werden. Aber Blakes Verrat ist es, der mich alles gekostet hat!«

Bernarda starrte auf den Mann hinter dem Gitter herab. Blake sah ihr furchtlos entgegen, doch sein Körper wirkte, als könnte er ihn nur mit letzter Kraft aufrecht halten.

»Blake hat dich geliebt, und er tut es immer noch!«, stieß Elinda hervor.

Sie huschte an Bernarda vorbei und ging vor dem Gitter in die Knie. Blakes Blick wanderte zu ihr. Auf seinem Gesicht erschien ein müdes Lächeln. Er schien nicht das Bedürfnis zu haben, irgendetwas zu sagen oder sich zu rechtfertigen. Sie griff durch die Gitterstäbe nach seinen Händen.

»Sag es ihr, Blake. Sag ihr, dass Hydeworth auch dein Leben zerstört hat. Sag ihr, dass du sie immer noch liebst!«

Diese Worte auszusprechen, tat seltsamerweise nicht weh. Alles, was sie wollte, war, dass Bernarda die Wahrheit erkannte. Sie wandte sich wieder zu ihr um.

»Blake hat sich auf diese Reise begeben, weil er gehofft hat, du würdest noch leben und dass er dir erklären kann, was damals wirklich passiert ist. Er ist aus Liebe zu dir zurückgekehrt, ohne zu wissen, dass du ihm eine Falle stellst.«

Mit einer raschen Bewegung war Bernarda neben ihr, hob den Schleier erneut von ihrem Gesicht und starrte Blake an.

»Dann soll er sich ansehen, was seine Liebe mir angetan hat!«

Blake schloss sekundenlang die Augen. Ein Zittern durchfuhr ihn.

»Schau mich an!«, fauchte Bernarda. Mit einem Stoß drängte sie Elinda weg. Jetzt sah sie ihre Finger, die unter den Gewändern hervorzuckten, dürre, verkrümmte Klauen, wie von einer uralten Frau. Sie packte Blakes Handgelenke.

»Schau an, was du aus mir gemacht hast.«

»Bernarda«, wisperte Blake mit belegter Stimme. »Es … tut mir leid …«

Warum sagt er ihr nicht, dass nicht er dafür verantwortlich ist?, dachte Elinda.

Doch ein seltsamer Respekt vor dem schicksalhaften Wiedersehen dieser beiden Menschen ließ sie ganz still verharren. Plötzlich wurde ihr bewusst, dass sich vor ihren Augen tatsächlich die Unterweltszene aus der *Aeneis* abspielte, wo Aeneas in den Schatten der toten Seelen auch seiner großen Liebe Dido wiederbegegnet.

… also versuchte Aeneas der Frau, die grollend mit finstrem Blick zu ihm schaute, zu mildern das Herz und zu Tränen zu rühren. Starr hält jene die Augen und abgewendet zu Boden und verändert die Miene nicht mehr, seit zu reden er anhob …

Aeneas und Dido.

Blake und Bernarda.

Behutsam legte sie ihre Hand auf Bernardas Arm.

»Dein Zorn muss einem anderen Mann gelten. Was, wenn ich dir sage, dass Andrew Hydeworth ganz in deiner Nähe ist, in Neapel?«

Bernarda reagierte nicht, so, als wäre sie unempfänglich für Elindas Worte. Wie hypnotisiert starrte sie ihren Gefangenen an. Und Blake wich ihrem Blick nicht aus. Mit einer Zärtlichkeit, die Elinda den Atem raubte, wanderten seine Augen über das versengte Gesicht, als würde er darin immer noch die Züge der schönen jungen Frau finden, die sie einmal gewesen war.

Elinda kämpfte die Tränen nieder. Irgendwo in ihrem Innern stieg ein merkwürdiges Gefühl auf. Es war die Hingabe an das schützende Wissen, dass dieser Moment hatte genau so kommen müssen, ein Moment außerhalb der Missverständnisse der Zeit, unberührt von Groll und Vergeltung.

»Auch bei den alten Göttern gilt das, was man über den Gott der Bibel sagt«, wisperte Elinda den bewegungslosen Schleiern entgegen. »Die Wege sind unergründlich. Dein Bruder wollte mich während der ganzen Reise loswerden. Fragst du dich nicht, warum ihm das nicht gelang? Es lag nicht daran, dass ich unerschütterlich und furchtlos bin, denn das bin ich nicht. Er hat es nicht geschafft, weil auch ich ein Werkzeug der Rachegöttinnen bin.«

Bernarda drehte langsam den Kopf.

Elinda zwang sich, ihrem brennenden Blick standzuhalten. »Ich wurde Hydeworth in England als Ehefrau versprochen, aber ich sterbe lieber, als ihn zu heiraten. Ich bin von zu Hause weggelaufen und habe mich Blake angeschlossen, um meinen Bruder zu suchen. Aber Hydeworth ist uns gefolgt. Er jagt uns, seit wir Paris verlassen haben. Kurz vor Neapel ist es ihm gelungen, uns einzuholen. Gestern wollte er mich in der Kathedrale vor den Altar zwingen, aber Blake hat mich befreit. Der Earl of Hydeworth ist im Palazzo Spinelli di Laurino, und er wird ganz sicher nicht abreisen, ehe er nicht weiß, was mit mir geschehen ist.«

Bernarda reagierte immer noch nicht, hielt nur weiter den Blick auf Elinda gerichtet.

»Verstehst du denn nicht?«, drängte Elinda. »Die Furien haben dir durch mich den Mann zurückgebracht, der dir alles genommen hat.«

Bernarda packte sie an den Oberarmen und riss sie plötzlich hoch.

»Du sagst besser die Wahrheit, kleine englische Lady.« Ihr Blick war der eines wilden Tieres. Dann hob sie den Kopf und schrie in Richtung Treppe. »Bruder!«

Der Mann, den Elinda als Marconi kannte, erschien kaum einen Wimpernschlag später, als hätte er hinter der Tür gewartet. In ihrer Muttersprache wies Bernarda ihn an, zurück nach Neapel zu fahren und Andrew Hydeworth dazu zu bringen, ihm zu folgen.

»Erzähl ihm, dass seine Braut entführt wurde und dass Lösegeld verlangt wird.«

»Bei allem Respekt«, wandte Elinda ein. »Es wäre naiv zu glauben, dass Hydeworth deinem Bruder einfach folgt. Er wird bewaffnete Männer zu seinem Schutz mitnehmen. Und wenn Marconi ihm etwas von einer entführten Engländerin erzählt, wird Hydeworth den englischen Botschafter einschalten, dann wimmelt hier bald alles vor Soldaten.«

Auf seinem Lager stieß David ein leises Wimmern aus. Elindas Brust zog sich zusammen. »Bernarda, bitte. Lass vorher David frei. Er muss hier raus.«

Bernarda ignorierte sie und flüsterte ihrem Bruder etwas ins Ohr. Er nickte selbstsicher, als wäre das Vorhaben, einen englischen Earl in Neapel in eine Falle zu locken, nur ein Spaziergang.

Elinda packte die geballte Abscheu vor seiner Perfidie. »Du beeilst dich besser, Luca!«, zischte sie. »Du hast es bis hierher geschafft mit deinen Tricks und Lügen. Den Rest wirst du auch noch schaffen!«

Bernardas Bruder wandte sich der Treppe zu, trat dann

aber plötzlich auf sie zu und starrte sie an. In seinem Blick lag eine solche Kälte, dass ihr der Atem stockte.

»Du hättest deinen Bruder nehmen und einfach gehen sollen, du alberne Gans. Jetzt werdet ihr alle sterben.«

53

Bernarda war mit ihrem Bruder aus der Höhle verschwunden und hatte ihre Gefangenen allein gelassen. Elinda ließ sich mit zitternden Gliedern vor dem Gitter nieder und starrte Blake an. Er wischte sich das Blut von der Schläfe und sah Elinda ausdruckslos an. Sie streckte die Hände durch die Gitterstäbe und tastete nach ihm. Seine Finger waren kalt und klamm.

»Blake ... wie geht es dir? Was ist mit deinem Kopf?«

Er schnaubte leise. »Marconi hat mir einen ordentlichen Schlag versetzt. Aber das ist nicht wichtig ...«

Elinda ertrug es nicht, durch die rostigen Gitterstäbe von ihm getrennt zu sein.

»David ist hier«, wisperte sie.

»Ich weiß. Ich habe euch flüstern hören.«

»Warum hast du denn nichts gesagt? Ich hatte solche Angst um dich, du warst so furchtbar still.«

Blake strich über ihre Hände, wie er es immer getan hatte, aber diesmal lag in der Berührung nichts Tröstliches.

»Nichts von dem, was ich hätte sagen können, wird irgendetwas ändern.«

Die Traurigkeit in seiner Stimme erschreckte sie zutiefst.

»Was nun passiert, wird hässlich werden. Selbst wenn es

Marconi gelingt, Hydeworth hierherzulocken, wird Bernarda nicht von ihrem Plan abweichen«, sagte er mit schwacher Stimme.

»Was denkst du, was sie mit dir vorhat?«, fragte sie.

Statt einer Antwort verlagerte Blake sein Gewicht und warf einen Blick über die Felskante. Darunter brauste unbeeindruckt das Meer.

»Hier geht es bestimmt sieben Meter in die Tiefe.«

»Was ist da unten?«

»Felsen. Und eine schmale Schneise, in die man wohl dieses Boot zu Wasser lassen kann.« Blake betrachtete den Kahn, der neben ihm von einer Seilwinde herabhing.

»Und dahinter scheint sich eine große Meereshöhle zu öffnen.«

»Kannst du nicht das Boot nehmen und dich irgendwie abseilen?« Doch sofort begriff Elinda, wie unsinnig der Vorschlag war. Die Konstruktion der Seilwinde war so beschaffen, dass man sich mit dem Boot nicht allein aufs Wasser herablassen konnte. Blake war auf dem Felsvorsprung gefangen.

Er lehnte sich wieder zurück und spähte an Elinda vorbei. »Wie geht es David?«

»Er schläft.«

Blake sah sie mit einer Mischung aus Fassungslosigkeit und Zärtlichkeit an. »Du bist sehr mutig, Elinda. Aber ich fürchte, dein Mut wird zu nichts führen. Du hattest die Chance, deinen Bruder zu retten …«

Elinda senkte ihre Stimme. »David wird … er wird sterben. Und ich gehe hier nicht ohne dich weg, Blake.«

»Das musst du aber, Elinda. Du und David, ihr seid zwischen die Fronten einer alten Tragödie geraten. Wenn

Hydeworth und ich sterben, reicht das. Versprich mir, dass du dich nicht weiter einmischst, wenn Bernarda zurückkommt. Dann hast du vielleicht eine Möglichkeit, euch in Sicherheit zu bringen. David muss zu einem Arzt.«

Elinda presste die Lippen zusammen. Nein, so würde es nicht enden. So durfte es nicht enden. Fieberhaft sah sie sich in dem Raum nach einer Waffe um.

Die bronzenen Räucherschalen? Zu schwer und unhandlich.

Die Statuen auf dem Altar? Viel zu klein.

Bei der Frage, was Bernarda überhaupt vorhatte, überschlug sich ihre Fantasie. Sie konnte sich nicht vorstellen, dass sich Bernarda damit zufriedengab, die beiden Männer einfach nur zu töten.

Blake drückte ihre Hände. »Geh zu deinem Bruder. Er war hier unten lange genug allein.«

»Und du? Kannst du nicht versuchen, an den Felsen hinabzuklettern?«

»Um da unten vom Meer zerschmettert zu werden?«

Plötzlich stieg jähe Wut in ihr hoch. »Warum bist du so duldsam, Blake? Glaubst du etwa, du hast Bernardas Vergeltung verdient?«

Blake löste sich von ihr und ließ sich wieder gegen die Felswand sinken.

»Geh zu deinem Bruder, Elinda«, wiederholte er. »Mehr kannst du jetzt nicht tun.«

Zitternd trat sie wieder an Davids Lager und ließ sich neben ihm nieder. Er rührte sich nicht. Erschrocken legte sie die Hand auf seine Brust. Nur ganz schwach hob und senkte sie sich. Sie zog ihren Bruder an sich und schluckte das Schluchzen, das in ihrer Kehle aufstieg, hinunter.

»David, du kannst wirklich stolz auf mich sein«, flüsterte sie. »Willst du wissen, wie ich es geschafft habe, mich Blake anzuschließen? Ich habe mich unter seiner Kutsche versteckt.«

David rührte sich schwach. »Unsere armen Eltern.« Sein leises Lachen ging in ein Husten über. »Wegen uns wird Thornton Hall nun wohl unweigerlich untergehen.«

»Ich wüsste nichts, was mir gerade gleichgültiger ist«, erwiderte sie.

»Erzählst du mir auch den Rest der Geschichte?«, bat David.

Elinda legte ihre Stirn an seinen Hinterkopf. Ein Bild aus ihrer Kindheit stieg in ihr auf. Sie und David hatten sich unter dem Bett vor der Gouvernante versteckt, die ihr Vater für kurze Zeit engagiert hatte, um seine Kinder der ordnenden Hand einer Frau anzuvertrauen. Aber sie hatten sich ihr, wo es nur ging, verweigert. Sie lagen manchmal stundenlang unter dem Bett, während die arme Frau sie in ganz Thornton Hall suchte, und erzählten sich gegenseitig Geschichten.

Das war es also, was übrig blieb. Eine letzte Geschichte.

Sie zog David noch enger an sich und erzählte ihm von den vergangenen Monaten. Der Nacht in den Alpen. Dem überhasteten Aufbruch aus Venedig, den Andeutungen der Bettler, von ihren Träumen und den unheimlichen Veränderungen in ihren Bildern. Dem Mondaufgang über dem Forum Romanum in Rom. Der Büffelherde bei Civitavecchia, dem sinnesfreudigen Treiben im Schloss bei Velletri, dem Duell und ihrer verhinderten Vermählung in Neapel.

Und sie erzählte ihm von Blake.

Plötzlich spürte sie eine Träne auf ihrem Handrücken tropfen. David weinte.

»Dann bist du wenigstens nicht allein, wenn ich sterbe«, wisperte er. »Du kannst mit Blake nach Hause zurückreisen.«

»Hast du das gehört, Blake?«, fragte Elinda mit einem leisen Lächeln in seine Richtung.

»David, ich grüße dich«, rief Blake leise zurück. »Ich bin sehr glücklich, dass wir dich gefunden haben.«

»Mister Colbert …« Mit Elindas Hilfe setzte David sich auf. »Ich freue mich sehr, Eure Bekanntschaft zu machen. Wenn auch zu spät. Aber wie ich meine Schwester kenne, werden wir …«

Weiter kam er nicht.

Im nächsten Moment drang Hydeworths Stimme in das untergründige Meeresrauschen, das die Höhle erfüllte. »Elinda? Bist du hier?!«

Erschrocken hob sie den Kopf. Wie viel Zeit war mittlerweile vergangen, dass Marconi den Earl bereits hergelockt hatte? Im nächsten Moment hatte er sie entdeckt und eilte die Treppe herunter. Sie konnte ihm jene Verwirrung ansehen, die auch sie ergriffen hatte, als sie hier aufgewacht war.

»Elinda, was hat das zu bedeuten? Wer sind diese Leute und wer ist … ist das etwa dein Bruder?«

Fassungslos ging Hydeworth vor ihnen in die Hocke, der hochmütige Ausdruck verschwand aus seinem Gesicht. Er streckte die Hand nach Davids Arm aus und drückte ihn ermutigend.

»Junger Audley, macht Euch keine Sorgen. Ich sorge dafür, dass Ihr hier rauskommt. Sagt, sind die Leute, die Euch gefangen halten, dieselben, die Elinda vor der Kathedrale ergriffen haben?«

Er sah Elinda herausfordernd an, als wäre diese Situation ihre Schuld. Und damit lag er, ohne es zu wissen, richtig.

Elinda antwortete nicht. Aber er musste den erschrockenen Ausdruck in ihren Augen gesehen haben, denn er wirbelte alarmiert herum.

Bernarda stand nun *hinter* dem Gitter, auf Blakes Seite.

Wie war sie dorthin gekommen? Wie viele verborgene Eingänge und Durchlässe gab es in dieser Grotte? Hydeworth richtete sich auf und sah sich fragend um.

»Was hat das zu bedeuten? Wenn Ihr einen Engländer einschüchtern wollt, müsst Ihr schon schwerere Geschütze auffahren.«

Dann entdeckte er Blake, und Elinda konnte förmlich sehen, wie sich Hydeworths Gedanken vor Verwirrung ineinander verfingen.

»Colbert?« Er trat an das Gitter und starrte den *bearleader* an. »Dachte ich es mir doch, dass Ihr dahintersteckt.«

»Dann hast du falsch gedacht, Engländer«, sagte Bernarda.

»Was soll dieser lächerliche Aufzug?«, blaffte Hydeworth angesichts der verschleierten Gestalt. »Glaubt Ihr, das jagt mir Furcht ein? Es sollte eher Euch zum Fürchten bringen, wenn nämlich der Botschafter in Kürze bewaffnete Männer hierherschickt. Was glaubt ihr Pack eigentlich, wer Ihr seid?«

Bernarda zog einen Schlüssel hervor und machte sich an dem Vorhängeschloss zu schaffen. Mit einem leisen Knarren öffnete sich die Gittertür.

»Diese Schleier trage ich nicht, um dich zu ängstigen«, sagte sie ruhig. »Sondern um dich zu schonen. Der Anblick würde dein schöngeistiges Gemüt zu sehr erschüttern. Und du bist doch ein Schöngeist, Andrew, nicht wahr? Überall, wo du bist, suchst du das Schöne. Und dann zerstörst du es.«

Hydeworths Kopf fuhr zu Elinda und David herum. »Wisst ihr, was diese Person will?«

Während er in ihre Richtung schaute, lüftete Bernarda ihren Schleier. Hydeworth drehte sich um und schrak zusammen, als er Bernardas entstelltes Gesicht sah. Elinda hatte geglaubt, dass sein Erschrecken sie mit Genugtuung erfüllen würde. Aber das tat es nicht.

»Oh, es ist nicht nur mein Gesicht.« Bernarda ließ den Schleier zu Boden sinken, griff an ihre rechte Schulter, und ein weiteres Tuch glitt an ihr herab. Schon konnte man darunter die Umrisse ihres Körpers sehen.

Elinda wollte nicht hinsehen, aber ihr Blick hing wie gebannt an dem ausgemergelten Körper, den nur noch eine fadenscheinige Chemise bedeckte. In einer erstaunlich fließenden Bewegung griff Bernarda nach dem Saum des Unterkleides und zog es sich über den Kopf.

Vor ihnen stand ein Wesen, das aussah, als hätte die Hölle es ausgespien.

Ihr ganzer Körper war eine einzige fleischige Narbe, die jede einstige Erhebung ihrer Weiblichkeit vernichtet hatte. Ein geschlechtsloses Wesen, verkümmert und zugleich auf eine unheimliche Weise majestätisch. Sie präsentierte ihren zerstörten Körper ohne Scham. Um ihren Hals hing an einem Band ein kleiner Beutel wie ein Amulett. Elinda hätte erwartet, dass Hydeworth sich mit einem angeekelten Ausruf abwenden würde, aber er starrte Bernarda mit seltsamer Ehrfurcht an, als würde ihm die Tatsache, dass ein Mensch derartige Verbrennungen überlebt hatte, Respekt abverlangen.

Bernarda trat auf ihn zu. »Das ist es, was mit meiner Schönheit geschehen ist, als du deine Gier gestillt hast!«

Hydeworth hob die Hände. »Gute Frau, ich verstehe Euch nicht. Was habe ich Euch denn getan?«

»Herrgott, Hydeworth, das ist Bernarda!« Blake war aufgestanden und an das geöffnete Gitter getreten. Sein Gesicht schimmerte bleich. »Ihr werdet Euch doch erinnern! Pompeji vor acht Jahren, die antiken Marmorstatuen unter dem Weinberg ihres Vaters, die Verhaftung, das Feuer?«

»Ach, diese alte Geschichte.« Schlagartig war der höhnische Ausdruck zurück auf Hydeworths Gesicht.

»Dann erinnerst du dich also?« Bernardas Augen verengten sich.

»Natürlich erinnere ich mich. Jeden Tag, wenn ich mich an meiner wundervollen Marmorstatue erfreue. Sie steht in der Loggia meines Landguts in Staffordshire. Erst letztes Jahr versuchte ein Spatz in der Armbeuge ein Nest zu bauen. Der musste natürlich vertrieben werden.«

»Dann gibst du zu, dass du meine Familie vernichtet hast, weil du die Statuen wolltest?« Bernardas Körper bebte vor Anspannung.

David hatte seine Benommenheit abgeschüttelt und verfolgte gespannt die Szene. Elinda fragte sich, warum ihre Angst immer weiter anwuchs. Was sollte schon passieren? Das Gitter war jetzt geöffnet, Blake war ein wenig zu Kräften gekommen und konnte eingreifen. Bernarda war eine zarte, kleine Frau, die Männer konnten sie im Handumdrehen überwältigen. Doch die Gefahr, die Elinda wie einen Nebel um sich herum fühlte, ging nicht allein von Bernarda aus. Es war diese Höhle, in der es offenbar Gänge gab, durch die man ungesehen auftauchen und verschwinden konnte.

Und Bernardas Bruder? Wo war er?

Elinda konnte ihn lauern spüren, irgendwo ganz in der Nähe.

»Was gibt es da zuzugeben?«, blaffte Hydeworth. »Ihr

hattet diese Marmorstatuen unrechtmäßig versteckt. Ich habe nur dafür gesorgt, dass die Gesetze eingehalten werden, die Gesetze Eures Landes!«

»Und dafür musstest du meinen Vater ins Gefängnis werfen, meinen Bruder halbtot schlagen lassen und unseren Hof anzünden?«

»Bernarda, bitte«, versuchte Blake zu schlichten. »Du weißt doch gar nicht, ob Hydeworth das Feuer gelegt hat.«

»Wie nett, dass Ihr mir gegen diese Hexe beispringt, Colbert«, höhnte der Earl.

»Ich war nicht immer eine Hexe!«, stieß Bernarda hervor. »Ich war ein glücklicher Mensch, bis ich dir und deinen Freunden begegnet bin, Andrew Hydeworth.«

Der Earl seufzte in gespieltem Bedauern. »Ja, ja, es war schon eine ziemliche Tragödie damals. Aber deswegen zwei unschuldige englische Reisende zu entführen? Was wollt Ihr? Geld?«

Er griff in seine Rocktaschen und hielt Bernarda einige Münzen hin.

Bernarda schlug sie ihm aus der Hand. David starrte wie hypnotisiert den rollenden Geldstücken hinterher, bis sie irgendwo in der Dunkelheit verschwanden.

»Ich will dein Geld nicht!«, zischte Bernarda.

Hydeworth warf einen Beifall heischenden Blick auf David. »Sie ist verrückt, oder? Hat völlig den Verstand verloren.«

»Vielleicht«, antwortete David nun mit erstaunlich fester Stimme. »Aber das ist Eure Schuld.«

Hydeworth schnaubte abfällig. Und dann verdrängte ein Ausdruck vollkommener Gleichgültigkeit die Jovialität in seiner Miene.

»Ja, ich habe damals das Feuer an deinen Hof gelegt«, sagte er kalt. »Und weißt du auch, warum?«

Er machte einen raschen Schritt auf Bernarda zu. Sie zuckte zurück.

Elinda hielt den Atem an.

»Weil ich jedes Mal, wenn ich meine schöne Marmorstatue aus Pompeji betrachte, daran denke, wie stolz und großmäulig du damals dahergeredet hast«, höhnte Hydeworth. »Als wärst du etwas Besseres, weil dir ein verliebter Trottel von Engländer das Bett gewärmt hat. Aber du bist nur eine verlogene, diebische Hure, und es war mir eine Ehre, zu verhindern, dass du und deine Brut sich noch einmal an Dingen bereichern, die nicht in eure schmutzigen Hände gehören.«

»Hydeworth, es reicht!« Blake war neben Bernarda getreten.

»Haltet den Mund, Colbert!«, fauchte der Earl. »Ich sehe einmal mehr, wie notwendig es war, dass man Euch Eure Stellung als *bearleader* aberkannte! Ihr habt eine Hure Euresgleichen vorgezogen. Und Ihr tut es schon wieder!«

Hydeworth deutete auf Elinda und David. »Diese beiden da, schaut sie Euch an! Junge Engländer, ausgeliefert in einem fremden Land, auf Eure Hilfe angewiesen. Und was macht Ihr? Nehmt dieses infernalische Weib in Schutz.«

Hydeworth spuckte auf den Boden.

»Bernarda braucht meinen Schutz nicht«, erwiderte Blake ruhig. »Sie weiß genau, was sie tut. Was sie aber braucht, ist das Wissen, dass ich nie einverstanden war mit Euren Taten. *Ihr* habt ihr Leben zerstört. Nicht ich.«

Hydeworth prustete los, als hätte jemand einen Witz erzählt.

»Ach herrje. Dafür werde ich wahrscheinlich in der Hölle schmoren.«

»Du weißt ja gar nicht, wie richtig du damit liegst.« Plötzlich riss Bernarda sich das Beutelchen vom Hals und schleuderte den Inhalt in Hydeworths Gesicht.

Er schrie auf und stolperte nach hinten. Elinda fuhr zurück.

Hydeworth fuchtelte in seinem Gesicht herum, drehte sich um die eigene Achse und begann verzweifelt zu fluchen. Eine bläuliche Staubwolke hing in der Luft, und erst jetzt erkannte Elinda, dass auch Blake etwas von dem Pulver abbekommen hatte. Keuchend hielt sie sich den Ärmel vors Gesicht, und auch David zog sich instinktiv die Decke vor Mund und Nase.

Dann ging alles in einem merkwürdigen, wilden und zugleich schlafwandlerischen Taumel unter. Hydeworths Bewegungen wurden wie bei einem angeschossenen Bären allmählich schwächer. Blake versuchte, das Pulver aus seinem Gesicht zu bekommen, aber er taumelte gegen das Gitter und sank benommen zu Boden. Hydeworth fasste sich an den Kopf, suchte Halt und fiel direkt vor Bernardas Füße.

Sie hatte das Geschehen reglos verfolgt. Nun bückte sie sich nach ihren Gewändern und zog sie langsam wieder an.

Elinda tauschte einen Blick mit David. Er starrte Bernarda furchtsam an, als könnte sie auch ihm etwas von dem giftigen Pulver in die Augen streuen.

Geh jetzt, hörte Elinda ihre innere Stimme drängen. *Geh mit David nach draußen.*

Doch sie konnte nur dasitzen und wie gebannt zuschauen.

Hydeworth lag blinzelnd auf der Seite, zuckend wie ein

Fisch auf dem Trockenen. Der Anblick erfüllte Elinda mit Grauen. Blake saß benommen an der Gittertür.

Es war furchtbar, ihn erneut seiner Kraft beraubt zu sehen, herumgestoßen von einem übermächtigen Gegner.

Doch Elinda riss sich aus ihrer Erstarrung.

Sie packte den Krug mit Wasser und eilte zu Blake. Bernarda hielt sie nicht auf, ihre ganze Aufmerksamkeit war auf Hydeworth gerichtet.

Elinda schüttete Blake etwas von dem Wasser ins Gesicht. Ohne sich um das zu kümmern, was in ihrem Rücken geschah, wischte sie mit ihrem Ärmel so gut es ging die Substanz aus Blakes Augen und von seiner Nase. Doch er starrte durch Elinda hindurch und schien sie gar nicht mehr wahrzunehmen.

»Was hast du getan?«, schrie sie Bernarda an. »Was war das für ein Pulver?«

»Geh mir aus dem Weg.« Bernardas Stimme war tonlos und dunkel, als würde sie aus einem Grab ertönen. »Blake wird es schon überleben. Aber er hier …«

Sie stieß Hydeworth mit dem Fuß an, sodass er auf dem Rücken zum Liegen kam.

»Er ist nun gefangen in seinem Körper«, verkündete Bernarda. »So wie ich gefangen war in meinem brennenden Elternhaus. Er wird alles, was mit ihm geschieht, bei vollem Bewusstsein miterleben.«

»Was … wird er miterleben?«, wisperte Elinda.

»Ich werde ihn dorthin schicken, wo er hin gehört.«

»Bernarda …«

Plötzlich packte sie Elinda hart am Arm. »Hör mir gut zu, kleine Engländerin. Weil du diesen Mann zu mir geführt hast, erlaube ich dir zuzusehen, wie er den Furien übergeben wird. Aber am besten nimmst du deinen Bruder und verschwindest.«

»Und Blake?«

Doch für Bernarda schien es, als wäre der *bearleader* nicht länger anwesend.

Mit einer Kraft, die Elinda der spindeldürren Frau nicht zugetraut hätte, packte sie Hydeworths Arme und schleifte ihn durch das geöffnete Gitter auf den Felsabsatz und auf das Boot zu. Es schien, als würde sie zu einem Teil der Schatten werden, die von der Meereshöhle aus die Grotte eroberten. Draußen musste es Abend geworden sein, immer weniger Licht drang durch die Öffnung zum Meer hin. Einige der Talglichter auf dem Altar waren erloschen.

»Elinda!«, keuchte David hinter ihr. »Du musst Blake helfen.«

Elinda riss sich von dem unheimlichen Anblick los. Blake saß mit offenen Augen da und blinzelte. Ohne weiter nachzudenken, packte sie seinen Zopf, bog seinen Kopf nach hinten, zwang ihm den Mund auf und schüttete ihm das Wasser hinein. Ein Ruck ging durch ihn, er würgte und spuckte das Wasser aus. Elinda wollte sich ihm erneut nähern, doch er schlug ziellos um sich.

Auf einmal war David neben ihr. »Ich helfe dir.«

Obwohl ihr Bruder viel zu schwach war, schaffte er es, Blakes Kopf festzuhalten. Schweiß glänzte auf seiner Stirn, und vor Anstrengung traten seine Wangenknochen noch mehr hervor. Elinda zitterte vor Anspannung.

Von Sekunde zu Sekunde schien die lähmende Wirkung von Blake abzufallen.

Elinda fing Davids Blick auf. In seinen Augen spiegelte sich Entsetzen, als würde sich in ihrem Rücken etwas

Furchtbares abspielen. Sie wirbelte herum und sah, wie Bernarda sich gerade über das Boot beugte. Es hing immer noch an der Seilwinde, war aber nun auf Höhe der Felskante herabgelassen worden.

Von Hydeworth war nichts zu sehen.

»Wo ist er hin?«, wisperte David.

Plötzlich richtete Bernarda sich auf und streckte die Hand nach Elinda aus. Die Frau strahlte nun eine große Ruhe aus.

Wie von einer magischen Kraft angezogen, die weit über bloße Neugier hinausging, näherte Elinda sich der verschleierten Gestalt. Bernarda stand am Rand des hölzernen Kahns und blickte hinein.

Elinda erwartete schon, dass sie Hydeworth in der Zwischenzeit irgendeine Verletzung zugefügt hatte, aber der Earl lag immer noch unversehrt im Innern des Bootes. Vollkommen regungslos, als wäre er zu einer der alten Statuen geworden. In seinen weit aufgerissenen Augen zuckte das nackte Entsetzen.

»Dieser Mann hat mich zu einem Leben in den Schatten verdammt. Durch ihn habe ich den Tod bei lebendigem Leib erfahren. Ich war wie eine der verlorenen Seelen in der Unterwelt, die nur die Dunkelheit und den Hunger kennen. Weit weg von den sanften Wiesen Elysiums.«

Ihre Hand tastete zwischen die Falten ihres Gewandes.

»Ich habe nur so lange gelebt, weil die Rachegöttinnen es mir erlaubt haben. Und nun werde ich diesen Mann mitnehmen in das Reich der Schatten.«

Zwischen Bernardas Fingern schimmerte jetzt etwas Silbriges. Elinda brauchte einen Moment, aber dann erkannte sie es.

Es waren zwei Münzen.

Bernarda beugte sich über Hydeworth, ihr Schleier streifte sein Gesicht wie eine letzte Liebkosung.

»Du weltgewandter, aufgeklärter Engländer«, raunte sie. »Du bist so klug und gebildet. Aber du kennst nicht die Prophezeiung, dass all diejenigen, die die Asche Pompejis berauben, eine schreckliche Strafe ereilt. Deine vier Freunde haben schon gebüßt für ihren Diebstahl. Nun bist endlich auch du an der Reihe.«

Sie ließ die Münzen vor Hydeworths Gesicht durch die Finger wandern. Seine Augen weiteten sich in einem Ansturm von Grauen noch mehr, er schien zu begreifen, was ihm nun bevorstand. Als würde ein Bann sie zum Hinschauen zwingen, verfolgte Elinda, wie Bernarda dem Earl die Lider schloss. Und dann verschwanden seine Augen, diese arroganten und selbstsicher alles überblickenden Augen unter den beiden Münzen.

Bebend trat Elinda einen Schritt zurück. Hydeworth lebte noch, doch sie hatte den überwältigenden Eindruck, gerade auf einen Toten herabgeschaut zu haben.

Bernarda ergriff die Kette, mit der das Boot an der Seilwinde hing und ließ es dann langsam in die Dunkelheit der Meeresgrotte hinab. Erneut ertappte Elinda sich bei der Frage, ob da unten in der Dunkelheit wirklich die Furien Hydeworths Körper in Empfang nehmen würden. Wenn nun zwischen den Felsen die schwarzhäutigen, schlangenköpfigen Alekto, Megaira und Tisiphone lauerten?

In Elinda schrie alles danach, sich zu entfernen. Doch Bernarda packte ihre Hand und zog sie zurück an die Kante. »Schau hin! Schau ihn dir an.«

Mit rasendem Herzen schaute Elinda in die Tiefe.

Nirgendwo waren schlangenköpfige Rachegöttinnen zu sehen.

Nur eine in ein hellgraues Kapuzengewand gehüllte Gestalt, die jetzt mit einem langen Ruder bei Hydeworth im Boot stand.

Charon. Der Fährmann der Unterwelt.

Elinda erstarrte. Das war also die Strafe, die Hydeworth erleiden sollte.

Lebendig der Unterwelt übergeben zu werden.

Das Meer brandete in langen Wellen in die Höhle und riss das Boot von den Felsen weg. Für einen Moment schaukelte es in der Gischt, doch die Gestalt mit dem Ruder brachte es rasch in eine stabile Position. Mit kraftvollen Bewegungen ruderte sie den Kahn ins Innere der Höhle. Der Fährmann und seine anbefohlene Seele.

Elindas Gedanken kamen zum Erliegen. Sie fragte sich weder, ob unter der Kapuze Marconi steckte, noch was er mit Hydeworth vorhatte. Sie konnte nur den hellen Schemen des Ruderers hinterherschauen, der allmählich von der Dunkelheit verschluckt wurde. Dann war das Boot verschwunden.

Elinda atmete zitternd aus. Die letzten Worte aus der *Aeneis* kamen ihr in den Sinn.

… und mit Seufzen entflieht sein zürnender Geist zu den Schatten.

Bernarda tastete unvermittelt nach ihrer Hand. »Ich danke dir.«

Elinda schüttelte den Kopf. Sie fühlte sich sterbenselend.

»Nicht doch. Dein Gewissen ist rein, Elinda.« In ihre Stimme drängten sich aufsteigende Tränen. »Du hast verhindert, dass Blake das Opfer meines Irrtums wurde.«

»Du konntest die wahren Hintergründe nicht ahnen«, widersprach Elinda schwach.

»Ich hätte nicht nur ahnen, sondern wissen müssen, dass Blake ... dass er zu einem solchen Verrat nicht in der Lage ist«, unterbrach Bernarda sie stockend.

Elinda sah sie an. Bernardas Schultern bebten kaum merklich. Sie weinte.

»Ich kenne ihn und die Kraft, mit der er mich immer geliebt hat. Doch mein eigener Schmerz hat über meine Liebe gesiegt.« Ein leises Schluchzen ließ ihre Worte abreißen. »Hydeworth musste nicht nur für die gestohlenen Statuen und den Untergang meiner Familie büßen. Sondern auch dafür, dass er meine Liebe ausgelöscht hat.« Mit einer schwachen Geste berührte sie den Schleier vor ihrem Gesicht und fing damit die Tränen dahinter auf. »Ich bin schon lange kein Mensch mehr. Der einzige Ort, an den ich wirklich gehöre, ist der ewige Hades.«

Mit diesen Worten trat sie an die Kante.

»Nein!« Elinda schnellte vor, doch es war zu spät.

Lautlos fiel Bernarda in die Tiefe.

Mit einem Aufschrei riss Elinda ihre Hände über die Ohren, sie wollte den Aufprall nicht hören. Vergeblich. Sie würde diesen Laut, als Bernardas Körper inmitten der brandenden Gischt auf den Felsen aufkam, niemals vergessen.

Zitternd stand Elinda da. In der Grotte herrschte eine tiefe, abgründige Stille.

Dann wandte sie sich um.

Blake und David waren verschwunden.

54

Oben an der Treppe durchstach ein Lichtbündel die Finsternis der Höhle. Die Tür war geöffnet worden. Elinda wollte dorthin, auf dieses Licht zustürmen. Doch mit einem Mal kam es ihr unerreichbar vor. Der Weg dorthin würde ihre Kräfte übersteigen.

Die Dunkelheit um sie herum schien in sie einzudringen und ihre verbliebene Kraft aufzusaugen.

Plötzlich war da eine Berührung an ihrem Arm. Blake. Er fasste sie bei den Schultern und sah ihr besorgt ins Gesicht.

»Sie ... sie hat sich einfach da hinuntergestürzt ...«, stammelte Elinda.

Blake senkte den Kopf. Für einen kurzen Moment sah es so aus, als wollte er an den Abgrund treten und hinabschauen. Doch stattdessen nahm er Elindas Hand und führte sie zur Treppe. Die Stufen erschienen Elinda wie die Stufen im Palast eines Riesen, ihr Herz hämmerte schmerzhaft in ihrer Brust. Oben wollte sie noch einen Blick durch die Tür zurückwerfen, doch Blake schloss diese sofort hinter ihr. Ein weiß gekalkter Raum lag vor ihr, in der Dunkelheit erkannte sie die Umrisse von schlichten Möbeln und Kräuterbündeln, die vor den Fenstern zum Trocknen hingen.

»David? Wo …?«

»Er ist draußen.« Blake schob sie durch die Tür der kleinen Fischerhütte und schloss sie nachdrücklich hinter sich, als wollte er verhindern, dass sie sich jemals wieder dieser darunterliegenden dunklen Welt öffnete.

Draußen lag die silbrige Dämmerung des frühen Morgens. Die Nacht versickerte am Saum eines kleinen Kiesstrandes zwischen Felsen und gedrungenem Buschwerk.

Elinda empfand eine beinahe schmerzhafte Erleichterung, als die kühle Nachtluft in ihre Lunge drang. Blake deutete auf einen hellen Fleck zwischen den Felsen. Davids rötlicher Haarschopf.

»Lass ihn uns zu einem Arzt bringen.« Elinda war völlig außer Atem.

Blake schüttelte sanft den Kopf. »Ich fürchte, dazu ist es zu spät. Dein Bruder verabschiedet sich gerade. Wir sollten ihm diesen friedlichen Morgen gönnen. Mehr bleibt ihm nicht.«

Elinda presste die Lippen zusammen und nickte. Das Meer lag tiefdunkel und aufgewühlt vor ihnen. Irgendwo in der Unendlichkeit dahinter wartete der Horizont auf das erste Licht aus dem Osten. Blake hatte David auf seinen schwarzen Mantel gebettet und mit einem Wollschal zugedeckt. Elinda ließ sich neben ihrem Bruder nieder und schmiegte sich an seine Schulter.

Sie schwiegen. Was hätten sie auch sagen sollen?

Sie lauschte Davids langsamen Atemzügen, und in ihrem Herzen flackerte die Angst, dass sie irgendwann seinem letzten lauschen würde. Ganz allmählich tauchte am äußersten Rand der Welt ein tiefblauer Streifen auf. Die Luft wurde milchig, und Kälte kroch aus den Kieseln.

»Dann ist es wohl doch nicht der berühmte Sonnenuntergang, den wir hier betrachten«, stellte David mit einem schiefen Lächeln fest.

Elinda zog ihn enger an sich. Er würde die Sonne nie wiedersehen. Aber das erste zaghafte Licht, das sich allmählich ausbreitete, erschien ihr in seiner friedlichen Schönheit viel passender. Elinda wandte den Kopf. Sie entdeckte Blake nur wenige Meter entfernt hinter ihnen auf einem Felsen sitzen, als würde er über sie wachen. Sie machte ihm ein Zeichen, dass er sich nähern sollte.

Leise ließ er sich David zur Linken nieder und legte seinen Arm um ihn.

Eine ganz merkwürdige Zufriedenheit ergriff Elinda.

So hatte sich dieser Wunsch doch noch erfüllt. Sie beide zusammen in Italien und David an der Seite seines *bearleaders*.

»Das Ganze hat auch sein Gutes«, wisperte David.

Elinda presste ihr Gesicht gegen seine Schläfe. »Was meinst du?«

»Nun, ohne dieses Drama wärst du irgendwann zu Hause bei Mutters Rosen verkümmert und hättest irgendeinen trüben Tropf von Lord heiraten müssen und wärst vor Langeweile von einem Turm gesprungen.«

Aber auch so würde Thornton Hall untergehen, dachte sie.

»Das wäre durchaus möglich«, sagte sie, ohne den Gedanken auszusprechen.

»Aber meine abenteuerlustige Schwester hat sich genommen, was sie wollte.«

»Ja«, stellte Blake mit einem hörbaren Lächeln fest, »genauso fühlt es sich an.« David gluckste leise. »Streng genommen kannst du mir also dankbar sein, Elinda.«

»Ich bin dir dankbar«, versicherte sie ihm.

»Und ich ebenso«, fügte Blake an. »Deine Schwester ist ein Geschenk.«

Davids gespielt ergriffener Seufzer ging in einem Husten unter.

»Es ist so schön, dass ihr da seid«, sagte er. »Ich habe mir das immer ausgemalt, wisst ihr?«

»Was? Dass Mister Colbert und ich nach dir suchen?«, fragte Elinda.

David nickte. »Es hört sich verrückt an, aber auch ich habe genau wie diese Frau um das Gelingen dieses Planes gebetet, nur aus anderen Gründen.«

Meine Albträume waren also seine Gebete, dachte Elinda.

Auf dem Meer lag ein schwaches graues Licht.

Irgendwo regte sich verschlafen ein Seevogel.

»Ist dir warm, David?«, fragte Blake. Unmerklich war seine Hand hinter Davids Rücken zu Elindas Schulter gewandert. Sie schluckte hart an ihren Tränen.

Sie drei zusammen. Es war so schön, als wäre es immer so gewesen.

»Mir geht es gut.« Davids Stimme war nur noch ein tonloses Hauchen.

Dann lagen sie ganz still beisammen. Elinda lauschte nicht mehr angstvoll auf Davids Atemzüge, sondern nun auch auf das Wellenrauschen und das leise Klacken der Kiesel in der Brandung. Die Traurigkeit in ihrer Brust veränderte sich. Da war Schmerz und Leichtigkeit zugleich, als wäre diese Traurigkeit eine Flaschenpost, die sie nur loslassen musste, damit sie ihren rätselhaften eigenen Weg ginge.

Elinda wollte David noch so viel sagen. Aber mit jedem An- und Abschwellen des Meeres spürte sie, dass sie sicher eingebettet waren in ihre Liebe und ein Wort die fragile Schönheit dieses Moments verzerrt hätte.

Also schlief sie an David gekuschelt ein, wie damals als Kinder unter dem Bett in Thornton Hall, während irgendein Bediensteter vergeblich nach ihnen suchte, ein zerlesenes Buch zwischen ihnen und ein gemeinsamer Traum hinter ihren Stirnen.

Als Elinda aufwachte, streichelte die Sonne ihr Gesicht, das Meer gluckste sanft, und David regte sich nicht mehr.

Sie richtete sich auf und betrachtete sein bleiches Gesicht. Er sah aus, als würde er sehr tief schlafen. Seine Miene war vollkommen entspannt, sein Mund deutete beinahe so etwas wie ein Lächeln an.

Seltsamerweise kam der Schmerz nicht wie ein Schlag, eher wie eine sanfte Welle. Ihre Wucht musste bereits gebrochen sein, während Elinda geschlafen hatte.

Eine Bewegung in ihrem Augenwinkel ließ sie aufschauen.

Blake stand am Ufer und beugte sich gerade über ein dunkles, unförmiges Etwas, das in der Brandung trieb. Es dauerte einige Sekunden, bis Elinda begriff, dass es Hydeworths Leiche war. Blake zog den leblosen Körper an den Strand und betrachtete ihn nachdenklich.

Auf einmal überfiel Elinda wieder dieses Gefühl von Tod und Verderben, das sie in Bernardas Höhle fest im Griff gehabt hatte. Mit quälender Klarheit begriff sie, dass ihr geliebter Bruder für immer von ihr gegangen war. Und dass Hydeworths Tod keinerlei Erleichterung in ihr auslöste.

Sie wollte irgendwohin flüchten, wo es keinen Tod gab.

Blake hob den Kopf, sah, dass sie wach war und näherte sich ihr. Zuerst schaute er sie nur an, forschend und zärtlich, dann zog er sie hoch und drückte sie fest an sich. Elinda versank wieder in seiner Nähe, die sich ihr in seinem Herzschlag mitteilte. Es war wieder wie in jener Nacht in den Alpen, sie beide allein in der Ungewissheit.

»Hast du … hast du es bemerkt, als David eingeschlafen ist?«, fragte sie zitternd.

Blake küsste sanft ihren Scheitel. »Er war ganz friedlich.«

Sie atmete tief ein. »Ich danke dir, dass du bei ihm warst. Das hat ihm so viel bedeutet. Und mir auch.«

»Das habe ich gehofft«, flüsterte er.

Zögerlich warf sie einen Blick an ihm vorbei zum Leichnam des Earl.

»Ist es vorbei?«

Blake unterdrückte ein schweres Seufzen. »Wir müssen uns nun um zwei tote Engländer kümmern.«

Elinda nickte erschöpft. »Also ist es noch nicht vorbei.«

»Das Schlimmste haben wir hinter uns.«

»Was … was ist mit Hydeworth passiert?«

Blake löste sich von ihr und warf einen düsteren Blick auf den Toten.

»Ich weiß es nicht genau. Er scheint unverletzt. Ich glaube, er ist ertrunken.«

»Du meinst, wir bekommen keine Schwierigkeiten wegen seines Todes?«

»Er wäre nicht der erste leichtsinnige Ausländer, der im Golf von Neapel seinem Schöpfer begegnet. Wir werden Kontakt mit Sir Hamilton aufnehmen. Er wird uns helfen, ein anständiges Begräbnis für ihn und deinen Bruder abzuhalten.«

»Und Marconi?« Beklommen sah Elinda sich auf dem leeren Strand um.

»Ich habe ihn nirgendwo gesehen. Und selbst wenn er hier noch irgendwo ist, ich glaube nicht, dass er noch eine Gefahr für uns darstellt.«

So erleichternd diese Nachricht auch war, sie verstärkte nur ihr tiefes Gefühl von Endgültigkeit. Ein Schluchzen stieg in Elindas Hals hoch.

Blake ging neben David in die Hocke und zog das Wolltuch über sein Gesicht. Dann ergriff er Elindas Hand und führte sie einige Schritte den Strand hinunter.

Blake blieb zwischen zwei Felsen nah beim Wasser stehen. Er nahm ihr Gesicht in beide Hände und sah ihr in die Augen. Mit den Daumen wischte er zärtlich ihre Tränen fort.

»Und nun? Wie soll die Reise weitergehen, Elinda?«

Sie blinzelte irritiert. »Ich glaube nicht, dass ich das entscheiden kann.«

»Doch, das kannst du. Zum ersten Mal, seit du dich in der Kutsche versteckt hast, kannst du frei entscheiden, ob du zurückkehren oder hierbleiben willst. Nur bei einer Sache hast du, fürchte ich, kein Mitspracherecht.«

Sie sah ihn fragend an.

In seinem ernsten Blick flammte Wärme auf. »Ganz gleich, wie du dich entscheidest, ich werde bei dir sein.«

»Das hatte ich befürchtet.« Mit einem schwachen Lächeln senkte sie den Kopf.

Nach all der Finsternis der letzten Stunden erschienen ihr seine Worte zu schön, um wahr zu sein. Mit sanfter Bestimmtheit hob er ihr Kinn wieder an. Und plötzlich spürte Elinda, dass etwas passieren würde, auf das sie die ganze Zeit über gewartet hatte.

»Ich habe dich im Unklaren über meine wahren Beweggründe gelassen, und es tut mir leid«, sagte Blake leise. »Ich hoffe, du kannst mir das verzeihen. In all der Ungewissheit der vergangenen Wochen gab es jedoch etwas, dessen ich mir immer sicherer wurde. Wenn du es mir erlaubst, spreche ich es jetzt aus.«

Elindas Herz schlug bis zum Hals.

»Wenn es … dasselbe ist, dessen auch ich mir sicher bin, musst du es nicht aussprechen.«

»Ich will aber, dass du es hörst.«

Elinda hob sich auf die Zehenspitzen und neigte den Kopf.

Blake zog sie noch enger an sich. Und flüsterte es in ihr Ohr.

Epilog

In der Peterskirche herrschte um diese späte Stunde, kurz nach der Abendmesse des Heiligen Vaters, eine abgründige Stille, als wäre sie niemals von Menschen belebt gewesen. Die Sonne ging gerade unter, in den westlichen Fenstern schimmerte noch eine rosige Glut. Um den Hochaltar brannten unzählige Lampen und Kerzen und hoben golden verschlungene Ornamente aus dem schläfrigen Dämmerlicht, doch das Allerheiligste wirkte ganz verloren in der Weite des gigantischen Raumes. Elinda hätte nicht sagen können, wo die Kirche begann und wo sie endete. In der Luft lag noch eine Ahnung von Weihrauchduft, und irgendwo in der unermesslichen Weite der Kirche erklang ein körperloses Wispern. Hinter den Mauern erahnte Elinda das Rauschen der Fontänen auf dem Vorplatz.

Die heilige Stille war derart tief, dass sie versucht war, auf Zehenspitzen zu gehen. Sie waren am späten Nachmittag nach Rom zurückgekehrt.

»Es gibt nichts Schöneres, als die Peterskirche dann zu besuchen, wenn die Abendmesse vorüber ist«, hatte Blake ihr versprochen.

Und so erlebte Elinda jenen malerischen Spaziergang, am Tiber entlang, über die Engelsbrücke, an der Engelsburg vorbei und zu den Kolonnaden des Bernini; einen Spaziergang, auf den sie bei ihrem ersten Besuch in der Ewigen Stadt hatte verzichten müssen.

Aber seit das eigentliche Ziel dieser Reise erfüllt war, gab es keine Eile mehr und keine Sorgen. Nur noch genussvolle Stunden an lang ersehnten Orten.

Freude und Faszination waren jedoch stets umwoben von einer stillen Wehmut.

Blake und Elinda hatten beim englischen Botschafter in Neapel vorgesprochen, und der kunstsinnige Sir Hamilton war ihnen überaus freundlich begegnet. Ungeachtet Blakes Vergangenheit hatte er ihn und Elinda zum Dinner geladen, um ihre Geschichte zu hören. Bei dieser Gelegenheit lernten sie seine Mätresse Emma kennen, die in diesen Tagen eine Berühmtheit in ganz Europa war. Elinda wurde den Eindruck nicht los, dass es gerade diese wunderschöne Frau zweifelhafter Herkunft war, die das Herz des Botschafters auch für ihre eigene verzwickte Lage erweichte.

Der Botschafter setzte ein diplomatisches Schreiben nach London und einen Brief an Elindas Vater auf, der die Situation erklärte.

Andrew Hydeworths Leichnam wurde in einem versiegelten Bleisarg zurück nach England gebracht. Davids sterbliche Überreste blieben in Neapel. Hamilton kannte die Mönche des Dominikanerordens, denen ausgedehnte Ländereien gehörten. Die Mönche hatten in einem Olivenhain eine kleine Parzelle als Begräbnisplatz für nichtkatholische Ausländer und ungetaufte Kinder eingerichtet und sorgten für ein würdevolles Begräbnis. Nur ein kleiner, grob behauener Stein wies auf die letzte Ruhestätte des jungen Engländers hin.

Als die Mönche gegangen waren, vergruben Elinda und Blake das Fluchtäfelchen an dieser Stelle, und dann nahm Elinda sich die Zeit, diesen letzten Ort auf Davids *Grand Tour* zu zeichnen. Damit sie ihn nie vergaß und auch, um ihn eines Tages vielleicht ihren Eltern zu zeigen.

Riesige, uralte Olivenbäume streckten ihre Zweige über den Gräbern aus, dazwischen erwärmte die Sonne die Erde. Im hohen Gras ringsum stimmten Grillen ihr eigentümliches Lied an, und wenn man sich auf die Zehenspitzen stellte, konnte man in der Ferne einen schmalen Streifen des Meeres erkennen. An diesem Ort vereinigte sich fernes Kirchengeläut mit den Glöckchen der Ziegen. David hätte dieser Ort sicher gefallen.

Die Tage und Wochen danach waren erfüllt von der vorsichtigen Rückkehr einer neuen Normalität. Blake widmete sich nun ganz der Aufgabe, Elindas Trauer aufzufangen und ihr Momente der Freude entgegenzusetzen. Sie unternahmen ausgedehnte Ausflüge am Golf, bestiegen den Vesuv und verbrachten einen herrlichen Tag in Paestum bei den griechischen Tempeln. Blake heuerte ein Boot an, das sie nach Capri und Ischia übersetzte. In einer abgelegenen Bucht brachte er ihr Schwimmen bei. Elindas Haut färbte sich in einem gesunden Goldton, und sie entwickelte einen unstillbaren Appetit auf die Früchte, die Neapels Tisch so überreich deckten. Ihre Traurigkeit blieb unvermindert, doch sie sank in ihrem Empfinden tiefer und unter die Schicht eines ungeahnten Glücks, das sie an Blakes Seite erlebte.

Der *bearleader* hatte Elindas kostbare Saphirohrringe und auch das protzige Collier bei einem Juwelenhändler zu Geld gemacht, und auch Sir Hamilton hatte etwas Geld für seine

Landsleute angewiesen, was ihnen erlaubte, zwei schöne Zimmer direkt am Molo zu beziehen. Abends drangen die Lieder der Fischer herein und der strenge Geruch des Meeres.

Sie blieben einen ganzen Monat in Neapel, um auf Briefe aus der Heimat zu warten. Doch es kam nur ein einziges, sehr knapp verfasstes Schreiben von Robert Audley, das offenließ, ob Elinda in Thornton Hall noch willkommen oder für immer verstoßen war. Mit Erleichterung begriff sie, dass das Band zwischen ihr und ihren Eltern derart lose geworden war, dass sie nicht hätte sagen können, ob es im Grunde zerrissen war. In diesem Gefühl lag genau die Art von Freiheit, die sie sich wünschte, auch wenn sie bisweilen ein schmerzhaftes Ziehen spürte, wenn sie an ihre Eltern und Thornton Hall dachte.

Aber in dieser Ungewissheit, während der Sommer die Stadt mit Licht und Hitze glasierte, formte sich allmählich eine mögliche Zukunft vor ihren Augen.

Sie trafen im Juli wieder in Rom ein.

Als sie im heiligen Dämmer der Peterskirche standen, unter den reglosen Augen Dutzender Heiliger, erschien Elinda diese Zukunft wie ein köstliches Wagnis.

Irgendwo fiel dröhnend eine riesige Tür zu, und am Rand ihres Blickfeldes sah sie einen dunklen Schemen vorüberhuschen: ein Küster, der die wenigen letzten Besucher aufforderte, die Kirche nun zu verlassen. Blake nahm Elindas Arm, doch auf dem Weg nach draußen blieb er plötzlich stehen.

»Siehst du die Frau da?«

Er deutete auf ein Kerzengestell im rechten Seitenschiff. Eine Frau in einer orange schimmernden Robe erhob sich dort gerade vom Gebet und zündete noch eine Kerze an. Über ihr schimmerte matt die goldene Büste einer Frau in der Dunkelheit. Elinda wusste nicht, ob Blake die Büste meinte oder die Dame, die nun zum Ausgang ging.

Blake beschleunigte seine Schritte.

»Das ist der Epitaph von Christina von Schweden. Sie ist eine von vier Frauen, die im Petersdom bestattet wurden«, flüsterte er. »Sie war eine sehr freiheitsliebende Königin, nie verheiratet und vergnügte sich gerne mit ihrem eigenen Geschlecht. Aber die Päpste liebten sie, weil sie als Protestantin zum Katholizismus konvertierte. Sie starb vor hundert Jahren in Rom.«

»Ist ihr Epitaph also ein beliebter Ort für die Gebete unkonventioneller Frauen?«, fragte Elinda.

»Wenn ich richtig gesehen habe, dann …« Blake stemmte das gewaltige Portal auf, das eben hinter der Dame zugefallen war. »Aber nein, das kann nicht sein.«

Irritiert folgte Elinda ihm ins Freie. Doch dann fiel ihr Blick auf die Gestalt, die zwischen Kolonnaden stand und versonnen den rosigen Abendhimmel betrachtete.

»Elisabeth?«

Die Frau drehte sich um. Sie blinzelte überrascht, doch dann eilte sie mit einem strahlenden Lächeln auf Elinda und Blake zu. Sie fiel zuerst Elinda um den Hals, dann reichte sie Blake mit einem vielsagenden Lächeln die Hand zum Kuss.

»Wie … wie kann das sein?« Elinda traute ihren Augen immer noch nicht.

Elisabeth von Kaboreth lebte. Ihre farbenfrohe Robe konnte zwar nicht von ihrer Blässe ablenken, aber in ihren Augen lag das bekannte lebendige Funkeln. Blake wurde bei ihrem Anblick jedoch bleich. Er musste unweigerlich an jenen Moment denken, als er sich sicher gewesen war, die Gräfin wäre tot.

Elisabeth winkte ab. »Ich weiß nicht, welcher Engel an Gottes Seite ein gutes Wort für mich eingelegt hat, aber ich bin von den Toten zurückgekehrt.«

»Elisabeth, was hat das zu bedeuten?« Blake starrte sie ungläubig an. »Als wir dich verließen, hattest du weder Atem noch Puls.«

»Falsch, mein Lieber. Ich hatte noch beides, nur konnte man es wohl nicht fühlen. Meine Zofen, echte Venezianerinnen, kennen die heimtückischen Gifte und wussten, dass einige dazu angetan sind, Menschen lebendig zu begraben, weil sie für tot gehalten werden. Ein starkes Brechmittel und eine spitze Nadel unter den linken Daumennagel gestoßen wirken Wunder. Jedenfalls …«

Sie hängte sich bei Elinda und Blake ein und zog sie schlendernd zu den wartenden Kutschen am Rande des Petersplatzes.

»… dauerte es ein paar Tage, bis das Gift aus meinem Körper war und ich mich langsam erholen konnte. Ich frage mich, wer mir ans Leben wollte. Ich habe nie jemandem einen Grund dafür gegeben.«

Elinda hatte Herzklopfen. Sie warf einen fragenden Blick auf Blake, doch auch er schien nicht recht einschätzen zu können, ob Elisabeth von Kaboreth sich über das Wiedersehen freute oder in ihrer unbekümmert zwitschernden Art den unerschrockenen Verdacht verbarg, dass Blake und Elinda etwas mit dem Giftanschlag zu tun hatten.

»Vielleicht aber doch«, murmelte Elinda.

Die Gräfin sah sie mit hochgezogenen Brauen an. »Ach?«

»Elisabeth, können wir irgendwo ungestört sprechen?«, fragte Blake angespannt.

»Aber natürlich. Ich habe vorhin eine entzückende Osteria am Tiber entdeckt. Der perfekte Ort, um die Ruhe vor dem Sturm zu genießen.«

Elinda schluckte. Was meinte Elisabeth damit?

Wenig später saßen sie an einem groben Holztisch in einer einfachen Osteria, wo um diese Zeit noch nicht allzu viel los war. Blake bestellte Brot, Sardinen und einen guten Falerner Wein. Welch ein Kontrast zu dem üppigen Abendessen in Venedig. Doch die Gräfin schien gerade diese Einfachheit umso mehr zu genießen und lachte, als etwas von dem Sardinenöl auf ihre Robe tropfte. Genauso leichtherzig tat sie auch die Geschichte ab, die Blake ihr schließlich erzählte.

»Na, wenigstens war dieser Mordversuch eures Kutschers nichts Persönliches«, sagte sie und winkte ab.

Elinda war ebenso erleichtert wie fassungslos. Der Gedanke an Marconi und dass er einfach verschwunden war, verursachte ihr immer noch eine Gänsehaut.

»Na, nun schaut mich nicht so an!«, rief Elisabeth. »Ich bevorzuge es entschieden, Unerfreuliches hinter mir zu lassen und das Leben zu genießen. Erst recht, da wir nicht wissen, wie diese hässliche Sache ausgehen wird. Vielleicht wird etwas Furchtbares uns alle verschlingen. Da sollten wir doch gut daran tun, jeden Moment in all seiner Schönheit auszukosten.«

»Was meinst du denn?« Blake war sichtlich irritiert. »Von was für einer hässlichen Sache sprichst du?«

Nun war es an der Gräfin, ihn und Elinda fassungslos anzuschauen.

»Ihr habt noch nicht erfahren, was sich vor fünf Tagen in Paris ereignet hat?«

Elinda konnte sich nicht vorstellen, welches Ereignis im fernen Paris derart erschütternd sein sollte, dass es sie hier in Rom etwas anging.

»Wir waren auf Reisen, wie du weißt«, sagte Blake. »Obschon wir in Neapel erfahren haben, dass es in Paris brodelt. Das ist nichts Neues.«

Elisabeths Miene verdüsterte sich. »Das Volk hat die Bastille gestürmt. Sie haben sich Waffen und Schwarzpulver besorgt, die Truppen konnten die Ordnung noch nicht wiederherstellen. Man sagt, der Bruder des Königs habe schon das Land verlassen, und der König selbst musste unter dem Druck des Volkes in Paris erscheinen. Stellt euch vor, er musste als Zeichen seiner Billigung eine blau-weiß-rote Kokarde am Hut tragen.«

In Blakes Augen spiegelte sich eine Mischung aus Sorge und Begeisterung.

Elinda spürte ihr Herz in einer beklommenen Ahnung pochen.

»Weißt du noch, was du in Venedig gesagt hast, Elisabeth?«, fragte sie. »Dass die Kirche und die Monarchie die Menschen in Ketten halten?«

»Oh ja, und diese Ketten werden nun auf ihr schwächstes Glied überprüft, aber wir besitzen wohl alle genug Weitsicht, um zu erfassen, was daraus entstehen kann. Wer weiß, vielleicht entsteht daraus eine richtige Revolution.«

Elisabeth betrachtete ernst ihren Weinbecher, doch im nächsten Moment erschien wieder ihr strahlendes Lächeln. »Aber ist das nicht wundervoll?«

Elinda runzelte die Stirn. »Wundervoll?«

Mit einem komplizenhaften Funkeln in den Augen beugte sich die Gräfin vor. »Sagt mir nicht, dass es ein Zufall ist, dass wir uns wiederbegegnet sind. Elinda, sag mir eines: Wie stellst du dir deine Rückkehr nach England vor?« Und mit einem Blick auf Blake: »Wie ich sehe, habt ihr beiden geheiratet?«

»Nun ja, es ist etwas komplizierter, als es aussieht«, wich Blake aus.

»Wie auch immer, sehe ich das richtig, dass ihr beiden euch liebt?«

Statt einer Antwort ergriff Blake Elindas Hand, ohne die Gräfin aus den Augen zu lassen.

»Wie schön.« Mit einem warmherzigen Lächeln legte sie ihre Hand auf ihrer beider verschränkte Finger. »Dann muss ich mir endlich keine Hoffnungen mehr auf dich machen, Blake.«

Erschrocken beobachtete Elinda jede Regung der Frau, doch Elisabeth zwinkerte ihr zu und nahm ihre Hand wieder weg.

»Mehr Wein!«, rief sie dem Schankwirt zu. »Das muss gefeiert werden. Revolution, Liebe, neue Zeiten. Also, wie soll euer Leben denn aussehen, im schönen England?«

Die Frage bewegte auch Elinda, mal stürmisch ungewiss, mal mit einer vertrauensvollen Ruhe. Sie hatte in Neapel mit Blake viel über dieses mögliche Leben gesprochen. Doch wie würde es sich anfühlen, einer fremden Person davon zu erzählen?

»Ich hatte nach Davids Tod viel Zeit nachzudenken«, begann sie. »Mir ist bewusst geworden, dass ich diese verrückte Reise nicht gemacht habe, um meinen Bruder zu finden oder vor meinem Bräutigam zu fliehen. Also, nicht nur. Ich glaube, es war eine Art Probe. Ich wollte ausprobieren, ob ich überhaupt gemacht bin für diese Art von Freiheit, nach der ich mich sehne. Und glaub mir, zwischendurch hatte ich das Gefühl, dass ich dazu viel zu schwach bin.«

»Wie gut ich dieses Gefühl doch kenne«, murmelte Elisabeth bestätigend.

»Ich weiß jetzt, dass diese Reise keinerlei Sinn gemacht hat, wenn ich das, was ich gewonnen und gelernt habe, nicht auch in England anwenden kann. Sonst wäre es nur eine Eskapade. Aber ich will, dass diese Freiheit mein ganzes Leben trägt.«

Blake betrachtete sie mit diesem ruhigen Blick, in dem die Gewissheit lag, dass es keinerlei Hindernisse für diesen Plan gab.

»Ich habe den Menschen gefunden, mit dem ich mein Leben verbringen möchte«, sagte Elinda. »Und außerdem habe ich eine unglaubliche Geschichte erlebt. Viele der Männer, die von ihrer *Grand Tour* zurückkehren, schreiben ihre Erlebnisse auf und veröffentlichen sie und genießen große Aufmerksamkeit.«

Elinda zögerte mit ihren nächsten Worten. Sie hörten sich selbst unausgesprochen viel zu abenteuerlich an, oder, wie ihre Mutter es wohl ausgedrückt hätte – unbescheiden.

»Es sind die immer gleichen Berichte weit gereister Männer. Es gibt kaum Bücher von jungen Frauen über das Reisen. Und die würde wohl auch niemand lesen. Aber was, wenn darin ein alter Fluch aus Pompeji vorkommt, verwunschene Zeichnungen, ein düsteres Rätsel und eine … Liebesgeschichte?«

Es fühlte sich gut an, darüber zu sprechen, auch wenn die Verlegenheit ihre Erregung dämpfte.

Elisabeth von Kaboreth klatschte in die Hände. »Du möchtest deine Erlebnisse als Roman herausbringen? Oh, das ist herrlich skandalös, meine Liebe, und diesen Skandal kann man wunderbar zu Geld machen. Geld, das ihr dringend brauchen werdet, bei einem derart unstandesgemäßen Lebenswandel.« Sie seufzte. »Ich beneide euch beide. Die Leute zerreißen sich so gerne das Maul über alle, die aus der Reihe tanzen, weil sie selbst nicht den Mut haben, es zu tun. Es ist gewiss eine große Inspiration, die Geschichte einer so mutigen jungen Lady zu lesen.«

Blake unterdrückte ein Grinsen. »Und wo in dieser Geschichte kommt dein heroischer *bearleader* und Ehemann vor, Elinda?«

»Du musst mich natürlich vor meinen unzähligen Bewunderern beschützen, die mich belagern werden, nachdem sie dieses Buch gelesen haben.«

Plötzlich ergriff sie eine gelöste Heiterkeit, die auch die beunruhigenden Nachrichten aus Paris nicht verdunkeln konnten. Doch als hätte die Gräfin ihre Gedanken gelesen, kam sie erneut darauf zurück.

»So großartig ich diesen Plan finde, ich glaube, dass ihr noch früh genug nach England zurückkehren werdet.«

Blake sah sie fragend an. »Was meinst du damit?«

»Wer weiß, wohin diese Sache in Paris führen wird.«

»Wohin soll sie denn führen?«

»Stellt euch vor, das Volk erhebt sich über den König und er muss abdanken.« Elisabeths Wangen überzogen sich mit aufgeregter Röte. »Oder noch schlimmer, stellt euch vor, diese wütenden Bauern töten den König.«

Blake zog schmunzelnd den Weinbecher aus Elisabeths Reichweite. »Das halte ich für ein wenig übertrieben.«

»Mag sein. Aber ich habe dennoch das Gefühl, dass die Zeiten schlecht werden, zumindest fürs Reisen.«

Elinda folgte ihrem Blick. Vor dem Fenster floss träge der Tiber dahin. In der Dämmerung glommen vereinzelte Fackeln am Ufer auf. Kleine goldene Flecken schienen auf dem Wasser zu tanzen, wurden von der Strömung ein Stück mitgetragen und verschwanden wieder. Mit einem Mal wurde Elinda die Richtung, die dieser Fluss nahm, auf eine beinahe überwältigende Weise bewusst.

Elisabeth schien dasselbe zu denken. »Zum Meer …«, murmelte sie.

Nur widerwillig löste sie ihren Blick vom Fenster und sah Elinda und Blake an.

»Ihr habt mich noch gar nicht gefragt, warum ich hier in Rom bin und nicht zurück nach Deutschland gereist bin, wie ich es vor ein paar Monaten noch vor hatte.«

»Deine Reiselust ist legendär, Elisabeth«, sagte Blake.

Sie winkte ab. »Wohl eher meine Unlust auf dieses kalte Nordland.«

»Aber gerade jetzt ist es in Rom äußerst unsicher«, wandte Blake ein. »Willst du dir das Sommerfieber einfangen? Elinda und ich sind auch nur für zwei Tage hier, um Besorgungen zu machen. Danach bleiben wir bis September in den Albaner Bergen.«

Die Gräfin sah sie verschwörerisch an. »Oder … oder ihr kommt mit mir nach Civitavecchia.«

Elinda war das tatendurstige Leuchten in Elisabeths Augen nicht entgangen. »Warum? Was sollen wir in Civitavecchia?«

»Ein Schiff besteigen. Übermorgen Abend läuft ein Schoner nach Alexandria aus.«

Die Gräfin beugte sich über den Tisch. »Stellt euch vor, wie wundervoll es wäre, die Pyramiden von Gizeh mit eigenen Augen zu sehen, durch die uralten Stadttore Kairos zu spazieren und an den Ufern des Nils zu sitzen, während in der Nähe Kamele schnaufen und in der Luft ein ganz unbekannter Duft liegt. Und stellt euch vor, wie traurig es wäre, das alles allein erleben zu müssen.«

Elisabeth tat so, als hätte sie gerade eben nur vorgeschlagen, zum Abendessen grüne Bohnen zu kaufen. »Ich habe schon immer die Vorstellung geliebt, dass das Leben ein einziges, nicht enden wollendes Fest ist. Aber für die Gäste und den Ort der Festivität muss man schon selbst sorgen. Nun, ich für meinen Teil hätte gerne, dass das Fest in Ägypten stattfindet und danach vielleicht in Indien und weiter in China. Und über meine Gäste habe ich auch schon eine sehr genaue Vorstellung.«

»Eine sehr reizvolle Idee«, sagte Blake zurückhaltend. »Aber es wäre dein Fest, Elisabeth, und wir wären immer nur die Gäste. Was, wenn Elinda und ich unser eigenes Fest feiern wollen?«

Elinda berührte unter dem Tisch Blakes Knie und lächelte Elisabeth zu. »Wir denken darüber nach.«

In dieser Nacht lagen sie noch lange wach. Elinda schmiegte ihren Kopf an Blakes Brust. Durch das geöffnete Fenster drangen die schläfrigen Geräusche der Straße, kurz bevor die wenigen, reglosen Stunden anbrachen, die es in Rom gab.

»Und wenn es in Wirklichkeit doch unser eigenes Fest ist und Elisabeth es nur ausrichtet?«, wisperte Elinda.

Blakes Hand wanderte in ihren Nacken und streichelte

sie, wie er es immer tat, wenn sie nachts miteinander sprachen. »Du willst Elisabeth nach Ägypten begleiten?«

»Nenn mich unbescheiden, faul und missraten, aber ich will eine niemals endende *Grand Tour*«, sagte sie. »Und ich will mit dir zusammen sein, Blake. Und wenn eine Dame, die mehr Geld besitzt, als sie ausgeben kann, uns das ermöglichen könnte … warum sollten wir uns eine solche Chance entgehen lassen? Ganz gleich, was in Europa geschieht oder auch nicht. Wir haben doch nur das Jetzt. Und England … ach, wir werden wahrlich früh genug wieder dort sein.«

»Du meinst, wenn wir irgendwann aus China zurückkommen«, schmunzelte Blake.

Elinda richtete sich auf und betrachtete nachdenklich seine vertrauten Umrisse auf dem hellen Kissen. »Ich habe mir immer nur ausgemalt, wie es in Italien oder vielleicht in Griechenland ist.«

»Wir werden auf Elisabeth angewiesen sein«, wandte Blake ein. »In Venedig hatte ich den Eindruck, dass ihr Gezwitscher dich verunsichert.«

Elinda suchte in der Dunkelheit des Zimmers seinen Blick.

»Damals wusste ich auch noch nicht, dass diese Verunsicherung etwas anderes war.«

»Ich weiß schon«, flüsterte er lächelnd und zog sie an sich. »Die Angst, dass du deine hehren Ideale verrätst, weil du dabei warst, dich zu verlieben. Noch dazu in einen Halunken, dem du nicht einmal vertraut hast.«

Sie lachte leise. »Du hast recht. Leute wie wir können unmöglich ins sittsame England zurückkehren. Zumindest noch nicht.«

Elinda beugte sich über ihn. Blakes Lippen öffneten sich. Seine Berührungen schürten ihr Begehren. Während sie langsam auf ihn glitt, spürte Elinda etwas ganz Ähnliches wie in jener Nacht, als sie sich ihm zum ersten Mal hingegeben hatte. Ihre Angst vor der Ungewissheit reichte dem Verlangen die Hand, weit, weit darüber hinauszugehen.

Sie schloss die Augen und nahm ihn in sich auf. Sie trank sein leises Keuchen und spürte seine Hände fest und bittend zugleich auf ihrem Rücken. Doch zum allerersten Mal, seit sie Blake in den Nächten so nah war, dachte sie auch an etwas anderes. Plötzlich hatte Elinda das Gefühl, durch eine Tür zu treten, hinter der ein rauschendes Fest gefeiert wurde. Und obwohl sie das bunte Treiben nicht überblicken konnte, ahnte sie, dass irgendwo am Ende eine weitere Tür war und dass auch dahinter ein wildes, schönes Fest darauf wartete, sie mitzureißen.

Auf einmal wusste Elinda, wie recht die Gräfin hatte.

Das Leben wollte gefeiert werden, und all die Ungewissheiten, die auf sie warteten, waren nur die Einladungen dazu.

Nachwort der Autorin

Vor einigen Jahren stand ich mit offenem Mund und klopfendem Herzen vor den griechischen Tempeln von Paestum, knapp hundert Kilometer südlich von Neapel. Im dortigen Museum erfuhr ich, dass dieser faszinierende Ort – eine griechische Kolonie aus dem 6. Jahrhundert v. Chr. – im Lauf der Jahrtausende vergessen und so gründlich von der Vegetation verschluckt wurde, dass nur noch örtliche Schafhirten den Standort kannten und den Weg mit Beilen freihacken mussten. Und dass eine Expedition in diesen verwunschenen, sumpfigen Wald mit den uralten Tempeln auf dem Programm der sogenannten *Grand Tour* stand – ein bisschen Tomb Raider für die wohlerzogenen jungen Dudes aus England inklusive der wenig berauschenden Gefahr, dabei an Malaria zu erkranken.

Ich wusste zu diesem Zeitpunkt nicht sonderlich viel über diese obligatorischen Bildungsreisen der Söhne des europäischen Adels, aber ich habe mir sofort vorgestellt, wie es wohl wäre, die archäologischen Stätten Italiens ohne Touristenmassen, Selfie-Sticks, Souvenirshops und den Geruch von Take-away-Pizza zu erleben. Natürlich habe ich mir das alles reichlich romantisch vorgestellt, was sich mit jeder weiteren Recherche zu diesem Thema als schöne Illusion erwies.

Das Reisen im 18. Jahrhundert muss eine unvorstellbare Tortur gewesen sein. Aber abgesehen von schlechten Straßen, Straßenräubern, Flöhen, Krankheiten und Gefahren, gab es weder so etwas wie Denkmalschutz noch Archäologie. Das, was wir heute an Italien bewundern dürfen, war den Touristen vor knapp 250 Jahren nicht vergönnt (erschwerend kam hinzu, dass die leckeren Pasta-Gerichte, die wir heute kennen, noch nicht erfunden waren, geschweige denn so etwas Unverzichtbares wie Aperol Spritz).

Zum Beispiel war von Pompeji, wo man heute für eine umfassende Besichtigung locker zwei Tage braucht, nur ein sehr kleiner Bruchteil ausgegraben, und dieser Eindruck passte den damaligen Besuchern überhaupt nicht in ihr majestätisches, marmorprangendes Bild des Alten Roms.

Sicher wirken efeuumrankte Ruinen malerischer als Absperrgitter und Hinweisschilder. Und gewiss war es atemberaubend, sich mit Öllampen in die Finsternis versunkener Altertümer abzuseilen und Dinge zu sehen, die nur sehr wenige Menschen je zu Gesicht bekommen hatten, so wie beispielsweise in der Villa des Kaisers Hadrian bei Tivoli.

Aber damals wurden eben auch mir nichts, dir nichts antike Marmorfragmente, Skulpturen und Büsten ausgegraben, um auf Nimmerwiedersehen in irgendwelchen fernen Herrenhäusern zu verschwinden.

Eine spannende andere Geschichte könnte man über die beiden englischen Kunsthändler Thomas Jenkins und Gavin Hamilton (nicht zu verwechseln mit dem gleichnamigen Botschafter in Neapel) erzählen, die sich im Rom jener Zeit Grabungsgenehmigungen besorgten, aber nur ein Drittel der gefundenen Marmorschätze dem päpstlichen Museum übergaben, während der Rest an die rei-

chen *milordi* verkauft wurde. Der Erfolg dieser Antiken-
händler – oder sollte man sagen Hehler? – begründete sich
in absoluter Skrupellosigkeit, aber auch dem mangelnden
Bewusstsein der italienischen Inspektoren gegenüber ihrer
überreichen antiken Schatzkammer. Den Biografien von
Jenkins und Hamilton ist meine Figur des Earl of Hydeworth entlehnt. (Ein großartiges Buch zu diesem Thema ist
Marblemania von Norbert Miller.)

Die strapaziösen Reisebedingungen im 18. Jahrhundert
beschreiben am besten die beiden Bücher *Dreckige Laken –
die Kehrseite der Grand Tour*, herausgegeben von Joseph
Imorde und Erik Wegerhoff, sowie *Als Reisen eine Kunst war*
von Attilio Brilli. Diese Lektüre stimmte mich Selfie-Sticks
und Touristenbussen gegenüber wieder etwas gnädiger.

Meine düstere Beschreibung von Venedig ist dem Bericht
eines zeitgenössischen Reisenden entnommen, und obwohl Elinda und Blake einen romantischen Moment am
Forum Romanum erleben, wurden die allermeisten Reisenden an diesem Ort blass vor Ernüchterung. Die heutigen
touristischen Highlights waren damals in einem sehr vernachlässigten Zustand, und überall warteten Scharen
armer Menschen, deren einzige Hoffnung die sagenhaft reichen Engländer waren.

Aufgeklärt und nüchtern brachen diese wackeren protestantischen Gentlemen von ihrer regnerischen Insel auf,
sehnten sich nach Wärme, blühenden Zitronenhainen und
erhebenden Ruinenlandschaften; zu diesem Zweck führten
viele sogar einen eigenen Maler mit. Aber was sie fanden,
war so ganz anders als das Italien ihrer von antiken Schriftstellern geprägten Traumvorstellung.

In erster Linie fanden sie sehr viel Elend und den erdrückenden Zugriff der Kirche in nahezu jedem Lebensbereich. Öffentliche Beisetzungen mit offenen Särgen, vatikanische Spitzel, finsterster Aberglaube, ausgestellte mumifizierte Bischöfe, heilige Knochen und uralte Katakomben. Ein Culture-Clash der besonderen Art.

In der englischen Literatur gegen Ende des 18. Jahrhunderts erlebte das von der Aufklärung verdrängte Übernatürliche ein Comeback. Es entstand die *gothic novel*, die Schauerliteratur. Entscheidend für das neue Genre war, dass bei der Sicht auf die menschliche Natur nicht mehr nur die Vernunft im Vordergrund stand, sondern auch die zerstörerischen, dunklen und oft unerklärlichen Züge des Ich ihren festen Platz bekamen.

Ohne beim ersten Plotentwurf die formalen Besonderheiten des Schauerromans zu kennen, warf ich instinktiv die klassischen Grundgewürze in den Topf: alte Gemäuer, unterirdische Gewölbe, Flucht- und Verfolgungsmomente, die Befreiung einer schönen, unschuldigen Heldin und nicht zuletzt Beschwörungsszenen in einer verstandesmäßig nicht zu fassenden Welt. Auch bedrohliche Naturereignisse sind Hauptzutaten der *gothic novel*, wofür die Auswirkungen des Vesuvausbruchs in der Antike ein eindrückliches Bild sind.

Man entdeckte in der Literatur des ausgehenden 18. Jahrhunderts ganz neue Stimmungsbilder und Seelenlandschaften. Italien mit seinen gigantischen Ruinen, aber auch das von wilder Natur und alten Schlössern so reiche Deutschland wurden zu beliebten Schauplätzen für diese fremde, bedrohliche Natur. Doch auch das Erhabene solcher Landschaften prägte den ästhetischen Begriff; die Schönheit der Natur diente hier immer auch als Puffer zwischen dem Menschen und dem Eindruck des Düsteren, Schrecklichen.

So wundert es auch nicht, dass die *gothic novel* ein kreatives Produkt der *Grand Tour* war, wohl auch, um die düsteren Gegensätze des fremden Landes zu verarbeiten. Denken wir an den ersten Schauerroman des Genres, Horace Walpoles *Das Schloss von Otranto* – er spielt in Süditalien. Oder nehmen wir den berühmten Roman *Udolphos Geheimnisse* von Ann Radcliffe. Hier ist ein halb verfallenes Schloss im Apennin Handlungsort, und die Autorin schuf mit ihrer weiblichen Hauptfigur einen neuen Held(inn)entypus – die am modernen Frauenbild orientierte vernunftbegabte, von reinen, erhabenen Gefühlen belebte junge Frau.

Betrachten wir die Gruppe um Lord Byron, so sind Mary Shelleys *Frankenstein* und J.W. Polidoris *Der Vampir* auf der Etappe einer Europareise entstanden, als der Dauerregen des Jahres 1816 die Freunde am Genfersee festsetzte. Um diese Zeit der Frühromantik war die Beschäftigung mit den dunklen Seiten des Menschen, dem Unerklärlichen und Irrationalen fest etabliertes Motiv, in dieser Zeit entstanden unzählige Gruselgeschichten.

Das Thema ist unerschöpflich, und meine Begeisterung für die *Grand Tour* bekam durch das unheimliche Element einen zusätzlichen Schub, der mich beim nächsten Italienurlaub gewisse Orte wohl mit anderen Augen sehen lassen wird. Ich hoffe, meinen Leserinnen und Lesern hat diese ungewöhnliche Reise ebenso gefallen wie mir das Schreiben dieses Romans.

Dank

Diese Geschichte verdankt ihre Entstehung einigen Menschen, die mich auf dem Weg bis zum fertigen Roman unterstützt haben und denen ich sehr verbunden bin.

Mein Dank gilt meiner Agentin Claudia Wuttke, für deinen unermüdlichen Einsatz für meine Ideen vom Zündfunke bis zum fertigen Plot, deinen Glauben an mich und unsere Freundschaft.

Duygu Maus, meiner wundervollen Lektorin beim Penguin Verlag, für deine liebevolle Betreuung, deine Geduld und unsere immer so konstruktive, schöne Zusammenarbeit. Und ganz besonders für unser Gespräch im Hamburger Literaturhaus bei heißem Ingwertee und deine Idee, aus der Grand Tour eine *Grusel* Tour zu machen. Danke, dass du das wahre Potenzial dieser Geschichte erkannt hast, als ich es noch nicht gesehen habe. Und für deine Suche nach meiner *bearleaderin* in Sachen Außenlektorat:

Claudia Alt, dir danke ich für deine bereichernde und lehrreiche Hilfe beim Plotten und die liebevoll strenge und trotzdem entspannende Arbeit am letzten Feinschliff. Und für unsere schönen Telefonate. Allen beim Penguin Verlag, die mich hinter den Kulissen bei Social Media, Marketing, Vertrieb und Lesungen so professionell unterstützen.

Meinem Lieblingsmenschen Christian Habekost. Für unsere Reisen, vor allem für jene denkwürdige Reise zu den Tempeln von Paestum, wo die Idee zu diesem Buch entstanden ist. Ich danke dir für deine bedingungslose Unterstützung, unser Brainstorming und deine Mit-Begeisterung, als ich tagelang nur noch über Reisen im 18. Jahrhundert geredet habe. Für unsere unvergesslichen Tage in Pompeji. Und für deine Liebe.